Empresas y tribulaciones de Maqroll el Gaviero I

La Nieve del Almirante

Ilona llega con la lluvia

Un bel morir

La última escala del *tramp steamer*

Álvaro Mutis

Empresas y tribulaciones de Maqroll el Gaviero I

La Nieve del Almirante

Ilona llega con la lluvia

Un bel morir

La última escala del *tramp steamer*

Papel certificado por el Forest Stewardship Council®

Primera edición: octubre de 2023

© Álvaro Mutis y herederos de Álvaro Mutis:
1986, *La Nieve del Almirante*; 1988, *Ilona llega con la lluvia*;
1988, *La última escala del «tramp steamer»*; 1989, *Un bel morir*
© 2023, Juan Esteban Constaín, por el prólogo
© 2023, Penguin Random House Grupo Editorial, S. A. S.
Carrera 7 N.° 75-51, piso 7, Bogotá, D. C., Colombia
© 2023, Penguin Random House Grupo Editorial, S. A. U.
Travessera de Gràcia, 47-49. 08021 Barcelona

© Diseño: Penguin Random House Grupo Editorial, inspirado en un diseño original de Enric Satué

Penguin Random House Grupo Editorial apoya la protección del *copyright*.
El *copyright* estimula la creatividad, defiende la diversidad en el ámbito de las ideas y el conocimiento,
promueve la libre expresión y favorece una cultura viva. Gracias por comprar una edición autorizada
de este libro y por respetar las leyes del *copyright* al no reproducir, escanear ni distribuir ninguna
parte de esta obra por ningún medio sin permiso. Al hacerlo está respaldando a los autores
y permitiendo que PRHGE continúe publicando libros para todos los lectores.
Diríjase a CEDRO (Centro Español de Derechos Reprográficos, http://www.cedro.org)
si necesita fotocopiar o escanear algún fragmento de esta obra.

Printed in Spain – Impreso en España

ISBN: 978-84-204-7649-0
Depósito legal: B-13752-2023

Impreso en Unigraf, Móstoles (Madrid)

AL76490

Índice

Prólogo, por Juan Esteban Constaín	9
La Nieve del Almirante	19
Diario del Gaviero	29
Otras noticias sobre Maqroll el Gaviero	113
Cocora	115
La Nieve del Almirante	119
El Cañón de Aracuriare	123
La visita del Gaviero	127
Ilona llega con la lluvia	135
Al lector	141
Cristóbal	143
Panamá	161
Ilona	175
Villa Rosa y su gente	191
Larissa	215
El fin del *Lepanto*	241
Un bel morir	249
Apéndice	371
La última escala del *tramp steamer*	377

Prólogo

*Maqroll no es sólo él, como con tanta facilidad se dice.
Maqroll somos todos.*

Gabriel García Márquez

Álvaro Mutis solía decirles a sus amigos que el día en que se jubilara iba a escribir por fin la gran novela de Maqroll el Gaviero, ese personaje desastrado y marginal, estoico y lúcido, que lo acompañaba en su poesía desde los veintidós años. Todos pensaban, entre tequila y tequila, que esa promesa era una más de sus ocurrencias geniales, y se echaban a reír mientras él los seguía deslumbrando con alguna de sus historias prodigiosas, quizás la de Pandolfo Petrucci, tirano de Siena, quien se subía al monte Amiato y hacía que sus esclavos cortaran piedras gigantes para luego lanzarlas al vacío y ver si un pobre desdichado iba pasando por allí y alguna le caía encima para carcajearse, así de cruel es el destino. Mutis tenía eso: el encanto inagotable de un prestidigitador y sus anécdotas históricas o personales lo volvían de inmediato, donde estuviera, el alma de la fiesta, el dueño de todas las miradas, porque además era apuesto y culto y su risa se oía al otro lado de la Tierra. Pero siempre decía lo mismo, como pensando en voz alta: «Cuando me jubile, carajo, dejo salir a Maqroll».

Lo cierto es que un par de años antes de su ansiada jubilación, y después de una vida entera dedicada a los más variados y estrambóticos oficios, desde el de locutor de radio hasta el de vendedor de películas en medio mundo, Mutis se sentó y escribió la que sería la primera entrega de la saga novelesca sobre

Maqroll el Gaviero, publicada en 1986 con el título de *La Nieve del Almirante*, el mismo de un poema en prosa, con clarísimas intenciones narrativas, que estaba en *Caravansary*, su hermoso poemario de 1981. Hay quienes han señalado, obvio, la filiación entre ese poema y la novela, como si en el primero estuviera la semilla inconsciente y latente de la segunda. Y así es: en el texto de 1981, Maqroll malvive (sobrevive, como siempre) en lo más alto de la cordillera. Allí regenta una tienda que se llama La Nieve del Almirante y repara sus heridas mientras ve pasar los camiones que suben y bajan por el Alto de La Línea, aunque eso no esté dicho, pero el paisaje sí es ése, como el de casi toda su literatura: la «tierra caliente», el ardoroso clima de la zona cafetera colombiana que se concentra en la bruma del páramo para desembocar luego, como un río desatado entre cámbulos y guaduas y piedras monumentales, en el Valle del Cauca.

Mutis decía que ésa era la fuente secreta de toda su obra: el recuerdo y la nostalgia de su infancia en la hacienda cafetera de Coello que su familia tenía en el Tolima. Allí conoció el paraíso, un paraíso perdido y recobrado luego en su poesía. Ese olor, ese clima, ese mundo, decía, eran el venero del que manaba su literatura. Por eso buena parte de las aventuras y desventuras de Maqroll tienen ese paisaje inequívoco y no siempre explícito; desde el principio, desde sus primeros y visionarios poemas, el entorno es siempre el mismo: el trópico como un destino abrasador e implacable, el tiempo que se disuelve y se funde en la vegetación corrosiva y malsana, los elementos del desastre. Y «La Nieve del Almirante», el poema de 1981, no es la excepción: el Gaviero arrastra en su pierna derecha una herida purulenta y atroz que lo hace cojear. Así camina, con su pasado a cuestas. Lo que vemos de él es ese instante, esa imagen, en eso consiste la poesía, que nos revela la sucesión interminable de proezas fallidas y conmovedoras empresas y tribulaciones de Maqroll, no en vano Octavio Paz lo consideró, desde muy pronto, un héroe romántico. Siempre al borde del abismo, siempre empeñado en lo imposible, que se justifica sólo por eso, ahí está su valor y su grandeza, jamás por los resultados obtenidos o esperados.

Está muy claro que en toda la poesía de Mutis, protagonizada en su gran mayoría por Maqroll el Gaviero, lo que había era un relato épico y una novela que durante décadas, hasta 1986, se fue anunciando sólo en destellos y fulgores, fragmentos apenas que sin embargo contenían la totalidad de ese universo que sólo se iba a completar y a esclarecer con la saga que inauguran *La Nieve del Almirante* e *Ilona llega con la lluvia*. Pero lo más impresionante, lo más estremecedor, es que eso ya estaba en «La oración de Maqroll», el primer poema en el que Álvaro Mutis invoca a su héroe y nos lo presenta en 1948, en *La balanza*, ese libro juvenil escrito a cuatro manos con Carlos Patiño Rosselli y del cual decían sus autores que había sido el libro más exitoso de la historia de Occidente, pues su primera y única edición se agotó en menos de dos horas, por incineración. *La balanza*, en efecto, fue publicado el 9 de abril de 1948 por la editorial Prag, cuyos talleres ardieron esa tarde que el pueblo bogotano, enloquecido y borracho, salió a vengar la muerte de su caudillo, Jorge Eliécer Gaitán. Y allí, en ese poema, en esa plegaria clarividente, Maqroll ya es el que sería para toda la vida hasta su muerte en los esteros:

> *Con tu barba de asirio y tus callosas manos, preside ¡Oh, fecundísimo! la bendición de las piscinas públicas y el subsecuente baño de los adolescentes sin pecado.*
> *¡Oh Señor! recibe las preces de este avizor suplicante y concédele la gracia de morir envuelto en el polvo de las ciudades, recostado en las graderías de una casa infame e iluminado por todas las estrellas del firmamento.*
> *Recuerda Señor que tu siervo ha observado pacientemente las leyes de la manada. No olvides su rostro.*
> *Amén.*

Luego, en los siguientes libros de poesía, en *Los elementos del desastre*, en *Los trabajos perdidos* y la *Reseña de los Hospitales de Ultramar*, en *Caravansary* y *Los Emisarios* —qué títulos, por favor—, la figura del Gaviero se irá definiendo cada vez más y su visión del mundo irá poblando y colonizando, de manera casi absoluta, la obra de un poeta cuya voz y cuyo estilo serán cada vez más decantados, más ricos, más exuberantes y a la vez más escépticos y esenciales. ¿Quién es ese personaje tan extraño y enigmático, tan sabio y universal? ¿Quién es Maqroll, de dónde surge? Su autor solía decir, cuando se lo preguntaban, que era su coartada perfecta para poder destilar en sus poemas todas esas verdades teñidas de experiencia y de distancia, lo uno por lo otro. También en eso consiste la poesía. Mutis tenía veintidós años cuando Maqroll se le apareció por primera vez y fue como un milagro porque gracias a él pudo expresar lo que en su boca habría sido inconcebible para un joven de esa edad. Entonces le puso a su personaje un nombre que aspiraba, como el de la Kodak, según sus propias palabras, a que sonara igual en todas las lenguas: Maqroll el Gaviero, un vidente, un navegante atracado en tierra firme y comprometido siempre en las empresas más absurdas y febriles, las cuales asume con absoluta seriedad, con la resignación y la solemnidad del que sabe que la vida se honra y se justifica en esos rituales y esas ceremonias que nada tienen que ver con las quimeras de la modernidad: el éxito, la riqueza, la fama, la superación personal.

Lo mejor de Maqroll, lo más bello y perdurable, es su concepción del mundo, su ética, emparentada hasta lo más profundo, claro, con la de su autor, quien a lo largo de la vida, y conforme iba madurando, fue adjudicándole a su inolvidable personaje muchas de sus peripecias y aventuras, al punto de que no era fácil saber bien qué de aquello le había pasado de verdad a cuál de los dos. En ese sentido, el Gaviero es una invención en el significado latino de la palabra, porque *invenire* quiere decir, en esa lengua, descubrir, desentrañar. Mutis fue el amanuense, el demiurgo de un ser que era a la vez su interlocutor y su reflejo, su compañero de viaje, su sombra y el intérprete más certero de su forma de pensar. Y viceversa, por eso él mismo decía: «No hay nada de Maqroll que no sea mío». Pero en el plano simbólico el solo oficio del Gaviero ya dice mucho de su destino y de su suerte: la gavia es la vela del palo mayor de una nave, hasta allí sube el gaviero a observar el horizonte y a intuir el curso de los vientos. Es lo mismo que hace el poeta, de ahí que «gavia» también significara, en el siglo XVIII, como lo escribió don Esteban de Terreros en su *Diccionario castellano*, Madrid, Imprenta de la Viuda de Ibarra, MDCCLXXXVII, «jaula de palo en que se encierra a un loco». Ésa es la percepción que tienen los demás de Maqroll: que es un demente, un sujeto por fuera del mundo. En realidad es un hombre decoroso y digno que vive según sus reglas y su código de honor; un descreído, ya dije, de todas las mentiras de la modernidad.

Mutis también era así: reaccionario, monárquico, legitimista. Y hablaba muy en serio cuando decía que el último episodio político que le importaba de verdad en la historia era la caída de Constantinopla a manos de los infieles en 1453. Se declaraba gibelino sin ningún pudor, es decir partidario de los emperadores germánicos en su lucha contra el papado. Maqroll es igual: un ser intemporal que llega a los aserraderos del Tolima o del Quindío en pos de un negocio que de antemano sabe perdido y catastrófico, y en el bolsillo lleva las *Memorias de ultratumba*, de Chateaubriand, o las *Memorias* de Jean-François Paul de Gondi, el Cardenal de Retz. Su obsesión, quizás la de ambos, Mutis y Maqroll, es entender las razones que llevaron a esa guerra inútil entre los borgoñones y los armagnacs en la Francia del siglo XV. Los dos saben que la Tierra es el exilio por naturaleza del ser humano: el lugar de la expulsión del paraíso. Tienen un consuelo y un refugio, la amistad. La certeza de que todo en este mundo es vano y el valor de nadie no está determinado por los prejuicios de la sociedad ni por lo material y lo tangible, por eso una de las máximas de Maqroll es la de no juzgar jamás a nadie, nunca, por nada. O así lo dice en su desbocada letanía de la «Visita del Gaviero», un poema aparecido en *Los Emisarios*, en 1984: «Saber que nadie escucha a nadie. Nadie sabe nada de nadie».

Es muy probable que esa premisa moral, tan bella, la reafirmara Álvaro Mutis en su experiencia en la cárcel de Lecumberri, donde pasó encerrado quince meses de su vida, casi recién llegado a México entre 1958 y 1959, «por un delito del que disfrutamos muchos escritores y artistas y que sólo él pagó», como escribió Gabriel García Márquez, su amigo del alma. Allí, en su crujía, el poeta colombiano fue testigo y partícipe de una de las tragedias humanas más desgarradoras que pueda haber, en medio de la cual asistió también a la irrupción inesperada y sobrecogedora de valores como la solidaridad, la nobleza, la ternura, la bondad, tanto más conmovedores cuanto más se hacían evidentes y dolorosos el contexto y la naturaleza, la desgracia de quienes los encarnaban y compartían. La vida en el «Palacio Negro» de Lecumberri fue para Mutis como estar en una de las novelas de su adorado Charles Dickens, y las enseñanzas que extrajo de ella se quedaron para siempre en su obra y en su alma. No es gratuito que fuera en la cárcel donde escribió su primera gran pieza narrativa, un cuento que se llama «La muerte del estratega» y que es una absoluta obra maestra, uno de los relatos más bellos de nuestra lengua. En él, un estratega bizantino del Thema de Lycandos, Alar el Ilirio, descubre que nada es más importante que el amor. Ni la fe, ni la gloria, ni el poder, nada. Pero el suyo es un amor fugaz y fatal, condenado desde el principio al fracaso y a la muerte; y sin embargo en él está la redención, la justificación de la vida. Alar el Ilirio es una especie de Maqroll en el Imperio Romano de Oriente: un héroe romántico que vive a contrapelo de la historia; un derrotado, ésa es su victoria, como en el caso del Gaviero.

La desesperanza, se ha dicho muchas veces, y es cierto, es la clave para entender la obra de Álvaro Mutis. Sobre ese tema, con el pretexto de la novela *Victory*, de Joseph Conrad, escribió una conferencia brillante que dio en la Casa del Lago de la UNAM en 1965; ahí está toda su poética, su filosofía. Pero la desesperanza no es el pesimismo ni el desánimo, no es la renuncia a la vida ni es la amargura. No. La desesperanza es la certeza de que «el hombre es un problema sin solución humana», como escribió Nicolás Gómez Dávila, uno de los mejores amigos y mentores de Mutis y un escritor al que idolatraba, del cual también extrajo el último epígrafe que abre su novela *Un bel morir*, de 1989: «Todo hombre vive su vida como un animal acosado». Eso es lo que caracteriza y define a Maqroll tanto en los libros de poemas como en las novelas: su profundo escepticismo y su compasión, su acatamiento del destino como un hecho irreversible y al mismo tiempo risible, su desprecio por el triunfo y la victoria como una de las grandes trampas de la condición humana. Pero el Gaviero —y su autor era un gran lector de Julio Verne— es el personaje central de un relato de aventuras en prosa y en verso: su vida es no sólo un reproche y una crítica al mundo moderno sino también un intento permanente por sabotearlo desde la acción. La de Maqroll es una épica de la derrota, una declaración de principios que va mucho más allá de la contemplación y la quietud.

Y ahí sí está muy claro el tránsito que Álvaro Mutis oficia entre sus poemarios y sus novelas (y nótese bien que no hablo del tránsito entre su poesía y su narrativa: en su obra esa frontera no existe o carece por completo de sentido, ésa es la gracia) porque con cada nuevo libro, antes de *La Nieve del Almirante*, en 1986, la vida del Gaviero va revelándose más y lo que la constituye no son sólo sus imprecaciones, sus imágenes, sus letanías sino ahora también sus proezas y sus empresas y tribulaciones. Ya en la *Reseña de los Hospitales de Ultramar* los poemas en prosa nos muestran a Maqroll dedicado de lleno a sus delirantes y hermosos y ociosos oficios; ya allí se dice de él:

> *Derivaba el Gaviero un cierto consuelo de su trato con las gentes. Vertía sobre sus oyentes la melancolía de sus largos viajes y la nostalgia de los lugares que eran caros a su memoria y de los que destilaba la razón de su vida.*
>
> *Pero fue en el Hospital del Río en donde aprendió a gustar de la soledad y a rescatar en ella la única, la imperecedera substancia de sus días. Fue en el río donde vino a aficionarse a las largas horas de solitario soñador, de sumergido pesquisidor de un cierto hilo de claridad que manaba de su vigilia sin compañía ni testigos...*

Pero en *Caravansary* y en *Los Emisarios*, conviviendo con bellísimas reflexiones históricas o personales como la del funeral del Duque de Viana o la del gorrión que entra al Mexuar de la Alhambra, Maqroll el Gaviero es ya, con toda claridad, un personaje de novela. En sus apariciones en esos libros está anunciado lo que vendrá a partir de 1986 con *La Nieve del Almirante*. Baste leer, por ejemplo, ese poema en prosa que se llama «El Cañón de Aracuriare»: ahí hay un relato perfecto, casi un cuento, en el que el Gaviero se ha escapado de la poesía, aunque siempre la arrastra consigo, la lleva impregnada en sus llagas y estigmas, y va al acecho de la narrativa. Mutis es apenas el notario de ese prodigio, su dichoso y resignado oficiante:

> *El Gaviero viajó allí para entregar unos instrumentos y balanzas y una alcuza de mercurio encargados por un par de gambusinos con los que había tenido trato en un puerto petrolero de la costa. Al llegar se enteró que sus clientes habían fallecido hacía varias semanas. Un alma piadosa los enterró a la entrada del cañón. Una tabla carcomida tenía escritos sus nombres en improbable ortografía que el Gaviero apenas pudo descifrar. Penetró en el cañón y se fue internando por entre playones en cuya lisa superficie aparecían de vez en cuando el esqueleto de un ave o los restos de una almadía arrastrada por la corriente desde algún lejano caserío valle arriba...*

Por eso es por lo que hay que volver a la filiación obvia entre el poema «La Nieve del Almirante» y la novela del mismo título; allí está todo. En 1981, en el poema, vemos a Maqroll con su herida supurante y acompañado por una extraña mujer, la típica mujer de la tierra caliente, como le dijo Mutis a Eduardo García Aguilar en una entrevista. En 1986, en la novela, esa mujer es Flor Estevez y la aventura del Gaviero consiste en remontar el río Xurandó mientras va escribiendo un diario, el cual encuentra Álvaro Mutis, el autor y personaje, en una librería de viejo en el Barrio Gótico de Barcelona. En realidad lo que Mutis encuentra es un libro sobre la muerte del Duque de

Orleans, pero allí, agazapado entre sus pliegues, está el diario. Ésa es la primera entrega de la saga; la primera salida novelada, por fin, de Maqroll el Gaviero. De ahí se desgajaron, en cascada, los siete libros de la serie: una impresionante hazaña literaria que hoy vuelve a las manos de los lectores, por suerte. Así la exaltó García Márquez en 1993: «Siempre pensé que la lentitud de su creación era causada por sus oficios tiránicos. Pensé además que estaba agravada por el desastre de su caligrafía, que parece hecha con pluma de ganso, y por el ganso mismo, y cuyos trazos de vampiro harían aullar de pavor a los mastines en la niebla de Transilvania. Él me dijo cuando se lo dije, hace muchos años, que tan pronto como se jubilara de sus galeras iba a ponerse al día con sus libros. Que haya sido así, y que haya saltado sin paracaídas de sus aviones eternos a la tierra firme de una gloria abundante y merecida, es uno de los grandes milagros de nuestras letras: ocho libros en seis años...».

La gran literatura es una forma particular y única de ver el mundo, de nombrarlo. Los grandes escritores no son sino eso: una voz irremplazable, una entonación que es la que nos seduce y maravilla, nos inquieta, nos hace seguirla por todos los recodos que va abriendo, la ruta luminosa de un estilo, unos temas, unas obsesiones. Quizás no haya un logro estético y artístico más grande que ése, crear un mundo, dotarlo de un protagonista que trasciende la voluntad de su creador y, en el caso concreto de la literatura, se vuelve una presencia tan consistente y poderosa que acompaña a los lectores como si fuera un gran amigo o un miembro de su casa, a veces incluso más que los que sí lo son de verdad. Pocos autores lograron ese milagro, Álvaro Mutis lo hizo con Maqroll el Gaviero. Y al hacerlo honró a sus maestros: a Conrad, a Valery Larbaud, a don Miguel de Cervantes Saavedra. No creo que se le pueda pedir más a un escritor, no se me ocurre mayor gloria que ésa.

Por mi parte puedo decir que haberme encontrado con la obra de Álvaro Mutis fue una de las cosas más felices e importantes que me ocurrieron en la vida; su influencia es una de las razones por las que quise hacerme escritor. Su voz y su poesía, su lucidez, su humor, su altivez, su sabiduría, me acompañan todos los días bajo la especie de un verso, una frase, una anécdota, el recuerdo de su generosidad sin sombras ni reparos. También Maqroll el Gaviero va conmigo: basta invocarlo para reencontrarme con él, con Abdul Bashur y su ojo perdido que era el de don Ernesto Volkening, con Jamil vestido como rey mago en Pollensa. Esta edición de las novelas del maestro conmemora el primer centenario de su nacimiento; me llena de orgullo y de emoción poder vincular mi nombre, para siempre, al de una celebración tan merecida y tan feliz.

Buen viento y buena mar: «Duerme el guerrero, sólo sus armas velan...».

Juan Esteban Constaín
Bogotá, 2023

La Nieve del Almirante

A Ernesto Volkening
(Amberes, 1908 - Bogotá, 1983)

En recuerdo y homenaje
a su amistad sin sombras,
a su lección inolvidable

N'accomplissant que ce qu'il doit,
Chaque pêcheur pêche pour soi :
Et le premier recueille, en les mailles qu'il serre,
Tout le fretin de sa misère ;
Et celui-ci ramène à l'étourdie,
Le fond vaseux des maladies ;
Et tel ouvre les nasses
Aux désespoirs qui le menacent ;
Et celui-là recueille au long des bords,
Les épaves de son remords.

ÉMILE VERHAEREN,
Les pêcheurs

Cuando creía que ya habían pasado por mis manos la totalidad de escritos, cartas, documentos, relatos y memorias de Maqroll el Gaviero y que quienes sabían de mi interés por las cosas de su vida habían agotado la búsqueda de huellas escritas de su desastrada errancia, aún reservaba el azar una bien curiosa sorpresa, en el momento cuando menos la esperaba.

Uno de los placeres secretos que me depara el pasear por el Barrio Gótico de Barcelona es la visita de sus librerías de viejo, a mi juicio las mejor abastecidas y cuyos dueños conservan aún esas sutiles habilidades, esas intuiciones gratificantes, ese saber cazurro que son virtudes del auténtico librero, especie en vías de una inminente extinción. En días pasados me interné por la calle de Botillers, y en ella me atrajo la vitrina de una antigua librería que suele estar la mayor parte de las veces cerrada y ofrece a la avidez del coleccionista piezas realmente excepcionales. Ese día estaba abierta. Penetré con la unción con la que se entra al santuario de algún rito olvidado. Un hombre joven, con espesa barba negra de judío levantino, tez marfileña y ojos acuosos, negros, detenidos en una leve expresión de asombro, atendía detrás de un montón de libros en desorden y de mapas que catalogaba con una minuciosa letra de otros tiempos. Me sonrió ligeramente y, como buen librero de tradición, me dejó husmear entre los estantes, tratando de mantenerse lo más inadvertido posible. Cuando apartaba algunos libros que me proponía comprar, me encontré de repente con una bella edición, encuadernada en piel púrpura, del libro de P. Raymond que buscaba hacía años y cuyo título es ya toda una promesa: Enquête du Prévôt de Paris sur l'assassinat de Louis Duc d'Orleans; *editado por la Bibliothèque de l'École de Chartres en 1865. Muchos años de espera eran así recompensados por un golpe de fortuna sobre el que de tiempo atrás ya no me hacía ilusiones. Tomé el ejemplar sin abrirlo y le pregunté al joven de la barba por el precio. Me lo indicó citando la cifra con ese tono rotundo, definitivo e inapelable, también propio de su altiva cofradía. Lo pagué sin vacilar, junto con los demás ya escogidos, y salí para gozar a solas mi adquisición con lenta y paladeada voluptuosidad, en un banco de la pequeña placita donde está la estatua de Ramón Berenguer el Grande. Al pasar las páginas noté que en la tapa posterior había un amplio bolsillo destinado a guardar originalmente mapas y cuadros genealógicos que complementaban el sabroso texto del profesor Raymond. En su lugar encontré un cúmulo de hojas, en su mayoría de color rosa, amarillo o celeste, con aspecto de facturas comerciales y formas de contabilidad. Al revisarlas de cerca me di cuenta de que estaban cubiertas con una letra menuda, un tanto temblorosa, febril, diría yo, trazada con lápiz color morado, de vez en cuando reteñido con saliva por el autor de los apretados renglones. Estaban escritas por ambas caras, evitando con todo cuidado lo impreso originalmente y que pude comprobar se trataba, en efecto, de formas diversas de papelería comercial. De repente, una frase me saltó a la vista y me hizo olvidar la escrupulosa investigación del historiador francés sobre el alevoso asesinato del hermano de Carlos VI de Francia, ordenado por Juan sin Miedo, Duque de Borgoña. Al final de la última página, se leía, en tinta verde y en letra un tanto más firme: «Escrito por Maqroll el Gaviero durante su viaje de subida por el río Xurandó. Para entregar a Flor Estévez en donde se encuentre. Hotel de Flandre, Antwerpen». Como el libro tenía numerosos subrayados y notas hechos con el mismo lápiz, era fácil colegir que nuestro hombre, para no desprenderse de esas páginas, prefirió guardarlas en el bolsillo destinado a fines un tanto más trascendentes y académicos.*

Mientras las palomas seguían mancillando la noble estampa del conquistador de Mallorca y yerno del Cid, empecé a leer los abigarrados papeles en donde, en forma de diario, el Gaviero narraba sus desventuras, recuerdos, reflexiones, sueños y fantasías, mientras remontaba la corriente de un río, entre los muchos que bajan de la serranía para perderse en la penumbra vegetal de la selva inmensurable. Muchos trozos estaban escritos en letra más firme, de donde era fácil deducir que la vibración del motor de la embarcación que llevaba al Gaviero era la culpable de ese temblor que, en un principio, atribuí a las fiebres que en esos climas son tan frecuentes como rebeldes a todo medicamento o cura.

Este Diario del Gaviero, al igual que tantas cosas que dejó escritas como testimonio de su encontrado destino, es una mezcla indefinible de los más diversos géneros: va desde la narración intrascendente de hechos cotidianos hasta la enumeración de herméticos preceptos de lo que pensaba debía ser su filosofía de la vida. Intentar enmendarle la plana hubiera sido ingenua fatuidad, y bien poco se ganaría en favor de su propósito original de consignar día a día sus experiencias en este viaje, de cuya monotonía e inutilidad tal vez lo distrajera su labor de cronista.

Me ha parecido, por otra parte, de elemental equidad que este Diario lleve como título el nombre del sitio en donde por mayor tiempo disfrutó Maqroll de una relativa calma y de los cuidados de Flor Estévez, la dueña del lugar y la mujer que mejor supo entenderlo y compartir la desorbitada dimensión de sus sueños y la ardua maraña de su existencia.

También se me ocurre que podría interesar a los lectores del Diario del Gaviero el tener a su alcance algunas otras noticias de Maqroll, relacionadas, en una u otra forma, con hechos y personas a los que hace referencia en su Diario. Por esta razón he reunido al final del volumen algunas crónicas sobre nuestro personaje aparecidas en publicaciones anteriores y que aquí me parece que ocupan el lugar que en verdad les corresponde.

Diario del Gaviero

Marzo 15

Los informes que tenía indicaban que buena parte del río era navegable hasta llegar al pie de la cordillera. No es así, desde luego. Vamos en un lanchón de quilla plana movido por un motor diesel que lucha con asmática terquedad contra la corriente. En la proa hay un techo de lona sostenido por soportes de hierro de los que penden hamacas, dos a babor y dos a estribor. El resto del pasaje, cuando hay, se amontona en mitad de la embarcación, sobre un piso de hojas de palma que protege a los viajeros del calor que despiden las planchas de metal. Sus pasos retumban en el vacío de la cala con un eco fantasmal y grotesco. A cada rato nos detenemos para desvarar el lanchón encallado en los bancos de arena que se forman de repente y luego desaparecen, según los caprichos de la corriente. De las cuatro hamacas, dos las ocupamos los pasajeros que subimos en Puerto España y las otras dos son para el mecánico y el práctico. El Capitán duerme en la proa bajo un parasol de playa multicolor que él va girando según la posición del sol. Siempre está en una semiebriedad, que sostiene sabiamente con dosis recurrentes aplicadas en tal forma que jamás se escapa de ese ánimo en que la euforia alterna con el sopor de un sueño que nunca lo vence por completo. Sus órdenes no tienen relación alguna con la trayectoria del viaje y siempre nos dejan una irritada perplejidad: «¡Arriba el ánimo! ¡Ojo con la brisa! ¡Recia la lucha, fuera las sombras! ¡El agua es nuestra! ¡Quemen la sonda!», y así todo el día y buena parte de la noche. Ni el mecánico ni el práctico prestan la menor atención a esa letanía que, sin embargo, en alguna forma los sostiene despiertos y alertas y les transmite la destreza necesaria para sortear las incesantes trampas del Xurandó. El mecánico es un indio que se diría mudo a fuerza de guardar silencio y sólo se entiende de vez en cuando con el Capitán en una mezcla de idiomas difícil de traducir. Anda descalzo, con el torso desnudo. Lleva pantalones de mezclilla llenos de grasa que usa amarrados por debajo del prominente y terso estómago en el que sobresale una hernia del ombligo que se dilata y contrae a medida que su dueño se esfuerza para mantener el motor en marcha. Su relación con éste es un caso patente de transubstanciación; los dos se confunden y conviven en un mismo esfuerzo: que el lanchón avance. El práctico es uno de esos seres con una inagotable capacidad de mimetismo, cuyas facciones, gestos, voz y demás características personales han sido llevados a un grado tan perfecto de inexistencia que jamás consiguen permanecer en nuestra memoria. Tiene los ojos muy cerca del arco de la nariz y sólo puedo recordarlo evocando al siniestro Monsieur Rigaud-Blandois de *La Pequeña Dorrit*. Sin embargo, ni siquiera tan imborrable referencia sirve por mucho tiempo. El personaje de Dickens se esfuma cuando observo al práctico. Extraño pájaro. Mi compañero de viaje, en la sección protegida por el toldo, es un gigante rubio que habla algunas palabras masticadas con un acento eslavo que las hace casi por completo indescifrables. Es tranquilo y fuma continuamente los pestilentes cigarrillos que le vende el práctico a un precio desorbitado. Va, según me entero, al mismo sitio adonde yo voy: a la factoría que procesa la madera que ha de bajar por este mismo camino y de cuyo transporte se supone que voy a encargarme. La palabra factoría produce la hilaridad de la tripulación, lo cual no me hace gracia y me deja en el desamparo de una vaga duda. Una lámpara Coleman nos alumbra de noche y en ella vienen a estrellarse grandes insectos de colores y formas tan diversos que a veces me da la impresión de que alguien organiza su desfile con un propósito didáctico indescifrable. Leo a la luz de las caperuzas de hilo incandescente, hasta que el sueño me derriba como una droga súbita. La irreflexiva ligereza del de Orleans me ocupa por un instante antes de caer en un sopor implacable. El motor cambia de ritmo a cada rato, lo cual nos mantiene en constante estado de incertidumbre. Es de temer que de un momento a otro se detenga para siempre. La corriente se hace cada vez más indómita y caprichosa. Todo esto es absurdo y nunca acabaré de saber por qué razón me embarqué en esta empresa. Siempre ocurre lo mismo al comienzo de los viajes. Después llega la indiferencia bienhechora que todo lo subsana. La espero con ansiedad.

Marzo 18

Sucedió lo que hace rato vengo temiendo: la hélice chocó con un fondo de raíces y se torció el eje que la sostiene. La vibración se hizo alarmante. Hemos tenido que atracar en una orilla de arena de pizarra, que despide un tufo vegetal dulzón y penetrante. Hasta que logré convencer al Capitán de que sólo calentando el eje se conseguiría enderezarlo, lucharon varias horas en las maniobras más torpes e imprevisibles en medio de un calor soporífero. Una nube de mosquitos se instaló sobre nosotros. Por fortuna, todos estamos inmunes a esta plaga, con excepción del gigante rubio, que soporta el embate con una mirada colérica y contenida, como si no supiera de dónde procede el suplicio que lo acosa.

Al anochecer se presentó una familia de indígenas, el hombre, la mujer, un niño de unos seis años y una niña de cuatro. Todos desnudos por completo. Se quedaron mirando la hoguera con indiferencia de reptiles. Tanto el hombre como la mujer son de una belleza impecable. Él tiene los hombros anchos y sus brazos y piernas se mueven con una lentitud que destaca aún más la armonía de las proporciones. La mujer, de igual estatura que el hombre, tiene pechos abundantes pero firmes, y los muslos rematan en unas caderas estrechas graciosamente redondeadas. Una leve capa de grasa les cubre todo el cuerpo y desvanece los ángulos de coyunturas y articulaciones. Los dos tienen el cabello cortado a manera de casquetes que pulen y mantienen sólidos con alguna substancia vegetal que los tiñe de ébano y brillan con las últimas luces del sol poniente. Hacen algunas preguntas en su lengua que nadie entiende. Tienen los dientes limados y agudos y la voz sale como el sordo arrullo de un pájaro adormilado. Entrada ya la noche, logramos enderezar la pieza, pero sólo hasta mañana podrá colocarse. Los indios atraparon algunos peces en la orilla y se fueron a comerlos a un extremo de la playa. El murmullo de sus voces infantiles duró hasta el amanecer. He leído hasta conciliar el sueño. En la noche el calor no cesa y, tendido en la hamaca, pienso largamente en las necias indiscreciones del Duque de Orleans y en ciertos rasgos de su carácter que irán a repetirse en otros miembros de la *branche cadette*, siempre de distinto tronco, pero con las mismas tendencias a la felonía, las aventuras galantes, el placer dañino de conspirar, la avidez por el dinero y una deslealtad sin sosiego. Habría que pensar un poco en las razones por las que tales constantes de conducta aparecen en forma implacable, casi hasta nuestros días, en estos príncipes de origen tan diferente. El agua golpea en el fondo metálico y plano con un borboteo monótono y, por alguna razón inasible, consolador.

Marzo 21

La familia subió a la lancha en la madrugada siguiente. Mientras bregábamos bajo el agua para colocar la hélice, ellos permanecieron de pie sobre el piso de palma. Durante todo el día estuvieron allí sin moverse ni pronunciar palabra. Ni el hombre ni la mujer tienen vellos en parte alguna del cuerpo. Ella muestra su sexo que brota como una fruta recién abierta y él el suyo con el largo prepucio que termina en punta. Se diría un cuerno o una espuela, algo ajeno por entero a toda idea sexual y sin el menor significado erótico. A veces sonríen mostrando sus dientes afilados y su sonrisa pierde por ello todo matiz de cordialidad o de simple convivencia.

El práctico me explica que es común en estos parajes que los indios viajen por el río en las embarcaciones de los blancos. No suelen dar explicación alguna ni dicen jamás dónde van a bajar. Un día desaparecen como llegaron. Son de carácter apacible y jamás toman nada que no les pertenece, ni comparten la comida con el resto del pasaje. Comen hierbas, pescado crudo y reptiles también sin cocinar. Algunos suben armados con flechas cuyas puntas están mojadas en curare, el veneno instantáneo cuya preparación es un secreto jamás revelado por ellos.

Esa noche, mientras dormía profundamente, me invadió de pronto un olor a limo en descomposición, a serpiente en celo, una fetidez creciente, dulzona, insoportable. Abrí los ojos. La india estaba mirándome fijamente y sonriendo con malicia que tenía algo de carnívoro, pero al mismo tiempo de una inocencia nauseabunda. Puso su mano en mi sexo y comenzó a acariciarme. Se acostó a mi lado. Al entrar en ella, sentí cómo me hundía en una cera insípida que, sin oponer resistencia, dejaba hacer con una inmóvil placidez vegetal. El olor que me despertó era cada vez más intenso con la proximidad de ese cuerpo blando que en nada recordaba el tacto de las formas femeninas. Una náusea incontenible iba creciendo en mí. Terminé rápidamente, antes de tener que retirarme a vomitar sin haber llegado al final. Ella se alejó en silencio. Entretanto, en la hamaca del eslavo, el indio, entrelazado al cuerpo de éste, lo penetraba mientras emitía un levísimo chillido de ave en peligro. Luego, el gigante lo penetró a su vez, y el indio continuaba su quejido que nada tenía de humano. Fui a la proa y traté de lavarme como pude, en un intento de borrar la hedionda capa de pantano podrido que se adhería al cuerpo. Vomité con alivio. Aún me viene de repente a la nariz el fétido aliento que temo no habrá de abandonarme en mucho tiempo.

Ellos siguieron allí, de pie, en medio de la barca, con la mirada perdida en las copas de los árboles, masticando sin cesar un amasijo hecho de hojas parecidas a las del laurel y carne de pescado o de lagarto que capturan con una habilidad notable. El eslavo se llevó anoche a la india a su hamaca, y esta mañana amaneció otra vez con el indio que dormía abrazado sobre él. El Capitán los separó, no por pudor, sino, como explicó con voz estropajosa, porque el resto de la tripulación podía seguir su ejemplo y ello traería de seguro peligrosas complicaciones. El viaje, añadió, era largo y la selva tiene un poder incontrolable sobre la conducta de quienes no han nacido en ella. Los vuelve irritables y suele producir un estado delirante no exento de riesgo. El eslavo musitó no sé qué explicación que no logré entender y regresó tranquilamente a su hamaca después de tomar una taza de café que le ofreció el práctico, con quien sospecho que se ha conocido en el pasado. Desconfío de la obediente mansedumbre de este gigante, en cuyos ojos se asoma a veces la sombra de una cansina y triste demencia.

Marzo 24

Hemos llegado a un amplio claro de la selva. Después de tantos días, por fin, arriba, asoman el cielo y las nubes que se desplazan con lentitud bienhechora. El calor es más intenso, pero no nos abruma con esa agobiante densidad que, bajo el verde domo de los grandes árboles, en la penumbra constante, lo convierte en un elemento que nos va minando con implacable porfía. El ruido del motor se diluye en lo alto y el planchón se desliza sin que suframos su desesperado batallar contra la corriente. Algo semejante a la felicidad se instala en mí. En los demás es fácil percibir también una sensación de alivio. Pero allá, al fondo, se va perfilando de nuevo la oscura muralla vegetal que nos ha de tragar dentro de unas horas.

Este apacible intermedio de sol y relativo silencio ha sido propicio al examen de las razones que me impulsaron a emprender este viaje. La historia de la madera la escuché por primera vez en La Nieve del Almirante, la tienda de Flor Estévez en la cordillera. Vivía con ella desde hacía varios meses, curándome una llaga que me dejó en la pierna la picadura de cierta mosca ponzoñosa de los manglares del delta. Flor me cuidaba con un cariño distante pero firme, y en las noches hacíamos el amor con la consiguiente incomodidad de mi pierna baldada, pero con un sentido de rescate y alivio de anteriores desdichas que, cada uno por su lado, cargábamos como un fardo agobiante. Creo que sobre la tienda de Flor y mis días en el páramo dejé constancia en algunos papeles anteriores. Allí llegó el dueño de un camión, que él mismo conducía, cargado con reses compradas en los llanos y nos contó la historia de la madera que se podía comprar en un aserradero situado en el límite de la selva y que, bajando el Xurandó, podía venderse a un precio mucho más alto en los puestos militares que estaban ahora instalando a orillas del gran río. Cuando secó la llaga y con dinero que me dio Flor, bajé a la selva, siempre con la sospecha de que había algo incierto en toda esta empresa. El frío de la cordillera, la niebla constante que corría como una procesión de penitentes por entre la vegetación enana y velluda de esos parajes me hicieron sentir la necesidad impostergable de hundirme en el ardiente clima de las tierras bajas. El contrato que tenía pendiente para llevar a Amberes un carguero con bandera tunecina, que necesitaba ajustes y modificaciones para convertirlo en transporte de banano, lo devolví sin firmar, dando algunas torpes explicaciones que debieron dejar intrigados a sus dueños, viejos amigos y compañeros de otras andanzas y tropiezos que algún día merecerán ser recordados.

Al subir a esta lancha mencioné el aserradero de marras y nadie ha sabido darme idea cabal de su ubicación. Ni siquiera de su existencia. Siempre me ha sucedido lo mismo: las empresas en las que me lanzo tienen el estigma de lo indeterminado, la maldición de una artera mudanza. Y aquí voy, río arriba, como un necio, sabiendo de antemano en lo que irá a parar todo. En la selva, en donde nada me espera, cuya monotonía y clima de cueva de iguanas me hace mal y me entristece. Lejos del mar, sin hembras y hablando un idioma de tarados. Y, entretanto, mi querido Abdul Bashur, camarada de tantas noches a orillas del Bósforo, de tantos intentos inolvidables por hacer dinero fácil en Valencia y Toulon, esperándome y pensando que tal vez haya muerto. Me intriga sobremanera la forma como se repiten en mi vida estas caídas, estas decisiones erróneas desde su inicio, estos callejones sin salida cuya suma vendría a ser la historia de mi existencia. Una fervorosa vocación de felicidad constantemente traicionada, a diario desviada y desembocando siempre en la necesidad de míseros fracasos, todos por entero ajenos a lo que, en lo más hondo y cierto de mi ser, he sabido siempre que debiera cumplirse si no fuera por esta querencia mía hacia una incesante derrota. ¿Quién lo entiende? Ya vamos a entrar de nuevo en el verde túnel de la jungla ceñuda y acechante, ya me llega su olor a desdicha, a tibio sepulcro desabrido.

Marzo 27

Esta mañana, cuando orillamos para dejar varios tambores de insecticida en una ranchería ocupada por militares, bajaron los indios. Me enteré allí de que mi vecino de hamaca se llama Ivar. La pareja lo despidió desde la orilla piando: «Ivar. Ivar», mientras él sonreía con una dulzura de pastor protestante. Al caer la noche, cuando estábamos tendidos en nuestras hamacas y, para evitar los insectos, no habíamos encendido aún la Coleman, le pregunté en alemán de dónde era, y me respondió que de Pärnu, en Estonia. Hablamos hasta muy tarde. Intercambiamos recuerdos y experiencias de lugares que resultaron familiares para ambos. Como tantas veces sucede, el idioma revela de pronto a alguien por entero diferente de lo que nos habíamos imaginado. Me da la impresión de un hombre en extremo duro, cerebral y frío, y con un desprecio absoluto por sus semejantes, el cual enmascara en fórmulas cuya falsedad él mismo es el primero en delatar. De mucho cuidado el hombre. Sus opiniones y comentarios sobre el episodio erótico con la pareja de indios son todo un tratado de gélido cinismo de quien está de regreso, no ya de todo pudor o convención social, sino de la más primaria y simple ternura. Dice que viaja también hasta el aserradero.

Cuando lo llamé factoría, se lanzó a una confusa explicación sobre en qué consistían las instalaciones, lo cual sirvió para sumirme aún más en el desaliento y la incertidumbre. Quién sabe qué me espera en ese hueco al pie de la cordillera. Ivar. Luego, durante el sueño, entendí por qué el nombre me era tan familiar. Ivar, el grumete que murió acuchillado a bordo de la *Morning Star* sacrificado por un contramaestre que insistió en que le había robado su reloj cuando bajaron juntos a visitar un burdel en Pointe-à-Pitre. Ivar, que recitaba parrafadas completas de Kleist, y cuya madre le tejió un suéter que él usaba con orgullo en las noches de frío. En el sueño me acogió con su acostumbrada sonrisa cálida e inocente y trató de explicarme que no era el otro, mi vecino de hamaca. Entendí al instante su preocupación y le aseguré que lo sabía muy bien y que no había confusión posible. Escribo en la madrugada aprovechando la relativa frescura de esta hora. La larga encuesta sobre el asesinato del de Orleans comienza a aburrirme. En este clima sólo las más elementales y sórdidas apetencias subsisten y se abren paso entre el baño de imbecilidad que nos va invadiendo sin remedio.

Pero meditando un poco más sobre estas recurrentes caídas, estos esquinazos que voy dándole al destino con la misma repetida torpeza, caigo en la cuenta, de repente, de que a mi lado ha ido desfilando otra vida. Una vida que pasó a mi vera y no lo supe. Allí está, allí sigue, hecha de la suma de todos los momentos en que deseché ese recodo del camino, en que prescindí de esa otra posible salida y así se ha ido formando la ciega corriente de otro destino que hubiera sido el mío y que, en cierta forma, sigue siéndolo allá, en esa otra orilla en la que jamás he estado y que corre paralela a mi jornada cotidiana. Aquélla me es ajena y, sin embargo, arrastra todos los sueños, quimeras, proyectos, decisiones que son tan míos como este desasosiego presente y hubieran podido conformar la materia de una historia que ahora transcurre en el limbo de lo contingente. Una historia igual quizá a esta que me atañe, pero llena de todo lo que aquí no fue, pero allá sigue siendo, formándose, corriendo a mi vera como una sangre fantasmal que me nombra y, sin embargo, nada sabe de mí. O sea, que es igual en cuanto la hubiera yo protagonizado también y la hubiera teñido de mi acostumbrada y torpe zozobra, pero por completo diferente en sus episodios y personajes. Pienso, también, que al llegar la última hora sea aquella otra vida la que desfile con el dolor de algo por entero perdido y desaprovechado y no ésta, la real y cumplida, cuya materia no creo que merezca ese vistazo, esa postrera revista conciliatoria, porque no da para tanto ni quiero que sea la visión que alivie mi último instante. ¿O el primero? Éste es asunto para meditar en otra ocasión. La enorme y oscura mariposa que golpea con sus lanudas alas la pantalla de cristal de la lámpara empieza a paralizar mi atención y a mantenerme en un estado de pánico inmediato, insoportable, desorbitado. Espero, empapado en sudor, que desista de su revolotear alrededor de la luz y huya hacia la noche de donde vino y a la que tan cabalmente pertenece. Ivar, sin percibir siquiera mi transitoria parálisis, apaga la caperuza de la lámpara y se sume en el sueño respirando hondamente. Envidio su indiferencia. ¿Tendrá, en algún escondido rincón de su ser, una rendija donde aceche un pavor desconocido? No lo creo. Por eso es de temer.

Abril 2

De nuevo varados en los bancos de arena que se formaron en un momento mientras orillamos para arreglar una avería. Ayer subieron dos soldados que van al puesto fronterizo para curarse los ataques de malaria. Tirados sobre las hojas de palma, tiritan sacudidos por la fiebre. Sus manos no abandonan el fusil que golpea con monótona regularidad contra el piso metálico.

Establezco, sabiendo de su candorosa inutilidad, algunas reglas de vida. Es uno de mis ejercicios favoritos. Me hace sentir mejor y creo con ello poner en orden algo en mi interior.

Viejos rezagos del colegio de los jesuitas, que de nada sirven y a nada conducen, pero que tienen esa condición de ensalmo bienhechor al que me acojo cuando siento que ceden los cimientos. Veamos:

Meditar el tiempo, tratar de saber si el pasado y el futuro son válidos y si en verdad existen, nos lleva a un laberinto que, por familiar, no es menos indescifrable.

Cada día somos otro, pero siempre olvidamos que igual sucede con nuestros semejantes. En esto tal vez consista lo que los hombres llaman soledad. O es así, o se trata de una solemne imbecilidad.

Cuando le mentimos a una mujer volvemos a ser el niño desvalido que no tiene asidero en su desamparo. La mujer, como las plantas, como las tempestades de la selva, como el fragor de las aguas, se nutre de los más oscuros designios celestes. Es mejor saberlo desde temprano. De lo contrario, nos esperan sorpresas desoladoras.

Un golpe de cuchillo en el cuerpo de alguien que duerme. Los escuetos labios de la herida que no sangra. El vértigo, el estertor, la quietud final. Así ciertas certezas que nos asesta la vida, la indescifrable, la certera, la errática e indiferente vida.

Hay que pagar ciertas cosas, otras siempre se quedan debiendo. Eso creemos. En el «hay que» se esconde la trampa. Vamos pagando y vamos debiendo y muchas veces ni siquiera lo sabemos.

Los gavilanes que gritan sobre los precipicios y giran buscando su presa son la única imagen que se me ocurre para evocar a los hombres que juzgan, legalizan y gobiernan. Malditos sean.

Una caravana no simboliza ni representa cosa alguna. Nuestro error consiste en pensar que va hacia alguna parte o viene de otra. La caravana agota su significado en su mismo desplazamiento. Lo saben las bestias que la componen, lo ignoran los caravaneros. Siempre será así.

Poner el dedo en la llaga. Oficio de hombres, tarea bastarda que ninguna bestia sería capaz de cumplir. Necedad de profetas y de charlatanes agoreros. Mala calaña y, sin embargo, tan escuchada y tan solicitada.

Todo lo que digamos sobre la muerte, todo lo que se quiera bordar alrededor del tema, no deja de ser una labor estéril, por entero inútil. ¿No valdría más callar para siempre y esperar? No se lo pidas a los hombres. En el fondo deben necesitar la parca, tal vez pertenezcan exclusivamente a sus dominios.

Un cuerpo de mujer sobre el que corre el agua de las torrenteras, sus breves gritos de sorpresa y de júbilo, el batir de sus miembros entre las espumas que arrastran rojos frutos de café, pulpa de caña, insectos que luchan por salir de la corriente: he ahí la lección de una dicha que, de seguro, jamás vuelve a repetirse.

En el Crac de los Caballeros de Rodas, cuyas ruinas se levantan en un acantilado cerca de Trípoli, hay una tumba anónima que tiene la siguiente inscripción: «No era aquí». No hay día en que no medite en estas palabras. Son tan claras y al mismo tiempo encierran todo el misterio que nos es dado soportar.

¿En verdad olvidamos buena parte de lo que nos ha sucedido? ¿No será más bien que esta porción del pasado sirve de semilla, de anónimo incentivo para que partamos de nuevo hacia un destino que habíamos abandonado neciamente? Torpe consuelo. Sí, olvidamos. Y está bien que así sea.

Ensartar, una tras otra, estas sabias sentencias de almanaque, bisutería inane nacida del ocio y de la obligada espera de un cambio de humor de la corriente, sólo sirve, al final, para dejarme aún más desprovisto de la energía necesaria para enfrentar el trabajo aniquilador de este clima de maldición. Torno a recorrer la lista y las escuetas biografías de quienes asaltaron al de Orleans en su lóbrega esquina de la Rue Vieille-du-Temple y a enterarme de su posterior castigo en manos de Dios o de los hombres; que de todo hubo.

Abril 7

Antier murió uno de los soldados. Acababan de disolverse los bancos de arena y el motor se había puesto en movimiento cuando el golpeteo de uno de los fusiles cesó de repente. El práctico me llamó para que le ayudara a examinar el cuerpo que yacía inmóvil, mirando a la espesura en medio de un charco de sudor que empapaba las hojas de palma. El compañero había tomado el fusil del difunto y observaba a éste sin decir palabra. «Hay que enterrarlo ahora mismo» —comentó el práctico con el tono de quien sabe lo que dice. «No —contestó el soldado, tengo que llevarlo al puesto. Allá están sus cosas y mi teniente tiene que hacer el parte». Nada dijo el práctico, pero era claro que el tiempo le iba a dar la razón. En efecto, hoy atracamos para enterrar el cuerpo que se había hinchado monstruosamente y dejaba una estela de fetidez que atrajo una nube de buitres. Encima de los soportes del toldo de popa se había instalado ya el rey de la bandada, un hermoso buitre de luciente azabache con su gorguera color naranja y su opulenta corona de plumas rosadas. Parpadeaba dejando caer una membrana azul celeste con la regularidad de un obturador fotográfico. Sabíamos que mientras él no diera el primer picotazo al cadáver los demás jamás se acercarían. Cuando cavamos la fosa, en el límite del playón y la selva, nos miraba desde su atalaya con una dignidad no exenta de cierto desprecio. Hay que reconocer que la belleza del majestuoso animal se imponía hasta el punto de que su presencia dio al apresurado funeral un aire heráldico, una altivez militar acordes con el silencio del lugar, interrumpido apenas por el golpe de la corriente contra el fondo plano de la barca.

Viajamos por una región en donde los claros se suceden con exactitud que parece obra de los hombres. El río se remansa y apenas se nota la resistencia del agua a nuestro avance. El soldado sobreviviente ha superado la crisis y toma las blancas pastillas de quina con una resignación castrense. Ahora cuida las dos armas de las que nunca se desprende. Conversa con nosotros bajo el parasol del Capitán y nos relata historias de los puestos de avanzada, la convivencia con los soldados del país fronterizo y las riñas de cantina los días de fiesta, que terminan siempre con varios muertos de uno y otro bando que son enterrados con honores militares como si hubiesen caído en cumplimiento del deber. Tiene la malicia de los hombres del páramo, silba las eses cuando habla y pronuncia con esa peculiar rapidez que hace las frases difíciles de comprender mientras nos acostumbramos al ritmo de un idioma usado más para ocultar que para comunicar. Cuando Ivar comienza a preguntarle sobre ciertos detalles del puesto fronterizo relacionados con el equipo que usan y con el número de conscriptos que alberga, entrecierra los ojos, sonríe ladino y contesta algo que nada tiene que ver con la cuestión. De todos modos no parece sentir mucha simpatía por nosotros y creo que no nos perdona el que hayamos enterrado a su compañero sin su consentimiento. Pero hay, además, otra razón más simple. Como toda persona que ha recibido una formación militar, para él los civiles somos una suerte de torpe estorbo que hay que proteger y tolerar; siempre empeñados en negocios turbios y en empresas de una flagrante necedad. No saben mandar ni saben obedecer, o sea, no saben pasar por el mundo sin sembrar el desorden y la inquietud. Hasta en el más nimio gesto nos lo está diciendo todo el tiempo. En el fondo siento envidia, y aunque siempre estoy tratando de minar su inexpugnable sistema, no puedo menos de reconocer que éste lo preserva del sordo estrago de la selva, cuyos efectos comienzan a manifestarse en nosotros con aciaga evidencia.

 La comida que prepara el práctico es simple y monótona: arroz convertido en una pasta informe, frijoles con carne seca y plátano frito. Luego, una taza de algo que pretende ser café, en verdad un aguachirle de sabor indefinido, con trozos de azúcar mascabado que dejan en la taza un sedimento inquietante de alas de insectos, residuos vegetales y fragmentos de origen incierto. El alcohol no aparece jamás. Sólo el Capitán lleva siempre consigo una cantimplora con aguardiente, de la que toma con implacable regularidad algunos tragos y jamás ofrece a los demás viajeros. Tampoco dan ganas de probar la tal pócima que, a juzgar por el aliento que despide su dueño, debe ser un destilado de caña de la más ínfima calidad, producido de contrabando en alguna ranchería del interior, y cuyos efectos saltan a la vista.

Después de cenar, cuando el soldado terminó sus historias, todos se dispersaron. Yo permanecí en la proa en espera de un poco de aire fresco. El Capitán, con las piernas colgando sobre la borda, disfrutaba su pipa. El humo se supone que ahuyenta los mosquitos, lo que en este caso no me sorprendería dada la pésima calidad de la picadura cuyo agrio aroma no recuerda para nada el del tabaco. El hombre se sentía comunicativo, cosa en él poco frecuente. Empezó a relatarme su historia, como si la locuacidad del soldado le hubiera soltado la lengua por un proceso de ósmosis muy común en los viajes. Lo que pude sacar en claro de ese monólogo desarticulado, dicho con voz pedregosa y en el que intercalaba largos períodos circulares, carentes de sentido alguno, no dejó de interesarme. Había episodios que me resultaron familiares y que bien podían haber pertenecido a ciertas épocas de mi propio pasado.

Había nacido en Vancouver. Su padre fue minero y luego pescador. Su madre era piel roja y había huido con su padre. Los hermanos de ella los persiguieron durante semanas, hasta que un día consiguió que un tabernero amigo suyo los emborrachara. Cuando salieron, los estaba esperando en las afueras, y allí los mató. La india aprobó la conducta de su hombre y se casaron a los pocos días en una misión católica. La pareja hacía una vida itinerante. Cuando él nació, lo dejaron al cuidado de las monjas de la misión. Un día no regresaron más. Al cumplir quince años, el muchacho huyó de allí y empezó a trabajar como ayudante de cocina en los barcos pesqueros. Más tarde se alistó en un buque tanque que llevaba combustible para Alaska. En el mismo barco viajó luego al Caribe, y durante algunos años hizo la ruta entre Trinidad y las ciudades costeras del continente. Transportaban gasolina de aviación. El capitán del barco se encariñó con el muchacho y le enseñó algunos rudimentos del arte de navegar. Era un alemán al que le faltaba una pierna. Había sido comandante de submarino. No tenía familia y desde la mañana comenzaba a beber una mezcla de champaña y cerveza ligera, acompañada de pequeños bocadillos de pan negro con arenques, queso roquefort, salmón o anchoas. Un día amaneció muerto, tirado en el suelo de su camarote. En la mano apretaba la cruz de hierro que escondía debajo de la almohada y enseñaba con orgullo en la altamar de sus borracheras. Empezó entonces para el joven una larga peregrinación por los puertos de las Antillas, hasta que vino a recalar en Paramaribo. Allí se organizó con la dueña de un burdel, una mulata con mezcla de sangres negra, holandesa e hindú. Era inmensamente gorda, de un carácter jovial, fumaba constantemente unos puros delgados hechos por las pupilas de la casa. Le encantaban los chismes y llevaba el negocio con un talento admirable. Nuestro hombre se aficionó al ron con azúcar fundido y limón. Cuidaba de tres mesas de billar que había a la entrada del establecimiento, más para distraer a las autoridades que para beneficio de los clientes. Pasaron varios años; la pareja se entendía y complementaba en forma tan ejemplar que llegó a ser una institución de la que se hablaba en todas las islas. Llegó un día una muchacha china a trabajar en la casa. Sus padres la vendieron a la dueña y fueron a instalarse en Jamaica con el dinero recibido. Le escribieron dos o tres postales y luego no volvió a saber de ellos. La nueva pupila no tenía aún dieciséis años, era menuda, silenciosa y apenas hablaba unas pocas palabras en papiamento. El marino se fijó en ella y la llevó a su cuarto varias veces, bajo la mirada tolerante y distraída de la matrona. Acabó por apasionarse de la china y huyó con ella, llevándose algunas joyas de la dueña y el poco dinero que había en la caja del billar. Rodaron algún tiempo por el Caribe, hasta cuando fueron a parar a Hamburgo en un carguero sueco en el que trabajó como ayudante de bodega. En Hamburgo gastaron el poco dinero que habían logrado reunir. Ella se contrató en un cabaret de Sankt Pauli. Hacía un número de complicada calistenia erótica con dos mujeres más. Subían las tres a un pequeño escenario y allí duraban muchas horas en una inagotable pantomima que excitaba a la clientela mientras ellas permanecían ausentes, conservando en el rostro una sonrisa de autómatas y en el cuerpo una elasticidad de contorsionistas que no conocía la fatiga. La china pasó luego a participar en un *sketch* con un tártaro gigantesco, algo acromegálico, y una clarinetista clorótica que se encargaba del comentario musical de la rutina asignada a la pareja. Un día, el Capitán —ya se llamaba así entonces— se vio involucrado en un negocio de tráfico de heroína y tuvo que abandonar Hamburgo y a la china para no caer en manos de la policía.

El Capitán mencionó luego una indescifrable historia en donde figuraban Cádiz y un negocio de banderines del alfabeto náutico que, merced a ciertas, casi imperceptibles, alteraciones, permitían comunicarse entre sí a los barcos que traían algún cargamento ilegal. No pude saber si se trataba de armas, de mano de obra levantina o de mineral de uranio sin tratar. Allí también se insertaba una historia de mujeres. Alguna de ellas acabó por hablar, y la Guardia Civil allanó el taller donde fabricaban las banderas de marras. No entendí cómo el hombre logró librarse a tiempo. Recaló en Belem do Pará. Allí trabajó en el comercio de piedras semipreciosas. Fue remontando el río dedicado a toda suerte de transacciones, sumido ya en el alcoholismo sin regreso. Compró el planchón en un puesto militar, donde remataban equipo obsoleto de la Armada, y se internó por la intrincada red de afluentes que se entrecruzan en la selva, formando un laberinto delirante. En medio de la niebla que entorpece sus facultades, ha conservado, por alguna extraña razón que se escapa a toda lógica, una destreza infalible para orientarse y un poder de mando sobre sus subordinados que le guardan esa mezcla de temor y confianza sin reservas de la que él se aprovecha sin escrúpulos, pero con ladina paciencia.

Abril 10

El clima empieza a cambiar paulatinamente. Debemos estar acercándonos ya a las estribaciones de la cordillera. La corriente es más fuerte y el cauce del río se va estrechando. En las mañanas, el canto de los pájaros se oye más cercano y familiar y el aroma de la vegetación es más perceptible. Estamos saliendo de la humedad algodonosa de la selva, que embota los sentidos y distorsiona todo sonido, olor o forma que tratamos de percibir. En las noches corre una brisa menos ardiente y más leve. La anterior nos hacía perder el sueño con su vaho mortecino y pegajoso. Esta madrugada tuve un sueño que pertenece a una serie muy especial. Viene siempre que me aproximo a la tierra caliente, al clima de cafetales, plátanos, ríos torrentosos y arrulladores, interminables lluvias nocturnas. Son sueños que preludian la felicidad y de los que se desprende una particular energía, una como anticipación de la dicha, efímera, es cierto, y que de inmediato se transforma en el inevitable clima de derrota que me es familiar. Pero basta esa ráfaga que apenas permanece y que me lleva a prever días mejores para sostenerme en el caótico derrumbe de proyectos y desastradas aventuras que es mi vida. Sueño que participo en un momento histórico, en una encrucijada del destino de las naciones y que contribuyo, en el instante crítico, con una opinión, un consejo que cambia por completo el curso de los hechos. Es tan decisiva, en el sueño, mi participación y tan deslumbrante y justa la solución que aporto, que de ella mana esa suerte de confianza en mis poderes que barre las sombras y me encamina hacia un disfrute de mi propia plenitud, con tal intensidad que, cuando despierto, perdura por varios días su fuerza restauradora.

Soñé que me encontraba con Napoleón el día después de Waterloo, en Genappe o sus alrededores, en una casa de campo de estilo flamenco. El Emperador, en compañía de algunos ayudantes y civiles atónitos, se pasea en un pequeño aposento con unos pocos muebles desvencijados.

Me saluda distraído y sigue su agitado caminar. «¿Qué pensáis hacer, Sire?», le pregunto en el tono caluroso y firme de quien lo conoce hace mucho tiempo. «Me entregaré a los ingleses. Son soldados de honor. Inglaterra ha sido siempre mi enemigo, ellos me respetan y son los únicos que pueden garantizar mi seguridad y la de mi familia». «Ése sería un grave error, Majestad —le comento con la misma firmeza—. Los ingleses son gente sin palabra y sin honor, y su guerra en los mares ha estado llena de trampas arteras y de cínica piratería. Su condición de isleños los hace desconfiados y ven en todo el mundo un enemigo». Napoleón se sonríe y me comenta: «¿Olvidáis, acaso, que soy corso?». Me sobrepongo a la confusión que me causa mi inadvertencia y sigo argumentando a favor de escapar hacia América del Sur o a las islas del Caribe. Participan en la controversia los demás circunstantes; el Emperador vacila y, finalmente, se inclina por mi sugerencia. Viajamos hacia un puerto que se parece a Estocolmo, y allí nos embarcamos hacia Sur América en un vapor movido por una gran rueda lateral y que conserva aún su velamen para apoyar el trabajo de las calderas. Napoleón hace algún comentario sobre la novedad de tan extraño navío y yo le comento que en América del Sur hace muchos años que navegan estas embarcaciones, que son muy rápidas y seguras, y los ingleses jamás podrán darnos alcance. «¿Cómo se llama este barco?» —pregunta Napoleón con curiosidad mezclada de recelo. «*Mariscal Sucre*, Sire», le respondo. «¿Quién era ese soldado? Nunca escuché antes su nombre». Le cuento la historia del Mariscal de Ayacucho y su artero asesinato en la montaña de Berruecos. «¿Y allí me lleva usted?», me increpa Napoleón mirándome con franca desconfianza. Ordena a sus oficiales que me detengan, y éstos ya se abalanzan sobre mí cuando el estruendo de las máquinas que cambian de régimen los deja atónitos mientras miran el humo negro y espeso que sale de la chimenea. Me despierto. Por un momento perduran, confundidos, el alivio de estar a salvo y la satisfacción de haber dado un consejo oportuno al Emperador, evitándole los años de humillación y miserias en Santa Helena. Ivar me observa asombrado, y me doy cuenta de que estoy riendo en forma que a él debe parecerle inexplicable e inquietante. Hemos llegado a los primeros rápidos, casi imperceptibles. El motor ha tenido que redoblar su esfuerzo. Ése fue el ruido que me despertó. La lancha se mece y da tumbos como si se desperezara. Una bandada de loros cruza el cielo en una algarabía gozosa que se va perdiendo a lo lejos como una promesa de ventura y disponibilidad sin límites.

El soldado anuncia que pronto llegaremos al puesto militar. Creí sorprender una ráfaga de inquietud, de agazapada incertidumbre, en los rostros del práctico y del estoniano. Algo se va concretando respecto a estos dos compinches en alguna fechoría o socios en alguna empresa sospechosa. Aprovechando un momento en que el Capitán estaba pasablemente lúcido y los compadres conversaban en voz baja con el soldado, tendidos los tres en la proa y echándose agua en la cara para refrescarse, le pregunté al hombre si sabía algo al respecto. Me miró largamente y se concretó a comentar: «Terminarán bajo tierra uno de estos días. Ya se sabe de ellos más de lo que les conviene. No es la primera vez que hacen juntos esta travesía. Puedo arreglarles las cuentas ahora, pero prefiero que sean otros los que lo hagan. Son unos infelices. No se preocupe». Como buena parte de mi vida se ha perdido en tratos con infelices de pelaje semejante, no es preocupación lo que siento, sino hastío al ver acercarse un episodio más de la misma, repetida y necia historia. La historia de los que tratan de ganarle el paso a la vida, de los listos, de los que creen saberlo todo y mueren con la sorpresa retratada en la cara: en el último instante les llega siempre la certeza de que lo que les sucedió es, precisamente, que nada comprendieron ni nada tuvieron jamás entre las manos. Viejo cuento; viejo y aburrido.

Abril 12

Al mediodía escuchamos el zumbido de un motor. Pocos minutos después comenzó a volar alrededor de la lancha un hidroavión Junker. Es un modelo que pertenece a los tiempos heroicos de la aviación en estas regiones. No pensé que aún existieran en servicio. Tiene seis plazas y el fuselaje es de lámina ondulada. El motor suele toser a veces y el hidroavión desciende, entonces, a ras del agua por si se presenta una avería. Un cuarto de hora después desapareció a lo lejos para alivio del práctico y su amigo, que habían estado tensos y en guardia durante todo el tiempo que el aparato sobrevoló a nuestro alrededor. Comimos el rancho de siempre y estábamos durmiendo la siesta cuando de repente el Junker acuatizó frente a nosotros y se acercó a la lancha. Un oficial en camisa caqui, sin gorra ni insignias reglamentarias, descendió a los flotadores y desde allí nos hizo señas de orillarnos en un lugar que nos indicó. Su tono era autoritario y no anunciaba nada bueno. Así lo hicimos, seguidos por el Junker con el motor a media marcha. Atracamos y del avión bajaron dos militares que saltaron a la lancha de inmediato. Llevaban pistolas al cinto, ninguno tenía insignias, pero por el porte y la voz era fácil deducir que eran oficiales. El piloto tenía aún puestos unos guantes con las puntas de los dedos desgarradas, y en la camisa mostraba las alas de plata de la aviación militar. Permaneció en los mandos mientras los dos oficiales nos ordenaban traer nuestros papeles y permanecer reunidos bajo el toldo de popa. El soldado se unió de inmediato a sus superiores y uno de ellos tomó el fusil del muerto. El que nos había dado orden de atracar comenzó a interrogarnos con nuestros papeles en la mano y sin mirarlos siquiera. Al Capitán y al mecánico se ve que ya los conocía. Únicamente preguntó al primero adónde iba. Éste respondió que al aserradero, y fue a refugiarse bajo su parasol después de tomar un trago de la cantimplora. El mecánico regresó a su motor. El interrogatorio del práctico y de Ivar fue mucho más detallado, y a medida que las respuestas de éstos se hacían más vagas y su temor más evidente, el otro oficial y el soldado se fueron corriendo lentamente hasta quedar a espaldas de los sospechosos, con el claro propósito de impedirles saltar al agua. Al terminar con ellos se acercó a mí, preguntó mi nombre y el objeto del viaje. Le di mi nombre, y el Capitán, sin dejarme continuar, respondió en mi lugar: «Viene conmigo al aserradero. Es de confianza». El oficial no me quitaba los ojos de encima y parecía no haber escuchado las palabras del Capitán. «¿Trae armas?», me preguntó con la voz seca de quien está acostumbrado a mandar. «No», le respondí en voz baja. «No, señor, aunque se demore un poco», añadió apretando los labios. «¿Trae dinero?». «Sí... señor, un poco». «¿Cuánto?». «Dos mil pesos». Se dio cuenta de que no estaba diciendo la verdad y me volvió la espalda para ordenar: «Suban a estos dos al avión». El práctico y el estoniano hicieron un leve gesto de resistencia, pero cuando sintieron los cañones de los fusiles contra sus espaldas obedecieron mansamente. Ya iban a entrar en la cabina cuando el oficial gritó: «¡Amárrenles las manos a la espalda, pendejos!». «No hay con qué, mi mayor», se disculpó el otro oficial. «¡Con los cinturones, carajo!». Mientras el soldado les apuntaba, el oficial dejó el fusil en el piso de la cabina y ató a los detenidos con sus propios cinturones. Las grotescas posturas de la pareja para impedir que se les cayeran los pantalones no produjeron la menor reacción en los presentes. Los subieron al hidroavión, y el piloto se sentó frente a los mandos. El Mayor se nos quedó mirando y, luego, dirigiéndose al Capitán, le habló en un tono neutro y ya menos castrense: «No quiero problemas, Capi. Usted siempre ha sabido manejarse aquí sin buscar líos, siga así y nos entenderemos como siempre. Y usted —me señaló con el dedo como si fuera un recluta— haga su trabajo y lárguese después de aquí. No tenemos nada contra los extranjeros, pero entre menos vengan, mejor. Cuide su dinero. Ese cuento de los dos mil pesos se lo va a contar a su madre; a mí, no. No me importa cuánto tenga, pero es bueno que sepa que aquí matan por diez centavos para comprar aguardiente. Respecto al aserradero. Bueno. Ya verá usted por sí mismo. Lo quiero ver bajando el Xurandó lo más pronto posible, eso es todo». Nos volvió la espalda sin despedirse y subió al lado del piloto cerrando la portezuela con un estrépito de metales desajustados que repercutió en las dos orillas. El Junker se alejó hasta subir lenta y trabajosamente y perderse a lo lejos casi rozando las copas de los árboles.

El Capitán no pareció oír las palabras del Mayor. Seguía sentado en la hamaca sin pronunciar palabra. Alzó luego la cara hacia mí para comentar: «Nos salvamos, amigo; nos salvamos en un hilo. Ya le contaré más tarde. No sabía que él estaba de nuevo al mando de la base. Conoce la vida de todos los que andamos por aquí. Lo habían llamado del Estado Mayor y creí que no volvería. Por eso me arriesgué a traer a esos dos. No sé por qué no cargó también con nosotros. Por menos que eso se ha echado a muchos. A ver si en el puesto consigo un práctico. Yo ya no estoy para estas bregas. Ya sabe dónde están los bastimentos. Yo como muy poco, así que tendrá que hacerse su comida. Por mí no se preocupe. El mecánico también sabe arreglárselas por su cuenta. De todos modos no puede cocinar porque el motor hay que cuidarlo. Él trae su propia comida y allá abajo la prepara a su manera. Vamos, pues». El mecánico regresó a la proa para ocupar el lugar del práctico. Dio marcha atrás y se enfiló corriente arriba por la mitad del río. A medida que va cayendo la tarde me doy cuenta de que desaparecen la tensión, el ambiente enrarecido y maligno que creaban el práctico e Ivar con su intercambio de miradas, sus palabras en voz baja y su presencia perturbadora y viciada. La ciega lealtad del mecánico al Capitán, su silencio y su entrega a la tarea de mantener en marcha ese motor que hace años tendría que haber cumplido su servicio y convertirse en chatarra le dan al personaje ciertos toques de ascético heroísmo.

Abril 13

Este contacto con un mundo que se había borrado de la memoria por obra del extrañamiento y del sopor en que nos sepulta la selva ha sido más bien reconfortante, a pesar de las señales de peligro que dejó presentes el Mayor con sus palabras y advertencias perentorias. Es más, el peligro mismo me regresa a la rutina cotidiana del pasado y la puesta en marcha de los mecanismos de defensa, de la atención necesaria para enfrentar las dificultades fáciles de prever, son otros tantos estímulos para salir de la apatía, del limbo impersonal y paralizante en el que estaba instalado con alarmante conformidad.

La vegetación se hace más esbelta, menos tupida. El cielo está a la vista durante buena parte del día, y, en la noche, las estrellas, con la cercanía familiar que las distingue en la zona ecuatorial, despiden esa aura protectora, vigilante, que nos llena de sosiego al darnos la certeza, fugaz, si se quiere, pero presente en el reparador trecho nocturno, de que las cosas siguen su curso con la fatal regularidad que sostiene a los hijos del tiempo, a las criaturas sumisas al destino, a nosotros los hombres. La cantidad de facturas y memoriales de aduanas que encontré en la cala de la lancha y que el Capitán me obsequió para escribir este diario, único alivio al hastío del viaje, se están terminando. También el lápiz de tinta está llegando a su fin. El Capitán me explica que en la base militar, adonde llegaremos mañana, podré conseguir nueva provisión de papeles y otro lápiz. No me imagino solicitando ese favor, tan simple y tan candorosamente personal, al autoritario Mayor, cuya voz aún está presente en mis oídos. No sus palabras, sino el acento metálico, desnudo, seco como un disparo, que nos deja inermes, desamparados y listos a obedecer ciegamente y en silencio. Advierto que esto es nuevo para mí y que jamás había estado sujeto a una prueba semejante, ni en mi vida de marino, ni en mis variados oficios y avatares en tierra. Ahora entiendo cómo se lograron las arrolladoras cargas de los coraceros. Pienso si eso que solemos llamar valor no sea sino una entrega incondicional a la energía incontenible, neutra, arrasadora de una orden emitida en ese tono. Habría que meditarlo con más detenimiento.

Abril 14

Esta madrugada llegamos al puesto militar. Amarrado a un pequeño muelle de madera, el Junker se mece al impulso de la corriente. Ese avión de otros tiempos, con su lámina ondulada y su nariz pintada de negro, su motor radial y sus alas medio oxidadas, es una presencia anacrónica, una aparición aberrante que no sabré dónde colocar después en mis recuerdos. El puesto consta de una construcción paralela al curso del río, con tejado de zinc y paredes de tela metálica sostenida en bastidores. En el centro está la pequeña oficina de la comandancia, frente a la cual se alza un mástil con la bandera, en medio de un terraplén donde todo el día están barriendo los soldados que cumplen un castigo. En las dos alas de la construcción están las hamacas de la tropa y se distinguen pequeños cubículos para los oficiales con una hamaca cada uno. Nos salió a recibir un sargento que nos condujo a la comandancia. El Mayor nos acogió como si nunca nos hubiera visto. No fue cortés, ni sus modales castrenses han cambiado, pero ahora mantuvo una distancia y una indiferencia que, a tiempo que nos preserva del temor de despertar su inquina, también nos está indicando que la vigilancia no ha aflojado, sino que se aleja un poco para cubrir otras áreas de la diaria rutina del puesto.

Nos acomodaron en el extremo del ala derecha. El mecánico prefirió regresar a la lancha y dormir en su hamaca al lado del motor. Comimos con los soldados en una larga mesa colocada al aire libre, en la parte trasera del edificio. Un poco de pescado de río y la posibilidad de acompañarlo con cerveza me hicieron sentir ante un banquete imprevisto. Después de la comida, el soldado que viajó con nosotros vino a saludarnos. Encendimos unos cigarros que nos obsequió y los fumamos, más para espantar los mosquitos que por placer de saborear el tabaco, que era muy fuerte. Le preguntamos por los presos que habían subido al Junker. Sin responder, miró hacia el cielo y bajó la mirada hacia el piso con una elocuencia que no necesitaba más explicaciones. Se hizo un breve silencio y luego comentó en tono que intentaba ser natural: «Las ejecuciones hacen ruido y hay que llenar muchos trámites. En cambio, así caen en la selva y el suelo es tan pantanoso que, con el impacto, ellos mismos cavan su tumba. Nadie pregunta más y la cosa se olvida pronto. Aquí hay mucho que hacer». El Capitán chupaba su cigarro mirando hacia la selva y palpaba su cantimplora como quien se asegura de tener consigo el conjuro de toda desgracia. No era para él novedad alguna esta manera sumaria de liquidar a los indeseables. En cuanto a mí, debo confesar que, después del primer escalofrío que me recorrió la espalda, muy pronto olvidé el asunto. Ahora que vuelvo a pensar en ello, me doy cuenta de que el sentido que se embota primero, a medida que la vida se nos va viniendo encima, es el de la piedad. La tan llevada y traída solidaridad humana que jamás ha significado para mí nada concreto. Se la menciona en circunstancias de pasajero pánico. Entonces pensamos más bien en el apoyo de los demás y no en el que nosotros podríamos ofrecerles. Nuestro compañero de travesía se despidió y nos quedamos un rato contemplando el cielo estrellado y la luna llena, cuya perturbadora proximidad nos llevó a preferir el dormitorio y el reposo en nuestras hamacas. Le había pedido a nuestro amigo si podía conseguirme un poco de papel y un lápiz nuevo. Al rato llegó con ellos. Me explicó, con una sonrisa que no pude descifrar: «Se los envía mi Mayor y le manda decir que ojalá le sirvan para apuntar lo que debe y no lo que quiere». Era evidente que repetía el recado con fidelidad impersonal que lo hacía aún más sibilino. El silencio de la noche y la ausencia del motor, a cuyo ruido ya me había acostumbrado, me mantienen despierto por largo rato. Escribo para conciliar el sueño. No sé cuándo vamos a partir. Entre más pronto creo que será mejor. Éste no es lugar para mí. De todos los sitios que me han acogido en este mundo, y que son tantos y tan variados que ya he perdido la cuenta, éste, sin duda, es el único en donde todo me es hostil, ajeno, cargado de un peligro con el cual no sé cómo negociar. Me prometo jamás volver a pasar por esta experiencia que maldita la falta que me hacía.

Abril 15

Esta mañana, cuando nos preparábamos para partir, regresó el hidroavión que había salido al amanecer con el Mayor y el piloto. El mecánico comenzó a calentar el motor diesel, y el Capitán, con el nuevo práctico que le facilitaron en la base, acomodaba las provisiones en la cala. Un soldado me llamó desde la orilla. El Mayor quería hablar conmigo. El Capitán me miró con recelo y algo de temor. Era evidente que pensaba más en él que en mí en ese momento. Cuando entraba a la comandancia, el Mayor salía de la oficina. Me hizo un gesto con la mano como si quisiera tomarme del brazo para invitarme a pasear con él por el terraplén. Lo seguí. En su rostro moreno y regular, adornado con un bigote negro, cuidado con escrúpulo pero sin coquetería, se paseaba una expresión entre irónica y protectora que nunca acababa de ser cordial pero que, sin embargo, infundía una cierta confianza.

—¿Así que está resuelto a subir hasta los aserraderos? —comentó mientras encendía un cigarrillo.

—¿Aserraderos? Me habían hablado de uno nada más.

—No, son varios —contestó mientras observaba la lancha con mirada distraída.

—Bueno, no creo que eso cambie mucho el asunto. Lo importante es arreglar la compra de la madera y bajarla luego por el río —respondí mientras me subía por el estómago una sensación de ansiedad ya familiar: me indica cuándo empiezo a tropezar con los obstáculos de una realidad que había ido ajustando engañosamente a la medida de mis deseos.

Terminamos de recorrer el terraplén. El Mayor fumaba con una morosa delectación, como si fuera el último cigarrillo de su vida. Al final del trayecto se detuvo, volvió a mirarme de frente y me dijo:

—Ya se las arreglará usted como pueda. No es asunto mío. Una cosa le quiero advertir: usted no es hombre para permanecer aquí mucho tiempo. Viene de otros países, otros climas, otras gentes. La selva no tiene nada misterioso, como suele creerse. Ése es su peligro más grande. Es, ni más ni menos, esto que usted ha visto. Esto que ve. Simple, rotunda, uniforme, maligna. Aquí la inteligencia se embota, el tiempo se confunde, las leyes se olvidan, la alegría se desconoce, la tristeza no cuaja —hizo una pausa y aspiró una bocanada de humo que fue expulsando a tiempo que hablaba—. Ya sé que le contaron lo de los presos. Cada uno tenía una historia para llenar muchas páginas de un expediente que nunca se levantará. El estonio vendía indios al otro lado. Los que no lograba vender, los envenenaba y luego los tiraba al río. Después vendió armas a los cultivadores de coca y de amapola y nos informaba luego de la ubicación de sus plantíos y de sus campamentos. Mataba sin razón y sin rabia. Sólo por hacer el daño. El práctico no se le quedaba atrás, pero era más ducho y sólo hasta hace unos meses logramos concretar su participación en una matanza de indios organizada para vender las tierras que el Gobierno les había concedido. Bueno, es inútil que le cuente más sobre estos dos elementos. También el crimen es aburrido y tiene muy pocas variaciones. Lo que quería explicarle es esto: si los envío con una escolta al juzgado más cercano, eso toma diez días de viaje. Arriesgo seis soldados que corren el peligro de caer en un simulacro de soborno que luego les cuesta la vida, o ser asesinados por los cómplices que estos delincuentes tienen en las rancherías. Seis soldados son para mí muy valiosos. Indispensables. En un momento dado pueden significar algo de vida o muerte. Además, los jueces... Bueno, ya usted se imagina. No tengo que decírselo. Esto se lo cuento no para disculparme, sino para que tenga una idea de cómo son aquí las cosas —otra pausa—. Veo que ya se hizo amigo del Capitán, ¿verdad? —asentí con la cabeza—. Es un buen hombre mientras tiene qué beber. Si le falta el trago se convierte en otra persona. Cuide que no suceda. Pierde la razón y es capaz de las peores barbaridades. Luego no se acuerda de nada. También noto que usted no se lleva bien con la vida del cuartel, ni con la gente de uniforme. No deja de tener razón. Lo comprendo perfectamente. Pero alguien tiene que hacer ciertas tareas, y para eso existimos los militares. He hecho cursos de Estado Mayor en el norte. En Francia permanecí dos años en una misión militar conjunta. En todas partes es lo mismo. Creo saber cuál ha sido su vida y es posible que se haya encontrado alguna vez con mis colegas. Cuando no estamos de servicio somos algo más tolerables. En nuestro trabajo nos formaron para ser... eso que usted ve —estábamos frente al desembarcadero—. Bueno, no lo detengo más. Viaje con cuidado. El práctico que llevan es hombre de confianza. Al regreso lo deja aquí. No confíe en nadie, y de la tropa no espere mucho, estamos en otras cosas. No podemos ocuparnos de extranjeros soñadores. Ya me comprende —me tendió la mano y, al estrechársela, me di cuenta de que era la primera vez que lo hacía conmigo. Nos dirigimos al muelle. Cuando subí a la lancha me dio una palmada en el hombro y me habló en voz baja: «Vigile el aguardiente. Que no falte». Con un gesto se despidió del Capitán. Caminó hacia su oficina con un paso elástico y lento, el cuerpo erguido, un tanto envarado. Llegamos a mitad del río y comenzamos a remontar la corriente. El campamento se fue alejando hasta que se confundió con el borde de la selva. De vez en cuando, un reflejo del sol sobre el fuselaje del Junker nos indicaba el lugar como una advertencia cargada de presagios.

Abril 17

El nuevo práctico se llama Ignacio y tiene una cara llena de pálidas arrugas que le dan un aspecto de momia fresca. A través de los pocos dientes que le quedan salpica saliva mientras habla sin parar. Lo hace más consigo mismo que con los demás. Respeta al Capitán, a quien conoce desde hace mucho tiempo. Con el mecánico, por consiguiente, mantiene una amistad en la que él hace el gasto de la conversación y el otro pone su carácter manso y su inagotable talento para relacionar la vida circundante con la impredecible conducta del motor, cuyos súbitos cambios amenazan a cada instante con el colapso definitivo.

Me había engañado al pensar que, de aquí en adelante, el paisaje y el clima se irían pareciendo cada vez más al de la tierra caliente. En la tarde entramos de nuevo a la selva. Penumbra formada por las copas de los árboles y las lianas que se entrecruzan de una orilla a la otra. El motor suena con el eco de los ruidos en las catedrales. Aves, monos e insectos se lanzan en una gritería sin sosiego. No sé cómo lograré dormir. «Los aserraderos, los aserraderos», repito para mí a ritmo con el golpeteo del agua en la proa de la lancha. Estaba escrito que esto tenía que sucederme. A mí y a nadie más. Hay cosas que nunca aprendo. Su presencia acumulada, en el curso de la vida, es lo que los necios llaman destino. Pobre consuelo.

Hoy, durante la siesta, soñé con lugares. Lugares donde he pasado largas horas vacías y que, sin embargo, están cargados de algún significado secreto. De ellos parte una señal que intenta develarme algo. El hecho mismo que haya soñado tales sitios es por sí vaticinador, pero no consigo descifrar el mensaje que me está destinado. Tal vez enumerándolos logre saber lo que quieren decirme:

Una sala de espera en la estación de una pequeña ciudad del Bourbonnais. El tren pasará después de medianoche. La estufa de gas proporciona calefacción insuficiente y despide un olor a pantano que se pega a la ropa y se demora en las paredes manchadas de humedad. Tres carteles anuncian las maravillas de Niza, los encantos de la costa bretona y los deportes de invierno en Chamonix. Están descoloridos y sólo consiguen agregar mayor tristeza al ambiente. La sala está vacía. El pequeño compartimento del estanco de tabaco, donde también suele servirse café con unos *croissants* protegidos de las moscas por una campana de cristal con sospechosas huellas de grasa mezclada con el polvo que flota en el ambiente, se encuentra cerrado con rejas de alambre llenas de agujeros. Estoy sentado en un banco cuya dureza impide encontrar una posición que me permita dormir un rato. Cambio de postura de vez en cuando y miro el puesto de tabaco y las carátulas de unas revistas ajadas que se exhiben en un aparador, también protegido por las rejas de alambre. Alguien se mueve allá adentro. Sé que es imposible porque el expendio está contra un rincón en donde no hay puerta alguna. Sin embargo, a cada momento es más evidente que hay alguien ahí encerrado. Me hace señas y alcanzo a distinguir una sonrisa en ese rostro impreciso, no sé si de mujer o de hombre. Me dirijo hacia allí con las piernas entumidas por el frío y por la incómoda posición en que he estado durante tantas horas. Alguien susurra allá adentro palabras ininteligibles. Acerco la cara a la reja protectora y escucho un murmullo: «Más lejos, tal vez». Introduzco los dedos por entre el alambre, trato de mover la reja y en ese momento alguien entra en la sala de espera. Vuelvo a mirar. Es un guardia con su gorra reglamentaria. Es manco y trae la manga de la guerrera asegurada al pecho con un gancho de nodriza. Me mira receloso, no saluda y va a calentarse en la estufa, con evidente intención de mostrar que está allí para impedir que se infrinjan los reglamentos de la estación. Regreso a mi lugar en un estado de agitación indecible, con el corazón desbocado, la boca seca y la certeza de haber desoído un mensaje irrepetible y decisivo.

En un pantano en donde giran los mosquitos en nubes que se acercan y parten de repente en espiral vertiginosa veo los restos de un gran hidroavión de pasajeros. Es un Latecoére 32. La cabina está casi intacta. Entro y me siento en una silla de mimbre con su mesita plegable al frente. El interior está invadido de vegetación que cubre los costados y cuelga del techo. Flores amarillas, de un color intenso, casi luminoso, que recuerdan las del árbol de guayacán, penden graciosamente. Todo lo que podía servir para algo ha sido desmontado hace muchísimo tiempo. Adentro se respira una serena y tibia atmósfera que invita a quedarse para descansar un rato. Por una de las ventanillas, que desde hace años ha perdido el vidrio, entra un gran pájaro de pecho color cobrizo tornasolado y el pico con una mancha naranja. Se para sobre el respaldo de una silla, tres puestos adelante de mí, y me mira con sus pequeños ojos que tienen reflejos también de cobre. Empieza, de pronto, a cantar en un trino ascendente que baja luego en una brusca escala como si mi presencia no le dejara terminar la frase que inició con tanto brío. Vuela por el techo del Laté buscando la salida y, cuando parte, dejando el eco de su canto en el ámbito vegetal del interior, siento que han caído sobre mí los ensalmos dañinos a que está expuesto el que visita recintos que le son vedados. Un leve golpe de timón, allá adentro, en lo más secreto del alma, acaba de darse sin que hubiera podido intervenir, sin que siquiera se me tuviera en cuenta.

Un campo de batalla. La acción terminó el día anterior. Merodeadores con turbante despojan los cadáveres. Hace un calor húmedo que afloja los miembros, como una fiebre sin delirio. Entre los caídos hay algunos cuerpos con casacas rojas. Las insignias han desaparecido ya. Me acerco a un cadáver vestido con amplios pantalones de seda color pistacho y una chaquetilla bordada en oro y plata. No han podido robarla porque el cuerpo está atravesado con una lanza que penetra firmemente en el suelo y sujeta las vestiduras. Es un alto mandatario de rostro joven y cuerpo delgado y esbelto. Por su turbante me doy cuenta de que es un mahratta. Los merodeadores han desaparecido. De lejos se acerca un jinete de casaca roja. Detiene el caballo frente a mí y me pregunta: «¿A quién busca aquí?». «Busco el cuerpo del Mariscal de Turenne» —le respondo. Me mira con extrañeza. Sé que estoy equivocado de batalla, de siglo, de contendientes, pero no puedo rectificarme. El hombre se baja del caballo y me explica, ya con mayor cortesía: «Éste es el campo de batalla de Assaye, en tierras que eran del Peshwah. Si desea hablar con Sir Arthur Wellesley, puedo llevarlo ahora mismo». No sé qué contestar. Me quedo allí parado como un ciego que trata de orientarse entre la gente. El jinete alza los hombros: «No puedo hacer nada por usted», y se aleja por donde vino. Empieza a oscurecer. Me pregunto dónde estará el cadáver de Turenne y a tiempo que lo pienso sé que todo es un error y que no hay nada que hacer. Huele a especias, a *patchouli*, a vendajes de herida que no se han cambiado en varios días, a sol sobre los muertos, a hoja de sable recién engrasada. Despierto con la deprimente certeza de haber equivocado el camino en donde me esperaba, por fin, un orden a la medida de mi ansiedad.

Estoy en un hospital. La cama se halla protegida por una tela que la oculta de los demás lechos de la sala. No estoy enfermo y no sé por qué me han traído aquí. Descorro uno de los lados de la cortina y veo que hay una semejante que protege otra cama. Un brazo de mujer la corre y descubro a Flor Estévez, vestida con una precaria camisa de las que usan los pacientes que han sido operados. Me mira sonriente mientras sus pechos, sus muslos y su sexo semioculto se ofrecen con un candor que no le es propio en la vida real. Como siempre, tiene el pelo desordenado como la melena de un animal mitológico. Me paso a su lecho. Comenzamos a acariciarnos con la febril presteza de quienes saben que cuentan con muy poco tiempo y que en breve llegará alguien. Cuando voy a entrar en ella se abren bruscamente las cortinas. Unos monaguillos las sostienen mientras un sacerdote insiste en darme la comunión. Forcejeo para cerrar la cortina. El cura guarda la hostia en un cáliz y un monaguillo le pasa una cajita de plata con los santos óleos. El sacerdote intenta aplicarme la extremaunción. Vuelvo a mirar a Flor Estévez que me evita avergonzada, como si todo hubiera sido preparado por ella con algún fin que se me escapa. Flor moja sus dedos en los óleos y trata de frotarme el miembro mientras canta una canción cuya tristeza me deja en el desamparo de un desenlace que vivo como un engaño atroz. Todo erotismo se ha esfumado por completo. Quiero gritar con la desesperación de un ahogado. Despierto con el sonido de mi propia voz que se apaga en un aullido grotesco.

Medito, absorto, en la señal que estas visiones encubren. Ha caído la noche y el planchón avanza lentamente. El práctico y el Capitán discuten con una desmayada irritación que se siente familiar e inofensiva. El Capitán está en el punto crítico de su ebriedad y vuelve a sus órdenes insensatas: «¡Huele el viento, viejo terco, huélelo bien o nos perdemos, carajo!». «Ya,

Capi, ya, no me atosigue, que si no avanzamos es porque no se puede», le contesta el práctico con la paciencia de quien habla con un niño. «Navegas como culebra descabezada, Ignacio, por algo no te ocupaban ya en la base. ¡Firme el timón, maldita sea, que no es cuchara de sopa!». Y así durante buena parte de la noche. Es evidente que, en el fondo, se divierten con esto. Es la manera que tienen de comunicarse. Su relación es tan antigua que ya todo está dicho desde hace mucho tiempo. La siesta se prolongó demasiado y sólo conseguiré dormir en la madrugada. Leo y escribo por turnos. Juan sin Miedo no tiene excusa válida. Al ordenar la muerte del hermano del rey de Francia, condenó su propia raza a la inevitable extinción. Qué lástima. Un Reino de Borgoña tal vez hubiera sido la respuesta adecuada a tantas cosas que luego llovieron sobre Europa en una secuencia de maldición inapelable.

Abril 18

Como siempre sucede, hasta hoy han comenzado a develarse las posibles claves de esas visitaciones que tuve durante la siesta de ayer. Son mis viejos demonios, los fantasmas ya rancios que, con diversos ropajes, con distinto lenguaje, con nueva malicia escénica, suelen presentarse para recordarme las constantes que tejen mi destino: el vivir en un tiempo por completo extraño a mis intereses y a mis gustos, la familiaridad con el irse muriendo como oficio esencial de cada día, la condición que tiene para mí el universo de lo erótico siempre implícito en dicho oficio, un continuo desplazarme hacia el pasado, procurando el momento y el lugar adecuados en donde hubiera cobrado sentido mi vida y una muy peculiar costumbre de consultar constantemente la naturaleza, sus presencias, sus transformaciones, sus trampas, sus ocultas voces a las que, sin embargo, confío plenamente la decisión de mis perplejidades, el veredicto sobre mis actos, tan gratuitos, en apariencia, pero siempre tan obedientes a esos llamados.

El mero hecho de meditar sobre todo esto me ha proporcionado la apacible aceptación del presente que se me ocurría tan confuso y tan poco afín a mis asuntos. Por un comprensible error de perspectiva, sucedía que lo estaba examinando sin tener en cuenta ciertos elementos familiares que los sueños de ayer hicieron evidentes. Allí estaban y no había sabido desentrañarlos. Estoy tan acostumbrado a esa clave augural de mis sueños, que aún sin descifrar todavía su mensaje ya empiezo a sentir su acción bienhechora y sedante. Queda sólo por entender la actitud de Flor Estévez, cuya iniciativa e invitación a pasar a su cama son tan ajenas a como suele manejar tales situaciones. En efecto, pese al aparente salvajismo de su figura, la rotundez de sus piernas, su cabellera en hirsuto desorden, su piel morena un tanto húmeda que se resiste levemente al tacto como si estuviera formada por un terciopelo invisible, sus amplios pechos de sibila que semiofrece a la vista todo el día, a pesar de tales signos, Flor desconoce por completo el juego de la coquetería, la malicia de los acercamientos amorosos. Irrumpe seria, terminante, casi triste, con la silenciosa desesperación de quien obra bajo el poder de una fuerza desatada y así ama y goza en un silencio de vestal. Tal vez la provocativa conducta de Flor en el sueño se deba a mi abstinencia en este viaje; fuera del episodio con la india, más inquietante que gratificador. Puede también obedecer, y esto es lo más probable, a la clásica yuxtaposición en los sueños de rasgos y gestos de diferentes personas. Por eso jamás podremos confirmar con certeza la identidad de los seres con los que soñamos. Jamás es uno solo el que se nos presenta, siempre es una suma, un instantáneo y condensado desfile, y no una presencia única y determinada.

Flor Estévez. Nadie me ha sido tan cercano, nadie me ha sido tan necesario, nadie ha cuidado tanto de mí con ese secreto tacto suyo en medio de la selvática y ceñuda distancia de su ser dado al silencio, a los monosílabos, a escuetos gruñidos que ni niegan ni afirman. Cuando le consulté el asunto de la madera se limitó a comentar: «No sabía que con la madera se hiciera dinero. Se hacen casas, cercas, cajones, repisas, lo que quiera, pero ¿dinero? Eso es un cuento. No se lo crea». Fue al escondite en donde guarda sus ahorros y me entregó todo lo que tenía, sin añadir una palabra, sin mirarme siquiera. Flor Estévez, leal y bronca en sus iras, procaz y repentina en sus caricias. Abstraída, viendo pasar la niebla por entre los altos cámbulos, cantando canciones de las tierras bajas, canciones frutales, gozosas, inocentes y teñidas de una aguda nostalgia que se quedaba para siempre en la memoria con la melodía y las palabras de un candor transparente. Y yo aquí remontando este río con un borracho mitad comanche y mitad gringo, un indio mudo enamorado de su motor diesel y un nonagenario que parece nacido de la tumefacta corteza de alguno de estos árboles gigantescos sin nombre ni oficio. No tiene remedio mi errancia atolondrada, siempre a contrapelo, siempre dañina, siempre ajena a mi verdadera vocación.

Abril 20

Hemos entrado de nuevo a una sabana con pequeñas agrupaciones boscosas y extensos pantanos creados por el desbordamiento del río. Bandadas de garzas cruzan el cielo en formaciones regulares que recuerdan escuadrillas en vuelo de reconocimiento. Giran alrededor de la lancha y van a posarse en la orilla con impecable elegancia. Se desplazan con zancadas lentas y prudentes en busca de alimento. Cuando consiguen atrapar un pescado, éste se debate un instante en el largo pico de la garza que sacude la cabeza y la víctima desaparece como en un acto de magia. El sol cae a plomo sobre la tediosa extensión en donde el agua rebrilla entre juncos y lianas. De vez en cuando, como para recordarnos que ha de volver en breve, surge una pequeña muestra de la selva, un tupido grupo de árboles de donde parte la algarabía de monos, pericos y otras aves y el regular y soñoliento canto de los grillos gigantes. La soledad del lugar nos deja como desamparados, sin que sepamos muy bien a qué se debe esta sensación que no tenemos en medio de la jungla, pese a su vaho letal, siempre presente para recordarnos su devastadora cercanía. Tendido en la hamaca veo desfilar, con abúlica indiferencia, este paisaje en donde el único cambio perceptible es la paulatina mutación de la luz a medida que avanza la tarde. La corriente del río apenas se opone al avance del planchón. El motor adquiere un ritmo acelerado y cascabeleante, bastante sospechoso dadas sus precarias condiciones de vetustez y demente inestabilidad. Todo esto apenas lo registro en la superficie casi impersonal de mi atención. Como siempre me sucede después de la visita de los sueños reveladores, he caído en un estado de marginal indiferencia, al borde de un sordo pánico. Lo percibo como un inevitable atentado contra mi ser, contra las fuerzas que lo sostienen, contra la precaria y vana esperanza, pero esperanza al fin, de que algún día las cosas serán mejores y todo comenzará a resultar bien. Me he familiarizado tanto con estos breves períodos de peligrosa neutralidad, que sé que lo mejor es no someterlos a examen. Con ello sólo conseguiría prolongarlos a semejanza de la sobredosis de un medicamento tomado por inadvertencia, cuyo efecto sólo pasará cuando el cuerpo asimile el agente extraño que lo intoxica.

El Capitán se acerca para informarme que al anochecer nos detendremos en una ranchería para cargar combustible y renovar provisiones. Le pregunto, recordando la recomendación del Mayor, sobre el estado de su cantimplora. Entiende que me han alertado al respecto y responde con ligera molestia: «No se preocupe, amigo, ahí compraré lo suficiente para lo que nos queda de camino». Se aleja aspirando el humo de su pipa con el gesto irritado de quien intenta proteger una zona de su intimidad hollada por los extraños.

Mayo 25

Cuando bajamos en la ranchería estaba muy lejos de sospechar que permanecería allí durante varias semanas, entre la vida y la muerte. Que todo el viaje cambiaría por entero de aspecto, hasta convertirse en una agotadora lucha contra el desaliento total y los ataques de algo muy parecido a la demencia.

La ranchería está formada por seis casas alrededor de un potrero que quiere ser plaza. Dos gigantescos árboles, de una frondosidad desmedida, dan sombra a los escuálidos habitantes que allí se reúnen en las tardes, para sentarse en primitivos bancos hechos con troncos apenas desbastados, fumar su tabaco y comentar los vagos y siempre inquietantes rumores que llegan de la capital. El único edificio con techo de zinc y paredes de ladrillo es una escuela que sirve también de iglesia cuando llegan las misiones. Consta del salón de clases, un pequeño cuarto para la maestra y los servicios sanitarios que hace mucho tiempo dejaron de usarse y están llenos de verdín y desperdicios indeterminados. La maestra fue raptada por los indios hace más de un año, y no se volvió a saber de ella hasta que alguien llegó con la noticia de que vivía con un jefe de tribu y había manifestado su propósito de no regresar jamás. La base militar mantiene una dotación exigua de soldados que duermen en hamacas suspendidas en el que fuera salón de clases. Pasan todo el tiempo limpiando sus armas y repitiendo, en monótona letanía, las pequeñas miserias de que se nutre la vida del cuartel.

El Capitán hizo provisión para su cantimplora y comenzamos a acarrear los bidones de diesel para llenar el depósito de la lancha. El trabajo resultaba agotador por el clima húmedo, la temperatura insoportable y la falta de brazos. Nadie quiso ayudarnos en la tarea. El Capitán estaba en una de sus peores rachas, el anciano práctico apenas puede moverse, y tuvimos que hacerlo entre el maquinista y yo, ante la mirada indiferente de los habitantes minados por el paludismo y con los ojos vidriosos y ausentes de quien hace mucho tiempo perdió la más leve esperanza de escapar de allí. En la tarde del primer día sentí náuseas y un intenso dolor de cabeza que atribuí al hecho de haber inhalado tanto tiempo los vapores del combustible que teníamos que transvasar con desesperante lentitud. Al día siguiente continuamos la tarea. El sueño y el descanso, al parecer, habían aliviado algo mis molestias. Al mediodía comencé a sentir un dolor insoportable en todas las coyunturas y unas punzadas en la base del cráneo que me dejaban inmovilizado por breves instantes. Fui a ver al Capitán para preguntarle qué podría ser lo que tenía, se me quedó mirando, y por la expresión de su rostro vi que se trataba de algo serio. Me tomó del brazo y me llevó a una de las hamacas de la escuela. Allí me tendió y me obligó a beber un gran vaso de agua con unas gotas de un líquido amargo de consistencia viscosa y color ambarino. Explicó a los soldados algo en voz baja. Evidentemente tenía que ver con mi estado. Me miraban como a alguien que va a pasar una prueba aterradora con la cual estaban familiarizados. Al poco tiempo regresó el Capitán con mi hamaca del lanchón. La colocó en el extremo opuesto a donde se agrupaban las de los soldados y me llevó allí, casi cargado, sosteniéndome por debajo de las axilas. Me di cuenta que había perdido el tacto en los pies y no sabía si los arrastraba o si trataba de caminar. Empezó a caer la noche. Con el ligero descenso del calor y la llegada de la brisa casi imperceptible que venía del río, comencé a temblar violentamente en un escalofrío que no parecía tener fin. Un soldado me hizo beber algo caliente cuyo sabor no pude distinguir y caí luego en un sopor profundo cercano a la inconsciencia.

Perdí por completo la idea del curso del tiempo. El día y la noche se me mezclaban a veces vertiginosamente. En ocasiones, uno u otra se quedaban detenidos en una eternidad que no intentaba comprender. Los rostros que se acercaban a mirarme me resultaban ajenos, bañados en una luz opalina que les daba el aspecto de criaturas de un mundo ignoto. Tuve pesadillas atroces, relacionadas siempre con las esquinas del techo y el ensamble de las láminas de zinc. Intentaba encajar una esquina en otra, modificando la estructura de los soportes o emparejar los remaches que unían las láminas en forma que no tuvieran la menor variación o irregularidad. En esas tareas ponía toda la fuerza de una voluntad hecha de fiebre y de maniática obsesión, repetidas en serie interminable. Era como si la mente se hubiera detenido de improviso en un proceso elemental de familiarización con el espacio circundante. Proceso que, en la vida diaria, ni siquiera registra la conciencia, pero que ahora se convertía en el único fin, en la razón última, necesaria, inapelable, de mi existencia. Es decir, que yo no era sino eso y sólo para eso seguía vivo. A medida que tales obsesiones se prolongaban y hacían más regulares y, a la vez, más elementales, iba cayendo en un irreversible estado de locura, en una inerte demencia mineral en donde el ser o, más bien, lo que había sido, se disolvía con una rapidez incontrolable. Cuando ahora trato de relatar lo que entonces padecía, me doy cuenta de que las palabras no alcanzan a cubrir totalmente el sentido que quiero darles. ¿Cómo explicar, por ejemplo, el pánico helado con el que observaba esta monstruosa simplificación de mis facultades y la inconmensurable extensión del tiempo vivido en tal suplicio? Es imposible describirlo. Simplemente porque, en cierta forma, es extraño y por entero opuesto a lo que solemos creer que es nuestra conciencia o la de nuestros semejantes. Nos convertimos no en otro ser, sino en otra cosa, en un compacto mineral hecho de aristas interiores que se multiplican en forma infinita y cuyo registro y recuento constituyen la razón misma de nuestro durar en el tiempo.

Las primeras palabras inteligibles que escuché fueron: «Ya pasó lo peor. Se salvó de milagro». Alguien con camisa caqui sin insignias de ninguna clase, rostro regular y moreno con un bigote oscuro y recto, las pronunció desde una lejanía inexplicable, dado que estaba a pocos centímetros de mi cara observándome fijamente. Después supe que el Mayor había venido en el Junker. Del botiquín, que siempre llevaba consigo, sacó un medicamento que me inyectaron cada doce horas y, al parecer, fue el que me salvó la vida. También me contaron que en mis delirios mencioné varias veces el nombre de Flor Estévez y que otras insistía en la necesidad de subir un río para tomar el fuerte de San Juan, que tenía sitiado el capitán Horacio Nelson, a pocos kilómetros del lago de Nicaragua. Parece también que hablé en otros idiomas que nadie pudo identificar, aunque el Capitán me comentó después que cuando me había escuchado gritar: «¡*Godverdomme!*» se convenció de que estaba a salvo.

Aún estoy débil, y los miembros me responden con una torpeza irritante. Como sin apetito, y nada logra aplacarme la sed. No es una sed de agua, sino de alguna bebida que tuviera un intenso amargor vegetal y un aura blanca como la de la menta. No existe, lo sé, pero existe esa apetencia específica y claramente identificable y me propongo algún día encontrar esa infusión con la que sueño día y noche. Escribo con enorme dificultad, pero, al mismo tiempo, al registrar estos recuerdos de mi mal, me voy liberando de esa visitación de la demencia que trajo consigo y que fue lo que mayor daño me hizo. El alivio es progresivo y rápido y llego a pensar en ratos que todo eso le sucedió a alguien que no soy yo, alguien que no fue sino eso y desapareció con eso. No, no es fácil explicarlo, lo sé, y temo que si lo intento con demasiada porfía corro el riesgo de caer en uno de aquellos ejercicios obsesivos por los que siento ahora un terror sin límites.

Esta tarde se me acercó el maquinista y comenzó a hablarme en una atropellada mezcla de portugués, español y algún dialecto de la selva que no logré identificar. Por primera vez, y por su propia iniciativa, entablaba diálogo con alguien de la lancha que no fuera el Capitán, con el que se entiende en escuetos monosílabos. Su rostro, de rasgos tan indios que todo gesto hay que someterlo a un examen cuidadoso para no cometer un grave error, mostraba un desasosiego más allá de la mera curiosidad. Comenzó preguntándome si sabía cuál era la enfermedad que había padecido. Le respondí que lo ignoraba. Entonces me explicó, con asombro, por ese desconocimiento que consideraba imperdonable y peligroso en sumo grado: «Usted tuvo la fiebre del pozo. Ataca a los blancos que se acuestan con nuestras hembras. Es mortal». Le contesté que tenía la impresión de haberme salvado, y él, con escepticismo un tanto críptico, me contestó: «No esté tan seguro. A veces vuelve». Algo había en sus palabras que me hizo pensar en que los celos tribales, la oscura batalla contra el extranjero, lo movían a dejarme en una penosa duda a la medida de mi transgresión a las leyes no escritas de la selva. Un poco para picar su malicia, le pregunté cómo hacían los blancos que mantenían relaciones habituales con las indias para no contraer la terrible fiebre. «Siempre acaban afuera, señor. No es ningún secreto», me reprochó con altanería recién estrenada, como si hablara con alguien con quien no valía la pena entrar en muchos detalles. «Hay que bañarse después con agua con miel y ponerse una hoja de borrachero entre las piernas, aunque arda mucho y deje ampolla», terminó de ilustrarme mientras volvía la espalda y tornaba a su motor con el aire de quien se ha distraído de un trabajo muy importante por algo que acabó siendo una necedad sin interés. A medianoche estaba leyendo cuando el Capitán vino a preguntarme cómo seguía. Le comenté lo que me había dicho el maquinista y, sonriendo, me tranquilizó: «Si va a ponerle atención a todo lo que ellos dicen, acabará loco, mi amigo. Es mejor olvidarlo. Ya se salvó. Qué más quiere». Una vaharada de aguardiente barato se quedó detenida al pie de la hamaca, mientras él se dirigía a la proa dando sus acostumbradas órdenes delirantes: «¡A media marcha y sin sueño! ¡No me quemen los magnetos con su maldita grasa de danta, pendejos!». Su voz se perdía en la noche sin límites hasta llegar a las estrellas cuya cercanía resultaba de un delicioso poder lenitivo.

Mayo 27

El Capitán ha dejado de beber. Lo noté apenas esta mañana cuando nos acompañó a tomar la taza de café y las tajadas de plátano frito, que son nuestro diario desayuno. Al terminar su café suele tomar siempre un largo trago de aguardiente. Hoy no lo hizo ni tampoco trajo consigo la cantimplora. Noté una mirada de extrañeza en el rostro del mecánico, de costumbre impávido y distante. Como sé que la provisión que adquirió en la ranchería es bastante generosa, no creo que la razón de este cambio sea la falta de licor. He estado observándolo durante todo el día, y no advierto en él ninguna mudanza distinta de que ha suspendido también las sorprendentes órdenes que se me habían vuelto una suerte de invocación necesaria, relacionada con la buena marcha del planchón y del viaje en general. Durante el día no ha acudido una sola vez a la cantimplora. En la noche vino a acostarse en una de las hamacas disponibles y, tras algunos preámbulos sobre el tiempo y la posible cercanía de nuevos rápidos, éstos sí torrentosos, se lanzó a un largo monólogo sobre determinados episodios de su vida: «Usted no imagina —empezó diciéndome— lo que fue para mí haber dejado a la china en ese cabaret de Hamburgo. No he sido nunca hombre de mujeres. Tal vez la imagen que me quedó de mi madre es tan diferente de como son las hembras blancas, que mi trato con ellas lo ha condicionado siempre esa primera relación con alguien del otro sexo. Mi madre era violenta, callada y apegada con ciega convicción a las ancestrales creencias de su tribu y a sus ritos cotidianos. Los blancos siempre fueron para ella una encarnación necesaria e inevitable del mal. Creo que quiso mucho a mi padre, pero jamás debió demostrárselo. Mis padres llegaban a la misión de vez en cuando. Permanecían allí por algunas semanas y partían de nuevo. Durante tales visitas, mi madre solía tratarme con una crueldad gratuita, un tanto animal. Era de la tribu Kwakiutl. Jamás aprendí una palabra de su lengua. Debí quedar marcado para siempre, porque, hasta que encontré a la china, las mujeres siempre acabaron por abandonarme. Algo hay en mí que sienten como un rechazo. Con la dueña del burdel en la Guayana hubiera podido vivir el resto de la vida. Fue una relación nacida más del interés que de los sentimientos. Su humor era tan parejo y bonachón que jamás daba motivo para reñir con ella. En la cama se comportaba con una sensualidad lenta y distraída. Al terminar reía siempre con risa infantil, casi inocente. Cuando conocí a la china todo cambió. Ella penetró en un recinto de mi intimidad que se había conservado hermético y yo mismo desconocía. En sus gestos, en el olor de su piel, en la forma de mirarme, instantánea, intensa, en un breve intervalo que me dejaba bañado en una ternura arrasadora, en su dependencia hecha de aceptación irreflexiva y absoluta, tenía la virtud de rescatarme al instante de mis perplejidades y obsesiones, de mis desalientos y caídas o de mis simples ocupaciones cotidianas, para dejarme en una suerte de círculo radiante, hecho de palpitante energía, de vigorosa certeza, como la acción de una droga ignorada que tuviera el poder de conceder la felicidad sin sombras. No puedo pensar en todo esto sin preguntarme siempre cómo fue posible que la abandonase por razones articuladas con tanta torpeza, nacidas de hechos, en sí intrascendentes, antes enfrentados con la mayor habilidad y sorteados con un mínimo esfuerzo, siempre sin caer en la trampa. A veces pienso, con desolado furor, si no será que la encontré cuando ya era tarde, cuando ya no estaba preparado para manejar esa fuente de saludable dicha, cuando ya había muerto en mí la respuesta adecuada para prolongar semejante estado de bienestar. Ya me entiende hacia dónde voy. Hay cosas que nos llegan demasiado pronto y otras demasiado tarde, pero esto sólo lo sabemos cuando no hay remedio, cuando ya hemos apostado contra nosotros mismos. Creo que lo conozco bastante y puedo suponer que a usted le ha sucedido lo mismo y sabe de qué estoy hablando. A partir del momento en que dejé Hamburgo ya todo me da igual. En el fondo algo murió en mí para siempre. El alcohol y una desmayada familiaridad con el peligro han sido lo único que me da fuerzas para comenzar cada mañana. Lo que no sabía es que esos recursos también se van gastando. El alcohol sólo sirve para mantener una efímera razón de vivir; el peligro se desvanece siempre que nos acercamos a él. Existe, mientras lo tenemos dentro de nosotros. Cuando nos abandona, cuando tocamos fondo y sabemos en verdad que no hay nada que perder y que nunca lo ha habido, el peligro se convierte en un problema de los demás. Ellos verán cómo manejarlo y qué hacer con él. ¿Sabe por qué regresó el Mayor? Por eso. No he hablado con él sobre el particular, pero nos conocemos lo suficiente. Mientras usted deliraba en el salón de la escuela, volvimos a entendernos. Cuando le pregunté por qué había regresado, se limitó a responderme: "Es igual allá que aquí, Capi, sólo que aquí es más rápido. Usted sabe". Está en lo cierto. La selva sólo sirve para acelerar la salida. En sí no tiene nada de inesperado, nada de exótico, nada de sorprendente. Ésas son necedades de quienes viven como si fuera para siempre. Aquí no hay nada, no habrá nunca nada. Un día desaparecerá sin dejar huella. Se llenará de caminos, factorías, gentes dedicadas a servir de asnos a esa aparatosa nadería que llaman progreso. En fin, no importa, nunca he jugado con esos dados. Ni siquiera sé por qué se lo menciono. Lo que le quería decir es que no se preocupe. Yo no dejé el aguardiente, él me dejó a mí. Seguiremos subiendo el río. Como antes. Hasta que se pueda. Después, ya veremos». Puso su mano en mi hombro y se quedó mirando la corriente. La retiró al instante. No dormía pero permaneció quieto, tranquilo, con la serenidad de los vencidos. Alterno la escritura con la lectura en espera de que llegue el sueño. Viene siempre con la ligera brisa de la madrugada. Tengo la certeza de que las palabras del Capitán ocultan un mensaje, una secreta señal, que, a tiempo que me proporciona un curioso sosiego, me dice que hace mucho que los dados están rodando. Lo mejor es dejar que todo suceda como debe ser. Así está bien. No se trata de resignación. Lejos de eso. Es otra cosa. Tiene que ver con la distancia que nos separa de todo y de todos. Un día sabremos.

Mayo 30

Todo curiosamente se va ajustando, serenando. Las incógnitas sombrías que se alzaron al comienzo del viaje se han ido despejando hasta llegar al escueto panorama presente. Los indios bajaron del lanchón y fueron olvidados. Ivar y su compinche cavaron su propia sepultura en el suelo anegado de la selva. El Mayor se ha hecho cargo de nosotros en forma no explícita, ni siquiera sugerida, pero evidente cada día. El Capitán dejó el aguardiente y ha entrado en un período de apacible ensoñación, de mansa nostalgia, de inofensivo extrañamiento. Ignacio se me figura cada día más anciano, más confundido con los manes protectores de la selva. El mecánico ha llegado a conseguir del motor proezas de cabalista. La convalecencia me proporciona, con esa sensación de haberme salvado en un hilo, la seguridad apacible, la invulnerable salud de los elegidos. No se me oculta cuán precarias pueden ser esas garantías, pero mientras estoy de lleno entregado a sus poderes, las cosas desfilan ante mí ocupando el espacio que les corresponde y sin echárseme encima para atentar contra mi identidad. Es por esto que, hasta la relación con la india, y en caso de que fuera cierta su secuela letal de la que conseguí librarme, las veo hoy como pruebas por las que me hacía falta pasar para vencer los poderes de este devorante e insaciable universo vegetal, que se me revela hoy como uno más de los ámbitos que tiene que recorrer el hombre para cumplir su tránsito por la tierra y estar a salvo del suplicio de morir con la certidumbre de haber habitado un limbo, a espaldas del soberbio espectáculo de los vivos.

Con la luz de la tarde y hasta cuando tuve que encender la Coleman avancé en el libro de Raymond sobre el asesinato del Duque de Orleans. Habría mucho que decir sobre este asunto. No es la ocasión ni el ánimo se inclina a esta clase de especulaciones. De todos modos, es curioso anotar la falta de objetividad del informe que rinde el preboste de París a raíz de cometerse el crimen y la concomitante falta de malicia del autor que lo recoge y comenta. Los móviles de un crimen político son siempre de una complejidad tan grande y se mezclan en ellos motivos escondidos y enmascarados tan complejos, que no basta la relación minuciosa de los hechos ni la transcripción de lo que sobre el asunto opinaron las personas involucradas para sacar conclusiones que pretendan ser terminantes. El alma retorcida del Duque de Borgoña oculta abismos y laberintos harto más tortuosos que lo que el buen preboste alcanza a percibir y Raymond intenta dilucidar. Pero lo que más me llama la atención en este caso, así como en todos los que han costado la vida a hombres que ocupan un lugar excepcional en las crónicas, es la completa inutilidad del crimen, la notoria ausencia de consecuencias en el curso de ese magma informe y ciego que avanza sin propósito ni cauce determinados y que se llama la historia. Sólo la incurable vanidad de los hombres y el lugar que con tan descomunal narcisismo se arrogan en la indómita corriente que los arrastra puede hacerlos pensar que un magnicidio haya logrado jamás cambiar un destino desde siempre trazado en el universo inmensurable. Pero creo que, a mi vez, he acabado saliéndome del auténtico alcance de la muerte del de Orleans. Basta conformarse con rastrear las razones de envidia y sórdido despecho que movieron al asesino. Por eso, tal vez, mientras más avanzo en la lectura del libro, menos me interesa el asunto y más lo asimilo al cotidiano espectáculo que ofrecen los hombres dondequiera que vayamos a buscarlos. En cualquiera de las miserables rancherías que hemos ido dejando atrás, conviven un Juan sin Miedo y un Luis de Orleans y a éste le espera otro oscuro rincón semejante al de la Rue Vieille-du-Temple, en donde tiene cita con la muerte. Hay una monotonía del crimen que no es aconsejable frecuentar ni en los libros ni en la vida. Ni siquiera en el mal consiguen los hombres sorprender o intrigar a sus semejantes. De allí la acción bienhechora de los bosques, del desierto o de las extensiones marinas. Ya lo sabía desde siempre. Nada nuevo. Cierro el libro, y un enjambre de luciérnagas danza a la altura del agua, acompaña por un rato nuestra embarcación y, por fin, se pierde a lo lejos entre los pantanos en donde la luna rebrilla a trechos antes de ocultarse entre las nubes. Un chubasco que se acerca, enviando como avanzada una brisa fresca, me lleva hacia el sueño mansamente.

Junio 2

Esta mañana nos encontramos con un planchón muy semejante al nuestro. Estaba varado en mitad de la corriente a causa de unos bancos de arena en donde se acumulaban troncos y ramas arrastradas por el río. Venía bajando y encalló en la noche. El práctico se había quedado dormido. Lo acompaña un mecánico que mira con resignación e indiferencia los esfuerzos de su compañero por desvarar el planchón con la ayuda de una pértiga. Mientras el Capitán intenta ayudarlos empujando con nuestra lancha un costado de la embarcación, yo converso con el mecánico que seguía mirando escéptico nuestros esfuerzos por desvararlos. Le pregunto por los aserraderos. Me informa que, en efecto, existen; que estamos a una semana de viaje si no tenemos problemas con los rápidos que hay más arriba. Se muestra intrigado por mi interés en esas instalaciones. Le digo que pienso comprar allí madera para venderla en los puertos del río grande. Me mira con una mezcla de extrañeza y fastidio. Empezaba a explicarme algo sobre los árboles cuando el ruido de nuestro motor, que aceleró en ese momento para liberar al fin el lanchón varado, me impidió entender lo que decía. A gritos le pedí que me volviera a explicar, pero alzó los hombros con indolencia y bajó a encender su motor mientras la corriente los empujaba rápidamente. Se perdieron a lo lejos en una curva del trayecto.

Seguimos nuestro camino. Intenté averiguar algo con el Capitán sobre lo que me había comenzado a decir el mecánico. «No haga caso —comentó—. Se habla mucha tontería sobre eso. Usted vaya, vea, y entérese por sí mismo. Yo sé poco del asunto. Los aserraderos están allí; los he visto varias veces y he traído a gente que trabajaba en ellos. Lo que sucede es que sólo hablan en su idioma y no me ha interesado averiguar qué es lo que se hace allá, ni cuál es el negocio. Son finlandeses, creo, pero si les habla en alemán algo entienden. Le repito, no haga caso de rumores ni de chismes. La gente aquí es muy dada a inventar historias. De eso viven, de contarlas en las rancherías y en los puestos del ejército. Allí las adornan, las aumentan, las transforman, y con eso engañan el tedio. No se preocupe. Ya llegó hasta aquí. Verifique por su cuenta, y a ver qué pasa». Me he quedado pensando en lo que dice el Capitán y caigo en la cuenta de que he perdido casi por completo el interés en este asunto de la madera. Me daría igual que nos devolviésemos ahora mismo. No lo hago por pura inercia. Es como si en verdad se tratara sólo de hacer este viaje, recorrer estos parajes, compartir con quienes he conocido aquí la experiencia de la selva y regresar con una provisión de imágenes, voces, vidas, olores y delirios que irán a sumarse a las sombras que me acompañan, sin otro propósito que despejar la insípida madeja del tiempo.

Junio 4

La corriente del río comienza a cambiar bruscamente de aspecto. Se adivina un lecho abrupto y rocoso. Los bancos de arena han desaparecido. El caudal se estrecha y empiezan a surgir ligeras colinas, estribaciones que se levantan en la orilla, dejando al descubierto una tierra rojiza que semeja, en ciertos trechos, la sangre seca y, en otros, alcanza un rubor rosáceo. Los árboles dejan al descubierto sus raíces en los barrancos, como huesos recién pulidos, y en sus copas hay una floración en donde el lila claro y el naranja intenso se alternan con un ritmo que pudiera parecer intencional. El calor aumenta, pero ya no tiene esa humedad agobiante, esa densidad que nos despoja de toda voluntad de movimiento. Ahora nos envuelve un calor seco, ardiente, fijo en su intacta transmisión de la luz que cae sobre cada cosa dándole una presencia absoluta, inevitable. Todo calla y parece esperar una revelación arrasadora. El tableteo del motor es una mancha en la absorta quietud del paisaje. El Capitán se acerca para advertirme: «Dentro de poco entraremos en los rápidos. Los llaman el Paso del Ángel. No sé de dónde viene ese nombre. Tal vez se deba a esta calma que, al bajar el río, espera a los viajeros como un alivio y una certeza de que ha pasado el peligro. Al remontar la corriente crea, en cambio, un engaño que puede ser fatal para los novatos. Aquí siempre digo en voz alta la oración para los caminantes en peligro de muerte. La escribí yo mismo. Es ésta. Léala. Si no cree en ella, por lo menos le servirá para distraer el miedo». Me entrega una hoja protegida por un forro de plástico, escrita por ambos lados. Las manchas de grasa, de barro, de mugre acumulada por el tiempo y el roce de innumerables manos apenas permiten leer el texto escrito en una caligrafía femenina de rasgos altaneros, agudos y de una claridad desafiante. En espera de la llegada a los rápidos transcribo la oración del Capitán, que dice así:

Alta vocación de mis patronos y antecesores, de mis guías y protectores de cada hora,
 hazte presente en este momento de peligro, extiende tus aceros, mantén con firmeza la ley de tus propósitos,
 revoca el desorden de las aves y criaturas augurales y limpia el vestíbulo de los inocentes
 en donde el vómito de los rechazados se cuaja como una señal de infortunio, en donde las ropas de los suplicantes
 son mácula que desvía nuestra brújula, hace inciertos nuestros cálculos y engañosos nuestros pronósticos.
 Invoco tu presencia en esta hora y deploro de todo corazón la cadena de mis prevaricaciones:
 mi pacto con los leopardos cebados en las pesebreras,
 mi debilidad y tolerancia con las serpientes que cambian de piel al solo grito de los cazadores extraviados,
 mi solidaria comunión con cuerpos que han pasado de mano en mano como vara que ayuda a salvar los vados y en cuya piel se cristaliza la saliva de los humildes,
 mi habilidad para urdir la mentira de poderes y destrezas que apartan a mis hermanos de la recta aplicación de sus intenciones,
 mi inadvertencia en proclamar tus poderes en las oficinas de la aduana y en las salas de guardia,
 en los pabellones del dolor y en las barcas en donde florece la fiesta, en las torres que vigilan la frontera y en los pasillos de los poderosos.
 Borra de un solo trazo tanta desdicha y tanta infamia, presérvame

con la certeza de mi obediencia a tus amargas leyes, a tu injuriosa altanería, a tus distantes ocupaciones, a tus argumentos desolados.

Me entrego por entero al dominio de tu inobjetable misericordia y con toda humildad me prosterno

para recordarte que soy un caminante en peligro de muerte, que mi sombra nada vale,

que el que perece lejos de los suyos es como basura triturada en los rincones del mercado,

que soy tu siervo y nada puedo y que en estas palabras se encierra el metal sin liga ni impurezas de aquel que ha pagado el tributo que se te

debe ahora y siempre por la pálida eternidad. Amén.

Mis dudas sobre la eficacia de tan bárbara letanía eran más que fundadas, pero no me atreví a transmitirlas al Capitán que me había entregado el texto con tan evidente unción y tanta seguridad en sus virtudes preventivas y protectoras. Fui hasta la proa en donde observaba los remolinos que empezaban a sacudir la embarcación y le entregué el papel que guardó en un bolsillo trasero de su pantalón en donde también conserva todos los instrumentos para la limpieza de su pipa.

Junio 7

Pasamos los rápidos sin mayor percance, pero fue una prueba en muchos aspectos reveladora de la imagen que hasta ayer tenía del peligro y de la presencia real de la muerte. Cuando digo real me refiero a que no se trata de ese fantasma que solemos invocar con la imaginación y darle cuerpo con elementos tomados del recuerdo de quienes hemos visto morir en las más variadas circunstancias. No. Se trata de percibir con la plenitud de nuestra conciencia y de nuestros sentidos la proximidad inmediata e irrebatible del propio perecer, de la suspensión irrevocable de la existencia. Allí, al alcance de la mano, irrecusable.

Buena prueba, larga lección. Tardía, como todas las lecciones que nos atañen directa y profundamente.

El día en que el Capitán me dio su famosa oración, el mecánico decidió que debíamos detenernos para revisar el motor. Al remontar la corriente de los rápidos, una falla significa la muerte segura. Atracamos, y el hombre se aplicó en desarmar, limpiar y probar cada una de las partes de la máquina. Fascinante la paciente sabiduría con que este indio, salido de las más recónditas regiones de la jungla, consigue identificarse con un mecanismo inventado y perfeccionado en países cuya avanzada civilización descansa casi exclusivamente en la técnica. Las manos de nuestro mecánico se mueven con tal destreza que parecen dirigidas por algún espíritu tutelar de la mecánica, extraño por completo a este aborigen de informe rostro mongólico y piel lampiña de serpiente. Hasta que hubo probado escrupulosamente cada etapa del funcionamiento del motor, no quedó tranquilo. Con una parca señal de la cabeza hizo saber al Capitán que estaba listo para remontar el Paso del Ángel. La noche se nos vino encima y resolvimos quedarnos hasta la madrugada siguiente. No era cosa de comenzar el ascenso en la oscuridad. Al otro día, partimos con las primeras luces del alba. Contra lo que yo suponía, los rápidos no están formados por rocas que sobresalen de la corriente, obstaculizando su curso y haciéndolo más violento. Todo sucede en las profundidades, en el fondo, cuyo suelo se puebla de cavidades, ondulaciones, cuevas, remolinos y fallas, a tiempo que se acentúa la pendiente por la que desciende el agua en un fragoroso torbellino de fuerza arrolladora que cambia de dirección e intensidad a cada momento.

«No se meta en la hamaca. Manténgase en pie y agárrese bien de los barrotes del toldo. No mire a la corriente y trate de pensar en otra cosa». Tales fueron las instrucciones del Capitán, que se mantuvo todo el tiempo en la proa, agarrado a una precaria pasarela, al lado del práctico, que manejaba el timón con bruscas sacudidas destinadas a evitar los golpes de agua y espuma que se alzaban de repente como anunciando la espalda de un animal inconcebible. El motor quedaba al aire a cada momento y la hélice giraba en el vacío, en un vértigo desbocado e incontrolable. A medida que nos internábamos en la cañada que la corriente había cavado durante milenios, la luz se fue haciendo más gris y nos envolvió un velo de espuma y niebla nacido del turbulento girar de las aguas y de su choque contra la pulida superficie rocosa de las paredes que las encauzan. Durante largas horas podía pensarse que estaba anocheciendo. El lanchón cabeceaba y se sacudía como si estuviera hecho con madera de balso. Su estructura metálica resonaba con un acento sordo de trueno distante. Los remaches que unían las láminas vibraban y saltaban, comunicando a toda la armazón esa inestabilidad que precede al desastre. Las horas pasaban y no teníamos la certeza de estar avanzando. Era como si nos hubiéramos instalado para siempre en el estruendo implacable de las aguas, esperando ser arrastrados de un momento a otro por el remolino. Un cansancio indecible empezó a paralizar mis brazos, y sentía las piernas como si estuvieran hechas de una blanda materia insensible. Cuando creí que ya no podría más, alcancé a escuchar al Capitán que gritaba algo en dirección mía. Con la cabeza señaló el cielo y en su semblante apareció una sonrisa deforme y enigmática. Seguí su mirada y vi que la luz se iba aclarando por momentos. Algunos rayos de sol atravesaron la nube de espuma y niebla que se iluminó con los colores del arco iris. Los rugidos del torrente y el retumbar del casco se fueron haciendo menos notorios. La lancha avanzaba meciéndose rítmicamente, pero ya controlada por el esfuerzo regular y firme de la hélice. Cuando se redujeron aún más los cabeceos de la embarcación, el Capitán se sentó en cuclillas sobre el piso y me hizo señas de que me recostara en la hamaca. Su célebre parasol de colores había desaparecido. Cuando traté de moverme sentí que todo el cuerpo me dolía como si hubiera recibido una paliza. Dando tumbos llegué hasta la hamaca y me acosté con una sensación de alivio que se repartía por todo el cuerpo como un bálsamo que agradecían cada coyuntura, cada músculo, cada centímetro de la piel aterida y azotada por las aguas. Una ligera ebriedad y un apacible avanzar del sueño me fueron ganando mientras celebraba la dicha de estar vivo. El río se extendía de nuevo por entre juncales de donde partían bandadas de garzas que iban a posarse en las copas de los árboles cargados de flores. De nuevo el calor seco, inmutable, inmóvil vino a recordarme que habían existido otras tardes semejantes a esta que terminaba en medio de una calma bienhechora y sin fronteras.

Caí en un profundo sueño hasta que el práctico se me acercó con una taza de café caliente y unas tajadas de plátano frito en un desportillado plato de peltre: «Hay que comer algo, mi don, si no repara las fuerzas, después se la gana el hambre y sueña con los muertos». Su voz tenía un acento paternal que me dejó bañado en una nostalgia pueril y gratuita. Le di las gracias y bebí el café de un solo trago. Mientras comía las tajadas de plátano sentí que regresaban, una a una, mis viejas lealtades a la vida, al mundo depositario de asombros siempre renovados y a tres o cuatro seres cuya voz me alcanzaba por encima del tiempo y de mi incurable trashumancia.

Junio 8

El paisaje empieza a cambiar. Al comienzo, los indicios se van presentando en forma esporádica y no siempre muy evidente. La temperatura, si bien sigue siendo la misma, es recorrida a ratos por leves ráfagas de una brisa fresca, ajena por completo a este calor de horno detenido como un terco animal que se niega a seguir su camino. Esas rachas de otro clima me recuerdan ciertas vetas que aparecen en el mármol y que son extrañas a la coloración, a la tonalidad y a la textura de la materia principal. Los pantanos, por su lado, van desapareciendo, reemplazados por una vegetación enana y tupida que despide una mezcla de aromas semejante al olor del polen cuando se guarda en un recipiente. Es algo que recuerda a la miel pero conserva, todavía, un acento vegetal muy pronunciado. El lecho del río se angosta y se hace más profundo. Las orillas van ganando una consistencia lodosa que, al tacto, anuncia ya la aparición de la arcilla. El agua tiene una transparencia fresca y un tenue color ferruginoso. Estos cambios influyen en el ánimo de todos. Hay un alivio de tensión, un deseo de conversar y un brillo en las miradas como si advirtiéramos la inminencia de algo largamente esperado. Con las últimas luces de la tarde, aparece, allá en el horizonte, una línea color azul plomo que llega a confundirse fácilmente con nubes de tormenta que se acumulan en una lejanía imposible de precisar. El Capitán se acerca para señalarme el sitio adonde miro con tanto interés. Mientras hace un movimiento ondulatorio con su mano, como si dibujara el perfil de una cordillera, sin decir palabra asiente con la cabeza y sonríe con un dejo de tristeza que vuelve a inquietarme. «¿Los aserraderos?», pregunto como si evitara la respuesta. Vuelve a mover la cabeza en señal afirmativa, mientras alza las cejas y extiende los labios en un gesto que quiere decir algo como: «No puedo hacer nada, pero cuente con toda mi simpatía».

Me siento al borde de la proa, las piernas colgando sobre el agua que me salpica con una sensación de frescura que, en otra oportunidad, hubiera gozado más plenamente. Medito en las factorías y en lo que esconden como una mala sorpresa que presiento y sobre la cual nadie ha querido dar mayores detalles. Pienso en Flor Estévez, en su dinero a punto de arriesgarse en una aventura cargada de presagios; en mi habitual torpeza para salir adelante en estas empresas y, de pronto, caigo en la cuenta de que desde hace ya mucho tiempo he perdido todo interés en esto. Pensar en ello me causa un fastidio mezclado con la paralizante culpabilidad de quien se sabe ya al margen del asunto y sólo está buscando la manera de liberarse de un compromiso que emponzoña cada minuto de su vida. Es un estado de ánimo que me es tan familiar. Conozco muy bien las salidas por las que suelo huir de la ansiedad y la molestia de estar en falta, que me impiden disfrutar lo que la vida va ofreciendo cada día como precaria recompensa a mi terquedad en seguir a su lado.

Junio 10

Extraño diálogo con el Capitán. Lo enigmático fluye por debajo de las palabras. Por eso su transcripción resulta insuficiente. El tono de su voz, sus gestos, su manera de perderse en largos silencios contribuyen mucho para hacer de nuestra conversación uno de esos ejercicios en donde no son las palabras las encargadas de comunicar lo que queremos, más bien sirven, por el contrario, de obstáculo y como factor de distracción. Ocultan el auténtico motivo del diálogo. Desde la hamaca que está frente a la mía me sobresalta su voz. Creí que dormía.

—Bueno, ya se va a acabar esto, Gaviero. Esta aventura no da para mucho más.

—Sí, parece que nos vamos acercando a los aserraderos. Hoy ya se ve la cordillera con toda claridad —le respondo, sabiendo que su observación trata de ir más lejos.

—No pienso que le importen mucho los aserraderos a estas alturas. Creo que lo decisivo que nos reservaba este viaje ya sucedió. ¿No lo cree usted así?

—Sí, en efecto. Algo hay de eso —contesto para darle ocasión a terminar su idea.

—Mire, si lo piensa bien, se dará cuenta de que desde el encuentro con los indios hasta el Paso del Ángel, todo ha venido encadenado, todo engrana perfectamente. Esas cosas siempre suceden en secuencia y con un propósito definido. Lo importante es saber descifrarlo.

—Por lo que se refiere a mí, no le falta razón, Capi. Pero y usted. ¿Qué me dice de usted?

—A mí me han sucedido muchas cosas por estos ríos y por el río grande. Las mismas, o muy parecidas a las que esta vez nos han pasado. Pero lo que me intriga es el orden en que en esta ocasión se presentaron.

—No le entiendo, Capi. El orden ha sido uno para mí y otro para usted, naturalmente. Usted no se acostó con la india, ni se enfermó en el puesto militar, ni creyó morir en el Paso del Ángel.

—Cuando uno se encuentra con alguien que ha vivido lo que usted ha vivido y que ha pasado por las pruebas que han hecho el que usted es ahora, el ser su testigo y compañero es algo tanto o más importante que si esas cosas le hubieran sucedido a uno. Los días en el puesto militar, al lado de su hamaca, viendo cómo se le escapaba la vida, fueron una prueba más decisiva para mí que para usted.

—¿Por eso dejó la cantimplora? —le pregunto un tanto brutalmente para tratar de concretarlo.

—Sí, por eso y por lo que eso me hizo reflexionar. Es como si hubiera descubierto, de repente, que estaba jugando el juego que no me tocaba. Es muy malo cuando se vive parte de la vida haciendo el papel que no era para uno, y peor aún es descubrirlo cuando ya no se tienen las fuerzas para remediar el pasado ni rescatar lo perdido. ¿Me entiende?

—Sí, creo que le entiendo. A mí me ha sucedido muchas veces, pero por poco tiempo, y he logrado recobrarme y caer de pie —intento, simultáneamente, desviarlo del camino que toma nuestra charla y darle a entender que he recibido el mensaje.

—Usted es inmortal, Gaviero. No importa que un día se muera como todos. Eso no cambia nada. Usted es inmortal mientras está viviendo. Yo creo que he muerto hace tiempo. Mi vida está hecha como si hubieran cosido caprichosamente los retazos que quedan después de cortar un traje. Cuando me di cuenta de eso dejé el aguardiente. Es imposible engañarse más tiempo. Al verlo resucitar en el salón de la escuela y vencer la plaga, vi muy claro en mí. Vi en dónde había estado mi error y cuándo había comenzado.

—¿Al dejar Hamburgo, tal vez? —le pregunto tanteando el terreno.

—Es igual. ¿Sabe? Es igual. Pudo ser también al huir con la china. Al abandonar las Antillas. No sé. Tampoco importa mucho. Es igual —se nota en su voz un desasosiego, una irritación dirigida más hacia él que hacia mí. Es como si, cuando comenzó la charla, no hubiera esperado ir tan lejos.

—Sí —agrego—, tiene usted razón. Es igual. Cuando se llega a esas conclusiones, el principio no importa ni aclara mayor cosa.

Un largo silencio me hizo pensar que había vuelto a dormirse. Tornó a sobresaltarme:

—¿Sabe quién conoce de esto tanto como nosotros? —me pregunta en tono que hubiera podido ser jocoso.

—No. ¿Quién?

—El Mayor, hombre, el Mayor. Por eso volvió al puesto. Nunca lo había visto tan intrigado por un enfermo como se mostró con usted. Y mire que es mucho el soldado que ha visto agonizar. No es hombre que se conmueva así no más. Ya lo vio. No tengo que contárselo. Pues sepa que estuvo conmigo a su lado, muchas horas, vigilando sus delirios y siguiendo la lucha que libraba en esa hamaca, como una fiera recién capturada.

—Sí, algo sospeché de eso por la forma como me trató cuando me despedí de él y por las cosas que me dijo. No entendía por qué me salvé, y eso le intrigaba.

—Se equivoca. Entendió tan bien como yo. Supo descubrir en usted esa calidad de inmortal, y eso lo desconcertó tanto que cambió por completo su carácter. Fue la primera vez que le descubrí una grieta. Yo creí que era invulnerable.

—Me gustaría volverlo a ver —comenté pensando en voz alta.

—Lo volverá a ver. No se preocupe. También él quedó intrigado. Cuando se vean, usted se acordará de esto que le he dicho —hablaba ahora en tono sordo, aterciopelado, distante.

Entendí que había terminado nuestra charla. Permanecí mucho tiempo despierto, dándole vueltas al subterráneo sentido que fluía de las palabras del Capitán, que me iban calando muy hondo, trabajando zonas olvidadas de mi conciencia y sembrando señales de alarma por todas partes. Era como si alguien me estuviera poniendo ventosas en el alma.

Junio 12

La cordillera se alza en el horizonte, frente a nosotros, con una precisión abrumadora. Caigo en la cuenta de que había olvidado lo que se sentía frente a ella, lo que ella representa para mí como ámbito protector, como fuente inagotable de pruebas tonificantes, de retos que aguzan los sentidos y vigorizan mi necesidad de provocar el azar, en el intento de establecer sus límites. Ante el espectáculo de esa cadena de montañas opacadas por el tono azulino del aire, siento subir del fondo de mí mismo una muda confesión que me llena de gozo y que sólo yo sé hasta dónde explica y da sentido a cada hora de mi vida: «Soy de allí. Cuando salgo de allí, empiezo a morir». Tal vez a eso se refiera el Capitán cuando habla de mi inmortalidad. Sí, eso es, ahora lo comprendo plenamente. Flor Estévez y su indomable melena retinta, sus palabras brutales y bienhechoras, su cuerpo en desorden y sus canciones para arrullar rufianes y criaturas, cuya desvalida inocencia sólo ella comprende con ese saber de mujer estéril que sacude a la vida por los hombros hasta que la obliga a rendir lo que le pide.

La cordillera. Todo lo que ha tenido que suceder hasta llegar a esta experiencia de la selva, para que ahora, con las señales aún frescas en mi cuerpo de las pruebas a que me ha sometido el paso por su blando infierno en descomposición, descubra que mi verdadera morada está allá, arriba, entre los hondos barrancos donde se mecen los helechos gigantes, en los abandonados socavones de las minas, en la húmeda floresta de los cafetales vestidos con la nieve atónita de sus flores o con la roja fiesta de sus frutos; en las matas de plátano, en su tronco de una indecible suavidad y en sus reverentes hojas de un verde tierno, acogedor y terso; en sus ríos que bajan golpeando contra las grandes piedras que el sol calienta para delicia de los reptiles que hacen en ellas sus ejercicios eróticos y sus calladas asambleas, en las vertiginosas bandadas de pericos que cruzan el aire con una algarabía de ejército que parte a poblar las altas copas de los cámbulos. De allá soy, y ahora lo sé con la plenitud de quien, al fin, encuentra el sitio de sus asuntos en la Tierra. De allá partiré de nuevo, no sé cuántas veces, pero no será para tornar a los parajes de donde ahora vengo. Y cuando esté lejos de la cordillera, me dolerá su ausencia con un dolor nuevo hecho de la ansiedad febril de regresar a ella y perderme en sus caminos que huelen a monte, a pasto yaraguá, a tierra recién llovida y a trapiche en plena molienda.

Ha llegado la noche y me tiendo en la hamaca. Como una promesa y una confirmación viene la brisa fresca que arrastra a trechos un aroma de frutas cuya existencia se había borrado de la memoria. Entro en el sueño como si fuera a vivir una vez más mi juventud, ahora por el breve plazo de una noche, pero habiéndola rescatado intacta, sin que hayan prevalecido contra ella mi propia torpeza ni mis tratos con la nada.

Junio 13

Hoy terminé el libro sobre el homicidio de Luis de Orleans ordenado por Juan sin Miedo, Duque de Borgoña. Guardo el libro entre mis escasas pertenencias, porque habré de volver sobre algunos detalles del asunto. Hubo, es evidente, una larga provocación de parte de la víctima, secundada por Isabeau de Baviera, su cuñada y, de seguro, su amante. El pudor del preboste de París y los remilgos del autor no permiten dilucidar este asunto que me parece de una importancia capital. La lucha entre Armagnacs y Borgoñones podría estudiarse desde ángulos harto sorprendentes, sobre todo en su origen y en los móviles verdaderos que la originaron. Pero esto es asunto para rastrear en otra oportunidad. Deben existir en los archivos de Amberes y de Lieja documentos reveladores que algún día habré de hojear. Me propongo hacerlo si todavía puedo prestar algún servicio a mi querido Abdul Bashur y a sus socios. Abdul, qué personaje. Conviven en él el amigo caluroso e incondicional, dispuesto a perderlo todo por sacarnos de un aprieto, y el negociante de astucia implacable, empeñado en venganzas laberínticas a las que puede dedicar lo mejor de su tiempo y de su fortuna. Lo conocí en un café de Port Said. Estaba en una mesa vecina, tratando de vender una colección de ópalos a un judío de Tetuán que o no entendía la jerigonza que le hablaba Abdul, o no quería entenderla para que éste agotara sus argumentos y adquirir la mercancía por un precio menor. Abdul volvió a mirarme y, con esa intuición del levantino para saber en qué idioma puede hablar con un desconocido, me pidió en flamenco que le ayudara en el negocio y me ofreció una participación interesante. Pasé a su mesa y me entendí en español con el israelita. Abdul me daba los argumentos en flamenco y yo los desplegaba en castellano. Se cerró el trato tal como Abdul quería. Allí nos quedamos, mientras el judío se alejaba manoseando sus piedras y musitando oblicuas maldiciones contra toda la estirpe de mis antepasados. Abdul y yo nos hicimos muy pronto buenos amigos. Me contó que tenía con sus primos un negocio de astilleros, pero que pasaban por una mala racha. Estaba reuniendo dinero para volver a Amberes y restablecer en mejor forma la sociedad. Anduvimos dando tumbos por varios lugares del Mediterráneo, hasta cuando, en Marsella, conseguimos colocar un cargamento en extremo comprometedor con el que nadie quería arriesgarse. La ganancia lograda en esta operación le permitió a Abdul rehacer su compañía y a mí sepultar la parte que me correspondió en la descabellada operación de las minas del Cocora, en donde lo perdí todo y casi dejo la vida. En otra oportunidad relaté algo de esto.

Abdul Bashur me escribió más tarde ofreciéndome el negocio del carguero con bandera tunecina y resolví mejor probar fortuna en este asunto de los aserraderos que, por lo que me entero, promete bien poco o tal vez nada. Ahora que regresan a mi mente todos estos episodios y proyectos del pasado, siento que me invade un cansancio indecible, un torpor y una abulia como si hubieran transcurrido diez años de mi vida en estos parajes de condenación y ruina.

Junio 16

Antier en la madrugada me despertó una sombra que ocultaba el primer rayo de sol que suele darme en los ojos y al que ya estoy acostumbrado porque me obliga a dar vuelta en la hamaca sin despertar del todo y seguir durmiendo una hora más ese sueño, particularmente reparador, que repone el sobresaltado dormir de la noche. Algo que colgaba en los barrotes del toldo me estaba tapando la luz. Desperté de golpe: el cuerpo del Capitán se balanceaba suavemente, colgado del soporte horizontal. Pendía de espaldas, con la cabeza recostada en el grueso cable que usó para ahorcarse. Llamé a Miguel el mecánico, quien vino en seguida y me ayudó a descolgar el cuerpo. El rostro amoratado tenía una expresión desorbitada y grotesca que lo hacía irreconocible. Sólo entonces me di cuenta de que uno de los rasgos constantes del difunto, así estuviera en la peor ebriedad, era una cierta ordenada dignidad de sus facciones que hacía pensar en algún actor dedicado antaño a grandes papeles trágicos del teatro griego o isabelino. Buscamos en sus ropas por si había dejado alguna nota y no encontramos nada. El semblante del mecánico estaba ahora más cerrado e inexpresivo que nunca. El práctico se acercó a observarnos y movía la cabeza con esa resignada comprensión propia de los ancianos. Detuvimos el lanchón en una orilla donde hallamos el terreno adecuado para sepultar el cuerpo. Lo envolvimos en la hamaca que solía usar con más frecuencia. Cavamos la tierra que tenía una consistencia arcillosa y un color rojizo que se iba haciendo más intenso a medida que la fosa se hacía más honda. Esta tarea nos tomó varias horas. Terminamos bañados en sudor y con los miembros doloridos. Descendimos el cuerpo y volvimos la tierra a su lugar. El práctico, entretanto, había fabricado una cruz con dos ramas de guayacán que fue a cortar tan pronto tocamos tierra y que labró con cariñosa paciencia mientras nosotros trabajábamos con las palas. Con su navaja había grabado en el palo transversal, en letras de un esmerado diseño, sólo esto: «El Kapi». Permanecimos un rato en silencio alrededor de la tumba. Pensé en decir algo, pero me di cuenta de que rompería el recogimiento en que estábamos. Cada uno evocaba a su manera y con su particular dotación de recuerdos al compañero que por fin halló reposo después de haber vivido, como él mismo me dijo tantas veces, la vida que no le correspondía. Mientras nos dirigíamos al lanchón para seguir el viaje, supe que dejaba allí a un amigo ejemplar en su solidaria discreción y en su cariño firme y sin aristas.

Cuando arrancó el planchón fui a conversar con el mecánico para preguntarle cómo seguir el viaje. «No se preocupe —me dijo en su bárbara pero inteligible mezcla de lenguas—, vamos a los aserraderos. Yo soy el dueño de la lancha desde hace dos años. Cuando el Capi la compró, en la base del río grande, yo puse este motor que cuidaba desde hacía tiempo en espera de una oportunidad como ésa. Más tarde le compré la lancha, pero nunca quise que dejara su cargo. Adónde iba a ir y quién lo iba a recibir con esa manera de tomar que tenía. Esas órdenes que gritaba creo que le daban la impresión de seguir siendo el dueño y capitán de la lancha. Era un hombre bueno, sufría mucho, y quién iba a entenderlo mejor que yo. Él me llamó Miguel. Mi verdadero nombre es Xendú, pero no le gustaba. A usted lo respetaba mucho, y a veces se lamentaba por no haberlo conocido en otra época. Decía que hubieran hecho grandes cosas juntos». Miguel regresó a su motor y yo me quedé recostado en uno de los postes, mirando la corriente. Volví a pensar que nada sabemos de la muerte y que todo lo que sobre ella decimos, inventamos y propalamos son miserables fantasías que nada tienen que ver con el hecho rotundo, necesario, ineluctable, cuyo secreto, si es que lo tiene, nos lo llevamos al morir. Era evidente que el Capitán había tomado la determinación de matarse desde hace muchos días. Cuando dejó de beber era señal de que algo se había detenido dentro de él, algo que aún lo mantenía vivo y que se había roto para siempre. La charla que tuvimos la otra noche me regresa ahora con una claridad irrebatible. Estaba informándome sobre lo que tenía resuelto. No era hombre para decir, así, de repente: «Me voy a matar». Tenía el pudor de los vencidos. Yo no quise descifrar el mensaje o, mejor, preferí dejarlo oculto en ese recodo del alma en donde guardamos las noticias irrevocables, las que ya no cuentan con nosotros para cumplirse fatalmente. Pienso que debió agradecer mi actitud. Lo que me dijo era para ser recordado después de su muerte y perpetuarse con su memoria que, él lo sabía, me acompañaría siempre. Cuánta discreción en la manera de quitarse la vida. Esperó a que yo durmiera profundamente. Debió ser poco antes del alba. Era forzoso para él usar uno de los barrotes del toldo. Cualquier otra forma de acabar habría sido notada por todos. Ese pudor completa armoniosamente su carácter y me hace sentirlo aún más cercano, más conforme con cierta idea que tengo de los hombres que saben andar por el mundo entre el avieso y aturdido tropel de sus semejantes. Más pienso en él, más advierto que llegué a conocer prácticamente todo sobre su vida, su manera de ser, sus caídas y sus encontradas ilusiones. Me parece haber conocido a sus padres: la madre, piel roja cerril y leal a su hombre; el padre, perdido en el sueño del oro y en la inalcanzable felicidad. Veo a la gorda patrona del burdel de Paramaribo y escucho su risa gozadora y sus pasos de plantígrado sensual. Y la china. Para mí, la más familiar de sus criaturas. Mucho habría que decir sobre ella y sobre su abandono en la gran cloaca de Sankt Pauli. Fue una manera de iniciar su muerte, de comenzar a construirla dentro de sí con paso irremediable, con una mutilación sin cura posible. No consigo dormir. Toda la noche doy vueltas en la hamaca recordando, meditando, reconstruyendo un inmediato pasado en el que recibí dos o tres enseñanzas que han de señalar para siempre mis días por venir. Tal vez aquí comience mi muerte. No me atrevo a pensar mucho en esto. Prefiero que todo trate de ordenarse solo de nuevo. Por ahora, lo importante es regresar al páramo y acogerme a la protección arisca y salutífera de Flor Estévez. Ella hubiera entendido tan bien al Capi. O quién sabe, tiene un olfato muy aguzado para descubrir a los perdedores y no suelen éstos ser su género. Qué complicado es todo. Cuántos tumbos en un laberinto cuya salida hacemos lo posible por ignorar y cuántas sorpresas y, luego, cuánta monotonía al comprobar que no han sido tales, que todo lo que nos sucede tiene el mismo semblante, idéntico origen. El sueño no vendrá ya. Iré a tomar un café con Miguel. Ya sé adónde conducen estas elucubraciones sobre lo irremediable. Hay una aridez a la que es mejor no acercarse. Está en nosotros y es mejor ignorar la extensión que ocupa en nuestra alma.

Junio 18

Recurro ahora a unas cuartillas de papel de carta con membrete oficial que el Capitán guardaba en un cajón junto a otros papeles relacionados con la lancha y con trámites aduanales. Me doy cuenta de que me cuesta trabajo continuar este diario. En alguna forma, difícil de establecer, buena parte de lo que he venido escribiendo estaba relacionado con su presencia. No que pensara en ningún momento que él iría a leerlo alguna vez. Nada más lejano a ese propósito. Es como si su compañía, su figura, su pasado, su manera de subsistir al margen de la vida me sirvieran de referencia, de pauta, de inspiración, para decirlo de una vez a pesar de tanta necedad que esa palabra ha tenido que arrastrar en manos de los sandios. Lo que ahora registro en estas páginas, al estar relacionado exclusivamente conmigo y con las cosas que veo o los hechos que suceden a mi lado, adolece de un vacío, de una falta de peso, que me hace sentir como un viajero de tantos en busca de experiencias nuevas y de emociones inesperadas, o sea, lo que mueve mi rechazo más radical, casi fisiológico. Pero, por otra parte, es evidente, también, que me basta recordar algunas de sus frases, de sus gestos, de sus órdenes desorbitadas, para hallar de nuevo el impulso que me permite seguir emborronando papel. Anoche tuve, por cierto, un sueño revelador, tan rico en detalles, en volumen, en coherencia, que seguramente saldrá de él la subterránea energía para continuar con este diario.

Estaba con Abdul Bashur en un muelle de Amberes —que él pronuncia siempre en flamenco: Antwerpen— y nos dirigíamos a visitar el carguero cuya custodia iba a confiarme. Llegamos frente al buque que lucía como nuevo, recién pintado, con todas sus pasarelas y tuberías refulgentes y netas. Subimos por la escalerilla. En cubierta, una mujer restregaba el piso de madera con una energía y una dedicación inquietantes. Sus formas rotundas se ponían en relieve cada vez que se agachaba para raspar una mancha rebelde al cepillo. La reconocí al instante: era Flor Estévez. Se incorporó sonriendo y nos saludó con su brusca cordialidad de siempre. Algo dijo a Abdul que me indicó que ya se conocían. Se volvió luego para decirme: «Ya casi terminamos. Cuando salga del puerto este barco, será la envidia de todos. En la cabina hay café y alguien los está esperando». Llevaba la blusa desabrochada. Sus pechos asomaban casi por completo, morenos y abundantes. Con cierto pesar la dejé en cubierta y seguí a Bashur a la cabina. Cuando entramos, estaba allí el Capitán, al pie del escritorio, en donde se amontonaban en desorden papeles y mapas. Tenía la pipa en la mano y nos saludó con un apretón vigoroso y corto con algo de gimnástico. «Bueno —comentó mientras se rascaba la barbilla con la mano que tenía la pipa—, aquí estoy de nuevo. Lo que pasó en el planchón fue apenas un ensayo. No resultó. Aquí hemos trabajado muy duro, y ya sea que se venda o que resolvamos operarlo nosotros, la compra del barco ha sido un negocio brillante. La señora piensa que sería mejor que nos quedásemos con él. Yo le dije que ya se vería qué opinaban ustedes. Por cierto, Gaviero, que lo está esperando con una ansiedad muy grande. Trajo las cosas que dejó en el páramo y no estaba segura si faltaba algo». Le expliqué que ya la habíamos visto. «Vamos entonces —prosiguió—, quiero que le den una mirada a todo». Salimos. Empezó a oscurecer muy rápidamente. El Capitán iba adelante para indicarnos el camino. Cada vez que se volvía yo notaba que su rostro iba cambiando, que una tristeza y una mueca desamparada se fijaban con creciente evidencia en sus facciones. Cuando llegamos al cuarto de máquinas, advertí que cojeaba ligeramente. Tuve entonces la certeza de que ya no era él, que era otro a quien seguíamos y, en efecto, cuando se detuvo a mostrarnos la caldera, nos hallamos frente a un anciano, vencido y torpe, que musitaba con palabras estropajosas algunas explicaciones deshilvanadas que nada tenían que ver con lo que señalaba su mano temblorosa y mugrienta. Abdul no estaba ya conmigo. Un viento helado entró por las escotillas meciendo el barco, cuya solidez e imponencia habían desaparecido. El anciano se alejó hacia una escalera que descendía a las profundidades de la cala. Yo me quedé ante un destartalado amasijo de fierros, bielas y válvulas que debían estar fuera de uso hacía muchísimo tiempo. Pensé en Flor Estévez. Dónde estaría. No podía imaginarla vinculada a la sórdida ruina que me rodeaba. Corrí hacia cubierta con afán de encontrarla, tropecé en un escalón que cedió a mi paso y caí en el vacío.

Desperté bañado en sudor, y en la boca una amarga sensación de haber masticado un fruto descompuesto. La corriente del río es más irregular y fuerte. Una brisa de montaña llega como un anuncio de que entramos en una región por completo diferente a las que hemos recorrido hasta ahora. El práctico, con la mirada puesta en la cordillera, cocina una mezcla de frijoles y yuca que despide un aroma insípido. Me recordó al instante la selva y su clima de quebranto y lodo.

Junio 19

Hoy tuve con el práctico una conversación que me sirvió para aclarar, así sea parcialmente, el enigma de los aserraderos. En la mañana me trajo el café con los imprescindibles plátanos fritos. Se quedó ahí, esperando a que terminara mi desayuno, con evidentes deseos de decirme algo.

—Bueno, ya vamos llegando, ¿verdad? —le comenté para darle pie a que dijera lo que traía atorado y no se atrevía a decir a causa de esa distancia en que se refugian los ancianos para evitar ser lastimados o desoídos.

—Sí, señor, pocos días faltan. Usted no ha estado nunca por allá, ¿no? —había una punta de curiosidad en la pregunta.

—Jamás. Pero, dígame, ¿qué hay realmente en esas factorías?

—Las máquinas las montaron unos señores que vinieron de Finlandia. Los aserraderos son tres, instalados a varios kilómetros de distancia uno de otro. Los cuida la tropa, pero los ingenieros se fueron. De eso hace varios años.

—¿Y qué madera pensaban trabajar? Por aquí no veo árboles suficientes para alimentar tres instalaciones como las que me cuenta.

—Creo que al pie de la cordillera sí hay madera buena. Eso oí decir alguna vez. Pero parece que no se puede traer hasta los aserraderos.

—¿Por qué?

—No sé, señor. De veras no se lo podría decir —algo ocultaba. Vi cruzar por su rostro una sombra de miedo. Las palabras no le salían ya tan espontáneas y fáciles. Los deseos de conversar se le habían pasado y consideraba haber dicho ya lo suficiente.

—Pero ¿quién sabe sobre esto? Tal vez la tropa pueda informarme cuando lleguemos. ¿No cree? —no tenía muchas esperanzas de sacarle mucho más.

—No, señor, la tropa no. No les gusta que les pregunten sobre eso, y no creo que sepan mucho más que nosotros —inició un gesto de retirada recogiendo la taza y el plato vacíos.

—¿Y si hablo con el Mayor? —había tocado un punto delicado. El viejo se quedó quieto y no se atrevía a volver la vista hacia mí—. Hablaré con él si es el caso. Estoy seguro de que me contará lo que quiero saber. ¿No cree?

Se fue hacia popa, lentamente, mientras murmuraba con la vista puesta en la lejanía:

—Tal vez a usted le diga algo. A los que vivimos aquí nunca nos dice nada ni le gusta que nos metamos en ese asunto. Háblele si quiere. Allá usted. Creo que le tiene buena ley

—mientras musitaba estas palabras alzó los hombros con la resignación frente a lo irremediable y a la necedad de los demás, propia de los ancianos y, en él, aún más acusada. Recordé su conducta cuando descolgamos el cadáver del Capitán, y, luego, en el sepelio. No quería participar en los dañinos juegos de los hombres. Había vivido tanto que la suma de insensatez le debía ser no ya intolerable, sino por completo ajena.

En lo que el práctico me relató no había mayor novedad. Atando cabos, desde hace tiempo tengo la convicción de que el negocio que me describieron el camionero en el páramo y, luego, las personas con las que me entrevisté al llegar a la selva es un espejismo edificado con restos de rumores: vagas maravillas de riquezas al alcance de la mano y golpes de suerte de los que, en verdad, jamás le suceden a la gente. Y la persona ideal para caer en semejante trampa soy yo, sin duda, porque toda la vida he emprendido esa clase de aventuras, al final de las cuales encuentro el mismo desengaño. Si bien termino siempre por consolarme pensando que en la aventura misma estaba el premio y que no hay que buscar otra cosa diferente que la satisfacción de probar los caminos del mundo que, al final, van pareciéndose sospechosamente unos a otros. Así y todo, vale la pena recorrerlos para ahuyentar el tedio y nuestra propia muerte, esa que nos pertenece de veras y espera que sepamos reconocerla y adoptarla.

Junio 21

Desaliento creciente y falta de interés, no sólo en relación con la historia de las factorías, sino con el viaje mismo y todos sus incidentes, contratiempos y revelaciones. El paisaje parece estar en armonía con mi estado de ánimo: una vegetación casi enana, de un verde intenso y ese olor a polen concentrado que parece pegarse a la piel; la luz tamizada a través de una tenue niebla que nos hace confundir las distancias y el volumen de los objetos. Durante toda la noche cae una llovizna persistente que inunda el toldo y escurre sobre el cuerpo en tibias gotas de algo que más parece savia que agua de lluvia. Miguel, el mecánico, protesta a cada rato por las dificultades que tiene con el motor. Nunca le había escuchado queja alguna, ni siquiera cuando tuvimos que afrontar los rápidos. Es evidente que extraña la selva y que esta tierra le produce una reacción que afecta su humor y debilita sus vínculos con la máquina. Es como si quedara de repente desamparado y el motor se le enfrentara como alguien que le es ajeno y adverso. El práctico continúa con la vista fija en la cordillera. De vez en cuando mueve la cabeza como si tratase de ahuyentar alguna idea que le perturba.

No es el ánimo más propicio para continuar estas notas. Me conozco bastante y sé que por esta pendiente puedo terminar sin asidero alguno. En la soledad de estos parajes y sin más compañía que estos dos residuos del trabajo devastador de la selva, se corre el riesgo de no recuperar así sean las más fútiles razones para seguir entre los vivos. Con la luz de la tarde vino la llovizna. La niebla se fue y el ámbito adquirió por momentos una transparencia como si el mundo estuviera recién inaugurado. El práctico me hizo señas desde la proa para mostrarme, allá, al frente, al pie del escarpado macizo de montañas, un reflejo metálico que, con los últimos rayos de sol, lucía un tono dorado que recuerda las cúpulas de las pequeñas iglesias ortodoxas de la costa dálmata. «Allá están. Ésos son. Mañana en la noche llegamos, si todo va bien», me explicó con su voz cansina y ausente de matices, como emitida por un muñeco de ventrílocuo. Me sorprendí pidiendo para mis adentros que el viaje se prolongase aún por un tiempo indefinido, para, así, alejar el momento de sufrir la enfadosa realidad de esas desorbitadas estructuras cuyo brillo se va apagando a tiempo que la noche se abre paso acompañada por la algarabía de los grillos y de las bandadas de loros en busca de un refugio nocturno en las estribaciones de la sierra. Me he puesto a escribir una carta para Flor Estévez, sin otro propósito que sentirla cercana, y atenta a la descabellada historia de este viaje. Confío en entregársela un día. Por ahora, el alivio que me proporciona redactar esos renglones es, de seguro, una manera de escapar a este deslizarme hacia la nada que me va ganando y que, por desgracia, me resulta más familiar de lo que yo mismo imagino cuando lo evoco como algo que ya pasó sin dejar rastro aparente.

«Flor señora: Si los caminos de Dios son insondables, no lo son menos los que yo me encargo de transitar en esta tierra. Aquí estoy, a pocas horas de llegar a las famosas factorías de las que nos habló el chofer que pasaba con ganado del Llano, y no sé sobre ellas mucho más de lo que nos contó esa noche de confidencias y ron, allá, en La Nieve del Almirante, que, dicho sea de paso, es donde quisiera estar, y no aquí. En efecto, tengo muchas razones para creer que la cosa parará en nada, según las noticias bastante vagas que he venido recibiendo mientras subo el Xurandó; que es un río con más caprichos, resabios y humores encontrados que los que usted saca a relucir cuando el páramo se cierra y llueve todo el día y toda la noche y hasta las cobijas parecen empapadas. La otra noche soñé con usted, y no es cosa que le cuente de qué se trataba, porque tendría que ponerla en antecedentes sobre algunos personajes del sueño que le son desconocidos, y eso daría para muchas páginas. Aquí estoy escribiendo, cuando puedo y en hojas de la más varia calidad y origen, un diario en donde registro todo, desde mis sueños hasta los percances del camino, desde el carácter y figura de quienes viajan conmigo hasta el paisaje que desfila ante nosotros mientras subimos. Pero, volviendo al sueño, es bueno que le adelante que en él o, mejor, a través de él he llegado a darme cuenta de la importancia cada día más grande que usted tiene en mi vida y la forma como su cuerpo y su genio, no siempre manso, presiden los accidentes de aquélla y la ruina en que ésta suele refugiarse cuando estoy harto de andanzas y sorpresas. Claro que, a estas horas, esto no debe ser ninguna novedad para usted. Conozco sus talentos de adivina y de hermética pitonisa. Por eso, ni siquiera me demoro en relatarle en detalle cómo me hace falta, en esta hamaca, sentir el desorden de su cuerpo y oírla bramar en el amor como si se la estuviera tragando un remolino. Ésas no son cosas que deban escribirse, no solamente porque nada se adelanta con eso, sino porque, ya en el recuerdo, adolecen de no sé qué rigidez y sufren cambios tan notables que no vale la pena registrarlas en palabras. Ignoro cómo se presentarán aquí las cosas. Lo cierto es que tengo la cordillera enfrente y me llegan sus aromas y murmullos. No hago sino pensar en esos lugares, en donde, ahora, he conseguido verlo claro, definitivamente está mi lugar en la tierra. Su dinero sigue aquí guardado y me sospecho que regresará intacto, que es lo que, en verdad, deseo. He pensado en contarle un poco cómo es la selva y quién vive por estos lugares, pero creo que mejor podrá enterarse de ello en mi diario, si logro llegar con él intacto y con su autor en iguales condiciones. Dos veces he visto la muerte, cada una con rostro distinto y diciéndome sus ensalmos, tan a mi lado que no creí regresar. Lo raro es que esta experiencia en nada me ha cambiado, y sólo sirvió para caer en la cuenta de que, desde siempre, esa señora ha estado vigilándome y contando mis pasos. El Capitán, sobre el cual espero que hablemos largamente en breve, me dijo que, sin importar que un día muera, como es predecible, mientras esté vivo soy inmortal. Bueno, la cosa no es bien así. Él la dijo mejor, desde luego, pero en el fondo ésa es la idea. Lo que me llama más la atención es que yo había pensado ya en eso, pero aplicado a usted. Porque creo que, desde La Nieve del Almirante, usted ha ido tejiendo, construyendo, levantando todo el paisaje que la rodea. Muchas veces he tenido la certeza de que usted llama a la niebla, usted la espanta, usted teje los líquenes gigantes que cuelgan de los cámbulos y usted rige el curso de las cascadas que parecen brotar del fondo de las rocas y caen entre helechos y musgos de los más sorprendentes colores: desde el cobrizo intenso hasta ese verde tierno que parece proyectar su propia luz. Como ha sido tan poco lo que hemos hablado, a pesar del tiempo que llevamos juntos, estas cosas tal vez le parezcan una novedad, cuando, en realidad, fueron las que me decidieron a permanecer en su tienda con el pretexto de curarme la pierna. Por cierto que una parte de ésta ha quedado insensible, aunque puedo usarla normalmente para caminar. No tengo mucho talento para escribir a alguien que, como usted, llevo tan adentro y dispone con tanto poder hasta de los más escondidos rincones y repliegues de este Gaviero que, de haberla encontrado mucho antes en la vida, no habría rodado tanto, ni visto tanta tierra con tan poco provecho como escasa enseñanza. Más se aprende al lado de una mujer de sus cualidades que trasegando caminos y liándose con las gentes cuyo trato sólo deja la triste secuela de su desorden y las pequeñas miserias de su ambición, medida de su risible codicia. Pues el motivo de estas líneas ha sido, únicamente, hablarle un rato para descansar mi ansiedad y alimentar mi esperanza, hasta aquí llego y le digo hasta pronto, cuando de nuevo nos reunamos en La Nieve del Almirante y tomemos café en el corredor de enfrente, viendo venir la niebla y oyendo los camiones que suben forzando sus motores y cuyo dueño podremos identificar por la forma como cambia las marchas. No es esto todo lo que quería decirle. Ni siquiera he comenzado. Lo cual, desde luego, no importa. Con usted no es necesario decir las cosas porque ya las sabe desde antes, desde siempre. Muchos besos y toda la nostalgia de quien la extraña mucho».

Junio 23

Hoy al atardecer llegamos al primer aserradero. Lo que veíamos a distancia en línea recta frente a nosotros no estaba tan cerca. El Xurandó hace en este trayecto una serie de amplias curvas que sucesivamente alejan y acercan la brillante estructura de aluminio y cristal hasta convertirla en un espejismo. Impresión que se acentúa por lo inesperado de tal arquitectura en clima y lugar semejantes. Atracamos en un pequeño muelle flotante, asegurado con cables de color amarillo y planchas de madera clara, mantenidas en impecable limpieza. Me hizo pensar en algún sitio del Báltico. Descendimos y nos acercamos al edificio que está rodeado por un muro de alambre de más de dos metros de altura, con postes metálicos pintados de azul marino y colocados a diez metros uno de otro. Esperamos un buen rato en la garita de entrada y, finalmente, apareció un soldado que venía del edificio principal arreglándose la ropa, como si hubiera estado durmiendo. Nos informó que el resto de la gente había ido de cacería y regresaría hasta mañana en la madrugada. Cuando le pregunté, movido por una curiosidad inesperada, qué cazaban por allí, el soldado se me quedó mirando con esa expresión atónita, tan característica de la gente de tropa cuando no sabe cómo ocultar algo a los civiles y, finalmente, resuelve mentir, cosa que, de seguro, jamás haría con sus superiores: «No sé. Nunca he ido. Zarigüeyas, creo, o algo así», contestó, a tiempo que nos volvía la espalda y se alejaba hacia el edificio. Regresamos a la lancha para cenar algo, dormir, y al día siguiente intentar de nuevo. Una vez más, con las últimas luces de la tarde, la enorme estructura metálica se erguía envuelta en un halo dorado que le daba un aspecto irreal, como si estuviese suspendida en el aire. Consta de un gigantesco hangar, semejante a los que se usaban para guardar los zepelines, flanqueado por una pequeña edificación que evidentemente sirve de bodega, y un grupo de tres barracas en hilera, de cuatro piezas cada una, que deben servir para alojar a quienes cuidan el sitio.

El hangar está construido en estructura de aluminio, con amplios ventanales en los costados y al frente, y una bóveda en donde se suceden extensas marquesinas, también de cristal, esmerilado en este caso, para opacar la entrada del sol al recinto. Recuerdo haber visto construcciones similares, no sólo al borde del lago de Constanza y a orillas del mar del Norte o del Báltico, sino también en algunos puertos de Louisiana y de la Columbia Británica, en donde se embarca madera ya cortada en tablones, lista para viajar a los más apartados lugares del mundo. La estrafalaria presencia de semejante edificio a orillas del Xurandó, al pie de la selva, se acentúa aún más por la manera impecable como está mantenido. Brilla cada centímetro de metal y de vidrio, como si hubieran terminado de construirlo hace apenas unas horas. De repente, un fuerte chasquido anunció el arranque de una turbina. Todo el conjunto se iluminó con una luz parecida a la de los tubos de neón, pero mucho más tenue y difusa. No alcanzaba a proyectarse en la atmósfera circundante y, por tal razón, no la habíamos visto de lejos. La impresión de irrealidad, de intolerable pesadilla de tal presencia en medio de la noche ecuatorial, apenas me permitió dormir y visitó mis sueños intermitentes, dejándome cada vez bañado en sudor y con el corazón desbocado. Intuí que jamás tendría la menor oportunidad de tratar con quienes habitaban este edificio inconcebible. Un vago malestar se ha ido apoderando de mí y ahora me distraigo escribiendo este diario para no mirar hacia la gótica maravilla de aluminio y cristal que flota iluminada con esa luz de morgue, arrullada por el manso zumbido de su planta eléctrica. Ahora entiendo las reservas y evasivos intentos del Capitán, el Mayor y los demás con quienes hablé de esto, ante mi insistencia de saber lo que en verdad son estos aserraderos. Era en vano hacerlo. La verdad resulta imposible de transmitir. «Usted ya verá», eso fue lo que, al final de cuentas, acabaron diciéndome todos, rehuyendo dar más detalles. Tenían razón. Aquí, pues, de nuevo, el Gaviero viene a recalar en uno más de sus insólitos e infructuosos asombros. No hay remedio. Así será siempre.

Junio 24

Esta mañana fui de nuevo a la garita. Un centinela oyó mi solicitud de hablar con alguien y, sin contestarme, cerró la ventanilla. Vi que hablaba por teléfono. Volvió a abrirla y me dijo: «No se puede recibir a extraños en estas instalaciones. Buenos días». Iba a cerrar de nuevo y me apresuré a preguntarle: «¿El ingeniero? No quiero hablar con nadie de la guardia, sino con él. Es un asunto relacionado con la venta de madera. Así sea por teléfono me gustaría explicarle al ingeniero el motivo de mi viaje hasta aquí». Me observó un instante con una mirada neutra, inexpresiva, como si hubiera escuchado mis palabras desde un altoparlante lejano. Con voz también sin matices, casi sin energía, me explicó: «Aquí hace mucho que no hay ningún ingeniero. Sólo hay tropa y dos suboficiales. Tenemos instrucciones de no hablar con nadie. Es inútil que insista». El timbre del teléfono sonaba con frenética insistencia. El hombre cerró la ventanilla y fue a contestar. Escuchó con aire concentrado y, al final, asintió con la cabeza como si recibiera una orden. Por una pequeña rendija que abrió para hacerse oír, me dijo: «Tienen que retirar el planchón antes del mediodía de mañana y absténgase de insistir en ver a nadie. No vuelva a la garita, porque no puedo hablar más con usted». Corrió el vidrio con un golpe seco y se puso a revisar unos papeles que tenía sobre el escritorio. Lo sentí inmerso en otro mundo; como si hubiera descendido a una gran profundidad en las aguas de un océano para mí desconocido y hostil.

Regresé a la lancha y estuve conversando con el práctico. «Ya me lo temía —me comentó—. Nunca he intentado hablar con ellos ni acercarme a la entrada. Esa tropa no pertenece a ninguna base cercana. La relevan cada cierto tiempo. Vienen del borde de la cordillera y hacia allá parten, cortando por mitad del monte. Ahora me dirá qué hacemos. Mañana al mediodía hay que salir de aquí. No creo que valga la pena insistir». Sugerí visitar las otras factorías que están más arriba: «No tiene caso intentarlo. Es lo mismo. Además, estamos algo cortos del diesel. Vamos a tener que bajar a media máquina, ayudados por la corriente. Si no encontramos en alguna ranchería, ojalá nos alcance para llegar a la base». Me acosté en la hamaca sin hablar más. Me invadieron una vaga frustración, un sordo fastidio conmigo mismo y con la cadena de postergaciones, descuidos e inadvertencias que me han traído hasta aquí y que hubiera sido tan sencillo evitar si otro fuera mi carácter. Bajaremos de nuevo. Un desánimo invencible me dejó allí tendido, tratando de digerir esa rabia que se iba extendiendo a todo y a todos, la conciencia de cuya inutilidad sólo me servía para incrementarla. En la noche, ya más resignado y tranquilo, encendí la lámpara para escribir un poco. La luz de quirófano que baña el edificio, su esqueleto de aluminio y cristal y el zumbido de la planta comienzan a resultarme tan intolerables que he resuelto partir mañana y alejarme de tan abrumadora presencia.

Junio 25

Salimos esta mañana con el alba. Al desamarrar el lanchón y dejarnos llevar por la corriente hacia el centro del río, se oyó una sirena que lanzaba desde el edificio un aullido apagado. A lo lejos respondió otra y, luego, otra más distante. Las factorías se comunicaban la partida de los intrusos. Había una altanera advertencia, una taciturna pesadumbre en esas señales que nos dejaron silenciosos y marchitos durante buena parte del día. Avanzábamos con una velocidad que, al principio, me resultó novedosa y grata. Pensé, de repente, en el Paso del Ángel. Un escalofrío me recorrió la espalda. Bajar era, quizá, más fácil. Pero sentí que no tendría el ánimo de soportar una vez más el fragor de las aguas, su estruendo, sus remolinos, la fuerza arrolladora de su desbocada energía. Pasado el mediodía llegamos a un extenso remanso que convertía el Xurandó en un lago cuyas orillas se perdían por dondequiera que miráramos. Comenzaba a quedarme dormido, en una siesta que esperaba reparadora, propicia para olvidar la reciente experiencia con el mundo enemigo de los aserraderos. Un lejano zumbido se fue acercando a nosotros. Luché entre el sueño y la curiosidad, y cuando el primero ganaba terreno rápidamente, escuché una voz que me llamaba: «¡Gaviero!, ¡Maqroll!, ¡Gaviero!». Desperté. El Junker de la base se deslizaba a nuestro lado. El Mayor, de pie en los flotadores, extendía la mano para recibir un cabo que le lanzaba el práctico. Lo tomó al segundo intento y fue acercando el hidroavión a la proa de la lancha. «¡Vamos a la orilla!», ordenó, mientras con la mano libre hacía un gesto de bienvenida. Lo noté más delgado, y el bigote no era ya tan recto e impecable. Atracamos el lanchón y aseguramos el Junker a la proa del mismo. El Mayor saltó a cubierta con elasticidad un tanto felina. Nos estrechamos las manos y fuimos a sentarnos en las hamacas. No esperó a preguntarme sobre el viaje. Entró de lleno en materia: «Una patrulla encontró la tumba del Capi. Estuve allá la semana pasada. Algún animal había intentado desenterrarlo. Ordené cavar más hondo y llenamos la mitad de la fosa con guijarros. Los muertos no se pueden enterrar así en la selva. Los animales los desentierran a los pocos días. ¿Ya viene, entonces, de bajada? Me imagino cómo le fue. Era inútil prevenirlo. Nadie cree cuando uno lo explica. Es mejor que cada quien haga la experiencia. Y ahora, ¿qué va a hacer?». «No sé —le respondí—, no tengo muchos planes. Pienso subir a la cordillera lo más pronto posible, ignoro si hay camino por este lado. Pero no quisiera irme con la curiosidad de averiguar qué pasa con esa gente de las factorías. Me dicen que las máquinas están intactas. Jamás volveré por allá. ¿Por qué no me cuenta?». Miró sus manos mientras sacudía las hojas y el barro que había dejado en ellas el cable. «Bueno, Gaviero —comenzó a decirme mientras sonreía vagamente—, le voy a contar. En primer lugar, no hay ningún misterio. Esas instalaciones van a revertir al Gobierno dentro de tres años. Alguien, muy arriba, está interesado en ellas. Debe ser un personaje muy influyente porque consiguió que sean custodiadas y mantenidas por la Infantería de Marina. Están, en efecto, intactas. Nunca se pudieron poner en marcha porque donde se encuentra la madera —y señaló hacia las estribaciones de la sierra— hay gente levantada en armas. ¿Quién la sostiene? No es preciso romperse la cabeza para adivinarlo. Cuando llegue la fecha de la reversión y se entreguen los aserraderos al Gobierno, es muy posible que la guerrilla desaparezca como por ensalmo. ¿Me entendió? Es muy sencillo. Siempre hay alguien más listo que uno, ¿verdad?». Otra vez ese tono entre burlón y protector, desenvuelto y de regreso de todo. Antes de pensar yo en preguntárselo, me dice: «¿Por qué no se lo advertí? Ya estamos muy grandecitos, ¿verdad? Le di a entender hasta donde me era permitido. Ahora que se va y, seguramente, no regrese nunca, se lo puedo contar todo. Qué bueno que salieran a tiempo. Esa gente no se anda con paños de agua tibia. Sólo dicen las cosas una vez. Luego abren fuego». Le expresé mi reconocimiento por haberme advertido, en la medida en que se lo permitía la prudencia, y me excusé de mi terquedad en continuar adelante. «No se preocupe —me dijo—, siempre sucede lo mismo. El negocio es muy tentador y no tiene nada de descabellado. Sólo que es lo que le digo: siempre hay alguien más listo. Siempre. Menos mal que lo toma usted con cierta filosofía. Es la única manera. Bueno, ahora le voy a proponer lo siguiente: si desea ir al páramo, tal vez yo pueda ayudarlo. Mañana, si quiere, volamos a la Laguna del Sordo. Está en plena cordillera. En la orilla hay un pueblo, y de allí suben camiones hasta el páramo. Arregle con Miguel y mañana vengo de madrugada. En una hora de vuelo estaré allá. ¿Qué le parece?». «Que no sé cómo pagarle el favor —le respondí conmovido por su interés—. En verdad no me siento con fuerzas para volver a la selva, ni para pasar de nuevo por los rápidos. Le pagaré a Miguel y mañana lo espero. Muchas gracias de nuevo y ojalá esto no le ocasione contratiempos». «Ya se lo dije desde el primer día en que hablamos: usted no es para esa tierra. No, no me causa ninguna molestia. El que manda, manda. Lo importante es saber hasta dónde y eso lo aprendí desde que era alférez. Es lo único que hay que saber cuando se llevan galones. Bueno, hasta mañana. Me voy porque apenas hay tiempo para regresar a la base». Me estrechó la mano, llamó con un silbido al práctico y saltó al avión. Algo dijo al piloto y se me quedó viendo con una sonrisa en donde había más picardía que cordialidad.

Ésta será mi última noche aquí. Debo confesar que siento un alivio indecible. Es como si hubiera tomado un licor que, al instante, repusiera todas las fuerzas y me restituyera al mundo, al orden de cosas que me pertenecen. He hablado con Miguel. No puso ninguna objeción a que arreglásemos cuentas ahora mismo. Le pagué su dinero y di una buena propina al práctico. Trato de dormir. Una agitación, un aleteo que me recorre por dentro, me impide conciliar el sueño. Es como si me quitara una losa de encima, como si me relevaran de una tarea desmedida, lacerante, agobiadora.

Junio 29

A eso de las siete de la mañana el Mayor llegó en el Junker. Recogí mis cosas y me despedí de Miguel y del práctico. Éste sonreía, con esa manera que tienen los viejos de hacerlo ante la necia insistencia de quienes repiten los errores que ellos mismos cometieron y habían olvidado. Miguel me dio la mano sin apretarla. Era como tener en la mía un pescado tibio y húmedo. En sus ojos advertí un lejano, tenue brillo por donde afloraba toda la cordialidad de que era capaz. En ese instante me di cuenta de que me despedía de la selva. El mecánico no sólo la representa cabalmente, sino que está hecho de su misma substancia. Es una prolongación amorfa de ese universo funesto y sin rostro. Subí al Junker, me senté detrás del piloto y del Mayor y ajusté mi cinturón. Recorrimos el agua durante un momento y nos remontamos en medio de la vibración arrulladora del fuselaje. Caí en un torpor hipnótico hasta que el Mayor me tocó la rodilla y me mostró la laguna allá bajo. Acuatizamos suavemente. Nos dirigimos a un desembarcadero en donde nos esperaban un sargento y tres soldados. El Mayor bajó conmigo. Me despedí del piloto y en ese momento caí en la cuenta de que no era el que yo conocía. A éste le faltaba un ojo y tenía en la frente una cicatriz nacarada. El Mayor me encargó con el sargento y le indicó que me buscara posada en el pueblo mientras conseguía un camión para subir al páramo. Me tendió la mano y, sin dejar que le expresara mi gratitud, me interrumpió con una seriedad un tanto forzada: «Por favor, en adelante, medite sus negocios y no vuelva a arriesgarse como lo hizo. No vale la pena. Sé lo que le digo. Usted ya lo sabe, además. Buena suerte. Adiós». Subió a la cabina del Junker, cerró de un golpe la puerta, haciendo resonar el fuselaje con un ruido que me resultó familiar y el hidroavión se alejó dejando una estela de espuma que fue disolviéndose a medida que el aparato se perdía entre las nubes bajas de la cordillera.

Algo ha terminado. Algo comienza. Conocí la selva. Nada tuve que ver con ella, nada llevo. Sólo estas páginas darán, tal vez, un desteñido testimonio de un episodio que dice muy poco de mi malicia y espero olvidar lo más pronto posible. Antes de una semana estaré en La Nieve del Almirante contándole a Flor Estévez cosas que, de seguro, ya poco tendrán que ver con lo que en verdad sucedió. Siento en el paladar el aroma del café y su amargo sabor estimulante.

Ayer llegaron al pueblo unos infantes de marina. Pertenecen al destacamento relevado en los aserraderos. Cuentan que el lanchón naufragó en el Paso del Ángel y que los cuerpos de Miguel y del práctico no aparecieron. Parece que se los llevó la corriente muy abajo. Debió dejarlos tirados en alguna orilla de la selva. El planchón, desmantelado y lleno de abolladuras, se varó en un banco de arena. Nadie se presentó para rescatarlo.

Dentro del cuaderno formado con las hojas del diario de Maqroll el Gaviero había una página suelta, escrita en tinta verde, con el membrete de un hotel y sin fecha. Al leerla me di cuenta de que tenía relación con el diario y por esa razón me parece oportuno transcribirla aquí. Su lectura puede interesar a quienes hayan seguido el relato que el diario contiene.

Hôtel de Flandre
Quai des Tisserands N.º 9　　　*Tel. 3223*
Anvers

... como estaba convenido. Durante tres días subimos por una carretera empinada y llena de curvas de un trazo peligrosamente aproximado. Al llegar a cierto punto, dejé el camión y alquilé una mula en la fonda de la Cuchilla. Dos días anduve perdido en el páramo, buscando la carretera que pasa por La Nieve del Almirante. Ya había abandonado toda esperanza, cuando di con ella. Dejé la mula con el muchacho que me la había alquilado y me senté en un barranco a esperar algún camión para subir hasta la parte más alta del trayecto. En efecto, dos horas más tarde pasó un Saurer de ocho toneladas que trepaba con asmático esfuerzo la pendiente. El conductor accedió a llevarme: «Voy hasta el alto», le expliqué mientras me observaba como tratando de reconocerme. Viajamos toda la noche. Al madrugar, en medio de una niebla tan espesa que casi imposibilitaba la marcha, el hombre me despertó: «Por aquí debe ser. ¿Qué es lo que busca por estos peladeros?». «Una tienda que se llama La Nieve del Almirante», respondí con un temor que empezaba a subirme por el plexo solar. «Bueno —dijo el chofer—, voy a parar un rato. Usted busque por ahí a ver qué encuentra. Con esta niebla...». Encendió un cigarrillo. Me interné en el lechoso ámbito que casi no permitía ver cosa alguna. Me fui orientando por la cuneta y al poco tiempo reconocí la casa. El letrero, del que se habían desprendido varias letras, se mecía con el viento, colgando de un extremo sujeto por un clavo herrumbroso. Todo estaba atrancado por dentro: puertas, ventanas y postigos. Faltaban ya muchos vidrios y la construcción amenazaba derrumbarse de un momento a otro. Fui a la puerta trasera. El balcón, que antes se sostenía sobre un precipicio con la ayuda de gruesas vigas de madera, se había desbaratado en parte y los barrotes se balanceaban sobre el abismo, llenos de musgo y de excrementos de loros que se detenían allí antes de seguir su viaje a las tierras bajas. Comenzó a lloviznar y la niebla se despejó en un instante.

Regresé al camión. «No queda nada, señor. Ya sabía, pero ignoraba el nombre», comentó el conductor con cierta compasión que alcanzó a herirme malamente. «Siga conmigo, si quiere. Voy hasta el cafetal de La Osa. Allá creo que lo conocen». Asentí en silencio y subí a su lado. El camión comenzó el descenso. Un olor a asbesto quemado denunciaba el trabajo incesante de los frenos. Pensaba en Flor Estévez. Iba a ser muy difícil acostumbrarme a su ausencia. Algo comenzó a dolerme allá adentro. Era el trabajo de una pena que tardará mucho tiempo en sanar.

# Otras noticias sobre Maqroll el Gaviero

Cocora

Aquí me quedé, al cuidado de esta mina, y ya he perdido la cuenta de los años que llevo en este lugar. Deben ser muchos, porque el sendero que llevaba hasta los socavones y que corría a la orilla del río ha desaparecido ya entre rastrojos y matas de plátano. Varios árboles de guayaba crecen en medio de la senda y han producido ya muchas cosechas. Todo esto debieron olvidarlo sus dueños y explotadores y no es de extrañarse que así haya sido, porque nunca se encontró mineral alguno, por hondo que se cavara y por muchas ramificaciones que se hicieran desde los corredores principales. Y yo que soy hombre de mar, para quien los puertos apenas fueron transitorio pretexto de amores efímeros y riñas de burdel, yo que siento todavía en mis huesos el mecerse de la gavia a cuyo extremo más alto subía para mirar el horizonte y anunciar las tormentas, las costas a la vista, las manadas de ballenas y los cardúmenes vertiginosos que se acercaban como un pueblo ebrio; yo aquí me he quedado visitando la fresca oscuridad de estos laberintos por donde transita un aire a menudo tibio y húmedo que trae voces, lamentos, interminables y tercos trabajos de insectos, aleteos de oscuras mariposas o el chillido de algún pájaro extraviado en el fondo de los socavones.

Duermo en el llamado Socavón del Alférez, que es el menos húmedo y da de lleno a un precipicio cortado a pico sobre las turbulentas aguas del río. En las noches de lluvia, el olfato me anuncia la creciente: un aroma lodoso, picante, de vegetales lastimados y de animales que bajan destrozándose contra las piedras; un olor de sangre desvaída, como el que despiden ciertas mujeres trabajadas por el arduo clima de los trópicos; un olor de mundo que se deslíe precede a la ebriedad desordenada de las aguas que crecen con ira descomunal y arrasadora.

Quisiera dejar testimonio de algunas de las cosas que he visto en mis largos días de ocio, durante los cuales mi familiaridad con estas profundidades me ha convertido en alguien harto diferente de lo que fuera en mis años de errancia marinera y fluvial. Tal vez el ácido aliento de las galerías haya mudado o aguzado mis facultades para percibir la vida secreta, impalpable, pero riquísima, que habita estas cavidades de infortunio. Comencemos por la galería principal. Se penetra en ella por una avenida de cámbulos cuyas flores anaranjadas y pertinaces crean una alfombra que se extiende a veces hasta las profundidades del recinto. La luz va desapareciendo a medida que uno se interna, pero se demora con intensidad inexplicable en las flores que el aire ha barrido hasta muy adentro. Allí viví mucho tiempo, y sólo por razones que en seguida explicaré tuve que abandonar el sitio. Hacia el comienzo de las lluvias escuchaba voces, murmullos indescifrables como de mujeres rezando en un velorio, pero algunas risas y ciertos forcejeos, que nada tenían de fúnebres, me hicieron pensar más bien en un acto infame que se prolongaba sin término en la oquedad del recinto. Me propuse descifrar las voces y, de tanto escucharlas con atención febril, días y noches, logré, al fin, entender la palabra Viana. Por entonces, caí enfermo, al parecer de malaria, y permanecía tendido en el jergón que había improvisado como lecho. Deliraba durante largos períodos y, gracias a esa lúcida facultad que desarrolla la fiebre por debajo del desorden exterior de sus síntomas, logré entablar un diálogo con las hembras. Su actitud meliflua, su evidente falsía me dejaban presa de un temor sordo y humillante. Una noche, no sé obedeciendo a qué impulsos secretos avivados por el delirio, me incorporé gritando en altas voces que reverberaron largo tiempo contra las paredes de la mina: «¡A callar, hijas de puta! ¡Yo fui amigo del Príncipe de Viana, respeten la más alta miseria, la corona de los insalvables!». Un silencio, cuya densidad se fue prolongando, acallados los ecos de mis gritos, me dejó a orillas de la fiebre. Esperé la noche entera, allí tendido y bañado en los sudores de la salud recuperada. El silencio permanecía presente ahogando hasta los más leves ruidos de las humildes criaturas en sus trabajos de hojas y salivas que tejen lo impalpable. Una claridad lechosa me anunció la llegada del día y salí como pude de aquella galería que nunca más volví a visitar.

Otro socavón es el que los mineros llamaban del Venado. No es muy profundo, pero reina allí una oscuridad absoluta, debida a no sé qué artificio en el trazado de los ingenieros. Sólo merced al tacto conseguí familiarizarme con el lugar que estaba lleno de herramientas y cajones meticulosamente clavados. De ellos salía un olor imposible de ser descrito. Era como el aroma de una gelatina hecha con las más secretas substancias destiladas de un metal improbable. Pero lo que me detuvo en esa galería durante días interminables, en los que estuve a punto de perder la razón, es algo que allí se levanta, al fondo mismo del socavón recostado en la pared en donde aquél termina. Algo que podría llamar una máquina si no fuera por la imposibilidad de mover ninguna de las piezas de que parecía componerse. Partes metálicas de las más diversas formas y tamaños, cilindros, esferas, ajustados en una rigidez inapelable, formaban la indecible estructura. Nunca pude hallar los límites, ni medir las proporciones de esta construcción desventurada, fija en la roca por todos sus costados y que levantaba su pulida y acerada urdimbre, como si se propusiera ser en este mundo una representación absoluta de la nada. Cuando mis manos se cansaron, tras semanas y semanas de recorrer las complejas conexiones, los rígidos piñones, las heladas esferas, hui un día, despavorido al sorprenderme implorándole a la indefinible presencia que me develara su secreto, su razón última y cierta. Tampoco he vuelto a esa parte de la mina, pero durante ciertas noches de calor y humedad me visita en sueños la muda presencia de esos metales y el terror me deja incorporado en el lecho, con el corazón desbocado y las manos temblorosas. Ningún terremoto, ningún derrumbe, por gigantesco que sea, podrá desaparecer esta ineluctable mecánica adscrita a lo eterno.

La tercera galería es la que ya mencioné al comienzo, la llamada Socavón del Alférez. En ella vivo ahora. Hay una apacible penumbra que se extiende hasta lo más profundo del túnel y el chocar de las aguas del río, allá abajo, contra las paredes de roca y las grandes piedras del cauce, da al ámbito una cierta alegría que rompe, así sea precariamente, el hastío interminable de mis funciones de velador de esta mina abandonada. Es cierto que, muy de vez en cuando, los buscadores de oro llegan hasta esta altura del río para lavar las arenas de la orilla en las bateas de madera. El humo acre de tabaco ordinario me anuncia el arribo de los gambusinos. Desciendo para verlos trabajar y cruzamos escasas palabras. Vienen de regiones distantes y apenas entiendo su idioma. Me asombra su paciencia sin medida en este trabajo tan minucioso y de tan pobres resultados. También vienen, una vez al año, las mujeres de los sembradores de caña de la orilla opuesta. Lavan la ropa en la corriente y golpean las prendas contra las piedras. Así me entero de su presencia. Con una que otra que ha subido conmigo hasta la mina he tenido relaciones. Han sido encuentros apresurados y anónimos en donde el placer ha estado menos presente que la necesidad de sentir otro cuerpo contra mi piel y engañar, así sea con ese fugaz contacto, la soledad que me desgasta.

Un día saldré de aquí, bajaré por la orilla del río, hasta encontrar la carretera que lleva hacia los páramos, y espero entonces que el olvido me ayude a borrar el miserable tiempo aquí vivido.

La Nieve del Almirante

Al llegar a la parte más alta de la cordillera, los camiones se detenían en un corralón destartalado que sirvió de oficina a los ingenieros cuando se construyó la carretera. Los conductores de los grandes camiones se detenían allí a tomar una taza de café o un trago de aguardiente para contrarrestar el frío del páramo. A menudo éste les engarrotaba las manos en el volante y rodaban a los abismos en cuyo fondo un río de aguas torrentosas barría, en un instante, los escombros del vehículo y los cadáveres de sus ocupantes. Corriente abajo, ya en las tierras de calor, aparecían los retorcidos vestigios del accidente. Las paredes del refugio eran de madera y, en el interior, se hallaban oscurecidas por el humo del fogón, en donde día y noche se calentaban el café y alguna precaria comida para quienes llegaban con hambre, que no eran frecuentes, porque la altura del lugar solía producir una náusea que alejaba la idea misma de comer cosa alguna. En los muros habían clavado vistosas láminas metálicas con propaganda de cervezas o analgésicos, con provocativas mujeres en traje de baño que brindaban la frescura de su cuerpo en medio de un paisaje de playas azules y palmeras, ajeno por completo al páramo helado y ceñudo.

La niebla cruzaba la carretera, humedecía el asfalto que brillaba como un metal imprevisto, e iba a perderse entre los grandes árboles de tronco liso y gris, de ramas vigorosas y escaso follaje, invadido por una lama, también gris, en donde surgían flores de color intenso y de cuyos gruesos pétalos manaba una miel lenta y transparente.

Una tabla de madera, sobre la entrada, tenía el nombre del lugar en letras rojas, ya desteñidas: La Nieve del Almirante. Al tendero se le conocía como el Gaviero y se ignoraban por completo su origen y su pasado. La barba hirsuta y entrecana le cubría buena parte del rostro. Caminaba apoyado en una muleta improvisada con tallos de recio bambú. En la pierna derecha le supuraba continuamente una llaga fétida e irisada, de la que nunca hacía caso. Iba y venía atendiendo a los clientes, al ritmo regular y recio de la muleta que golpeaba en los tablones del piso con un sordo retumbar que se perdía en la desolación de las parameras. Era de pocas palabras, el hombre. Sonreía a menudo, pero no a causa de lo que oyera a su alrededor, sino para sí mismo y más bien a destiempo con los comentarios de los viajeros. Una mujer le ayudaba en sus tareas. Tenía un aire salvaje, concentrado y ausente. Por entre las cobijas y ponchos que la protegían del frío, se adivinaba un cuerpo aún recio y nada ajeno al ejercicio del placer. Un placer cargado de esencias, aromas y remembranzas de las tierras en donde los grandes ríos descienden hacia el mar bajo un dombo vegetal, inmóvil en el calor de las tierras bajas. Cantaba, a veces, la hembra; cantaba con una voz delgada como el perezoso llamado de las aves en las ardientes extensiones de la llanura. El Gaviero se quedaba mirándola mientras duraba el murmullo agudo, sinuoso y animal. Cuando los conductores volvían a su camión e iniciaban el descenso de la cordillera, les acompañaba ese canto nutrido de vacía distancia, de fatal desamparo, que los dejaba a la vera de una nostalgia inapelable.

Pero otra cosa había en el tendajón del Gaviero que lo hacía memorable para quienes allí solían detenerse y estaban familiarizados con el lugar: un estrecho pasillo llevaba al corredor trasero de la casa, al que sostenían unas vigas de madera sobre un precipicio semicubierto por las hojas de los helechos. Allí iban a orinar los viajeros, con minuciosa paciencia, sin lograr oír nunca la caída del líquido, que se perdía en el vértigo neblinoso y vegetal del barranco. En los costrosos muros del pasillo se hallaban escritas frases, observaciones y sentencias. Muchas de ellas eran recordadas y citadas en la región, sin que nadie descifrara, a ciencia cierta, su propósito ni su significado. Las había escrito el Gaviero, y muchas de ellas estaban borradas por el paso de los clientes hacia el inesperado mingitorio.

Algunas de las que persistieron con mayor terquedad en la memoria de la gente son las que aquí se transcriben:

Soy el desordenado hacedor de las más escondidas rutas, de los más secretos atracaderos. De su inutilidad y de su ignota ubicación se nutren mis días.

Guarda ese pulido guijarro. A la hora de tu muerte podrás acariciarlo en la palma de tu mano y ahuyentar así la presencia de tus lamentables errores, cuya suma borra de todo posible sentido tu vana existencia.

Todo fruto es un ojo ciego ajeno a sus más suaves substancias. Hay regiones en donde el hombre cava en su felicidad las breves bóvedas de un descontento sin razón y sin sosiego.

Sigue a los navíos. Sigue las rutas que surcan las gastadas y tristes embarcaciones. No te detengas. Evita hasta el más humilde fondeadero. Remonta los ríos. Desciende por los ríos. Confúndete en las lluvias que inundan las sabanas. Niega toda orilla.

Nota cuánto descuido reina en estos lugares. Así los días de mi vida. No fue más. Ya no podrá serlo.

Las mujeres no mienten jamás. De los más secretos repliegues de su cuerpo mana siempre la verdad. Sucede que nos ha sido dado descifrarla con una parquedad implacable. Hay muchos que nunca lo consiguen y mueren en la ceguera sin salida de sus sentidos.

Dos metales existen que alargan la vida y conceden, a veces, la felicidad. No son el oro, ni la plata, ni cosa que se les parezca. Sólo sé que existen.

Hubiera yo seguido con las caravanas. Hubiera muerto enterrado por los camelleros, cubierto con la bosta de sus rebaños, bajo el alto cielo de las mesetas. Mejor, mucho mejor hubiera sido. El resto, en verdad, ha carecido de interés.

Muchas otras sentencias, como dijimos, habían desaparecido con el roce de manos y cuerpos que transitaban por la penumbra del pasillo. Estas que se mencionan parecen ser las que mayor favor merecieron entre la gente de los páramos. De seguro aluden a tiempos anteriores vividos por el Gaviero y vinieron a parar a estos lugares por obra del azar de una memoria que vacila antes de apagarse para siempre.

El Cañón de Aracuriare

Para entender las consecuencias que en la vida del Gaviero tuvieron sus días de permanencia en el Cañón de Aracuriare, es necesario demorarse en ciertos aspectos del lugar, poco frecuentado por hallarse muy distante de todo camino o vereda transitados por gentes de las tierras bajas y por gozar de un sombrío prestigio, no del todo gratuito, pero tampoco acorde con la verdadera imagen del sitio.

El río desciende de la cordillera en un torrente de aguas heladas que se estrella contra grandes rocas y lajas traicioneras, dejando un vértigo de espumas y remolinos y un clamor desacompasado y furioso de la corriente desbocada. Existe la creencia de que el río arrastra arenas ricas en oro, y a menudo se alzan en su margen precarios campamentos de gambusinos que lavan la tierra de la orilla, sin que hasta hoy se sepa de ningún hallazgo que valga la pena. El desánimo se apodera muy pronto de estos extranjeros, y las fiebres y plagas del paraje dan cuenta en breve de sus vidas. El calor húmedo y permanente y la escasez de alimentos agotan a quienes no están acostumbrados a la abrasadora condición del clima. Tales empresas suelen terminar en un rosario de humildes túmulos, donde descansan los huesos de quienes en vida jamás conocieron la pausa y el reposo. El río va amainando su carrera al entrar en un estrecho valle y sus aguas adquieren una apacible tersura que esconde la densa energía de la corriente, libre ya de todo obstáculo. Al terminar el valle se alza una imponente mole de granito partida en medio por una hendidura sombría. Allí entra el río en un silencioso correr de las aguas que penetran con solemnidad procesional en la penumbra del cañón. En su interior, formado por paredes que se levantan hacia el cielo y en cuya superficie una rala vegetación de lianas y helechos intenta buscar la luz, hay un ambiente de catedral abandonada, una penumbra sobresaltada de vez en cuando por gavilanes que anidan en las escasas grietas de la roca o bandadas de loros cuyos gritos pueblan el lugar con instantánea algarabía que destroza los nervios y reaviva las más antiguas nostalgias.

Dentro del cañón el río ha ido dejando algunas playas de un color de pizarra que rebrilla en los breves intermedios en que el sol llega hasta el fondo del abismo. Por lo regular la superficie del río es tan serena que apenas se percibe el tránsito de sus aguas. Sólo se escucha de vez en cuando un borboteo que termina en un vago suspiro, en un hondo quejarse que sube del fondo de la corriente y denuncia la descomunal y traicionera energía oculta en el apacible curso del río.

El Gaviero viajó allí para entregar unos instrumentos y balanzas y una alcuza de mercurio encargados por un par de gambusinos con los que había tenido trato en un puerto petrolero de la costa. Al llegar se enteró que sus clientes habían fallecido hacía varias semanas. Un alma piadosa los enterró a la entrada del cañón. Una tabla carcomida tenía escritos sus nombres en improbable ortografía que el Gaviero apenas pudo descifrar. Penetró en el cañón y se fue internando por entre playones, en cuya lisa superficie aparecían de vez en cuando el esqueleto de un ave o los restos de una almadía arrastrada por la corriente desde algún lejano caserío valle arriba.

El silencio conventual y tibio del paraje, su aislamiento de todo desorden y bullicio de los hombres y una llamada intensa, insistente, imposible de precisar en palabras y ni siquiera en pensamientos, fueron suficientes para que el Gaviero sintiera el deseo de quedarse allí por un tiempo, sin otra razón o motivo que alejarse del trajín de los puertos y de la encontrada estrella de su errancia insaciable.

Con algunas maderas recogidas en la orilla y hojas de palma que rescató de la corriente, construyó una choza en una laja de pizarra que se alzaba al fondo del playón que escogió para quedarse. Las frutas que continuamente bajaban por el río y la carne de las aves que conseguía cazar sin dificultad le sirvieron de alimento.

Pasados los días, el Gaviero inició, sin propósito deliberado, un examen de su vida, un catálogo de sus miserias y errores, de sus precarias dichas y de sus ofuscadas pasiones. Se propuso ahondar en esta tarea y lo logró en forma tan completa y desoladora que llegó a despojarse por entero de ese ser que lo había acompañado toda su vida y al que le ocurrieron todas estas lacerias y trabajos. Avanzó en el empeño de encontrar sus propias fronteras, sus verdaderos límites, y cuando vio alejarse y perderse al protagonista de lo que tenía hasta entonces como su propia vida, quedó sólo aquel que realizaba el escrutinio simplificador. Al proseguir en su intento de conocer mejor al nuevo personaje que nacía de su más escondida esencia, una mezcla de asombro y gozo le invadió de repente: un tercer espectador le esperaba impasible y se iba delineando y cobraba forma en el centro mismo de su ser. Tuvo la certeza de que ése, que nunca había tomado parte en ninguno de los episodios de su vida, era el que de cierto conocía toda la verdad, todos los senderos, todos los motivos que tejían su destino ahora presente con una desnuda evidencia que, por lo demás, en ese mismo instante supo por entero inútil y digna de ser desechada de inmediato. Pero al enfrentarse a ese absoluto testigo de sí mismo, le vino también la serena y lenificante aceptación que hacía tantos años buscaba por los estériles signos de la aventura.

Hasta llegar a ese encuentro, el Gaviero había pasado en el cañón por arduos períodos de búsqueda, de tanteos y de falsas sorpresas. El ámbito del sitio, con su resonancia de basílica y el manto ocre de las aguas desplazándose en lentitud hipnótica, se confundieron en su memoria con el avance interior que lo llevó a ese tercer impasible vigía de su existencia del que no partió sentencia alguna, ni alabanza ni rechazo, y que se limitó a observarlo con una fijeza de otro mundo que, a su vez, devolvía, a manera de un espejo, el desfile atónito de los instantes de su vida. El sosiego que invadió a Maqroll, teñido de cierta dosis de gozo febril, vino a ser como una anticipación de esa parcela de dicha que todos esperamos alcanzar antes de la muerte y que se va alejando a medida que aumentan los años y crece la desesperanza que arrastran consigo.

El Gaviero sintió que, de prolongarse esta plenitud que acababa de rescatar, el morir carecería por entero de importancia, sería un episodio más en el libreto y podría aceptarse con la sencillez de quien dobla una esquina o se da vuelta en el lecho mientras duerme. Las paredes de granito, el perezoso avanzar de las aguas, su tersa superficie y la sonora oquedad del paraje fueron para él como una imagen premonitoria del reino de los olvidados, del dominio donde campea la muerte entre la desvelada procesión de sus criaturas.

Como sabía que las cosas en adelante serían de muy diferente manera a como le sucedieron en el pasado, el Gaviero tardó en salir del lugar para mezclarse en la algarabía de los hombres. Temía perturbar su recién ganada serenidad. Por fin, un día, unió con lianas algunos troncos de balso y, ganando el centro de la corriente, se alejó río abajo por la estrecha garganta. Una semana después salía a la blanca luz que reina en el delta. El río se mezcla allí con un mar sereno y tibio del que se desprende una tenue neblina que aumenta la lejanía y expande el horizonte en una extensión sin término.

Con nadie habló de su permanencia en el Cañón de Aracuriare. Lo que aquí se consigna fue tomado de algunas notas halladas en el armario del cuarto de un hotel de miseria, en donde pasó los últimos días antes de viajar a los esteros.

La visita del Gaviero

Su aspecto había cambiado por completo. No que se viera más viejo, más trabajado por el paso de los años y el furor de los climas que frecuentaba. No había sido tan largo el tiempo de su ausencia. Era otra cosa. Algo que se traicionaba en su mirada, entre oblicua y cansada. Algo en sus hombros que habían perdido toda movilidad de expresión y se mantenían rígidos como si ya no tuvieran que sobrellevar el peso de la vida, el estímulo de sus dichas y miserias. La voz se había apagado notablemente y tenía un tono aterciopelado y neutro. Era la voz del que habla porque le sería insoportable el silencio de los otros.

Llevó una mecedora al corredor que miraba a los cafetales de la orilla del río y se sentó en ella con una actitud de espera, como si la brisa nocturna que no tardaría en venir fuera a traer un alivio a su profunda pero indeterminada desventura. La corriente de las aguas al chocar contra las grandes piedras acompañó a lo lejos sus palabras, agregando una opaca alegría al repasar monótono de sus asuntos, siempre los mismos, pero ahora inmersos en la indiferente e insípida cantilena que traicionaba su presente condición de vencido sin remedio, de rehén de la nada. «Vendí ropa de mujer en el vado del Guásimo. Por allí cruzaban los días de fiesta las hembras de páramo, y como tenían que pasar el río a pie y se mojaban las ropas a pesar de que trataran de arremangárselas hasta la cintura, algo acababan comprándome para no entrar al pueblo en esas condiciones».

«En otros años, ese desfile de muslos morenos y recios, de nalgas rotundas y firmes y de vientres como pecho de paloma, me hubiera llevado muy pronto a un delirio insoportable.

Abandoné el lugar cuando un hermano celoso se me vino encima con el machete en alto, creyendo que me insinuaba con una sonriente muchacha de ojos verdes, a la que le estaba midiendo una saya de percal floreado. Ella lo detuvo a tiempo. Un repentino fastidio me llevó a liquidar la mercancía en pocas horas y me alejé de allí para siempre».

«Fue entonces cuando viví unos meses en el vagón de tren que abandonaron en la vía que, al fin, no se construyó. Alguna vez le hablé de eso. Además, no tiene importancia».

«Bajé, luego, a los puertos y me enrolé en un carguero que hacía cabotaje en parajes de niebla y frío sin clemencia. Para pasar el tiempo y distraer el tedio, descendía al cuarto de máquinas y narraba a los fogoneros la historia de los últimos cuatro grandes Duques de Borgoña. Tenía que hacerlo a gritos por causa del rugido de las calderas y el estruendo de las bielas. Me pedían siempre que les repitiera la muerte de Juan sin Miedo a manos de la gente del Rey en el puente de Montereau y las fiestas de la boda de Carlos el Temerario con Margarita de York. Acabé por no hacer cosa distinta durante las interminables travesías por entre brumas y grandes bloques de hielo. El capitán se olvidó de mi existencia hasta que, un día, el contramaestre le fue con el cuento de que no dejaba trabajar a los fogoneros y les llenaba la cabeza con historias de magnicidios y atentados inauditos. Me había sorprendido contando el fin del último Duque en Nancy, y vaya uno a saber lo que el pobre llegó a imaginarse. Me dejaron en un puerto del Escalda, sin otros bienes que mis remendados harapos y un inventario de los túmulos anónimos que hay en los cementerios del Alto Roquedal de San Lázaro».

«Organicé por entonces una jornada de predicaciones y aleluyas a la salida de las refinerías del río Mayor. Anunciaba el advenimiento de un nuevo reino de Dios en el cual se haría un estricto y minucioso intercambio de pecados y penitencias en forma tal que, a cada hora del día o de la noche, nos podría aguardar una sorpresa inconcebible o una dicha tan breve como intensa. Vendí pequeñas hojas en donde estaban impresas las letanías del buen morir en las que se resumía lo esencial de la doctrina en cuestión. Ya las he olvidado casi todas, aunque en sueños recuerdo, a veces, tres invocaciones:

> *riel de la vida suelta tu escama*
> *ojo de agua recoge las sombras*
> *ángel del cieno corta tus alas».*

«A menudo me vienen dudas sobre si de verdad estas sentencias formaron parte de la tal letanía o si más bien nacen de alguno de mis fúnebres sueños recurrentes. Ya no es hora de averiguarlo ni es cosa que me interese».

Suspendió el Gaviero, en forma abrupta, el relato de sus cada vez más precarias andanzas y se lanzó a un largo monólogo, descosido y sin aparente propósito, pero que recuerdo con penosa fidelidad y un vago fastidio de origen indeterminado:

«Porque, al fin de cuentas, todos estos oficios, encuentros y regiones han dejado de ser la verdadera substancia de mi vida. A tal punto que no sé cuáles nacieron de mi imaginación y cuáles pertenecen a una experiencia verdadera. Merced a ellos, por su intermedio, trato, en vano, de escapar de algunas obsesiones, éstas sí reales, permanentes y ciertas, que tejen la trama última, el destino evidente de mi andar por el mundo. No es fácil aislarlas y darles nombre, pero serían, más o menos, éstas:

"Transar por una felicidad semejante a la de ciertos días de la infancia a cambio de una consentida brevedad de la vida".

"Prolongar la soledad sin temor al encuentro con lo que en verdad somos, con el que dialoga con nosotros y siempre se esconde para no hundirnos en un terror sin salida".

"Saber que nadie escucha a nadie. Nadie sabe nada de nadie. Que la palabra, ya, en sí, es un engaño, una trampa que encubre, disfraza y sepulta el precario edificio de nuestros sueños y verdades, todos señalados por el signo de lo incomunicable".

"Aprender, sobre todo, a desconfiar de la memoria. Lo que creemos recordar es por completo ajeno y diferente a lo que en verdad sucedió. Cuántos momentos de un irritante y penoso hastío nos los devuelve la memoria, años después, como episodios de una espléndida felicidad. La nostalgia es la mentira gracias a la cual nos acercamos más pronto a la muerte. Vivir sin recordar sería, tal vez, el secreto de los dioses"».

«Cuando relato mis trashumancias, mis caídas, mis delirios lelos y mis secretas orgías, lo hago únicamente para detener, ya casi en el aire, dos o tres gritos bestiales, desgarrados gruñidos de caverna con los que podría más eficazmente decir lo que en verdad siento y lo que soy. Pero, en fin, me estoy perdiendo en divagaciones y no es para esto a lo que vine».

Sus ojos adquirieron una fijeza de plomo como si se detuvieran en un espeso muro de proporciones colosales. Su labio inferior temblaba ligeramente. Cruzó los brazos sobre el pecho y comenzó a mecerse lentamente, como si quisiera hacerlo a ritmo con el rumor del río. Un olor a barro fresco, a vegetales macerados, a savia en descomposición nos indicó que llegaba la creciente. El Gaviero guardó silencio por un buen rato, hasta cuando llegó la noche con esa vertiginosa tiniebla con la que irrumpe en los trópicos. Luciérnagas impávidas danzaban en el tibio silencio de los cafetales. Comenzó a hablar de nuevo y se perdió en otra divagación cuyo sentido se me iba escapando a medida que se internaba en las más oscuras zonas de su intimidad. De pronto comenzó de nuevo a traer asuntos de su pasado y volví a tomar el hilo de su monólogo:

«He tenido pocas sorpresas en la vida —decía—, y ninguna de ellas merece ser contada, pero, para mí, cada una tiene la fúnebre energía de una campana de catástrofe. Una mañana me encontré, mientras me vestía en el sopor ardiente de un puerto del río, en un cubículo destartalado de un burdel de mala muerte, con una fotografía de mi padre colgada en la pared de madera. Aparecía en una mecedora de mimbre, en el vestíbulo de un blanco hotel del Caribe. Mi madre la tenía siempre en su mesa de noche y la conservó en el mismo lugar durante su larga viudez. "¿Quién es?", pregunté a la mujer con la que había pasado la noche y a quien sólo hasta ahora podía ver en todo el desastrado desorden de sus carnes y la bestialidad de sus facciones. "Es mi padre", contestó con penosa sonrisa que descubría su boca desdentada, mientras se tapaba la obesa desnudez con una sábana mojada de sudor y miseria. "No lo conocí jamás, pero mi madre, que también trabajó aquí, lo recordaba mucho y hasta guardó algunas cartas suyas como si fueran a mantenerla siempre joven". Terminé de vestirme y me perdí en la ancha calle de tierra, taladrada por el sol y la algarabía de radios, cubiertos y platos de los cafés y cantinas que comenzaban a llenarse con su habitual clientela de choferes, ganaderos y soldados de la base aérea. Pensé con desmayada tristeza que ésa había sido, precisamente, la esquina de la vida que no hubiera querido doblar nunca. Mala suerte».

«En otra ocasión fui a parar a un hospital de la Amazonía, para cuidarme un ataque de malaria que me estaba dejando sin fuerzas y me mantenía en un constante delirio. El calor, en la noche, era insoportable, pero, al mismo tiempo, me sacaba de esos remolinos de vértigo en los que una frase idiota o el tono de una voz ya imposible de identificar eran el centro alrededor del cual giraba la fiebre hasta hacerme doler todos los huesos. A mi lado, un comerciante picado por la araña pudridora se abanicaba la negra pústula que invadía todo su costado izquierdo. "Ya se me va a secar", comentaba con voz alegre, "ya se me va a secar y saldré muy pronto para cerrar la operación. Voy a ser tan rico que nunca más me acordaré de esta cama de hospital ni de esta selva de mierda, buena sólo para micos y caimanes". El negocio de marras consistía en un complicado canje de repuestos para los hidroplanos que comunicaban la zona por licencias preferenciales de importación pertenecientes al ejército, libres de aduana y de impuestos. Al menos eso es lo que torpemente recuerdo, porque el hombre se perdía, la noche entera, en los más nimios detalles del asunto, y éstos, uno a uno, se iban integrando a la vorágine de las crisis de malaria. Al alba, finalmente, conseguía dormir, pero siempre en medio de un cerco de dolor y pánico que me acompañaba hasta avanzada la noche. "Mire, aquí están los papeles. Se van a joder todos. Ya lo verá. Mañana salgo sin falta". Esto me dijo una noche y lo repitió con insistencia feroz mientras blandía un puñado de papeles de color azul y rosa, llenos de sellos y con leyendas en tres idiomas. Lo último que le escuché, antes de caer en un largo trance de fiebre, fue: "¡Ay, qué descanso, qué dicha. Se acabó esta mierda!". Me despertó el estruendo de un disparo que sonó para mí como si fuera el fin del mundo. Volví a mirar a mi vecino: su cabeza deshecha por el balazo temblaba aún con la fofa consistencia de un fruto en descomposición. Me trasladaron a otra sala, y allí estuve entre la vida y la muerte hasta la estación de las lluvias cuya brisa fresca me trajo de nuevo a la vida».

«No sé por qué estoy contando estas cosas. En realidad vine para dejar con usted estos papeles. Ya verá qué hace con ellos si no volvemos a vernos. Son algunas cartas de mi juventud, unas boletas de empeño y los borradores de mi libro que ya no terminaré jamás. Es una investigación sobre los motivos ciertos que tuvo César Borgia, Duque de Valentinois, para acudir a la corte de su cuñado el Rey de Navarra y apoyarlo en la lucha contra el Rey de Aragón, y de cómo murió en la emboscada que unos soldados le hicieron, al amanecer, en las afueras de Viana. En el fondo de esta historia hay meandros y zonas oscuras que creí, hace muchos años, que valía la pena esclarecer. También le dejo una cruz de hierro que encontré en un osario de almogávares que había en el jardín de una mezquita abandonada en los suburbios de Anatolia. Me ha traído siempre mucha suerte, pero creo que ya llegó el tiempo de andar sin ella. También quedan con usted las cuentas y comprobantes, pruebas de mi inocencia en el asunto de la fábrica de explosivos que teníamos en las minas del Sereno. Con su producto nos íbamos a retirar a Madeira la médium húngara que entonces era mi compañera y un socio paraguayo. Ellos huyeron con todo, y sobre mí cayó la responsabilidad de entregar cuentas. El asunto está ya prescrito hace muchos años, pero cierto prurito de orden me ha obligado a guardar estos recibos que ya tampoco quiero cargar conmigo».

«Bueno, ahora me despido. Bajo para llevar un planchón vacío hasta la Ciénaga del Mártir y, si río abajo consigo algunos pasajeros, reuniré algún dinero para embarcarme de nuevo». Se puso de pie y me extendió la mano con ese gesto, entre ceremonial y militar, que era tan suyo. Antes de que pudiera insistirle en que se quedara a pasar la noche y a la mañana siguiente emprendiera el descenso hasta el río, se perdió por entre los cafetales silbando entre dientes una vieja canción, bastante cursi, que había encantado nuestra juventud. Me quedé repasando sus papeles, y en ellos encontré no pocas huellas de la vida pasada del Gaviero, sobre las cuales jamás había hecho mención. En ésas estaba cuando oí, allá abajo, el retumbar de sus pisadas sobre el puente que cruza el río y el eco de las mismas en el techo de zinc que lo protege. Sentí su ausencia y empecé a recordar su voz y sus gestos, cuyo cambio tan evidente había percibido y que ahora me volvían como un aviso aciago de que jamás lo vería de nuevo.

Ilona llega con la lluvia

Para mi hermano Leopoldo

Qedeshím qedeshóth, personaja, teóloga
loca, bronce, aullido
de bronce, ni Agustín
de Hipona que también fue liviano y
pecador en África hubiera
hurtado por una noche el cuerpo a la
diáfana fenicia. Yo
pecador me confieso a Dios.*

GONZALO ROJAS,
«Qedeshím qedeshóth»

*Son amour désintéressé du monde m'enrichit et
m'insuffla une force invincible pour les jours
difficiles.*

GORKI,
Enfance

---

*   En fenicio: cortesana del templo.

Al lector

Prefería Maqroll el Gaviero, para relatar a sus amigos, aquellos episodios de su vida adornados con cierto dramatismo, con cierta tensión que podía llegar, a veces, hasta una evidente vena lírica, cuando no desembocar en un misterio con su correspondiente interrogación metafísica y, por ende, de imposible respuesta. Sin embargo, quienes lo conocimos de cerca y por muchos años, sabemos que existían determinados períodos de tan accidentada existencia que, sin carecer por completo de las mencionadas características, caras al relator, se inclinaban más bien hacia un aspecto marginal del personaje, llegando, no pocas veces, a rozar con los lindes que establece el código penal para el buen gobierno de la sociedad, cuando no los rebasaba sin mayores tapujos ni miramientos. La moral, en el caso del Gaviero, era una materia singularmente maleable que él solía ajustar a las circunstancias del presente. No paraba mientes en lo que pudiera depararle el futuro por transgresiones que olvidaba con facilidad; ni las que hubiese cometido en el pasado gravitaban para nada en su conciencia. Pasado y futuro no eran, dicho sea de paso, nociones que pesaran mucho en el ánimo de nuestro hombre. Siempre daba la impresión de que su exclusivo y absorbente propósito era enriquecer el presente con todo lo que se le iba presentando en el camino. Era evidente, y en ello han estado de acuerdo otros que lo conocieron tan bien o mejor que yo, que los decretos, principios, reglamentos y preceptos que, sumados, suelen conocerse como la ley, no tenían para Maqroll mayor sentido ni ocupaban instante alguno de su vida. Eran algo que se aplicaba fuera del ámbito por él fijado a sus asuntos y no tenían por qué distraerlo de sus personales y un tanto caprichosos designios.

En la altamar de sus horas de vino y remembranzas, le escuché a mi amigo relatar ciertas ocurrencias de su vida que no eran las que con mayor frecuencia solía repasar cuando le atacaba la nostalgia, la sed, diría yo más bien, de lo desconocido. Algunas de ellas vienen aquí relatadas usando la voz misma del protagonista. Me parecieron de algún interés para conocer esa otra cara del personaje y tuve buen cuidado de volver con él, a menudo, sobre ellas hasta fijarlas en mi memoria con la inflexión misma de la voz y las divagaciones a que era tan adicto el Gaviero.

De más está decir que no creo que Maqroll guardara para sí estos episodios porque los considerara de suyo inconfesables o penosos por su franca condición marginal. Creo que trataba más bien de no involucrar a otros participantes en peripecias que éstos quisieran ocultar u olvidar por razones de pudor y miedo que, si en el caso del Gaviero no eran válidas, sí, tal vez, en el de ellos. En fin, me doy cuenta de que me he extendido demasiado en esta explicación innecesaria, si no fuera porque la letra impresa tiene un carácter tan definitivamente testimonial y comprometedor que no es fácil librarla, así, sin mayores preocupaciones, a la atención de los posibles lectores de estas páginas. Era todo lo que quería decir y ahora dejemos hablar a nuestro amigo.

Cristóbal

Cuando vi que la lancha gris del resguardo se acercaba, con la bandera de Panamá tremolando ufana en la popa, supe de inmediato que habíamos llegado al final de nuestra accidentada travesía. Para decir verdad, cada vez que, durante las últimas semanas, atracábamos en un puerto, esperábamos siempre una visita como ésta. Sólo la laxitud con la que en el Caribe se suelen tramitar los asuntos burocráticos nos había mantenido a salvo de tal eventualidad. La embarcación avanzaba por entre una charca gris en la que flotaban restos anónimos de basura y aves muertas que comenzaban a descomponerse. La superficie oleaginosa dejaba paso a la quilla creando una lenta ola que iba a morir perezosamente, un poco más adelante. Estábamos lejos del siempre mudable desorden del mar. Tres funcionarios vestidos de caqui, con amplias manchas de sudor en las axilas y en la espalda, subieron con pomposa lentitud por la escalerilla. El que parecía ser el jefe, un negro de los que allí llaman jamaiquinos por descender de aquellos que los yanquis importaron de esa isla para ocuparlos en la construcción del Canal, nos preguntó en un español informe, sembrado de anglicismos, dónde estaba el capitán del barco. Los conduje hasta el segundo puente y toqué en la puerta del camarote varias veces. Por fin, una voz opaca y cansada contestó: «Que pasen». Los hice entrar y, cerrando la puerta tras ellos, volví al pie de la escalerilla en donde había estado conversando con el contramaestre. El motor de la lancha ronroneaba con inesperadas alteraciones en el ritmo, mientras un calor implacable, que bajaba de un cielo sin nubes, fomentaba el aroma de vegetales en descomposición y del barro de los manglares que se secaban al sol esperando la subida próxima de la marea.

—Aquí termina esto. Ahora, cada cual por su lado y a ver qué pasa —comentó el contramaestre mirando hacia los muelles de Cristóbal como si de allí pudiera venir la respuesta a su inquietud. Cornelius era un holandés regordete, de corta estatura, siempre aspirando una pipa cargada con tabaco de la peor clase. Hablaba un español impecable, enriquecido con las más variadas y pintorescas maldiciones. Parecía que se hubiera propuesto coleccionarlas a lo largo de sus años de navegación por las islas, ya que constituían un auténtico muestrario de la escatología caribeña. Al comenzar nuestro viaje, pareció mostrarme cierta desconfianza nacida de esas susceptibilidades que atacan a los hombres de mar cuando alcanzan algún lugar de mando. Desconfían siempre de todo extraño que parezca invadir lo que ellos consideran como sus dominios. Muy pronto conseguí disolver esta primera actitud del holandés y acabamos estableciendo una relación, distante pero cordial y firme, mantenida gracias a la reconstrucción de anécdotas y experiencias comunes que, o bien remataban en un estruendo de carcajadas, o iban a morir contra un telón de nostalgia soñadora y derrotada.

—Wito no tiene cómo escapar al embargo. Es como si lo hubiera buscado desde hace mucho tiempo. Si pierde el barco y, con él, su modo de vida, todo se le terminará arreglando. Será como parar una rutina en la que hace ya mucho tiempo que dejó de creer. Hace tanto que todo esto lo aburre sin remedio. Al menos eso es lo que deduzco de su actitud durante este viaje. Qué piensa usted, Cornelius, que lo conoce mejor. ¿Hace cuánto andan juntos? —yo trataba de mantener el diálogo sin mucha convicción, mientras allá arriba se cumplía la oscura ceremonia judicial que nos amenazaba desde hacía tantas semanas.

—Once años llevamos juntos —contestó el contramaestre—. Lo que le cagó el destino al pobre Wito fue la huida de su hija única con un pastor protestante de Barbados, casado y con seis hijos. Dejó fieles, iglesia y familia y se llevó la muchacha a Alaska. La pobre, además de fea, es medio sorda. Wito comenzó, entonces, sus negocios descabellados. Se fue enredando en hipotecas que le tienen tomando el barco y creo que una casa en Willemstad. Ya sabe cómo es eso. Abrir un hueco para tapar otro. No es aventurado pensar que estos mierdas llegan justamente para arreglarle el asunto —se alzó de hombros y dando ansiosas chupadas a la pipa miraba hacia el camarote en donde continuaba un diálogo cuyos resultados eran más que predecibles. Al poco rato salieron los uniformados. Guardaron unos papeles en sus portafolios y, saludando con un descuidado golpe de mano en la visera de la gorra, bajaron la escalerilla y subieron a la lancha. Ésta partió rumbo a Cristóbal cortando suavemente el agua de la bahía.

El capitán apareció en la puerta del camarote y me llamó: «Maqroll, ¿quiere subir un momento, por favor?». Esta vez su voz era firme y tranquila. Entramos y me invitó a tomar asiento frente a la mesa que le servía de escritorio. Era la misma que usábamos para comer. Parecía haberse quitado un peso de encima. De estatura regular, delgado, con facciones afiladas y zorrunas, tenía los ojos casi ocultos por las cejas pobladas, hirsutas y entrecanas. Lo primero que llamaba la atención al verlo era la ausencia del menor rasgo marino. Ningún gesto suyo lo identificaba con los hombres de mar. Era más fácil imaginarlo como bedel en un internado o como profesor de ciencias naturales. Hablaba en forma lenta, precisa, casi pomposa; destacando cada palabra y terminando las frases con una ligera pausa, como si esperara que alguien tomara nota de lo que estaba diciendo. Sin embargo, detrás de esos aires docentes, era fácil distinguir un vago desorden de sentimientos, un afán de esconder algo como una herida secreta y penosa. Esto movía a quienes lo tratábamos desde hacía años a sentir por él una tibia indulgencia que, por lo demás, nunca desembocaba en una relación honda y duradera. Llevaba impreso en algún lugar de su ser ese signo que distingue a los vencidos y que acaba aislándolos irremediablemente de sus semejantes.

—Pues bien, Maqroll —comenzó a decirme más lento que nunca—, se trata, como usted ya debió suponerlo, del barco. Lo ha embargado un grupo de bancos que tienen sucursales en Panamá —parecía disculparse de antemano. Me hizo sentir esa penosa impresión del que va a escuchar una confidencia que hubiera preferido evitar. Un pequeño ventilador, sujeto a la pared frente a nosotros, zumbaba, girando lentamente, sin conseguir refrescar una atmósfera pesada en la que flotaba el olor a sudor impregnado en la ropa y a colillas trasnochadas—. Ha sucedido al fin —continuó diciéndome— lo que me venía temiendo hace varios meses. He perdido el barco y una casita que tenía en Willemstad. El barco será llevado hasta Panamá por una tripulación contratada por los embargadores. Usted y el contramaestre pueden, si así lo desean, cruzar con ellos el Canal y bajar en Panamá. Allá los liquidarán de acuerdo con los términos del contrato de trabajo que firmaron conmigo. Ahora, si prefiere quedarse aquí, ellos lo liquidan de igual forma. Basta con que se lo haga saber. Como prefiera.

—Y usted, capitán, qué piensa hacer —le pregunté, preocupado por la serena frialdad con la que tomaba las cosas.

—No se preocupe por mí, Maqroll. Es usted muy amable. Ya tengo todo dispuesto para... —y aquí titubeó con un cierto pudor fugaz pero notorio— para seguir adelante. Una de las cosas más gratas de mi vida es haber contado con su amistad. Debo a usted muchas lecciones que a lo mejor ni sospecha. Con ellas me he sostenido con mayor o menor fortuna, pero siempre preservando eso que usted suele llamar «los dones con que nos sorprende la vida». Habría mucho que hablar al respecto, pero creo que ya no es tiempo de confidencias. Además, sospecho que está usted más enterado que yo —se incorporó con cierta brusquedad y me tendió la mano dándome un fuerte apretón en el que trató de poner todo el calor que evitaba en sus palabras. Cuando yo salía, me pidió le dijera a Cornelius que subiera a hablar con él.

Con el contramaestre, Wito se tomó aún menos tiempo que conmigo. Al regresar el holandés, yo estaba absorto mirando hacia el puerto, mientras un sordo agobio crecía dentro de mí a medida que se prolongaba el silencio de esa agua muerta y lodosa. Un silencio que parecía nacer del calor de la tarde iba en aumento a medida que ésta se extendía por el cielo con una tenue neblina nacarada y traicionera. Cornelius se recostó sobre la barandilla de bronce reluciente, dándole la espalda al mar. No hizo comentario alguno sobre su entrevista con el capitán. Sabía que era inútil. Bien poco podía diferir de lo que Wito habló conmigo. Aspiraba su pipa con la premiosa respiración de quien quiere apartar de la mente una idea obsesiva y lacerante.

El disparo sonó como un seco chasquido de madera. La pareja de gaviotas que dormitaba en la antena levantó el vuelo. Un escándalo de alas y graznidos se fue a perder con ellas en el cielo que oscurecía por momentos. Subimos corriendo. Al entrar al camarote nos recibió un intenso olor a pólvora que picaba en la garganta. El capitán, sentado en su silla, se iba escurriendo hacia el suelo. Tenía la mirada vidriosa y perdida de los agonizantes. Un hilillo de sangre bajaba por la sien hasta mezclarse con otros dos que manaban de la nariz. La boca sonreía en un rictus por completo extraño a los gestos usuales de Wito. Sentimos una molestia singular, como si estuviéramos violando la intimidad de un ser que sabíamos ajeno y desconocido. El cuerpo acabó de caer con un ruido sordo mientras el zumbido del ventilador se abría paso por entre el silencio que organiza la muerte cuando quiere indicar su presencia entre los vivos.

Avisamos por radio a las autoridades portuarias que no tardaron en llegar. Venían en la misma lancha que nos había visitado antes. Esta vez eran tres policías vestidos de blanco y un médico que trataba de acomodarse torpemente la bata, también blanca, intentando ganar con ella un aire medianamente profesional que para nada iba con su aspecto de mulato cumbiambero, crespo y gozador. Las diligencias duraron poco. Los policías bajaron el cadáver metido en una funda de plástico gris. Lo dejaron caer en el fondo de la lancha como si se tratara de un bulto de correos. Cuando se alejaron, la noche había caído por completo. Las luces del puerto se encendieron con sus avisos chillones de neón. La música de cabarets y cantinas comenzaba la ronca y triste fiesta del trópico antillano.

Nos habíamos encontrado en New Orleans, después de muchos años de no saber uno del otro. Yo entré a un almacén en Decatur Street que ostentaba el presuntuoso y engañador letrero de Gourmet Boutique. Se exhibía allí una colección de objetos inútiles e idiotas que pretenden servir en el bar y la cocina; además de una variedad de alimentos y especias de los más diversos orígenes y marcas, siempre sospechosamente parecidas, en su envoltura, a las que brindan como exclusivas algunas tiendas de Londres, París o New York. Quería comprar un poco de jengibre azucarado. Una de mis pasiones secretas que mantengo aún en las peores épocas de penuria. El precio indicado en el frasco era tan alto que fui a la caja para cerciorarme de que era correcto. Allí estaba Wito pagando dos cajas de té Darjeeling, su bebida favorita. Antes de decirnos nada, nos miramos sonriendo con la vieja complicidad de quienes conocen sus mutuas debilidades y se sorprenden en flagrante delito de satisfacerlas. Wito se empeñó en pagar mi jengibre, tras una untuosa explicación del dueño de la tienda sobre el precio inmoderado que aparecía en el frasco. Tenía ese acento de Brooklyn que nos advierte, con anticipación, que llevamos todas las de perder. Salimos juntos. Mi amigo, después de manifestar las mayores dudas sobre la autenticidad tanto del té como del jengibre de marras, me invitó a comer con él. Tenía un cocinero de Jamaica que preparaba una pierna de cerdo en ciruelas digna de todos los honores. El barco estaba atracado en los muelles de Bienville, justo enfrente a la tienda donde nos habíamos encontrado. Era un carguero pintado de un color amarillo rabioso, como sólo he visto en la gorguera de los tucanes del Carare. El puente de mando y el de los camarotes y oficinas eran de un blanco que necesitaba, hacía tiempo, una nueva mano de pintura. El nombre del buque no guardaba proporción con su modesto tonelaje y su aún más modesta apariencia. Se llamaba el *Hansa Stern*. Así lo había bautizado Susana, la esposa de mi amigo. Ella había vivido, durante su juventud, algún tiempo en Hamburgo y guardaba por las grandes ciudades del Báltico una admiración que las magnificaba notablemente. Wito no quiso cambiar el nombre por respeto a su memoria. Toda explicación salía sobrando, pero ése era uno de sus típicos rasgos de carácter: un afán profesoral y muy germano de explicarlo todo con innecesaria precisión, como si el resto de los humanos necesitaran de un apoyo adicional para entender el mundo.

Winfried Geltern. Su historia bien merecía todo un libro. Estaba tan llena de episodios, sobre algunos de los cuales solía pasar como sobre ascuas, que uno se perdía en su laberíntica complejidad. En los puertos y rincones del Caribe se le conoció siempre como Wito. Vaya a saberse dónde había nacido la absurda reducción de un nombre de tan altiva prosapia vikinga. En esos parajes todo acaba reduciéndose a proporciones que fluctúan entre el carnaval desvaído y la triste ironía nacida del clima de las islas y la mezquina y arrasadora sordidez de la costa. El perfil zorruno del rostro y el continente de profesor despistado de nuestro personaje impidieron, con cierta justicia escénica, que se agregara a su apodo el título de capitán de navío. Le decían Wito, así, sin más. Él nunca se dio por enterado de lo ridículo del improbable diminutivo. Había nacido en Dantzig, pero su familia era de origen westfaliano. Hablaba todos los idiomas de la Tierra con una fluidez desarmante. Jamás narraba anécdotas ni detalles relacionados con su vida en el mar. Era como si éste fuera ajeno a sus hábitos, a sus ideas y preferencias. Caminaba en forma erguida, un tanto envarada, que le servía a la maravilla para subrayar su conversación escandida con prolija exactitud de relojero. A menudo tenía Wito momentos de humor sardónico y sus paradojas estallaban siempre de improviso y se apagaban en igual forma. Un día le escuché decir con inapelable seriedad: «Esto del clima es un asunto puramente personal. No hay climas fríos o calientes, buenos o malos, saludables o dañinos. Son las personas las que se encargan de crear una fantasía en su imaginación y la llaman clima. No hay sino un clima en toda la Tierra, pero la gente descifra, según reglas estrictamente personales e intransferibles, el mensaje que le pasa la naturaleza. Yo he visto sudar lapones en Finlandia y tiritar de frío a un negro en Guadeloupe». Al terminar estas sentencias, afirmaba sus palabras con una inclinación repetida y castrense del tronco, como quien termina de dictaminar sobre el destino del universo. Nunca sabía uno si recibir estas paradojas con una sonrisa o con seriedad convencional de discípulo que ha sido iluminado por la verdad.

Comimos en su camarote y tuve que reconocer que las artes del cocinero de Kingston estaban a la altura de la fama que predicaba su patrón. Éste encendió un cigarrillo de tabaco negro, que despedía un olor ácido de arbusto carbonizado, y, frente a dos tazas de café bien cargado, comenzamos a intercambiar noticias sobre lo que había sido de nosotros durante el largo período en el cual no nos habíamos visto. Al terminar, le expliqué que pasaba por una de esas épocas en que todo sale mal. Estaba varado en New Orleans y se me agotaban los pocos dólares que me quedaron tras liquidar un mirífico negocio de implementos para pesca en alta mar que vendía a la gente de Grand Isle, en los Cayuns. Ya había enviado varios S.O.S. a mis amigos en los cinco continentes sin obtener ninguna respuesta. Era como si hubieran muerto todos. «Sí —me interrumpió Wito—. Después se los encuentra uno en cualquier bar y preguntan con una cara de sorpresa recién estrenada: "Pero ¿dónde andabas? Creíamos que te habías muerto"». Bueno, lo cierto era que me quedaban en el bolsillo apenas los billetes suficientes para pagar la siniestra pensión en un barrio de turcos y marroquíes adonde había recalado con una *belly-dancer*, sobrina de la dueña del tugurio. La bailarina se largó al poco tiempo a San Francisco y yo me quedé allí aguantando, con relativa paciencia, el fastidioso rosario de reclamos de la agria tía que me echaba la culpa de la huida de su, según ella, cándida sobrina. Una joya la niñita, una joya que prometía más de lo que la buena señora sospechaba. Tenía ya más de diez relojes de marcas costosísimas que le distraía a los clientes, mientras se le acercaban durante el baile para meterle en la cintura o en el sostén un mugroso billete de cinco dólares, cuando no alguno de una devaluada moneda suramericana. Wito me miraba a través del tupido matorral de las cejas, mientras una sonrisa satisfecha le bailaba alrededor de sus facciones de zorro inofensivo.

—Venga conmigo —dijo al final de mi historia—, necesito un contador y, aunque ya sé que los números no son su fuerte, es tan sencillo lo que hay que hacer que hasta usted sirve. El que traía se enfermó de malaria y quedó hospitalizado en la Guayana. Los reglamentos de la marina mercante me exigen tener uno a bordo. Usted me arregla el problema. Pero debo contarle que mis cosas no van mucho mejor que las suyas, Gaviero. Comencé a endeudarme hace ya un año. Iba pagando como podía pero, de pronto, todo empezó a complicarse. No hay carga y cada vez aparecen más compañías aéreas medio piratas, que con tres viejos DC-4 transportan carga a unos precios que no sé cómo les alcanza para la gasolina.

—Depende de la carga, Wito, depende de la carga —le aclaré alarmado por su ingenuidad.

—Sí —prosiguió—, tiene razón, qué tonto soy. Bueno, la verdad es que el *Hansa Stern* ya pertenece en dos terceras partes a los bancos. Pero ahora tengo una buena perspectiva con un cargamento de copra de la isla de San Andrés para llevar, al parecer, hasta Recife y mañana me resuelven algo para traer a Houston unas maderas de Campeche. Si las dos cosas me salen, libero el barco y nos largamos a Chipre a mover peregrinos.

Allí nos habíamos conocido hacía ya una buena cantidad de años, en circunstancias que ya vendrá la hora de contar. Acepté, naturalmente, la oferta de Wito, aunque me surgían las mayores dudas sobre la solidez y realidad de las dos operaciones que nos iban a sacar del atolladero. Algo flotaba en los ojos de mi amigo que me estaba indicando que las cosas andaban tal vez mucho peor de lo que él mismo aceptaba. Pero quedarme en New Orleans era en verdad como llegar al fondo del pozo. Sentía hacia la ciudad, tal como ahora era, una profunda antipatía. El puerto «créole» y bullanguero, con música excelente y mujeres de los cuatro puntos cardinales, dispuestas a todo, se había convertido en una pretensiosa capital maquillada con su color local tan cursi como falso, lista para acoger a un turismo tejano y del *middle west*, muestra repugnante de la peor clase media americana. Sólo quedaba el río, majestuoso y siempre en actividad, que parecía dar dignamente la espalda al lamentable espectáculo de una ciudad que antes fue su favorita. Recogí mis cosas y dejé a la dueña del inquilinato maldiciéndome en tres dialectos de Anatolia, mientras el taxi se alejaba conducido por un negro gigantesco que se reía sin entender una palabra del chaparrón siniestro que llovía a mis espaldas. Instalé mis pertenencias, tan escasas que cabían en una no muy impecable bolsa de marino, en el camarote que me correspondía. Al cerrar la puerta con llave para dirigirme a cenar con Wito, me topé con Cornelius. Ya dije cuál fue su primera reacción. Mi larga experiencia con los frisios me dio el aplomo suficiente para soportar los primeros días de su reservada y quisquillosa compañía.

Como lo había sospechado desde un comienzo, los negocios no fueron como Wito me los había pintado. Lo de las maderas de Campeche se redujo a una escueta operación consistente en llevar traviesas para ferrocarril desde el puerto mexicano hasta Belice. Una miseria. Lo de la copra se redujo a dos viajes, desde San Andrés hasta Cartagena, con el horrible producto que impregnaba el aire con su intenso olor aceitoso, pariente del que despiden las chinches. Ni para pagar el diesel consumido en el trayecto. Luego siguieron algunos otros encargos de igual importancia que, evidentemente, no alcanzaban a cubrir la operación del *Hansa Stern*, al cual el nombre le quedaba cada vez más inapropiado y grotesco. Wito nos debía casi tres meses de salario. «Con ustedes —se disculpaba en la sobremesa, escondiendo sus ojos grises tras el bosque de pelos que los protegían— me puedo tomar esta penosa libertad porque son mis amigos y comprenden mejor que nadie cómo son estas cosas. Pero a los proveedores, a las autoridades portuarias y al resto de la tripulación no puedo pagarles con palabras y protestas de amistad. Algo se presentará, ya lo sé, pero ojalá sea pronto. No sé qué hacer». Se pasaba la mano por el pelo entrecano, cortado al cepillo, con el gesto de quien trata de resolver un teorema de geometría por un abstruso camino que no es el conocido y normal. A sus premiosas disculpas contestábamos siempre, Cornelius y yo, tratando de alentarlo y comunicarle ánimos. Por nosotros, desde luego, no tendría que preocuparse, estábamos en el mismo barco —el chiste no le hacía sonreír, desde luego, porque lo habíamos repetido hasta la saciedad— y de pronto, un día, nos iba a llegar el contrato que nos sacaría a flote —aquí ya el improbable humor ni siquiera era registrado por Wito.

La capacidad para magnificar los negocios que se iban ofreciendo se agotaba en Wito a ojos vista. No es que cayera en la depresión o el desánimo. Eso hubiera sido en él inconcebible. Simplemente, era obvio que el mecanismo que lo sostuvo durante tantos años se había trabado allá adentro, dejando a nuestro hombre en una suerte de marcha neutra. La rigidez de sus gestos y posturas se iba haciendo más notoria y sus silencios de Báltico más largos. No solía ya demorarse en la sobremesa recordando los viejos tiempos: nuestro encuentro en Chipre, su primera travesía al lado de Cornelius, que había sido compañero de colegio de su esposa en Rotterdam, nuestras andanzas en el Adriático con Abdul Bashur, amigo y cómplice en operaciones que tocaban terrenos vedados por el código penal. Su mutismo era notorio. Ahora callaba frente a la taza de café negro y, cada vez con mayor frecuencia, llenaba sucesivas y minúsculas copas de licor de frambuesa que bebía de golpe y con aire ausente pero cortés.

La esposa de Wito pertenecía a una familia hebrea de Amsterdam. Se casaron cuando era primer oficial en un barco de pasajeros de la Nord Deutsche Lloyd Bremen, el *Murla*. Estuvo siempre enamorada de él como una quinceañera desbocada. Cuando obtuvo el grado de capitán, compró el *Hansa Stern* con el dinero de una herencia que le dejaron en Aruba unos tíos sin hijos. El barco llevaba entonces otro nombre, un poco más de acuerdo con su modesto tonelaje. Susana lo bautizó de nuevo, movida por sus recuerdos hamburgueses. Durante muchos de los viajes que emprendieron al comienzo, ella acompañaba a Wito. En sus incursiones por las Antillas fue en donde la bautizaron como Wita, lo que era más que previsible conociendo a la gente de las islas. Como en verdad se llamaba Susana, el apodo de Wita no le iba para nada. Pero la cosa no tenía remedio y ella la tomaba con total indiferencia, a veces teñida de cierto humor judío. Hacía contraste muy notable con su esposo por su estatura de soprano wagneriana y una cara sonriente, ancha, con una tez rosada de niña que añadía mucha gracia a sus ojos pardos de una movilidad inteligente e incansable. Tuvo conmigo ternuras de hermana menor. Solía reprocharme siempre con burlona impaciencia:

—¡Ay, Gaviero! No sé qué le encuentras a ese perpetuo vagabundear tuyo, dando tumbos de un lado para otro. ¿Por qué no te casas y te instalas en alguna parte?

—Sí, un día lo haré. Ayúdame a buscar esposa —le contestaba para sacármela de encima.

—No, pobre mujer. Tienes más manías que un viejo rabino y cada día estás más loco —comentaba mientras venía a sentarse en mis rodillas y a pellizcarme las orejas, haciendo muecas de fingido reproche.

Conocí a Wito en Chipre, cuando Bashur y yo buscábamos un carguero para transportar una mercancía poco convencional, como habíamos resuelto llamarla con Abdul, entre regocijados y cautelosos. Se trataba de armamento y explosivos con destino a un pequeño puesto marítimo cerca de Haifa. Como la operación ofrecía más de un riesgo, ya cerrado el trato con Wito le pedimos que dejara a su mujer en tierra. «Si van a volar en pedazos yo prefiero que sea conmigo», comentó ella muy decidida. No hubo forma de convencerla de lo contrario y el viaje, lleno de sobresaltos, estuvo salpicado de sabrosas escenas en donde Wita simulaba, más que sentía de verdad, súbitos pánicos o exaltadas explosiones de júbilo cuando sorteábamos un obstáculo peligroso; ya fuera una lancha torpedera con el Union Jack en la popa o aviones egipcios que pasaban en vuelo rasante haciendo señales de las que era mejor no hacer caso.

Cuando liquidaba el infernal negocio de la mina de Cocora me enteré de la muerte de Wita. Había fallecido en Willemstad a causa de una tifoidea mal cuidada. Cuando se creyó fuera de peligro, comió una canasta de cerezas que le habían enviado sus padres desde Holanda. Sentí su ausencia como pocas veces he sufrido la muerte de alguien. Tenía esa tan rara condición de transmitir la felicidad, de hacerla brotar a cada instante, así, gratuitamente, sin razón alguna, porque sí, porque venía con ella, con sus gestos, con su risa, con su amor por la gente, por los animales, por los atardeceres en el trópico y las para ella siempre infantiles e inexplicables ocupaciones y preocupaciones de los hombres. Cuando perdemos a alguien así, sabemos que una ración más de la escasa dicha que nos es concedida se ha ido para siempre.

Wito me contó, en breves palabras y sin muchos detalles, la huida de su hija con un pastor protestante. La muchacha apenas cumplía quince años. No heredó la rozagante frescura de su madre pero sí su estatura, junto con la tiesura de movimientos del padre y algo de sus facciones de coyote trasnochado. Padecía un defecto de audición y tenía un genio de los mil demonios. Lo que más le dolió a Wito fue la tartufería del pastor, la beatitud meliflua con la que se insinuó en su casa aprovechando la ausencia de la madre y la debilidad de la joven. A ésta la perdonaba con sospechosa facilidad de quien se ha librado de una carga inmanejable. Al recordarla, parecía reprocharle tácitamente la ausencia de todas las gozosas virtudes de la madre. Wito seguía amando a su mujer con un fervor incompatible con su edad y con el tiempo transcurrido desde cuando ella dejó de existir. Cada vez que la mencionaba, uno tenía la impresión de que estaba a su lado. Pero en los últimos tiempos, también ese tema familiar fue paulatinamente desapareciendo de las charlas de sobremesa. Una cadena de necias fatalidades, de crecientes descuidos, de abulia cuidadosamente maquillada con el estricto cumplimiento de una rutina más inútil cada día había venido a estropearlo todo.

Mis responsabilidades se iban reduciendo a bien poca cosa: registro del consumo y pago del combustible, la nómina que comprendía a seis marineros, el cocinero y cinco maquinistas; la provisión y control de los víveres y alguna otra compra incidental y sin importancia. Esto me tomaba menos de una hora al día. El resto del tiempo se iba en especular, con la ayuda de Cornelius, sobre las posibles soluciones a una situación que se estaba tornando insostenible. El holandés divagaba con esa lentitud síntoma del ocio en el que suelen flotar los obesos cuando se agotan sus responsabilidades que, en su caso, se concretaban a bajar de vez en cuando al cuarto de máquinas para supervisar el trabajo y reemplazar, cada vez con mayor frecuencia, a Wito en el puente de mando. Nuestro amigo transcurría más y más horas al día encerrado en su camarote, con la mirada perdida en la opacidad de sus cavilaciones. Íbamos entrando todos en un estado muy cercano a una controlada y estéril desesperanza. Llegué, en un momento, a pensar que el imposible color amarillo con el que estaba pintado el *Hansa Stern* influía en la ausencia de contratos de carga que nos esperaba en cada puerto. Porque, ¿a quién se le había podido ocurrir embadurnar la nave con ese tinte color cola de papagayo, que le quitaba la poca dignidad que podía tener el destartalado carguero construido en Belfast hacía más de ochenta años y que había servido en más de una guerra bajo las más heteróclitas banderas? Sólo a Susana Geltern, nacida Silverbach, quien tenía sobre las cosas del mar la misma desaprensiva actitud de su marido. Pero cargar al color con la culpa de todo no dejaba de ser una manera más de evadir el problema. Lo evidente era que se nos había venido encima una mala racha. Una de esas sombrías fatalidades de cada uno de nosotros en particular, que entraba en conjunción con la fuerza de una tormenta inmanejable.

Siempre he pensado que a estos períodos de catastrófica secuencia de infortunios no hay que darles un sentido trascendente de fatalidad metafísica. Nunca he creído en eso que las gentes llaman mala suerte, vista como una condición establecida por los hados sin que podamos tener injerencia en su mudanza u orientación. Pienso que se trata de un cierto orden, exterior, ajeno a nosotros, que imprime un ritmo adverso a nuestras decisiones y a nuestros actos, pero que en nada debe afectar nuestra relación con el mundo y sus criaturas. Cuando una de esas rachas se ensaña sobre mí, sigo disfrutando la compañía de mis compañeros de bar, la complicidad de amigas de ocasión, el diálogo con las sabias y reposadas *madames* de las casas de citas y compartiendo con algunos entendidos y muy estimados amigos, dispersos por algunos rincones del planeta, la especulación sobre el destino de las grandes dinastías de Occidente, signado a menudo por esas uniones fatales hechas con evidentes fines políticos y que cambian luego toda la historia durante varios siglos. En Puerto Rico, por ejemplo, sigo meditando con un muy querido y más que eminente historiador sobre las consecuencias del matrimonio de María de Borgoña con Maximiliano de Austria. El perderse por tales laberintos, que pueden parecer a los neófitos una ocupación estéril, me parece mucho más práctico y con los pies en la tierra que embestir a topes, como un borrego, contra circunstancias extrañas a nosotros que se conjuran para complicarnos el lado puramente utilitario de nuestra vida que es, sin duda, el más irreal e inasible dada su elemental e irremediable idiotez. Para esas especulaciones dinásticas nada más propicio, al menos en mi caso, que el bochorno ardiente del trópico que suele aguzar mis sentidos y mi inteligencia hasta límites de lo visionario y delirante. Es, entonces, cuando el calor y la humedad se conjuran para establecer una noche con ambiente de caldera y llega el sueño, como una guillotina aterciopelada y piadosa, que nos deja a la orilla de olvidadas regiones de la infancia o de oscuros rincones de la historia, poblados por figuras que vivimos como fraternas presencias inefables. Cuántas veces, en esas semanas anteriores a la llegada a Cristóbal, volvió a visitarme el sueño recurrente en el que participo como consejero militar y político de un paleólogo, alto, moreno y de una delgadez de asceta, que reina en Nicea. Todo se cumple con una deliciosa y eficaz parsimonia. La feliz conclusión de empresas guerreras y la firma de arduos tratados suceden dentro de un orden que podría calificarse de intemporal y platónico, hermano del que se instala a un tiempo en el centro de mi ser y en la dorada plenitud del pequeño imperio a orillas del mar de Mármara. De allí que, cuando mis asuntos de la diaria rutina toman un sesgo adverso, como era el caso entonces en el *Hansa Stern*, en mi interior persisten, intactas, mi disposición y simpatía por los seres que pueblan la historia y por el mundo que se ofrece al alcance de mis sentidos. Es más, a medida que los escollos prácticos se multiplican, más generosamente se ensancha el territorio y el disfrute de esos dones que tejen la trama esencial de mi vida.

Tan mal llegaron a estar las cosas que Cornelius, en un aparte confidencial que tuvo conmigo en el segundo cuarto de guardia de la noche, cuando navegábamos rumbo a Martinica para recoger a unas familias hindúes que iban a trabajar a Guayana, me confesó alarmado: «Wito está pagando el combustible con cheques sin fondos. Usted sabe que con la Esso no hay bromas. Cuando lleguemos a Aruba para cargar diesel, nos van a caer encima. Estamos al final de la soga, Gaviero, yo se lo digo, al final de la soga». No se cumplieron las predicciones del contramaestre. Es decir, se cumplieron sólo en parte. En efecto, en Aruba le esperaban a Wito dos cheques que no habían podido cobrar por falta de fondos. Logró cubrirlos con dinero que, como arte de magia, consiguió en un plazo de tres horas después de la penosa escena en la planta de abastecimiento de la Esso. Ya en alta mar, nos confesó que había empeñado las joyas de Susana, que guardaba como reliquias entrañables y propicias, y un reloj de bolsillo, regalo de su padre cuando pasó los exámenes de práctico en Dantzig. Ahora no cabía ya ninguna duda. Éste era el final de la soga que con tanta razón anunciaba Cornelius.

La idea de poner rumbo hacia Panamá le surgió a Wito de repente. Nunca supimos la razón. Una mañana, cuando estábamos Cornelius y yo en el puente de mando, irrumpió en pijama, a medio despertar, y ordenó con voz opaca y trasnochada: «Cambie el rumbo, Cornelius, vamos a Cristóbal». Y regresó a su camarote donde lo esperaban el té y las tostadas con mermelada de *blueberry* que todas las mañanas le traía el cocinero. Nos quedamos un rato en silencio. El contramaestre cambió el rumbo y cargó su pipa con minucioso desgano. Luego, se limitó a comentar: «Claro, ya lo entiendo, vamos a Cristóbal porque a Panamá ni hay que pensarlo. No debe tener dinero para pagar los derechos del Canal. A Panamá iremos en tren y por nuestra cuenta». Una risa desmayada trató de abrirse paso por su garganta pedregosa de empecinado fumador de tabacos anónimos y execrables. Desde ese momento supimos a qué atenernos. La decisión de atracar en Cristóbal significaba, sencillamente, el final del viaje. Al unísono nos invadió una sensación de alivio que luego derivó en pena por haber gastado largos meses de frustrados intentos para salvar el *Hansa Stern* y su dueño: el asmático jadear de las máquinas y el golpeteo apagado de las bielas parecían subrayar nuestro desaliento.

Wito siguió cumpliendo con su diaria rutina, más encerrado cada día en una especie de ausencia hecha de conformidad y desapego. En la mesa extremaba la cortesía, como disculpándose de la responsabilidad que pudiera caberle en la situación catastrófica que compartíamos sin la menor sombra de reproche. En vano tratamos de convencerlo de que lo acompañábamos por nuestra propia voluntad y a sabiendas de que los negocios andaban mal. Nuestra familiaridad con crisis semejantes nos había hecho, desde hacía muchos años, del todo inmunes a sus consecuencias. Era inútil. Él se ensimismaba y no parecía prestar atención a nuestras aclaraciones.

Llegamos a Cristóbal al atardecer, bajo un cielo espléndido en donde las estrellas parecían acercarse a la Tierra movidas por una curiosidad juguetona. Las luces del puerto teñían el cielo con un halo rosáceo. Hasta nosotros llegaba el sincopado estruendo de las orquestas que animaban, con un ritmo afroantillano más bien espurio, la vida de los cabaretuchos y bares de mala muerte que pululaban en las calles. Yo estaba acostumbrado a ese bullicio monótono y tristón, que lo tenía ya confundido con el ánimo de final de viaje que solía traerme siempre una ligera ansiedad, un vago pánico a lo desconocido que pudiera depararme el bajar a tierra.

Panamá

Después de la muerte de Wito, preferí bajar en Cristóbal y seguir a Panamá en tren. Cornelius quedó en el barco. El capitán que recibió el *Hansa Stern* por orden de los bancos le hizo una propuesta que el holandés encontró más interesante que empezar a conseguir trabajo en un medio que no conocía muy bien. Habíamos buscado en los papeles de Wito una posible pista del paradero de la hija. Queríamos informarle del fallecimiento de su padre. Lo único que conseguimos fue la dirección de la iglesia a la que perteneció el pastor y allí enviamos un telegrama con la noticia. Lo más probable, sin embargo, era que el cadáver fuera a parar de la morgue al anfiteatro de la Facultad de Medicina de Panamá, para servir en las clases de anatomía. Había en ello una cierta aunque macabra lógica, si recordamos las maneras y gestos de prefecto de estudios que identificaron toda su vida al pobre Wito de Dantzig, con su pausada manera de hablar como quien da una clase ya sabida de memoria desde siempre.

El viaje en tren duró varias horas. Me acomodé como pude en un coche de tercera en el que se amontonaban familias y trabajadores del puerto. Una algarabía incontenible me fue arrullando lentamente. Anécdotas de barrio, chismes de vecindad, hechos de sangre, sucesos procaces y brutales, gritos y llantos infantiles, la eterna y desvaída materia de esas vidas sin nombre y sin rostro que resume siempre para mí eso que las gentes de mar llaman «estar en tierra firme» y que acaba provocándome un fastidio abrumador. El paisaje tropical de la Zona, con su vegetación de hojas relucientes de un oscuro verde metálico, el calor que entraba por las ventanillas abiertas para buscar un improbable aire refrescante y el vocerío del pasaje me trasladaron a alguna colonia europea del Asia. Hubo un momento en que hubiera jurado que viajaba a través de la península de Malaca, entre Singapore y Kuala Lumpur. Allí disfruté tiempos de una relativa prosperidad, gracias al comercio de la teca y a otras actividades aledañas no tan fácilmente definibles. El rodar del tren, con su ritmo tan característico, y el ligero bamboleo del vagón me dejaron en un duermevela donde sólo una delgada porción de la conciencia seguía vigilante y despierta. La emisión pastosa y sin forma del lenguaje que escuchaba, la ausencia de sonidos como los de la ese y la erre y los tonos agudos en que se mantenía el diálogo de las mujeres y los niños me llegaban como un griterío de aves que se perdían en los platanales. «Ya va llegando la hora —pensaba— en que suelo preguntarme: ¿Qué hago aquí? ¿Quién diablos me ha traído aquí? Son las preguntas adonde va a parar esta mezcla de hastío sin fondo y de vago miedo cuando sé que me espera una larga permanencia en tierra. Malo está esto y no veo que tenga visos de arreglarse. Panamá. No he permanecido más de una semana aquí, pero he estado en tan repetidas ocasiones que ha terminado por convertirse en un sitio familiar en medio de los incontables desplazamientos de mi vida sin asidero ni destino. La ciudad no es particularmente acogedora ni interesante, pero proporciona esa tonificante impresión de absoluta irresponsabilidad, donde todo puede suceder en medio de una auténtica y anónima libertad para disponer de nuestra vida, por lo que resulta sedante y llena de gratas, aunque siempre incumplidas, promesas de una sorpresa en donde nos espera, agazapada, la felicidad». Pero en esa ocasión las cosas se presentaban distintas. Iba a tener para muchos meses en ese istmo de aguaceros interminables y pausadas olas de temperatura de baño turco. No conocía a nadie. Siempre había estado de paso. Ninguno de mis conocidos había dejado huella alguna. Señal bien elocuente de esto era el que aquí había venido a recalar con Wito y Cornelius, ninguno de los dos auténtico compañero de mis dichas y descalabros. Apenas amigos de ocasión, pero extraños a ese tránsito por las regiones oscuras de la aventura de vivir, esa danza descabellada de los raros instantes de dicha compartida con aquellos que en verdad podemos llamar nuestros amigos. Sabía, de antemano, que no iba a encontrar a ninguno de ellos en Panamá. El dinero recibido al dejar el *Hansa Stern* me alcanzaría para ir tirando por unos meses. Pero, como ya me conocía de sobra, a las pocas semanas iba a andar con los bolsillos y el estómago vacíos. No me preocupaba esa perspectiva. Un vodka a tiempo y una amiga ocasional, que no volvería a encontrar jamás, eran bastantes para salvar ese momento en que pensamos que hemos tocado el fondo del pozo. Y ambas cosas no necesariamente se consiguen sólo con dinero. Ya sabía cómo sortear esos recodos en que la trampa parece cerrarse ineludible. Y así un día y otro hasta que una mañana logre zarpar o invente otra locura como la mina de Cocora o el trabajo en el Hospital de los Soberbios. Da lo mismo, todo da igual. Lo que no da igual es otra cosa: es eso que llevamos adentro, esa hélice desbocada que no para. Allí está el secreto, eso es lo que no debe fallar nunca. Me quedé dormido en un sueño profundo. Cuando desperté el tren entraba a la estación. De pronto sentí que lo que necesitaba con urgencia inaplazable era, precisamente, un vodka bien helado. En el primer bar que encontrara convocaría a mis dioses tutelares, a los ciegos consejeros que sólo se presentan cuando alcanzamos ese estado de gracia que el vodka sabe dar con tan sabia e inexorable fidelidad. Allí estaba la respuesta salvadora, la verdad revelada, la otra orilla donde se pulen los símbolos y suceden las lentas celebraciones que disuelven toda perplejidad y ahogan toda duda.

Bajé, en medio de un concierto de bocinas desatadas y el aullido de una sirena que se alejaba con el último fulgor de la tarde. Me eché al hombro el saco y me dirigí al centro de la ciudad. Los grillos iniciaban su orquestada gritería y las luces de neón se encendían con la vulgar estridencia de colores que uniforman todas las noches de todas las ciudades de la Tierra. Pensé que antes de cumplir con la ceremonia del vodka, indispensable para poner en orden ciertas ideas y aplacar otros tantos demonios que empiezan a rondarme siempre que dejo el mar, debía buscar un hotel modesto para alojarme. Por una de las callejuelas que llevan de la Avenida Balboa hacia la Avenida Central encontré algo que se parecía mucho a lo que buscaba. Tenía el improbable nombre de Pensión de lujo Astor. En la recepción dormitaba un viejo de barba asiria y entrecana, con facciones de cochero judío de la Viena de Franz Joseph. No cuadraban su corpulencia y aspecto imponente con su permanecer detrás de un mostrador para el que tanta energía en franca exposición se antojaba un desperdicio. Cuando se incorporó para entregarme las llaves del cuarto, me di cuenta de que usaba una pierna ortopédica. Los inquietantes chirridos de resortes oxidados dejaban una impresión de tristeza y desamparo imposible de armonizar con el coloso hebreo que se le enfrentaba a uno sin una sonrisa y con la adusta expresión de quien no habla bien el idioma del lugar en donde vive. La habitación, en el cuarto piso, daba hacia la bahía. Unas gaviotas despistadas giraban sobre el agua lodosa y casi inmóvil, idéntica a la que había visto en Cristóbal. Ese mar mancillado infundía en el ánimo un sabor de fracaso y mezquindad que no era precisamente lo que hacía falta para levantarme la moral. Los automóviles pasaban por la calzada con la desbocada premura que siempre me sorprende cuando he navegado durante mucho tiempo. El familiarizarse con las cosas de la tierra requiere un plazo con el que nunca contamos al desembarcar. Un camastro de resortes vencidos, cubierto con una colcha de un lila desteñido y salpicada de manchas que más valía no examinar con detenimiento, una mesa que cojeaba peligrosamente y un cromo con un perro San Bernardo cuidando a un niño dormido en la nieve creaban ese ambiente impersonal e insípido, característico de todos los hoteles que me han tocado en la vida. Al fondo del corredor estaban el baño y dos sanitarios. Un caballero tocado de sombrero de copa y una dama de los años treinta indicaban con innecesaria elocuencia, en cada puerta, a quién estaba destinado cada cubículo. Me di cuenta de que no resistiría mucho más la sordidez que se me acumulaba hacía tanto tiempo. Salí a la calle en busca de un bar. Inquirir con el cochero vienés dónde estaba el más cercano se me antojó una compleja operación lingüística con alguien con quien, por lo demás, no era aconsejable establecer otros nexos que los estrictamente relacionados con sus funciones de portero. Después de recorrer algunas calles donde reinaba una relativa calma de barrio residencial bastante venido a menos, desemboqué en una donde había varios bares, uno tras otro, con su correspondiente letrero de neón y su música sonando a todo volumen. Entré en el que me pareció menos ruidoso y pedí un vodka doble con hielo.

Me convertí en cliente asiduo del bar. Resultó ser no solamente el más tranquilo sino también el que tenía la clientela más fiel y constante. El dueño se llamaba Alejandro, pero todos le decían Álex. Era un panameño delgado, de ojos saltones, que pertenecía a esa clase de cantineros que no hacen preguntas pero que tienen una memoria infalible respecto a las preferencias y caprichos alcohólicos de sus parroquianos. El barman ideal. Resolví enviar a mis amigos esa dirección para que allí me fuera guardada la correspondencia. No intenté siquiera lanzarme a buscar trabajo. La experiencia me había enseñado que, mientras no se familiarice uno con ese secreto ritmo propio de cada ciudad, es inútil empeñarse en buscar un oficio que valga la pena. Esa ansiedad con la que, en otra época, me lanzaba a la calle a la caza de un trabajo sólo servía para engañar la conciencia. Terminaba de recogedor de basura, de portero de burdel o descargando barcos en los muelles. Por esa razón, esta vez decidí tomarlo con calma y sondear con paciencia lo que Panamá podía ofrecer para salir del mal paso de una vez, en lugar de un sórdido ir viviendo. Cuando el panorama se nublaba y empezaban a bullir allá adentro las dudas y el desánimo, el vodka seguía siendo eficaz para aplacar tales síntomas y seguir en acecho.

Un sábado, en que la dosis acostumbrada no fue bastante para cumplir con su tarea de rescate, terminé una botella lentamente y me fui a la cama envuelto en las brumas de la altamar del alcohol. El domingo en la mañana vi, con sorpresa, que, a mi lado, dormía una negra enorme y desnuda, con una cabellera de guerrero zulú. La sacudí hasta despertarla y se me quedó mirando entre asombrada y furiosa. De su boca desdentada salían airadas palabras en un dialecto antillano, mezcla de papiamento e inglés de Granada. La obligué a vestirse y con unos pocos dólares me la quité de encima. Hasta donde yo recordaba, había salido solo del bar, con pasos más que inseguros, y llegado hasta el hotel sin ninguna compañía. No pensé más en el asunto. Algunos días después también me pasé un tanto de copas, sin llegar a lo de la vez anterior. También, a la mañana siguiente, me despertó la mirada medio idiota y aterrada de una mujeruca de cabellos teñidos de un rubio casi blanco y cuerpo esquelético lleno de pequeñas manchas rosadas bastante inquietantes. Salí de ella, esta vez sin remuneración alguna. Estaba seguro de no haberla visto nunca antes. Hubo un tercer episodio de este tipo con una india que debía venir de Taboga o de alguna isla cercana. Apenas hablaba español y trató de atacarme con una navaja. La saqué a empellones hasta el corredor y regresé al cuarto. Llamé a la portería para que me trajeran sábanas limpias. Contestó el portero, simulando no entender muy bien mis palabras. En ese instante me di cuenta de lo que había pasado y de cuál era el origen de las visitas de marras. Me vestí y bajé a la recepción. Pedí mi cuenta y, al examinarla, vi que me habían cargado el precio de una persona más en los días correspondientes a las apariciones femeninas. Sin quitar mis ojos de los suyos, le exigí al cojo, con palabras lentas y tranquilas y en un alemán bien comprensible, que borrara de la cuenta las sumas que había puesto de más y lo hiciera en ese instante en mi presencia. Así lo hizo, sin decir palabra, con parsimonia que escondía un cinismo de siglos. Luego le previne que si volvía a subir una mujer a mi cuarto haría un escándalo con la policía y las autoridades sanitarias para que le clausuraran su famosa pensión de lujo. «No volverá a suceder —comentó mientras regresaba los papeles al archivero de madera empotrado debajo de las casillas con las llaves—. Descuide. Debió ser un error» —musitó mientras una sonrisa de sus gruesos labios mojados en saliva trataba de insinuarse por entre la ira de sus facciones de auriga hambriento.

Comenté la historia con Álex, quien me aconsejó no tener muchos tratos con el cojo: «Es dueño del hotel y, además, controla las putas de la manzana. Pero sus negocios más importantes no son ésos. Anda en otras empresas y la guardia le tiene puesto el ojo hace mucho tiempo. Lo que pasa es que mueve influencias más arriba y reparte dinero, mucho dinero». Le pregunté si sería aconsejable cambiar de hotel y me dijo que no lo hiciera; en los otros las cosas no cambiarían mucho, éste estaba bien ubicado y ya me conocían en la vecindad, lo que era bueno para los fines de hallar trabajo. Tenía razón. El portero-propietario siguió tratándome con la misma impersonal distancia que usaba para con todo el mundo.

Cuando había perdido las esperanzas, recibí una carta de Abdul Bashur. Traía timbres de Italia, estaba fechada en Rávena y sus noticias no eran propiamente alentadoras. Estaba gestionando el pago del seguro de un buque del que era propietario con sus hermanos y su cuñado, el esposo de su hermana mayor, Yamina. La aseguradora ponía toda suerte de dificultades tratando de evitar el pago de la póliza. El buque había sido hundido por aviones libios, aunque llevaba bandera de Liberia. Los aseguradores intentaban demostrar que ese riesgo no estaba cubierto por la póliza y a los Bashur se les agotaban los recursos en el pago de abogados, peritos y gestiones consulares. El hijo mayor de Yamina tenía leucemia y el tratamiento se estaba pagando con sacrificios cada vez más grandes. Sin embargo, ponía a mi disposición algunas libras esterlinas que tenía en un banco de Panamá, saldo de un negocio hecho hacía algunos años con las fuerzas armadas de un país vecino al istmo. Yo recordaba muy bien esa operación en la que intervine con Abdul y sonreía al notar la discreción con la que trataba el asunto. Pobre Abdul. Amigo entrañable como pocos, su generosidad, de la que había recibido ya muchas y muy diversas pruebas, no solamente en el campo de los negocios sino también en otros más delicados, tenía siempre la condición de conmoverme hasta las lágrimas.

Ya iba conociendo mejor la ciudad y me daba cuenta de que, como siempre sucede, la primera impresión sólo había venido a confirmarse: era un sitio de paso, un lugar de tránsito, condición que le otorgaba, a quienes la visitaban, ese encanto que tienen las ciudades y lugares que no dejan huella, que no imponen el espíritu secreto que las define, ni exigen del que pasa un esfuerzo para ajustarse a peculiares reglas que rigen la inconfundible rutina que las anima. Para mis fines, esto era particularmente grave. No son ese tipo de ciudades las que más oportunidades ofrecen en circunstancias como era la mía entonces. Allí todo el mundo está en tránsito. Pueden pasar semanas y meses sin que se consiga anclar en un trabajo determinado o poner en marcha alguna empresa, por humilde y limitada que ésta sea. Es más, entre más modestos nuestros propósitos, más difíciles son de cumplirse en esa suerte de incesante corredor donde nadie vuelve la atención hacia los demás. Rondando por vestíbulos y bares de los grandes hoteles del sector bancario y, en la noche, por algunos de los clubes nocturnos en donde gente de todas las condiciones, oficios y razas busca distraer el hastío que los invade en esas paradas obligatorias que imponen los viajes de negocios; en el aire cargado y más bien sórdido de los casinos que, en los mismos hoteles y en otros lugares, ofrecen un mediocre sucedáneo al ansia transitoria de aventura y emoción que despierta Panamá; por tales sitios y por algunos otros menos confesables, busqué en vano esa oportunidad de emprender algo que me permitiera salir del pantano en el que me hundía lenta pero irremediablemente. Al poco tiempo, la precariedad de mi vestuario y otros signos avanzados de la penuria me fueron obligando a alejarme de esos lugares. Tuve que contentarme con rondar cerca de la entrada, sin pasar adelante. Igual cosa hacía cerca de las grandes tiendas, en donde entraban los viajeros, atraídos por una mercancía que resulta, luego, en buena parte, hecha de saldos de marcas prestigiosas o de atrevidas falsificaciones de las mismas.

Llegó la temporada de las lluvias, que se establecen sobre el istmo con la desorbitada energía de una tromba y dejan las calles convertidas en ríos caudalosos e intransitables. Cuando caí en cuenta de que era inútil seguir buscando allí así fuera una modesta esquina de ese tapete de la fortuna, que imagino siempre flotando muy cerca de nosotros, provocándonos e invitándonos a subir para escapar hacia lo que, allá en el fondo, el niño que escondemos designa con voz secreta como «la gran aventura»; cuando me di cuenta de que no había ya nada que hacer y que las lluvias, al parecer, hacían mis recorridos imposibles, me encerré en el cuarto de la pensión, limitándome a cada vez más espaciadas visitas al bar de costumbre. Una cortina de lluvia caía sobre las sucias aguas del Pacífico y la ciudad daba, desde la ventana, la impresión de desleírse ante mis ojos indiferentes, hasta acabar en una mezcla de barro, basura y hojarasca girando en ávidos remolinos en la boca de las alcantarillas.

El día en que gasté el último dólar que me quedaba del dinero proporcionado por Abdul, el portero, con esa milenaria intuición de su gente para calibrar tales situaciones, me llamó al cuarto para decirme que, cuando bajara, quería hablar conmigo. En la tarde, antes de pasar por el bar, en donde por cierto ya tenía una cuenta pendiente que empezaba a preocuparme, fui al mostrador para enfrentar al auriga danubiano. De su enorme cabeza barbuda, que destacaba del mostrador como si estuviera en la mesa de un ilusionista, empezaron a salir palabras en un español lento y premioso pero muy preciso. Era evidente que yo estaba en las últimas y que en Panamá no hallaría ya ninguna salida a mi situación. Él conocía muy bien la ciudad. Si yo aceptaba podía ofrecerme algo que solucionaría, así fuera transitoriamente, mis problemas, permitiéndome, de paso, pagar el mes de alojamiento pendiente y lo que tenía firmado con Álex. El hombre sabía más de lo que yo hubiera deseado. Cuando regresara del bar, continuó, quería subir a mi habitación para que charláramos un poco. Convine con él en que así lo haríamos y fui a refugiarme en un par de vodkas que harían más fácil el diálogo con el cojo cancerbero. Muchas veces, en otras crisis semejantes, había recibido avances parecidos, hechos siempre por personas que tenían un inconfundible aire de familia con el portero. Casi hubiera podido anticipar cuál iba a ser, a grandes rasgos, la propuesta del hombre. Regresé a mi cuarto pasada la medianoche y, poco después, oí sus pasos claudicantes. Se sentó frente a mí en una silla desvencijada. Mientras se acariciaba la barba con gesto que quería ser patriarcal y sólo lograba hacerlo más sospechoso, me expuso su oferta. Lo de siempre. Se trataba de cruzar los límites legales para ganar algunos dólares que me permitirían sobrevivir mediocremente, no sin correr algunos, muy lejanos, riesgos con las autoridades. Él tenía en su poder objetos de valor —relojes, joyas, cámaras de fotografía, perfumes caros, algunos licores y vinos de grandes marcas y cosechas famosas— que le dejaban en prenda, a cambio de dinero, algunos amigos suyos. No necesitaba explicarme, como es obvio, que se trataba en verdad de cosas robadas en las bodegas de la aduana de Colón o en los depósitos de los grandes almacenes de Panamá. Al usar el circunloquio de las prendas, un brillo indefinible cruzó por sus ojos mientras la permanente sonrisa de los gruesos labios se congelaba en una mueca imprecisa. Los años en que deambulé por el Mediterráneo me familiarizaron largamente con esos signos de mezquino engaño de la fortuna. Dejé tranquilamente que hablara y, cuando terminó, le contesté que a la mañana siguiente tendría mi respuesta. «No lo piense mucho —me dijo al salir—. Hay otros candidatos que, además, tienen más experiencia». También hubiera podido predecir hasta la forma misma como me lo dijo, con ese ligero tono de amenaza que usan con quienes tienen ya el agua al cuello.

No tuve que pensarlo mucho. Al día siguiente bajé a decirle que aceptaba. «Ya lo sabía», repuso, mientras me invitaba a entrar en un oscuro cuchitril, ubicado detrás del armario con las casillas de las llaves. Ahí dormía. Debajo del lecho sin arreglar, que despedía un olor de orina concentrada y comida rancia, sacó un estuche de madera forrado por dentro con terciopelo carmesí. Allí guardaba relojes, pulseras de oro y perfumes envasados en frascos de cristal de formas rebuscadas y extravagantes. Me indicó los precios a que debía venderlos. Si conseguía más, la mitad de la diferencia era para mí, de lo contrario sólo tendría derecho al quince por ciento del valor de lo vendido. Los lugares que me aconsejó como los más propicios para colocar la mercancía eran los mismos que yo rondaba hacía ya varias semanas. A lo impredecible del negocio se sumaba, entonces, la persistencia de los torrenciales aguaceros. «Espere al abrigo del corredor donde se detienen los automóviles para dejar a los pasajeros o para recogerlos». Sí, ya lo sabía. Inútil decírmelo. No era la primera vez que intentaba abordar a la gente en circunstancias semejantes. La dificultad consistía en que ésos eran precisamente los lugares en donde también se guarecían los guardias. Metí los artículos en mis bolsillos y salí a la calle para empezar la incierta empresa.

Al principio resultó un tanto más productiva de lo que esperaba. Los precios eran mucho menores que los de las tiendas. Los clientes aprovechaban la ocasión, con la impunidad que les ofrecía al estar de paso y no correr mayor riesgo al hacer su compra. Pero, como era previsible, los guardias comenzaron a percatarse de mi repetida presencia a la salida de hoteles y cabarets y no tardaron en abordarme. Salí del paso con algunas improbables disculpas que luego tuve que reforzar con pequeños obsequios. Convencí al cojo de compartir a la mitad el valor de los mismos y accedió, gracias al relativo éxito de mis habilidades como vendedor ambulante de artículos robados. Puse al día mi cuenta en la pensión antes de que se cumpliera el segundo mes de atraso. Cuando fui al bar para pagar lo que debía, Álex me previno en voz baja: «No se vaya sin hablar conmigo. Es importante». Un malestar, conocido de tiempo atrás, anunciador del peligro que se avecina, me quitó las ganas de tomar el vodka servido frente a mí. Por fin lo liquidé de un trago y esperé la oportunidad en que el barman pudiera conversar sin testigos. Un desaliento creciente, una vaga desesperación sin salida me dejaban los miembros como si estuvieran hechos de una substancia blanda y moldeable. En la boca del estómago comencé a sentir el peso de una materia densa, paralizante, que se agitaba a trechos como si estuviera formada por un nudo de reptiles semidormidos. Por fin, Álex fue a un extremo de la barra, mientras secaba un vaso, y me hizo señas de que lo siguiera. Allí, mirando con precaución a todos lados mientras hablaba, me dijo: «Ya vinieron a preguntar por usted. Gente de la policía. Ya sabe, son inconfundibles, así traten de pasar desapercibidos con sus aires de civiles. Saben dónde se aloja y algo se huelen en relación con el judío del hotel. No sé en qué ande usted, pero vaya con precaución. Aquí no tienen muchos miramientos, cuidan mucho la imagen de la ciudad para tranquilidad de los turistas y gente de negocios que pasan por Panamá. Cambie de hotel hoy mismo. Rompa todo nexo con el cojo. Alójese en este hotel. Es gente amiga que conozco muy bien», y me alargó una tarjeta. Era el Hotel Miramar y estaba en la parte vieja de la ciudad.

Convencer al judío no fue fácil. Trató de restarle importancia a mis temores y repetía con tono que quería ser bonachón: «Yo sé arreglar esas cosas, amigo, no se preocupe, no se preocupe». Precisamente la melosa parsimonia del portero fue lo que me decidió a partir de inmediato. Le devolví la mercancía. Liquidé cuentas con él y salí de allí un cuarto de hora después con cuarenta dólares en el bolsillo y ese peso muerto en la boca del estómago, aciago anuncio de desastres por desgracia bien conocidos.

El Hotel Miramar era un poco más reducido que la Pensión de lujo Astor. Sus habitaciones un poco más limpias y la dueña resultó ser también alguien mucho más tratable y digno de confianza que el siniestro cojo con barbas de cochero. Era ecuatoriana, casada con panameño. Álex la había prevenido en mi favor y se mostró de una familiaridad cordial que sirvió para aplacar un tanto mis justificados temores de tener que entendérmelas con la policía. Un bullicio infernal entraba por la ventana del único cuarto que había disponible. Daba a una calle llena de pequeños bazares cuyos propietarios, todos hindúes, salían a la calle para atraer a los clientes a su negocio con una insistencia inagotable. De cada tienda salía la música de radios y tocadiscos, cada uno a mayor volumen que el otro, para demostrar la excelencia de sus cualidades ante el ensordecido parroquiano que acababa comprando lo primero que le vendían para librarse del hindú que no paraba de hablar barajando los precios con pasmosa habilidad, mientras la música acababa de atontarlo. En la noche reinaba, por fortuna, una calma apenas rota de vez en cuando por el grito estentóreo de un borracho o las risas de las prostitutas que esperaban en la esquina un improbable cliente. Fue entonces, a punto de llegar al fondo del abismo, cuando ocurrió el milagro salvador. Llegó cumpliendo un ritual que sucede en mi vida con tan puntual fidelidad que no tengo más remedio que atribuirlo a la indescifrable voluntad de los dioses tutelares que me conducen, con hilos invisibles pero evidentes, por entre la oscuridad de sus designios.

Ilona

Una tarde, en que me dedicaba a un ejercicio de memoria que por entonces supuse que pudiera ser remedio pasajero contra el pánico y el desaliento, la lluvia pareció alejarse dejando paso a un sol deslumbrante que bañaba el aire recién lavado. El ejercicio en cuestión consistía en rememorar otras épocas de penuria y fracaso que pudieron ser más terribles aún y más definitivas que ésta en Panamá. Evoqué, por ejemplo, entre otros muchos episodios, aquel en que estuve trabajando en el Hospital de las Salinas. Mi labor consistía en empujar, junto con otros compañeros, un tren de cuatro o cinco vagonetas que servían para transportar balastro al final de los espolones que remansaban las aguas del mar. Pero en lugar de piedras y cascajo, llevábamos tres o cuatro enfermos en cada vehículo. Iban a recibir la brisa marina que les aireaba las llagas y purulencias que los tenían postrados desde hacía muchos meses. Por una extraña condición del lugar, era el agua la que producía tales plagas y sólo el aire las aliviaba un poco. Ante la feliz perspectiva del alivio, los enfermos murmuraban en voz baja canciones con las que se arrullaban unos a otros. Casi todos habían perdido la vista a causa de la deslumbrante blancura de las extensiones salinas y, tal vez por esto, aguzaban el sentido del tacto hasta disfrutar, con intensidad para nosotros desconocida, la acción salutífera de la brisa. Mientras ellos entonaban sus cantos, nosotros empujábamos el trencito que rodaba trabajosamente por la vía oxidada y carcomida por el salitre. El viento hacía tremolar las sábanas en las que se envolvían precariamente los enfermos. Ya en otro lugar, hace muchos años, algo de esto narré en forma fragmentaria, es cierto, pero tal vez más cercana al episodio que trataba de evocar. Por uno de esos balsámicos caprichos de la memoria no tenía yo un recuerdo pesaroso de esa época en las salineras. Por el contrario, sólo permanecían en la memoria la alegría de la brisa en los cuerpos lastimados y exánimes, el cantar que salía de sus gargantas como un murmullo bienhechor y la fulgurante presencia de un cielo sin nubes. Sin embargo, con algún esfuerzo logré recordar que sólo hacíamos una comida diaria y que la paga era tan precaria que no nos alcanzaba para ir al puerto y olvidar allí nuestra miseria. Luego evoqué mis tiempos de fogonero en un pobre barco, a punto de irse a pique, que transportaba pieles desde Alaska hasta una factoría cerca de San Francisco. Nos habían enrolado con fraude. Firmamos un contrato por un año, atraídos por un adelanto que nos permitió beber durante tres días consecutivos, refugiados en la semitiniebla de una taberna de Seward. Afuera, la noche del polo se extendía en medio de un frío que helaba hasta los huesos. Al segundo viaje fuimos a pedir lo que nos prometieron como salario. El contramaestre nos mostró el recibo que habíamos firmado al engancharnos, en cuyo texto, mañosamente arreglado, aceptábamos como único sueldo en todo el año lo que nos habíamos bebido en Seward. Éramos tres fogoneros: un irlandés tuerto, conservado en alcohol, que deliraba todo el tiempo, un indio yanqui, silencioso y torvo, que se las arregló para partirse un brazo el segundo día de trabajo y, con ese pretexto, no volver a tocar una pala, y yo. La carga despedía una fetidez dulzona que se nos pegaba en las ropas y en la piel. Allí pensé que habían terminado en verdad mis días de vino y rosas, si es que alguna vez los tuve. Por fortuna, a los cinco meses de navegación, el maldito barco se desmoronó contra un bloque de hielo que flotaba frente a la costa canadiense. Nos rescató un guardacostas y desembarcamos en Vancouver. El Fondo de Socorro Marino nos dio algún dinero para ir viviendo unas semanas. Fue, entonces, cuando un canadiense lunático me convenció de intentar lo de la mina de Cocora.

Muchos otros recodos de la vida, en los que recordaba haber pasado crisis peores que la que por entonces me agobiaba, fueron evocados esa tarde, sin resultado alguno, como es obvio. Resolví salir a la calle para andar un poco y aprovechar el buen tiempo. Dejé las callejas con los bazares hindúes y me iba acercando a la zona de los grandes hoteles cuando, sin señal alguna que lo precediera, empezó a caer un aguacero que bien pronto se convirtió en verdadera tromba que amenazaba arrastrar con todo. Me guarecí en la primera entrada que encontré. Se trataba de un pequeño hotel con ciertas pretensiones de lujo, en cuyo vestíbulo, fuera de las sillas de costumbre y las mesas con periódicos y revistas más o menos atrasados, había algunas máquinas tragamonedas alineadas en el costado que daba a la piscina y al patio principal. Traté de no hacerme muy notorio, aunque el lugar parecía desierto. No solamente estaba empapado, sino que mis ropas hacía mucho habían perdido la última oportunidad de ser presentables.

La vi de espaldas, manipulando una de las máquinas que producía toda suerte de sonidos y campanilleos anunciadores de un acierto en las figuras. Dudé un instante. Era casi imposible que estuviera en Panamá, si me atenía a las últimas noticias que de ella tenía. Me acerqué y volvió el rostro con esa expresión tan suya de regocijada sorpresa que a cada instante le afloraba con cualquier pretexto. Sí, era ella. No cabía la menor duda:

—¡Ilona! ¿Qué haces aquí? —acerté a decirle torpemente.
—¡Gaviero loco! ¿Qué diablos haces tú en Panamá?

Nos abrazamos y luego, sin decir palabra, fuimos a sentarnos en un pequeño bar que había en el patio, protegido por una marquesina invadida por enredaderas. Pidió dos vodkatonics. Se quedó mirándome un rato que pareció interminable. Luego, me dijo con un tono en el que se insinuaba cierta alarma casi piadosa:

—Ya veo. No andan bien las cosas, ¿verdad? No, no me cuentes ahora nada. Tenemos todo el tiempo del mundo para ponernos al día. Lo que me preocupa es encontrarte precisamente en el lugar en donde jamás debieras haber anclado. De aquí no sale nadie y menos si llega hasta donde veo que tú has llegado. Aquí hay que estar de paso, nada más. Sólo de paso. Pero, dime, allá adentro, ya sabes a lo que me refiero, allá, en el fondo, donde guardas lo tuyo, ¿cómo está todo? —me miraba con atención de pitonisa fraterna, de hembra que conoce muy bien al hombre al que interroga.

—Eso, ahí —le contesté con voz que a mí mismo me sorprendió por regocijada y serena—, sigue muy bien. Todo en orden. Lo malo es lo otro. Lo de afuera. Tienes razón, aquí era justamente donde no había que vararse, pero así sucedió, no tuvo remedio. Tengo dos dólares en el bolsillo y son los últimos. Pero ahora que te veo, que te siento aquí, frente a mí, te confieso que todo eso se convierte en un pasado que se esfuma en este instante gracias al vodka, al olor de tu pelo y al acento triestinopolonés de tu español. Vuelvo otra vez a sumergirme en algo muy parecido a la felicidad.

—Muy mal deben andar las cosas para que te pongas sentimental y galante. Además, no te va —comentó riéndose con ese sarcasmo que solía usar siempre para esconder sus sentimientos. Entrábamos de lleno al tono normal de nuestras relaciones, hecho de un humor que, a menudo, podía llegar a lo macabro y de la regocijada constatación de los lazos que nos unían y de los saltos de carácter que, sin separarnos, acababan siempre lanzándonos hacia caminos opuestos.

Con las monedas que había ganado pagó la nota de las bebidas, dejó una propina de rajá y se puso de pie. «Ven —me dijo—, sube a secarte la ropa y a darte un baño. Pareces amante de gitana pobre». La seguí hasta el ascensor y subimos a su cuarto. Me obligó a entrar en la tina llena de agua caliente y metió mi ropa en una bolsa de lavandería del hotel. Me afeité con el rastrillo con el que se rasuraba las piernas. Por las ventanas abiertas tornaba el calor espléndido después de la lluvia, que otra vez se alejaba manchando el mar con una ceniza sombría. Se acostó a mi lado en la gran cama doble y comenzó a acariciarme, mientras murmuraba a mi oído, con voz profunda imitando la del benedictino que nos guio una vez por la Abadía de Solesmes: «Gaviero loco, Maqroll jodido, Gaviero loco,

Maqroll ingrato», y así hasta que, entrelazados y jadeantes, hicimos el amor entre risas; como los niños que han pasado por un grave peligro del que acaban de salvarse milagrosamente. Con el sudor, su piel adquiría un sabor almendrado y vertiginoso. La noche llegó de repente y los grillos iniciaron sus señales nocturnas, su cántico pautado de silencios irregulares que recordaban el ritmo de alguna respiración secreta y generosa del mundo vegetal. Por las ventanas abiertas entraba un olor a tierra mojada, a hojarasca que empieza a descomponerse. La música de un restaurante chino, contiguo al hotel, nos recordó un episodio compartido en Macao del que salimos vivos de milagro. Ninguno de los dos lo mencionó. No hacía ninguna falta.

Ilona. Todo un personaje, la mujer. Cuántas cosas he vivido a su lado y cuántas podían aún sucederme en su compañía. Había nacido en Trieste de padre polaco y madre triestina, hija de macedonios.

—Pronuncia bien. Así, mira: Thesaloniki, apoyando la lengua bajo los dientes delanteros. Ilona Grabowska, *Grande famille* —solía comentar con sorna. El apellido pasaba por distintos avatares, según las circunstancias. En cierta ocasión la encontré en Alicante, circulando como Ilona Rubinstein. Cuando le comenté que estaba exagerando un poco, arguyó razones que tenían que ver con un complejo negocio de tapetes que habíamos emprendido para decorar un banco de Ginebra y, en verdad, el apellido ayudaba al asunto por las vías más inesperadas. Era alta y rubia. Tenía ademanes un tanto bruscos. El pelo corto, color miel, se lo acomodaba constantemente con un gesto de la mano que la hacía reconocible a primera vista, aunque estuviera a mucha distancia. Cuando la vi en el vestíbulo, ella tenía las manos ocupadas en el tragamonedas y de allí mi desconcierto momentáneo. A los cuarenta y cinco cumplidos sus piernas esbeltas y firmes avanzaban imprimiendo al cuerpo ese elástico balanceo propio de los adolescentes. El rostro redondo, los labios sobresalientes y bien delineados denunciaban la sangre macedónica. Los dientes delanteros grandes y ligeramente prominentes le daban una perpetua expresión burlona e infantil. La voz, algo ronca, pasaba de los acentos graves a una gama cantarina cuando deseaba afirmar algo con énfasis o relatar algún hecho que la emocionaba especialmente. Nunca se le conoció un hombre por mucho tiempo. Pero conservaba con sus amigos, algunos de los cuales habían sido amantes ocasionales, una lealtad a toda prueba y una preocupación por lo que pudiera sucederles que llegaba, a menudo, hasta el sacrificio. No tenía la menor idea del valor del dinero y lo usaba indiscriminadamente sin parar mientes en quién era el dueño. Tampoco tenía apego alguno por las cosas, de las que podía prescindir con una facilidad instantánea. La vi una vez quitarse una bella pulsera que compró en Estambul, para dársela a un chofer que nos había llevado hasta Mendoza a través de los Andes, por una carretera prácticamente intransitable. Había algo que la sacaba de sus casillas, era la tontería, la necia estulticia mezclada con la pomposa suficiencia, tan comunes entre gentes apegadas a las opacas rutinas de la pequeña burguesía y que suelen también pulular en la burocracia, idéntica en los cinco continentes. A un infeliz gerente de banco en Valparaíso, que intentó dictarle cátedra sobre la imposibilidad de hacer un giro al exterior, le soltó, de repente, en voz tan alta que oyeron hasta los que pasaban por la calle: «Váyase a la mierda con todo y sus anteojitos de moldura dorada y sus "transacciones bancarias reguladas", ¡huevón!», y le volvió la espalda después de hacerle una seña con el brazo que dejó al hombre aún más perplejo.

La conocí en una *crêperie* de Ostende, donde me había refugiado huyendo de la lluvia. Una de esas lloviznas heladas, menudas, persistentes, típicas de Flandes, que nos dejan empapados en segundos sin que nos demos cuenta. Entró poco después de mí. Yo me hallaba sentado en una frágil mesita, recostado en la vidriera que daba al muelle, saboreando una crepa con ricotta. Ella, sin verme, sacudió la cabeza para secarse el pelo y el agua me cayó encima. «¡Ay, perdone! Me da la impresión de que le arruiné la crepa. Pidamos dos y lo acompaño mientras cesa de llover». Era imposible negarse a una invitación hecha con tan cordial desenfado. Nos hicimos amigos. Vivimos juntos varios meses, andando por los puertos de la Mancha y de Bretaña, enfrascados en un complejo negocio de contrabando de oro. Idea de un austriaco que fue su amante y había caído en manos de la policía en Zurich. «Quiso involucrarme en otras estupideces suyas, cometidas en New York. Se portó como una rata, pero la idea del oro puede funcionar por un tiempo». Con esas palabras había liquidado el asunto del austriaco. Nunca lo volvió a mencionar. Tenía esa capacidad de olvido absoluto para quienes habían violado las leyes no escritas que imponía a la amistad y que se extendían, en buena parte, a toda relación de negocios o de cualquier orden que se le presentara en la vida. Terminamos instalándonos en Chipre y allí se nos unió Abdul Bashur. Traía la idea de los banderines de señales para la marina mercante que, con leves modificaciones en sus formas y colores, servían a los contrabandistas para comunicarse entre sí y darse el alerta sobre las actividades de los guardacostas. Lo ensayamos con el *Hansa Stern* de Wito y con dos cargueros libaneses y el asunto marchó a la perfección. Ilona acabó estableciendo con Bashur una relación amorosa en la que tomaba un tono protector y mi buen Abdul jugaba a que eso le parecía lo más natural del mundo. Él, que dominaba hasta las más intrincadas y laboriosas artes de la astucia que suelen practicar los levantinos desde niños. Como sólo Ilona sabía hacerlo, todo sucedió sin la menor dificultad entre nosotros y sin que la antigua y mutua consideración que a Bashur y a mí nos unía sufriera menoscabo alguno. Me instalé un tiempo en Marsella para promover lo de las señales y ellos se fueron a Trieste a liquidar una herencia de nuestra amiga. Herencia que luego se evaporó entre impuestos y multas pendientes que pesaban sobre la propiedad en litigio. «Yo que creía —comentaba Ilona— que iba a heredar al menos el castillo de Miramar. Sólo me tocaron las deudas de la cabaña del guardabosque», y soltaba su risa estrepitosa y jocunda.

No volvimos a vernos por varios años hasta que, un día, me la encuentro al subir al ferry que lleva a la isla de Man. Caía esa permanente lluvia escocesa que tanto ayuda a resaltar los verdes de la vegetación y ataca los bronquios con implacable puntería. Nos refugiamos en una modesta pensión de Ramsey, yo con cuarenta de fiebre y una laringitis que me mantenía mudo y ella aprendiendo a tejer unos improbables suéteres, cuyas mangas jamás lograban coincidir. De allí nos rescató Wito, enviado por Abdul. Viajamos a Rabat para curarme los bronquios e iniciar lo de las alfombras para el banco de Ginebra. Ilona viajó luego a Suiza y meses después nos dimos cita en Alicante. Fue allá donde la hallé transformada en Ilona Rubinstein.

Tenía la condición de aparecer y desaparecer de nuestras vidas. Al partir, lo hacía sin que pesara sobre nosotros ninguna culpa ni hubiera, de nuestra parte, motivo para llamarnos a engaño. Al llegar, traía una especie de renovada provisión de entusiasmo y esa capacidad tan suya de disipar, en un instante, todas las nubes que se hubieran acumulado sobre nosotros. Con ella se partía siempre de cero. La inagotable provisión de recursos que tenía a la mano para salir del mal paso nos daba la impresión de que a su lado inaugurábamos cada vez la vida con todos los obstáculos resueltos providencialmente.

Le conté el episodio del *Hansa Stern* y la muerte de Wito. «Ya lo sabía —se limitó a decir—. Lo sabía desde cuando lo vi por primera vez. A la vida no le gusta que la traten así, como si estuviera sentada en el banco de la escuela». Terminé relatándole mis intentos en Panamá para hallar la salida del túnel en que me encontraba. La historia del cochero vienés le produjo una hilaridad incontenible. «Los conozco muy bien —comentó—. Me parece verlo. Lo miran a uno como si no fuera a pagar. En Trieste quedaban algunos. Los veía cuando iba a la escuela de mano de mi padre. Siempre se quitaban el sombrero al saludarlo y le decían con mucho respeto y esa voz gruesa de bajo ruso: "Buenos días, señor conde". Ya sabes que mi padre no era conde, desde luego, pero en Trieste todos lo llamaban así por su porte y sus ademanes de oficial de lanceros». Cuando le conté de Abdul y las libras que me facilitó, justo cuando él mismo pasaba por malos tiempos, se limitó a mover la cabeza y a sonreír cariñosamente, como indicando que conocía de memoria esa fase entrañable de nuestro común amigo. Al terminar mi historia, que ella había insistido en escuchar antes de relatar la suya, Ilona se puso de pie, fue a darse una ducha y regresó envuelta en una toalla. Sentada a los pies de la cama, frente a mí, comenzó, con una expresión entre seria y ausente: «Lo mío es más sencillo, Gaviero, y menos interesante. Después de lo que tú llamaste la "operación alfombra" y te fuiste al Perú con la necedad esa de las canteras de Chiclayo, viajé a Oslo donde vive una prima que tiene un negocio de artículos de belleza fabricados a base de algas marinas. Una historia de esas que los franceses llaman *à dormir debout*. Allí pasé dos años como socia suya. Un fracaso, como era de esperarse. A quién se le ocurre un negocio de esa especie en un país en donde más de la mitad del año es de noche y las mujeres tienen piel de niña y estatura de artillero. En Oslo volví a encontrar a Eric Bandsfeld, aquel luxemburgués que quería casarse conmigo en Chipre y a quien tú pasaste toda una noche explicándole que yo no sería nunca esposa de nadie y que llevaba ya quemada media vida en cosas muy diferentes a las tareas del hogar. Parece que lograste convencerlo, a pesar de su sajona tozudez incorregible. En esta ocasión llegó con intenciones un poco menos ambiciosas y lo acompañé en dos viajes a Hong-Kong. Seguía con el asunto de las perlas, que le había dado tan buenas ganancias cuando lo conocimos. Las cosas cambiaron y tuvo que mudar de actividad. Instaló en Bruselas un restaurante vegetariano. Al comienzo, aquello fue como las cremas de algas en Oslo, pero luego, las belgas entraron por el aro de las dietas para adelgazar. Bien lo necesitan, ya las conoces. Eric se instaló allí definitivamente con una mina de oro en las manos. Me fui al África del Sur y puse un cabaret con *striptease* que trataba de copiar el Crazy Horse. Todo marchó bien hasta cuando comenzaron los problemas raciales. Las autoridades me exigieron que despidiera a dos preciosas haitianas que imitaban un acto de amor mientras una hablaba por teléfono. Era el número fuerte del negocio. Preferí liquidar y regresé a Trieste. Bueno, no te voy a contar todo en detalle. Dos o tres aventuras de rutina, de esas que uno comienza a sabiendas de que no van a funcionar y, sin embargo, se lanza de cabeza para hacer algo, por pura inercia y porque tal vez aquello sirva de puente para entrar en otra cosa; en lo nuestro, ya sabes. Un año después fui a las islas Canarias con un fulano que se decía niño rico, heredero de una fortuna en Tenerife. Ni niño, ni rico, ni herencia. Un imbécil con muy buena planta. Tenía más conversación un poste de telégrafo. Pero en Canarias encontré una viuda húngara, quien me propuso que instaláramos en Panamá una *boutique* de modas con modelos auténticos de los grandes modistos y ropa interior también de marcas muy exclusivas. Nada de piezas de segunda ni falsificaciones. Me explicó que Panamá ya estaba listo para esa clase de negocio. De los países vecinos acudían cada vez más clientas ricas, con gusto exigente y refinado. No ya la clase media que hasta ahora pasaba por aquí. Nos pusimos de acuerdo, tan de acuerdo que terminamos en la cama. En ese campo debo reconocer que era maestra. Pero cayó en la tontería de enamorarse en serio, con escenas de celos, llantos y dramas en *magyar* que ahuyentaban la clientela y me dejaban agotada y sin ánimos para nada. Ya sabes aquí cómo actúa el clima sobre los nervios, acolchándolos, forrándolos en una especie de espuma elástica que hace que las señales del mundo exterior lleguen tarde y apagadas. Me costó mucho convencerla de que yo no era la persona que ella había forjado en su calenturienta imaginación y que tampoco tenía vocación para instalarme en una pesadilla. Yo no había tenido otra intención que pasar algunos ratos divertidos y nada más. Puso el grito en el cielo. Liquidamos el negocio. Hace dos semanas regresó a Londres. Iba resuelta a reanudar un viejo amor con una pianista chilena a la que una vez le disparó. No le dio, por suerte, pero tuvo serios conflictos con la policía inglesa. Y, bueno, aquí me tienes. En este Hotel Sans Souci, con una cuenta en el Indian Trade National Bank que me permite vivir, sin mayores lujos, desde luego, pero tampoco acosada por la miseria. Ahora, te propongo una cosa: vamos al Miramar mañana, pagamos tu cuenta y traes aquí tus cosas. Si es que tienes algo porque, viendo lo que tenías puesto, me imagino que no queda mayor cosa. Hacemos una sociedad, como siempre. Repartimos lo que ganemos como producto de nuestros reconocidos talentos y ya veremos. ¿De acuerdo?». Ni siquiera necesité responderle que sí. Era el mismo trato que nos había unido en otras ocasiones ya fuera con mi dinero o con el suyo. Bien sabía que iba a funcionar sin tropiezos. Como siempre.

Al día siguiente fuimos, en efecto, al Hotel Miramar, pagamos la cuenta y recogí un par de camisas, unos zapatos tenis intransitables y unos pantalones de mezclilla, informes y manchados de aceite, que guardaba, más por agüero y cariño que con intención de usarlos. Era de mis días de New Orleans y del *Hansa Stern* y no quería salir de ellos. Hay prendas que adquieren el valor de amuletos. Suponemos que nos protegen contra el desastre y por eso jamás me desprendo de ellas y de sus hipotéticos poderes propicios nunca probados.

La vida con Ilona se cumplía indefectiblemente, en dos niveles o, mejor, en dos sentidos simultáneos y paralelos. Por un lado, había un estar siempre con los pies en la tierra, en una vigilancia inteligente pero nunca obsesiva de lo que nos va proponiendo cada día como solución al rutinario interrogante de ir viviendo. Por otra, una imaginación, una desbocada fantasía que instauraba, en forma sucesiva, espontánea y por sorpresa, escenarios, horizontes siempre orientados hacia una radical sedición contra toda norma escrita y establecida. Se trataba de una subversión permanente, orgánica y rigurosa, que nunca permitía transitar caminos trillados, sendas gratas a la mayoría de las gentes, moldes tradicionales en los que se refugian los que Ilona llamaba, sin énfasis ni soberbia, pero también sin concesiones, «los otros». ¡Ay de aquel que, a su lado, mostrara la más leve señal de ajustarse a esos modelos! En ese instante cortaba todo nexo, toda relación, todo compromiso con quien hubiera caído en tan imperdonable debilidad y jamás volvía a ser mencionado. Iba a sumarse a «los otros», es decir, no existía. Para quienes habíamos vivido con ella algún tiempo, una mirada suya bastaba para indicarnos que estábamos acercándonos a la zona de peligro. Abdul contaba, al respecto, una anécdota que ilustra muy bien este principio de nuestra amiga: en cierta ocasión en que viajaban juntos, Abdul quiso enviar a un socio suyo, en un negocio en donde todas las ventajas habían sido para éste, una tarjeta postal para agradecerle la hospitalidad en una quinta de veraneo que les había facilitado en la isla de Khyros para pasar el verano. Cuando le alargó la postal a Ilona para que ella también pusiera su firma, ésta lo miró a los ojos un instante y regresó al baño en donde se estaba peinando. No dijo una palabra, Abdul rompió la postal y tiró los pedazos en el escusado. El asunto no se comentó sino varios meses después, cuando los encontré en Marsella. Comíamos en el puerto una langosta preparada con aceite de oliva y ajos, acompañada de un humilde Muscadet que tenía, sin embargo, una alegría reconfortante, marina y escueta. Abdul relató el incidente en tono regocijado y burlón. Ilona reía también, pero cuando Bashur terminó, se nos quedó mirando con expresión de Minerva enojada y se limitó a comentar:

—Estuvo en peligro muy grave este libanés con su cortesía mal *placée*. Se jugó la cabeza.

—Lo supe al instante —dijo Bashur ya un poco menos regocijado, tomando un buen trago de vino para disimular el fugaz pánico que sembraron las palabras de Ilona.

Los días iban pasando tranquilamente. Las lluvias se fueron espaciando y entramos de lleno al verano soberbio del istmo que tiene para mí secretas y muy eficaces virtudes de exaltación. Mencioné un día el asunto de nuestras economías e Ilona comentó: «Mira, vamos a olvidar por ahora el asunto. Si nos preocupamos por esto, ya sabes de sobra que no va a aparecer la solución. No hay prisa, además. Sí, ya sé, éste no es lugar para quedarse toda la vida. No existe, por lo demás, semejante sitio. Al menos para nosotros. Lo malo de las crisis como la que acabas de sufrir es que minan esa confianza en el azar, esa fe en lo inesperado, que son condiciones esenciales para encontrar la salida. Deja que pasen las cosas, ellas traen escondida la clave. Si se busca, se pierde la facultad de descubrirla». Tenía razón. Me di cuenta, entonces, de lo profundo de mi caída y de hasta dónde ésta había entorpecido y paralizado los resortes del mecanismo que otorga una ciega confianza en nuestro sino. Esa certeza propicia que tantas veces me había rescatado de tremedales aún peores que este del que escapaba gracias a Ilona y a la lluvia que la había traído.

Hacíamos el amor por las tardes, con la lenta y minuciosa paciencia de quien levanta castillos de naipes. Después del torrencial y liberador derrumbe de las cartas, nos lanzábamos a evocaciones de comunes amigos, de lugares compartidos y disfrutados en otras épocas, de platos inolvidables saboreados en rincones sólo por nosotros conocidos y de tempestuosas borracheras que habían terminado, indefectiblemente, en las estaciones de policía o en las capitanías de los puertos. En ambos lugares, todo se arreglaba gracias a una eficaz y alternada sucesión de sofismas en los que éramos maestros. Una noche nos atacó una crisis de risa incontenible al recordar esa madrugada en Amberes en la que fuimos a parar a la delegación de policía. Allí, un apacible gendarme belga, de grandes bigotes cobrizos y entrecanos, miraba a Ilona con ojos atónitos y trasnochados, mientras ésta le explicaba, muy seria, que yo era hermano suyo y que acababa de rescatarme de un sanatorio psiquiátrico en el que me habían recluido los patrones del barco en donde era maquinista segundo. Trataban de quedarse con la indemnización a que tenía derecho terminado mi contrato. El pobre flamenco se rascaba la cabeza con un lápiz, mientras nos observaba con una incredulidad que podía resolverse, de un momento a otro, en una multa considerable o en varios días tras las rejas. Al fin nos pidió que nos largáramos y no volviéramos a aparecer por allí. Cosa que obedecimos, desde luego, al menos en parte. No volver a Amberes era impensable porque entonces usábamos ese puerto como base de nuestras incursiones por la costa bretona y el Cantábrico. Y así, una tarde tras otra, íbamos recorriendo nuestros días en común o con amigos como Abdul a los que nos unía la solidaridad imbatible de quienes no quieren el mundo como se lo dan sino como ellos se proponen acomodarlo.

Si bien el pacto de no hablar ni ocuparnos de nuestras finanzas era respetado rigurosamente, los dos sabíamos que la cuenta del Indian Trade National Bank se iba mermando sin remedio. No era para alarmarse, pero llegaría el momento en que el saldo restante representara, precisamente, el último recurso para salir de Panamá. Antes de que tal cosa sucediera, había que encontrar esa solución mágica que siempre nos había salvado y en la que teníamos, Ilona sobre todo, una fe muy semejante a la que sostiene al equilibrista en mitad de su trayecto. Fugaces alusiones, breves silencios, comentarios que rozaban la tangente de lo inmencionable indicaban que a los dos nos preocupaba el asunto, a tiempo que conseguíamos que no interfiriera el ritmo de vacaciones sin término que les habíamos impuesto a nuestros días. En la mañana, horas de sol en la piscina del hotel; al mediodía, almuerzo en La Casa del Marisco o en el Matsuei, cuyo surtido de sushi era algo más que estimable; tarde de siesta y erotismo diluido en nostalgias regocijantes y, en la noche, recorrido por casinos de los grandes hoteles, más para ver a la ávida clientela de orientales y suramericanos perder su dinero como si estuvieran en Montecarlo pero con maneras de metecos irredentos. La noche terminaba en algún cabaretucho de segunda clase en donde, con un esfuerzo de imaginación bastante estético, se desnudaban mujeres cuya nacionalidad jugábamos a adivinar, casi siempre sin éxito: la «despampanante chilena» que anunciaba el presentador resultaba una muy trajinada pupila de un burdel de Maracaibo, la «sensual argentina» irremediablemente confesaba ser de Ambato o de Cuenca y, a veces, de Guayaquil, pero siempre ecuatoriana. El colmo de nuestro despiste fue la noche en que apostamos que la «picante uruguaya» era colombiana y resultó ser, en efecto, de Tacuarembó. La variedad de lugares no era mucha, es cierto, y, menos aún, la de mujeres en el escenario. Nuestras incursiones en ese mundo se fueron espaciando y preferíamos quedarnos en algún tranquilo bar del Hilton o del

Roosevelt, tomando, sin prisa y sin pausa, cocteles que sometíamos a una ligera modificación de su fórmula original. El heterodoxo resultado era sometido a una meticulosa escala de valores. Allí nació el vodka martini bautizado como Panamá Trail y al que, en vez de Noilly Prat, le agregábamos *kirsch*. Producía una lenta euforia que nos llevó a consagrarlo como uno de los más logrados hallazgos en nuestra larga carrera de alcohólicos confesos, fieles a una ya más que probada doctrina de gustos y reglas laboriosamente conquistados.

Los primeros y apenas perceptibles signos de la necesidad de cambio en la rutina que estaba haciéndose ya más larga de lo tolerable comenzaron a surgir en forma soterrada pero cada vez más evidente. En vez de bajar a la piscina, nos quedábamos en la cama prolongando un sueño improbable, con caricias eficaces pero hasta cierto punto invocadas como pretexto para permanecer en el cuarto. Los bares no tenían la barroca densidad de posibilidades que espera quien ha frecuentado los puertos del Mediterráneo. Hay un momento en que la falta de un buen *blanc cassis* o de un auténtico *negroni* puede llegar a perturbar el ánimo. Igual sucede cuando se nos antoja ese oportuno *arak* con hielo, que tratábamos de substituir con sucedáneos que sólo sirven para irritar aún más la frustrada apetencia. Antes de que la situación alcanzara un grado crítico que nos hubiera puesto ante la necesidad de una solución radical, Ilona tuvo una de sus iluminaciones.

Villa Rosa y su gente

Estábamos una tarde en la terraza que prolonga el vestíbulo del Panamá Hilton, tomando cervezas Tuborg que un mesero, con el que estábamos en los mejores términos, nos consiguió merced a un sortilegio muy infrecuente en ese lugar. El calor reverberaba en el pavimento hasta deformar la imagen de los taxis que esperaban algún posible cliente con ánimo para salir de compras bajo semejante sol de justicia. Dos minibuses se detuvieron en la entrada y de ellos bajó la tripulación completa del DC-10 de Iberia que hace escala en Panamá. Nos quedamos mirando esos tipos tan inconfundiblemente españoles a los que el uniforme no acaba de sentar. «Ningún uniforme puede irle bien a un español —comentó Ilona, siguiendo alguna observación que hice al respecto—. Tienen demasiado carácter, son demasiado romanos de la época de Trajano, para conseguir enfundarlos en esas ropas que llevan tan bien, en cambio, los sajones, que acaban pareciéndose todos entre sí con esa monotonía que los hace anónimos. Esta jefa de aeromozas, por ejemplo, te apuesto a que se llama Maite, vive en Madrid, que no le gusta, tiene un hermano en la marina mercante y otro pelotari». Le comenté que tal vez exageraba un poco. De todos modos, no había manera de confirmar sus conjeturas. No iba a ser yo quien fuera a preguntar a la espigada y elegante trigueña de tez tostada y anchos hombros cosas tan personales. Ilona sonrió vagamente sin ponerme mucha atención. De pronto había adquirido ese aire de concentrada ausencia, anuncio indefectible de que empezaba a tramar alguna de sus famosas conspiraciones. Terminamos la cerveza y nos fuimos al Matsuei para intentar un buen Buta Dofu que nos alejara del ya demasiado familiar sushi. Hablamos poco durante la comida y menos al regresar al hotel. Nos tendimos en la cama, desnudos, con las ventanas abiertas en busca de una improbable brisa. Por el silencio de Ilona me di cuenta de que no era tiempo de ejercicios amatorios. Me interné en un sueño profundo, inducido por la cerveza del Hilton y el sake del restaurante japonés. Cuando me desperté, caía la tarde y los grillos empezaban a ensayar sus indescifrables señales vespertinas. Ilona estaba en la ducha. Intentaba cantar una canción polaca reemplazando las palabras olvidadas con un tarareo aproximado. Salió envuelta en una toalla con jeroglíficos egipcios que había comprado en el Bazar Ben-Rabí y que resultó hecha en San Salvador. «De todas maneras la calidad es excelente», comentó con la convicción de quien no se resigna a haber sido engañado. Se sentó a los pies de la cama, como siempre que quería plantear algo serio y, mientras se pasaba un cepillo por el pelo, comenzó a exponer el plan forjado durante la comida y madurado, seguramente, mientras yo dormía:

—Maqroll —me dijo—, tengo ya la idea de cómo vamos a salir de aquí con dinero suficiente y sin mucho trabajo. Es decir, sin mucho trabajo del que no nos gusta ni vale la pena intentar hacer. Ponme atención y no me interrumpas. Cuando termine, me dices qué te parece. Escucha: se trata de poner una casa de citas a la que asistirán exclusivamente aeromozas de las compañías de aviación que pasan por Panamá y de otras muy conocidas. No, no pongas esa cara. Ya sé en lo que estás pensando. Desde luego que no serían verdaderas azafatas. Todavía no estoy tan mal de la cabeza. Reclutaremos muchachas dispuestas a entrar en el negocio y cuya apariencia pueda hacerlas pasar por auténticas *stewardess*. Mandaremos hacer uniformes. Se las someterá a cierta preparación previa: vocabulario del oficio, rutas de su compañía, personas que componen la tripulación, anécdotas de la rutina del servicio y de la vida en tierra, etcétera. Para conseguir las primeras candidatas, dispongo de una lista de clientas de la *boutique* que teníamos con Erzsébet Pásztory. Había algunas que estaban ya en la vida galante, como decía mi padre, y otras con una marcada vocación para ello. Para atraer a los clientes contamos con dos grupos de colaboradores, listos a participar mediante una suma de dinero que periódicamente les daremos: los barman de los hoteles a quienes hemos sometido a la heterodoxia alcohólica y los capitanes de botones de los mismos hoteles, muchos de los cuales ya prestan ese servicio de información a los huéspedes. Sí, ya sé, todo se haría con una discreción rigurosa. De todos modos, tarde o temprano aparecerá la policía. También en la *boutique* adquirí cierta experiencia al respecto. Algunas de las muchachas tendrán que sacrificarse en aras del negocio. Algún dinero, estratégicamente colocado, hará el resto. La casa hay que buscarla cerca de los hoteles, en una zona que, siendo residencial, cuente ya con almacenes, restaurantes y uno que otro club nocturno. Cerca de este hotel he visto varias calles que cumplen con ese requisito. Buscaremos con cuidado. Sí, los propietarios, cuando se enteren de qué se trata, van a quejarse. Yo preferiría encontrar un dueño con el cual se pueda hablar francamente. El movimiento de la casa será sumamente discreto. Dos o, a lo máximo, tres chicas a la vez. Desde luego no habrá baile y la música en cada cuarto tendrá volumen controlado por nosotros. Las muchachas se vestirán dentro de la casa, antes de llegar los clientes. Éstos asistirán siempre con cita previa hecha por teléfono. Ellas no descenderán del taxi o del automóvil frente a la casa, sino en la esquina más cercana. Siempre una a la vez, nunca en parejas, ni acompañadas por amigos, maridos o lo que sea. Habrá que prever, a la larga, alguna queja de las compañías aéreas. No pueden ir muy lejos y te voy a decir por qué: los uniformes no serán exactamente iguales a los que usan las *stewardess* auténticas. Se harán algunas modificaciones. Si el cliente pregunta, se le explica que es un nuevo uniforme que se está ensayando en ciertas rutas. El pago. La muchacha recibe lo que el cliente quiera darle, como es obvio. Pero el cliente, al llegar a la cita y antes de pasar a la habitación, tendrá que dar a la casa cien dólares. La chica nos pagará a su vez una mensualidad fija, no importa el número de clientes que haya tenido. Si un cliente se encapricha con una de las pupilas, trataremos, en lo posible, de inventar dificultades para una nueva cita con ella: le asignaron otra ruta, está de vacaciones, asiste a un curso de entrenamiento en Miami o en Tampa, cualquier disculpa que suene muy profesional y lógica. Se trata de espaciar los encuentros, no de impedirlos rigurosamente. Si el cliente quiere estar con dos mujeres, se le dirá que eso es imposible porque ellas cuidan mucho el secreto de sus escapadas y no querrán ser vistas por compañeras, así sean de otra compañía. Esto, en principio. Un cliente conocido y ya de confianza podrá gozar de ventajas excepcionales. Ahora, te escucho.

Estaba atónito al ver cómo Ilona planeó todos los aspectos de la operación. Había olvidado sus talentos en ese campo. Así se lo comenté y sólo se me ocurrió agregar algo que, en verdad, me preocupaba mucho más que la mecánica misma del negocio, que veía enteramente viable y de indiscutible solidez.

—Me aterra —le dije— pensar que vamos a permanecer en Panamá por tiempo indefinido, en caso de que esto prospere. No voy a quedar aquí anclado toda la vida. Si Abdul levanta cabeza en sus negocios hay con él muchos planes por delante. Además, ya estoy un poco saturado del ambiente. Aquí no pasa nada. Es decir, pasa todo, pero no lo que me interesa.

—En eso estamos plenamente de acuerdo, Gaviero —contestó Ilona poniendo el cepillo sobre la cama—. Tampoco yo me voy a quedar aquí el resto de la vida. Me conoces lo suficiente para saber que si esto ya te tiene harto, a mí me tiene hasta aquí —se pasó la mano por la frente con brusquedad enfática—; pero se trata precisamente de reunir el dinero suficiente para salir de Panamá habiendo aprovechado, al menos, el tiempo invertido aquí. Justamente para poder iniciar con Abdul algo que valga la pena, necesitas contar con buen dinero. Ya sabes cuáles son sus planes. En el fondo él siempre ha soñado con ser un pequeño Niarkos —no pude menos de reír con esa observación tan acertada sobre las ambiciones de nuestro buen amigo. Acertada e irónica, porque Abdul nunca saldría, al igual que nosotros, de saltar de un expediente a otro, sin jamás cumplir sus sueños. Sueños que nosotros hacía mucho tiempo prescindimos de forjar. Era evidente que la vida reserva siempre sorpresas mucho más complejas e imprevisibles y que el secreto consiste en dejarlas llegar sin interponerles castillos en el aire. Pero Abdul, como buen oriental, seguía fiel a proyectos de grandeza que desplegaba ante nosotros con elocuencia y convicción delirantes. Pero esto era otro asunto. El proyecto de Ilona era imbatible. Por el momento no se me ocurriría ninguna objeción de fondo. Decidimos lanzarnos a la aventura con plena confianza en que serviría eficazmente a nuestros propósitos.

No fue difícil hallar la casa ideal. La dueña resultó ser una viuda ya entrada en años. Al poco rato de conversar con ella, nos dimos cuenta de que tenía un pasado bastante nutrido de episodios erótico-sentimentales, en los que las convenciones no habían sido obstáculo mayor. Esto nos movió a confesarle tranquilamente el uso que pensábamos hacer de la casa. Se limitó a preguntarnos si también íbamos a vivir en ella. Le contestamos que desde luego pensábamos habitarla para darle el aspecto de cualquier residencia familiar respetable y tranquila. Nos pidió tres meses de renta adelantados, en vista de que no contábamos con un fiador que firmara el contrato. Estuvimos de acuerdo en todo y, al poco tiempo, habíamos conseguido decorar y amueblar la casa en un estilo en donde lo obvio se mezclaba con ciertas fantasías meridionales de Ilona que la hacían bastante habitable. En la planta baja había una sala muy amplia provista de chimenea. Ésta, en pleno trópico, nos produjo el mayor regocijo: «Sólo en América, Maqroll, sólo en América es posible semejante aberración encantadora», comentaba Ilona mirando el marco de piedra que adornaba, con esperpéntico barroquismo, esa pretensión de elegancia europea de los constructores. De la sala se pasaba a un comedor que arreglamos como otra pequeña sala en donde los clientes se encontrarían con su pareja. Una puerta plegadiza separaba esta salita más íntima de la principal. Dos habitaciones de la planta baja y un cuarto de la servidumbre se dispusieron como alcobas con baño independiente. En la planta alta viviríamos Ilona y yo, en cuartos separados por un baño común. También compartíamos una terraza que daba a un jardín abandonado de la casa lindante por la parte trasera. En otra habitación, también arriba, se arregló una cocina muy elemental y un bar bien provisto. El problema de la servidumbre lo solucionó Ilona muy fácilmente. La dueña de la casa nos visitaba de vez en cuando para observar las modificaciones que le proponíamos y que ella aprobaba con cierta sonrisa entre regocijada y añorante. Cuando Ilona le mencionó lo del servicio, doña Rosa —así se llamaba la viuda— le dijo que dispusiera de una de las dos negras que tenía en su casa. Vendría todos los días para hacer la limpieza de los cuartos y alguna tarea adicional que se ofreciera en nuestro piso. La solución era ideal. Nos faltaba únicamente un mozo para atender a los clientes. Un muchacho del Hotel Sans Souci, que conocíamos muy bien y nos simpatizaba mucho, aceptó irse con nosotros.

Ilona tenía lo que yo llamaba «raptos bautismales». Consistían en poner a las personas y a los lugares nombres de su invención que quedaban ya consagrados como definitivos. La casa recibió el de Villa Rosa. Al enterarme, debí poner cara de sorpresa, porque Ilona me comentó:

—Ya sé que no puede ser más cursi, pero hay que rendirle un homenaje a la dueña de la casa y a sus muchas horas de vuelo. ¿No crees?

No quedé muy convencido, pero me di cuenta de que sería inútil insistir. El muchacho que contratamos, que tenía el nombre muy común de Luis, pasó a llamarse Longinos. Era pequeño, regordete, moreno, de rasgos muy regulares y un poco afeminados. A primera vista, el apodo de Longinos no le iba para nada, pero, con el tiempo, nos acostumbramos, y él también, a su nuevo nombre. Esto sucedía siempre con los «bautismos» de Ilona; tomaba cierto plazo descubrir su acierto indiscutible y revelador.

Cuando todo estuvo listo, nos trasladamos a Villa Rosa. Ilona entró en contacto con las presuntas azafatas. Hablaba de una «planta básica de disponibilidad inmediata». Me recordó a los políticos y, sobre todo, a los economistas: al ponerle nombre a una determinada actividad, ésta cobra una evidencia irreductible, una vida inmediata y fuera de duda. Quedaba el asunto de los uniformes. Yo di la solución y siempre insistí en que se me reconociera este aporte fundamental. Longinos tenía muchos y muy buenos amigos entre los botones de los hoteles en donde pernoctaban las tripulaciones. Con ellos se confabuló para distraer, por unas horas, los uniformes que las azafatas entregaban para planchar o lavar. Una costurera, que había trabajado en la *boutique* haciendo arreglos en la ropa que se vendía, copió los trajes e introdujo pequeños cambios, de acuerdo con indicaciones de Ilona. A los pocos días el surtido de uniformes estaba listo. Nos dedicamos, entonces, a visitar de nuevo los bares de los principales hoteles. Allí comenzaba una etapa delicada del negocio. Es sabido que la policía está en permanente contacto con los barman, meseros y capitanes de botones que representan una fuente de información invaluable. Se trataba, pues, de interesarlos desde un principio con dinero suficiente como para que no pasaran el dato a las autoridades. Fuimos con mucha cautela. A los pocos días comenzamos a recibir las primeras llamadas. El personal femenino estaba ya medianamente entrenado y el negocio comenzó, con la lentitud que habíamos previsto, pero sin tropiezos mayores y sobre bases muy firmes.

Doña Rosa aparecía periódicamente. Disfrutaba mucho con las anécdotas que le contábamos sobre el que ella llamaba nuestro tráfico de azafatas. Debo confesar que muchas de las cosas que allí sucedieron se han borrado de mi memoria, debido, tal vez, al catastrófico fin, de cuyas consecuencias jamás me repondré cabalmente. Tengo un recuerdo un tanto confuso de todo ese período y sólo me vienen a la memoria algunos rostros, el acento de ciertas voces y uno que otro episodio notable. Las primeras pupilas de la casa fueron cinco. Cada una se ajustaba perfectamente al tipo requerido por la línea aérea que suponía representar. Una rubia nacida en Maracaibo, de padre tejano y madre portuguesa, que hablaba un inglés bastante aceptable, hacía a la perfección el papel de *stewardess* de la Panagra. Una morena de piel color tabaco, facciones de corte clásico y pelo negro liso estirado con un moño que le daba un aire lejanamente andaluz, también cuadraba muy bien con el uniforme que suponía ser de la KLM. Le inventamos unos padres en Aruba y un vago pasado universitario en Barranquilla. En verdad era de Puerto Limón y farfullaba un inglés aceptable. Para las compañías colombianas y venezolanas, el asunto fue mucho más fácil. Con dos panameñas y una salvadoreña, nos arreglamos bastante bien. Todas ellas habían conocido a Ilona en la *boutique*. Ya entonces, le habían insinuado la necesidad que tenían de redondear sus entradas. Salían de vez en cuando con algún hombre de negocios que encontraban en el bar del Hilton o del Continental, pero esto no les bastaba para pagar el vestuario y otros gastos destinados al mantenimiento del barniz de respetabilidad, indispensable para atraer clientes generosos. La fórmula de Villa Rosa venía a resolverles el problema.

Recuerdo cuál fue el primer escollo con el que tropezamos y que fue salvado gracias a una coordinación providencial entre Ilona y Longinos. Una noche, hacia las once, llegó un cliente que había llamado por teléfono en dos ocasiones y al que, por una razón u otra, no fue posible concertarle el encuentro que quería con la azafata de la KLM. Esa noche la cita estaba fijada. Llegó con alguna anticipación. Longinos subió a preguntar por Ilona. Traía los ojos desorbitados por el espanto. No era para menos: el cliente en cuestión trabajaba, al parecer, en la KLM. Longinos lo conocía de tiempo atrás. Lo había visto acompañar las tripulaciones al hotel. Ilona bajó a enfrentar el problema. El asunto no era fácil. En efecto, nuestro huésped había trabajado en el departamento de carga de la KLM. Ya no estaba allí. Tenía su propio negocio en Colón como agente aduanal. Ilona, ganando los minutos que quedaban antes de que llegara la supuesta arubeña, logró enterarse de que se trataba de un enamorado que ardía de celos por un viejo y callado amor de sus tiempos en la compañía holandesa de aviación. Buscaba desesperadamente a una azafata que se había negado siempre a sus proposiciones. Estaba seguro de que era la que venía a Villa Rosa, porque una mujer que leía el tarot se lo había predicho en vagas alusiones que el desesperado amante interpretaba a su manera. Por una clave convenida de antemano con Longinos, Ilona supo que la muchacha esperaba ya en la salita contigua. Le ofreció un whisky al cliente, como cortesía de la casa, y salió para hablar con la mujer. En pocos minutos la hizo cambiar de uniforme y regresar al saloncito. Volvió con el cliente y le explicó que la amiguita de la KLM había fallado. Asistía a un curso de entrenamiento en Amsterdam. Pero lo esperaba una preciosa muchacha de Avensa que venía por primera vez. El hombre se despidió con lágrimas en los ojos, presa de una confusión indescriptible. Balbuceó algunas palabras y pagó la suma correspondiente a la cita que había hecho.

Este incidente nos abrió los ojos sobre posibles complicaciones que podían sobrevenir con gente de las compañías cuyo nombre usábamos.

—Tenemos que usar uniformes de empresas que no estén representadas aquí. Diremos que se trata de tripulaciones en tránsito que van a recoger un avión que se dañó en otro lugar del Caribe —Ilona hallaba siempre esas soluciones instantáneas, en las que ponía una fe irrestricta. Le comenté que esto debilitaba un poco el interés del cliente y podía despertar sospechas sobre la autenticidad de lo que ella llamaba «nuestra oferta básica». Arguyó con leve acento compasivo—: ¡Ay, Gaviero inocente! No sabes las cosas que están dispuestos a creer los hombres cuando se trata de llevarse una fulana a la cama. Si yo te contara...

Otra noche nos llamó el barman del Hotel Regina para informarnos que nos llamaría un cliente muy especial: se trataba de un turco de Anatolia, ciego, inmensamente rico, que manejaba grandes capitales de socios suyos que confiaban en su olfato infalible para hacer inversiones en papeles bancarios, con ganancias considerables. Pasaba la vida en avión, siguiendo el rumbo de sus corazonadas. Quería estar con dos mujeres al tiempo. El hombre llamó al poco rato y le contesté en un turco más bien inexistente. Él siguió en un francés impecable. Me confirmó su deseo y le contesté que al día siguiente lo llamaría para informarle la hora en que podía venir. Lo comenté con Ilona.

—Hay dos problemas —comentó— que no te han pasado por la mente y que son críticos. Primero, si es ciego, vendrá con alguien que le sirve de lazarillo; esto puede arreglarse porque lo hacemos esperar en la sala y las muchachas se encargan del *effendi* anatolio. El otro es que, si ha viajado tanto y tiene debilidad por las *stewardess*, debe conocer los uniformes al tacto. Allí es posible que encuentre su mayor placer, y más si es viejo como parece ser el caso. Los ciegos son terriblemente desconfiados. Cualquier variación en el uniforme le va a despertar sospechas. El cuento de que es un modelo nuevo que se está probando en algunas rutas es posible que no se lo trague fácilmente. Pero ahora es inútil preocuparse. Estaré presente cuando pase a la salita de espera y conozca a las muchachas. Ya veremos. Estos turcos son endiabladamente difíciles pero en Trieste los manejamos a nuestro antojo; de lo contrario nos hubieran comido hace siglos.

El hombre llegó puntual, a las seis de la tarde, como habíamos convenido. Lo acompañaba una mujer que a leguas se veía hermana suya: los mismos cabellos crespos y rojizos, los mismos ojos saltones, en ella color verde botella, en él cubiertos por una nata irisada y blancuzca. El hombre debía tener ya sus ochenta años bien cumplidos, pero ostentaba esa fortaleza levantina que permite estacionarse en una edad que aparentaría los sesenta y cinco. Así llegan, a menudo, a cumplir cien años. Mueren de un paro cardíaco en la cama de alguna amante o detrás del mostrador de su negocio. La hermana era un poco menor y no sonreía jamás. Pidió un té, mientras su hermano pasaba al saloncito acompañado de Ilona. Las dos muchachas que le teníamos reservadas al *effendi* se pusieron de pie. El hombre se acercó a ellas y, tal como Ilona lo había previsto, las recorrió minuciosamente con las manos, tocando cada uno de los botones e insignias del uniforme, deteniéndose en el busto y en las caderas. Al terminar su examen, se volvió hacia Ilona con una sonrisa lenta y maliciosa:

—Está simpático el truco. Muy simpático. Son *stewardess* como yo soy Atatürk. Pero son bonitas y jóvenes, de carnes firmes como nunca se ven en estos lugares. Y usted, señora, es de Trieste, ¿verdad? ¿O de Corfú? No, de Trieste —comentó mientras le acariciaba a Ilona las manos con una delicadeza que no había usado con las pupilas.

—Sí, soy de Trieste —le contestó ella—, ¿cómo lo notó?

—Por el acento, *madame*, por el acento y la piel, sólo las mujeres de Trieste conservan una piel tan elástica y suave. También en Corfú, pero allí hablan con un acento horrible. Bueno, pasemos a la alcoba.

Las muchachas se lo llevaron, una de cada lado, mientras les palpaba las nalgas y el vientre repitiendo en voz baja, en un acento pedregoso no exento de cierta gracia: «Muy buen truco, muy bueno. *Ah, ces triestins, très malins, très malins!*».

La hermana tomaba, mientras tanto, una taza de té tras otra que Ilona le servía en un gran vaso, cosa que a la mujer le agradó mucho. Sólo hablaba un dialecto de Anatolia que no logramos descifrar. Pasada la medianoche apareció el hombre escoltado por las dos mujeres que venían riéndose de alguna broma del turco. Éste fue a tomar el brazo de su hermana y se despidió de Ilona besándole la mano con reverencia muy fin de siglo. Las muchachas se quedaron un rato para tomar café y sándwiches que les trajo Longinos. Eran dos costarricenses recién reclutadas por Ilona. Tenían mucho sentido del humor, se veían desenvueltas y autosuficientes, como muchas de sus compatriotas. Nos relataron con detalle las hazañas eróticas de su cliente. La actuación del vigoroso anciano había sido excepcional. Su pausada sabiduría de harén movió la admiración de las pupilas. El cuento de las azafatas no lo había creído. Desde cuando habló por teléfono tenía ya sospechas al respecto. Pero lo tomó a broma e hizo a sus compañeras de cama una minuciosa explicación sobre las características de cada uniforme de las principales líneas aéreas; lo que vino a probar, una vez más, la justeza de las previsiones de Ilona.

Este episodio nos llevó a prescindir, paulatinamente, de usar nombres de empresas aéreas demasiado conocidas. Era un riesgo innecesario y engorroso. La experiencia nos indicaba que no era siquiera preciso mencionar ninguna compañía en particular. La mayoría de las veces los clientes se contentaban con sospechar que las muchachas eran azafatas. La línea para la que trabajaban era, en verdad, un detalle secundario. Con excepción de la rubia de Maracaibo, la morena del moño agitanado y alguna otra que se ajustaban a ciertas nacionalidades y empresas, el resto del personal acabó por usar una fórmula cuya paternidad también me siento orgulloso de reclamar: bastaba con decirle al cliente que la muchacha aún no estaba contratada en firme por ninguna compañía y que viajaba, para entrenamiento, por cuenta de una escuela de *stewardess* con base en Jacksonville. Ilona, como siempre, había tenido razón; nuestra clientela no estaba tan ávida de verificar la autenticidad de la oferta que se le hacía, siempre y cuando la mujer tuviera ciertos aires de cosmopolitismo, así fueran superficiales y contara con los atractivos que la imaginación del cliente anticipaba con base en la venta hecha por el barman o el capitán de botones del hotel. Como era también de esperar, al poco tiempo la voz fue corriendo entre los agentes viajeros, gerentes regionales en viaje permanente, contadores de firmas americanas y maridos adinerados que viajaban con un pretexto más o menos válido. Entre todos circulaba el teléfono de Villa Rosa, lo que fue haciendo menos necesaria la gestión del personal hotelero. La seguimos conservando por fidelidad y simpatía con quienes nos habían ayudado al comienzo.

Como un acto de simple justicia y gratitud, se hace imperativo hablar un poco más de quien fue adquiriendo en Villa Rosa un papel preponderante que lo hizo no solamente irreemplazable, sino también un compañero cuya inteligente solidaridad obligaba cada día más nuestra gratitud y aumentaba nuestro asombro. Hablo de Luis Antero, Longinos para nosotros. Era natural de Chiriquí. Tenía ese hablar de la gente serrana, entre cantado y seseante, que aumentaba el aspecto infantil, evidente en toda su persona. Era hijo único. Su padre había muerto cuando Longinos contaba cuatro años de edad. Trabajaba en la Empresa de Energía Eléctrica y murió electrocutado al revisar el transformador que había en un poste a la entrada de la ciudad. Todo el día estuvo allí el cadáver humeante, mecido por el viento como un muñeco desgonzado. Era el primer recuerdo de Longinos. Su niñez la pasó pegado a las faldas de la madre. Ella se había ido a vivir con dos hermanas solteras que cuidaban del niño con mimos que lo marcaron para siempre. Lampiño y gordezuelo, sus ademanes tenían un inocultable toque femenino. No era homosexual, pero lo parecía, por haber adoptado, inconscientemente, muchos de los gestos y maneras de hablar de las mujeres con las que se había criado. Tenía un conocimiento infalible de los más secretos y complejos repliegues de la conducta femenina, lo que le valió muchas y muy envidiadas conquistas durante su estada en el ambiente hotelero. A este éxito contribuyó, además, una discreción a toda prueba, que no transgredía aun en las situaciones más comprometidas. Si le mencionaban el nombre de alguna de las conquistas que se le atribuían, ponía una tan convincente cara de inocencia y de extrañeza ante algo que le parecía tan improbable, que lograba engañar a quien no lo conociera como nosotros, sabedores de sus artes tan sutiles como ocultas. Longinos, al poco tiempo de estar en Villa Rosa, empezó a mostrar un apego y una admiración por Ilona tales que, antes de ella abrir la boca, él ya sabía qué deseaba y cumplía con la voluntad de mi amiga con eficacia intachable. Pasados algunos meses, lo hicimos partícipe de nuestras ganancias, que iban en notorio aumento. Poco a poco Longinos se fue haciendo cargo del reclutamiento de nuevas pupilas y del control de las que habían quedado ya como permanentes. Las trataba con una mezcla de rigor y amistosa complicidad que sirvió para que nos fuéramos desentendiendo del negocio. Ilona se ocupó a conciencia, en un principio, pero carecía de la paciencia y del tacto necesarios para manejar un personal femenino con el cual, en verdad, había tenido poco trato. «En el fondo —decía— son como pajaritos y no acabarán de crecer nunca. No importa de dónde vengan. Les nace del trópico, del machismo latino y de la falta de educación común a todas. Siempre me cuesta trabajo saber a qué clase social pertenecen, porque tienen todas un denominador común: una malacrianza sin remedio y un carácter maleable y caprichoso que las hace imprevisibles. No es que mientan, es que no saben cómo llegar a la verdad. Siempre se quedan en el camino. *Elles me tapent sur les nerfs*. Longinos, en cambio, las maneja a la maravilla y consigue de ellas cosas que, para mí, son inalcanzables».

A medida que Ilona descansaba más en Longinos, teníamos más tiempo para estar juntos. Volvimos a la costumbre de hacer el amor en las tardes e internarnos en la noche haciendo planes e imaginando empresas miríficas; muriéndonos de la risa de nosotros mismos y de la irrealidad de nuestros proyectos. Ilona había adelgazado y sus pechos, amplios pero firmes, se habían hecho más notorios. Como no usaba sostén, adquirió un aire de recobrada juventud que le sentaba espléndidamente. Se había instalado en una serenidad dorada que la llevó a una economía de palabras que hacía aún más terminantes sus sentencias y, si era posible, más acertadas sus definiciones. A Longinos le llamaba también el Visir de Mitilene y, siguiendo por ese camino, la rubia venezolana se convirtió en Bilitis, la morena de Puerto Limón era Doña Refugio, lo que no parecía hacerle mucha gracia, aunque nunca lo confesó. Se limitaba a fruncir el ceño, con sus cejas densas, negras y bellamente delineadas. Villa Rosa pasó a ser también La Maison du Maltais, en recuerdo de una vieja película francesa con Marcel Dalio y Vivianne Romance que coincidía en haber marcado nuestra adolescencia. Yo la recordaba como una de mis primeras experiencias perturbadoras.

Gracias a Longinos, pudimos sortear, sin inconvenientes, el patético y delicado episodio del señor Peñalosa. Esta historia bien vale la pena de ser contada en detalle. Hay en ella esa mezcla de ternura, tristeza y necedad que distingue a ciertos relatos clásicos, en los que solemos reconocernos en la plenitud de nuestra insensata condición de irredentos soñadores, luchando a brazo partido con lo que llamamos la realidad y que nunca acabamos de saber muy bien en qué consiste.

Una mañana, desayunábamos en la pequeña terraza que daba detrás de nuestras habitaciones y que estaba cercada por grandes árboles de caucho y laureles de la India del jardín contiguo, semiabandonado. Nunca habíamos visto a nadie en la tupida espesura que bautizamos como «la selva del istmo». Esta ausencia de testigos inoportunos nos permitía dejar abiertas las ventanas, ya fuera del cuarto de Ilona o del mío, mientras hacíamos el amor. Tras golpear dos veces discretamente, Longinos dijo que necesitaba hablarnos. A esa hora, debía ser para algo excepcional. Siempre dormía hasta muy tarde ya que nunca se acostaba antes de las cuatro o cinco de la madrugada. Lo hicimos pasar y nos informó de lo que se trataba:

—Acaba de hablar un señor que dice ser huésped del Hotel Continental. Quiere una cita para mañana.

—Bueno —le respondí—, arréglala tú, ¿cuál es el problema?

—El problema es, mi don, que el hombre se oía muy confuso y como poco decidido. Hizo varias preguntas que me indican que o es policía o nunca ha intentado un paso como éste.

—Por Dios, Longinos —interrumpió Ilona—, si fuera de la policía, no habría vacilado un instante y se hubiera oído completamente natural. ¿Acaso no los conoces?

—Tiene razón, doña, pero no sé qué pensar. Sonaba como un cura, o algo así. Le dije que hablara de nuevo dentro de una hora. ¿Qué le digo?

—Si fuera un cura —respondió Ilona— tampoco hubiera vacilado, ni habría dejado notar ninguna turbación. Conciértale una cita con la caleñita de Lourdes. Creo adivinar de qué se trata —Longinos salió mucho más tranquilo. Ilona comentó—: Es un tímido, Gaviero, un tímido. Los conozco como si los hubiera parido. Son una monserga, enredan todo y andan por el mundo tropezando como burros ciegos.

Pensé que tenía razón y que no había por qué alarmarse.

Ilona había bautizado como la «caleñita de Lourdes» a una rubia esmirriada con cara inocente y ojos azules desvaídos, muy modosita, que bajaba siempre la vista cuando se le hablaba. Al pronunciar las eses las hacía silbar como es costumbre en las monjas. Nos dijo que era de Cali, en Colombia. Creo que lo decía para aprovechar el prestigio de que goza esa ciudad de tener las mujeres más bellas del litoral pacífico y zonas aledañas. Habíamos llegado a la conclusión de que debía ser de la meseta andina, pero no lo confesaba, pensando, con razón, que no agregaría mucho a su monástica figura. Por el comentario de algunos clientes, supimos que la mujer era en la cama de una sabiduría babilónica. Siempre tornaban a pedir cita con ella. Ilona la había bautizado en forma un tanto profana pero, como siempre, bastante acertada. El hombre llegó puntual al día siguiente. Eran las cuatro de la tarde, hora más bien infrecuente para citas en Villa Rosa. Longinos subió a pedirme que bajara:

—Creo que la doña tiene razón. Pero no está por demás que le eche un vistazo. Gente así no viene nunca.

En efecto, nuestro huésped resultó ser representante de un mundo en donde Villa Rosa pertenece a la categoría de lo impensable. Pequeño, delgado, de facciones regulares, con un bigotito recto, evidentemente teñido, que no iba con el pelo entrecano, que en un tiempo debió ser rubio. El señor Peñalosa, como se presentó de inmediato con un candor desarmante, usaba lentes de aro dorado y tenía esos ademanes un tanto automáticos, pero a la vez pausados, característicos de quienes viven entre números y libros de contabilidad. Traía un maletín de color marrón, con iniciales en oro. Sin duda obsequio de su compañía con motivo de algún aniversario reciente. «Sus primeros veinticinco años con nosotros, mi querido Peñalosa», la frase de cajón de un gerente que, durante ese mismo lapso, debió mantener al pobre en un perpetuo infierno de incertidumbre y humillaciones. Invité a Peñalosa para que tomara asiento. Comenzamos uno de esos diálogos superficiales sobre el clima de Panamá y lo caro que estaba todo, que al menos sirven para distender los nervios. Nuestro hombre estaba en verdad aterrorizado. No sabía dónde colocar su maletín, ni las manos, ni los pies. Por fin, ya más sereno, resolvió franquearse conmigo:

—Mire usted, señor, es la primera vez en mi vida que se me ocurre una, cómo decirle, una travesura de éstas. Soy auditor jefe en una empresa contable que presta servicios a las empresas aéreas. Anoche llegué a Panamá y el botones que subió con mi equipaje me contó de este lugar, adonde parece que vienen azafatas para pasar un rato con personas respetables y discretas. Me dio el teléfono y resolví llamar. Permítame que le confiese que he tenido siempre una debilidad enorme por las jóvenes que desempeñan ese trabajo. Viajo mucho en avión por el interior de mi país, pero es la primera vez que salgo fuera de él. Vine para realizar una auditoría en una agencia que abrió la línea en Panamá hace ya un año. Soy casado y tengo dos hijas, una de diez y otra de doce años —sacó de su cartera una fotografía en colores de sus dos hijas, en sendas bicicletas, frente a su casa. Al fondo aparecía una señora de facciones un tanto borrosas que sonreía con la buena voluntad de los resignados.

—Muy simpáticas las niñas. Gracias —le dije devolviéndole la fotografía. Estuve a punto de agregar que no era el sitio para exhibir a la familia. Pero caí en la cuenta de que cualquier observación en ese sentido lo hubiera dejado hecho polvo. Un silencio que se alargaba más de lo normal fue interrumpido por ciertos ruidos en la salita contigua. La caleña estaba entrando para esperar a Peñalosa. Contra todos los principios de nuestro negocio, sentí que debía explicar al huésped, quien de nuevo era presa de un pánico incontrolable, de seguro a causa de la evidente cercanía del que fuera su sueño de muchos años de reprimidas y ardientes fantasías eróticas, quién era la joven que lo esperaba:

—Es una muchacha seria y muy discreta que viene muy poco por aquí. Trabaja en Panagra como instructora de *stewardess* y está de paso por Panamá. Mañana debe partir a Miami para reanudar su trabajo. Puede tener plena confianza en su discreción, señor Peñalosa. Esté tranquilo a ese respecto. Siéntase en su casa. Voy a enviarles un par de whiskies.

—Muchas gracias, señor —contestó un poco más tranquilo otra vez—, pero es que yo nunca tomo. No sé si deba. Es usted muy amable.

—Sí, creo que deba —repuse, con tono que quería ser autoritario—. No hay como un escocés a tiempo para romper el hielo.

El pobre Peñalosa se sintió en la obligación de reír, creyendo que yo había hecho un juego de palabras. No había sido mi intención, como es obvio. El auditor entró a la salita. Longinos le presentó a la muchacha y yo subí para informarle a Ilona sobre mi entrevista.

Algo me comentó ella respecto a la imprevisible reacción de los tímidos en circunstancias parecidas, pero no le hice mucho caso. Pasada la medianoche, se presentó de nuevo Longinos:

—El señor Peñalosa dice que quisiera pasar la noche con la caleña. Usted qué opina, don.

—Consulta con la señora —le dije—. No creo que haya inconveniente, pero es mejor saber qué opina ella.

Ilona entraba en mi cuarto en ese momento:

—Hay que cobrarle doble por la noche y explicarle que debe desocupar la pieza mañana temprano. No quiero tenerlo aquí todo el día.

—Ya pagó, doña. Le expliqué que lo que había dado primero era por unas horas nada más, y pagó de inmediato. Pero hay algo que me preocupa.

—Ahora todo el mundo resulta que se preocupa por cuenta de este pobre imbécil —comentó Ilona con evidente irritación—. Que haga lo que quiera. Déjenlo en paz y ya está. Olviden a ese zopenco o vamos a acabar aquí todos como él.

—Doña —insistió Longinos sin inmutarse—, el problema no es el tipo. Es el maletín que trae. Está lleno de billetes y de ahí saca para pagar los tragos. Por cierto ya van en la segunda botella de Dewar's. A la caleña ya le ha regalado más de doscientos dólares.

—Por ahí hubieras comenzado, muchacho —dijo Ilona con la voz serena y opaca que le salía cuando se anunciaba algún peligro—. Gaviero, hay que bajar a ver a ese tipo. Explícale que no queremos problemas. Que nos entregue el maletín con el dinero y lo guardamos en la caja fuerte aquí arriba. Le damos un recibo. Cuando se vaya, arreglamos cuentas con él y todos en paz. Pero no conviene que esté barajando toda esa plata allá abajo. Ahora vienen otros clientes y hay que evitar complicaciones. Te lo dije, estos tímidos, respetables, buenos padres y maridos ejemplares son un peligro endiablado.

El señor Peñalosa convino en todo y nos entregó el maletín a cambio de un recibo que él mismo escribió con impecable letra de tenedor de libros, a pesar de que estaba ya bastante achispado. A la mañana siguiente, nos despertó Longinos con la noticia de que nuestro huésped quería seguir en el cuarto y que, además de la caleña, pedía que le hiciéramos el favor de llamar a una muchacha que vivía con ésta.

—Me dice aquí Matildita —ahora resulta que la caleña se llama así— que su compañera es un encanto y de toda confianza —agregó Longinos, imitando la voz de Peñalosa.

—Ya sé quién es esa pájara —comentó Ilona desde el baño, cuyas puertas dejábamos siempre abiertas—. Llámala, pero dile que si se emborracha como la otra vez la sacamos inmediatamente. Fue la que hizo el escándalo aquel con el paulista que trajo dos botellas de cachaza y casi acaba con todo.

Pasaron tres días. Peñalosa seguía en el cuarto y su cuenta iba creciendo. Pidió champaña para celebrar la llegada de dos salvadoreñas que se habían agregado a la caleña y a su amiga. Todo ocurría dentro de la mayor tranquilidad. El hombre no perdía su compostura. Trataba a sus compañeras de cuarto de «señoritas cabineras». El rostro le brillaba con una expresión de beata complacencia, de dicha inesperada e inagotable que acabó por conmovernos. El final, bien previsible, no se hizo esperar. Una tarde llegaron a Villa Rosa tres individuos con el inconfundible tipo de ejecutivos con gran futuro en su empresa. Los pasé a la sala y me dispuse a escucharlos. Venían por

Peñalosa. Pertenecían a la línea aérea cuya auditoría le habían encomendado. El dinero que llevaba en el maletín era para depositar en un banco de Panamá que no tenía sucursales en otros países. Estaba destinado a varios pagos urgentes. Tres días antes habían llamado al hotel y no consiguieron hablar con él. Al día siguiente se enteraron de que no había vuelto a su cuarto. Después de algunas pesquisas discretas, esa mañana, un botones les informó sobre el teléfono que había facilitado a Peñalosa. Gracias al número les fue fácil dar con la dirección. Uno de ellos había, en efecto, concertado con Longinos una cita que luego canceló. Peñalosa, me dijeron, era un empleado de absoluta confianza. Tenía treinta años con ellos. No había trabajado antes en otra parte. Comenzó como contador primero. Su conducta era irreprochable y jamás se le había conocido el menor desliz. Él mismo se preciaba de jamás haberle sido infiel a su esposa y de haber llegado virgen al matrimonio. Les expliqué, a mi vez, cuál había sido nuestra actitud con él y les tranquilicé respecto al maletín. Les mostré copia del recibo que habíamos dado a Peñalosa y les dije que el dinero estaba a su disposición. Arreglaron la cuenta pendiente, que llegaba a más de dos mil dólares. Me indicaron que deseaban conversar con Peñalosa y llevarlo con ellos.

—Si ustedes me permiten —les expliqué— yo les sugiero que me dejen hablar primero con él y explicarle la situación. El hombre lleva tres días bebiendo y puede perder fácilmente el control, aunque hasta ahora se ha portado en forma muy correcta.

Estuvieron de acuerdo y quedaron en la sala esperando mis noticias.

Cuando entré al cuarto, después de tocar y anunciarme, la escena era entre conmovedora y grotesca. Peñalosa en calzoncillos, rodeado de sus amigas, algunas desnudas y otras en ropa interior, se dejaba acariciar con una complacencia de pachá. Ordené a las mujeres que se vistieran y pasaran a la habitación contigua. Tenía que hablar a solas con el señor. Obedecieron de inmediato, Peñalosa se quedó mirándome con una cara en donde el desconsuelo iba dando paso a un pánico arrasador.

—Qué pasa, señor, qué pasa. Las señoritas no han hecho nada, se lo aseguro.

Le expliqué que no se trataba de eso. Tres señores de la compañía lo esperaban afuera. Querían que los acompañara. Al borde de las lágrimas, el hombre balbuceó vagas disculpas y explicaciones. Deseaba seguir allí indefinidamente. Su vida había sido una mentira interminable, una mezquina cobardía:

—A mí nadie me contó que esto existía, señor. Nunca lo supe. ¿Se da usted cuenta? —y empezó a llorar sin poder controlarse. Las lágrimas le escurrían por entre una barba entrecana que, en tres días, lo había envejecido diez años—. No quiero irme, señor. No deje que me lleven. Yo me quiero quedar aquí. Ustedes han sido tan amables.

Lo fui vistiendo mientras trataba de convencerlo de que era imposible acceder a sus deseos.

—Ya volverá otro día —le dije tratando de consolarlo.

—No, señor, yo no regresaré jamás. No sé si conserve mi puesto. Pero está bien. Esto se acabó, ya lo sé. Muchas gracias por todo.

Salió arrastrando los pies. No quise acompañarlo hasta la sala. Longinos lo hizo con esa cortesía impersonal aprendida en su paso por los hoteles y que sabía usar en ciertas circunstancias.

El episodio del señor Peñalosa vino a colmar mi tolerancia de una vida que me causaba ya creciente fastidio. También Ilona había llegado a un punto crítico de su paciencia en el manejo del negocio. El tráfico continuo de mujeres cuya vida, bastante elemental, refluía y chocaba con la nuestra, adhiriéndole una especie de corteza insípida hecha de minúsculas historias, de calculadas mezquindades, de celos profesionales y del narcisismo que cada una de ellas alimentaba con las supuestas preferencias de los clientes, se convirtió en una rutina asfixiante. Ilona, con todo, por una natural y solidaria simpatía de mujer, por una tolerancia que yo no tenía ni he tenido jamás hacia esa atmósfera de serrallo y de pajarera, tenía un margen más generoso para soportar lo que, en mi caso, se estaba tornando inaguantable. Ella lo sabía y, con cariñosa comprensión, trataba de hacerme más llevadera esa existencia que, de todos modos, era evidente que tocaba a su fin.

Durante un desayuno servido en la terraza, que se prolongó hasta pasado el mediodía, resolvimos examinar de frente la situación y poner un término a la misma. Convinimos en esperar a las primeras lluvias para despedirnos de Villa Rosa. Hecho por Ilona el balance de nuestras ganancias —ella se había encargado siempre de esta tarea, superior a mis talentos e inclinaciones—, convinimos en dividir el total en tres partes iguales, incluyendo a Bashur en la empresa. Acordamos enviar a nuestro amigo su parte inmediatamente, con el fin de que pudiera salir de sus problemas. Nosotros pondríamos nuestras dos partes en una cuenta de ahorro bancario a pocos meses de plazo, en forma mancomunada. Lo que se reuniera desde ese momento hasta el de nuestra partida pagaría nuestro viaje y nos permitiría dejar a Longinos en situación de emprender algún pequeño negocio que le proporcionara independencia. Las primeras lluvias llegarían en poco más de dos meses. El tomar estas determinaciones y fijar un plazo a nuestra permanencia en Panamá y a la vida en Villa Rosa nos produjo un alivio creciente y reparador.

—Sería curioso averiguar —comentó Ilona— por qué nos afecta algo que en ningún momento hemos vivido como si atentara contra nuestros muy particulares principios éticos. El fastidio viene de otra parte, de otra zona de nuestro ser.

—Yo creo —comenté— que se trata más bien de estética que de ética. Que estas mujeres se prostituyan con nuestra anuencia y apoyo es cosa que nos tiene por completo sin cuidado. Lo que nos es difícil tolerar es la calidad de vida que se desprende de esa actividad, muy lucrativa, sin duda, pero de una monotonía irremediable. En nuestro mundo católico-occidental se suelen oponer como dos polos antitéticos la prostitución y el matrimonio. En la práctica, visto uno de ellos tan cerca como es nuestro caso ahora, la antítesis se disuelve y transforma en una especie de paralelismo aberrante. Pero no creo que haya que ponerle tanta filosofía al asunto. Al comprobar que la prostitución es tan convencional como el matrimonio, sólo logramos confirmar que el camino de una constante itinerancia escogido por nosotros y la voluntad de no rechazar jamás lo que la vida, o el destino, o el azar, como quieras llamarlo, nos ofrecen al paso, resulta, al menos, eficaz para impedirnos caer en el fastidio de una aceptación resignada.

Ilona aplaudió regocijada:

—¡Bravo, Gaviero! Cuando te decides a pensar, consigues poner cada cosa en su sitio. Lo malo es que al poco tiempo otra vez anda todo patas arriba. Pero eso no importa si se sabe cómo enderezarlo. Con la lluvia nos iremos de aquí. Tú ya te encargarás de encerrarte en alguna mina en medio de la cordillera o en el cañón del primer río que se te atraviese y allí te dedicarás a mirarte el ombligo y dividirte en tres como un bonzo.

—Vete al diablo —le dije— y dame más té. Cuando se te ocurra instalar una *boutique* en Terranova, iré a rescatarte. Tampoco eres manca tú para inventar trabajos de orate.

Vino a sentarse en mis piernas y, revolviéndome el cabello, me dijo al oído, imitando el acento provenzal:

—*Ne t'en fais pas, Maqroll, on sortira d'ici passablement riches et ça compte quand même.*

Pocos días después de este diálogo en la terraza, entró en Villa Rosa el aciago mensajero que envían los dioses para recordarnos que no está en nuestras manos el modificar ni la más leve parcela de nuestro destino. Llegó en forma de mujer con el nombre eslavo y evidentemente ficticio de Larissa. Los dados estaban rodando desde mucho antes de nuestras resoluciones en la terraza. Muy pronto lo supimos.

Larissa

Larissa llegó una mañana, cerca del mediodía. La enviaban Álex y la rubia de Maracaibo. Ya ésta le había adelantado algo a Ilona sobre una mujer nacida en el Chaco, de origen incierto, pero que había recorrido mucho mundo, hablaba varios idiomas, llevaba una existencia muy reservada y tenía un aspecto imponente. Longinos la llevó a la terraza en donde tomábamos el sol en traje de baño. Lo primero que me llamó la atención en ella fueron ciertos rasgos semejantes a los de Ilona. La misma nariz recta, los mismos labios salientes y bien delineados, la misma estatura e idénticas piernas largas y bien moldeadas, que daban la impresión de una fuerza elástica, de una imbatible juventud. Sin embargo, al mirarla mejor me di cuenta de que la semejanza era puramente superficial y se desvanecía ante un examen más detenido. El cabello, de un negro intenso, lo usaba alborotado y rebelde y le llegaba casi hasta los hombros. Era como si vinieran de la misma región pero nada tuvieran en común fuera de su efímera semejanza. Tenía la voz ronca y la palabra fácil. Más que inteligente, daba la impresión de tener esa facultad, muy rara, de orientarse en lo esencial, en lo duradero y cierto y prescindir de todo lo demás. De lo erróneo de tal impresión nos dimos cuenta muy pronto. Miraba a los ojos de su interlocutor, pero no era a él a quien miraba. Es decir, más que mirar parecía estar buscando, con secreta y paciente astucia, ese otro ser que nos acompaña siempre y que únicamente sale a la superficie cuando estamos solos, para entregar ciertos mensajes, disolver ciertas frágiles certezas y dejarnos en el desamparo de inconfesables perplejidades. Eso buscaba Larissa y allí buceaba pacientemente intentando rescatar lo que creíamos y esperábamos fuera irrescatable.

En tanto que nos daba algunas explicaciones de rutina sobre su interés de trabajar en Villa Rosa, su experiencia en ese campo en Singapore, en Estocolmo y en Buenos Aires, su facilidad para los idiomas y otras precisiones intrascendentes, advertí que Larissa acaparaba la atención de Ilona, cosa nada usual. La invitamos a tomar algo y pidió un café muy fuerte. Se sentó en una silla de lona, a la sombra del inmenso cámbulo que crecía en el jardín contiguo y cuya copa daba a una parte de nuestra terraza. Sus flores iban cayendo alrededor de la mujer. Al rato, la rodeaba un aura de intenso color naranja. Tuve la impresión de que este efecto era provocado como parte de una secreta ceremonia cuyo significado se me escapaba. Su voz ronca partía de la sombra con un acento de sensualidad que me hizo pensar en una pitonisa interrogando el incierto futuro de transeúntes indefensos. Me tomó de sorpresa al dirigirse a mí:

—Voy con frecuencia a un bar que usted visitaba mucho durante el invierno pasado. Nunca coincidimos. Es decir, sí coincidimos una vez pero no me vio. Álex me habló de usted. Me dijo que paraba en la Pensión Astor. Yo vivo muy cerca de allí y conozco al dueño. No sé cómo logró librarse de él. Cuando se cae en la telaraña que teje para tenerlo a uno a merced de sus tráficos siniestros, es muy difícil escaparse.

—¿Usted lo ha conseguido? —le pregunté, tratando a mi vez de sorprenderla.

—Nunca he necesitado de él y no me pondría a su alcance.

La lección era un tanto dura de tragar. Ilona me miró con alarma fugaz pero evidente. Pensé que era mejor llegar hasta el fondo. Ya iba sabiendo con quién tenía que habérmelas:

—En cierto momento me vi obligado a trabajar para él. Pero gracias a nuestro común amigo Álex, conseguí escapar a tiempo y me fui a vivir a otra parte.

—Sí —dijo, mientras seguían cayendo a su lado las flores de cámbulo—, al Hotel Miramar. Buena persona la ecuatoriana. Estuve allí un par de semanas, mientras hacían unos arreglos en el lugar en donde vivo.

Era evidente que debía callarme. Sin que se hubiera planteado una rivalidad con la mujer, ni siquiera un roce notorio, por una de esas subterráneas pero inconfundibles disparidades de carácter, el enfrentamiento con esta hembra del Chaco, tan informada como cautelosa, era desaconsejable e inútil. Si iba a trabajar con nosotros, era mejor mantener un terreno neutral para circular sin problemas. Ilona, que evidentemente seguía con interés nuestro diálogo, lo derivó con toda naturalidad hacia ciertos detalles relacionados con el uniforme que usaría Larissa y con la historia a inventar sobre su trabajo de azafata.

—No quisiera usar ningún uniforme —comentó la chaqueña con tan decidida energía que nos quedamos en espera de una explicación—. Pueden decir que soy inspectora de servicio. Que viajo regularmente para verificar que se cumpla el reglamento de atención a los pasajeros. Insinuaré que trabajo para el Civil Aeronautic Board y que debo viajar de incógnito por obvias razones.

Lo del CAB me pareció un tanto insensato. Le aclaré que quien más riesgo podía correr con eso era ella. Estuvo de acuerdo con facilidad que me desconcertó un poco. Había en la mujer algo que se me escapaba a cada instante. No porque se propusiera ocultarlo sino, más bien, porque pertenecía a un mundo que yo no conocía, y que, sin ser hostil, representaba fuerzas, corrientes, regiones que eran para mí tierra incógnita.

Cuando Larissa se puso de pie para despedirse, Ilona también lo hizo y la acompañó hasta la escalera. Cruzaron la alcoba conversando en voz baja, mientras Ilona le pasaba el brazo por encima del hombro, en un gesto que nunca le había visto con ninguna de las muchachas. Quería parecer protector pero era más bien como si buscara apoyo en alguien más fuerte que ella.

Al comienzo, la presencia de Larissa no fue muy notoria ni trajo cambios mayores en la rutina de Villa Rosa. Venía a menudo por las mañanas y nos acompañaba a tomar el sol en la terraza. Ella, siempre en la sombra, sentada en la silla que escogió el primer día, rodeada de las flores de cámbulo que caían constantemente a su alrededor; nosotros, leyendo o continuando un diálogo en el que, por lo regular, pasábamos revista a ciudades y lugares conocidos. Los juicios de Larissa eran siempre un tanto vagos, como envueltos en una niebla que no acababa de dar a los recuerdos un perfil exacto, un volumen definido. Ésta era, en cambio, una de las cualidades más notorias en los relatos y remembranzas de Ilona. Con un trazo evocaba una ciudad, un paisaje, una isla, un país. En el caso de Larissa su vaguedad de noticias se extendía a la existencia que llevaba en Panamá. No conseguíamos saber en dónde vivía. Lo único cierto era que no tenía teléfono. Siempre llamaba desde el bar que los dos habíamos frecuentado. Allí, también, le dejábamos los recados de las citas que se concertaban para ella. Otra singularidad suya era la selección de sus clientes con meticuloso ajuste a ciertas condiciones de edad, educación y origen. Después de sus primeras visitas, nos lo explicó con su voz de barítono en celo y su aire ausente:

—Por favor, les voy a pedir que no me arreglen citas con hombres jóvenes. Prefiero estar con hombres maduros que hayan recibido, al menos, una formación en otras tierras y no tengan esas maneras exuberantes y atropelladas de la gente de estos países. Tampoco, por ningún motivo, quisiera ver a norteamericanos ni a orientales. Ya sé que no es muy fácil enterarse de esos detalles a través de una llamada por teléfono, pero si ustedes me ayudan un poco y Longinos colabora, del resto me encargo con el tiempo. Ya iré formando mi clientela exclusiva. Hay cierto tipo de hombres con los que me entiendo muy bien y éstos siempre vuelven —Ilona iba a comentar algo, pero Larissa no la dejó hablar—: Sí, ya sé —dijo con una sonrisa que quería ser amable y sólo consiguió parecer condescendiente—, tal vez estoy pidiendo mucho y no debe estar entre las reglas de la casa esta clase de imposiciones. Lo entiendo. Pero, ya verán que, en muy poco tiempo, no será problema para ustedes y, en cambio, para mí será la única manera de trabajar en esto con buenos resultados para todos.

Ilona guardó silencio. Yo seguí mirando las nubes que pasaban por el cielo empujadas por una brisa anunciadora de las lluvias.

Por Longinos nos enteramos en dónde vivía nuestra nueva adquisición. Un día llamaron por teléfono del bar para decirme que había cartas para mí. Algunos amigos seguían enviándome allí su correspondencia. Longinos fue a recogerla y, al regresar después de largo rato, subió a dármela. Traía un gesto en donde alternaban el humor y la extrañeza.

—Cuando llegué a recoger la carta —dijo— Álex me pidió que llevara a la señora Larissa un paquete que habían dejado allí para ella. Parecía ropa de mujer. Me explicó que era para entregarlo donde ella vivía y no aquí. Le indiqué que no conocía la dirección y me miró incrédulo. Dudó un momento y, al fin, me dijo que bajara hasta la Avenida Balboa y que a unas pocas cuadras hacia el norte iba a encontrar, al borde del mar, en una pequeña playa de piedras y vigas de cemento tiradas en el suelo como para detener la marea, un barco pesquero que estaba allí a medio desmantelar recostado contra el muro de la calzada. Me explicó que desde la acera llamara a la señora. Ella saldría a recoger el paquete. Así lo hice. Cuando la llamé asomó la cabeza por el ojo de buey del único camarote que se veía más o menos habitable y me preguntó qué traía y quién me había dicho dónde vivía. Le expliqué cómo me había enterado y salió a recibir el paquete. Estaba en ropa interior y con un mal genio de todos los diablos. «No andes por ahí contando en dónde vivo. Eso a nadie le importa. No vuelvas por aquí nunca más. A tus patrones diles lo que quieras. Ya hablaré con ellos. ¡Lárgate, muchachito de porra!». Hablaba en voz baja, como para que no nos oyeran. Nadie pasaba en ese momento por allí. Pero qué hembra tan furiosa. A ver con qué cuento les viene a ustedes.

—No te preocupes —lo tranquilizó Ilona—, no es culpa tuya. Si ella no advirtió en el bar que no dijeran dónde vive, es cosa suya. No vuelvas más y se acabó.

Longinos nos dejó solos. Estuvimos un buen rato en silencio. Recordé perfectamente el barco en ruinas, escorado sobre la playita de cascajo y trozos de concreto. Desde mi ventana de la Pensión Astor lo veía todos los días. Me vino a la memoria algo que había olvidado y que, entonces, me llamó la atención: por las noches, de vez en cuando, se veía una luz mortecina en uno de los camarotes contiguos al puente de mando que se caía a pedazos. Recordé también el nombre de la embarcación. En un letrero de bronce ennegrecido que se mantenía atornillado a una baranda de estribor, se podía leer aún la palabra *Lepanto*. Me intrigó la discrepancia entre un nombre tan sonoro y cargado de leyenda y los despojos de un humilde navío de cabotaje que yacía oxidado y casi informe, en esa estrecha playa convertida en basurero desde tiempos inmemoriales. Longinos lo había confundido con los barcos pesqueros que suelen anclar más al fondo de la bahía. Por ciertas características de diseño, por la forma de los ojos de buey y de dos conductos de ventilación, que aún se sostenían por un milagro de equilibrio, era fácil establecer el origen del barco. Debió salir de los astilleros de Toulon, de Génova o de Cádiz. Cómo había venido a parar aquí, derrumbado contra un malecón de Panamá, fue algo que, si me lo pregunté entonces, no volvió luego a preocuparme. Ahora, la imagen de los tristes despojos del *Lepanto* surgía del inmediato pasado, rescatada del olvido bienhechor. Torturante evidencia que pedía ser descifrada con el pavor de los misterios délficos.

Pocos días después de la visita que le hizo Longinos, Larissa pidió hablar con nosotros. Había despachado a uno de sus clientes habituales. Subió a nuestras habitaciones con aspecto cansado y una contenida irritación que no hallaba dónde desfogar para justificarla. Ilona la fue tranquilizando poco a poco, hasta dejarla en un manso agotamiento propicio al diálogo. Era notable la influencia que mi amiga ejercía sobre la inescrutable mujer del Chaco. Con algunas palabras dichas al azar, le transmitía un sosiego, un equilibrio apacible que podía durar días enteros. Ya serena y dispuesta a contarnos el enigma de su habitación, Larissa comenzó a hablar. Su historia tenía ciertos rincones, laberintos y atajos que lindaban con un mundo visionario que se prestaba a conjeturas teñidas de un esoterismo del que he solido preservarme siempre por un ciego instinto de evitar el caos, que es uno de los rostros de la muerte para mí menos tolerables y más letales.

—Subí al *Lepanto* en Palermo —comenzó Larissa—. Había vivido allí varios años como señorita de compañía de una dama de la nobleza siciliana, la Princesa de la Vega y Hoyos, último vástago de una familia de grandes de España que se quedaron en Sicilia cuando la isla dejó de pertenecer a la corona española. La anciana cuidaba una mediocre fortuna con la parsimonia de quien sabe que, de un momento a otro, puede caer en la miseria. Era dueña de una cultura deslumbrante. Leía en varios idiomas toda clase de libros pero, de preferencia, clásicos y grandes textos de historia. Estaba un poco loca. Cuando me contrató, había empezado a interesarse por el espiritismo y toda clase de experimentos esotéricos. Mantenía conmigo una amabilidad distante, debida, quizás, a suspicacia por mi origen latinoamericano y a su poca costumbre en el trato diario con otras personas. Vivía sola en una inmensa quinta, en las afueras de la ciudad. Una vez a la semana iba un jardinero a cuidar del parque que rodeaba la residencia, cuyo aspecto de desolación y ruina despertaba una tristeza muy grande. La vieja cocinera, sorda como una tapia, se encargaba de preparar dos comidas diarias en donde la imaginación estaba tan ausente como el sentido culinario más elemental. La princesa se había roto una pierna al bajar la escalera principal y por esa razón puso un anuncio en el periódico solicitando una dama de compañía. Fui a verla y me contrató. Cuando ya pudo caminar, me pidió que siguiera a su lado: «Me he acostumbrado a usted. Si se va me hará falta su compañía», me dijo con esa mezcla muy suya de distraída insolencia aristocrática y brusquedad de solitario que no sabe cómo tratar a los demás. Resolví quedarme aunque me pagaba con tal irregularidad que nunca supe, al fin, cuál era exactamente mi sueldo ni cuándo se cumplía el plazo en que debía dármelo. Me aficioné a la lectura a fuerza de hacerla en voz alta para la princesa. Tenía que ser de noche, en su cuarto. Muchas veces me sorprendió la madrugada todavía leyéndole. Dormíamos toda la mañana. Después de la comida dábamos una vuelta por el parque. Me contaba viejas leyendas de su familia. Complicadas hazañas amatorias de los varones de la casa, cuya fama en Sicilia, en ese aspecto, aún se mantenía con agregados populares de una crudeza un tanto rústica. La Princesa de la Vega y Hoyos amaneció un día muerta. Había sufrido un paro cardíaco fulminante. Al levantar el acta de defunción se encontró que había cumplido noventa y cuatro años. Nunca imaginé que fuera tan vieja. Le había calculado poco más de setenta. El notario que se encargó de liquidar los asuntos de la dama me entregó una suma de dinero que la princesa me había dejado en su testamento. Era, de todos modos, muy inferior a lo que calculé que me debía como salario, si bien es cierto que yo me había enredado a tal punto con fechas y pagos parciales, que tampoco mis cuentas eran muy de fiar. El notario me dijo que mientras decidía qué hacer podría quedarme en la casa. No quise aceptar. Ya sin la compañía de la princesa, el destartalado desamparo de la quinta me agobiaba terriblemente. Bajé al puerto en busca de algún barco que partiera no importaba adónde. Allí estaba el *Lepanto*. Hablé con el capitán, un gaditano ladino y mal hablado con el que, después de una laboriosa discusión, me puse de acuerdo en el precio del pasaje. Me acomodó en un rincón de la bodega donde habían instalado una litera provisional. Se disculpó diciéndome que el único camarote disponible lo estaba arreglando para servir de oficina a no sé qué funcionario de una agencia naviera copropietaria de la nave. El *Lepanto* debía haber tenido días mejores. Cuando subí a él ya amenazaba irse a pique al menor temporal que lo sorprendiera en alta mar. Parece que esa fragilidad era engañosa, pues lo vi afrontar las tormentas del golfo de León sin que sufriera ningún percance. El gaditano me dijo que iba primero a Génova y de allí a Mallorca, donde yo desembarcaría. Estuve de acuerdo y fui a traer las pocas pertenencias que tenía ya empacadas en la quinta. Cuando me instalé en el camastro de la bodega del *Lepanto*, ni por un instante me pasó por la mente que habría de vivir allí hasta hoy. Las cosas que me han sucedido en ese lugar son de tal condición y vienen de tan recónditos y oscuros rincones de lo innombrable que ya las iré contando poco a poco. Es muy tarde y hay para varias sesiones. Por ahora es suficiente con que sepan que, en efecto, vivo en lo que son los restos del *Lepanto*. Cuando me necesiten les pido que me dejen recado en el bar. Paso por allí todos los días. Deseo que nadie vaya a buscarme al barco ni intente ponerse en contacto conmigo allí. No quiero llamar la atención y trato de pasar lo más desapercibida posible. Muy pocos son los que saben que ese despojo del mar está habitado. La luz que se percibe de vez en cuando suele atribuirse a alguna pareja refugiada allí para hacer el amor. Si supieran lo que en verdad ocurre, el asombro les cambiaría la vida.

Al salir Larissa, nos quedamos en silencio, asimilando, escrutando, no sólo la parte de su historia que nos acababa de contar, sino lo que adivinábamos detrás de sus últimas palabras. Éstas nos dejaron una impresión de vago malestar que, con la noche y entre la sombra vegetal del abandonado parque vecino, fue creciendo en forma que llegó a ser casi insoportable.

—Vamos a tomar un trago a alguna parte —propuso Ilona—. Aquí no se puede estar.

Recorrimos varios de los sitios que habíamos frecuentado en nuestra época del Hotel Sans Souci. Los sirvientes y los encargados del bar nos recibieron con cordialidad un tanto sorprendida. Regresamos a la casa ebrios de alcohol y de sueño, sin haber conseguido alejar la sombría inquietud que nos dejaron las palabras de Larissa. Durante los días que siguieron continuamos con los trámites para la liquidación del negocio. Bashur nos confirmó el recibo del dinero que le habíamos enviado. En sus palabras, el alivio se mezclaba con la gratitud. Esa gratitud que, en los hombres de su raza, tiene la intensidad y la hondura de un acto religioso. Había salido a flote de todas sus dificultades y estaba acondicionando un buque tanque para transporte de materias químicas y colorantes. No era improbable, anunciaba con notorio júbilo, que nos encontráramos en Panamá. Enviaría noticias al respecto cuando estuviera listo el barco en los astilleros de Amberes. Ya tenía escogido el nombre: *Fairy of Trieste*.

—Estos levantinos no tienen remedio —comentó Ilona, ocultando la ternura que le causaba el gesto de Abdul—. Cuando salen de las mil y una noches se dedican a poner bombas y a luchar en las montañas. No te imagino, Maqroll, bautizando así un barco tuyo.

Le contesté que, primero, lo de poseer un barco era algo altamente improbable y, luego, que el papel de darle nombre a las cosas y a las gentes era tarea que corría por cuenta suya y no mía. Nos quedaba el problema de Longinos. Se había apegado tanto a nosotros, en especial a Ilona, que sabíamos lo dolorosa que sería para él la confirmación de nuestra partida.

—Yo me encargo de hablarle —prometió llona—. De lo contrario tú acabarás llevándotelo y de eso no se trata.

Como siempre, tenía razón.

Una noche, pocas semanas después de la conversación con Larissa, ésta llegó a cumplir una cita con uno de sus clientes. Era el gerente de un consorcio de bancos escandinavos con sucursal en Panamá. Un vikingo gigantesco y manso que saludaba muy ceremoniosamente y parecía a punto de quedarse dormido en todas partes. Al salir, me mandó llamar con Longinos. Deseaba conversar un instante conmigo algo personal. Bajé a la sala. Sin tomar asiento, con el sombrero de paja en la mano, el noruego se limitó a comentarme:

—Creo que nuestra amiga no se encuentra bien. No es asunto de médico. Es otra cosa. Por qué no hablan un poco con ella. Estoy seguro de que podrían ayudarla.

Eso era todo. Se despidió como hipnotizado. La noche del trópico se lo tragó de inmediato entre la algarabía de los grillos y el canto sincopado e intrascendente de los grandes sapos escondidos en la hierba.

Esa misma noche Larissa nos relató la continuación de su historia. Igual que cuando la vi por primera vez, tornó a perturbarme, ahora con la evidencia de su testimonio, esa zona torturada y en tinieblas que sentía acechando detrás de su presencia, de sus palabras, de sus más mínimos gestos. Pero, en esta ocasión, vino a sumarse un nuevo elemento que me inquietó mucho y no supe cómo manejar: me di cuenta de que Ilona estaba, en mayor proporción de lo que yo creía, envuelta en la torva red tendida por Larissa. Que respiraba, con alarmante naturalidad, la atmósfera que, como un halo letal, despedía la presencia de esta mujer llegada a Villa Rosa como un heraldo del Hades. Es por esto que me parece necesario transcribir en detalle su turbadora historia. Cuando comuniqué a Ilona el temor del escandinavo que acababa de estar con Larissa, aquélla la mandó llamar. Estábamos en la terraza, disfrutando una noche de leve brisa que, a tiempo que refrescaba el ambiente, había despejado el cielo hasta acercar el firmamento, dándonos la impresión de que esa vasta cúpula titilante, animada por una actividad sin sosiego, estaba al alcance de nuestras manos. Larissa llegó directamente a derrumbarse en una silla de playa, la primera que encontró a su paso, y permaneció un buen rato en silencio. Su rostro mostraba un agotamiento extremo. Su cuerpo adquirió una quietud desmayada como si se le estuviera escapando el último soplo de vida. Cuando comenzó a hablar nos intrigó la ronca firmeza de su voz que denotaba una secreta e intensa energía, una energía nacida en un lugar más recóndito, intocado e inconcebible, que esa presencia física a punto de extinguirse.

«Debo contarles —comenzó diciendo— los hechos desde el principio. El *Lepanto* tuvo que permanecer en Palermo dos días después de la fecha indicada por el gaditano para la partida. Esperaba no sé qué papeles de Palma de Mallorca, sin los cuales no podía zarpar. Como yo no quería volver a la quinta y ya tenía mis cosas en el barco, preferí quedarme allí. La primera noche dormí profundamente, a pesar del olor a sentina que reinaba en el lugar. Durante el día fui al puerto para comprar algunas cosas indispensables para mi aseo personal. Tenía que compartir el baño con el patrón y éste había prescindido hacía mucho tiempo del uso del mismo. No había toallas ni jabón en el sucinto lugar que pretendía cumplir con las funciones de baño. También adquirí algunas provisiones para reforzar la comida de a bordo que no se anunciaba muy apetecible. Regresé al anochecer. El capitán intentó entablar un diálogo con finalidades bien evidentes. Me pareció que era el momento de indicarle, de una vez por todas, que olvidase por completo todo intento en ese sentido, y que era absolutamente inútil que insistiera en el futuro. Lo entendió sin oponer mayores argumentos y hablamos de otra cosa. Le pedí me facilitase una lámpara para alumbrarme durante la noche. Me explicó que al fondo de la bodega había un interruptor para encender una bombilla eléctrica, la cual, seguramente, yo no había advertido porque la ocultaba una viga de acero encima de la litera. Cuando bajé para acostarme, me di cuenta de que tenía que recorrer casi toda la extensión del lugar para encender o apagar la luz. Volví a subir y, sin esperar mi reclamo, el patrón me dio una linterna de pilas. Lo hizo en forma impersonal y poco amable que indicaba la poca gracia que le había producido mi rechazo a sus proposiciones. Pero era mejor así y no hice caso de su mal humor. Me dormí casi de inmediato y olvidé apagar la luz. Ya me había acostumbrado al olor del sitio, y el suave balanceo del barco amarrado al muelle me ayudaba a disfrutar de un sueño profundo y reparador. Me despertó, de repente, una presencia que se interponía entre la luz de la bombilla y mi camastro. Aún medio dormida, creí que fuera el gaditano que intentaba volver a sus andadas. La figura se acercó lentamente y vino a sentarse a los pies de la cama. Lo que vi me dejó totalmente despierta y en un asombro indecible. Un oficial de los Chevaulégers de la Garde del Imperio napoleónico me miraba fijamente. Sus ojos, de un gris acerado, se destacaban bajo el arco de las cejas entrecanas que hacían juego con el gran bigote rubio de puntas cuidadosamente retorcidas y con las dos trenzas que salían del chacó con galones dorados y las insignias de su regimiento. Las manos fuertes, nervudas pero bien cuidadas, descansaban en las rodillas del robusto jinete, imprimiendo un aire de natural familiaridad a su presencia. "No se espante —me dijo en francés con acento de Reims y un tono de voz impostado en las notas altas, característico de militares acostumbrados a dar órdenes en campo abierto—, sólo deseo conversar un rato con usted. Perdone que la haya despertado, pero paso temporadas muy largas sin hablar con nadie y su inesperada presencia en estos lugares resulta una oportunidad muy grata para mí". No recuerdo lo que le respondí, pero su presencia transmitía una tan espontánea y afable necesidad de compañía que, al rato, conversábamos ya como si nos hubiésemos conocido hace tiempo. Después de tratar de tranquilizarme por su inesperada aparición, se presentó muy cortésmente. Se llamaba Laurent Drouet-D'Erlon. Era coronel de los Chevaulégers de la Garde, primo hermano del General-Conde Jean-Baptiste Drouet-D'Erlon, muy cercano al Emperador. Viajaba en cumplimiento de una misión que le encargó el Conde y sobre la cual no podía dar grandes detalles. Iba a Génova. Allí esperaba recoger ciertas noticias de la isla de Elba en donde, como yo debía saber, estaba cautivo Napoleón por voluntad de las potencias aliadas. Luego seguiría hasta Mallorca. Aquí es importante que les explique algo que no es fácil entender, ya que tampoco lo ha sido para mí. La imposibilidad lógica de estar hablando con un militar del Imperio que mencionaba un presente que, en mi caso, era un pasado de casi siglo y medio; a tiempo que se planteaba en mi mente como una aberración inexplicable, sucedía con una fluidez y una lógica que, desde que el hombre comenzó a hablar, se me ofrecieron como irrebatibles. Es decir, nada en mí se opuso ni se alarmó ante un imposible que dejaba de serlo por obra del calor y de la evidente plenitud que comunicaba ese ser de una época pretérita que, por su sola presencia, la convertía para mí en un hoy absoluto. En esta aceptación que, una vez percibida, se tornaba en algo que sucedía dentro de los cauces de una normalidad irrecusable, reside el secreto de todo lo que me ha ocurrido desde cuando abordé el *Lepanto*.

»Conversamos durante el resto de la noche. Es decir, él habló y yo lo interrumpía sólo para precisar datos y confirmar mi familiaridad con lugares y hechos que me eran conocidos gracias a las largas jornadas de lectura en la quinta de la princesa. Sería inútil tratar de reconstruir ahora, en detalle, la vida de alguien con quien, como es el caso de Laurent, he convivido tanto tiempo. Nunca vuelve uno a circunstancias que, una vez mencionadas, entran a formar parte de la vida en común y se dan, en adelante, por sabidas. Esa primera noche no se apartó de una formalidad cortés pero cordial, que facilitó mucho el diálogo y nos dejó, a los dos, en esa situación de compañeros de viaje que se han entendido bien y cuya compañía se disfruta como una feliz coincidencia que nos aliviará del tedio común a toda travesía por mar. Con los primeros ruidos en la cubierta, anunciadores del amanecer, el coronel se puso de pie y se despidió con un besamanos más amistoso que cortesano. Fue hacia el fondo de la bodega y apagó el interruptor, dejándome en la penumbra de la madrugada. Permanecí muchas horas tendida en el camastro, tratando inútilmente, como es obvio, de ajustar lo que me acababa de suceder con la realidad a la que despertaba. Tuve la certeza de que algo había cambiado en mí para siempre. Temía subir a cubierta y vivir mi último día en Palermo acompañada del recuerdo, vívido y patente, de una experiencia inconcebible. Por fin me resolví a salir. El gaditano se me quedó mirando con recelo y extrañeza. "Pensé que estaba enferma —me dijo— y que iba a pasar todo el día allá abajo. Vamos a comer, ¿quiere acompañarme? ¿O prefiere bajar a tierra y comer en el puerto?". Le respondí que haría lo segundo porque necesitaba desentumirme un poco y aún no tenía mucho apetito. Se alzó de hombros y me volvió la espalda sin hacer ningún comentario. Si no habíamos quedado en términos amistosos, al menos sabíamos, cada cual, a qué atenernos. El viaje iba a ser así más llevadero. A la madrugada siguiente zarparíamos rumbo a Mallorca. Comí en una taberna del puerto y luego anduve recorriendo los sitios de la ciudad que me habían gustado y me traían algún recuerdo grato. Al caer la tarde, regresé al *Lepanto*. Me quedé en la cubierta hasta la hora de la cena. El trajín del puerto me distraía hasta dejarme alelada y fuera del tiempo. Cenamos solos el patrón y yo. Apenas cruzamos algunas palabras. Bajé de inmediato a la bodega y me acosté en seguida. Hacia la medianoche, cuando iba a salir del lecho para apagar la luz, sentí que alguien lo hacía accionando el interruptor al fondo de la bodega. Unos pasos se acercaron a la litera. En verdad, ya sin mucha sorpresa, esperaba ver al visitante de la noche anterior. En efecto, se sentó a mi lado y, cambiando el tono cortés e impersonal que había usado hasta ahora, se lanzó en una larga y febril declaración amorosa de una intensidad que yo no había conocido antes. Sus manos empezaron a recorrer mi cuerpo con caricias cada vez más íntimas y desordenadas. Terminamos haciendo el amor, él a medio desvestir y yo completamente desnuda. Lo hacía en asaltos sucesivos, rápidos y de una intensidad que me dejaban en una plenitud beatífica pero cada vez con menos fuerzas. Por fin, nos metimos debajo de las cobijas de lana burda que conservaba trozos de cardos y pequeños tallos que nos rasgaban levemente la piel. Me contó muchas cosas de su vida. Había caído dos veces prisionero de los rusos. Una después de la batalla de Austerlitz y, otra, en el paso del Beresina en la retirada de Moscú. En ambas ocasiones, lo confinaron en Crimea. La primera vez permaneció allí dos años disfrutando del clima tibio y la acogedora hospitalidad de los georgianos. La segunda, estuvo al lado del Duque de Richelieu, quien estaba al servicio del Zar Alejandro I, como gobernador de la región. Allí, en Odessa y en Tbilissi, las circasianas que le concedían fácilmente sus favores lo iniciaron en ese ritmo particular y delicioso de hacer el amor, que creaba en la mujer una especie de adicción semejante a la del opio o al delirio de los místicos. Cuando empezaron a ronronear las máquinas, anunciando la partida del *Lepanto*, el coronel se despidió con un largo beso caluroso y, vistiéndose apresuradamente, volvió a perderse en la sombra vacilante de la madrugada. Un profundo sueño, que duró hasta muy pasado ya el mediodía, me repuso de la noche agitada y propicia. Cuando desperté, estábamos en alta mar. El barco daba bruscas cabezadas luchando contra el mar agitado por la tramontana. A la noche siguiente se repitió el episodio erótico sin mayores variaciones, a no ser los largos silencios de Laurent, quien parecía destinar toda su atención y sus energías a gozar de mi cuerpo como de una fiesta que le fuera a ser vedada por mucho tiempo. Antes de despedirse, me informó que no estaba seguro si volvería en varios días, pero que, al acercarnos a la primera escala de nuestro viaje, me prometía que nos veríamos de nuevo. Así fue, en efecto. La noche siguiente la pasé en una espera palpitante y ansiosa que, en la mañana, vino a terminar en un sueño poblado de visiones en donde el deseo inventaba los más absurdos recursos para interrumpir su realización.

»La vida a bordo transcurría dentro de la monótona rutina que impone el viajar en pequeños barcos como el *Lepanto*, en donde el trato con los compañeros de ruta se circunscribe al insulso diálogo en la mesa o al comentario sobre incidentes triviales de la navegación. Además, yo vivía embebida en el recuerdo de las horas pasadas con Laurent. Mi piel parecía conservar con una fidelidad sobrenatural el calor de su presencia. Así transcurrieron dos noches más y, en la tercera, una nueva sorpresa vino a mi encuentro. Trataba de conciliar el sueño y de evitar la luz de la bombilla tapándome con una punta de la cobija, cuando alguien se interpuso de nuevo entre ésta y mi cama. Pensé que fuera mi amigo. Me descubrí el rostro, ansiosa de recibir su visita, y me encontré con un personaje que, en el primer momento, me fue imposible identificar. Luego caí en cuenta de que había visto gente parecida en los cuadros que la princesa tenía colgados en la biblioteca de su quinta. Era un hombre alto, delgado, de manos ahusadas y pálidas y rostro alargado, también de una palidez entre cortesana y ascética. Los ojos de un negro intenso y largas pestañas, casi femeninas, despedían un fulgor inteligente, contenido y ceremonial. Estaba vestido con una túnica de velarte negro que le llegaba hasta los pies, en la que destacaban dos notas de color de una elegancia intachable: la abotonadura, que iba desde el cuello hasta la cintura, era de un color púrpura intenso con un ribete de plata muy pulida. Tanto el cuello como los bordes inferiores del hábito tenían un vivo doble, también de plata, que encerraba una franja color verde limón. En la cabeza llevaba un gorro alto y rígido de terciopelo también púrpura, que ceñía una larga cabellera de un negro azabache con visos azulados, cuidada con esmero no exento de coquetería. Sobre el pecho ostentaba una cadena de oro de la que pendía un león alado del mismo metal, una de cuyas garras delanteras sostenía un libro abierto en donde estaban escritas las palabras *Pax tibi Marce Evangelista Meus*. Con las manos ocultas en las largas mangas de su túnica, me observaba fijamente como tratando de reconocerme. De repente, comenzó a hablar en un italiano pulido e impecable, en el que era evidente la intención de evitar cualquier acento o vocablo que denunciara una región determinada. Tenía voz de bajo profundo, cuya cálida serenidad denunciaba una prolongada educación cortesana. Tras de pedirme excusas por irrumpir de esa manera, se presentó como Giovan Battista Zagni, relator de la Secretaría Judicial del Gran Consejo de la Serenísima República de Venecia. Viajaba a Mallorca para recibir el pago de ciertos derechos que la Banca Mutt debía por el uso de puertos de la República en la costa dálmata. Le invité a sentarse a los pies de mi cama. Su alta figura me imponía. Prefería mirarlo a la altura en la que me encontraba para poder entablar un diálogo más natural y tranquilo. Aceptó con sonrisa que descubrió una dentadura impecable que lo rejuvenecía notablemente. Una vez más se creó esa atmósfera de absoluta familiaridad que había percibido cuando se me apareció el coronel Drouet D'Erlon. Y también conciliaba de nuevo, sin esfuerzo y sin hacerme la menor violencia, el presente que estaba viviendo con el pasado del que surgía mi inopinado visitante. Con Zagni las cosas fueron con mayor premura. Después de una hora larga, durante la cual me contó algunos incidentes y chismes intrascendentes y otros sabrosamente escandalosos que animaban la vida de la hermética sociedad veneciana, comenzó a pasar sus manos por mis rodillas y, luego, las fue avanzando por entre los muslos con una acompasada lentitud propia de quien ha dedicado buena parte de su tiempo al cortejo de sus coquetas e intrigantes compatriotas. Actuaba con la cautelosa certeza de quien no conoce el rechazo a sus galanterías y eróticos escarceos. Se desabotonó la túnica con lenta naturalidad y, despojándose de las prendas de fina batista de su ropa interior, entró conmigo bajo las cobijas con movimientos que me recordaron ciertas ceremonias religiosas en donde los oficiantes casi no parecen desplazarse, pero cada gesto corresponde a una acción sabiamente calculada. Hicimos el amor en medio del intenso perfume capitoso y floral que despedía el funcionario de la Serenísima, seguramente adquirido en alguna de las pequeñas boticas del Rialto que venden esencias de Oriente. Antes de que aparecieran las primeras luces del alba, Zagni se vistió con los mismos pausados ademanes y con un beso en la frente se despidió anunciando su vista para la noche venidera. Me indicó que sólo al acercarnos a tierra se vería obligado a ausentarse hasta que volviésemos a alta mar.

»Como hubiera debido sospecharlo, el capitán del *Lepanto* se había cuidado bien de aclararme que el viaje iba a tener varias escalas. Dadas las condiciones de la nave, sus máquinas necesitaban frecuentes reparaciones para continuar navegando. Es así como tuvimos que tocar en Salerno, luego demorarnos un par de días en Livorno y, en Génova, esperar durante una semana la llegada de un repuesto para el árbol de la hélice. Al zarpar de Génova nos detuvimos en Niza y, de allí, con un temporal que sacudía el barco en forma que a cada instante parecía que fuera a irse a pique, nos dirigimos a Mallorca. Mis nocturnos visitantes se ajustaron durante la travesía a la rutina de sus apariciones. Laurent, el día anterior al de nuestro arribo a cada puerto, durante la permanencia en éste y a la noche siguiente a la partida. Zagni, durante todo el tiempo que navegábamos en alta mar. Mi relación con cada uno se hizo en extremo personal y estrecha. El Coronel del Imperio me contaba sus campañas en Alemania, su estadía en España con Junot, sus dos largas temporadas como prisionero de los rusos en el Cáucaso y su participación en un complot, en el que figuraba activamente su primo el General-Conde Drouet D'Erlon, destinado a preparar el regreso del Emperador, confinado en la isla de Elba. Llegué a compenetrarme con su manera de hacer el amor, hasta el punto de esperar ansiosamente nuestra llegada a los puertos. La relación con Zagni tenía algo de ceremonial religioso, una como aura bizantina, una dorada magnificencia, que me dejaba en un estado de ensoñación, en un lento delirio alimentado por las sabias caricias del Secretario del Consejo de los Diez. También, en este caso, esperaba siempre la llegada de la noche como quien se prepara para una fiesta en donde el misterio y el sigilo temperaban toda inoportuna manifestación de contento. Nunca me habló Zagni de su vida personal. Evitaba cuidadosamente la menor alusión a las responsabilidades de su cargo, a su vida diaria y familiar en Venecia y, desde luego, jamás mencionó el nombre de parientes, allegados o simples conocidos en la Serenísima. Sin embargo, estas evidentes y rigurosas precauciones no interferían para nada en su manera calurosa y delicada de mantener su relación conmigo. Me hacía sentir que éramos cómplices en una empresa indeterminada y compleja, cuyos detalles y engranajes yo desconocía y tampoco me interesaban por estar toda mi intención y mis sentidos comprometidos en la sabia teoría de sus caricias. Demorarme en recordar los incidentes del viaje y su compleja riqueza de experiencia sensual, de ricas incursiones en un pasado vivido como presente inobjetable tomaría muchas horas, varios días. Además, no me es fácil hablar de esto por un rato largo. Al evocarlo ante terceros, por mucha simpatía que sienta hacia ellos, su presencia, su atención y su curiosidad me lo convierten en una pesadilla irreal e insoportable. Prefiero, para terminar, contarles rápidamente cómo el *Lepanto* acabó encallando en esta costa y por qué sigo viviendo en él. Cuando llegamos a Mallorca, el gaditano se dedicó a hacer una serie de reparaciones a fondo en el *Lepanto*. Me explicó que quería llevarlo al Caribe para servicio de cabotaje en las costas de Centroamérica y en las islas. Me dijo que podía vivir en él mientras encontraba algún nuevo rumbo para mi vida, ya fuese en Génova o en otro lugar de Europa. Me insinuó que si quería, podía viajar con él a las Antillas. No me cobraba el pasaje y tal vez podría encontrar allá alguna manera de ganarme la existencia. Esta oferta la hizo con suma prudencia y dejando muy en claro que no había ninguna intención oculta en ella. Se trataba, me explicó, de tener compañía durante el viaje y de prolongar una relación que le resultaba muy grata. Admiraba mi independencia y respetaba mi muy particular y poco usual manera de andar por el mundo. Le contesté que le respondería en unos días más porque quería pensarlo. Una sonrisa de complicidad pasó por el rostro oliváceo y ladino del capitán. Por un momento me cruzó la sospecha de que estuviera enterado de cómo transcurrían mis noches en la bodega. Es curioso que esta duda no me produjo la menor inquietud. El gaditano, en alguna forma, estaba integrado, formaba parte substancial de la historia, si bien jamás mis nocturnos amantes habían hecho mención del barco, ni de su dueño, ni de la travesía, ni de los incidentes de la misma.

»Esa noche Laurent, antes de despedirse en la madrugada, me dijo algo que decidió mi destino: "Sigue en el barco, Larissa. No nos abandones. Es posible que, a medida que nos alejemos de estos parajes, nuestras visitas vayan siendo menos frecuentes. Pero siempre volveremos y sólo por ti seguiremos existiendo". Quise preguntarle algo que me intrigó mucho en ese instante: se refería al plural que había usado y que dejaba suponer que sabía de la existencia del veneciano. Nunca hablé del otro con ninguno de los dos. El coronel se limitó a llevarse el índice a los labios que sonreían cariñosamente como quien calla a un niño para que duerma. A Zagni sólo lo vería cuando zarpásemos de Mallorca. Me di cuenta, en ese momento, de que nada tendría que preguntarle. Las palabras de Laurent respondían por él en forma que no dejaba lugar a más aclaraciones. Fue así como, al día siguiente, le confirmé al gaditano que estaba resuelta a probar fortuna en el Caribe y que aceptaba su oferta. "Me complace mucho saberlo —contestó muy serio y ya sin ninguna muestra de complicidad—. Nos hubiera hecho mucha falta a bordo. Ya estábamos acostumbrados a su compañía. Usted forma parte del *Lepanto*. No podemos imaginarlo sin usted". De nuevo ese plural, que bien podía simplemente incluir a la tripulación y al barco mismo, al que él aludía como si fuera un viejo compañero. Sentí, sin embargo, una leve inquietud difícil de precisar y que, ahora lo descubría, me acompañaba desde cuando puse por primera vez los pies en el *Lepanto*. Cuando zarpamos de Palma tuvimos pésimo tiempo durante los dos primeros días. Al descender por la costa de Málaga vino la calma y el barco dejó de dar esos bandazos que amenazaban con hundirlo a cada instante. Una noche, cuando no se divisaban ya las luces de la costa, Zagni vino a visitarme. Antes de comenzar el rito de su procesional, intensa y callada lujuria, me dijo, con formalidad que evidentemente era sincera y reflejaba sus sentimientos: "Veo con inmenso placer que ha resuelto acompañarnos en esta aventura hasta las Indias. Era la única oportunidad que me quedaba de seguir andando por el mundo. Tal vez no venga con la frecuencia de antes, pero no dejaremos de encontrarnos de vez en cuando. La gratitud, cuando es tan absoluta, no se expresa con palabras". Comenzó a acariciarme con la pausada fiebre de quien regresa a la vida.

»A tiempo que nos alejábamos del Mediterráneo, tras haber cruzado el estrecho de Gibraltar, las visitas de mis dos amantes se fueron espaciando. Pero lo que más me intrigaba y producía una punzante ansiedad era la mudanza, apenas perceptible al comienzo, de su trato. Cambio cuya naturaleza me es imposible precisar. Sus gestos seguían siendo los mismos, idénticas sus caricias, pero cada vez estaban más ausentes del rito amoroso al que no solamente me habían acostumbrado, sino del que no podía ni siquiera pensar en perderlo sin perder, al mismo tiempo, la vida. Tanto Laurent como Zagni eran cada noche más parcos en sus palabras. Éstas iban perdiendo su densidad y, luego, hasta su sentido. No parecían dirigirse a mí, en particular, sino a alguna imprecisa criatura apenas relacionada con ellos a través de esos episodios amorosos que, sin perder su ritmo, no me transmitían ya la indispensable certeza de ser yo la partícipe única e inconfundible de los mismos. Cuando pasamos frente a la península de la Florida y entramos al mar Caribe, esperé en vano la visita de mis amigos. Al salir de Kingston, donde tuvimos que permanecer varios días mientras arreglaban las vías de agua que iban en aumento y hacían peligrar el *Lepanto*, se anunció la cercanía de un tornado. Esa noche vino a verme Zagni. En palabras apenas inteligibles me explicó, en forma críptica, que no creía poder perdurar mucho más. Carecía de fuerzas para afrontar la prueba que se avecinaba. Fue la única vez en que mencionó, con todas sus letras, el nombre de Laurent: "El Coronel Laurent Drouet-D'Erlon no está ya entre nosotros. Yo he logrado permanecer por más tiempo, tal vez porque quienes hemos nacido en La Laguna poseemos ciertas virtudes de supervivencia en estos climas". Me acarició los senos con tristeza de quien nunca más volverá a sentir en sus manos el calor de un cuerpo de mujer que se entrega como testimonio de una dicha compensadora, con creces, del dolor de estar vivo. Se retiró de inmediato con torpe presteza que siempre había estado ausente en todas sus acciones. A la mañana siguiente irrumpió el tornado con un vértigo de destrucción, una furia incontrolable y sin tregua que nos arrojó frente a Cristóbal, con el *Lepanto* a punto de naufragar y sus máquinas por completo fuera de servicio. El gaditano y su escasa tripulación bajaron a tierra. Yo me quedé tirada en el camastro, en la semitiniebla de la bodega, sin fuerzas para moverme y con el cuerpo magullado y entumido después de varios días de una zarabanda enfurecida e implacable. Al otro día nos remolcaron hasta Panamá. El patrón había vendido el *Lepanto* como chatarra. En espera de su destino final, el barco quedó surto en la rada frente a la Avenida Balboa. Nunca regresaron por él. Bajé a tierra para arreglar mis papeles en las oficinas de migración. Al regresar al *Lepanto*, me pasé a vivir al camarote del dueño. Estoy segura de que el gaditano debió creer que había desembarcado en Cristóbal sin despedirme. Pocas semanas después, un nuevo temporal tiró los restos del buque a la orilla de rocas y basura en donde ahora está. No podía dejar el barco. Conservaba, contra toda probabilidad, la esperanza de volver a recibir la visita de mis amigos. Del veneciano al menos. Pensaba largamente en ellos, reconstruyendo las horas que vivimos juntos, la historia de sus vidas, el calor de sus caricias y su solidaria complicidad amorosa. Cuando se terminó el dinero que había traído de Palermo, Álex me habló de Villa Rosa y me puso en contacto con la venezolana. Así fue como llegué aquí».

Ilona había seguido con intensa concentración la historia de Larissa. En ningún momento intentó interrumpirla y me intrigó sobremanera advertir que su rostro no mostró la menor señal de duda ni de asombro ante la aberrante improbabilidad de los hechos narrados por la chaqueña. Ésta se despidió sin esperar comentarios o preguntas de nuestra parte. Era como si el relato de tan insoportable experiencia hubiera sido bastante para agotar toda curiosidad, todo interés por su persona. Permanecimos largo rato sin saber muy bien qué decir, hasta que Ilona comentó, con voz que me llegó ajena, como nacida de alguien que despierta de una pesadilla abrumadora:

—Pobre mujer. Cuánto debe haberle costado mantener aquí trato con sus clientes y qué torturas debió pasar después de cada cita. Lo grave es que no hay manera de ayudarla. Es como si viviera en otra orilla, adonde no le llegan nuestras palabras. Además, no las conseguiría entender porque pertenecen a un idioma que desconoce. Cada uno de nosotros se labra su pequeño infierno personal, pero ella ha tenido que cargar, además, con el de otros que ni siquiera estaban ya entre los vivos. Mala sombra le cayó a la chaqueña.

Resolvimos apresurar nuestra partida. La historia de Larissa nos había dejado un sordo malestar que no conseguíamos vencer. Longinos nos manifestó su interés por quedarse con el negocio. Prescindiría de la ficción de las azafatas, por cierto ya casi inexistente. Habló con doña Rosa, quien estuvo de acuerdo en traspasarle nuestro contrato. También ella había desarrollado una notoria simpatía por el inteligente y discreto mozo de Chiriquí, con el que tenía a menudo largos diálogos, siempre relacionados con el manejo y la vida del negocio por el que Longinos mostraba bastante más vocación y talento que nosotros. La parte que le había correspondido en la repartición de nuestras ganancias le permitía continuar con éxito en la empresa, cuyas riendas hacía mucho tiempo había tomado, liberándonos de algo que nos estaba resultando intolerable. La monotonía de esa rutina era ajena a nuestros principios de perpetuo desplazamiento, de rechazo de lo que pudiera significar un compromiso duradero, una obligada permanencia en no importa qué lugar de la Tierra.

A tiempo que continuábamos con los preparativos para salir de Panamá y dejar a Longinos instalado en Villa Rosa, iba en aumento mi preocupación por la forma como la presencia y, luego, la historia de Larissa habían influido en Ilona. Los síntomas no eran muy evidentes, pero para quien, como yo, la conocía bien y había convivido con ella largas temporadas, el cambio no podía pasar desapercibido. Hablar con ella al respecto hubiera sido, además de inútil, bastante inoportuno. Ilona guardaba celosamente su independencia y tenía un cuidado muy inteligente y personal al hacer confidencias a los seres que quería, por los que sentía esa amistad basada en una confianza absoluta y en un tratado de límites tan estricto como equitativo. Sabía que, llegado el momento, ella hablaría conmigo del asunto. Así fue. Pocas semanas después de oír la historia de Larissa, recibimos una carta de Abdul Bashur fechada en La Rochelle. Nos contaba que el negocio del *Fairy of Trieste* progresaba notablemente. Había entrado en sociedad con dos comerciantes sirios a los que conocía desde su juventud. El próximo viaje tenía como destino final Vancouver. Por lo tanto, calculaba pasar por Panamá en una fecha próxima, que nos haría saber por telegrama desde la escala anterior a su paso por el Canal. Venían, luego, algunos comentarios sobre nuestras actividades en Villa Rosa, las cuales, sin dejar de remover su puritanismo islámico, le despertaban un travieso humor que mostraba ese fondo suyo de inocencia y gracia tan bien disimulado tras sus artes de mercader levantino. Las noticias de Abdul nos produjeron un alivio muy grande. Nos ilusionaba sobremanera la perspectiva de reunirnos en breve con él. Pero, por otra parte, la carta de Abdul vino también a precipitar la ansiedad de Ilona tal como lo había yo previsto. Una mañana en que desayunábamos en la terraza, planteó el asunto con la reflexiva intensidad que ponía en sus palabras cuando estaba de por medio el campo de sus afectos. Mientras me servía el té, con los gestos ceremoniales que le eran propios para esa ocasión, desde cuando vivimos juntos por primera vez, me comentó usando los registros más bajos de su voz:

—No sé qué vamos a hacer con Larissa. Siento que aquí no se puede quedar. Pero llevarla con nosotros sería una responsabilidad tremenda. Tú qué piensas.

Con la vista fija en su taza, servía el té con una lentitud que denunciaba su tensa espera de mis comentarios.

—Yo creo —le dije, después de medir bien las palabras que iba a usar— que el asunto es más complejo de como lo estás planteando. Es evidente que si esta mujer se queda viviendo en los escombros del *Lepanto*, irá, rápidamente, hacia una disolución física y mental sin remedio. El tiempo de su espera se ha agotado. Frente al abismo, a la nada, se agarra como náufrago al salvavidas, al rescate que significa tu amistad, tu comprensión, tu interés hacia la experiencia inconcebible que ha vivido. Pero lo que veo, con evidencia que me aterra, es que, en lugar de tú sacarla del tremedal que la devora, es ella la que te está arrastrando con una fuerza que ni tú misma estás midiendo. Llevarla con nosotros no arreglaría nada, desde luego. Además no creo que haya nada que consiga sacarla ya del *Lepanto*. Ella «es» ese barco, forma parte de esos despojos tirados en la costanera; hasta tal punto que uno no consigue saber dónde terminan éstos y dónde comienza ella. El problema no es Larissa, ella hace mucho tiempo que prescindió de hacerse ninguna pregunta, de plantearse ninguna duda. El problema eres tú que, sin medir hasta dónde te comprometías, has avanzado a su vera un trecho del camino no sé qué tan largo y por eso no sé si pueda aún existir para ti la posibilidad de un regreso. Sólo tú sabes. Me doy cuenta de que no resulto de mucha ayuda. No sé hasta dónde han ido los lazos que te unen a la chaqueña. Y no sólo hasta dónde han ido, sino a qué orden pertenecen. No sé. No sé qué decirte.

Ilona no había probado su té y me miraba con ojos de alarma y desamparo.

—No —contestó—, no he estado con ella en la cama. Si es lo que quieres precisar. Eso no tendría mucha importancia. Me conoces lo suficiente como para saber que no son ésos los lazos que me pueden obligar a cambiar de vida. Es algo más hondo y más terrible. Es una especie de simpatía desgarrada que me hace sentir responsable de lo que le pueda suceder y, lo que es aún peor y más incomprensible, de lo que ya ha padecido. Hay algo en Larissa que me despierta demonios, aciagas señales que reposan en mí y que, desde niña, he aprendido a domesticar, a mantener anestesiados para que no asomen a la superficie y acaben conmigo. Esta mujer tiene la extraña facultad de despertarlos pero, por otra parte, al ofrecerle mi apoyo y escucharla con indulgencia, logro de nuevo apaciguar esa jauría devastadora. Tampoco yo sé, por eso, qué pueda hacer por ella ni cómo dejarla.

Le respondí que, como tantas otras veces en nuestras vidas y en las de todos los seres, la respuesta y la solución que buscamos a los callejones sin salida las traen el azar, los recodos insospechados e imprevisibles del tiempo. Me di cuenta de que era un consuelo bastante precario el que trataba de darle y que en su infalible lucidez, ella estaba pensando ya en que esas esquinas del tiempo también suelen depararnos el horror inconcebible de sus maquinaciones y sorpresas. Continuamos desayunando en silencio. Era evidente que ninguno de los dos tenía mucho más que añadir. Lo único que podíamos hacer era proseguir con nuestros planes de partida sin detenernos en algo cuya solución se nos escapaba, tal vez porque no estuviera en nosotros buscarla y, mucho menos, hallarla.

El fin del *Lepanto*

Larissa siguió visitándonos, pero había suspendido toda cita con sus clientes. Hablaba muy poco y arrastraba un cansancio sin alivio posible; un agotamiento que la mantenía a punto de caer en un largo sueño cuya presencia era cada vez perentoria. Longinos había tomado cuenta de la marcha del negocio en forma tan eficiente y discreta, que llegamos a sentirnos como sus huéspedes, siempre bien atendidos pero ajenos ya, por completo, a la vida de Villa Rosa. La farsa de las *stewardess* pertenecía a la historia. De vez en cuando, nos cruzábamos con alguna bella visitante que nos era desconocida o con algún atildado funcionario de la banca o del comercio que nos miraba como a intrusos cuyo encuentro evitaba discretamente. Reunimos en una sola suma el total de nuestras ganancias y la depositamos en una cuenta con firma mancomunada en un banco luxemburgués que nos había recomendado Abdul. Sólo esperábamos noticias suyas para fijar la fecha de nuestra partida. Sabía que la suerte de Larissa continuaba siendo para Ilona una incógnita lacerante y sin respuesta. Una mañana subió Longinos para hablar conmigo. Noté que deseaba hacerlo cuando Ilona no estuviera presente. Bajé con él, con cualquier pretexto, y me susurró que Larissa quería verme. Esa tarde estaría esperándome en el barco.

Cuando llegué al sitio donde estaba recostada la informe ruina del *Lepanto*, la mujer se asomó por el ojo de buey de su refugio y me invitó a subir. El cubículo que había sido del gaditano mostraba una pobreza desoladora. La cama, con las cobijas en desorden, exhalaba una mezcla de perfume barato y de sudor. Un ligero tufo a gas salía de una pequeña hornilla colocada en lo que debió ser antes el estante para mapas y cartas de navegación. Debajo había un pequeño tanque de propano y algunos trastos de cocina desportillados e informes. Del armario empotrado en la pared, ya sin puertas y apenas cubierto por un trozo de tela, asomaban prendas de vestir que reconocí al instante como las que solía usar su dueña para visitarnos en Villa Rosa. Larissa estaba de pie, recostada en el ojo de buey, mirándome con un aire ajeno como si le costara trabajo reconocerme. No había dónde sentarse. Permanecí en pie mientras ella comenzó a hablar en frases entrecortadas y sin ilación. Mencionó la proximidad de nuestros planes de partida y algo sobre el nuevo giro que tomaban los asuntos en Villa Rosa. Le contesté con vaguedades, en espera de enterarme cuál era el motivo por el que había pedido que fuera a verla. Tras un breve silencio, se dejó caer en la cama y, cubriéndose el rostro con las manos, habló con voz sorda que intentaba contener el llanto:

—Ilona no se puede ir. No me puede dejar aquí sola. Yo no se lo pediría nunca. Usted sí puede decírselo. Por favor, Maqroll, si ella me abandona ya no queda nada, nada, usted lo ve —con el brazo señaló el camarote en un gesto de patético desaliento. No sabía qué responderle.

—Hable con ella —sugerí sabiendo que nada adelantaría con esto—. No se me ocurre ninguna solución por ahora. Venga a vernos y hablemos juntos. No sé. No creo que pueda ayudarle mucho.

Había vuelto a cubrirse el rostro con las manos. Cuando terminé de hablar movió los hombros con la desesperación de quien se sabe perdido sin remedio.

Regresé a la casa y conté a Ilona mi visita a Larissa.

—Hay que resolver esto pronto. Dejarla en la indecisión la hará sufrir más. Mañana te digo lo que haya resuelto —comentó con la firmeza de quien no desea prolongar un suplicio innecesario.

Nos sentamos en la terraza esperando a que avanzara la noche y nos rindiera el sueño. Recordamos episodios de nuestras empresas con Abdul Bashur y volvimos, por enésima vez, a evocar ciertos rasgos de nuestro amigo que nos conmovían particularmente. Terminamos por rememorar el que mejor lo retrataba: cuando partió bruscamente de Abidjan, adonde habíamos ido para cerrar un negocio de estatuillas de bronce antiguas que nos vendía el jefe de una tribu del interior, sólo para devolver una parte de la descomunal ganancia que hiciera en un transporte de peregrinos de Trípoli a La Meca. «El hombre que contrató el viaje —nos explicó— es un santón inocente que aceptó la primera suma que mencioné. Voy a devolverle la mitad. Así quedaré tranquilo». Le explicamos que eso podía hacerlo más tarde, que su presencia era indispensable en la Costa de Marfil porque nosotros no conocíamos mucho de antigua escultura africana. No hubo manera de convencerlo. Viajó esa misma noche y diez días después regresó con expresión de punzante culpabilidad en el rostro y un humor sombrío. El patriarca había muerto y no dejó ningún pariente a cargo de sus cosas. La comunidad chiita, a la cual pertenecía, no quiso recibir el dinero de Abdul. «No comprenden mis intenciones —comentó—. Creen que estoy tratando de pasarme de listo con ellos. Voy a donar esa cantidad al leprosario de Sassandra». Así lo hizo. Ese dinero nos hubiera permitido duplicar nuestras ganancias en lo de las estatuas de bronce, porque la pieza principal, por la que nos hubieran pagado más en Europa, no pudimos adquirirla.

Esa noche Ilona estuvo dando vueltas en la cama. La oí levantarse e ir en busca de un poco de aire fresco a la terraza. Era evidente que no conseguía dormir. Cuando desperté, estaba extendida en una de las sillas de lona de la terraza. Se la veía tan cansada que me sorprendió la serenidad de su voz cuando me comunicó la resolución a la que había llegado:

—Nos vamos, Maqroll. Nos vamos de aquí y lo hago sin ningún remordimiento. No voy a hundirme con Larissa. Además, ella hace ya mucho tiempo que está en la otra orilla. No se trata de si tiene o no salvación. Eso no depende de mí ni de nadie que pertenezca todavía al mundo de los vivos. Ella, quién sabe desde cuándo, presidió ya su propio funeral. Te consta que nunca me han gustado, que no he asistido jamás a los entierros. Ya hablaré con Larissa en su momento. No le doy más vueltas al asunto.

Conociendo a Ilona como yo la conocía, no tuve ninguna duda sobre la entereza de su determinación. Su fidelidad a la vida siempre tuvo algo de felino, de instantáneo y reflejo, donde la razón no jugaba ningún papel. En verdad, no había nada más que hablar sobre Larissa. No importaba el precio que Ilona tuviera que pagar en su interior. Los dados se habían detenido. La partida estaba jugada.

Longinos adquirió una pequeña camioneta de segunda mano y en ella nos dedicamos a recorrer con él los lugares que frecuentábamos antes y que nos recordaban mis días de penuria y los de súbita prosperidad con la aparición de Ilona. De vez en cuando, nos acompañaba Larissa. Aunque Ilona no hubiera hablado con ella, la chaqueña presentía el veredicto que la esperaba. En estas salidas que hicimos en su compañía, no mencionó el asunto, ni la noté más triste, ni más vestal de las sombras que de ordinario. El telegrama de Abdul llegó un sábado en la tarde. En una semana tocaría Cristóbal. Nos esperaba a bordo del flamante *Fairy of Trieste*. En su bodega traía botellas del mejor Tokay. Esa parte del mensaje iba dirigido a Ilona, cuya preferencia por el vino *magyar* era objeto de frecuentes y divertidas alusiones de nuestra parte. Lo que Abdul no sospechaba, porque lo guardábamos como una sorpresa, era que viajaríamos con él. El día anterior al de nuestra partida, Ilona me dijo que iba a hablar con Larissa. Estaba tranquila, pero se notaba en sus facciones esa rigidez que traiciona el dolor contenido pero aceptado como el precio que, irremediablemente, hay que pagar para seguir siendo lo que somos.

Almorzamos una ligera comida fría en la terraza. Al terminar, fui a tenderme en la cama para dormir una siesta. Ilona se despidió dándome un beso en la frente:

—No será fácil, Gaviero. No sabes cómo duele. Es como golpear a un inválido. Pero no hay otro remedio. *Les jeux sont faits*.

La vi desaparecer por la puerta con el andar elástico de sus largas piernas y el balanceo de los hombros que le confería una perpetua adolescencia. Me quedé profundamente dormido. Cuando desperté ya casi era de noche. Sentí la cabeza pesada de tanto dormir. El calor había aumentado notablemente, como sucede siempre cuando se aproxima la lluvia. Era la primera tormenta de la temporada. Lejanos relámpagos iluminaban el cielo con una fulgurante y operática intermitencia. Los truenos apenas se escuchaban, pero era fácil advertir que se iban acercando. De repente, Longinos irrumpió en mi cuarto con una expresión aterrada y el rostro bañado por las lágrimas. Apenas podía hablar:

—La señora, mi don, la señora, venga conmigo.

Temblaba como un animal acosado. Me vestí con lo que tenía a mano y subimos a la camioneta.

—Déjame conducir —le dije—. Así no puedes.

—No, señor —me contestó un poco más controlado—, usted no tiene licencia. Yo puedo hacerlo. Vamos.

En el camino lloraba sin parar y no pudo explicarme nada. Llegamos al sitio donde había estado el *Lepanto*. Un grupo de curiosos rodeaba un pequeño montón de cenizas que los bomberos escarbaban, ayudados con linternas de mano. Los haces de luz recorrían hierros retorcidos, maderas carbonizadas cuyos muñones surgían entre las piedras de la orilla y los bloques de cemento ennegrecidos por el incendio. Me acerqué a uno de los bomberos y le pregunté qué había sucedido:

—Estalló el tanque de gas que la loca esa tenía en el camarote. A quién se le ocurre. Voló todo en pedazos. El incendio fue instantáneo. A ella ya la encontramos. Pero parece que había alguien más.

De repente me miró con aire intrigado. Longinos se me adelantó:

—No, el señor no la conocía. Yo sí, aquí estaré por si puedo ayudarles en algo.

El bombero no pareció prestar atención y volvió a su tarea.

—¡Aquí está, aquí está! —oímos que alguien gritaba entre los escombros. Unos instantes después un bombero pasó frente a nosotros, cargando en una sábana agarrada por los cuatro extremos un bulto informe y carbonizado. De la sábana, sucia de barro y ceniza, goteaba un líquido rosáceo que apenas manchaba el pavimento. El bombero que había hablado con nosotros se acercó a Longinos:

—Venga más tarde al anfiteatro para ayudarnos a identificar los cuerpos. Va a ser muy difícil. Están casi totalmente carbonizados. Pero tal vez algo pueda encontrarse: papeles, alguna joya. Deme su nombre y su dirección.

Longinos se los dio. El oficial tomaba nota en una cartera que sacó de un bolsillo de su camisa.

Contemplábamos atontados lo que quedaba del *Lepanto*. Los curiosos se fueron dispersando. Quedamos unas cinco o seis personas. Oí el inconfundible golpeteo de una pierna ortopédica en el pavimento. Volví a mirar. Era el portero del hotel Astor que se perdía en las sombras de la calle de enfrente. Entonces vine a recibir de lleno el golpe de lo sucedido. Todo había sido tan repentino que hasta ese momento había actuado en forma refleja y ausente. Longinos me tomó del brazo:

—Vamos al bar de Álex, mi don. Tómese algo. No sabe qué cara tiene.

Nos dirigimos hacia allí. En la barra, Álex me sirvió un vodka doble sin hielo. Puso su mano en mi brazo y con voz compasiva que le salía del alma, me dijo:

—Yo sé lo que esto le duele, Gaviero. Cuente conmigo para cualquier cosa. Soy su amigo. Usted lo sabe. Quédese aquí un rato. Lo que quiera.

Fue hacia el tocadiscos y bajó el volumen de la música todo lo que le permitía la animada clientela del establecimiento.

Un dolor sordo empezaba a crecerme en mitad del pecho. Era como un erizo que se iba hinchando, desgarrando todo, sin pausa, sin alivio. Longinos, a mi lado, me observaba con desconsuelo. No sé cuánto tiempo estuve allí. Pasada la medianoche, Longinos me llevó al Hotel Miramar. La dueña, también con una simpatía sincera y dolorida, me arregló un cuarto de inmediato. No podía regresar a Villa Rosa. Longinos no quería dejarme solo, pero le insistí que se encargara de las diligencias judiciales. Le pedí también que me trajera luego alguna ropa, un maletín con papeles y una maleta que estaban en mi habitación.

—Al rato vengo, no vaya a irse. Espéreme, por favor —me dijo, con evidente preocupación de que me quedara solo.

—Vete tranquilo —le dije—. No te preocupes por mí. Aquí estoy bien. No quiero ver a nadie. Vuelve cuando puedas.

Se fue un poco más tranquilo. Me tendí en la cama, tratando de mantener la mente en blanco. Era imposible. El recuerdo de Ilona invadía con devastadora avidez cada instante de ese presente detenido, congelado, intolerable. No podía apartar la imagen obsesiva e inconcebible del montón de carne carbonizada que el bombero llevaba en la sábana anónima de una ambulancia; y las gotas rosadas cayendo al piso, mezclándose con las primeras del aguacero que ahora caía con la torrentosa vehemencia de las lluvias del istmo. Ilona muerta. Ilona, muchacha, qué golpe rastrero contra lo mejor de la vida. Empezaron a desfilar los recuerdos. Con los ojos secos, sin el consuelo del llanto, transcurrieron largas horas en ese último intento de mantener, intactas por un momento todavía, esas imágenes del pasado que la muerte comenzaba a devorar para siempre. Porque la muerte lo que suprime no es a los seres cercanos y que son nuestra vida misma. Lo que la muerte se lleva para siempre es su recuerdo, la imagen que se va borrando, diluyendo, hasta perderse, y es entonces cuando empezamos nosotros a morir también. La ausencia de Ilona, estando ella viva, era algo que conocía muy bien y con lo que estaba familiarizado. Su ausencia definitiva era algo que me costaba tanto trabajo, tanto dolor, tratar de imaginar, que prefería volver de nuevo a los recuerdos. Allí encontraba, aún, un refugio, efímero y endeble, pero, en ese momento, el único al que podía acudir para no caer en la nada.

Longinos llegó con la ropa y los papeles. Había estado en la morgue. Un anillo de Larissa sirvió para identificarla. En opinión de los bomberos, ella había abierto la llave del gas y dejado que éste escapara casi en su totalidad. Era de pensar que la misma persona había encendido algún fuego. La explosión fue tan brutal que fulminó todo en su instante.

—Fue Larissa, mi don. Puta bruja. Nunca le tuve la menor confianza. Esa mujer estaba loca. Le tendió a la señora Ilona la trampa para que no se fuera. Por eso estaba tan mansita en los últimos días.

El pobre Longinos lloraba de nuevo con la cándida entrega al dolor que tienen los seres primitivos e inocentes y que es la única forma de acompañar a los muertos y de hallar algún alivio a su ausencia. Le pedí que se fuera a dormir. Al día siguiente tenía que llevarme a Cristóbal para recibir a Abdul.

En la mañana, muy temprano, ya estaba Longinos esperándome en el vestíbulo del hotel. Fuimos primero al banco en donde teníamos nuestra cuenta. Allí giré el dinero de Ilona a su prima de Oslo que ahora vivía en Trieste. Era la única sobreviviente de su familia. Ilona la quería mucho, pero soportaba con poca paciencia sus observaciones de burguesa convencional que no entendía cómo su prima podía llevar una vida semejante. En el camino a Cristóbal le expliqué a Longinos cómo quería que recibieran sepultura los restos de nuestra amiga. En una simple lápida de piedra debía poner el nombre, Ilona Grabowska, y, abajo, en letras pequeñas: «Sus amigos Abdul y Maqroll que la quisieron tanto». No hablamos más durante el viaje. Cuando llegamos a Cristóbal un pequeño buque tanque, pintado de azul y naranja, se acercaba lentamente al muelle. Una fea punzada en el pecho me anunció la desoladora tarea que me esperaba: decirle a Abdul Bashur que Ilona, nuestra amiga, no estaba ya entre nosotros. En la proa del navío se alcanzaba a leer ya, claramente, *Fairy of Trieste*.

Un bel morir

*A Jorge Ruiz Dueñas, amigo ejemplar
y avezado seguidor de los asuntos del Gaviero*

Un bel morir tutta una vita onora.

Francesco Petrarca

Todo irá desvaneciéndose en el olvido
y el grito de un mono,
el manar blancuzco de la savia
por la herida corteza del caucho,
el chapoteo de las aguas contra la quilla en viaje,
serán asunto más memorable que nuestros largos
abrazos.

Álvaro Mutis,
«Un bel morir...», *Los trabajos perdidos*

Accumulons l'irréparable!
Renchérissons sur notre sort!
Tout n'en va pas moins à la Mort,
Y a pas de port.

Jules Laforgue,
Solo de Lune

Todo hombre vive su vida como un animal acosado.

Nicolás Gómez Dávila,
Escolios

Todo comenzó cuando Maqroll se fue quedando en Puerto Plata y pospuso, por un tiempo indefinido, la continuación de su viaje río arriba. Se trataba, en esta navegación hacia las cabeceras del gran río, de encontrar alguna huella de vida de quienes compartieron, años atrás, algunas de sus miríficas empresas. Desalentado por la ausencia de la menor noticia sobre sus antiguos compañeros y con amargo sabor en el alma al ver cómo se agotaban las últimas fuentes que nutrían esa nostalgia que lo había traído desde tan lejos, concluyó que le daba igual quedarse allí, en el humilde caserío, o seguir remontando la corriente, ya sin motivo alguno que lo moviera a hacerlo.

Buscando alojamiento en La Plata, encontró una habitación disponible en casa de una mujer ciega, muy estimada en el lugar. Todo el mundo la conocía como doña Empera. Después de convenir el precio del hospedaje y de otros servicios como las comidas y el arreglo de su escasa ropa, escogió un cuarto cuya ubicación era un tanto sorprendente. Para ganar espacio, la dueña había hecho construir dos habitaciones que avanzaban sobre la corriente del río y se sostenían sobre rieles de ferrocarril enterrados en la orilla en forma oblicua. La construcción se mantenía firme por uno de esos milagros de equilibrio que logran en esas tierras quienes saben aprovechar todas las posibilidades del grueso bambú, allí conocido como guadua, cuya ligereza y versatilidad para servir a los propósitos de la edificación llegan a ser insuperables. Las paredes, levantadas con el mismo material, se completan y afirman con una arcilla de color rojizo que se encuentra en los acantilados que cava el río en los trayectos donde su curso se estrecha.

El cuarto parecía más bien una jaula suspendida sobre el arrullador borboteo de las aguas color tabaco, de las que subía un lenificante aroma a lodo fresco y a vegetales macerados por la siempre caprichosa e imprevisible corriente del río. Los demás cuartos eran arrendados por doña Empera a parejas ocasionales a las que sólo exigía el pago por adelantado de los días que fueran a estar allí y la conservación de un orden estricto en las pertenencias de los huéspedes. Ella misma se encargaba de arreglar las habitaciones y, en la forma más comedida, pero terminante, pedía a sus clientes que, desde el primer día, le indicaran el lugar escogido para cada objeto. Así podía limpiar la habitación siguiendo siempre el mismo orden. Cuando el Gaviero llegó a la casa para preguntar por un cuarto disponible, la dueña le contestó sin vacilar:

—Yo a usted lo conozco, don. Ha pasado por La Plata varias veces pero nunca se ha quedado aquí. He oído hablar de usted. Por cierto que nadie consigue decirme cuál es su oficio o de qué vive. Pero eso no es lo que me extraña. Lo que me intriga es que, si las que lo mencionan son mujeres, nunca lo hacen con rencor, pero les noto en la voz un como miedo que no les permite hablar mucho.

—Siempre hablan de más, señora —comentó el Gaviero. Tres o cuatro veces había pasado por allí en busca de un lugar en donde detener sus pasos y las mujeres con las que había estado, hembras de ocasión, de rostro anónimo y ningún rasgo memorable de carácter, no merecían haber despertado la curiosidad de doña Empera—. Nunca les dejo mucho de qué hablar y tal vez por eso se quedan imaginando tonterías.

—Puede ser eso —repuso ella no muy convencida—. A mí lo que me importa es que usted es persona de fiar y merece mi confianza. El resto vaya el diablo y averigüe. Los ciegos sabemos más sobre la gente que los que tienen ojos para ver y no ven. Cuando nos engañan es porque queremos y dejamos que lo hagan. Usted, que ha vivido tanto, me comprenderá.

La dueña se despidió y Maqroll se quedó ordenando sus cosas e instalándose en su habitación. Cuando terminó de hacerlo, la mujer regresó y él fue indicándole cada objeto y el lugar que ocupaba.

—No es mucho lo que trae —comentó la dueña con cierta curiosidad no exenta de compasión.

—Lo indispensable, señora, sólo lo indispensable —contestó el Gaviero tratando de dar fin al diálogo.

—Y esos libros ¿también son indispensables? —le preguntó doña Empera con esa sonrisa desvaída con la que los ciegos tratan de hacerse perdonar su curiosidad—. ¿Sobre qué son? —insistió con franco interés que no dejó de intrigar al Gaviero.

—Uno es la vida de san Francisco de Asís, escrita por un danés; ésta es la traducción francesa. El otro, en dos tomos, contiene las cartas, también en francés, del Príncipe de Ligne. En ellas se aprende mucho sobre la gente, en especial sobre las mujeres —la curiosidad de la ciega merecía, exigía casi, esos detalles por parte del lector y dueño de los libros.

—Mi nieto —siguió diciendo la dueña— me leía mucho, sobre todo libros de historia. Los vendí cuando me lo mató la federal. Sospecharon que estaba en la guerrilla porque siempre andaba leyendo. Lo hacía sobre todo para distraerme. Pero esa gente no pregunta; entra matando. Siempre andan muertos de miedo.

—¿Vienen mucho a La Plata? —preguntó el Gaviero interesado por esa mención de las fuerzas armadas con las que jamás, en parte alguna, había tenido buenas relaciones.

—No, señor. Hace mucho no bajan hasta aquí. Todo está ahora muy tranquilo. Pero eso no quiere decir nada. Nunca se sabe con ellos.

El Gaviero guardó silencio y siguió acomodando sus cosas y cambiando de lugar los precarios muebles del cuarto. El tema no le atraía. Su relación con las armas había ocurrido en otros ámbitos por completo extraños a éste y con gentes de muy distinta condición. Además, todo aquello era para él asunto olvidado, una experiencia que había venido a sumarse a muchas otras que cargaba a la cuenta de la sandez humana. Antes de partir, doña Empera le hizo una especie de declaración de principios o, mejor, de reglas de conducta respecto a las visitas femeninas. Documento oral que no dejó de intrigarlo y proyectarle ciertas luces sobre la aguda inteligencia de la patrona del lugar.

—Si quiere traer alguna amiga para pasar la noche con ella —indicó doña Empera— en principio yo no tengo ninguna objeción. Pero como este caserío es lo que usted ya ha podido ver y todos nos conocemos hace mucho tiempo, le aconsejaría, por su propio bien, que antes de invitar alguna amiga hable conmigo. No lo tome como una intromisión en sus asuntos, sino como el deseo de que no nos metamos los dos en problemas. Yo puedo darle algunas indicaciones muy útiles que le evitarán compromisos engorrosos. Ya sabe a qué me refiero. Otra cosa: cuide su dinero. No pase por generoso en un poblacho como éste en donde nos estamos hundiendo en la miseria. Bueno, que descanse y buena suerte.

El golpeteo del bastón se fue alejando hasta perderse al fondo de la casa. El Gaviero se extendió sobre el duro camastro, en donde el leve colchón de borra pretendía brindar un dudoso alivio contra las tiras de guadua que formaban el tablado. Oía pasar el agua con la monótona energía de una rutina sin sosiego. El murmullo lo fue adormeciendo hasta que cayó en un sueño profundo. El calor implacable de la tarde, cuando toda brisa se suspende y llegan los mosquitos, lo despertó de repente. Hacía muchos años que no sentía ya su picadura pero el inclemente zumbido seguía irritándolo sin remedio.

La vida en La Plata era como la de todos los pequeños caseríos al borde del río. La llegada del barco de pasajeros, con sus grandes ruedas de palas pintadas de color ocre, o el arribo de las caravanas de barcazas tiradas por un remolcador tartajoso eran el principal acontecimiento del lugar. Cuando llegaba esa ocasión, la cantina, ubicada entre las demás casas, frente al terraplén que hacía las veces de plaza, mirando al río, adquiría una inusitada pero fugaz actividad. Al continuar su viaje, los barcos dejaban de nuevo el pueblo sumido en la modorra de un clima de sauna, en medio de un silencio que llegaba a producir la impresión de que la vida se había retirado de allí para siempre. Algunas noches, una victrola rompía la callada tiniebla con el chillón y casi irreconocible lamento de un tango de los años treinta o una gangosa canción del doctor Ortiz Tirado que hablaba del amor con la unción melodramática de un fatal pecado de utilería.

El Gaviero alternaba las lecturas en su cuarto con muy dosificadas visitas a la cantina, cuando ésta se hallaba casi vacía. Doña Empera lo puso en contacto con algunas mujeres amigas suyas. Eran campesinas que bajaban de la montaña para hacer compras en la única tienda del pueblo, cuyo dueño, el turco Hakim, solía acosarlas de vez en cuando con solicitaciones premiosas y siempre mal pagadas. Ellas trataban de completar el escaso dinero que traían del rancho con alguna pequeña ganancia extra que les permitiera adquirir algún adorno de fantasía o unos metros de tela. Los amigos de la ciega eran la fuente más segura y discreta para tales operaciones. No conseguía Maqroll recordar ni siquiera el nombre de alguna de esas fugaces compañeras de una noche. Las reconocía, a veces, por el olor de la piel o por las historias, siempre las mismas, con las que llenaban los intervalos entre cada episodio amoroso. Se trataba en éstos de seguir un proceso semejante al de los alquimistas, destinado a conservar algunas zonas imprescindibles de su nostalgia, sin permitir que se impregnasen del presente sin rostro, ni perdiesen la virtud de salvarlo del lento deslizarse hacia la nada cuya certeza lo atormentaba a menudo.

Una de las ventanas del cuarto daba hasta el piso y abría a un tambaleante balcón de guadua suspendido sobre la corriente. Allí pasaba el Gaviero muchas horas, recostado sobre el barandal, contemplando el curso siempre cambiante, siempre sorpresivo, de las pardas aguas sin memoria. En la orilla opuesta se divisaban los extensos campos sembrados de algodón, alternando con las parcelas de caña de azúcar. El tono acerado y oscuro de éstas contrastaba con los blancos copos que imprimían al paisaje un carácter de vaga pesadilla. La cordillera se erguía al fondo, imponente, con sus picos por los que cruzaba la niebla en velos vertiginosos o caía la lluvia en densos telones que se instalaban durante varias horas. A menudo, por las tardes, era posible, después de la lluvia, contemplar el borde, destacado y sobrecogedor, de las cimas más altas, del páramo inalcanzable y señero. Era un paisaje ordenado, soñoliento y denso, que se ajustaba al ritmo perezoso de las aguas oxidadas y espesas de la gran corriente que descendía hacia el mar en un silencio apenas perturbado por el borboteo de los remolinos surgidos alrededor de las grandes lajas de pizarra que aparecían de vez en cuando en la superficie. Maqroll podía pasar muchas horas embebido en el desfile ceremonial que se disolvía al llegar la noche, acompañada del febril coro de los grillos y del chillido de los murciélagos que pasaban en precipitado vuelo rasante por sobre la corriente y los tejados de las casas.

La Plata era un caserío semejante a todos los demás que agonizaban al pie del gran río, sin razón ni propósito definido en su existir anodino y monótono. Unas cuantas casas con techo de palma. El puesto del ejército y la tienda de Hakim con techos de zinc, pintados el primero de un color gris rata y el del turco de un fresa rabioso y gratuito. El Gaviero había comenzado a entrar en una beatífica serenidad, que, en el fondo, le preocupaba por sentirla extraña a su inagotable ansiedad ambulatoria. La ausencia de esta última podía estar indicándole un cambio radical de su ser, al que, al principio, se negó a acostumbrarse. Siempre había sentido temor por tal clase de mudanzas que, en forma un tanto difícil de precisar, se le antojaban como un anuncio de aciagas consecuencias, como una caída del telón para la que nunca creía estar suficientemente preparado. De estas meditaciones en el balcón y de sus apacibles lecturas, vino a sacarlo bruscamente la noticia de un proyecto de construcción ferroviaria a lo largo de la cuchilla del Tambo, uno de los lugares más altos e inhóspitos de la cordillera. Cada mañana la podía divisar desde el balcón de su cuarto, envuelta casi todo el año por un impenetrable manto de niebla. Se la había señalado doña Empera, que le relató sobre el paraje inconcebibles historias llenas de una violencia demente que le dejaban el malestar de un sombrío pronóstico indefinible.

El encuentro de Maqroll con la empresa ferroviaria en la cuchilla del Tambo nació por obra de un azar idiomático y de una reacción de nostalgia *à rebours*. Habían transcurrido varios meses desde su instalación en casa de doña Empera. Sus relaciones con la dueña habían llegado a ser, más que amistosas, familiares. Resultó de una inteligencia fuera de lo común y acabó tomándole a su huésped un afecto con ciertos visos maternales en el que había una no escasa dosis de curiosidad por alguien cuya vida iba conociendo en largas conversaciones a la hora de las comidas y por noticias recibidas antes de la llegada del Gaviero y que ella guardaba celosamente. A éste le desazonaba el sigilo de la ciega para ocultar tales informes. Sólo alcanzó a saber que se referían a una época en que él vivió en un lugar del páramo, al pie de la carretera. Eso bastaba para atizar aún más su curiosidad, pero doña Empera mantenía un riguroso silencio al respecto.

Maqroll vivía de una módica cantidad que le giraba un banco de Trieste, con puntualidad sujeta a las más inesperadas y absurdas irregularidades del correo. Los giros los cambiaba en la tienda de Hakim, quien accedió a hacerlo merced a la intercesión de la dueña, que tenía sobre él un misterioso ascendiente. Doña Empera, desde un principio, mostró la mayor comprensión y paciencia por las demoras que el caos postal imponía al pago de la pensión. No pasó mucho tiempo antes de que ofreciera a su huésped pequeñas sumas en préstamo para cubrir sus gastos más inmediatos y algunas cuentas que solían quedar pendientes con el mismo Hakim y en la cantina. Los transitorios amoríos del Gaviero eran la causa de las primeras y el apremiante afán de olvido que le acosaba por épocas era la razón de las segundas. A la cantina solía, en efecto, acudir pensando que el brandy le haría más llevaderos los accesos de hastío causados, en buena parte, por la constatación del paso de los años sobre sus cansados huesos de nómada irredento. Estas crisis, como era previsible, desembocaban en fantasías, cada vez más concretas, sobre lo que podría ser el final de sus días y estaban siempre acompañadas de una también cada vez más radical liquidación de las endebles razones que lo sostenían para seguir viviendo. Las incursiones a la cantina le ocupaban largas horas y se cumplían en una rutina de silencio y marginación que, tanto el cantinero como los parroquianos, aprendieron a respetar desde la primera visita de Maqroll, cuando fue a sentarse parsimoniosamente en la mesa más apartada, en un rincón del fondo y pidió un brandy doble. No importaba que la victrola atronara con música que el Gaviero parecía no escuchar. Las copas de brandy se sucedían regularmente, a medida que sus ojos, imprecisos y opacos, se perdían en un atónito paisaje interior, inasible para los presentes. Para él, de una familiaridad devastadora. Así transcurrían las horas. Entrada la noche, pedía la cuenta que pagaba, o bien en efectivo, si había recibido el giro de Trieste, o bien firmando el vale con los amplios trazos de su letra clara pero ligeramente infantil. Doña Empera, sin mencionárselo, había conseguido con el dueño de la cantina esta deferencia para con su huésped.

Nadie se acercaba a la mesa donde se sentaba el Gaviero. Ni siquiera las mujeres que había conocido en La Plata y que entraban para comprar aguardiente y llevárselo a los hombres de la sierra. Cuando atracaban barcos o caravanas de barcazas en La Plata, la cantina solía llenarse de una clientela sedienta y rijosa, que el dueño, un negro de pelo y barba entrecanos, serio y de una fuerza descomunal, solía controlar con la sola expresión de su mirada. Una de las primeras veces en que Maqroll visitó el sitio, el mecánico de un remolcador, un zambo hercúleo de ojos estrábicos, al que el aguardiente convertía en una bestia torva, se paró frente al Gaviero y le increpó su aislamiento con palabras tartajeantes y babosas. Maqroll alzó el rostro y, mirándolo con la cansada serenidad de quien sabe liquidar esos lances, le dijo en voz baja:

—Vete de aquí, bembón. Conmigo vas a encontrar lo que buscas... y no te va a gustar.

El hombre se alejó farfullando vagas maldiciones más contra él mismo que contra su improbable contrincante, quien apuró su brandy con una sonrisa de condescendencia, pero sin quitarle los ojos de encima.

Grande fue, por esto, la sorpresa de los parroquianos, cuando un sábado, en que el Gaviero había comenzado a beber desde muy temprano, vieron que un extranjero de barba rojiza y descuidada, rechoncho y de rostro rubicundo destilando una sospechosa bonachonería, se acercó primero a la barra y pidió algo que el cantinero no consiguió entender. El Gaviero, desde su rincón, alzó la cabeza y explicó al dueño en voz alta:

—Ginebra, quiere una ginebra con agua.

Y le habló al hombre en flamenco, invitándolo a venir a su mesa. Hacia allá se dirigió el recién llegado mientras Maqroll retiraba un asiento frente al suyo. Allí llevó la ginebra con agua el dueño en persona, que miraba al Gaviero como tratando de prevenirlo respecto a su invitado. Aquél tomó nota del aviso y se dispuso a escuchar al mofletudo personaje. Éste se enzarzó en una interminable conversación, apoyada con enfáticos ademanes de los brazos, cortos, rosados y gordezuelos y con giros no menos expresivos de sus grandes ojos saltones, color gris pizarra, en los que congelaba la menor brizna de sinceridad que, por un descuido de su facundia inagotable, pudiera escapársele. El hombre resultó hablando al rato en español con cierta fluidez, aunque acudía a menudo a palabras inglesas, sobre todo al final de las frases. Se presentó como Van Branden, Jan van Branden, de profesión ingeniero ferroviario. El Gaviero, que estaba largamente familiarizado con la gente de Flandes, no conseguía ubicar a su interlocutor entre los diversos tipos de flamenco que recordaba. También en el idioma de su pretendida nacionalidad cometía errores y usaba algunos términos más comunes en Holanda que en Bélgica. Pero esto no era raro en gentes de Flandes que pasaban buena parte de su vida tocando puertos de Inglaterra y de los Países Bajos. A pesar de estas reservas, el Gaviero había caído, movido por la nostalgia de la *vlaanderland*, en una aburrida emboscada de la que no supo cómo librarse. Sus recuerdos se habían conjurado en un nudo inextricable y prefirió seguir adelante. Escuchó con paciencia benedictina la cháchara del ingeniero hasta que éste vino a preguntarle si conocía allí algún lugar donde arrendaran habitaciones. Fueron a casa de doña Empera y ésta accedió a darle hospedaje, no sin cierta reticencia pero pensando que se trataba de algún conocido de su huésped. Van Branden explicó que iba a quedarse en La Plata hasta que bajara el próximo barco, o sea, un par de semanas.

Al Gaviero le había dicho que estaba a cargo de algunos aspectos técnicos relacionados con la construcción del tramo de vía férrea en la cuchilla del Tambo. Posiblemente, dejó entender de paso, Maqroll podría participar en alguna actividad relacionada con dichos trabajos. Como suele ser frecuente en esa clase de personas, Van Branden aceptó como naturales y merecidas las atenciones que para él tuvo su nuevo amigo. Era de aquellos que dejan saber que todo el mundo puede sacar provecho de su valiosa compañía. La gratitud les es inconcebible, así como las buenas maneras. En Maqroll pudieron más las nostalgias de la *platte land* y acabó estableciendo con el belga una relación que, por desventura, estaba basada en un malentendido sin remedio: Van Branden no lograba explicarse cómo el Gaviero había ido a parar a ese perdido rincón de la cordillera, al borde de ese río de aguas lodosas y traicioneras. Tampoco el Gaviero acababa de entender la presencia del charlatán ingeniero, aunque el pretexto del ferrocarril fuera esgrimido por éste con tan convincente insistencia. Maqroll intuía la perplejidad del belga y le divertía pensar que igual interrogante se planteaba el otro en relación con él. Pero Van Branden, sintiéndose excepcional y al margen de toda sospecha, no creía necesario entrar en más detalles sobre su pasado. Venciendo esa trama de reservas, los dos hombres acabaron por entenderse, sin traspasar, desde luego, ciertos límites no establecidos, pero evidentes, cuya contravención hubiera sido impensable. Solían encontrarse en la cantina cada dos o tres días. El Gaviero se limitaba a tomar su brandy que hacía durar lo más posible, mientras Van Branden liquidaba sin ningún esfuerzo medio litro de ginebra mezclada con agua. Siempre acababa hablando en su flamenco salpicado de anglicismos, a medida que una sórdida agresividad contra todo lo circundante iba en aumento. Maqroll no hacía caso de esto y, cerca de la medianoche, regresaban a la pensión a pasos lentos y acompasados.

De seguro doña Empera había informado a Van Branden sobre la conducta a seguir en su casa y debió hacerle el usual ofrecimiento de proporcionarle compañía femenina de vez en cuando. «Mujeres conocidas y de confianza», era su lema. El hombre optó por recibir, cada semana, siempre que paraba en La Plata, a una mujer de edad ya madura, alta, desgarbada y casi sin dientes, que descendía de la sierra con dos criaturas de cinco y siete años, que se quedaban jugando a orillas del río mientras su madre atendía al ingeniero. A menudo se asomaba a la ventana, cubierta apenas con un absurdo camisón de un blanco dudoso, para vigilar que sus hijos no se acercasen a la orilla. El Gaviero, entretanto, había comenzado a recibir regularmente la visita de una joven de tez morena, ojos muy negros y expresivos, cuerpo nervudo y recio, pero espigado y de bellas proporciones. Se llamaba Amparo María. Tenía algo de princesa circasiana que le intrigó sobremanera. La muchacha era discreta y de pocas palabras. En el amor mantenía una retención pudorosa, como un alejamiento súbito ante el desencadenamiento de los sentidos, que al Gaviero le pareció que se ajustaba perfectamente al tipo físico de su nueva amiga.

Sobre este particular de las compañías femeninas, de sobra está decir que entre los dos huéspedes de la ciega era evitado, rigurosamente, cualquier comentario. Pero un día, infringiendo el tácito convenio, Van Branden, después de despedirse de su amiga, de regreso a su cuarto se encontró con Maqroll que salía y, tomándolo del brazo, cosa que al Gaviero molestó notoriamente, le comentó de sopetón, mientras una expresión lúbrica y porcina le invadía el rostro y entrecerraba sus ojos saltones: «¡Estas mujeres del trópico! ¡Qué temperamento y qué gracia! ¿No lo cree usted?». El Gaviero se zafó discretamente de la garra que lo retenía y prefirió no hacer comentario alguno, contentándose con insinuar una sonrisa que no intentaba asentir ni rechazar las palabras del belga. Tenía, más bien, cierta dosis de asombro.

Por entonces fue cuando Maqroll aceptó la propuesta de Van Branden para trabajar en las obras de la cuchilla del Tambo. No solía el belga hablar mucho a este respecto. Apenas, cuando le llegaba alguna correspondencia, comentaba a su compañero de pensión, siempre de manera imprecisa y pasajera, sobre los planes de la vía y su trazado. Pero un día invitó a Maqroll a la cantina para almorzar. Se trataba de comer un sancocho de pescado que servían allí en ocasiones y que, en verdad, preparaba doña Empera en su casa. Cuando estaba listo, el dueño enviaba por él para ofrecerlo a sus comensales. El plato se había convertido en La Plata en una ceremonia destinada a celebrar alguna fecha excepcional. En esta oportunidad, explicó Van Branden, se trataba del comienzo efectivo y concreto de las obras en la cuchilla del Tambo. En el próximo barco, llegarían los ingenieros y el personal a cuyo cargo iba a estar la tarea. Con ellos venía también el primer cargamento de equipo técnico y maquinaria para la obra. «He pensado en usted —le comentó Van Branden mientras se debatían con el sancocho hirviendo, en el ambiente, ya de por sí bastante caldeado, de la cantina— para un trabajo que exige mucha confianza y que no encargaría a ninguna de las personas que he conocido por estos rumbos. Se trata, mi querido amigo —el nuevo tratamiento alarmó al Gaviero más que halagarlo; él conocía su gente—, de subir en mulas, hasta la cuchilla del Tambo, las cajas con maquinaria, muy delicada y costosa, que se necesita allá para los cálculos y trazado de la vía. Dispongo de una suma interesante para pagar ese trabajo. Usted podría hacerlo con la eficiencia y la discreción indispensables en este caso».

El Gaviero pasó por alto los convencionales halagos del belga. Le explicó que no disponía de mulas ni de dinero para adquirirlas. Que, desde cuando era niño y ayudaba a los arrieros que traían la caña para el trapiche de la hacienda, no había vuelto a tener relación con estos animales. Además, no estaba seguro de que, a sus años, contara aún con las fuerzas y la resistencia para una empresa semejante.

Van Branden, muy en su carácter, fingió no escuchar las razones de Maqroll y, poniéndole las manos sobre los hombros, por encima del humeante sábalo y su profusa guarnición vegetal, le dijo con un entusiasmo a leguas ficticio: «Magnífico, amigo, magnífico. Sabía que podría contar con usted. Ya verá, nos vamos a entender muy bien. Es natural que necesite un adelanto sobre sus honorarios para comprar las mulas y otras cosas que seguramente va a necesitar. No hay ningún problema. Haga sus cálculos y dígame cuánto es. Respecto a la suma total por el trabajo, tan pronto reciba los presupuestos aprobados por la compañía y el informe de cuánto es lo que van a enviar para subir a la cuchilla, se lo diré. Con la maquinaria y los ingenieros viene todo eso. No hablemos más del asunto. Vamos a celebrarlo con otro trabajo». Llamó al mesero, ordenó un brandy y una ginebra con agua y siguió hablando, esta vez de nuevo en su flamenco salpicado de *of course, you know, you follow me*? y otros latiguillos ingleses que tenían la facultad de irritar a su interlocutor. Había en toda esa ensalada idiomática un evidente propósito de ocultar, de distraer la atención y echar una cortina de humo sobre algo que al Gaviero se le escapaba cuando estaba a punto de atraparlo.

Todo lo anunciado, personas y cargamentos, llegó, en efecto, a la semana siguiente. Cuando Maqroll despertó, el barco y una barcaza con su remolcador descendían ya por el río, rumbo al mar. La gente había remontado de inmediato el camino hacia la cuchilla, «para aprovechar el fresco de la madrugada», explicaba el belga desviando la mirada y soltando un torrente de no pedidas explicaciones. Lo que no había llegado eran los presupuestos. Pero eso no importaba, él contaba con dinero suficiente y ya se arreglarían después sobre el total. El tema del dinero adquiría con Van Branden una dimensión amorfa, inasible, nunca precisada. El Gaviero sabía por adelantado, allá en un rincón de su inconsciente, que el pago de su trabajo estaría sujeto a las más inesperadas alternativas. Pero vino a caer en esa ciega inclinación, tan propia de su carácter, de aceptar y embarcarse siempre en empresas que descansaban en el aire, justificadas con palabras, zalameras unas veces, altaneras otras. Empresas en las cuales acababa pagando, sin remedio, los platos rotos. La que le propuso Van Branden se ajustaba sospechosamente al modelo ya familiar. Subiría, pues, el cargamento a la cuchilla del Tambo. Desde el balcón de su cuarto podía divisarla en la madrugada o ciertas tardes claras y tranquilas. Ahora, cuando miraba hacia la imponente serranía, se daba cuenta de lo insensato de su compromiso de trepar hasta allá, guiando una recua de mulas cargadas con instrumentos desconocidos y, al parecer, muy delicados, según especificaba el belga. No se había detenido a pensar, además, que el hombre, hasta el momento, no le enseñaba ningún recibo, ningún documento, nada escrito que llevase un membrete de la compañía encargada de los trabajos. Pero cuando hablaba con Van Branden, volvía a enredarse en la madeja de palabras, planes, puntualizadas descripciones, imprecisos recuerdos de lugares por los dos frecuentados en el pasado y creía ver todo claro, sencillo e inobjetable.

No pasó mucho tiempo, después del ofrecimiento del belga, para que éste le invitara de nuevo a la cantina a brindar por el éxito de sus proyectos. Allí le entregó una suma de dinero, suficiente, según él, para que comprase cinco mulas de carga con sus respectivos aperos, algunas otras cosas indispensables para el páramo y el salario de un arriero que podría acompañarlo. Tendría, éste, eso sí, que ser de plena confianza y recomendado por alguien igualmente seguro. Cuando el Gaviero se guardó el dinero, Van Branden le pidió que firmase un recibo escrito en una hoja de papel rayado, sin membrete alguno, desde luego. Maqroll objetó que la suma allí mencionada era superior a la que había recibido. El belga, de inmediato, ofreció una atropellada explicación: «Ya le completaré después la suma. Estoy ahora pasando por ciertos problemas. No se apure. Todo está claro entre nosotros. Si no le alcanza me lo hace saber. Antes de que haga el primer viaje todo estará arreglado».

Una pegajosa mueca de complicidad, que intentaba terminar en sonrisa, vagaba por el amplio rostro congestionado. Sólo los ojos saltones de pescado en descomposición continuaban inexpresivos, tenaces, helados.

Maqroll comenzó los preparativos para su viaje al páramo. Lo primero que hizo fue hablar con doña Empera. Ésta no entendió muy bien por qué razón su huésped, ya su amigo, se embarcaba en semejante empresa. Pero estaba resuelta a aconsejarlo y así lo hizo. Para comprar las mulas, lo mejor era ir al llano de los Álvarez, una finca de café y caña de gente conocida suya que le proporcionaría las bestias en buenas condiciones y a un precio conveniente. Bastaba con que la mencionara a don Aníbal Álvarez, el propietario de la hacienda. Eran amigos hacía mucho tiempo. Allá, por otra parte, se encontraría con caras conocidas. También en el llano conseguiría el arriero familiarizado con la región, cuya ayuda era absolutamente imprescindible. El páramo no era sitio para internarse así, de pronto, sin experiencia, en sus vastas soledades sembradas de mortales acechanzas.

Con las recomendaciones de doña Empera y su orientación de cómo llegar al llano de los Álvarez, el Gaviero partió al día siguiente, a la madrugada. En una pequeña mochila que le prestó la ciega, llevaba lo indispensable por si tenía que pasar allá una noche. El dinero para comprar las mulas lo traía cosido en la valenciana del pantalón. Durante la primera hora caminó por entre sembrados de caña. Al borde del sendero corría una acequia. Sus aguas tranquilas y transparentes dieron al caminante una anticipada noticia del paisaje que le esperaba, que había sido el paisaje de su infancia. Al terminar la planicie, empezó una cuesta pronunciada. Redujo el ritmo de su marcha y varias veces tuvo que sentarse a la vera del camino para descansar. Tantos años de navegaciones y largas escalas en los puertos lo habían desentrenado para este tipo de esfuerzos. Al terminar la cuesta, el camino penetró de lleno en los cafetales. Al fondo, se alzaba la cordillera, cercana y bañada en un halo azulenco a través del cual se destacaban las manchas de color de los techos y de las huertas florecidas. El recuerdo de sus años mozos volvió, de repente, con un torrente de aromas, imágenes, rostros, ríos y dichas instantáneas. Tornó a vivir entre los olores, los lamentos y cantos que poblaban la espesura, la humedad de los refugios adornados con flores anónimas que daban el único toque alegre en la sombría soledad de las cañadas, al fondo de las cuales corría el agua de ríos y quebradas que venían del páramo. En las orillas de los torrentes, sembradas de juncos, se balanceaba altanero, nervioso, seguro de la belleza de su plumaje gris plata y de su gorguera púrpura, el martín pescador. Ahora, comenzaba a internarse por entre los cafetales, sembrados en las estribaciones de la sierra. El verde dombo de los cafetos estaba protegido por carboneros y cámbulos cuya gran flor, de color naranja intenso, tenía ese prestigio de lo inalcanzable: la altura imponente de esos árboles centenarios las preservaban de la curiosidad de los hombres. Sólo cuando caían al suelo, las muchachas las recogían para adornarse el pelo, así fuera durante las pocas horas que duraban sin marchitarse. Rodeado por todas partes de cafetales dispuestos en un orden casi versallesco, Maqroll sintió la invasión de una felicidad sin sombras y sin límites; la misma que había predominado en su niñez. Iba caminando, lentamente, para disfrutar con mayor plenitud ese regreso, intacto y certero, de lo que había sido su única e irrebatible dicha sobre la Tierra. Lo que allí estaba atesorando con su entusiasmo reparador le serviría dentro de poco para emprender el escarpado ascenso hasta la cuchilla, inhóspita y traicionera. Los cafetales terminaban bruscamente al pie de una pequeña colina en cuya cima había una meseta natural. Allí, en medio de naranjos, limoneros y erguidos mangos de hojas oscuras y recias, se levantaba la casa de la finca. La reducida altiplanicie llevaba el nombre de llano de los Álvarez. Era de la familia que fundó la hacienda. Por la ciega se había enterado de su historia. Eran tres hermanos que, veinte años atrás, habían llegado allí huyendo de la persecución política desatada en su tierra. Eran gente de la montaña, sembradores de café, cultivadores de caña, ganaderos a veces, cuando el terreno y los pastos lo permitían. Recios, de pocas palabras, hábiles, empeñosos y astutos para defender lo suyo. Llegaron con sus mujeres y sus hijos y algunas familias de arrendatarios vinculados a ellos desde la época de los abuelos. El hermano mayor regresó pocos años después a su tierra. El menor había muerto ahogado en la cañada de La Osa, tratando de salvar un ternero desbarrancado. Quedaba, solamente, don Aníbal, con su mujer y sus tres hijos. Todos habían trabajado con empeño febril, tratando de ganarle al monte, pulgada por pulgada, la tierra para sembrar.

Cuando llegó Maqroll a la entrada de la casa, lo esperaba en lo alto de la escalera que daba al corredor que circuía la construcción un hombre de estatura erguida, alto y delgado, el rostro moreno, enjuto y de rasgos regulares, con algo señorial y distante que venía a suavizarse en los ojos, oscuros, vigilantes pero, al mismo tiempo, de mirada cordial, a veces juguetona y maliciosa, que acaparaba toda la simpatía del hombre. El Gaviero saludó y dijo venir de parte de doña Empera, en cuya casa vivía. El hacendado le invitó a pasar al corredor que, por su anchura, era más bien una terraza desde la cual se podía admirar el imponente macizo de la cordillera y la florida extensión de los cafetales. Don Aníbal ordenó traer café y comenzó a interrogar amablemente a su huésped sobre el motivo de su visita. Maqroll le refirió, en forma sucinta, su trato con Van Branden y la sugerencia que doña Empera le había hecho de comprar las mulas en el llano de los Álvarez.

—Algo se habla de tiempo en tiempo —comentó don Aníbal— sobre este plan de un ferrocarril en la cuchilla. Me sorprende que, de repente, se concrete el proyecto hasta el punto de contratar las primeras obras y traer ingenieros. No me había llegado ninguna noticia sobre eso. Respecto a las mulas, le puedo vender cinco, en efecto. Tres de ellas puede escogerlas ahora mismo. Pasado mañana estarán aquí las otras dos, que tendrán las mismas características. No son, le advierto, animales de primera, pero ninguno está resabiado. Cuide, eso sí, cuando las tenga en La Plata de que no coman hoja de plátano, ni hierbas de la orilla del río, porque se pueden enfermar. Allá, deles únicamente grano. Cuando vuelva a pasar por aquí, en sus viajes a la cuchilla, le proporciono el pienso para que coman de aquí para arriba.

El Gaviero estaba encantado con la forma directa y simple como don Aníbal trataba sus asuntos. De inmediato estableció el parentesco espiritual del hacendado con esos hombres de campo que, ya fuera en el Berry francés, en la llanura castellana, en la Galitzia polaca o en las ariscas cumbres afganas, viven de la tierra, se apegan a ella y mantienen un código de conducta, medieval e invariable, en donde persiste una gran dosis de innata e inflexible caballerosidad. Don Aníbal le ofreció los servicios de un joven para que le hiciera compañía, aunque fuese en los primeros viajes. Él lo familiarizaría con el manejo de las mulas y con la vida en el páramo. La suma que mencionó como precio de los animales le pareció correcta a Maqroll y, al mismo tiempo, lo ilustró sobre la mala fe de Van Branden. Esa cantidad copaba casi el dinero que le restaba. Ya hablaría con el belga a su regreso.

Seguía conversando con el hacendado, cuando trajeron el café que éste había pedido. Maqroll no pudo ni quiso ocultar la sorpresa que le causó ver que quien lo traía en una bandeja, arreglada con gracia sencilla y austera, era Amparo María. La muchacha no manifestó la menor sorpresa, debía haberse enterado de antemano de su llegada. Maqroll la saludó sin ocultar que ya se conocían y don Aníbal tomó el asunto con la mayor naturalidad. Al retirarse Amparo María, éste se limitó a comentar:

—Es una muchacha muy hermosa. Tímida y seria, pero leal y de carácter amable. Sus padres fueron asesinados cuando estalló la violencia en nuestra provincia. La trajimos para acá y vive con unos tíos que la cuidan como hija suya. Mi esposa le tiene mucho apego. Se la quería llevar a la capital, ahora que fue a matricular a los muchachos al colegio. Ella no quiso ir. Desde cuando perdió a sus padres se volvió muy temerosa y aprensiva. Se entiende.

No dijo más. En esto les avisó un peón que las mulas estaban listas. Fueron a verlas al establo y el Gaviero confió plenamente en la forma como el hacendado las evaluó, indicando sus defectos y las ventajas para la tarea a que serían destinadas. También le sugirió que, por ahora, las dejara allí. Él las enviaría, junto con las dos que faltaban, con el arriero que iba a acompañarlo en su tarea de transporte hasta la sierra. El Gaviero pagó el importe de los animales y se dispuso a regresar a La Plata. Al despedirse de don Aníbal, éste le dijo cordialmente: «Pasará por aquí en sus viajes. Dormirá con nosotros, para seguir camino descansado al día siguiente. Cuente con mi amistad y con la orientación que pueda darle». Le extendió la mano que el Gaviero estrechó calurosamente.

Salió al camino. En la primera vuelta lo esperaba Amparo María. Tomados por la cintura anduvieron un buen trecho sin pronunciar palabras distintas de las más inmediatas y previsibles, relacionadas con el paisaje, el tiempo y unas pocas intimidades compartidas que los unían ya con lazos de ternura que se anunciaba perdurable. Al despedirse, frente a la entrada a los cafetales, Amparo María le estampó al Gaviero un beso en plena boca que lo dejó atónito por la inesperada y, hasta ese momento, escondida pasión que suponía.

—No ponga esa cara y fíjese por dónde camina, no se vaya a caer en la acequia —le dijo la muchacha mientras reía mostrando sus blancos dientes de circasiana.

Maqroll caminó hasta La Plata con esa sensación en el diafragma de mariposas desencadenadas que solía anunciarle el comienzo de una amistad femenina en la que se daba por entero. Había pensado que, a su edad, aquello no iría a ocurrir de nuevo. El constatar que no era así lo rescató de la pesadumbre de sus años.

Al día siguiente de su llegada, tras informar a doña Empera sobre el resultado de su visita a la hacienda y la buena impresión que le habían causado su dueño y la gente con quien había estado allí en contacto (había una tácita alusión a Amparo María recogida por la ciega, sin comentarios, pero con una sonrisa de satisfacción), salió en busca de Van Branden. Lo encontró en el muelle, adonde había ido a preguntar sobre el próximo arribo del barco. Maqroll lo invitó a tomar una cerveza en la cantina y el hombre aceptó a regañadientes mirándolo con recelo en rápidas ojeadas de través.

—Ya tengo las mulas —le informó—. Mañana o pasado me las traen. Con ellas viene el arriero que va a acompañarme. Es persona de confianza. Me lo recomendó Álvarez. Ahora bien, me quedé casi sin dinero y necesito una suma, al menos igual a la que ya me dio. De lo contrario no creo que pueda hacer el trabajo.

Van Branden trató de evadirse por los vericuetos más indecorosos. Maqroll, entonces, le manifestó con firmeza que desistía del asunto. Podía buscar a otro ingenuo para envolverlo en sus mañas. El belga cambió de actitud al instante y, sacando de la cartera un fajo de billetes, se los entregó, sin contarlos, en un gesto de banquero hastiado con las solicitaciones de algún cliente inoportuno. Era tan falsa y teatral la actitud del flamenco, que el Gaviero no pudo menos que sonreír con franca sorna. Van Branden insinuó un par de toses para componer la situación y comentó:

—Bueno, eso es para los primeros viajes. Es mucho más de lo calculado, pero no importa. No quiero que guarde desconfianza ninguna conmigo. Cuando se le termine ese dinero, me lo hace saber. Pero le insisto en que me parece más que suficiente.

El Gaviero se dedicó a contar los billetes con irritante parsimonia, que hizo subir a la cara del belga el color púrpura de sus días negros, que eran los más. Cuando terminó, Maqroll le dijo con el tono de algo tan natural que casi ni merecía mencionarse:

—Desde luego le firmo un recibo ahora mismo. Así todo queda claro, *mijn herr*. Sería bueno indicar que se trata de honorarios para los tres primeros viajes. ¿De acuerdo?

—No —contestó el otro tornando a su actitud de oligarca del «Simplicissimus»—, no vamos a hacer recibo en este caso. Es una transacción de confianza entre nosotros. Yo confío en usted y no dudo que esta actitud sea recíproca. Estamos entre caballeros.

Maqroll se dio cuenta de que jamás conseguiría meter en cintura al resbaloso personaje. No quiso decir más y se puso de pie. El belga también lo hizo, mientras le decía, mirándolo con sus ojos de muñeco de ventrílocuo en los que nada se registraba y todo perdía realidad e importancia:

—Buenas tardes, *mijn herr*. Le deseo mucha suerte —su guasona repetición del apelativo flamenco dejó al Gaviero indiferente. El hombre ya estaba medido y clasificado para siempre. En su andariega existencia, cuántos Van Branden habían cruzado en su camino. Hacía mucho tiempo que la repulsión que le causaba esta gente y sus métodos se había desvanecido trocada en absoluta indiferencia. Solía, cuando se encontraba con alguien de esa índole, recordar la frase de Sancho Panza, que su memoria recordaba sin apegarse, tal vez, al texto admirable: «Cada cual es como Dios lo hizo y, a veces, peor». De regreso a la pensión comentó con doña Empera los detalles de la entrevista.

—Pero qué puede usted esperar de semejante rata —le comentó ésta—. Hasta la pobre mujer que viene a verlo es víctima de su avaricia. Le debe a ella dinero y siempre le sale con el cuento de que un día de éstos le mandará poner la dentadura y matriculará a los hijos en el internado de San Miguel. A mí me tiene que pagar porque me teme. Supone que sé sobre él más de lo que en verdad conozco. Mejor que siga en ese engaño. Así lo traigo corto. Téngale mucho cuidado. Si no le paga cabalmente, déjele tiradas las cosas en el muelle y que se las arregle como pueda. Verá que afloja el dinero de inmediato.

El Gaviero sintió un cierto alivio ante la vigilante solidaridad de la sagaz matrona. Gran madre, sibila protectora, con ella estaba cubierta la retaguardia mientras él subía al páramo.

Al día siguiente llegó el arriero con las mulas y doña Empera le facilitó, en un pequeño solar detrás de la casa, el lugar para guardarlas. Todo estaba listo para el primer viaje. El joven que le envió don Aníbal resultó ser un moreno vivaracho y decidor que conocía la región como sus manos y disfrutaba, con incansable entusiasmo, al demostrar su familiaridad con las maravillas del camino, así como sus secretas trampas y peligros. Se llamaba Félix, pero todo el mundo lo conocía como el Zuro, por una mancha de pelo blanco que le caía sobre la frente. Muy pronto fue evidente para el Gaviero que, sin la ayuda del Zuro, no hubiera logrado llegar vivo hasta la cuchilla del Tambo. Félix le mostró, en primer término, cómo debían cargar las mulas. Habían recogido, en la bodega del muelle, las cajas que esperaban para subir a la cuchilla y el arriero se encargó de repartirlas en forma adecuada entre las cinco bestias. Se trataba de que no se lastimasen y pudieran mantener su trote sin cansancio mayor. También impuso al Gaviero sobre las paradas que debían hacer y con quiénes podían contar para hospedarse. El primer trayecto terminaba en el llano de los Álvarez. Allí les darían posada para pasar la noche. El Gaviero ya había recorrido ese trecho y sabía que para llegar al altiplano, donde estaba la finca de los Álvarez, había que subir durante cuatro horas por un sendero trabajado por las lluvias, sembrado de grandes piedras que amenazaban desprenderse al menor roce y rodaban con mortal impulso hasta detenerse en alguna zanja o volar hacia el abismo. Después se cruzaban los cafetales que le habían dado la felicidad de evocar el mundo de su infancia. Al otro día tenían que llegar hasta una cabaña abandonada por mineros que buscaron oro a orillas de las quebradas. Allí dormirían y, luego, tras una dura jornada, ya en pleno páramo, llegarían al campamento de la cuchilla del Tambo. A medida que el Zuro iba explicando las pruebas a las que estarían sometidos y el carácter de los pobladores de la región, el Gaviero se daba cuenta de que la empresa era más ardua y más comprometida de lo que, en un principio, había imaginado. Pero, al mismo tiempo, la buena disposición de su acompañante, su ánimo alegre y decidido y su inteligencia para juzgar las dificultades que les esperaban le dieron la confianza necesaria para enfrentar el reto, que necesitaba en ese momento más que ninguna otra cosa.

Cargadas las mulas y hechos todos los aprestos para la jornada de seis días que les esperaba, tres de ida y otros tres de regreso, salieron con las primeras luces del alba y las más conmovedoras recomendaciones de la ciega. El ascenso hasta la planicie de los Álvarez no fue tan duro como la vez anterior, cuando lo hizo sin compañía y sin conocer el camino. Al llegar a la zona de los cafetales, de nuevo volvió a sentir, intacta, la fascinación de ese ambiente tibio, acogedor y lleno del inconfundible colorido de una vegetación que daba la idea de algo cuidado y escogido a propósito para crear un efecto de belleza natural pero ordenada. En verdad, era muy poco lo que el hombre había hecho en ese sentido. En la tierra caliente, el elemento propiciador de una belleza tan armoniosa y paradisiaca era más bien el clima. Lentamente, disfrutando cada árbol, cada acequia silenciosa viajando con su agua transparente por un cauce de limo y helechos temblorosos, cruzó los sembradíos de café. Al comenzar a subir la última y ligera pendiente que daba a la casa de la hacienda, salió a abrazarlo Amparo María. El Zuro iba adelante con las mulas. La muchacha no hizo nada para disimular su felicidad ante el encuentro. Seguramente, el arriero conocía ya sus viajes a La Plata y sus relaciones con Maqroll. Estaba más bella que nunca. El vestido de percal negro le ceñía el cuerpo, resaltando sus formas esbeltas, hechas de una materia en donde los tendones y los huesos parecían haber tomado el lugar y adquirido la moldeada suavidad de la grasa. El quiebre de la cintura, la firmeza de las piernas y el negro pelo amarrado en la nuca, en un apretado moño con brillos de azabache, volvieron a recordarle las jóvenes bailarinas de los tablados de Jerez de la Frontera y de Cádiz. Amparo María, tan parca de palabras como siempre, se limitaba a pegarse al cuerpo del Gaviero y a mirarlo a los ojos con esa expresión de gran pájaro esquivo que examina el interior de una habitación adonde entró por descuido. A Maqroll le invadía, poco a poco, una como penosa conciencia del peso de los años, del intrincado ovillo de sus andanzas y desventuras, dichas y descalabros y el único alivio que hallaba para esa pesadumbre era el sentir a su lado esa ternura cálida, felina y joven que lo acompañaba como una parca que hubiera preferido el camino de la indulgente ternura.

Don Aníbal los recibió en el corredor de la casa y, mientras el Zuro conducía las mulas al establo para descargarlas y darles de comer, el dueño invitó a su huésped a compartir con él el chocolate hirviente y espumoso servido con bizcochos de yuca recién horneados. Allí, sentados en sendas mecedoras, miraban, sin intercambiar más palabras que las necesarias, la abrumadora inmensidad de la cordillera de un lado y, del otro, la serena y florida extensión de los cafetales. Cuando llegó la noche, don Aníbal le dijo a su huésped que, en vista de la jornada que les esperaba al día siguiente, era aconsejable irse a dormir temprano. Iban a necesitar toda la reserva de fuerzas y nervios acumulada durante el sueño. Así lo hizo el Gaviero, no sin antes buscar discretamente un pretexto para volver a hablar con la muchacha. Ella facilitó las cosas al llevarle, a la habitación que les habían dispuesto encima del establo, un vaso de leche para tomar en la noche. Se quedaron conversando un buen rato, bajo una ceiba gigantesca que allí cerca levantaba la vasta maravilla de su ramaje centenario. La joven se ofreció a hablar con el Zuro para que éste se acomodara en otro lugar y ella pudiera pasar la noche con su amigo. Maqroll, muy a su pesar, tuvo que disuadirla de la idea. La misma Amparo María acabó por convenir en que la prueba del día siguiente y del posterior que los llevaría hasta la cuchilla era abrumadora. Se despidió, de pronto, como si no quisiera prolongar una pena mucho más honda de lo que exteriormente aparentaba. Maqroll entró a su cuarto, se desvistió y encendió una vela para leer un rato en el lecho que le habían arreglado en el suelo y que encontró mucho más acogedor que el de la casa de La Plata. Sabía que, de no leer, le sería muy difícil conciliar el sueño. Poco después entró el arriero, quien, sin desvestirse del todo, se tendió en otro lecho que estaba en un extremo del cuarto.

Maqroll había traído la *Vida de san Francisco de Asís* de Joergensen. Solía leerla abriendo el libro al azar. El Zuro se mostró intrigado con la, para él, inusitada costumbre y le preguntó:

—¿Está rezando? ¿No que estaba tan cansado?

—No consigo dormir si no leo un poco —le contestó el Gaviero, divertido con la ingenuidad de su compañero de viaje—. No estoy rezando. No creo que sea para tanto, ¿no? Leo, sí, la vida de un santo que amaba mucho los animales, el monte, el sol, las quebradas y a la gente pobre. Era de familia muy rica y, en el físico, se debió parecer un poco a ti. Dejó todo para entregarse a lo que quería y ofrecerle a Dios ese amor por todo lo que había creado —Maqroll se dio cuenta de que la explicación era tan insuficiente y fragmentaria que arriesgaba dejar en el Zuro una idea injusta del Poverello, por trunca y superficial. La respuesta del Zuro lo tranquilizó:

—Claro, si le gustaban los animales y el monte y el sol, la plata le salía sobrando. Seguro que hasta acabó haciendo milagros. Dios debía querer ayudarlo.

—Sí —repuso el Gaviero, a quien maravilló la espontánea lucidez del muchacho—. Hizo muchos y muy admirables. Ya te los contaré otro día. Vamos a dormir.

El Zuro había cerrado los ojos y comenzaba a respirar con la regularidad de quien cae en un sueño profundo.

A la madrugada siguiente los despertó Amparo María con café recién hecho y bizcochos del día anterior. Ya estaba arreglada, con su pelo estirado hacia atrás y el moño impecable. Lista para presidir una fiesta en el cortijo, pensó Maqroll mientras bebía el café. La muchacha se dio vuelta bruscamente y se perdió en el interior de la casa. Tampoco el Gaviero tenía ánimos para decirle adiós. Estaba tan bella que se hubiera quedado allí para siempre, tirando todo por la borda.

La subida desde el llano de los Álvarez hasta la cabaña abandonada les tomó todo el día. El camino iba convirtiéndose, cada vez más, en el lecho de una quebrada nacida de las lluvias. Las mulas avanzaban trabajosamente, tratando de salvar las sorpresivas zanjas que se abrían a su paso y las piedras traicioneras que, a menudo, iban a terminar al borde del precipicio. Un cierto desánimo trabajaba el alma del Gaviero: esta prueba se repetiría quién sabe cuántas veces. La posible ganancia que pudiera derivar de ella dependía del evasivo Van Branden y de su no menos fantasmal compañía constructora de la obra del Tambo. Una vieja amargura, familiar para él desde hacía muchos años, comenzaba a pesarle en el ánimo en tal forma, que cada paso de la frenética subida se le hacía más penoso. Pero, al mismo tiempo —y éste era uno de sus rasgos más personales y característicos—, a medida que se internaba en lo más abrupto de la cordillera y percibía el aroma de la vegetación siempre húmeda, la explosión de colores de una riqueza desbordante y escuchaba el estruendo de las aguas que, allá al fondo de los barrancos, cantaban su caudaloso descenso entre espumas y crestas burbujeantes, una paz antigua y bienhechora desalojaba el cansancio del camino y de la brega con las mulas. El sórdido engaño que se anunciaba en la incierta empresa perdía toda realidad e iba a caer al fondo de su resignada aceptación, de su islámico fatalismo. El canto de los pájaros, cada vez más numerosos y variados, y el paso intermitente de las bandadas de pericos que cruzaban en desaforada algarabía por encima de las copas de los grandes cámbulos florecidos y llameantes y de las jacarandas adormecidas aún por el frío de la mañana, venían a confirmarle esa efímera certeza de una plenitud salvadora. Esta alternancia de estados de ánimo conducía al Gaviero a meditaciones y balances que se alimentaban, por otra parte, de las pocas pero infalibles lecturas que, dondequiera que fuese, solían acompañarlo.

De aquí que todos los Van Branden del mundo que se atravesaban en su camino sirvieran sólo para constatar su irremisible soledad, o su imbatible escepticismo ante la terca vanidad de toda empresa de los hombres, esos desventurados ciegos que entran en la muerte sin haber sospechado siquiera la maravilla del mundo. Ayunos del milagro de la pasión que atiza el saber que estamos vivos y que la muerte también entra en el juego, sin comienzo ni fin, porque es puro presente sin fronteras. A tiempo que se entregaba al goce del paisaje, advertía, sin embargo, que el variado desfile de sensaciones que, atravesando el embotamiento de la fatiga, desplegaba la maravilla de una celebración sin término llegaba erosionado por la torpeza de una memoria que los años habían trabajado.

El Zuro iba adelante, guiando la primera mula de la fila. A menudo salía del camino para tomar atajos que evitaban trayectos impracticables. A medida que subían, el viento venía con mayor fuerza. Al principio, fue como un leve zumbido en los oídos, una brisa que apenas movía las copas de los árboles y hacía vibrar las hojas de los helechos. El ruido de la torrentera se iba alejando o acercando según la intensidad del viento. Cuando empezaron a transitar las estrechas sendas que subían en zig-zag, ciñendo el abismo, aquél azotaba a los viajeros con furia sostenida. Comenzaba una vegetación enana, de hojas lanosas y espesas, que crecía alrededor de grandes árboles de tronco gris de una textura que se antojaba mineral, cuyas copas, de escaso follaje, se perdían entre una niebla que, desbocada, iba a desvanecerse en los picos de la sierra. Habían entrado al páramo, paisaje que hacía mucho tiempo no frecuentaba Maqroll. El Zuro le explicó que los viajeros a los que sorprende la noche en ese descampado suelen abrigarse con las hojas de ese arbusto, que allí llaman frailejón, cuya abrigada superficie no deja pasar el frío y protege al aterido viajero. La respiración se iba haciendo paulatinamente más penosa para Maqroll. Las sienes le palpitaban y la boca se le secaba dándole una engañosa impresión de sed. Cuando estaba a punto de sugerir un descanso, el Zuro le indicó que iban a detenerse para reposar un rato. «No podemos hacer nada —explicó—. Hay que beber lo menos posible. Masque esto lentamente para que le vuelva la saliva», y le alargó una rodaja de limón. Cortó luego otra para él y se tendió a la vera del camino en un lecho de hojas de frailejón. Maqroll lo imitó en silencio. Allí, tendidos, respiraban hondamente, en espera de que el cuerpo se ajustara a los rigores del páramo. El limón hizo su efecto de inmediato aliviando la impresión de sequedad y el sabor amargo y metálico en la boca que venía atormentando al Gaviero desde hacía rato.

Cuando reanudaron la marcha, las molestias se habían hecho mucho más tolerables. Con la última luz de la tarde, llegaron a la cabaña abandonada por los mineros. Sus paredes eran de roca unida sin argamasa ni cemento alguno. Los intersticios se hallaban tapados con hojas del mismo arbusto que proporcionaba abrigo para dormir. El techo era de pizarra y se sostenía sobre gruesas vigas sin desbastar. Adentro, el recinto se dividía en dos espacios iguales: uno servía de habitación y el otro de establo. Los separaba una pared, hecha de barro y bambú, que llegaba apenas hasta donde comenzaba el techo. En la habitación de los viajeros, una chimenea de piedra y latón funcionaba perfectamente. El lugar estaba relativamente limpio. Sus anteriores ocupantes no dejaron más huella de su paso que un puñado de cenizas frías en la parrilla de la chimenea. Había una provisión de leña al lado de ésta y la regla era reemplazar, cuando se dejaba la cabaña, la que se hubiera usado. El Zuro preparó dos lechos de hojas y sugirió que se tendieran un rato antes de comer. De lo contrario, volvería el dolor de cabeza durante la digestión. Así lo hicieron.

—Muy poca gente sube hasta aquí. Casi nadie aguanta —comenzó el arriero a contarle a Maqroll, mientras éste miraba el techo y sentía la reparadora tibieza del fuego que el Zuro había encendido—. Primero vinieron los mineros, constructores de este refugio. Buscaban oro en las orillas de las quebradas. No encontraron mayor cosa. Luego han seguido pasando extranjeros que sueñan con el cuento de las minas. No creo que haya minas por estos peladeros. Ahora aparecen los del ferrocarril. Ellos mantienen la cabaña como la ve: limpia y más o menos ordenada.

—Pero los que la construyeron, ¿de dónde eran? —preguntó el Gaviero movido por la curiosidad que le había despertado el estilo de la cabaña.

—Venían del Canadá —contestó el Zuro—. Buena gente. Pero cuando bajaban a La Plata empezaban a beber como locos y terminaban en unas peleas tremendas. Ni el ejército podía con ellos. Después, se quedaban tirados en la calle, dormidos, y los perros les orinaban encima. En la madrugada, después de hacer sus compras en la tienda del turco, regresaban al páramo como si no hubiera pasado nada. Eran inmensos y llevaban unas barbas rojas que no se cortaban nunca. Se perdían, allá arriba, trabajando todo el día en las orillas arenosas de las quebradas, dándole a la batea y buscando las pepitas doradas. Cuando hallaban alguna gritaban hasta que algún otro les respondía. Así estuvieron más de dos años. Se largaron, de pronto, sin pagar donde Hakim, después de una riña que duró toda la noche y dejó cuatro soldados muertos. No los pudieron alcanzar, ni los vieron más en ninguna parte.

Después de una hora larga de reposar sobre el suave lecho vegetal, prepararon café y frieron tajadas de plátano con huevos revueltos. El pan de La Plata era incomible. El Zuro le ofreció a Maqroll un poco de carne molida seca que revolvió con el resto de la comida. Maqroll hizo lo mismo y la encontró deliciosa.

—Hay que comer, mi don —le dijo sentencioso el arriero—. Mañana nos espera lo peor. Ahora, trate de dormir. No lea hasta muy tarde. El sueño, aquí, es lo único que sirve contra el cansancio.

Maqroll sonrió, divertido con la actitud protectora y admonitoria del muchacho. No sabía cuántas noches había pasado él en peores circunstancias y en lugares aún más inhóspitos. De seguro si mencionara los nombres de algunos de ellos, nada le dirían al joven arriero del llano de los Álvarez: noches de Sar-i-pul, con el viento de las montañas afganas azotando la tienda en un estruendo que no cesaba hasta el alba; noches de Kerala con la danza encantada de enjambres de luciérnagas que expandían una luz lila, funeral, perfumada de canela y jengibre; noches en el confín de la Guayana, hundido en el fétido lodo de los manglares; noches de sobresalto y hambre en una aldea abandonada de Anatolia; noches de mosquitos y fiebre en el golfo de Veragua, donde la lluvia se instala como una maldición sin medida; noches en los cayouns, al borde de los esteros, donde el Mississippi desborda su cansancio; noches de calma chicha frente a la costa del Yemén levantado en armas; noches semejantes a esta que le esperaba en el páramo, semejantes a tantas otras ya olvidadas.

Encendió un cabo de vela que doña Empera, precavida, le puso en la mochila con sus cosas y se perdió en las páginas de

Joergensen, en el armonioso paisaje de la Umbría, donde un joven de familia adinerada, en pleno siglo XII, salía en busca de Dios. Lo fue venciendo el sueño poco a poco, hasta que se le cayó el tomo de las manos. El ruido lo despertó, puso el libro en la mochila y apagó la vela.

Soñaba el Gaviero. Todos sus músculos se distendían, transformando el cansancio en placentera ebriedad, a manera de una intoxicación inocua de la que nacía una lucidez y una dicha acompasadas, sólo comparables a las que recordaba haber vivido de niño cuando todo se ordenaba a su alrededor en forma tal que le producía, en plena vigilia, una aventura semejante a la que ahora le llegaba en el sueño. Estaba a orillas del lago Maggiore. Salía a dar una caminata por la senda que bordeaba las aguas. Alguien iba a acompañarlo. No quiso demorarse más porque tenía la certeza de que, si seguía esperando, el inusitado bienestar se esfumaría de improviso. Se trataba de preservarlo, intacto, el mayor tiempo posible. Bajó a la orilla y tomó por el sendero en cuyo borde iban a morir las olas cuando el viento se levantaba un poco. Al otro lado se alzaban unos arbustos, al parecer de laurel, pero que despedían un fuerte olor a sándalo. Unos pasos comenzaron a seguirlo y supo, sin necesidad de volver la cabeza, que era la persona a quien había estado esperando. Si volvía a mirar, su dicha exultante se tornaría en algo impredecible. Por la voz supo que se trataba de una mujer. Hablaba un español correcto pero con un fuerte acento que no logró identificar. Contaba historias de itinerarios de trenes que no coincidían, de largas esperas en las estaciones y de molestias inacabables para conseguir llegar al lago.

—De Milano a Novata —decía— todo iba bien. Pero allí, en lugar de conectar hacia Oleggio y Arona, fui a parar al norte. En la primera estación me bajé y, al ir a cambiar mis boletos en la ventanilla, el hombre que estaba allí y tenía aspecto de cura insistió en que le mostrara mis pechos. Así lo hice. Era la única manera de regresar. En Novata me esperaba el equipaje. Subí al tren que supe, luego, terminaba su viaje en Oleggio. Allí habría que esperar seis horas para tomar el que me dejaría en Átona, al pie del lago, donde habíamos quedado en vernos. En Oleggio, resolví subir al autobús que llega a pocos kilómetros de Átona. Cuál sería mi sorpresa al verte junto a la parada donde descendía. Ahí estabas, Gaviero loco, despistado como siempre. Nunca aprenderás con tu aire de marinero desembarcado a la fuerza.

Esas últimas palabras le produjeron una súbita y arrolladora desolación. Era Ilona, su amiga triestina. Sólo ella, la impar, la única, le decía así. Y ése era su tan peculiar acento inconfundible. Su voz, sus pasos elásticos y firmes. Su cuerpo gustoso y blanco, convertido en cenizas en una absurda explosión de gas en Panamá. Volvió para mirarla y se encontró con una mujer de tipo español, con un aire aristocrático y moruno, que lo miraba con reproche como si fuera el culpable del caos ferroviario del que se venía quejando. «¡Ilona!», le dijo, sin advertir lo necio de su equívoco, con los ojos bañados en lágrimas. La mujer se quedó mirándole con extrañeza, como si estuviera frente a un desconocido que, de improviso, se dirigía a ella. Se volvió de espaldas bruscamente y se alejó con paso gimnástico y juvenil, balanceando las caderas en un ritmo que él sabía tan propio de Ilona.

Lo despertaron los sollozos que sacudían su pecho. El viento helado que azotaba las paredes de roca y el intenso olor de las hojas que le servían de colchón lo volvieron brutalmente a la vigilia. Para él, en ese momento, por completo inescrutable y ajena. Volvió a dormir después de un rato. El Zuro lo despertó brindándole una taza de café. El Gaviero comenzó a beberlo a lentos tragos, con aire ausente y pesaroso.

—Tiene que cuidar el sueño, mi don —le advirtió el arriero—. Aquí lo necesita para mantenerse vivo. Por la altura y el cansancio en estas parameras uno sueña mucho. Eso hace daño. No se reponen bien las fuerzas y nunca son sueños buenos. Pura pesadilla. Yo sé por qué se lo digo: los extranjeros que venían para intentar la minería acababan todos locos y querían matarse entre ellos en la cantina o se tiraban a los remolinos del río para ahogarse.

Nada comentó Maqroll a estas advertencias del Zuro. Sabía que lo que el muchacho relataba era muy cierto. El sueño con Ilona aún le trabajaba el ánimo, removiéndole dormidos demonios que hacía ya mucho tiempo no venían a torturarlo. Sin decir palabra, ayudó a cargar las mulas y a dejar limpio el sitio. Luego, emprendieron la subida de la cuesta que conducía a la cuchilla del Tambo. Cuando, al rato, el viento empezó a ser insoportable, el arriero le aconsejó que se pusiera, entre la camiseta y la camisa, una capa de hojas de frailejón tanto en el pecho como en la espalda. El abrigo resultó de una eficacia instantánea. El calor del cuerpo se conservaba intacto. Lo que convertía el ascenso en una tortura era el suelo de arena volcánica que cedía a cada paso, lastimando los cascos de las bestias y lijando las suelas del calzado. El frote, además, despedía un calor a menudo insoportable y un olor azufrado que quemaba las mucosas. Subían tres pasos y resbalaban dos. Así, durante muchas horas. Los descansos tenían que acortarse: en el páramo anochece muy temprano y caminar a oscuras en tales descampados era un intento suicida. Con las últimas luces, en medio de la desolada extensión de lava, en donde el único signo de vida eran las matas que se alzaban de trecho en trecho, luciendo la hermosa flor de su tallo central como una pálida y fúnebre llama ardiendo en la noche que se venía encima, divisaron las luces del campamento. Llegar ahí les tomaría al menos una hora. La luna llena comenzaba a iluminarles el camino. Mientras durase en el firmamento, no habría problema.

Avanzaba inmerso en el recuerdo de su sueño. Como suele suceder en esos casos, a medida que iba pasando el tiempo, las imágenes, las palabras y el oculto sentido de lo soñado se habían ido precisando, ampliando, invadiendo zonas cada vez más profundas de su ser. Ilona, la triestina incomparable de cabellos de miel y perfil macedónico, la amiga sabia, vigilante, inflexible en sus sentimientos, había sido la única mujer que había percibido su tendencia a meterse en vagas empresas, siempre fastidiosas y siempre en la frontera con lo ilegal. Ella había sabido apartarlo a tiempo, con dos palabras, cada vez que se deslizaba en una situación semejante. Ahora caía en cuenta —mientras ayudaba a desatascar las mulas de los pozos de arena volcánica, en donde se hundían hasta la cincha— de que las épocas cuando vivieron juntos eran las únicas en las que había conocido, al fin, algo semejante a la felicidad. Disfrutaba, entonces, de sus manías andariegas, sin soñar en improbables dorados ni en fortunas miríficas. Cuando viajaban, era ella la que escogía los itinerarios más convenientes, cuyo cumplimiento vigilaba sin ejercer otra autoridad que la de su sonrisa —siempre a flor de labio, dejando al descubierto sus grandes dientes de campesina tracia— y su buen juicio usado con tal naturalidad que lo hacía pasar desapercibido.

Rumiando, durante el torturante remontar del páramo, los escondidos rincones del sueño que había tenido, descubría allí la clave de muchos de sus descalabros y desalientos. Comparaba a Ilona con Flor Estévez —compañera, también inolvidable, que lo cuidó durante su convalecencia de una picadura de araña jaripuá, allá en La Nieve del Almirante, ese tendajón miserable al pie de la carretera, en un páramo semejante a éste— y se daba cuenta de que Flor, al contrario de la triestina, solía entregarse de lleno a las fantasías del Gaviero y con él se embarcaba en las más insensatas que pasaban por la cabeza de su amante. Ella había sido la animadora del absurdo viaje por el Xurandó, en busca de unos impensables aserraderos. Allí había dejado buena parte de su salud y Flor, cuando él regresó a buscarla, había desaparecido. Pero la comparación entre las dos mujeres era, se dio cuenta por claves transmitidas en el sueño de la cabaña, por entero absurda e inútil. En Flor Estévez actuaba ese constante aguijón del deseo, siempre alcanzado pero jamás plenamente satisfecho, que mantenía sus relaciones a la deriva, en medio del clamor de los sentidos que todo lo nublaba, todo lo distorsionaba sin hallar salida. Era como debatirse en un túnel con un enjambre de delicias esquivándose sin cesar.

Cuando regresó al presente, estaban ya ante los galpones del ferrocarril. Eran dos construcciones achatadas, hechas con lámina de zinc acanalada de color gris desvaído que se confundía con el paisaje. Una escuadra de peones dirigidos por un hombre alto y enjuto, de perfil alargado como de cuchillo de caza, que hablaba con marcado acento nórdico, venía hacia ellos con paso cansino, no exento de cierto fastidio. Al llegar frente a ellos, se quedó mirando al Gaviero como si fuese un arriero más de los que por allí pasaban. De pronto, cambió de actitud, como si recordara algo, y se acercó a saludarlo tendiéndole la mano con ficticia cortesía. Pasándose al francés, le preguntó cómo había sido el viaje hasta la cuchilla. Maqroll, en el mismo idioma, explicó algunos detalles de la travesía, usando igual tono neutro, y le solicitó un recibo de la carga que ya estaban acomodando en el interior de la bodega. El hombre sonrió con cierta condescendencia que irritó al Gaviero. Mañana le darían sus papeles; no había prisa. Los invitó a entrar, dando por sentado que pasarían la noche allí. En verdad, no era cosa de pensar devolverse para ir resbalando en la arena en plena noche hasta alcanzar la cabaña de los mineros. Sin embargo, eso era lo que, en el fondo, hubiera preferido. Entró para ver cómo habían acomodado las cajas en la bodega. Dos lámparas Coleman daban luz al interior de la misma. Allí estaban, cuidadosamente ordenadas, cajas de diversos tamaños en algunas de las cuales estaba escrita la palabra «frágil» en grandes letras negras. Al menos diez viajes como el que había hecho debieron ser necesarios para traer todo ese cargamento. Nada de esto le había dicho Van Branden. Era posible que hubiesen venido por otro camino. El hombre que los recibió, cuya nacionalidad no lograba descubrir el Gaviero, vigilaba con extrema atención el manejo de las cajas que acababan de llegar. En algunas de ellas se escuchaba, cada vez que las movían, un tintineo de metales. El hombre fruncía el ceño con preocupación, a cada campanilleo. ¿Por qué, se preguntaba Maqroll, sólo hasta ahora escuchaba ese sonido? Tal vez los ruidos del exterior y, luego, el viento del páramo, le habían impedido oírlo. Otra cosa que le intrigaba mucho era que ni en las cajas de madera, ni en la papelería usada para registrar lo recibido, ni en parte alguna de los galpones se advertía el nombre de la compañía encargada de los trabajos en la cuchilla.

Terminada la tarea en la bodega, fue invitado a compartir la mesa, instalada en una construcción gemela que se comunicaba con el almacén por una pequeña galería en forma tubular, también de zinc. El Zuro se quedó a cenar con los peones que habían acomodado las cajas. Sentado en la cabecera de la mesa, esperaba un personaje de pequeña estatura, algo jorobado, con espesas cejas entrecanas y nariz aplastada, que dijo ser agrimensor, natural de Dantzig y respondía al apodo de Kraken. El de elevada estatura se presentó como ingeniero, nacido en Bélgica. Al decir su nombre lo hizo en tal forma que no se logró entender claramente. Era algo como Martens o Harlens. La cena, compuesta de alimentos enlatados y rociada con vino o cerveza de calidad poco común en esas tierras, transcurrió prácticamente en silencio. Sólo algunas palabras anodinas, relacionadas con el clima o con las dificultades del viaje, dieron lugar a breves diálogos que terminaban pronto en un silencio hastiado e insípido. Maqroll tomó nota de que ni la loza, ni los cubiertos, ni el trozo de tela que hacía las veces de mantel y que debió de conocer tiempos mejores tenían marca ni señal que indicara su procedencia. Pero lo que más le intrigó fue que a las botellas de vino y cerveza y a las latas de atún, sardinas y verduras en conserva les habían quitado las etiquetas y raspado cuidadosamente toda marca o letrero. La sobremesa no se prolongó mucho. Con un seco «buenas noches» los dos extranjeros se fueron a dormir a sendos gabinetes que estaban al extremo opuesto del lugar que servía de comedor. A Maqroll le indicaron que podía dormir en una hamaca que los peones le tenderían en una esquina de la bodega. Cuando pasó al baño, lo esperaba el Zuro, quien le hizo señas de que deseaba hablar con él a solas. Fueron a un improvisado establo, pegado a la bodega, construido con troncos de madera sin desbastar, donde pasaban la noche los animales que hasta allí llegaban. El Zuro comentó:

—¿Sabe que no han trazado ni un metro de vía y que los peones nada saben de ferrocarril ni de nada parecido? Hay que andarse con cuidado, mi don. No sé por qué se me ocurre que, al final, lo van a querer joder.

Cuando el Gaviero iba a contestarle entró, de improviso, el supuesto belga, fingiendo que pasaba revista al sitio antes de irse a dormir. Tenía esa expresión de «no sé, ni me importa lo que están hablando» que suelen poner los que precisamente sí saben y sí están interesados. «Buenas noches», dijo con una desmayada sonrisa que dejaba al descubierto una dentadura echada a perder por el tabaco y la falta de limpieza.

Ya en su hamaca, envuelto en todo lo que tenía a mano y protegido, además, por un lecho de hojas que le había puesto el Zuro, el Gaviero intentó dormir de inmediato, confiado en el cansancio que lo agobiaba. Pero no le fue posible hallar el sueño. La visita de Ilona, la noche anterior, escondida tras unos vagos indicios de Amparo María, le había dejado un desasosiego, una vieja angustia que, de nuevo, venía a minar las pocas fuerzas que le quedaban y el escaso ánimo que le permitía seguir adelante. Paralela a esta visitación, y entrecruzándose con ella, le torturaba la maligna condición de la empresa en que se estaba embarcando. Ahora era obvio que Van Branden lo había hecho víctima de un engaño tan torpe como evidente. ¿Cómo pudo caer en él y, en verdad, casi sin necesitarlo? Con el dinero que le enviaban de Trieste hubiera podido ir tirando hasta encontrar algo más sólido y menos turbio. Era claro que perdía facultades, que se estaba dejando llevar por la pendiente y que, de seguir así, acabaría mal en poco tiempo. Tomó la determinación de hablar, al regreso, con el belga. Trataría de salir del compromiso vendiendo las mulas y largándose de La Plata lo más pronto posible, en el primer barco o caravana de planchones que bajaran por el río. Al fin consiguió dormir. Cayó en un sueño profundo. En la madrugada lo despertó el Zuro anunciándole que las mulas estaban listas y que podían partir tan pronto desayunaran. Nadie estaba en las bodegas, le explicó el arriero; todos habían salido desde muy temprano con el pretexto de que iban a levantar unos planos al final de la cuchilla, en lo más alto de ésta. «Tómese su café —agregó— y larguémonos de aquí. No creo que nos quieran tener por más tiempo rondando por estos lugares. Son gente muy rara».

Maqroll tomó el café y, en seguida, emprendieron el descenso en medio de una espesa niebla que corría empujada por el viento helado de la sierra. Éste les quemaba el rostro y hería los muslos como una dentellada insistente. Se protegieron con hojas de frailejón y siguieron el camino que resultaba aún más peligroso de bajada. Las mulas, ya sin carga, trataban de apresurar el paso y resbalaban a cada instante en el movedizo suelo de arena volcánica. En los ojos de las bestias afloraba un pánico desolador. Por fin, derrengados y transidos de frío el rostro y las manos, llegaron a la cabaña de los mineros. Las punzadas en las piernas y el ardor en la piel que no consiguieron proteger del castigo de la ventisca casi no los dejaban relajarse para descansar. El lecho de hojas que había preparado el Zuro el día anterior estaba, por fortuna, intacto. Allí lograron tenderse, derrumbados por el cansancio. El Zuro tuvo que friccionar las patas de las mulas con aceite de coco que había traído consigo.

—Esto les mantiene el calor. De lo contrario mañana no las para nadie.

El Gaviero le preguntó por qué no lo usaban ellos también:

—No, mi don —le explicó el muchacho—. La gente se calienta sola. Ya verá como dentro de un rato estaremos bien. Lo que pasa con las mulas es que tienen la sangre más espesa y cuando se enfrían es muy difícil que vuelvan a calentarse para descansar.

Había que aceptar como válida la extraña teoría del Zuro. Maqroll abrió las páginas de la *Vida de san Francisco de Asís* y se concentró durante varias horas en esa lectura que aliviaba sus pesares con eficacia infalible. Una sonrisa corría de vez en cuando por su rostro. El Zuro lo miraba con asombro, sin atreverse a interrumpirlo: esas historias de santos eran para él algo entre misterioso y prohibido. Más valía no averiguar demasiado sobre ellas, ni tratar de conocerlas de cerca.

Al día siguiente bajaron al llano de los Álvarez. El clima de la tierra templada actuó, como siempre, en el ánimo de Maqroll. Tenía deseos de conversar con don Aníbal y averiguar más detalles respecto del tal ferrocarril y de las gentes vinculadas a la obra. Fueron recibidos por el hacendado con muestras de cordialidad y preocupación por la prueba que hubiera podido significar la subida hasta el Tambo. En un momento en que estaban solos, desensillando las mulas en el establo, había aparecido Amparo María. El Zuro se ausentó discretamente mientras la muchacha abrazaba al Gaviero con efusividad hasta entonces poco frecuente. En palabras cariñosas y entrecortadas, le contó que había temido mucho por él, no solamente por el castigo del páramo, sino por las gentes que allá vivían y que le despertaban una prevención sombría e inexplicable. El cuerpo tibio y recio de la muchacha, ceñido al suyo con una intensidad nueva y reveladora, le transmitió una serenidad y un bienestar que prolongaban la acción bienhechora de la tierra del café y de la caña donde recuperaba, intactas, las ganas de vivir y el amor por los dones del mundo.

Durante la cena, que fue servida en el corredor, Maqroll comenzó a sondear a don Aníbal sobre las dudas que le habían surgido en su visita al Tambo. El dueño de casa eludió todo comentario concreto al respecto. Era evidente que esperaba hablar de esto cuando los demás se hubieran ido a dormir. Así lo entendió Maqroll y esperó la ocasión. Terminada la cena, don Aníbal encendió un puro y, meciéndose en la silla, comenzó a saborear una taza de café negro al que le había agregado unas gotas de brandy. El Gaviero empezó también a tomar su café. No quiso agregarle ningún licor. Las mujeres que habían servido la cena, entre las cuales aparecía, de vez en cuando, Amparo María, levantaron la mesa y se despidieron para recogerse en sus habitaciones. Tras un rato en silencio, don Aníbal comenzó a hablar. Ya había entrado la noche y sólo se veía la luz de su cigarro moviéndose a ritmo con sus palabras. Maqroll se dispuso a escuchar. No tenía sueño y le interesaban sobremanera los comentarios del hacendado.

—Mire —comenzó éste, dando una intensa chupada al puro que iluminó un instante sus facciones—, no es mucho lo que le puedo contar respecto a esa obra. El proyecto de construir una vía férrea que, pasando por la cuchilla, cruzará la cordillera, es un plan del que se ha hablado desde hace muchos años. Ya mi padre lo mencionaba cuando llegamos aquí. Pero, al poco tiempo, comenzaron a construir la carretera que, pasando por otra parte, cumple la misma función que la vía férrea. Ésta fue cayendo en el olvido. Quienes primero intentaron un trazo e hicieron algunos trabajos previos fueron unos ingleses. Al principio gente muy ordenada y seria. Pero sucedió que algunos de ellos, en sus horas libres, comenzaron a lavar arena en las orillas de las quebradas, en busca de oro. Parece que encontraron algunas pepitas y eso les sirvió de aliciente. Con lo poco que consiguieron lavar, ganaban muchísimo más que el salario que recibían en el ferrocarril. Las obras de éste acabaron por ser suspendidas y la región se llenó de gambusinos. Aún hay, en algunos lugares, restos de la vía y hasta vagones que armaron para almacenar herramienta y alimentos en conserva. También los galpones del Tambo fueron construidos entonces. Lo del oro no prosperó. Después del primer entusiasmo, parece que no se volvió a encontrar nada que valiera la pena. Tanto la vía férrea como la minería cayeron en un olvido absoluto. Hace unos meses comenzaron rumores de que las obras iban a reiniciarse. Hablaron de una compañía belga y se notó cierto movimiento en La Plata. Algunas recuas de mulas subieron con cajas semejantes a las que usted acaba de llevar. Pero todo resulta muy extraño: los que están allá arriba no han realizado ninguna obra. Recorren el monte, al parecer sin finalidad precisa, buscando vaya usted a saber qué. Los que llegan a La Plata pagan más o menos regularmente sus compromisos, suben y bajan por el río, a veces llegan hasta el Tambo, pero también parece que buscaran otra cosa. Por aquí pasó el tal Van Branden. Yo no he viajado nunca, ni la capital visito, pero puedo decirle que ese tipo no me gustó nada. Para comenzar, no creo que se llame así. Confunde su nombre y cae en contradicciones al pronunciarlo. Firma con unos garabatos, siempre diferentes. Algo me dice que ya había estado por estos rumbos, usando otro nombre. Pudo ser desde el tiempo en que estuvieron los ingleses. Aquí se le atendió, como hacemos con todo forastero, pero muy pronto se dio cuenta de que despertaba sospechas y nunca lo volvimos a ver. Me dicen que pasa de largo, ya entrada la noche. No sé. Una cosa sí puedo decirle: ese hombre corre con mucha suerte. El ejército cerró el puesto militar en La Plata y por esa razón no existe vigilancia alguna en la región. Con la tropa aquí, el tal Van Branden, o como se llame, hubiera tenido que identificarse y declarar exactamente qué es lo que hacen él y su gente. Eso se lo garantizo.

Un cierto desasosiego tornó a inquietar al Gaviero. Su experiencia con la fuerza armada en esos países había sido en extremo aleccionadora. Cuando navegó por el Xurandó, pudo cerciorarse de la clase de control que ejerce y con qué métodos sabe poner orden y mantenerlo. En particular, él no tenía queja alguna. Al contrario, le habían salvado la vida cuando estuvo a punto de morir, víctima de un mal, al parecer incurable, que asolaba la región. También fueron a rescatarlo cuando, de regreso, iba a internarse en los rápidos en donde perecieron sus compañeros de viaje. Pero había sido testigo de actos de justicia expedita, cuyo recuerdo le ponía aún la piel de gallina. Todo esto le vino a la memoria en un torrente abrumador. Sintió como si fuera a recomenzar una antigua pesadilla. Con las fuerzas menguadas y algunos años más encima, la perspectiva le aterraba. Prefirió no pensar más en el asunto. Don Aníbal, que se había dado cuenta de la reacción del Gaviero, acudió en su ayuda y pasó a comentarle sobre algunas mejoras que pensaba hacer en la finca y se extendió en una pormenorizada descripción de aquéllas, olvidando, o tal vez no queriendo tomar en cuenta, que Maqroll, en sus largos años de andar por mares y puertos como un tránsfuga sin sosiego, había perdido ese mundo de su infancia. Calló don Aníbal y los dos se quedaron largo rato en silencio, contemplando el cielo estrellado del que bajaba una paz lenificante, señal de nuestra bien escasa presencia en los planes del universo. Tornó el sosiego al alma de Maqroll y con él, el sueño. Volteó a ver a su interlocutor y notó que cabeceaba suavemente, con el cigarro en la boca, mientras la ceniza caía sobre la blanca camisa almidonada. En voz baja le dio las buenas noches y se fue a dormir en el pequeño galpón reservado para los huéspedes, contiguo a las pesebreras.

De regreso a La Plata, se enteró de que Van Branden no había llegado aún. Lo esperaban en el próximo barco. Al menos eso era lo que le habían escuchado decir cuando partió, lo cual no indicaba nada cierto. Esos anuncios suyos, para tranquilizar acreedores y personas vinculadas a sus planes, nadie los tomaba ya en serio. Maqroll se dispuso a esperar. Tampoco había llegado cargamento alguno para subir al Tambo. Reanudó sus sesiones de charla y de lectura con la ciega. Le traducía con placer muchas de las páginas de los dos libros que había traído consigo y que estaban escritos en francés. Ella, por su parte, le proporcionaba información sobre la zona y los sucesos ocurridos allí en los últimos veinte años. A medida que la iba conociendo mejor, aumentaba su admiración por doña Empera, cuya inteligencia y buen sentido le parecía que hubieran merecido mejor suerte que la de hundirse en ese caserío manteniendo una casa de huéspedes, en medio del caos y la violencia intermitentes que asolaban la región. Era muy de escuchar, por ejemplo, la forma como juzgaba ciertos actos del Príncipe de Ligne, cuyos verdaderos motivos yacían, cuidadosamente disimulados, en la transparente y sápida prosa de sus cartas. La ciega solía desentrañar la verdad, oculta por el gran señor belga, y la ponía en evidencia con palabras de todos los días. Casi siempre, doña Empera daba en el blanco y las cosas sucedían como ella las había previsto. En estas largas veladas, Maqroll olvidaba sus lacerías y los achaques físicos que, con inopinada insistencia, empezaban a recordarle el paso de los años.

Por aquellos días llegó Amparo María para visitar a su amigo. Cuando la muchacha entró en su cuarto, él salió un momento para hablar con la dueña de la pensión. Le indicó que no quería prolongar esos amores dada la relación, amistosa y de confianza, que tenía ya con don Aníbal. Temía que el asunto diera pábulo a un chisme desagradable, que lo pondría en una situación embarazosa con el hacendado, por el que sentía un cordial respeto. La ciega lo tranquilizó, explicándole que el hacendado solía hacerse el de la vista gorda en estos asuntos. La muchacha ya había venido en ocasiones anteriores a la pensión, en compañía de amigos de los Álvarez que pasaban por allí, antes de subir al llano, o de regreso de éste. Además, prosiguió, era en extremo discreta y reservada. Le convenía serlo porque, de tener que volver a su tierra, le esperaba allí un problema delicado: se trataba de un teniente de infantería de marina que había intentado violarla y amaneció con dos puñaladas en el pecho al fondo de una cañada. Nunca se aclaró el asunto, pero los marinos no suelen olvidar esas cosas. Maqroll regresó a su habitación, no del todo tranquilo. El deseo que le despertaba la joven podía más que toda prudencia y temor.

Hicieron el amor con una nueva intensidad, nacida, tal vez, de las sombras que empezaban a acumularse alrededor de ellos. Acostados en el precario lecho de guadua, mirando hacia el río que descendía frente a la ventana, apenas protegida por una débil tela que no dejaba entrar los mosquitos, conversaron durante el resto de la noche. Amparo María, la morena con cintura de gitana y palabras escasas, se mostró, detrás de su aire arisco y fiero, como una criatura maltratada por la vida, con una sed de cariño oculta por la desconfianza y el temor de ser lastimada. De allí sus frecuentes reacciones, de una súbita brusquedad. Por igual motivo, en el acto del amor acababa reservándose siempre el último momento y el poseerla se convertía para Maqroll en una laboriosa brega donde la cautela lo obligaba a dosificar el disfrute de ese cuerpo, cuya inquietante e intensa belleza abría vastas posibilidades que era necesario negociar cada vez con mayor astucia. Pero, por otra parte, Amparo María se mostraba tierna y cálida, con la espontaneidad de todos los que viven en espera de una caricia o de una palabra amable que los rescate de la jaula que ellos mismos se construyen. La adversidad le impedía expresar tales sentimientos con la generosa y secreta vocación que constituía el auténtico núcleo de su carácter. Su conversación iba desenvolviéndose en una suerte de espiral, partiendo siempre de largos silencios, al parecer huraños, hasta llegar a una juguetona alegría llena de humor infantil y de candor jamás ensayado. Habían hecho los dos una buena amistad, a fuerza de construir un clima de confianza y entrega sin reservas. Esto había sido obra del Gaviero, quien adivinó la auténtica personalidad de su amiga. A sus años, solía pensar, no estaba nada mal el tener en sus brazos una mujer joven cuyos rasgos y proporciones le recordaban antiguas amistades femeninas en los pequeños puertos del Mediterráneo, en donde una mujer de tales prendas solía conquistarse, si bien con riesgo de la vida, en los oscuros serrallos de Orán o de Susa. En el umbral de su vejez, el Gaviero estaba aprendiendo a conformarse, sin remedio pero con creces, con lo que nos es dado fatalmente a cambio de lo que hubiera podido ser y ya no fue. El azar le entregaba a Amparo María, él la hubiera querido unos veinte años antes para guardarla en una escondida quinta de Catania. La tenía aquí, cansado y en medio de una tierra de horror y desamparo. Seguía siendo un regalo de los dioses.

Algo de esto comentó luego con la dueña y ésta le explicó, con un cierto dejo de irónica resignación:

—Sí, Gaviero. Esos tráficos a los que nos empujan los años todos los tenemos que hacer. Lo malo es que nos toman de sorpresa. Siempre comienzan mucho antes de que nos demos cuenta de que estamos haciéndolos. Los ciegos, ya se lo podrá imaginar, tenemos que aprender a arreglárnoslas desde el momento en que ya no podemos ver más. Es más duro. ¿No lo cree así?

Maqroll asintió sin captar por completo lo que doña Empera quería decirle. Esto lo tranquilizó:

—No, no es verdad. Es igual, Gaviero, todo es igual. La vida es como estas aguas del río que todo lo acaban nivelando, lo que traen y lo que dejan, hasta llegar al mar. La corriente es siempre la misma. Todo es lo mismo.

Nada pudo o quiso agregar a las palabras de la ciega. Se parecían demasiado a las que repetía para sí desde hacía años. El viaje hasta el páramo había servido, además, para confirmarlo en sus certezas y devolverle la indiferencia, vieja conocida que solía salvarlo de padecer descalabros mayores y soldaba, con infalible eficacia, las grietas por donde, en ocasiones, sentía que se le pudiera escapar el alma. Era una indiferencia muy peculiar, gemela a la que le predicaba la casera: al tiempo que no lo dejaba derrumbarse, seguía brindándole ciertos dones del mundo que le proporcionaban la única razón cierta para continuar viviendo.

Van Branden llegó, en efecto, en el próximo barco. Cuando el Gaviero supo de su arribo, el hombre estaba ya en la cantina, en la mesa del fondo, apurando, uno tras otro, grandes vasos de ginebra con agua. Tenía los ojos inyectados y el amargo descontento le marcaba, debajo de los ojos, unas bolsas grises que se perdían en las ojeras nacidas del insomnio implacable. El diálogo no iba a ser fácil. Maqroll le informó sobre los resultados del primer viaje. El hombre masculló algún comentario anodino y luego le increpó por haber llevado hasta la cuchilla al joven arriero: «Si va a usar a uno de estos mierdas, déjelo en la cabaña de los mineros. No me meta esa gente allá arriba». El Gaviero prefirió no discutir el asunto y pasó a lo que le interesaba: el pago de su trabajo. Lo único que pudo sacar en claro de la descabalada charla del flamenco, que, a veces, se antojaba algo fingida, fue que el barco siguiente traía nuevas cajas para subir. Esta vez serían más grandes y delicadas. La suma que le había dado alcanzaba para pagar, por lo menos, dos viajes más. ¿De qué diablos se quejaba entonces? No consiguió Maqroll sacar más en limpio. Van Branden no salía de su rezongante terquedad de borracho, dejándolo todo en la misma vaguedad de antes. Pero un nuevo elemento vino a surgir en este encuentro, que dejó en el Gaviero una imprecisa señal de alarma. Imprecisa pero suficientemente clara como para despertar en él las viejas defensas del que ha sido zarandeado por la suerte en tantos rincones de la Tierra. Fue como una sombra de miedo, de contenido pánico, que se asomaba por entre las entrecortadas frases de Van Branden. La altanera impunidad que éste había usado hasta ahora daba paso a un pusilánime farfulleo, a una frágil madeja de obviedades repetidas en circular insistencia de beodo ladino pero inerme.

Encerrado en su cuarto, con el balcón abierto de par en par al manso y nocturno correr de las aguas, el Gaviero trataba de asir la huidiza señal de peligro que le había despertado la entrevista. Después de varias horas de vigilia, consiguió llegar a conclusiones que le parecieron evidentes: la tal vía férrea, aun si era real, escondía otra cosa, un propósito que quería mantenerse velado por razones que tenían que ver con una transgresión a la ley; la pareja de extranjeros que estaban en las bodegas de la cuchilla eran, junto con Van Branden, parte de esa conspiración; los habitantes de La Plata y los del llano de los Álvarez tenían dudas sobre la verdad del proyecto ferroviario y desconfiaban de la honestidad de los gestores del mismo, que daban allí la cara con sospechosas reservas. Todo esto era posible gracias a la ausencia, al parecer transitoria, de autoridades en la región. Esto fue lo que logró sacar en limpio. Era bastante para obligarle a tomar precauciones en el segundo viaje que se avecinaba. Hablaría con don Aníbal, exponiéndole francamente el resultado de sus lucubraciones. Estaba seguro de que el hacendado podría aclararle, gracias a su buen criterio y a su rectitud, algunos aspectos que seguían en la sombra. Contaba con la mutua simpatía que era evidente en su trato con el patrón de Amparo María.

Dos días más tarde llegó a La Plata el nuevo cargamento. Se trataba de siete cajas alargadas, cuyo peso era tal que cada mula sólo podía con una. Las dos que sobraron las llevó al cuarto de Van Branden, en la pensión de doña Empera. El Zuro se encargó de disponer la forma como debían cargarse las mulas sin lastimarlas y sin que las cajas corrieran peligro de deslizarse en las cuestas. No fue fácil, pero el arriero mostró una habilidad y un empeño tales que, finalmente, todo quedó listo a satisfacción de Maqroll. En una madrugada brumosa y húmeda, tras despedirse de la dueña y encargarle una gran discreción respecto a lo que quedaba bajo su custodia, el Gaviero partió para su segunda subida al Tambo. Cuando llegaron a la tierra media, los cafetales estaban en flor. Las mujeres se dedicaban a la tarea de quitar las hojas secas de cada mata y cortar el tallo que, en el centro de algunas, sobresalía causando daño al fruto. El aire tibio traía el aroma de las flores de cafeto que daban, por su blancura, la imagen de una impensada nieve sobre el verde dombo de los cafetales. Los cantos de las mujeres y el tropel de las aguas de la quebrada que bajaba de la montaña concedieron a Maqroll una tregua de dicha y de olvido sin interferencias ni sombras. Esa mañana de la tierra caliente emergía, como por milagro, de los días de su infancia. La serranía, envuelta aún en el velo azulenco de una niebla traslúcida, con sus caminos que subían en zig-zag, uniendo las humildes viviendas de los arrendatarios, daba la impresión de un vasto poderío, de un dominio sin límites, protector pero, al mismo tiempo, de una imponencia sobrecogedora. Esa presencia majestuosa le trajo el recuerdo de ciertos sueños que lo visitaban en alta mar y que, ahora lo sabía, acudían para recordarle su inapelable vínculo con ese paisaje y con la cambiante maravilla con la que solía poblarlo su recuerdo. En un recodo del camino, antes de comenzar la cuesta que subía hasta la hacienda, le esperaba Amparo María. Llevaba un largo delantal blanco que le daba un aire de sacerdotisa, al que contribuían las tijeras de podar que tenía en la mano. La muchacha le besó en la boca con un dejo de desafío y le habló al oído haciéndole cosquillas con su cálido aliento: «Don Aníbal quiere hablar a solas contigo. Manda decir que cuando llegues a la casa, lo acompañes afuera con un pretexto que va a darte. Pero antes vamos a descansar debajo de aquella mata de café que acabo de arreglar para que podamos escondernos sin que nadie nos vea».

Esa invitación, que ocultaba una tierna promesa, prolongaba el febril bienestar que le invadía. Hizo al Zuro señal de que siguiera adelante y se internó en la plantación, guiado por la muchacha que sonreía con la misma malicia de las estatuillas etruscas vistas en un museo del Adriático. Bajo el domo protector de un cafeto de follaje verde cerúleo, Amparo María había preparado un lecho de hojas de plátano secas. Se tendió, despojándose de la ropa en un gesto instantáneo y enfático. El Gaviero la acariciaba lentamente, mientras, a su vez, se libraba de la ropa en gestos pausados y silenciosos. Entró en ella en un acto que sentía como un ritual sagrado y la muchacha comenzó a fingir una exaltación que acabó siendo sincera a fuerza de admiración y gratitud hacia ese extranjero que, con el peso de sus años, traía también la devastadora y enervante experiencia de tierras desconocidas y de ebrias jornadas de peligro y deleite. Permanecieron un buen rato abrazados, mientras el sol, colándose por los intersticios de la cúpula vegetal, recorría sus cuerpos con manchas de luz que señalaban el paso de las horas. Cuando Maqroll se resolvió a partir, Amparo María se vistió con la misma presteza con la que se había desnudado. Tenía una expresión seria, intensa, como si hubiera madurado bruscamente. Besó de nuevo al Gaviero en la boca, con avidez, y corrió a reunirse con sus compañeras que acudían a la llamada para la comida.

Cuando el Gaviero alcanzó al Zuro, éste ya había subido buena parte de la cuesta. «Las mulas vienen cansadas. A ver si aguantan en el páramo —le comentó a Maqroll, quien debía traer en el rostro la serenidad de los bienaventurados, porque el arriero le comentó, en tono zumbón—: Cuando despierte, hablamos. Quién va a pensar en el páramo estando en los cafetales. Cada cosa a su hora, decía mi abuelo. Era cafetalero. A mí ya no me tocó y aquí estoy luchando con bestias que parecen paridas por el diablo. Hoy están peor que nunca. La carga las viene incomodando, no por pesada, sino porque les lastima las ancas». Maqroll continuó en silencio. Nada tenía que comentar a las palabras del Zuro y prefirió refugiarse en un mutismo que prolongara un poco más su pasajera felicidad. No esperaba que le fuera otorgada de nuevo. Llevaba cuenta minuciosa de las visitaciones de ese orden y algo, allá adentro, le decía que estaba acercándose al final de la cuerda y que esos momentos de plenitud estaban a punto de ser cancelados.

Cuando llegaron al llano de los Álvarez, don Aníbal salió a recibirlos. Aún traía puestos los zamarros. Venía, les dijo, de buscar unas reses perdidas en el límite de la finca con el páramo. Invitó al Gaviero a pasar a la terraza y ordenó que trajeran café mientras se cambiaba de ropa. Cuando estuvo de regreso, empezaron a saborear en silencio los grandes tazones de café humeante y aromático. Pasado un rato, el hacendado le propuso en tono natural, sin dar mayor importancia a sus palabras: «Por qué no me acompaña hasta la quebrada. Quiero mostrarle unos frutales que tengo sembrados al borde del agua y que se están dando muy bien. Creo que van a interesarle». El Gaviero asintió inmediatamente, un tanto divertido por lo artificial del pretexto, ya que bien sabía don Aníbal cuán poco le interesaban a Maqroll este tipo de cosas, ajenas a su larga vida de marino. Descendieron lentamente hacia la quebrada, tratando de no resbalar por el sendero húmedo y arcilloso. El hacendado se internó en un pequeño arbolado que crecía paralelo a la corriente. La algarabía de los pericos llegaba, en momentos, a hacerse insoportable. Invitó a Maqroll a sentarse a su lado en la gran piedra que se alzaba en un remanso de la quebrada. Miró a su alrededor y, sin ningún preámbulo, empezó a tratar el asunto:

—Bien, amigo. Es sobre la historia esta del ferrocarril. A usted le consta que siempre he tenido las mayores dudas sobre el tal proyecto. Esta madrugada quise confirmar algunas de mis sospechas y subí hasta el borde del páramo, con el pretexto de las reses perdidas, para hablar con los pastores que me cuidan un rebaño de ovejas que tengo allá arriba. Ellos saben todo lo que pasa por allí. Confrontando lo que me contaron con las noticias que he venido recibiendo de La Plata, puedo asegurarle lo siguiente: no hay tal vía férrea, ni sombra de proyecto en ese sentido. Lo que están almacenando en las bodegas, y que usted está llevando ahora al Tambo, no son aparatos de precisión, ni maquinaria de ninguna clase. Ya van tres veces que llega a las bodegas a medianoche gente para llevarse las cajas o el contenido de las mismas. No se sabe adónde van con esto.

Por dos razones me he resuelto a prevenirlo: la primera es que, como tengo la convicción de que es ajeno a toda la historia y siento simpatía por usted y por las personas de su condición, no quisiera verlo terminar mal en ese peladero sin ventura; la segunda tiene que ver con mis intereses y los de mi gente. Ya puesto sobre aviso, usted puede informarme sobre lo que suceda en el Tambo o en La Plata en relación con todo este asunto. Así puedo prevenir cualquier peligro, con tiempo para preservar a los míos de lo que acaso suceda. Es posible que eso tome algún tiempo. Tal vez haga uno o dos viajes más con sus mulas. La señal de alarma va a llegar, primero, a La Plata y no a la cuchilla, en donde creo que se están confiando más de la cuenta. Hágame saber cualquier noticia por medio de Amparo María, que es mujer leal y más advertida de lo que parece. Aquí tomaré de inmediato medidas para evitar una desgracia.

—Don Aníbal —repuso Maqroll—, ¿qué es, concretamente, lo que usted está temiendo? Yo, con mucho gusto, le informo sobre lo que sepa en La Plata y en el Tambo. Pero quisiera saber un poco más sobre lo que nos amenaza, para no confundir rumores sin importancia con noticias graves. Debo decirle que en el caserío de La Plata todo me inquieta. Allí no sucede nada que pueda dejar tranquilo al más tonto. Siento por usted y los suyos un sincero afecto y mucho respeto. La confianza que me está demostrando ahora me compromete aún más y me confirma en su devoción por la lealtad y la justicia. Pero dese cuenta de que si no me da algunos indicios de sus temores, es posible que el peligro me pase por las narices sin que lo pueda ver.

—Tiene razón, amigo —respondió don Aníbal—. Voy a ponerlo un poco en antecedentes. Esta tierra anda revuelta hace muchos años. No sé ahora, a ciencia cierta, lo que pueda suceder, ni quiénes están detrás de esta historia. No es fácil seguirle la huella a estas cosas que suelen transitar caminos muy oscuros y alrevesados, antes de salir a la luz. En casa de Empera, en la cantina, en el muelle, arriba, en el Tambo, y también en la cabaña de los mineros, perciba todo lo que suceda de nuevo, todo lo que salga de la rutina, todo indicio de cambio en la vida de las personas con las que trata. No puedo decirle más, no porque me lo calle, sino porque tampoco yo sé de dónde va a venir el golpe. Si le digo que se trata de un movimiento subversivo, a lo mejor es una maniobra de los militares o un ajuste de cuentas entre ellos o entre los distintos grupos de contrabandistas. Más me interesa lo que pueda advertir en La Plata que lo que vea en el Tambo. Allá tengo gente que vigila constantemente. No quiere esto decir que descuide a los dos pájaros que se esconden en la cuchilla. No les pierda el ojo. Pero el río, amigo, el río es el que trae las sorpresas más terribles. Nada bueno ha viajado por esas aguas desde que vivo aquí. Yo sé cómo se lo digo. Ahora subamos. No quiero que sospechen en la finca que andamos en algo usted y yo. Pobre gente, son de una fidelidad conmovedora y me siento responsable de lo que pueda ocurrirles. Nosotros los trajimos. Por cierto, no comente nada de esto con el Zuro. Es leal y muy listo, pero le gusta hablar mucho y ya me ha metido en problemas. No desconfíe de él; desconfíe de su lengua. Eso es todo.

Subieron a la casa de la finca y el Gaviero fue a ver las mulas. El Zuro las había descargado, con ayuda de un peón, y allí estaban comentando sobre la forma curiosa de los empaques. Hizo señas al Zuro de que cortase el diálogo. El peón se fue de inmediato y el arriero comenzó a darles de comer a las bestias. Esa noche durmieron en el establo. Maqroll no quiso dejar las cajas al alcance de algún curioso. La conversación con don Aníbal lo había puesto sobre aviso. Ahora ataba cabos de sus conversaciones con Van Branden y de algunas alusiones de la ciega. Empezaba a percibir con mayor evidencia el terreno minado y huidizo por el que andaban sus asuntos.

A la mañana siguiente, partieron antes del alba en dirección al refugio de los mineros. Al poco rato, las mulas comenzaron de nuevo a dar señales de cansancio. Cada vez se mostraban más ariscas a las órdenes del Zuro. Así llegaron a la cuesta. El camino subía en zig-zag, bordeando un precipicio que, a cada tramo, se hacía más profundo. La senda se estrechaba peligrosamente, ciñéndose a la pared cortada a pico, de la que sobresalían grandes piedras que no había sido posible remover. Las mulas, al iniciar el ascenso, comenzaron a temblar y se resistían a seguir adelante. «Es por la carga —explicó el Zuro—, sienten el peligro con el peso mal repartido. Vamos a pasarlas una a una, porque, si se trancan todas en la mitad de la subida, no hay manera de regresarnos y nos lleva la trampa bregando con estos animales. Para colmo, con la lluvia el piso está como jabón».

El Gaviero propuso avanzar un poco más. No quería que los sorprendiera la noche por el camino, antes de llegar a la cabaña. Así lo hicieron, pero, cuando iban un poco más arriba de la mitad de la cuesta, las mulas ya no quisieron seguir. Pusieron, entonces, en práctica el consejo del Zuro. Las primeras mulas pasaron sin problema. Maqroll las esperaba arriba y el arriero las iba llevando una a una de cabestro. Cuando subía con el último animal, éste se asustó con un pájaro que partió de improviso de la pared rocosa. El camino era tan estrecho que, al dar algunos pasos hacia atrás, el peso de la carga arrastró la mula al precipicio. Ningún ruido acompañó la caída. Era tan hondo el abismo que las nubes cubrían por completo el fondo. De vez en cuando, el viento traía el ruido del torrente que corría allá abajo. Las bestias advirtieron la falta de su compañera y esto las puso aún más inquietas. Finalmente, alcanzaron la cumbre. La operación había sido agotadora y la noche se venía encima. Una lluvia torrencial y helada se desató en medio de rayos cuyo chasquido se oía cada momento más cerca. Las mulas temblaban y los relámpagos iluminaban sus ojos desorbitados por el pánico. Era casi la medianoche cuando lograron llegar a la cabaña. De inmediato, descargaron los animales para aliviarlos del agotamiento que traían. Prepararon, cada uno, su lecho con hojas de frailejón de las que siempre había reserva dentro del refugio. El Gaviero encendió el cabo de vela que traía para su lectura nocturna y, al mismo tiempo, vio un papel sujeto en un clavo herrumbroso que había en la pared para colgar los aperos de las bestias o las ropas de los caminantes. En un español macarrónico, escrito en letras de imprenta, con el evidente fin de que no se pudiera identificar quién lo había hecho, daban instrucciones a Maqroll de esperar allí. La carga sería recogida antes del mediodía siguiente. Mezclado con el alivio de no tener que hacer el terrible camino del páramo hasta el Tambo, sintieron la sorda presencia de un peligro oculto, sobre el cual prefirieron no hacer comentario alguno. Cada uno sabía lo que el otro estaba pensando. Siguió lloviendo toda la noche con la tenaz insistencia de las tormentas tropicales, cuando parece que hubiera comenzado el diluvio universal. En la mañana calentaron café y frieron algunas tajadas de plátano. La jornada del día anterior les había despertado un hambre que exigía comida más substanciosa. Volvieron a acostarse para tratar de engañar, con el sueño, el apetito que iba en aumento. Unos golpes en la puerta los despertaron con sobresalto. Ambos habían olvidado por completo dónde se hallaban.

El ingeniero larguirucho y amargado que los había recibido en la cuchilla entró con cinco hombres más. Cinco mulas relucientes y frescas esperaban afuera. Sin decir palabra, los peones cargaron las cajas con extremo cuidado, mientras el supuesto belga verificaba, en una lista, los números que aquéllas traían en un costado. «Faltan dos cajas», dijo, mientras miraba al Gaviero con desconfianza felina, mezclada con un gesto de alarma apenas disimulado.

—No —repuso Maqroll—, sólo falta una. Rodó al abismo con todo y mula.

—Voy a ver —dijo el hombre, mientras volvía a compulsar la lista con las cajas que ya estaban cargadas—. Tiene razón, falta sólo una. Pero es lo mismo. ¿Dónde rodó la mula?

—Antes de llegar al plan de Santa Ana. En la penúltima vuelta. Ni la vimos caer. Las nubes tapaban todo —se apresuró a explicar el Zuro que conocía la región mejor que el Gaviero y quería despejar las sospechas del extranjero.

—Esta historia —puntualizó éste dirigiéndose a Maqroll— se la cuenta usted a quien lo contrató. Va a tener problemas. Lo que traen estas cajas no se puede dejar tirado, así no más, en pleno monte. Es mejor que trate de rescatar esa carga. Sobre lo que vea, si la descubre, es mejor que guarde silencio. Si alguien ha llegado antes, prepárese, porque no andamos con bromas. En fin, allá usted —alzándose de hombros, dio media vuelta y puso en marcha la recua perdiéndose entre la lluvia que seguía cayendo con persistencia de pesadilla.

Cuando quedaron solos, el Zuro comentó: «No se preocupe. Yo conozco una travesía que nos lleva hasta el fondo de la cañada. Dejamos las mulas amarradas en mitad de la cuesta. No lejos de allí está la trocha y en una hora llegamos abajo. Allá veremos de qué se trata. Enterramos la carga en un lugar seguro y ya está. Vamos a llevar esta pala que dejaron aquí los mineros».

Maqroll respiró aliviado. Las palabras de su compañero le devolvían la confianza en que podrían salir del paso sin mayor riesgo. La advertencia del ingeniero se le había quedado atravesada en el pecho. Nada había que pudiese descomponerlo más que las amenazas, intangibles y vagas, proferidas por gente de quien dependía en un momento dado. En ese caso, el miedo era menor que la repugnancia de saberse al arbitrio de alguien que no le merecía ni respeto ni gratitud. Era el tipo de relación que trataba, en lo posible, de evitar.

La lluvia había cesado. Bajaron las mulas al lugar indicado por el Zuro y fueron en busca de la vereda que los llevaría al fondo del precipicio. El sendero era apenas perceptible en ciertos trechos, pero el Zuro conocía perfectamente el camino. El piso arcilloso se había vuelto tan resbaladizo con la lluvia que en varios trayectos se dejaban deslizar, sujetándose de la maleza que crecía con mayor altura y profusión a medida que descendían. Por fin, se encontraron en medio de una vegetación de verdes intensos, impregnada de una humedad que facilitaba la respiración y distendía los músculos, tensos por el frío y el esfuerzo de la bajada. Al mediodía llegaron al lecho del torrente que corría en una alegre turbulencia de espumas y remolinos. El vocerío de las aguas heladas y cristalinas retumbaba contra las altas paredes de la cañada de las que partían, al paso de los intrusos visitantes, bandadas de pericos en repentina algarabía y parejas de grandes aves que se alejaban en un vuelo majestuoso dando al ambiente un aire délfico, al margen del tiempo y sus deleznables trabajos. A medida que bajaban por la orilla de la corriente, el Zuro levantaba la mirada para ubicar el sitio por donde se había despeñado la mula. De pronto se detuvo y señaló a Maqroll el lugar. Pero los desconcertó no ver rastros del cuerpo ni de la carga que traía. El Zuro explicó que era posible que el cadáver hubiera sido empujado por las aguas hasta dejarlo atorado contra algunas piedras; pero la carga no era tan fácil de ser llevada por la corriente. En efecto, al poco de avanzar encontraron el despojo hinchado de la mula que giraba en un remolino golpeando contra las grandes piedras. Los buitres, parados en la carroña, le daban vigorosos picotazos y trataban de sostenerse sacudidos por los embates de la quebrada.

Resolvieron regresar al sitio en donde calcularon que había caído la mula y allí reanudaron la búsqueda de la caja.

—¡Mierda! —exclamó el Zuro mientras levantaba algo del suelo—, alguien vino y se llevó la caja. Mire —entregó al Gaviero una astilla de madera que reconocieron de inmediato. Siguieron rastreando el lugar y no tardó Maqroll en recoger otro indicio que lo dejó aún más preocupado. Era un trozo de etiqueta impresa en plástico, con algunas palabras escritas a máquina que se habían borrado con el agua y la intemperie. Pero en el borde inferior, aún se alcanzaba a leer en caracteres impresos: «Made in Czec...». El final de la palabra no aparecía en el pedazo de etiqueta, pero era bien fácil de adivinar. Maqroll guardó en el bolsillo el trozo de plástico y le indicó al Zuro que ya podían volver por las mulas. No era prudente demorarse en esos parajes. El arriero le explicó que, siguiendo el curso del torrente, podría llegar en poco tiempo al llano de los Álvarez. Mientras tanto, él iría por las mulas. Ya sin carga, era muy fácil manejarlas. Además, subir por la trocha resbalosa era un esfuerzo agotador. El Gaviero asintió un poco a disgusto. Si al Zuro le alcanzaba la noche en el camino, podrían sorprenderlo los mismos que habían venido por la caja.

—De noche —comentó el arriero— no hay quien se atreva en la cuesta. Yo me cuido. No se preocupe.

—No estoy tan seguro —replicó el Gaviero—, por la caja tuvieron que venir anoche. Imagínate si van a tenerle miedo a la cuesta.

—No, mi don —contestó el Zuro—, ellos vinieron por el atajo. Es muy distinto.

El Gaviero cedió a las instancias del Zuro y allí se separaron. Mientras descendía, siguiendo el curso del agua, una sorda inquietud se iba apoderando de Maqroll. La presencia de un peligro, indeterminado pero evidente, lo volvió a sumir en ese estado de ánimo, para él tan familiar, que estaba formado por un hastío, un monótono cansancio que lo invitaba a darse por vencido, a detener la carrera de sus días, marcados todos por esa clase de empresas en las que siempre los otros sacaban el provecho y tomaban la iniciativa, haciéndole pasar por un inocente que había servido, sin darse cuenta, a propósitos ajenos. Siempre que se sentía así, le invadía un amargo sabor en la boca y un penoso palpitar de las sienes acompañados de un borboteo en el vientre. Era el miedo, el viejo miedo que saltaba con felina regularidad: el miedo que había sentido en la mina de Cocora, el que lo esperaba en los rápidos del Xurandó, el que acechó, agazapado, en la sentina del *Lepanto*, el miedo en Amberes, en Istambul, el de siempre, el de toda su vida, rosario de sórdidos desastres y frágiles, turbios, momentos de dicha inescrutable.

Cuando llegó al llano de los Álvarez no estaba ninguno de sus conocidos. En la cocina lo recibió una mujer con rostro de momia china que, en palabras que salían torpemente de la boca desdentada, dijo que todos habían salido, pero que don Aníbal le había dejado dicho que entrara para descansar y lo esperara porque tenía que hablarle. Que no siguiera hasta el puerto sin conversar con él. Los demás estaban en la roza del monte y sólo vendrían hasta mañana. También Amparo María estaba allá arriba. La vieja sonreía con una complicidad que desagradó al Gaviero. No quiso quedarse allí para tomar su taza de café y prefirió llevarla, junto con un plato de comida recalentada que le preparó la anciana, al cuarto que le tenían dispuesto. Allí, tendido, después de haber saciado el hambre que le atormentaba desde la mañana, el Gaviero, antes de caer en un profundo sueño, volvió a ver las mutiladas palabras de la etiqueta que había encontrado en la cañada: Made in Czec... Sabía de qué se trataba, pero no podía o no quería seguir adelante en sus conclusiones. No había tal ferrocarril. Detrás de éste se escondía una empresa en cuyos engranajes podía, en cualquier instante, perder la vida. Así, sin más, con esa gratuita facilidad con la que siempre le llegaban esta clase de sorpresas.

Unos ligeros golpes en la puerta lo despertaron. Era todavía de noche. Había dormido de un tirón muchas horas seguidas y no tenía idea de qué hora podría ser. Fue a abrir y se encontró con don Aníbal, cubierto con una capa de hule que le caía hasta los pies y por la que seguía escurriendo el agua de la lluvia. Acababa de desmontar del caballo, que esperaba amarrado a la baranda del corredor. A su lado estaba el Zuro, que había llegado a tiempo con el dueño y traía las mulas del cabestro.

—Buenos días, amigo —saludó don Aníbal con tono cordial pero que denotaba una cierta preocupación—. Qué bueno que descansó bien, porque, antes de que amanezca, tenemos que hacer una pequeña diligencia no lejos de aquí. Estoy seguro de que le va a interesar acompañarme y, de paso, enterarse de ciertas cosas para su propia conveniencia y, también, para la nuestra. Ya le traen un caballo, listo y ensillado, y una capa para protegerlo de la lluvia que no ha parado desde ayer. Lo espero a la salida de la finca. Voy a dar unas órdenes. El Zuro va a guardar las mulas y le trae el caballo. Nos vemos ahora.

El Zuro siguió a don Aníbal, después de saludar al Gaviero con un gesto que le indicaba que todo había ido bien. Maqroll entró para buscar algo con que abrigarse y el arriero no tardó en regresar con la cabalgadura y una capa para la lluvia. Don Aníbal parecía haber adivinado que el Gaviero era un jinete menos que mediocre y le había escogido una yegua mansa, algo dura de riendas, pero muy dócil. Montó en ella con cierta aprensión y el Zuro le alcanzó la capa para que se la pusiera de inmediato. El aguacero caía en forma torrencial y no daba indicios de escampar. El Gaviero se reunió con don Aníbal a la entrada de la finca y empezó a cabalgar a su lado. Caminaron un buen trecho en silencio. La lluvia caía en goterones densos que producían un ruido opaco con ritmo cada vez más rápido. Maqroll preguntó adónde se dirigían. Don Aníbal le hizo señal de que era mejor no hablar todavía. Ya lo harían más adelante. Dentro de un bolsillo de la capa, el Gaviero encontró un gorro de hule, semejante a los que se usan en el mar cuando hay tormenta. Se lo puso y tuvo, de pronto, la sensación de que estaba en alta mar. El agua seguía azotándole la cara en chaparrones intermitentes y tibios que le produjeron una leve somnolencia. Por fin, don Aníbal acercó un poco más su caballo a la yegua y habló en voz baja y pausada:

—Vamos a un rincón del monte donde nos espera alguien que tiene interés en hablar con usted. Es persona que conozco hace mucho y que me inspira plena confianza. Le adelanto algunos datos: esta persona me ha informado sobre la caída de una de sus mulas con la carga y del intento que hizo usted ayer por rescatarla. Es un accidente que le hubiera podido costar más caro. La mula desbarrancada la descubrieron por los buitres que rondaron inmediatamente alrededor del cadáver. La carga fue recogida y llevada a lugar seguro. Allí abrieron la caja, que traía doble empaque. El de madera se destrozó al rodar al abismo. Contenía un rifle ametralladora AZ-19, de fabricación checa. Es el arma de repetición más moderna y mortífera que se fabrica y tiene gran demanda en el mercado negro de armas. Ya sabrá más datos en un momento. La patraña del ferrocarril, si alguna duda nos quedaba aún, ha quedado descubierta. Pero el asunto no va a ser tan fácil. Yo sé que usted es ajeno por completo a toda esta operación y que fue usado, aprovechando su desconocimiento de esta tierra. Por esto y porque me inspira sincera amistad, he salido fiador de su inocencia. Creo, sin embargo, que van a pedirle cierta colaboración que facilitará su salida del berenjenal en que lo metió esa gente. Debo decirle también que soy ajeno a todo esto y sólo me interesa la seguridad de los míos y la mía propia, como también conservar, hasta donde sea posible, esta finca en donde hemos enterrado, mis hermanos y yo, buena parte de la vida. Para eso tengo que andar con extrema cautela. La pasajera calma de que disfrutábamos por aquí se ha terminado. El ejército ya llegó y va a correr mucha sangre. Ya sabemos cómo es eso. Trataré de salvaguardar la hacienda, pero, para ello, no estoy dispuesto a perder el pellejo. No quiero terminar como acabaron algunos de los míos. ¿A usted nadie le advirtió, cuando llegó a La Plata, que esto era un polvorín listo a explotar en cualquier momento?

—Algo pude colegir, por palabras de doña Empera y de otras personas, pero no les di mucha importancia —comentó el Gaviero—. Siempre he pensado que, en casos como éste, sólo quien quiere meterse en problemas corre peligro. En varios sitios del mundo he pasado por situaciones semejantes y mi buena estrella me ha sacado siempre de apuros. De seguro confié demasiado en ella al quedarme aquí. Pero sucede que, en el fondo, todo ha terminado por serme indiferente. Creo que he perdido facultades y me dejo llevar por la suerte. Estoy un poco cansado de tanto andar. Estos intentos en que se empeñan los hombres para cambiar el mundo los he visto terminar siempre de dos maneras: o en sórdidas dictaduras indigestadas de ideologías simplistas, aplicadas con una retórica no menos elemental, o en fructíferos negocios que aprovechan un puñado de cínicos que se presentan siempre como personas desinteresadas y decentes empeñadas en el bienestar del país y de sus habitantes. Los muertos, los huérfanos y las viudas se convierten, en ambos casos, en pretextos para desfiles y ceremonias tan nauseabundas como hipócritas. Sobre el dolor edifican una mentira enorme. Supe que por La Plata había pasado, años atrás, una ola de violencia terrible. No hice caso. Es seguir viviendo lo que me cuesta trabajo, no morir. La Plata me pareció lugar ideal para detener, así fuera por un tiempo, ese ir dando tumbos de un lado a otro que ya me tiene hastiado. La cama de guadua en casa de la ciega, el río que pasa por debajo y me ayuda a olvidar, ciertas noches de sobresalto cuando los recuerdos toman cuerpo y me piden cuentas, el alcohol reparador y cómplice en la cantina, al que acudo cuando la lucha conmigo mismo se hace más dura; eso es todo lo que pido a ese lugar en donde nadie me conoce ni con nadie tengo cuentas por saldar. Pero hay un ángel de la guarda diabólico que me obliga a emprender necias empresas, a participar en las de mis semejantes, mezclarme con ellos y sentirme dueño de una exigua parcela de su destino. Así caí en este cuento del ferrocarril. Cuántas veces, me repito en estos últimos días, me he cruzado con tipos como Van Branden y sus socios del Tambo, en los más diversos rincones del mundo. Resultan siempre los mismos, con idénticas astucias, usadas hasta el cansancio y sin el menor ingenio y la misma codicia de lobo apaleado, que a nadie engaña. Le confieso que, allá para mis adentros, nunca me tragué el cuento de la vía férrea y eso fue precisamente lo que me llevó a meterme en la intriga, tal vez con la secreta esperanza de satisfacer a mi siniestro ángel guardián y acabar como la mula de ayer.

—Hombre, me parece que, en eso último, está exagerando un poco —repuso don Aníbal—. Yo lo veo a usted en forma muy distinta y le confieso que he llegado a tenerle, no solamente simpatía y aprecio, sino también a disfrutar de su experiencia y de sus relatos. Para mí son como una lección. Piense que, al quedarme sembrado en estos montes, no he conocido más mundo que estas cañadas y este clima bueno para caimanes. Entiendo que esta experiencia con la gente del Tambo le haya llevado a revivir otras semejantes. Creo que todos tenemos algo de que lamentarnos. Todo lo ve usted ahora bajo una luz sombría y derrotista. Pero yo lo he escuchado relatar episodios de su pasado vividos, seguramente, en forma muy distinta de como en este momento está viendo las cosas.

Don Aníbal era muy sincero al hacer al Gaviero ese comentario a sus palabras. Solía poner a Maqroll como ejemplo de una vida rica en episodios de apasionante interés y en sorpresas del más variado colorido. Vida opuesta por completo a la suya que se le antojaba como una insípida rutina, a menudo sin sentido. Siguieron dándole vueltas al tema. Cada uno insistía en sostener su opinión. La lluvia inclemente y las nubes aciagas que se cernían sobre el inmediato futuro de sus vidas debían influir no poco en las negras tintas con las que, cada cual, describía su destino.

La lluvia cesó de repente y el cielo se despejó de inmediato, dejando al descubierto la incandescente maravilla de la noche de los trópicos. Todo se iluminó con una tenue fosforescencia que despedía la clara luz de los astros, reflejada en la humedad de las hojas y en los charcos cuya reciente serenidad rompían, en mil reflejos, los cascos de las cabalgaduras. Penetraron en un pequeño arbolado, que debía ser familiar al dueño de la finca que se internó por él apurando el paso. Maqroll lo siguió, sacudido por el manso trote de la yegua que trataba de controlar, en vano, con torpes jalones de las riendas. Habían caminado un buen trecho, cuando don Aníbal tomó por un sendero que descendía en ligera pendiente hasta terminar en un tupido bosque, al parecer impenetrable. Allí detuvo su caballo y se quedó a la espera de alguna señal. Al escuchar un breve silbido, hizo señas al Gaviero de que desmontara y fue a amarrar su caballo al tronco de un árbol cercano. Maqroll hizo lo mismo y siguió a don Aníbal, quien se internó en la espesura caminando lentamente pero con la seguridad de quien conoce el camino. En un estrecho claro los esperaba un hombre sentado en el tronco de un árbol derruido por el rayo y cubierto de musgo. Se puso en pie para saludar a los recién llegados. Lo hizo con una voz firme, que cuadraba con su uniforme de campaña y las insignias de capitán que llevaba en el cuello de la camisa verde olivo. Los invitó a sentarse en el tronco, mientras permanecía de pie, con los brazos cruzados sobre el pecho. La escasa luz permitía ver un rostro enjuto y pálido, con una barba de varios días, que le daba un falso aspecto de enfermo. La voz y los gestos, firmes y enérgicos, disipaban esa primera impresión. Pero en sus ojos grandes y negros, cercados por ojeras de tensión y fatiga, se advertía un brillo febril, esa movilidad de quien se mantiene alerta, en el límite de sus fuerzas. Don Aníbal se adelantó a explicar a Maqroll de quién se trataba:

—El capitán Segura desea hablar con usted. Quiero que sepa que es amigo nuestro de hace tiempo y que puede hablar con él sin ninguna reserva. Ya sabe de usted por mí. De lo que ahora se hable depende que salga con bien de la situación en que está envuelto sin proponérselo —dirigiéndose al capitán, agregó—: En el camino le informé sobre el hallazgo de la caja y su contenido. Ni qué decirle que ignoraba totalmente lo que estaba transportando. Ahora, usted dirá, capitán.

El capitán comenzó a pasearse en el breve espacio del claro, mientras se pasaba, de vez en cuando, la mano por el rostro como para alejar el sueño o aliviar el cansancio. Sus palabras salían con ese rigor castrense que les daba una gravedad muy especial:

—De usted, amigo, sabemos casi todo lo que hay que saber. Don Aníbal, por su parte, garantiza su conducta y su inocencia, difícil de aceptar, es cierto, en relación con los viajes a la cuchilla del Tambo. Es por esto que lo que quiero preguntarle será breve. Primero, deseo saber cuántas personas, de origen extranjero, ha visto en la bodega del Tambo.

—He estado allí con dos hombres. Uno dice ser belga y el otro, al que llaman Kraken por apodo, se pretende de Dantzig. No he visto otro extranjero en ese lugar —Maqroll quería ser tan preciso e impersonal en sus respuestas, como lo era el militar en sus preguntas.

—Bien —repuso éste—. El que dice ser de Dantzig es alemán, nacido en Bremen. Tiene cuentas pendientes en Punta Arenas. Allí dio muerte a dos sargentos de la guardia, cuando trataba de escapar de la prisión en donde estaba por contrabando. El belga es en verdad holandés y fue quien compró las armas en Panamá. Ahora, dígame: ¿ha visto algo en la cabaña de los mineros que le llame la atención; algo extraño, inusual? ¿Alguien ha dormido con ustedes? ¿Advirtió huellas de que alguien haya ocupado el lugar últimamente? ¿Qué indicios había en ese sentido?

—No, capitán —contestó Magroll—, no hemos visto a nadie, ni he observado rastros de que nadie haya estado allí. El lugar siempre se conserva relativamente limpio y todo ha estado en el mismo lugar, las veces que hemos dormido allí. Ahora recuerdo, sí, que me dejaron un mensaje escrito, colgado de un gancho, en el que me decían de no subir al Tambo y esperar en la cabaña a que recogieran la carga. En efecto, ayer llegó el holandés con sus peones y se llevaron todo en mulas, por cierto de muy buena pinta —a medida que hablaba, el Gaviero iba recobrando su aplomo y sentía una espontánea confianza hacia su interlocutor, quien daba la seguridad de alguien que conoce muy bien el terreno que pisa y las gentes con las que trata. Era, además, evidente que cualquier sospecha que hubiera tenido respecto a Maqroll estaba despejada.

—La persona que lo contrató para este trabajo es un hombre rechoncho, de ojos saltones, siempre irritados, rostro congestionado, amigo de la bebida o que simula serlo y dice llamarse Van Branden o Brandon. ¿Es así?

—Sí, capitán, así es. Por cierto que tampoco yo he creído que beba todo lo que pretende. También en asuntos de dinero es de una informalidad muy curiosa. No pide recibos por lo que da ni quiere cuentas de lo que se gasta. Nunca pude establecer con él una suma precisa por mi trabajo.

—Eso se explica —comentó el oficial, mientras una fatigada sonrisa se insinuaba en sus labios—. El hombre tampoco suele rendir cuentas claras a quienes contratan sus servicios. Hay mucha laxitud con el dinero en ese negocio de armas, en donde el margen de ganancia de cada intermediario no suele establecerse. El tipo se apellida Brandon y es irlandés. Sus antecedentes son interminables: preso en Trinidad por falsificación de cheques; los ingleses lo buscan por trata de blancas en el Medio Oriente; Arabia Saudí lo dio por muerto después de una paliza que mandó darle un *sheik* a quien había engañado vendiéndole dos muchachas vírgenes de Alicante que resultaron ser dos putas de San Pedro Sula. La lista, como le dije, es muy larga. Aquí pesan contra él cargos mucho más graves. Puedo decirle que no es probable que vuelva a encontrarse con él. Sigamos adelante: ¿le espera más carga en La Plata para subir al Tambo o hay alguna en camino, que usted sepa?

—En La Plata dejé, en el cuarto de Brandon, dos cajas iguales a las que subí anteayer. No tengo noticia de que venga nada en camino. —Maqroll sintió la mirada del oficial fija en sus ojos. Éste siguió paseándose un poco más nerviosamente. Con un leve cambio en la voz, tornó a preguntarle:

—¿Quién está enterado de la existencia de esas cajas? ¿Amparo María sabe algo de esto?

Un sordo enojo comenzó a crecer dentro de Maqroll. Esta irrupción en sus sentimientos lo hacía sentirse a merced del dominio sin fronteras que son las fuerzas armadas. Toda su vida había procurado evitar cualquier contacto con ellas. Trató de responder en breves palabras:

—No creo que ella sepa nada. A no ser que doña Empera se lo haya comentado. La ciega, como es obvio, está enterada de todo lo relacionado con mis subidas a la cuchilla.

—Disculpe, pero tengo que insistir en una pregunta que toca algo muy personal suyo. Es muy importante para mí saber a qué atenerme a ese respecto. Usted no sospecha la clase de gente que tenemos enfrente y de lo que son capaces. Su vida privada no me interesa, como es obvio, pero quisiera saber qué ha comentado con Amparo María respecto a su trabajo con Brandon —el militar hacía un esfuerzo evidente para dar a su pregunta el carácter más rutinario posible.

—Nada he comentado con ella en forma concreta. Sabe lo que saben todos: que subo una recua de mulas con cajas que contienen maquinaria e instrumentos para la obra del ferrocarril. Nada le he dicho, ni sobre Brandon ni sobre las bodegas del Tambo. Ahora bien, Amparo María habla con doña Empera y ella sí está enterada de muchos detalles que le he comentado. Su conocimiento de la región y de sus habitantes me ha sido muy útil —Maqroll no quiso agregar más respecto a la dueña de la pensión, temiendo comprometerla.

—Doña Empera habla sólo de lo que sabe que debe hablar y estoy seguro de que se ha cuidado mucho de decir más de lo necesario, ni a Amparo María ni a nadie. Bueno, ahora voy a pedirle que nos ayude en algo que no creo que signifique más riesgo para usted del que ya ha corrido. Le pido que me preste mucha atención. Se trata de lo siguiente: siga cumpliendo con su trabajo como si no supiera nada. Haga de cuenta que jamás nos encontramos usted y yo. Suba las dos cajas que restan y lo que, eventualmente, pueda venir en el barco que está por llegar en estos días. Éste será su último viaje. Cuando pase, al subir, por la finca de don Aníbal, él le transmitirá mis instrucciones. No intente averiguar mucho sobre todo esto. No muestre ninguna curiosidad en La Plata sobre lo que transporta. Entre menos sepa, mejor. Si cae en manos de ellos y llegan a sospechar que sabe más de la cuenta, lo único que puedo decirle es que, por mucho mundo que haya recorrido y por mucho que haya vivido, no puede imaginar de lo que son capaces para sacarle lo que sabe. Llevan muchos años en este negocio y hace mucho tiempo que olvidaron eso que se llama piedad.

—Y si regresa Van Branden, ¿qué le digo? —preguntó el Gaviero con pretendida inocencia que, desde luego, el capitán no tomó en cuenta.

—Si de veras quiere saber lo que le pasó a Brandon, le adelanto que no vale la pena averiguarlo. Ya lo sabrá en su momento o nunca. ¿Qué más da? Por ahora es suficiente con que sepa que no lo verá más. Bien, sigamos: en La Plata haga la vida que ha hecho hasta ahora. Cualquier cambio despertaría sospechas. Frecuente la cantina como antes y finja que busca allí a Brandon. El establecimiento es un reducto del contrabando y siempre hay gente de ellos rondando por allí. Baje al desembarcadero para averiguar cuándo llega el barco. Siga leyéndole a doña Empera y viéndose con Amparo María. No haga absolutamente nada que indique la menor sospecha de parte suya sobre todo esto. Siga mostrando la mayor inocencia, la mayor ignorancia sobre todo lo que tenga que ver con el país y, en particular, con esta zona. Es posible que vea caras nuevas en el puerto. Tal vez se le acerquen para sacarle algo sobre lo que pasa en el Tambo. Limítese a insistir sobre la versión del ferrocarril y no se aparte de ella. A nadie le comente que piensa dejar La Plata. En resumen, siga siendo el hombre que contrató Brandon. Por cierto: este apellido no lo pronuncie nunca, ni dé muestras de conocerlo si se lo mencionan de repente. Para acabar, quiero que sepa que es más por usted que por nosotros que le digo todo esto. Eso no quiere decir que un paso en falso suyo no nos pueda costar muchas vidas. Por ahora no podemos darnos ese lujo. ¿Está todo claro? ¿No tiene alguna otra pregunta?

—Todo está claro, capitán. He pasado muchas veces por situaciones semejantes y sé cuidarme y cuidar mis palabras. Quede tranquilo por mí y por su gente. Entendí perfectamente todos los riesgos que puedo correr y los que les esperan a ustedes —una leve irritación le bullía allá adentro. Siempre le había molestado esa imposibilidad de la gente de uniforme de imaginar que un civil comprenda y maneje los elementos de un mundo que ellos piensan exclusivo de su dominio.

Segura permaneció un instante absorto, como preparando algún comentario a las palabras de Maqroll, pero, luego, se llevó la mano a la gorra y con un lacónico «buenas noches, señores» se dio vuelta y fue a perderse en la espesura. El chapoteo de sus botas en el suelo enchacado se alejó hasta desaparecer sin dejar indicio de la dirección que había tomado. Era como si la noche lo hubiese devorado de repente con todo y su altivez castrense y la indeleble fatalidad de su destino de guerrero.

En el camino de regreso a la hacienda, don Aníbal quiso extenderse sobre algunos aspectos de la situación que el capitán había pasado por alto. El plan de transportar las armas desde el terminal marítimo hasta La Plata había sido descubierto desde un principio. En las bodegas de la aduana internacional, la Inteligencia Militar identificó las cajas de inmediato. El Estado Mayor resolvió seguirle la pista hasta el campamento para sorprender a quienes lo recibieran.

Siguiendo los pasos de Maqroll, llegaron hasta el depósito en el Tambo. La misma Inteligencia Militar reunió, entretanto, información sobre los extranjeros que entraron con la cobertura de trabajar para las pretendidas obras del ferrocarril. El capitán Segura, quien ya había estado en la zona años antes al mando de la unidad que había operado allí, a costa de muchas bajas, fue encargado de la maniobra destinada a cercar a los que fueran a recoger el armamento en las bodegas del páramo. En opinión de don Aníbal, el ejército estaba confiando demasiado en la eficacia de sus planes. Dada la importancia y valor del armamento almacenado allá arriba, el número de contrabandistas podía ser mucho mayor de lo que Segura pensaba.

—Pero —comentó Maqroll— yo sólo he hecho dos viajes y no creo que, por modernas y potentes que sean las armas que subí, éstas sirvan para equipar mucha gente. Cierto es que ya había en las bodegas cajas subidas anteriormente.

—Usted —le aclaró el hacendado— ha subido el armamento más complejo y delicado. Pero, anteriormente, habían transportado ya mucha munición y armas ligeras.

El Gaviero notó que su amigo no deseaba abundar sobre el asunto, pero le hizo una última pregunta:

—¿Quiénes se encargaron de esa tarea?

—Gente vinculada con el turco Hakim. Después de recibir el dinero por su trabajo, desaparecieron. Yo les arrendé las mulas. Fue un error mío. Pero no querían comprarlas y preferí no tener con ellos problemas. No se imagina las maromas que hay que hacer para mantenerse al margen de esta barbarie que lleva ya tantos años.

—Pero ¿tuvo usted, entonces, problemas con el capitán Segura?

—No —contestó don Aníbal—, con el capitán, no. Me conoce muy bien y entendió mi actitud. Pero sí los tuve con la Inteligencia Militar que, en esta zona, depende de la Infantería de Marina. Ellos sí creo que me tienen un poco entre ojos. No conocen términos medios. Quien participe, a sabiendas o no, en cualquier actividad sospechosa pasa a ser candidato para una eliminación sin mayores preliminares.

—Qué bueno entonces que vino Segura —repuso el Gaviero.

—No sé, no sé —prosiguió don Aníbal con tono ausente y como quien piensa en voz alta—. Si sus planes resultan, no habrá problemas por un tiempo. Pero, si no es así, nos va a llevar a todos la desgracia. No sé qué pueda ser peor: si la Infantería de Marina o los contrabandistas. Ambos, desde hace muchos años, han vivido luchando a todo lo largo de esta parte del río. Sus métodos acabaron por ser los mismos: la crueldad aplicada fríamente, sin rabia, pero con un refinamiento profesional y una imaginación cada vez más aterradores. Es la ley de tierra arrasada. El que viva aquí es culpable y punto. Unos y otros la ejecutan en el acto y a otra cosa. Dios nos proteja —un hondo suspiro dio fin a sus palabras y siguieron cabalgando en silencio.

El Gaviero comenzó a darse cuenta del tremedal en que se había metido. Con una candidez inexcusable había penetrado en el centro mismo de la devastadora pesadilla y no parecía tener muchas probabilidades de salir con bien. Volvía sobre los pasos que lo llevaron hasta La Plata y la forma como cayó en las redes de Van Branden. Todo, al parecer, tan simple, tan factible. Sin embargo, eran tan evidentes las torpes astucias del personaje. Por otra parte, desde el primer encuentro con don Aníbal, éste le había manifestado sus dudas sobre las tales obras ferroviarias. No sin alarma, pensaba Maqroll en lo evidente del desgaste de sus probadas defensas para evitar esta suerte de riesgos. Sus empresas siempre habían tenido el sello de lo ilusorio, de lo que al final se desvanece en cenizas y papeles al viento. Pero hasta ahora se había cuidado de evitar todo riesgo brutal y gratuito y de reservarse una salida a último momento. Los años, sin duda, que fueron pasando sin que él lo advirtiera, habían minado esas facultades hasta permitirle caer en esta celada donde la muerte había establecido ya sus dominios y preparaba su cosecha de llanto y duelo. En sus huesos sintió el desmayo de los vencidos.

—Me imagino lo que está pensando —le comentó de pronto su compañero, inquieto por el sombrío silencio del Gaviero—. La cosa es grave, pero no desesperada. Cumpla con lo que le ha dicho Segura; él representa para usted una garantía. Es hombre de palabra. Lo conozco muy bien. Cuando todo termine, trate de irse pronto de aquí. No importa hacia dónde, pero deje esta región. Yo veré la manera de salir con los míos, si llega el caso. No le ofrezco que venga con nosotros. Como extranjero, sin vínculos en el país, complicaría mucho nuestra huida y correría más riesgo. Busque el mar, allí está su salvación.

—Allí ha estado siempre, don Aníbal. Nunca me ha fallado. Siempre que intento algo tierra adentro me va mal. Pero parece que no aprendo. Deben ser los años —contestó Maqroll con la pesadumbre de sus constataciones y la evidencia de sus fuerzas en derrota.

Al día siguiente regresaron a La Plata. Mientras el Zuro llevó las mulas al establo para darles de comer y friccionarlas con aceite de coco, para aliviar el cansancio de la prueba a que habían sido sometidas con una carga en el límite de su resistencia, Maqroll, después de saludar a la dueña, fue a encerrarse en su habitación. Deseaba estar solo y poner un poco de orden en su ánimo, alterado por los incidentes del viaje y la sombría perspectiva que se anunciaba. Horas más tarde vino doña Empera a sacarlo de sus meditaciones. Tocó discretamente en la puerta y Maqroll la hizo entrar complacido. También él deseaba comentar con ella algunos aspectos de la situación. Confiaba plenamente en la inteligencia de la dueña y en su experiencia con las gentes del lugar. Sus juicios eran siempre certeros y de una objetividad despojada del menor rasgo de pasión. La mujer fue a sentarse a los pies del camastro en donde estaba tendido el Gaviero y esperó a que éste hablara. En la forma como le había invitado a entrar, percibió la ansiedad de su huésped por conversar con ella. Maqroll le preguntó por las cajas que habían ocultado bajo el lecho de Van Branden. Le respondió que allí estaban; nadie las había visto y ella guardaba la llave del cuarto. Maqroll le relató todo lo ocurrido durante el último viaje, incluyendo la entrevista con el capitán Segura.

—Es un hombre rígido pero leal y discreto —comentó ella—. Lo conozco desde cuando estuvieron aquí la otra vez, hace varios años. Nos hicimos amigos y de vez en cuando le presenté amigas que guardan todavía un recuerdo suyo muy grato. Puede y debe confiar en él, pero tenga siempre en mente que es un militar de carrera y, en cumplimiento del servicio, no se toca el corazón para hacer lo que cree que sea su deber. Si le dijo que acepta su inocencia es porque en verdad está convencido y así se lo hará saber a sus superiores. Eso es un salvoconducto para usted. El próximo viaje va a ser muy arriesgado. Ya hay gente del contrabando por allá. Con el ejército encima, las cosas pueden ponerse feas de un momento a otro. Pero no tiene otra alternativa. No se le vaya a ocurrir largarse ahora porque Segura no se lo perdonaría jamás —la ciega hizo un gesto para interrumpir al Gaviero que iba a decir algo y prosiguió—: Ya sé que no ha pensado en semejante cosa pero, de todos modos, quise prevenirlo porque conozco mi gente. No comente nada con el Zuro. Tampoco con Amparo María, quien, por cierto, me mandó decir que mañana viene para estar a su lado algunos días. Los dos, a su manera, son leales y muy derechos. La muchacha lo estima mucho y lo siente como un padre. También lo aprecia como amante, no crea que el prestigio de su vida de vagabundo impenitente deja de tener encanto para alguien que, como ella, vive soñando en otras vidas en las que su belleza fuera el centro de todas las miradas.

Finalmente, el Gaviero le hizo varias preguntas sobre Van Branden, la llegada del próximo barco y el movimiento de nueva clientela en la cantina y en la tienda de Hakim. La ciega le sugirió de nuevo con cariñosa insistencia que se limitara a cumplir con lo que Segura le había pedido. Si había algo nuevo, ella se lo comunicaría. Cuando estaba a punto de salir, regresó para entregarle dos sobres: «Ya se me estaba olvidando esto. Llegó ayer. Creo que son los giros». En efecto, eran dos giros de Trieste.

Maqroll le pidió que los guardara hasta su regreso del próximo viaje al Tambo.

Al poco tiempo entró en un sueño profundo. Sentía que se iba hundiendo en un sopor grato y envolvente que manaba de algún rincón de su ser en donde aún conservaba, intacto, su apego a la vida, al mundo y a sus criaturas. Cuando despertó, ya era de noche. El río se deslizaba bajo el piso de su cuarto con un manso murmullo interrumpido por borbotones intermitentes causados por un tronco arrastrado por la corriente o algún animal que nadaba hacia la orilla en busca de su refugio nocturno. El calor se había instalado tras varios días de lluvia constante. No tenía idea de la hora. Por el silencio que reinaba en el caserío, calculó que podía haber pasado ya la medianoche. Encendió la vela y comenzó a leer el libro de Joergensen sobre el santo de Asís, abriéndolo al acaso. La callada noche de los trópicos y el sereno correr de las aguas le ayudaron a internarse en la Umbría medieval, en su paisaje de belleza apacible y beatífica. Como le sucedía a menudo en tales circunstancias, consiguió trasladarse por entero al mundo evocado por el danés y borrar el presente con sus absurdos episodios de los que conseguía sentirse por completo ajeno, con una extrañeza no exenta de cierta hostilidad, que lo apartaba de su inoportuna constatación.

Cuando las primeras luces del alba entraron por los intersticios de la pared de bambú y barro de la habitación y los ruidos que indicaban el despertar del villorio llegaron a sus oídos, el Gaviero tornó a dormir profundamente. Al mediodía despertó bastante repuesto del cansancio del viaje. En la cocina, doña Empera le esperaba con un almuerzo frugal y el gran tazón de café fuerte que acabó de restituirlo al mundo de La Plata, pero ya sin las oscuras premoniciones, en buena parte nacidas de la fatiga y el hambre. Bajó a bañarse en un cubículo arreglado en los sótanos de la casa, frente al río, que hacía las veces de baño. Largamente disfrutó el agua lodosa que una bomba accionada a mano subía hasta el tanque de almacenamiento. Más que barro, el agua del río traía una especie de suspensión ferruginosa que le producía la ilusión de estar en un balneario de aguas medicinales. De allí la sensación salutífera y tónica que le despertaban las abluciones en casa de doña Empera. Se afeitó la barba de cuatro días, que contribuía bastante a darle ese aspecto de vagabundo derrotado que despertaba en las gentes del lugar más sospechas de las necesarias. Con una camisa limpia y un pantalón caqui planchados por Amparo María en su última visita, bajó al embarcadero para saber noticias sobre el próximo barco. Le informaron que llegaría dentro de dos días, a más tardar. Pasó a las bodegas para ver si tenían un manifiesto de la carga que esperaban. Le explicaron que el telégrafo estaba cortado, tal vez a causa de las lluvias. Pensó que podía haber otra razón, pero prefirió no hacer comentario al respecto. Subió al caserío y, al pasar por la cantina para tomar una cerveza, vio que estaba cerrada. Preguntó a varios curiosos que andaban rondando por allí a qué se debía esto y nadie supo informarle. Tuvo la impresión de que trataban de evadir la respuesta. No se advertía en la gente ni preocupación ni miedo, sólo el recelo para proporcionar un dato concreto. Como si nadie quisiera ser citado después como fuente de una noticia que era mejor ignorar.

El barco no llegó dos días después, ni Amparo María vino a verlo cuando había anunciado. Pasaba interminables horas tendido en el jergón de guadua, mirando al techo de hoja de palma y arrullado por el agua que viajaba en un susurro permanente y presuroso, bajo el piso de tablones de su habitación. Quizá por una voluntad de preservar cierta armonía interior, que estaba acostumbrado a defender a toda costa, empezaron a serle indiferentes todos los elementos de ese pequeño mundo de La Plata, sus alrededores y sus gentes, a los que veía a punto de sucumbir en un remolino de violencia y terror. Todo aquello se le aparecía como sucediendo en la lejanía, en un ámbito distante donde imperaba el caos, al margen de su propia vida, de los incidentes y recuerdos que, reunidos en un haz apretado, constituían la materia cierta e intransferible de su existencia.

Para llenar el vacío que dejaba ese extrañamiento de un presente que prefería ignorar, Maqroll ocupaba el ocio de sus días y buena parte de sus noches en la evocación del pasado. Allí, tendido, con las manos cruzadas bajo la cabeza y la mirada perdida en el diseño indescifrable y cambiante del techo, evocaba, uno tras otro, episodios que le traía la memoria, con aparente capricho pero con evidente designio de revelarle la oculta trama de su destino. De vez en cuando, un murciélago se desprendía del techo e intentaba dos o tres vuelos rasantes sobre su cabeza para luego regresar a su sitio emitiendo leves chillidos de metal mal lubricado. Entre las varias escenas que revivió durante esas horas de ocio y espera, una le llegó con particular fidelidad, como si trajera consigo una intención reveladora más acusada.

Se trataba de un viaje hecho en compañía de Ilona a Nijni Novgorod, rebautizada como Gorki, palabra que ellos jamás pronunciaban, no por inquina con el gran novelista, sino por devoción al secular nombre del prestigioso puerto fronterizo de la Santa Rusia. Iban allí para ver a un coleccionista de iconos antiguos. Les habían concedido la visa soviética, gracias a la mediación de un *marchand* de arte londinense que estaba interesado en adquirir algunas piezas, muy posiblemente en poder del experto ruso. Bajaron desde la ciudad de Pedro el Grande hasta Rybinsk y allí se embarcaron para remontar el Volga hasta Nijni Novgorod. El barco era un navío de poco calado pero de proporciones un tanto colosales, con tres pisos de camarotes y «todas las comodidades modernas de la navegación fluvial, comparables con las que puedan disfrutar los viajeros en cualquier otro lugar del mundo», según rezaba el folleto de propaganda que hallaron en el camarote. Era un verano de esos que se instalan en el norte de Europa y se antojan eternos, inmutables, de una inquietante transparencia. Así fue entonces: un cielo azul metálico, sin una nube, ni el menor asomo de brisa y el consecuente acoso de gruesos tábanos cuya picadura era más bien un mordisco feroz, siempre recibido por sorpresa. El ventilador del camarote estaba descompuesto, a pesar de su aspecto reluciente. Tampoco los instalados en el techo del comedor funcionaban. Sus paralizadas aspas, llenas de adornos de dudoso gusto fin de siglo, constituían una especie de burla cruel para los agobiados comensales, quienes, al intentar abrir las ventanas en busca de alguna brisa, se encontraban con la sorpresa de que el complejo picaporte estaba descompuesto, posiblemente desde el instante en que fue colocado. En un ruso más o menos fluido, Ilona se atrevió a comentar en voz lo suficientemente alta como para que el capitán, sentado algunas mesas atrás, la escuchara perfectamente: «Si la revolución no ha logrado que se pueda abrir una ventana, hay que pensar que fracasó por completo. Antes de llegar al socialismo estos pobres rusos van a morir asfixiados».

Las consecuencias de las intrépidas observaciones de su amiga no tardaron en hacerse sentir. A la siguiente comida, los platos comenzaron a llegar a la mesa después de que el resto de los viajeros habían sido servidos y, por lo tanto, todo estaba ya frío. Al camarote no hubo manera de hacer llegar ni un simple vaso con agua. Resolvieron, entonces, comprar varias botellas de vodka en la cantina del barco y emborracharse concienzudamente en su cuarto. Hacían el amor en forma ostensiblemente ruidosa y notoria. Ilona producía largos gemidos de loba en celo y Maqroll gritaba como un *hasidim* en trance, lanzando, en todos los idiomas que conocía, exclamaciones de una procacidad desorbitada. El clima de tensión causado por el espectáculo erótico-sonoro de la pareja creó entre los pasajeros —casi todos timoratos y disciplinados funcionarios en uso de sus vacaciones— tal malestar que el capitán se vio obligado a ceder. Cuatro días después de las palabras de Ilona en el comedor, la pareja recibió en su camarote un servicio muy completo de té con pastas, mermeladas del Cáucaso de varios sabores y otras delicadezas desconocidas en el menú del barco. Más tarde, tocó a la puerta el segundo oficial, un ucraniano con pelo color maíz, tez sonrosada de comulgante y obesidad de pope. Ilona salió a abrirle envuelta en una toalla. Ruborizado hasta el cabello, el hombre transmitió como pudo la obligante invitación del capitán para que lo acompañaran esa noche a cenar en su cabina a la luz de las estrellas. Aceptaron, intrigados por lo que aquello pudiera significar. Al llegar a la cabina del capitán, a la hora indicada, se encontraron con una cena espléndida, servida en un pequeño balcón privado que daba a la cubierta de proa. Cuatro ventiladores refrescaban el aire y alejaban los tábanos. No recordaban haber comido tanto caviar beluga ni tanto salmón ahumado, rociados con vodka de la mejor calidad, servido en botellas cubiertas por un cilindro de hielo, para terminar con vino blanco georgiano a la temperatura ideal. Las relaciones se restablecieron en un ambiente de mutua cordialidad y así continuaron durante el resto del viaje. Sin embargo, el pasaje siguió mostrando hacia la pareja extranjera una hostilidad ya algo más temperada por la actitud del capitán. El hombre de Nijni Novgorod resultó ser un mediocre copista cuyas ingenuas falsificaciones no hubieran logrado engañar al más intonso comprador de Wichita Falls. Para el regreso, prefirieron el tren que los dejó en Helsinki, después de un viaje en el ferry en compañía de un nutrido grupo de turistas rusos dispuestos ansiosamente a beberse todo el vodka de Finlandia y a no perder ninguno de los pacatos espectáculos nudistas de los bares del puerto. Desde Helsinki enviaron al capitán del navío, que recorría el Volga deslumbrando a los ribereños con su opulenta estructura, una tarjeta postal de un erotismo más bien insípido, en donde le agradecían sus atenciones. Oculta como es obvio, en un sobre discreto. Nunca tuvieron noticias suyas, Ilona sostenía que debió terminar en Siberia, no por la postal, es claro, sino por las opíparas cenas que ofrecía en su coqueta cabina con floreros de plata colgando de las paredes tapizadas en seda y sillones fin de siglo, forrados en un terciopelo púrpura que recordaban los muebles de Tsarskoié-Selo.

Que los detalles de este viaje con Ilona hubieran venido con tal fidelidad a la memoria le confirmaba lo importante que había sido en su vida el encuentro con la bella e inteligente triestina, cuyo macabro final en Panamá seguía causándole un dolor y una inconformidad con el destino que no disminuían con el paso de los años. Por el contrario, con los primeros síntomas de su entrada a la vejez, más hondamente lamentaba la ausencia de su irreemplazable compañera y regocijada cómplice de andanzas. La virtud lenitiva de estos recuerdos del pasado, evocados por Maqroll en un presente que se ofrecía por demás azaroso, se esfumó bien pronto. Amparo María apareció en La Plata poco tiempo después. Allí estaba, con sus grandes ojos oscuros más abiertos y sobresaltados que nunca, su andar cauteloso y felino que hacía más evidente el quiebre de la cintura, su porte altanero que no lograba disimular, más bien al contrario, la escueta pobreza del oscuro traje de percal que se le pegaba al cuerpo como una segunda piel. El Gaviero conocía la condición en extremo humilde de la muchacha, pero siempre le tomaba por sorpresa el contraste de aquélla con el altivo garbo de Amparo María y sus gestos de reina en el exilio. Esta disparidad le causaba una aguda excitación erótica. Era como si el efecto hubiera sido preparado por ella con un sentido refinado y decadente del que, desde luego, la joven carecía.

Amparo María le explicó que no pudo venir en la fecha prevista porque don Aníbal había dado orden de emprender ciertos preparativos para, eventualmente, abandonar la finca. Todo se hacía dentro del mayor sigilo. Habían subido varias veces al monte para almacenar, en sitios previamente dispuestos, comida, ropa, aperos y otras cosas indispensables para una jornada larga e incierta. La muchacha lucía más delgada y morena. El trabajo debió ser intenso y agotador. Pero, más que cansancio, lo que se notaba en ella era un perpetuo estado de alerta, que hacía aún más pausados sus movimientos y más acelerada y ansiosa su respiración. Cerraron la puerta, ella se quitó la ropa y fue a tenderse al lado del Gaviero. Permanecieron un buen rato en silencio. Él admiraba las proporciones góticas de ese cuerpo que le recordaba algunos ángeles en éxtasis de El Greco y formas femeninas entrevistas en sombríos rincones de Argel o de Damasco. En silencio hicieron el amor con una lentitud ritual, celebrando un conjuro de tiempos muy antiguos, como en ese poema de un amigo del Gaviero que evocaba una cortesana fenicia del templo: «Qedeshím qedeshóth». No era la primera vez que esas estrofas visionarias, para él tan familiares y reveladoras, venían a dar nombre a un instante de su vida consumido en el vórtice del placer.

Amparo María se quedó con el Gaviero dos días más. No salía de la habitación sino para comer en la cocina con la ciega. Hablaba poco, menos que antes. Mostraba una condescendencia y una ternura que el Gaviero sentía como premonitorias de una separación inevitable. El arribo del barco continuaba retrasándose, lo que inquietaba a Maqroll porque, hasta ahora, siempre había llegado el día previsto. Amparo María regresó al llano de los Álvarez una mañana de lluvia. Al despedirse de su amigo, las lágrimas corrían por sus mejillas morenas y tersas, ceñidas a los altos pómulos y al diseño firme pero delicado de ese rostro que inquietaba al Gaviero. Quedaron en verse cuando pasara Maqroll por el llano, en su próximo viaje. «Te esperaré en el camino. Siempre te veo cuando vas subiendo, mucho antes de que llegues a la casa. Ten cuidado aquí. Ya sabes». La muchacha sabía, entonces, más de lo que aparentaba. Era de esperarse, dada su amistad con la ciega y la confianza que le tenían en la hacienda. Esa discreción, madura y contenida, estaba en armonía con la natural altivez de su belleza. En esto, también, estaba emparentada con mujeres como Ilona o Flor Estévez, tan decisivas en la vida del Gaviero, quien, al constatar este parentesco, sintió crecer en su interior una punzante nostalgia de los años en que le había sido dado disfrutar plenamente de la compañía y del solidario fervor de esas mujeres excepcionales en su vida errante y contraria.

Una madrugada lo despertó el sordo pitazo del barco que se acercaba al muelle. Estuvo todavía un rato en la cama, como tratando de aplazar el momento de enfrentar la realidad hostil que le esperaba. Cuando resolvió bajar al río, el calor estaba en su apogeo. Ya habían descargado casi todo lo que traía el barco para La Plata. Fue a la bodega y allí buscó entre la carga alguna caja que se pareciera a las que había transportado al Tambo. No halló nada semejante. Ya se iba, cuando el bodeguero lo llamó. Era un mestizo con gorra de marino que había sido blanca tiempo atrás y ahora tenía un color indefinido mezcla de mugre y de sudor apestoso. El hombre ya lo conocía de las anteriores ocasiones en que fue a recoger el cargamento.

—¿Busca algo, el amigo? —le preguntó con desenfado molesto.

—Lo de siempre. Algo que me haya enviado un tal Van Branden —contestó el Gaviero mirando a los ojos purulentos de su interlocutor que lo examinaban con malicia y desconfianza.

—¿Van Branden? Ah, sí, claro. Aquí hay dos cajas para usted. Las bajaron primero que todo y están aquí, a la sombra. Hay que protegerlas del sol. ¿Sabe? Son para el ferrocarril, ¿verdad? Claro, claro. Pase, pase. Allá están —dijo señalando dos cajas que se distinguían en el fondo del almacén. Cada palabra destilaba una doble intención cargada de oculto sentido. Maqroll fue a recoger las dos cajas que no pesaban mucho. Además de la armazón de madera, estaban envueltas en un papel metálico con marcas de color minio que, en algunas partes, habían sido cubiertas con pintura negra. El hombre de la bodega no le entregó recibo alguno y se limitó a decirle:

—Manéjelas con cuidado. Deben estar a la sombra y no recibir ningún golpe. Dice aquí que se entreguen a la mayor brevedad a los destinatarios en la cuchilla del Tambo. Así que ya sabe. Buen viaje —todo comenzaba a filtrarse con una celeridad alarmante. Era seguro que el hombre estaba al tanto de toda la farsa del ferrocarril y quién sabe de qué más detalles relacionados con la carga consignada a la cuchilla.

El Gaviero resolvió llevar él mismo las dos cajas y no quiso aceptar la ayuda de los muchachos que solían rondar por el muelle cuando arribaba un barco. Desde el primer instante en que las vio, se dio cuenta del contenido. Se había familiarizado con los explosivos en la mina de Cocora, donde tuvo que manejarlos durante más de un año, bregando por sacar algo de los ciegos socavones ya agotados. A pesar de que habían tratado de borrar los letreros, la envoltura y algunas instrucciones sobre el manejo de las cajas indicaban a las claras que se trataba de TNT. Cada una debía contener, al menos, doce cartuchos cubiertos con su gelatina protectora y la correspondiente cantidad de fulminantes guardados, a su vez, en un pequeño recipiente de cartón. Pensó que tendría gracia que una mula, en el paso de los precipicios, golpeara una de esas cajas contra los salientes de roca de las paredes cortadas a pico y que apenas dejan paso para los animales. Pero, en verdad, a pesar del nuevo riesgo que venía a agregarse a los ya conocidos, en el fondo sentía una cierta indiferencia, un alivio de saber ya, con certeza, lo que tendría que cargar en su último viaje y en qué consistía ese infundio del ferrocarril. Así, todo aclarado, sentía el ánimo ligero y hasta un cierto gusto en aceptar el desafío. Una serenidad de jugador que cuida sus fichas se instaló en él y vino a renovar su gusto por la aventura, perdido en la maraña de embustes y chapucerías en la que se había sentido atrapado por obra del tal Van Branden o Brandon, que para el caso daba igual. Por cierto que todos los indicios llevaban a creer que el infeliz debía estar ya *ad patres*.

Amparo María le había dicho que el Zuro no podría acompañarlo en el primer trayecto del viaje, desde La Plata al llano de los Álvarez, porque don Aníbal le encargó supervisar las provisiones que se preparaban en el monte en vista a una probable huida. Pese a las indicaciones del capitán Segura, no tuvo, pues, más remedio que acudir a alguien de La Plata para que le ayudase a cargar las mulas. Doña Empera, como siempre, vino a resolverle el problema. Consiguió para esa tarea a un muchacho, retrasado mental, cuya madre era la dueña de la rústica panadería que proporcionaba a la región un pan que a Maqroll siempre le pareció incomible. El muchacho se dedicaba a hacer mandados en el caserío, a pesar de expresarse con dificultad. No era fácil entender sus recados emitidos entre una lluvia de saliva y una oscilación de la cabeza que terminaba por marear a quien lo escuchaba. Como es común en tales casos, el infeliz tenía una fuerza muscular sorprendente y gracias a ella lo respetaban en La Plata, donde hasta los más broncos estibadores del muelle le temían.

La noche anterior a su partida Maqroll conversó largamente con la dueña de la casa. Los riesgos que corría en este último viaje eran evidentes. Le dejó instrucciones sobre lo que debía hacer en caso de que perdiera la vida: informar por telegrama al banco de Trieste que le enviaba los giros, guardar para ella los dos libros que allí dejaba. Algún huésped que hablara francés se los podría leer eventualmente; quemar su ropa con todos los papeles que guardaba en una funda de hule, en el fondo de la maleta, sin mostrárselos a nadie; decirle a Amparo María que el haberla encontrado era el último regalo espléndido que le habían hecho los dioses. Para terminar, hicieron cuentas, Maqroll liquidó lo que debía en la pensión y se fue a dormir para madrugar al otro día.

Con el primer claror del alba la ciega lo despertó para decirle que allí estaba el muchacho listo para cargar los animales. Le llevaba una taza de café negro y unos bizcochos de yuca para el camino. El Gaviero se levantó y fue a supervisar el reparto de las cargas y la forma como debían ir las cajas sobre las angarillas. El muchacho ya había llevado hasta el establo, por indicaciones de la ciega, las cajas que estaban en el cuarto de Brandon. El Gaviero le indicó las dos que tenía en su habitación y le recomendó manejarlas con sumo cuidado. Una vez listas las mulas y cubiertas las cajas de TNT con una capa de hojas de maíz envuelta, a su vez, en una tela encerada, para protegerlas del calor, el Gaviero le pagó al hijo de la panadera. Sintió no poderlo llevar consigo, así fuera hasta el llano de los Álvarez, porque resultaba de mucha utilidad para manejar las bestias. Pero, en caso de algún encuentro peligroso, sería más un estorbo que una ayuda. El Gaviero se dispuso a partir y fue a despedirse de la ciega. A las primeras palabras de Maqroll, doña Empera lo interrumpió:

—Usted volverá. Lo sé. Aún tengo que contarle algo que le va a interesar mucho. Lo haremos a la vuelta. Cuando regrese, debe irse de inmediato. Aquí no va a quedar títere con cabeza. Me voy a encargar de arreglar su salida en la forma más expedita posible. Ahora, cuídese mucho, no haga barbaridades, no abuse de sus fuerzas y vaya con el ojo muy abierto. Aquí lo espero. Adiós —la mujer regresó a la cocina con andar apresurado, golpeando nerviosamente su bastón contra la pared para orientarse.

En el camino, las palabras de la ciega volvían a cada instante para transmitirle la oculta certeza de que saldría bien del paso, pero, al mismo tiempo, la promesa de comunicarle algo que iba a interesarle muy especialmente no dejaba de inquietarlo. Se temía un aviso inopinado, una punzante noticia que le removía ciertas zonas de su pasado que prefería, por el momento, mantener intocadas y a oscuras. Cuando las mulas se detuvieron para beber en una quebrada, antes de la subida al llano de los Álvarez, la promesa de la dueña continuaba presente hasta el punto de que el trance sembrado de peligros que significaba ese último viaje al páramo había pasado a segundo término. Hasta el probable encuentro con Amparo María y el placer de sentirla en sus brazos se ocultaban en una niebla pesarosa y antigua.

Al llegar a la hacienda se encontró con que sólo quedaban allí algunas ancianas, con tres o cuatro criaturas enfermas que no pudieron acompañar a don Aníbal y a su gente, quienes, desde el día anterior, habían partido hacia la montaña. Por ellas y los niños vendría mañana el Zuro para reunirlos con los demás. Una de las ancianas, que vivía con los tíos de Amparo María, se acercó a Maqroll y, en forma disimulada, le comentó:

—La niña Amparo María le dejó dicho que no la olvide y que, cuando pueda, abandone todo esto. Que le hace mucha falta, pero prefiere saber que está vivo a que lo vayan a venadear por ahí. Que vaya con cuidado.

Ya se temía que nadie iba a estar en el llano. Se conformó pensando que así estaban bien las cosas y sus amigos a salvo, con lo cual se sentía mejor dispuesto para la próxima etapa que era la más peligrosa. Las mujeres le ayudaron a descargar las mulas y le sirvieron algo de comer. Resolvió dormir en el establo para no abandonar la carga.

En la mañana las mismas mujeres le ayudaron a cargar de nuevo los animales. Luego de apurar un tazón de café, emprendió la subida hasta la cabaña de los mineros. Tenía la convicción de que en ese trayecto se hallaba la zona de mayor riesgo. Era evidente que, tanto el ejército como los contrabandistas, andaban rondando esos lugares. Pero, por otra parte, el paso con los explosivos por los desfiladeros constituía el peligro más inmediato y cierto. Cualquier roce con las paredes sembradas de rocas que sobresalían amenazantes y volaba con todo. Sabía, por su experiencia en el Cocora, que el manejo de los explosivos, por cuidadoso que sea, siempre está sujeto a fatales sorpresas. Basta que el frío endurezca la gelatina que protege los cartuchos, para que éstos empiecen a golpear unos con otros al paso de las mulas; o que las cajas en donde vienen los fulminantes se abran y éstos comiencen a rodar en medio de los cartuchos. Los riesgos de explosión aumentan, entonces, peligrosamente. Cuántas veces, en la mina de la que fue vigilante, vio volar por los aires recuas enteras con todo y arrieros. Nunca se sabía la causa del accidente. Recordaba las últimas palabras del viejo guardián que, al morir, le dejó su lugar: «Cuida la dinamita, muchacho. Es como las mujeres, nunca sabes por qué ni cuándo van a estallar».

Además, con la ausencia del Zuro, el paso de las mulas por los precipicios era una tarea abrumadora. Ya vería cómo arreglárselas. Entretanto, comenzaba a mascar el sordo presentimiento de que jamás iba a ver de nuevo a Amparo María. Desde su último encuentro con ella, durante los días en que se quedó a acompañarlo en La Plata, la muchacha había entrado a formar, junto con Ilona y Flor Estévez, una suerte de trío bienhechor, cómplice y leal, necesario y gratificante, que llenaba sus días de sentido y exorcizaba la ronda de tedio y derrota cuyos embates temía como a la muerte. Cada una a su manera y por uno de esos esquinazos de la suerte, tan frecuentes en la vida del Gaviero, le había sido arrebatada con la repentina violencia con que las fieras pierden su pareja. Lo que le unía a la muchacha del llano de los Álvarez se relacionaba más con el sorpresivo garbo de su porte y la belleza antigua de sus facciones mediterráneas que con alguna condición de su carácter, cuya dulzura, algo ausente y contenida, contrastaba con las explosiones arrasadoras de Flor Estévez o con el humor deletéreo y exigente de Ilona. Ahora no le quedaba duda de que Amparo María entraba definitivamente a reinar en su pasado. Había sido la última oportunidad que le brindaba la vida de tener en sus brazos la inagotable maravilla de un cuerpo de mujer señalado por la gracia de los dioses.

Al comenzar los precipicios de la cuesta, retiró el cabestro que unía a la recua y fue dejando avanzar cada animal, calculando una distancia prudente entre uno y otro en forma que subieran muy separados. Sabía que las mulas, al rato, acabarían por viajar todas juntas, pero esperaba que eso sucediera después de las paredes de roca. Las bestias, acostumbradas por los viajes anteriores, hicieron como el Gaviero había previsto. La mula que iba a la cabeza llevaba una de las cajas de explosivos, las dos que le seguían traían las cajas con armas automáticas y la última la otra caja de TNT. Ésta, al llegar al abismo cortado a pico, empezó a resistirse afirmando sus cuatro patas en la tierra. Era inútil hostigarla con el látigo para obligarla a seguir: al menor reparo, la carga podía golpear contra las piedras del muro. Por fin, Maqroll no tuvo más remedio que llevar la caja en sus brazos. Encaminó los tres animales y el que no quería andar se fue tras los otros sin oponer resistencia. Con la mayor precaución, Maqroll emprendió la subida cuidando de asegurar muy bien cada paso ya que, por llevar la caja en sus brazos, no podía ver el camino. El viento, encajonado en los desfiladeros, dejaba oír un largo gemido que se alejaba hacia la serranía perseguido de cerca por la niebla que también escapaba hacia las cimas de la montaña. Cuando hubo cruzado el trayecto peligroso, el Gaviero colocó la caja a la orilla del camino y se recostó en un talud para recobrar el aliento. El corazón le latía desbocado y una corona de dolor le ceñía las sienes con intensidad que iba en aumento. Cerró los ojos y empezó a tomar aire tratando de relajarse hasta perder la noción de dónde se hallaba. Una vez más, los años se hacían presentes con la brutal irrupción de esos síntomas que aún le sorprendían como algo que le era hasta entonces desconocido. Pensó que la verdadera tragedia de envejecer consiste en que allá, dentro de nosotros, sigue un eterno muchacho que no registra el paso del tiempo. Ése, cuyos secretos desdoblamientos había percibido con notable claridad en su retiro en el Cañón de Aracuriare, se reservaba la prerrogativa de no envejecer ya que cargaba consigo la porción de sueños truncos, tercas esperanzas, empresas descabelladas y promisorias en las que el tiempo no cuenta, es más, no es concebible. Un día, el cuerpo se encarga de dar el aviso y, por un momento, despertamos a la evidencia de nuestro deterioro: alguien ha estado viviéndonos y gastando nuestras fuerzas. Pero, de inmediato, tornamos al espejismo de una juventud sin mácula y así hasta el despertar final, bien conocido.

Las mulas se habían detenido junto a él, con la apacible indiferencia de las bestias que no saben que son mortales. Un lejano chasquido, como de ramas secas que se quiebran, vino de la sierra. Las mulas levantaron a un tiempo la cabeza. El Gaviero tardó un instante en darse cuenta de lo que se trataba: eran disparos aislados de armas automáticas. En seguida escuchó ráfagas intermitentes que, sin duda, tenían el mismo origen. Luego dos explosiones retumbaron con eco que repercutió por la cañada. Parecían disparos de *bazookas* o granadas de alta potencia. Se puso en pie. Cargó la caja de explosivos en la mula que se había resistido y se apresuró a seguir remontando la cuesta para alcanzar pronto la cabaña de los mineros. Un alivio inesperado aligeró sus pasos. Lo que tanto había temido ya estaba allí. Terminaba la incertidumbre y, con ella, la ansiedad que todo lo deforma, todo lo intoxica. Los hombres comenzaban una vez más su oscura tarea de convocar a la muerte. Todo, así, estaba en orden. Ahora, trataría de salir con vida. No participaría en el juego. Los disparos dejaron de escucharse. Al terminar la cuesta, cerca ya de la cabaña, se oyó una explosión mucho mayor que las anteriores. Allá, en lo alto, en la cuchilla del Tambo, se elevó una espesa columna de humo negro que perforaba la niebla con furia instantánea. Maqroll siguió su camino. Estaba resuelto a dejar la carga en la cabaña. Las bodegas del Tambo acababan de volar en pedazos que se consumían en un fuego devastador y fulminante. Regresaría de inmediato, aunque lo sorprendiera la noche en el descenso de los precipicios. Las mulas se mostraban ariscas y renuentes a seguir por la senda llana que conducía hasta el refugio. Con paciencia y voces que intentaban tranquilizarlas, el Gaviero consiguió que prosiguieran el camino. Llegó a la cabaña al caer la tarde. De vez en cuando, seguían escuchándose disparos a lo lejos, en dirección del páramo. Dispuso las cajas en el interior de la cabaña, cuidando que los explosivos estuvieran separados entre sí y lejos del fogón, aunque éste estaba apagado y frío. Llevó los animales al establo para darles un poco de comida. Al abrir el costal con maíz que permanecía siempre allí, encontró un papel de carta, al que habían arrancado el membrete. Tenía escrito, en letras de imprenta, el siguiente mensaje: «Deje aquí las cajas y regrese de inmediato al río. Desaparezca». Las letras eran de color morado. Estaba casi seguro de que eran obra del capitán Segura.

 Un hambre atroz se le despertó de pronto. El último esfuerzo hecho para subir la caja de TNT lo había dejado exhausto. Sin embargo, se puso en camino de inmediato para aprovechar lo más posible la luz de la tarde. Unió las cuatro mulas con un solo cabestro para que bajaran todas reunidas y no tener que cuidarlas una por una. Comenzó a mascar un bizcocho de yuca de los que le había dado la ciega para el camino. La saliva, espesa y amarga, no era suficiente para ablandar el bocado. Lo mantuvo en la boca hasta que encontró una pequeña toma de agua que manaba al pie del camino. Allí se sentó un rato y terminó todos los panecillos. Esto lo repuso un tanto para continuar el descenso. La sequedad de la boca y el sabor a verbena de la densa saliva que, a cada rato, tenía que escupir le indicaban la presencia del miedo. Se conocían muy bien. Esos síntomas le eran familiares. Sintió de nuevo cierto alivio. El miedo era su viejo aliado. Estaba hecho a sus astucias y mimetismos. Convivir con él era, para Maqroll, una rutina y un desafío que lo regresaban a épocas de su vida cuando sus fuerzas aún le acompañaban con infalible obediencia.

Al llegar a los precipicios, las mulas conservaron el orden sin mostrarse renuentes a los obstáculos del sendero. Pero, de vez en cuando, movían las orejas como oteando un peligro lejano. Por el cielo, despejado y sereno, comenzó a desplazarse la luna con una lentitud apacible, casi conciliadora. El cansancio y el hambre obligaron a Maqroll a montar en la mula que cerraba la fila, a pesar de que la montura le incomodaba mucho y sus dotes de jinete eran menos que nulas. A cada rato cambiaba de posición tratando de evitar las horquetas destinadas a sostener los bultos. Empezó a quedarse dormido a trechos. Despertaba cuando el animal daba algún paso en falso o tomaba una pendiente pronunciada. Tenía la mente en blanco. El agotamiento y el ansia de comer algo caliente le anestesiaban la memoria. Cuando el camino se hizo más llano, las mulas emprendieron un trotecillo ansioso. Adivinaban la cercanía del llano de los Álvarez y el establo tibio donde les esperaba su ración de maíz. El Gaviero prefirió seguir a pie. El paso de su cabalgadura le estaba moliendo los huesos y le causaba un mareo que jamás conoció en el mar. Pasada ya la medianoche, llegó a la casa de la hacienda. No había señal de vida ni en la casa principal ni en las instalaciones de los arrendatarios. Llevó las mulas al establo y les dio de comer. En ésas estaba cuando escuchó, viniendo de la casa, el chirrido de una puerta. Salió a ver quién era. Se encontró de manos a boca con don Aníbal que lo esperaba al pie de la escalera de la entrada, con una lámpara Coleman en la mano para alumbrarle el camino.

—Qué bueno que apareció. Ya me tenía preocupado. Allá arriba comenzó el tiroteo desde ayer tarde y no sabíamos en dónde lo había sorprendido —la afectuosa preocupación del hacendado conmovió a Maqroll.

Entraron en la cocina. Don Aníbal le invitó a que se sirviera la cena que le esperaba desde hacía varias horas. Comió con apetito que hacía sonreír a don Aníbal. Cuando tomaba el café, repuestas ya sus fuerzas, preguntó por las últimas nuevas.

—Ya se fue mi gente al monte —informó el hacendado—. Mañana, antes del alba, salgo para unirme con ellos. El Zuro viene conmigo para subir unos caballos con destino a las mujeres y los niños y un par de enfermos que no pueden casi caminar. Escuchó ayer los tiros, ¿verdad? Comenzó la cosa y me parece que no muy bien. El ejército está tratando de cercar a la gente que vino por las armas y los explosivos almacenados en el Tambo. Hoy irán a la cabaña para sorprender a quienes lleguen por las cajas que usted subió ayer. Pero hay algo que me inquieta mucho. La última explosión de anoche debió ser en las bodegas del páramo. ¿La escuchó?

—Sí, señor, la oí y también creo que fue en los almacenes de la cuchilla —repuso el Gaviero.

—Eso no me gusta nada —continuó don Aníbal—. Mala señal. Si fueron los contrabandistas quienes la volaron, es que tienen ya suficiente armamento y cuentan con refuerzos frescos traídos de otras zonas en donde prácticamente controlan la situación. La fuerza que manda Segura no es muy numerosa. Está muy bien entrenada pero no pasa de treinta elementos, un teniente y tres suboficiales. Es posible que acabaran con los del Tambo, con todo y extranjeros, pero si se les viene encima más gente, van a verse en apuros. Ahora sólo me queda esperar que el atajo del monte, por donde queremos salir, esté despejado. Si entraron por allí para sorprender a Segura, estamos perdidos. Pero tengo que arriesgarme. No hay otra salida.

—¿Por qué no sale por La Plata? —preguntó Maqroll—. Es más fácil y más cerca.

—No, amigo. No es más fácil —aclaró el hacendado—. Si copan al ejército se van sobre el puerto y allí acaban con todo. Además no tengo manera de sacar a mi gente por el río. Las dos o tres gabarras que hay en La Plata no bastarían; sólo pueden con tres o cuatro personas a lo sumo y están en malas condiciones —miró en silencio al Gaviero y continuó:

—Mañana mismo salga como pueda de allí. Ojalá de noche. Aunque sea en una canoa y con lo que tiene puesto. El capitán Segura va a resistir de todos modos dos días más. Es gente muy templada y curtida en la lucha desde hace años. Usted tiene tiempo y doña Empera le puede ayudar. Conoce muy bien la gente allí y la respetan mucho. Bueno. Váyase a dormir. No se preocupe. Usted no tiene antecedentes aquí. Esté tranquilo.

—No sé, don Aníbal. El haber transportado esas armas me puede costar muy caro. Me temo que el ejército no crea en mi inocencia. Y si se trata de los otros, tendrán mucho interés en callarme.

—Segura le creyó. Duerma tranquilo. Mañana será otro día. El cansancio le hace ver todo negro.

Maqroll se despidió y fue a dormir en una habitación que le había indicado el dueño de la casa. La cama era blanda, las sábanas frescas y limpias. Hacía tiempo no disfrutaba de tales comodidades. Durmió profundamente.

Con las primeras luces, don Aníbal tocó a la puerta. «Levántese, amigo. El café está listo y hay recalentado de la cena. Tiene que llegar a La Plata lo más pronto que pueda. Esta madrugada comenzaron de nuevo los tiros. Se me figuró que venían de la cabaña de los mineros».

Maqroll se levantó y fue a desayunar con don Aníbal. Luego salió para sacar las mulas del establo. Cuando las llevaba a la puerta de la hacienda, el dueño y el Zuro, ya montados a caballo y con dos animales más, cada uno tomado del cabestro, lo esperaban para despedirse. Cruzaron pocas palabras tratando de disimular la emoción de una partida tan llena de incertidumbre. El Gaviero agradeció a don Aníbal su amistad y la ayuda recibida y le estrechó la mano calurosamente. Lo mismo hizo con el Zuro, diciéndole: «No creo que nos volvamos a ver, Zuro. Pero quiero que sepas que fuiste un compañero ejemplar. Sé lo que vales. No te olvidaré. Buena suerte, muchacho. Salúdame a Amparo María y dile que tampoco la olvidaré nunca. A usted, don Aníbal, lo mismo le deseo y de nuevo muchas gracias por todo».

—Fue un placer, amigo —contestó don Aníbal con una sonrisa contenida y tristona—; mucha suerte para usted. Todos la vamos a necesitar. Vaya con Dios —espoleó el caballo y partió al galope seguido por el arriero que traía las otras dos cabalgaduras. Maqroll los vio perderse por un estrecho sendero que partía del solar de la finca hasta penetrar en las estribaciones del monte. Descendió hacia los cafetales y cruzó por ellos agobiado por una tristeza en la que se mezclaban su añoranza por la muchacha con aire de cortesana del templo, su afecto por los dos amigos que iban a enfrentarse con un riesgo mortal y su nostalgia de la tierra caliente de la que, tal vez, ahora, se despedía para siempre.

Cuando llegó a la pensión, la dueña lo estaba esperando con ansiedad que se manifestaba con un pasarse las manos por el pelo entrecano y un ligero temblor de la cabeza. El Gaviero le contó los incidentes del viaje y su despedida de don Aníbal y el Zuro. Doña Empera lo dejó hablar. Al fin del relato, sentada en su silla y frotando sus manos continuamente en sus rodillas, que era un gesto suyo cuando quería que le prestasen mucha atención, le dijo:

—Tiene que irse de aquí. Entre más pronto mejor. Voy a decirle cómo haremos: ya hablé con un compadre mío que tiene un planchón y quiere venderlo. Se llama Tomás Izquierdo, pero todo el mundo lo conoce como Tomasito. Tuvo, hace tiempo, mucho dinero, pero lo perdió todo en el juego. Lo único que le queda es un rancho a la orilla del río y un planchón con motor diesel. En él transportaba mercancía por el río hasta sitios cercanos, pero unas fiebres lo tiraron a la cama y allí está postrado sin poder hacer nada. Ya convine con él. Está dispuesto a cambiarle el planchón por las mulas y algún dinero en efectivo. De lo que le dio el belga ese, algo debe quedarle y, además, tiene los dos giros que le guardé. Creo que le alcanza y hasta le sobra algo para el viaje. Vaya a ver el planchón mañana temprano. Hay que examinar el motor, porque no trabaja hace más de cuatro meses. El casco tiene más remiendos que una gallina pero navega bien. Puede llegar con él hasta el estuario. Mañana tendremos noticias de lo que pasó en el páramo. Por ahora descanse un poco y ponga en orden sus cosas.

El Gaviero aceptó el plan de la ciega y le dijo que prefería ir en ese momento a ver a Tomasito para adelantar la preparación de lo que hubiera que hacerle a la gabarra. «Ahora no puede ir —le dijo doña Empera— porque está un sobrino suyo y no es muy de fiar. Tiene fama de soplón y parece que sirve a unos y a otros. Pero mañana en la madrugada regresa a unas matas de aguacate que tiene río arriba. No se apure. Mañana mismo queda todo listo. Tenemos varios días antes de que se definan las cosas».

La inacción le pesaba al Gaviero y le hacía sentir aún más la gravedad de la celada en la que había caído. Salió a dar un vistazo al camellón, frente al río. La cantina estaba cerrada. Regresó a su cuarto e intentó distraerse con la lectura de las cartas del Príncipe de Ligne. La infalible elegancia y la inteligente sobriedad de la prosa del gran señor, diplomático y galante actuó como un lenitivo de eficacia inmediata. Toda su atención se trasladó a esos comienzos del siglo XIX, cuando, como dijera Talleyrand, los que habían conocido la dulzura de vivir, en el ocaso del *Ancien Régime*, continuaban dando una lección de buenas maneras, de sereno escepticismo y de cínico enjuiciamiento de las mudanzas que impone la política. Ningún bálsamo más eficaz para sus presentes perplejidades que el ejemplo del gran aristócrata belga que sorteó, con igual fortuna y una amable sonrisa, el patíbulo jacobino, la vigilancia de la policía de Viena y su gabinete negro y las mortales acechanzas de la corte zarista. La capacidad de Maqroll de instalarse plenamente en otra época y en un ámbito tan ajeno al presente cuántas veces le había librado de sucumbir a las tribulaciones a que lo orillaba su vocación de vagabundo. La recobrada serenidad lo condujo al sueño y, sin desvestirse, quedó profundamente dormido sobre el jergón de bambú, arrullado con el correr de las aguas bajo su habitación.

Despertó al día siguiente muy temprano. Durante el desayuno, en la cocina, la ciega le dijo:

—Mi compadre ya está solo y tiene listo el planchón para que lo vea. Ya sabe, se llama Tomás Izquierdo, pero todos le decimos Tomasito. El rancho donde vive está al pie del río, después de las bodegas, en la desembocadura de la quebrada del Duende, entre una platanera.

Hacia allá se encaminó el Gaviero, pasando por la hilera de casas enjalbegadas y con techo de palma que formaban el destartalado villorio que tomó forma y nombre en la época del entusiasmo minero, de tan corta duración. No había un alma, las ventanas estaban cerradas y no se escuchaba el menor ruido en el interior de las casas, de costumbre siempre bulliciosas y animadas por la chiquillería y los gritos de las mujeres que hablaban, de un solar a otro, mientras lavaban la ropa o preparaban la comida. Debían estar todos ya levantados, porque el calor los sacaba de la cama desde muy temprano. Un temor flotaba sobre el caserío, un temor impreciso y vago que se resolvía en esa espera silenciosa del que adivina la cercanía de un desastre. Cuando llegó Maqroll a la cabaña de Tomasito, el dueño lo esperaba sentado en una silla de baqueta recostada contra una de las vigas que sostenían el techo de la choza. Ésta no tenía paredes. En el interior colgaba una hamaca debajo de la cual dormía un perro que despertó al escuchar una voz extraña.

—¡Cállate, Káiser! —le gritó el viejo. El perro tornó a dormir resignado.

Tomasito era un hombre de edad indefinida. Podía tener cincuenta años como noventa. El clima lo había trabajado de tal modo, que en ciertas zonas la piel se pegaba a los huesos y, en otras, colgaba amarillenta y sin vida. La boca desdentada sostenía un cigarro de hoja apagado que pasaba de una comisura a la otra con mecánica regularidad. Los ojos del hombre acaparaban toda la vida que parecía haberse retirado del resto del cuerpo, desmedrado y tembloroso. Brillaban negros, intensos, inquisidores, con una movilidad de expresión vertiginosa y febril. Parecían consumirse en una llama que aprovechara los restos de una hoguera a punto de apagarse. Tomasito invitó al Gaviero a bajar con él a la orilla para ver el planchón. Bajaron por una barranca arcillosa, gastada por los pasos de la gente. La corriente se remansaba allí, contenida por un espolón de tierra rojiza que penetraba varios metros en el agua. Amarrado a un trozo de riel, estaba el planchón. Tendría a lo sumo ocho metros de largo por tres de ancho. La quilla plana, llena de soldaduras y remiendos, cabeceaba con el embate del remolino y producía un monótono chapoteo. De cuatro varillas oxidadas, fijas en los costados de la embarcación, se sostenían un par de láminas de zinc manchadas con excrementos de los pájaros y jugos vegetales que caían de un gran palo de mango que se levantaba en la orilla. Tomasito explicó que el motor no tenía combustible y había que ponerle el acumulador que estaba guardado en casa de su comadre. Fueron por él y compraron cuatro galones de diesel en la tienda de Hakim. Éste, en un principio, se negó a abrir, pero al escuchar la voz de la ciega se apresuró a hacerlo, si bien con cara de pocos amigos.

—Si quiere mujeres no tiene más remedio que atendernos. Lo sabe muy bien —el comentario de doña Empera no necesitaba mayores explicaciones.

Colocaron el acumulador y llenaron el tanque de combustible. Después de varios intentos, el motor se puso en marcha.

—Hay que regularlo. Así no va a ir muy lejos —comentó el Gaviero.

El viejo estuvo de acuerdo y empezaron a trabajar bajo un sol de justicia. Cuando consiguieron poner el motor a tiempo, Maqroll se dio cuenta de que la hélice no estaba balanceada. Tampoco así era posible partir río abajo ni controlar la embarcación en los trayectos en donde el agua estaba muy baja. Tomasito dijo que tenía una hélice de repuesto, pero también estaba en casa de doña Empera. Fueron por ella. Cuando lograron colocarla, se había venido la noche encima con la rapidez con la que llega en los trópicos. El Gaviero partió a casa de doña Empera para reunir sus pocas pertenencias. Al acercarse, oyó voces en la cocina y, por el tono, se dio cuenta de que se trataba de algo grave. Al entrar vio a un muchacho sentado en un asiento de esterilla, con los ojos desorbitados y temblando como con un ataque de malaria. Tenía la camisa manchada de sangre, al igual que los brazos y las rodillas. Doña Empera, sentada en su silla, tenía la cara vuelta hacia el muchacho. Una palidez marmórea le había detenido el rostro en una expresión de pavor como sólo los ciegos pueden tener en las tinieblas de su impotencia. El Gaviero preguntó qué sucedía. La ciega sólo pudo pronunciar algunas palabras con dificultad:

—Es Nachito, primo de Amparo María. Allá arriba... en el monte... todos. Habla, hijo, cuéntale al señor. Aquí no te va a pasar nada. Dile... —era evidente que el pobre no conseguía pronunciar una frase completa. La ciega le contó a Maqroll que, por lo que había entendido a medias, el muchacho traía muy malas noticias. Un poco más serena por la presencia del Gaviero, consiguió, al rato, tranquilizar al niño hasta que su llanto fue apenas perceptible. Las lágrimas le escurrían por las mejillas e iban a caer en la camisa destiñendo la sangre ya seca.

El relato del chico duró casi una hora. Volvía sobre ciertos detalles y, de pronto, temblaba de nuevo y se le cortaba la voz. Don Aníbal y su gente habían sido sorprendidos en medio del bosque. Gente emboscada, al parecer con fusiles automáticos de los usados por los contrabandistas, les disparó una ráfaga tras otra hasta que todos quedaron tendidos en medio de la sangre. Después de las primeras ráfagas aún se escuchaban gritos de mujeres y de niños que seguían con vida. Una última descarga, más cerrada que las anteriores, los silenció para siempre. Nacho se había abrazado al cuerpo de su padre, que cayó entre los primeros con el pecho destrozado. El terror paralizó al muchacho que permaneció allí varias horas inmóvil y en silencio. La agonía de su padre había sido muy corta. Sintió unos pasos apresurados perderse en lo más espeso del monte y unas voces entrecortadas y lejanas de las que nada logró entender. Horas después huyó, presa del pánico, por una brecha que solía llevarlo a La Plata. Había esperado toda la tarde en las afueras del pueblo, porque no se atrevió a llegar de día en el estado en que estaba. Ya de noche, se resolvió a tocar en casa de doña Empera, a la que conocía muy bien por haber llevado y traído recados para ella.

Cuando el muchacho terminó su historia, el Gaviero lo hizo sentar a su lado. Le acarició los cabellos sin conseguir decirle una palabra. Sentía una piedad abrumadora que se concentraba en el cuerpo flacucho y endeble del chico y que iba extendiéndose, paulatinamente y con mayor dolor, a toda su gente segada con la crueldad fría y gratuita de la que sólo es capaz nuestra especie. Rostros, palabras, gestos, risas, mínimas historias familiares de los habitantes del llano de los Álvarez se agolparon en su memoria. La bestialidad de esa masacre sin objeto le era imposible de entender, de aceptar. El dolor que esto le producía llegó, en su intensidad, a ser físico. Pasó a su cuerpo como una punzada creciente que lo derrumbaba. La ciega se llevó a Nacho para cambiarle de ropa y lavar la sangre seca que tenía por todo el cuerpo. Lo acostó junto a ella, en una pequeña hamaca en donde solía dormir el chico cuando le sorprendía la noche en La Plata.

Durante varias horas trató Maqroll de tomar una decisión. Era impensable partir en esas circunstancias. Esperaría hasta la mañana siguiente, cuando doña Empera se hubiera repuesto un poco. De nuevo giraban a su alrededor las presencias amigas de la gente sacrificada en el monte: Amparo María y su aire de maja de Goya, su amor sin dueño ni salida; don Aníbal Álvarez, hidalgo en sus tierras, leal y justo con sus amigos, fatalista y resignado como el caballero del Verde Gabán; el Zuro, inteligente, fiel, arisco e independiente y de recursos inagotables en el páramo. Y tantos otros rostros sin nombre, de gente hospitalaria y amable: masacrados, todos, por manos anónimas cuya costumbre de matar se había convertido en la única razón de existir. Chacales dementes, listos a recibir órdenes de quienes mueven allá arriba los hilos de una codicia implacable. Allí, tendido, Maqroll supo que su desesperación iría en aumento. Prefirió llevar la silla al balcón y quedarse mirando correr el río indiferente a la milenaria torpeza de los hombres, a su desventurada vocación de sacrificio. El silencio era perturbado, de pronto, por el chillido de alguna ave desviada de su ruta, o el sonido del agua girando en los remolinos de la corriente. Sólo las estrellas trataban de penetrar en vano la espesa tiniebla del paisaje. La luna se había ocultado hacía mucho rato. Algo pesaroso y fúnebre flotaba en el ambiente. O, tal vez, el ánimo del Gaviero trasladaba al nocturno escenario el sabor de muerte y destrucción que se anudaba en su garganta. Antes de que aparecieran las primeras luces del alba, regresó a la cama para tratar de dormir un poco. Le esperaba el primer tramo de navegación río abajo, sembrado de peligros y riesgos encubiertos e imprevisibles.

Dormía profundamente, cuando un estruendo de motores pasó con furia desbocada por encima del techo de la casa. Quedó sentado en el jergón, presa de un pánico súbito. Logró sobreponerse y corrió al balcón para ver de qué se trataba. En ese instante acuatizaban, uno tras otro, dos hidroaviones Catalina pintados de color gris, con las insignias de la Infantería de Marina en las alas. En el desembarcadero estaban amarradas dos grandes barcazas del mismo cuerpo, de las que descendían, en fila ordenada y silenciosa, infantes de marina con uniforme gris de campaña y casco del mismo color. Los oficiales controlaban el descenso de la tropa e impartían órdenes en voces breves y tajantes. Los aviones amarraron al lado de las barcazas. Al abrir las portezuelas, descendieron oficiales de diferentes servicios: médicos con el uniforme de sanidad, capitanes de intendencia con portafolios y máquinas de escribir portátiles, hombres de la Inteligencia Militar, inconfundibles en su traje de civil consistente en guayabera blanca y pantalones beige claro. Al instante supo el Gaviero que su plan de partir esa mañana se iba a pique. Sin embargo, resolvió intentarlo. Reunió algunas pocas cosas y las guardó en una mochila que le había dado doña Empera. En un mudo y estrecho abrazo se despidió de la dueña de la casa que repetía como sonámbula:

—Apúrese, por Dios, apúrese —le daba bendiciones musitando ensalmos, invocando santos y santas en una abigarrada mezcla incomprensible. Maqroll dejó en la casa la maleta con el resto de sus ropas y papeles, con recomendación a la ciega de que incinerara todo en caso de que lo mataran. Cuando llegó donde Tomasito, éste lo esperaba con los ojos más desorbitados y febriles que nunca:

—Váyase con cuidado, señor. Con la Marina no se juega. Esa gente viene aquí a poner orden y sabe hacerlo —Maqroll le entregó el dinero que habían acordado para completar el precio de la embarcación. Las mulas estaban en el establo y la ciega tenía instrucciones de entregárselas. El Gaviero tiró el morral en el fondo del planchón y saltó a éste. El motor encendió de inmediato. El viejo soltó las amarras y se despidió con un gesto de la mano que también tenía algo de bendición desesperada.

Con el motor a media marcha, Maqroll entró en mitad de la corriente y comenzó a descender sin prisa, mirando con afectada indiferencia hacia la orilla opuesta, como dando a entender que intentaba cruzar simplemente el río. Al pasar frente a las barcazas de la Armada, de una de ellas partió una voz desde un altoparlante, instalado en el techo de la cabina de mando:

—¿Adónde cree que va? ¡Ése, el del lanchón, regrese inmediatamente! ¡Aquí, al costado! ¡Sí, usted!

El acento terminante de la orden se extendió por el ámbito con un eco paralizante y brutal. Con la misma lentitud con la que venía navegando, el Gaviero obedeció las instrucciones y fue a colocarse al lado de la barcaza. Varios soldados lo esperaban haciéndole señas desde el borde de aquélla. Le tendieron la mano para ayudarlo a subir a bordo. Dos de ellos saltaron al planchón y lo llevaron a donde habían anclado los Catalina; río abajo, al terminar el caserío. Un sargento le indicó al Gaviero que pasara adelante. Le señaló un camarote que tenía la puerta abierta y lo siguió de cerca sin decir palabra. Cuando entró al camarote, el Gaviero vio a un oficial agachado examinando unos mapas extendidos en una mesita sostenida por un extremo a la pared. Durante algunos segundos, que le parecieron horas, el oficial siguió inclinado tomando medidas con un compás. Por fin, levantó la vista. El sargento saludó militarmente y dijo:

—Cumplida su orden, mi capitán.

Éste contestó, mientras se quitaba unos anteojos sin aro que tenía sujetos en la base de la nariz:

—Puede retirarse —luego se quedó mirando fijamente al recién llegado, como tratando de forzar los ojos para ver mejor. Los tenía de un color azul intenso que, con los reflejos de la luz, cambiaban a un celeste desteñido. El pelo, cortado al rape, rubio, entrecano y ya escaso en la frente, le daba un aire de ejecutivo bancario más que de militar. Mientras limpiaba las gafas con un pañuelo, en gesto puramente reflejo, se dirigió al Gaviero con voz de bajo que para nada iba con su aspecto.

—Me temo que usted es la persona que llevó hasta la cuchilla del Tambo armas automáticas y explosivos adquiridos en el mercado negro de Panamá. Su nombre es Maqroll, si no estoy mal, pero también es conocido como el Gaviero. Llegó aquí no hace mucho y creo que no todos sus papeles están en regla. ¿Estoy en lo cierto? —había una cortesía distante en sus palabras y en sus movimientos, como si quisiera establecer una rigurosa distancia con su interlocutor. Debía ser una actitud usual en él y totalmente inconsciente, adquirida en los cursos de Estado Mayor.

—Sí, señor. Está usted en lo cierto. Pero me gustaría aclarar algo respecto a lo que menciona de las armas —contestó el Gaviero con la serenidad que le daba la resignación ante algo que venía temiendo desde hacía tiempo.

—Esa aclaración, como usted la llama, no me la tiene que hacer a mí. Ya lo interrogarán, en su momento, las personas indicadas. Por ahora me limito a informarle que está detenido en virtud de las atribuciones extraordinarias que tienen las fuerzas armadas durante el estado de sitio —al terminar estas palabras, dichas con rutinario acento oficial, el capitán ordenó al sargento que había traído a Maqroll y que esperaba afuera del camarote:

—Llame al guardia de turno —al momento se oyeron unos pasos apresurados y entró un soldado que se cuadró a la entrada:

—A sus órdenes, mi capitán.

—Lleve este hombre a la comandancia. Dígale al capitán Ariza que ya le hablaré más tarde al respecto.

—Como ordene, mi capitán —contestó el soldado mientras hacía de nuevo el saludo militar.

Tomó por el brazo al prisionero y salió con él del camarote. Se dirigieron al muelle, donde estaba amarrada la barcaza, y subieron por la pequeña loma que daba al terraplén. Era un zambo corpulento con facha de jugador de fútbol, uniforme impecable y un rostro indefinido de los que jamás guarda la memoria. No soltaba del brazo al Gaviero, pero en ese gesto no había la menor violencia. Parecía más bien que deseaba orientarlo hacia un lugar que el detenido desconocía. Llegaron a las instalaciones del puesto militar, que el Gaviero siempre había visto cerradas. Ahora mostraban una animación sorprendente que le hizo pensar en un hormiguero. Soldados y oficiales entraban y salían. Se escuchaban órdenes en voz perentoria, en medio del entrechocar de las armas y el traslado de muebles y enseres de un lugar a otro del edificio. Todo iba encontrando su lugar a un ritmo acelerado y exacto. Había en esto una demostración de eficiencia y disciplina que imponía temor y respeto. En el aire flotaba un olor a fusil que acaban de aceitar, a salón de clases con esa mezcla de madera de lápiz recién tajado y de sudor rancio.

El guardia condujo al Gaviero a la oficina del capitán Ariza. Éste era un hombre moreno, retacón, con bigotico de galán del cine mexicano de los años cuarenta. Vestía una reluciente guayabera blanca y pantalón beige. En la solapa traía un imperceptible botón con delgadas franjas naranja y verde pistache. «Inteligencia Militar —se dijo el Gaviero—, ahora comienza el baile».

Ariza escuchó el recado transmitido por el guardia y asintió con la cabeza sin decir palabra. Se llevó la mano a la frente, esbozando un saludo militar y le hizo seña de que podía retirarse. Luego salió a la puerta y llamó a alguien por su apellido. Un teniente, también vestido de civil y con las mismas prendas de Ariza, entró y fue a ponerse a su lado para escuchar una orden murmurada al oído. El recién llegado asintió con la cabeza y acercándose a Maqroll, le dijo no sin cierta cortesía:

—Venga conmigo, por favor.

Maqroll lo siguió sin despedirse de Ariza. La impersonal deferencia del que lo llevaba por entre corredores y oficinas en plena actividad le llamaba la atención. Ese «por favor» le seguía sonando en los oídos. Era el signo de que ya no se hallaba entre militares de tipo convencional. Así estuvieran al servicio del ejército, los métodos y el lenguaje eran de policías, de cualquier policía de no importa qué lugar de la Tierra. Esta constatación no dejó de producir un relativo alivio. Casi podía anticipar lo que le esperaba. Sólo le quedaba el fastidio de tener que jugar al ratón con el gato astuto e incansable y tratar de salir con vida de entre sus garras. Pero esto no era imposible y estaba listo para comenzar la partida.

Atravesaron un patio en donde algunos infantes de Marina montaban media docena de ametralladoras. Trabajaban al sol y en silencio. Manchas de sudor iban creciendo bajo sus axilas y en el pecho, oscureciendo el uniforme de dril color gris. Maqroll y su guía se internaron por un corredor iluminado con focos de gran potencia, protegidos con mallas metálicas. Pensó que debían haber puesto a funcionar una planta eléctrica propia, ya que La Plata no contaba con electricidad. Se quedaban, pues, por largo tiempo. Iban pasando junto a puertas que se abrían y cerraban para dar paso a oficiales y ordenanzas que, de un lado para otro, llevaban papeles y carpetas con documentos. Cuando llegaron al fondo del pasillo, el oficial se detuvo ante una puerta metálica con pasadores cilíndricos y, en el centro, una estrecha mirilla enrejada. Sacó del bolsillo un manojo de llaves y, tras de probar varias, halló la que abría la pesada compuerta. Hizo al Gaviero seña de pasar adelante y entró tras él cerrando de nuevo. Se trataba de una celda a la que daban luz dos delgadas ventanas, casi pegadas al techo, protegidas por gruesos barrotes. El piso era de baldosas color azul claro que también cubrían las paredes a una altura de casi tres metros. En el centro había una especie de mesa de cemento, con una estrecha canal en el centro. Estaba ligeramente inclinada hacia adelante y recordaba un lavadero de ropa, pero más alargado. Al pie estaban el colchón de su cama de guadua y la mochila que traía en la barcaza. En una esquina del cuarto había dos lavabos gemelos con jabón y toallas colgadas a un lado. En otra, una precaria cortina que no alcanzaba a ocultar un escusado. El tanque del mismo estaba colocado a la altura del techo y era inalcanzable, así se subiera uno en la taza para intentarlo. El oficial le ordenó que se quitara los zapatos y el cinturón. El Gaviero se despojó de ellos y se los entregó en silencio.

—Si algo necesita, puede golpear dos veces con la palma de la mano en la mirilla de la puerta. Día y noche habrá siempre alguien para acudir. Tres veces al día le traerán el rancho. Es el mismo de la tropa. Si no le agrada, de la pensión en donde se alojaba pueden traerle la comida que quiera. Ya lo llamarán. Aquí las cosas se resuelven muy pronto.

El hombre hablaba con un tono cansado e indiferente, casi tranquilizador. Pero sus palabras no lo eran y el Gaviero se entregó a toda clase de deducciones. Cuando el oficial se disponía a salir, con los zapatos y el cinturón del prisionero en la mano, éste se resolvió a preguntarle para qué servía esa mesa y a qué estaba destinada la celda. El teniente explicó que, por ahora, la mesa le serviría de cama y allí debía extender el colchón. Sin decir más, salió, cerró la puerta con llave y corrió los pasadores. Todo ejecutado con escrupulosa paciencia que tenía algo de irritante y estúpido.

Maqroll tendió el colchón sobre la mesa y se acostó para descansar. El ligero desnivel de los pies le hacía sentirse como un cuerpo listo para la autopsia. Una luz azulosa se repartía desde un potente foco instalado en el centro del techo, protegido también por una fuerte malla metálica. Se dio cuenta de que la luz tomaba ese color del piso y las paredes. Era un ambiente de quirófano no propicio para tranquilizar a nadie. Era evidente que se trataba de una celda de interrogatorio que usaban, por ahora, para alojarlo con cierta seguridad. Recordó que en el puerto del Pireo había conocido un sitio parecido. El que éste hubiera sido habilitado como celda lo tranquilizaba un poco, si bien quedaba un margen para hipótesis que, por el momento, era más aconsejable descartar. No conseguía dormir, pero pudo relajar el cuerpo, obteniendo con ello un inmediato descanso que se reflejó en su estado de ánimo. Le vinieron a la memoria algunas de las ocasiones en que había tenido que ver con ese mundo turbio, inquietante y sin rostro en el que se mueven los servidores de la ley.

Recordó aquella vez que fue sorprendido, en las afueras de Kabul, por una patrulla de la policía afgana que insistió en examinar la carga de dos famélicos camellos que llevaba hasta Peshawar, con alfombras para vender allí a los turistas. Mostró el recibo de su mercancía y el correspondiente permiso para comerciar con ella. Pero un sargento de grandes bigotes negros, retorcidos y rígidos, insistió en meter la mano entre la montura y la gualdrapa que protegía a la bestia. Allí descubrió sendas bolsitas de piel de cabra llenas de piedras semipreciosas sin pulir. Dos semanas permaneció detenido en la cárcel de un poblado cercano, en espera de la decisión de las autoridades de Kabul. No lo trataban como prisionero y salía a comer, a menudo, a casa de sus guardianes. Eran gente de una altivez natural, matizada con una simpatía espontánea y un sentido de la hospitalidad realmente conmovedor. Allí escuchó las más estupendas e inolvidables historias sobre encuentros de las caravanas con los bandidos de las montañas, que bajaban de las nieves para sembrar el terror en las escarpadas rutas de la meseta central. También supo de las hazañas de los falsos derviches, que se aprovechaban de las mujeres que bajaban por agua a los ríos y eran víctimas de prolongadas y complejas manipulaciones eróticas que las dejaban poco menos que dementes. Esta permanencia en una cárcel de Afganistán le permitió familiarizarse con uno de los pueblos más indómitos y amables de la Tierra. Las autoridades le exigieron el pago de los derechos para sacar las piedras del país y el de los alimentos que había consumido durante su detención. Con un sonoro beso en cada mejilla, sus compañeros y guardianes se despidieron de él con tan calurosa franqueza que le dio la impresión de abandonar el país en donde hubiera podido dar fin a su vida trashumante y vivir entre quienes sentía que, en verdad, eran sus hermanos; habitantes de un mundo que evocaba a menudo, como un modelo que había perdido la esperanza de encontrar. Allí estaba y él lo dejaba para siempre.

También recordó, luego, los dos meses de prisión que había pasado en Kitimat, en la Columbia Británica, acusado de secuestrar a una muchacha piel roja. La había encontrado en una tienda del pueblo y entabló conversación con ella atraído por la mirada intensa de sus ojos oscuros y asombrados y por el color tabaco de la piel, que se adivinaba de una frescura aterciopelada y hechizante. Ella le contó una complicada historia de padre alcohólico y madre prostituta, de golpes a granel y de intentos de venderla a los capitanes de las balleneras que atracaban en la bahía. Maqroll se dejó envolver en la historia y llevó a la joven india a la lancha con la que hacía cabotaje por los lugares cercanos, traficando con pieles y, cuando se presentaba la ocasión, con armas de caza adquiridas de contrabando en Alaska. La muchacha resultó de una sensualidad laboriosamente manejada, que tenía el encanto de un erotismo ejercido con artes en donde lo artificial se ocultaba tras un sentido estético notable. La tal huérfana resultó casada con un polaco gigantesco y frenético que buscaba al raptor de su mujer para estrangularlo. Su mirada bizca e inyectada de sangre daba una impresión de ferocidad devastadora. Esperó al Gaviero al pie de la lancha y, por fortuna, la policía pudo intervenir a tiempo antes de que éste muriera en manos del energúmeno varsoviano. Sesenta días de prisión tuvo que pagar Maqroll por el delito de adulterio inducido con falsedad. Calificación que le pareció inventada por el juez en el momento mismo de dictar la sentencia. El tal magistrado era un enano semiparalítico que, vaya a saberse por qué, le había tomado ojeriza al Gaviero, desde el primer momento en que lo vio. Esos meses de reclusión en una cárcel del Canadá los hubiera recordado como unas gratas vacaciones, si no hubiera sido por el frío que padeció en las noches debido a la insuficiencia de abrigo. Había allí detenidos de las más variadas regiones del mundo. Casi todos purgaban delitos contra la propiedad y, en verdad, eran la flor y nata de su oficio. Lo que allí aprendió —nunca se atrevió a ponerlo en práctica en sus horas de la más cruel penuria— era suficiente para escribir una enciclopedia sobre el hurto y sus ramificaciones. El frío era insoportable y las autoridades de la cárcel insistían en proveer a cada preso sólo con una cobija reglamentaria del ejército. «No dudo —comentaba un chileno que pagaba una condena por robo de pescado en las congeladoras del puerto— de que estas mantas sean del ejército, pero del ejército de Su Majestad la Emperatriz de la India. Si fueran del ejército canadiense, éste habría perecido congelado hace muchos años».

Cuando salió libre, lo esperaba en la calle el gigante polaco, quien, con lágrimas en los ojos, le contó que su mujer había vuelto a fugarse, pero, esta vez, con un arponero ruso. No había manera de rescatarla porque el barco había zarpado ya hacia Petropablosk-Kamtchaskiy. Le invitó a un vodka para consolarse mutuamente por la pérdida de una hembra con facultades eróticas tan notables. Con mucha cautela, el Gaviero declinó la invitación. Sabía que el asunto terminaría otra vez en una riña harto desigual y no quería correr el riesgo de volver a congelarse en la prisión. El polaco lo acompañó hasta la lancha. Cuando Maqroll hacía los preparativos para partir, el hombre, desde el muelle, seguía enumerando el catálogo de las delicias perdidas por culpa del maldito arponero; ruso para mayor vergüenza. Ya la lancha se apartaba del muelle y el polaco seguía agitando el pañuelo empapado con sus lágrimas. Su última recomendación a Maqroll fue que, si encontraba en alguna parte a la india, le dijera que la esperaba sin rencor y con firmes intenciones de darle una buena vida.

Empezó a oscurecer en La Plata. El tintineo de los platos del rancho en la puerta de la celda regresó a Maqroll al presente. La comida tenía ese sabor inconfundible, soso y ligeramente agrio, del rancho de cuartel. Apenas probó bocado. Pidió una segunda taza de café y el guardia regresó de inmediato con un tazón de café aguado que, sin embargo, el prisionero bebió con gusto. La inclinación de la cama y los fantasmas que le despertaban las paredes de baldosas azul celeste y el techo blanco de quirófano no le dejaron dormir tranquilo. En la mañana, muy temprano, llegó el desayuno: el mismo café chirle y dos pequeños panes, duros como piedras. Cuando vinieron para retirar los platos, un guardia trajo el cinturón y los zapatos que le habían retirado. El otro guardia, que recogía la vajilla de peltre, le dijo:

—Ahora vienen para llevarlo donde el capitán Ariza. Póngase los zapatos y el cinturón. Tiene tiempo de lavarse un poco. En el interrogatorio es mejor estar fresco y bien despierto.

Estos detalles de una relativa consideración, el «por favor» a cada rato, la segunda taza de café y, ahora, el comentario del guardia no sabía muy bien cómo interpretarlos. No podía pensar que se tratara de simple piedad. En los cuerpos armados es lo primero que se elimina en el recluta. Podría tratarse de una actitud exclusiva de la Marina. Pero esas palabras y gestos corteses no debían llevarlo a abrigar ninguna esperanza de compasión o indulgencia por parte de quienes iban ahora a decidir su suerte. Se lavó la cara con el agua barrosa y tibia que salía en chorro exiguo e intermitente de una de las llaves del lavabo. Las demás no funcionaban. Estaba secándose cuando abrieron la puerta. La misma pareja que había traído el desayuno lo condujo a la oficina del capitán Ariza. Éste lo esperaba de pie mientras examinaba unos papeles que estaban sobre el escritorio. Los guardias se retiraron y Ariza invitó a Maqroll a que tomara asiento. El capitán comenzó a pasearse con los papeles en la mano. Los volvió a dejar en su sitio y poniendo las dos manos sobre el escritorio, un poco inclinado hacia el Gaviero, se quedó mirándolo fijamente. Tenía una nueva guayabera, igualmente blanca e impecable. Su rostro de galán del cine mexicano no tenía expresión alguna. Por un momento Maqroll pensó que nunca más hablaría. La voz ligeramente aguda y sin matices vino a disuadirlo de esa impresión:

—Bueno, para comenzar, tenemos con usted algunos problemas de identidad. No son la causa de su detención, pero no dejan de ser inquietantes. Viaja con pasaporte chipriota. El último refrendo caducó hace un año y medio y está fechado en Marsella. Los anteriores son de Panamá, Glasgow y Amberes. Como profesión, figura la de marino. Lugar de nacimiento, desconocido. Un pasaporte en tales condiciones no es para tranquilizar a las autoridades de un país que está virtualmente en guerra civil. ¿Qué me puede decir al respecto?

—Es la primera vez, capitán —contestó Maqroll con serenidad muy convincente—, que escucho observaciones respecto a mi pasaporte. He navegado muchos años por el Caribe y sus islas. Antes lo hice en el Mediterráneo y en el mar del Norte. Nadie ha objetado nunca mi documento de identidad. Pero me doy cuenta ahora de que, dadas las circunstancias que prevalecen aquí, un pasaporte como el mío puede despertar sospechas.

—Bien. Como le dije, no es eso lo que nos intriga en primer término. Es mejor que vayamos de una vez al asunto: usted transportó a la cuchilla del Tambo, en mulas de su propiedad, compradas en el llano de los Álvarez, armas adquiridas a través de contrabandistas. La operación se hizo en Panamá y en Kingston. Los tres contrabandistas, que cayeron ya en manos del ejército, traían pasaportes muy parecidos al suyo y en ellos hay sellos consulares de ciudades que también aparecen en el suyo. El acto de proveer de armas a cualquier grupo que atente contra la estabilidad de las instituciones tiene un castigo que usted, seguramente, no ignora. Me gustaría escuchar lo que tenga que contarme sobre esto.

El Gaviero relató al capitán, punto por punto, su encuentro con Van Branden, la proposición que éste le hizo y todos los hechos posteriores relacionados con el transporte de las cajas hasta la cuchilla; su relación con los dos extranjeros que allí lo recibieron, la conducta de éstos y lo que él pudo deducir de ella. Insistió, en forma enfática y firme, cada vez que venía al caso, sobre su absoluta ignorancia respecto al contenido de las cajas, hasta el hallazgo del pedazo de etiqueta en el fondo de la barranca donde se despeñó la mula y su encuentro posterior con el capitán Segura. La coincidencia de ciudades en su pasaporte y en los de los negociantes de armas era eso: una simple casualidad. Jamás había participado en esa clase de negocios ni había estado en contacto con quienes se dedicaban a él. Había vendido, sí, algunas escopetas de cacería en la Columbia Británica, compradas a bajo precio en Alaska, pero con eso no era posible derrocar ni siquiera a un simple sheriff de condado.

El capitán Ariza no pareció tomar en cuenta las aclaraciones del Gaviero y siguió en el mismo tono que antes:

—¿No se le ocurre que, por decir lo menos, es inconcebible que no haya tenido la menor sospecha de una trama tan burda como la de las supuestas obras del ferrocarril, las apariciones y desapariciones de Brandon y la facha de sus compinches en el Tambo? ¿Nunca pensó que algo pudiera ocultarse detrás de semejante patraña, que no se hubiera tragado ni el más ingenuo chiquillo de los que rondan en el muelle?

—Desde luego, capitán —continuó Maqroll en el mismo tono—, Van Branden o Brandon me pareció siempre persona bastante turbia y ni qué decir de sus amigos de la bodega del páramo. Pero pensé que, probablemente, estarían timando a los contratistas de la obra ferroviaria de la que, dicho sea de paso, vi varios tramos trazados y abandonados hace tiempo. Que la reanudaran no me pareció sospechoso. Yo me limité a recibir el dinero y allá ellos con su negocio. Mis conjeturas fueron muy vagas y la experiencia me indica que mucha gente, de aspecto poco digno de confianza, resulta después ser la más honesta y rutinaria.

—Contésteme sí o no a lo que voy a preguntarle —la voz del oficial de la Inteligencia Militar se hizo más aguda y traicionaba una leve impaciencia—. ¿Tuvo usted idea, antes de hablar con el capitán Segura, de qué era lo que subía a la cuchilla del Tambo? ¿El más ligero indicio, la menor sospecha? Hasta cuando se despeñó la mula, ¿pensó que se trataba de material para la construcción de la vía férrea?

Allí estaba la trampa, pensó el Gaviero. De su respuesta dependía, sin duda, su vida. De nuevo, en tono tranquilo, insistió en su ignorancia absoluta sobre el contenido de las cajas y en la dirección de sus naturales sospechas, respecto a los extranjeros involucrados en el negocio, hacia una estafa contra quienes contrataban la obra. Relató, esta vez con todo detalle, su encuentro con el capitán Segura y de cómo éste lo había puesto al tanto de la verdad y le había pedido su colaboración en el sentido de hacer el último viaje con las cajas que habían quedado en La Plata y lo que pudiera llegar, entretanto, en el barco. Mencionó su identificación de las cajas de TNT merced a su experiencia en la minería. Ariza le interrumpió varias veces para precisar aún más ciertos aspectos de su encuentro con el capitán Segura y la participación de don Aníbal Álvarez, «persona de toda nuestra confianza», aclaró, de paso, el militar. Cuando Maqroll terminó su relato, Ariza permaneció unos minutos en silencio. Al Gaviero le parecieron eternos. Finalmente, Ariza tornó a hablar, esta vez con una levísima señal de alivio, que se advertía más en el rostro que en la voz largamente educada en la milicia:

—No sé si decirle que tiene suerte o que ésta le falta por completo. Ya veremos. La confirmación de sus informes, por parte del capitán Segura, aclararía definitivamente su situación. Pero resulta que el capitán Segura, a quien todos quisimos y respetamos por su valor y su sentido de compañerismo, fue asesinado, junto con todos sus hombres, cuando ponía cerco a las bodegas del Tambo y a la cabaña de los mineros. En el momento en que los intermediarios con la gente del Tambo llegaron para retirar el cargamento de armas y Segura coronaba su objetivo volando la bodega, cayó sobre el capitán y sus hombres una fuerza mucho mayor. La calidad de las armas que ésta traía y la superioridad numérica aplastante liquidaron la resistencia heroica de la tropa. El capitán Segura fue alcanzado por una granada de alta fragmentación, al final de la refriega. Con él perecieron los últimos hombres que lo rodeaban. Bueno. Es todo, por ahora. Tendré que hacer ciertas averiguaciones en relación con lo que usted me ha dicho. Ya se le interrogará de nuevo.

Se puso de pie y fue a la puerta para llamar al centinela que estaba de turno. Ya en su celda, el Gaviero empezó a tejer una red de consecuencias y deducciones, destinada a sostener su recién ganada esperanza de salir con bien de la trampa en que había caído. Toda la tarde estuvo leyendo páginas de la vida del *poverello* de Asís. La evocación del sabio y armonioso paisaje de la Umbría, en donde los milagros de Francisco hallan el marco ideal y suceden con la sencilla naturalidad con que los narraría luego el Giotto en sus frescos, sirvió al Gaviero para recuperar la serenidad y establecer una saludable distancia entre su actual desventura y la intimidad de su ser más intocado y oculto, del que manaba siempre un caudal de confianza en su auténtico destino. Esa noche, para dormir más a gusto, bajó el colchón al piso. La siniestra mesa le producía los más oscuros presentimientos.

Cuando le trajeron el desayuno, el guardia le preguntó por qué había bajado el colchón al suelo.

—No puedo dormir con la inclinación de esa mesa. En el piso me encuentro más cómodo. ¿Está prohibido?

—No —repuso el soldado—. Es que esa mesa no es para dormir —Maqroll le preguntó para qué servía en realidad. El hombre se limitó a sonreír con incredulidad ante la pretendida ignorancia del prisionero y se retiró sin hacer más comentarios. Tampoco Maqroll quería saber más. Todo estaba dicho.

Al día siguiente lo sacaron al patio para que ayudara a subir una caja de munición a una bodega del segundo piso del cuartel, que era menos húmedo. Pensó, mientras cumplía con la tarea, en la ironía del destino que le obligaba de nuevo a cargar material de guerra. Esa noche le informaron que en la mañana sería llamado a la comandancia. En efecto, después del desayuno, vinieron por él y lo llevaron a una oficina cuyas ventanas daban sobre el río. Lo invitaron a tomar asiento y lo dejaron allí solo. Al rato entró un mayor con uniforme de campaña de una impecable limpieza y sin una arruga. El traje era verde olivo lo mismo que la gorra, semejante a las que usan los jugadores de pelota. Era un hombre corpulento, un tanto acezante y congestionado, de bigote entrecano y porte altivo. Fumaba sin parar y sus manos temblaban ligeramente. Parecía un *clubman* disfrazado de militar. Con voz pausada y un poco ronca formuló algunas preguntas de rutina parecidas a las que había hecho Ariza. Al terminar, se colocó unos anteojos con armadura de oro y revisó algunos papeles ordenados en una carpeta color escarlata que tenía sobre su escritorio. En un momento dado hizo una seña al centinela que entró para recoger algunos documentos, indicándole que se llevara al prisionero. Ni siquiera alzó la cabeza y siguió leyendo como si éste no hubiera existido.

Maqroll había logrado advertir que algunos de los papeles que hojeaba el mayor estaban escritos a mano. Eran hojas manchadas de sangre y barro arrancadas de una libreta. La letra, clara y rotunda, era fácil de leer. De nuevo, ya en la celda, tornaron a torturarlo la incertidumbre y la angustia que creía haber dominado. Así pasó el resto del día y buena parte de la noche siguiente. En sueños, se le apareció el mayor, esta vez en traje de parada, explicándole en forma muy cordial y mundana una serie de maniobras militares cada vez más embrolladas y aburridas. En la mañana lo despertó, como de costumbre, un ruido al pie de la puerta. Le traían el desayuno. El guardia le informó que, en un rato, lo llevarían de nuevo a las oficinas de la Inteligencia Militar. Un cansancio abrumador, un entorpecimiento de todos sus miembros y un amargo sabor en la boca le minaban el resto de fuerzas que, en vano, había intentado acumular durante esos días de encierro. Era evidente que su hora había llegado. Le sorprendía, por desventura, con la guardia más baja que nunca y el cuerpo, convertido en un saco de vagos dolores, se negaba a sostenerlo cuando más lo iba a necesitar. Toda la mañana esperó a que vinieran por él. Después de la comida, se quedó dormido en un sopor agobiante. Los pasos del guardia que abría la puerta lo despertaron. Había dormido en la modorra de una siesta con amenaza de lluvia que daba a la tarde una atmósfera de baño turco. Hasta los menores ruidos llegaban a través de la capa afelpada y húmeda de un aire irrespirable.

—Mi capitán quiere hablarle —explicó el guardia—. Vístase y venga con nosotros.

Otro guardia esperaba en la puerta. El Gaviero se pasó por el rostro y parte del cuerpo una toalla empapada en el agua turbia de la llave. Se puso una camisa limpia y unos pantalones bermuda que le había enviado la ciega. Los conservaba desde sus épocas de marino. Se pasó un peine por el cabello entrecano y rebelde y salió en medio de los dos soldados. Al cruzar el patio sus piernas se movían con algo más de firmeza. El saber que iba a enfrentarse con Ariza sirvió para despabilarlo un poco. Iba a decidirse su suerte y una ansiedad vigilante empezó a invadirlo. Se sentía como el jugador que va a enfrentarse en un juego complicado, en donde cada movimiento de las fichas puede ser definitivo. Entró a la oficina de Ariza. Los guardias se quedaron afuera y cerraron la puerta a sus espaldas. Allí estaba el hombre de la Inteligencia Militar dando vueltas con el pulgar al anillo de graduación de la base de Corpus Christi en Texas. Seguía luciendo su impecable guayabera con el distintivo en la solapa. El recto bigote resaltaba en el rostro recién afeitado, subrayando una ligera sonrisa sobre cuya sinceridad el Gaviero resolvió no hacerse ilusión alguna.

—Tome asiento, amigo. Póngase cómodo —le dijo indicándole una silla giratoria que habían traído de otra oficina. La silla se inclinaba peligrosamente de un lado a otro al menor movimiento de Maqroll, que trató de permanecer lo más quieto posible para mantener en relativo equilibrio el diabólico asiento. Lo de «amigo» había aparecido en el vocabulario del capitán hacia el final de la entrevista anterior. Lo decía con un cierto acento de complicidad que despertó las reservas del Gaviero, quien se propuso seguir el juego, controlando, a su vez, cada una de sus reacciones y respuestas.

—Pues bien —comenzó Ariza—, aquí estamos de nuevo tratando de aclarar lo que, si quiere que le diga la verdad, para mí está más claro que el agua. No hay quien me convenza de que usted es inocente. No consigo aceptar que no supiera qué era lo que subía a la cuchilla del Tambo. Por otra parte, hemos reunido informes sobre su pasado: contrabando de armas en Chipre, de banderas navales trucadas en Marsella, de oro y alfombras en Alicante, de blancas en Panamá; en fin, no sigo porque la lista nos tomaría varias horas. Alguien con semejante pasado no va a transportar armas pensando que son instrumentos de ingeniería para un ferrocarril inexistente. Lo que no consigo entender es que se haya conformado con unos cuantos billetes, cuando hubiera podido sacar varios miles de dólares.

—Con todo respeto, capitán —repuso el Gaviero en el tono más sereno y comedido que pudo—, eso no se lo puede usted imaginar sencillamente porque no me conoce. Todas esas actividades de mi pasado a las que usted se ha referido son ciertas, pero hay en ellas aspectos ocultos que no pueden aparecer en una enumeración tan escueta como la que acaba de hacer. Si yo hubiera sospechado, por un momento, de lo que se trataba, créame que no me hubiera enredado con los tales belgas, estando aquí las cosas como están. No son la gente con la que suelo andar. Desde el principio me parecieron sospechosos. Estaba casi seguro de que estafaban al Gobierno con eso de la vía férrea.

—Bien. No sé. Como quiera que sea —prosiguió Ariza— al Estado Mayor llegó un parte redactado por el capitán Segura la misma noche en que se entrevistó con usted y con Aníbal Álvarez. En ese informe, usted aparece plenamente exculpado y colaborando con nosotros en el mejor ánimo. Todo allí avala y corrobora lo que nos ha dicho. Por si fuera poco, el Gobierno del Líbano, a través de su embajada, nos está solicitando su libertad y ofrece responsabilizarse de su conducta mientras permanezca en el país. Hay, al parecer, una serie de complejas razones que nos obligan a dar curso a esa solicitud de la misión diplomática libanesa, porque necesitamos el voto de dicho país en no sé qué comisión de las Naciones Unidas. Así las cosas y pese a mis serias reservas sobre su inocencia, debo entregar al Estado Mayor un expediente debidamente cerrado y justificado. Con usted vivo las cosas se complican.

Maqroll no pudo entender a ciencia cierta a qué se refería el oficial. Pero su escueta manera de plantear el asunto le hizo correr un escalofrío por la espalda. Pensó que lo necesitaban muerto y no allí creando una confusión innecesaria. Apenas consiguió alzar los hombros, como disculpándose de seguir aún con la vida.

—Va a salir vivo. No hay remedio. Pero no se meta más en problemas y desaparezca de aquí. Entre más pronto, mejor —el capitán comenzó a guardar en una carpeta todos los papeles que había estado examinando mientras hablaba con el detenido.

—¿Esto quiere decir que estoy libre? —preguntó Maqroll con incredulidad que tenía algo de patético y de infantil.

—Sí, señor. Eso quiere decir que está libre desde este momento y que debe salir de La Plata ahora mismo, si es posible. Su planchón lo espera en el desembarcadero. Trate de alejarse de esta zona, que se halla bajo control militar. Si lo agarran en otro puesto, más abajo, nada podemos hacer nosotros. Ellos no van a esperar comunicaciones del Medio Oriente, ¿sabe?, no es su estilo. ¿Está claro?

—Sí, capitán. Entendí perfectamente —contestó el Gaviero, tratando de ocultar el eufórico alivio que lo invadía—. Pero preferiría esperar a que cayera la noche para partir. Pienso que es más seguro. No creo que tenga inconveniente, ¿verdad?

—Ninguno. Proceda como quiera —repuso Ariza en forma cortante y queriendo dar fin a la entrevista—. Ahí está su lanchón. Aquí tiene un salvoconducto para circular en nuestra zona. Ojalá le sirva. Las cosas están muy revueltas. Parta tan pronto caiga la noche y ojalá nunca nos volvamos a ver —el capitán le alargó un papel con su firma y un sello de la comandancia del puesto. Le tendió la mano para despedirse y el Gaviero se la estrechó. Se dirigió a la puerta y, cuando la iba a abrir, se volvió para preguntar a Ariza:

—¿Puedo saber algo?

—Sí. Dígame —repuso Ariza impaciente.

—Si no llega el parte del capitán Segura, ni la embajada del Líbano se hubiera interesado por mi suerte, ¿qué habría sido de mí?

—¿De usted? —una risa se quedó atorada en la garganta del oficial—. ¡Hombre!, usted estaba muerto hace rato. Váyase tranquilo y recuerde lo que le dije: ándese con cuidado, estas tierras no son para gente como usted.

Maqroll fue a la celda para recoger sus cosas, ya sin la compañía de ningún guardia. Mientras metía sus ropas y enseres en la mochila de doña Empera pensaba en su amigo y compañero de viejas andanzas, Abdul Bashur. Desde la eternidad, después de su muerte en un accidente de avión en Funchal, seguía ocupándose de él por intermedio de familiares y amigos dispersos por los cuatro puntos cardinales. No pasaba día sin que Maqroll lo recordara con ternura y nostalgia irremediables. Ahora, una vez más, le salvaba la vida. Un sollozo se demoró en su pecho. Recobró con esfuerzo la serenidad y salió del puesto militar ante la indiferencia de los centinelas, que antes lo vigilaban tan de cerca.

En camino hacia la pensión de la ciega, las palabras del capitán Ariza seguían sonándole en los oídos: «... estas tierras no son para gente como usted». Pensaba que tal vez no hubiera, en verdad, lugar para él en el mundo. No existía el país en donde terminar sus pasos. Lo mismo que ese poeta, compañero suyo de largos recorridos por cantinas y cafés de una lluviosa ciudad andina, el Gaviero podía decir: «Yo imagino un País, un borroso, un brumoso País, un encantado, un feérico País del que yo fuese ciudadano. ¿Cómo el País? ¿Dónde el País?... No en Mossul ni en Basora ni en Samarkanda. No en Kariskrona, ni en Abylund, ni en Stockholm, ni en Koebenhavn. No en Kazán, no en Cawpore, ni en Aleppo. Ni en Venezia lacustre, ni en la quimérica Istambul, ni en la Isla de Francia, ni en Tours, ni en Strafford-on-Avon, ni en Weimar, ni en Yasnaia-Poliana, ni en los Baños de Argel», y su camarada seguía evocando ciudades en las que quizás jamás había estado. «Yo, que todas las he conocido —pensaba Maqroll— y que en muchas de ellas me he topado con los más sorprendentes quiebres de esquina de la vida, salgo ahora de este caserío de mierda, sin saber muy bien por qué fui a caer en el cepo más necio entre todos los que me ha deparado el destino. Sólo me resta ya el estuario, nada más que los esteros en el delta. Eso es todo».

Doña Empera lo esperaba ansiosamente: «Qué bueno que lo dejaron libre. Nachito vino a contármelo. Lo vio salir del puesto y vino corriendo con la noticia. Lo mandé por más diesel donde el turco. Le dije que lo llevara al planchón. Es importante que salga tan pronto venga la noche, con suficiente combustible para que no tenga que parar por lo menos en tres días. No debe detenerse en los puestos donde están ahora los infantes de Marina». La mujer pensaba en todo. Le habían caído varios años encima. Sus cabellos parecían más blancos y su espalda levemente más encorvada. Era conmovedor el pensar que, sin decir palabra, con la abismada resignación de los ciegos, ella había cargado con la incertidumbre de la suerte de su huésped en el cuartel, con la duda de si saldría de allí vivo o muerto. Había algo de maternal en esa amorosa vigilancia y también mucho de solidaria simpatía hacia un hombre cuya vida, encontrada e incierta, en nada se parecía a la suya, perdida en ese rincón de la cordillera, al pie de un río de aguas pardas y sin nadie a su vera para acompañarla.

Lo invitó a tomar café en la cocina, preparado como a él le gustaba. Las cosas del Gaviero ya estaban allí, listas para llevarlas al río. Sólo faltaba agregar lo que traía en la mochila. Cuando Nacho regresara del embarcadero, se encargaría de reunirlo todo y bajarlo al planchón. Allá cuidaba Tomasito, esperando para despedirse de Maqroll y dando los últimos toques al motor. Frente a sendas tazas esmaltadas llenas de café oscuro y humeante que despedía un aroma recio, casi selvático, la mujer empezó a relatarle al Gaviero algo que venía reservándose desde el momento en que lo conoció.

—Hay algo —le dijo— que he querido contarle desde hace mucho tiempo. No quise hacerlo antes porque hubiera sido agregarle una preocupación y una amargura más a las que ya tenía encima con las benditas mulas y la carga esa del demonio. Ahora ha llegado el momento de que lo sepa: Flor Estévez estuvo aquí en años pasados. Se quedó en esta casa y fuimos muy amigas.

Un sordo golpe, allá adentro, en pleno pecho, dejó por un momento al Gaviero sin aliento. Jamás, ni un solo instante, había olvidado a esa mujer que lo acogió en el páramo, en La Nieve del Almirante, su tienducha al pie de la carretera, adonde él había llegado con una pierna a punto de gangrenarse por la picadura de una araña del Okuriare. Su oscura cabellera en desorden, su manera silenciosa, intensa, casi religiosa y algo vegetal de hacer el amor; sus grandes iras, que todo lo devastaban a su alrededor y su ternura obediente para tornar a poner todo en su sitio. Flor Estévez; cómo podía olvidarla. Al regresar de su recorrido por el Xurandó, subió a buscarla y nada había encontrado. Sólo la tienda en ruinas, abandonada. El camionero que lo llevó hasta la parte más alta de la carretera, donde vivía Flor, le mencionó algo de la quebrada de La Osa. Allá fue y no encontró a Flor por ninguna parte. Hasta ropa de mujer había acabado vendiendo en un vado del río, en espera de que algún día ella pasara por allí. Y ahora, aquí, de repente, aparecía su huella como por milagro. Con palabras ahogadas en la tristeza sin alivio, le preguntó a la ciega qué más sabía de su amiga.

—Hablaba mucho de usted —le comentó doña Empera—. Por eso, cuando lo vi llegar, ya lo conocía como si fuéramos viejos amigos. Flor me contó que había tenido que dejar la tienda porque llegó el resguardo y le confiscaron la casa para instalar un puesto de vigilancia. Luego, parece que también los guardias dejaron el lugar. Poco después vino un invierno terrible. Los derrumbes taparon la carretera y hubo que hacer un nuevo trazado por otro sitio. Ya nadie volvió allí y todo quedó en ruinas.

—Yo sí volví, doña Empera. No quedó nada en pie.

—Flor Estévez —continuó la ciega— se fue a buscar la vida como pudo. En todas partes preguntaba por usted. En el puerto grande, en el estuario, instaló una casa de costura donde arreglaban vestidos para fiesta y ropa de novia. Poco a poco cambió el negocio de giro y la policía comenzó a molestar. Flor vendió todo y empezó a subir por el río de puerto en puerto. Cuando llegó aquí, las fiebres la traían agotada. No tenía un centavo. Durante un tiempo vivió conmigo y me ayudaba en la pensión. Nos hicimos muy amigas. Por la mañana yo le desenredaba el pelo, que tenía muy alborotado pero muy hermoso. Se curó del paludismo y volvió a ser muy solicitada. Por fin se la llevó un capitán de un barco de los que trabajan para la compañía petrolera. No volví a saber de ella. No se imagina cuántas veces me repetía que lo único que le atormentaba en la vida era que usted pensara que lo había abandonado y ya no lo quería. «Me moriré con esa cruz encima —decía—. ¡Si pudiera verlo algún día; así fuera un momento!». Ahora usted lo sabe y ella, si no ha muerto, sigue arrastrando esa pena sin remedio.

Maqroll no supo qué decir. Más bien, se dio cuenta de que nada podía agregar. La noche ya se había echado encima. Conversaron otro rato, los dos con la mente puesta en la partida y esa sensación que dejan las despedidas cuando todo se precipita, de pronto, hacia el pasado y se vacía el presente de sentido. Por fin, doña Empera le dijo:

—Ya es hora de zarpar. Vaya con mucho cuidado. Aquí se le recordará siempre con mucho cariño. Lástima que no terminamos los libros que me leía. Por las noches suelo conversar con san Francisco. No sabe cómo me acompaña. Es un regalo y un recuerdo suyo que guardaré hasta que me muera. Los ciegos ajustamos así cuentas con la vida y le cobramos nuestra oscuridad recordando a quienes queremos. No es tan malo ser ciego, ¿sabe? No creo que sea mucho lo que hay que ver. ¿Usted qué opina?

—Que tiene razón, doña Empera —contestó conmovido el Gaviero—. En verdad no es mucho lo que hay que ver y lo poco que pueda haber es mejor, a veces, olvidarlo.

Se puso de pie y se acercó a la ciega que se había incorporado para abrazarlo. La mujer lo estrechó en silencio, sin lágrimas, sin sollozos. Ella, que todo lo sabía, sintió que de sus brazos se alejaba un hombre que le estaba diciendo adiós a la vida.

Maqroll bajó al muelle donde lo esperaba Tomasito. Nacho se había empeñado en llevarle la maleta hasta el planchón. Ya estaba el motor en marcha, ronroneando con sus toses intermitentes, síntoma de su mucha edad, sus composturas provisionales y sus efímeros ajustes. Cuando Maqroll se despidió del anciano, creyó notar en sus ojos una fugaz chispa de calurosa simpatía. Nacho, con la cara seria y el pelo peinado cuidadosamente, lucía las nuevas ropas que doña Empera le había dado. El Gaviero le acarició la mejilla y saltó al planchón sin pronunciar palabra. El niño tenía los ojos húmedos. Maqroll pensó en Amparo María, en su porte de maja andaluza. El viejo dio con el pie un empujón a la barcaza que partió a media marcha, hacia el centro de la corriente. Dejándose llevar por ésta, el planchón se internó en la noche como si entrase en un mundo letal y desconocido; el Gaviero, sin volverse, hizo un gesto de adiós con la mano. Recostado contra la barra del timón, tenía el aspecto de un cansado Caronte vencido por el peso de sus recuerdos, partiendo en busca del reposo que durante tanto tiempo había procurado y a cambio del cual nada tuviera que pagar.

Apéndice

Varias son las versiones que corren sobre el fin de los días del Gaviero. La más antigua de ellas lleva un título demasiado pretensioso como para que podamos concederle la menor fe, y reza como sigue: «Se hace un recuento de ciertas visiones memorables de Maqroll el Gaviero, de algunas de sus experiencias en varios de sus viajes y se catalogan algunos de sus objetos más familiares y antiguos»*. La muerte de Maqroll que se narra en dicho opúsculo, a todas luces apócrifo, está demasiado teñida de literatura como para que pueda ser creíble. Más adelante, en un trozo de prosa un tanto más verosímil, algunos han creído ver una descripción de la muerte de nuestro amigo. El fragmento en cuestión se titula «Morada» y aparece en una *Reseña de los Hospitales de Ultramar***, libro hoy casi inencontrable. Finalmente, la versión que más parece ajustarse a una realidad conforme con ciertas circunstancias narradas en *Un bel morir* y que en seguida transcribiremos, ha sido objetada como merecedora de las mayores reservas por amigos y compañeros del Gaviero como Ludwig Zeller, Enrique Molina y Gonzalo Rojas. Este último amenazó, inclusive, con acudir a los tribunales para impugnar la desaparición de su viejo camarada y cómplice de muchas fechorías más báquicas y amatorias que de otra índole. Con estas salvedades, cuya autoridad estamos muy lejos de discutir, transcribimos el testimonio en cuestión que apareció hace algunos años en un libro titulado *Caravansary****, en el

---

* *Summa de Maqroll el Gaviero*, p. 63, Barral Editores. «Insulae Poetarum», Barcelona, 1973.

** *Reseña de los Hospitales de Ultramar*, p. 151. Procultura, Bogotá, 1986.

*** *Caravansary*, p. 55, Fondo de Cultura Económica, México, 1981.

que se recogen otras experiencias de Maqroll, éstas sí dignas de toda credibilidad. El documento, escrito en versículos un tanto más amplios que lo acostumbrado, se titula «En los Esteros» y dice como sigue:

«Antes de internarse en los esteros, fue para el Gaviero la ocasión de hacer reseña de algunos momentos de su vida, de los cuales había manado, con regular y gozosa constancia, la razón de sus días, la secuencia de motivos que venciera siempre al manso llamado de la muerte.

»Bajaban por el río en una barcaza oxidada, un planchón que sirvió de antaño para llevar *fuel-oil* a las tierras altas y había sido retirado de servicio hacía muchos años. Un motor diesel empujaba con asmático esfuerzo la embarcación, en medio de un estruendo de metales en desbocado desastre.

»Eran cuatro los viajeros del planchón. Venían alimentándose de frutas, muchas de ellas aún sin madurar, recogidas en la orilla, cuando atracaban para componer alguna avería de la infernal maquinaria. En ocasiones, acudían también a la carne de los animales que flotaban, ahogados, en la superficie lodosa de la corriente.

»Dos de los viajeros murieron entre sordas convulsiones, después de haber devorado una rata de agua que los miró, cuando le daban muerte, con la ira fija de sus ojos desorbitados. Dos carbunclos en demente incandescencia ante la muerte inexplicable y laboriosa.

»Quedó, pues, el Gaviero, en compañía de una mujer que, herida en una riña de burdel, había subido en uno de los puertos del interior. Tenía las ropas rasgadas y una oscura melena en donde la sangre se había secado a trechos, aplastando los cabellos. Toda ella despedía un aroma agridulce, entre frutal y felino. Las heridas de la hembra sanaron fácilmente, pero la malaria la dejó tendida en una hamaca colgada de los soportes metálicos de un precario techo de zinc que protegía el timón y los mandos del motor. No supo el Gaviero si el cuerpo de la enferma temblaba a causa de los ataques de la fiebre o por obra de la vibración alarmante de la hélice.

»Maqroll mantenía el rumbo, en el centro de la corriente, sentado en un banco de tablas. Dejábase llevar por el río, sin ocuparse mucho de evitar los remolinos y bancos de arena, más frecuentes a medida que se acercaban a los esteros. Allí el río empezaba a confundirse con el mar y se extendía en un horizonte cenagoso y salino, sin estruendo ni lucha.

»Un día, el motor calló de repente. Los metales debieron sucumbir al esfuerzo sin concierto a que habían estado sometidos desde hacía quién sabe cuántos años. Un gran silencio descendió sobre los viajeros. Luego, el borboteo de las aguas contra la aplanada proa del planchón y el tenue quejido de la enferma arrullaron al Gaviero en la somnolencia de los trópicos.

»Fue entonces cuando consiguió aislar, en el delirio lúcido de un hambre implacable, los más familiares y recurrentes signos que alimentaron la substancia de ciertas horas de su vida. He aquí alguno de esos momentos, evocados por Maqroll el Gaviero mientras se internaba, sin rumbo, en los esteros de la desembocadura:

Una moneda que se escapó de sus manos y rodó en una calle del puerto de Amberes, hasta perderse en un desagüe de las alcantarillas.

El canto de una muchacha que tendía ropa en la cubierta de la gabarra, detenida en espera de que se abrieran las esclusas.

El sol que doraba las maderas del lecho donde durmió con una mujer cuyo idioma no logró entender.

El aire entre los árboles, anunciando la frescura que repondría sus fuerzas al llegar a "La Arena".

El diálogo en una taberna de Turko Limanon con el vendedor de medallas milagrosas.

La torrentera cuyo estruendo apagaba la voz de esa hembra de los cafetales que acudía siempre cuando se había agotado toda esperanza.

El fuego, sí, las llamas que lamían con premura inmutable las altas paredes de un castillo en Moravia.

El entrechocar de los vasos en un sórdido bar del Strand, en donde supo de esa otra cara del mal que se deslíe, pausada y sin sorpresa, ante la indiferencia de los presentes.

El fingido gemir de dos viejas rameras que, desnudas y entrelazadas, imitaban el usado rito del deseo en un cuartucho en Istambul cuyas ventanas daban sobre el Bósforo. Los ojos de las figurantes miraban hacia las manchadas paredes mientras el *khol* escurría por las mejillas sin edad.

Un imaginario y largo diálogo con el Príncipe de Viana y los planes del Gaviero para una acción en Provenza, destinada a rescatar una improbable herencia del desdichado heredero de la casa de Aragón.

Cierto deslizarse de las partes de un arma de fuego, cuando acaba de ser aceitada tras una minuciosa limpieza.

Aquella noche cuando el tren se detuvo en la ardiente hondonada. El escándalo de las aguas golpeando contra las grandes piedras, presentidas apenas, a la lechosa luz de los astros. Un llanto entre los platanales. La soledad trabajando como un óxido. El vaho vegetal que venía de las tinieblas.

Todas las historias e infundios sobre su pasado, acumulados hasta formar otro ser, siempre presente y, desde luego, más entrañable que su propia, pálida y vana existencia hecha de náuseas y de sueños.

Un chasquido de la madera, que lo despertó en el humilde Hotel de la Rue du Rempart y, en medio de la noche, lo dejó en esa orilla donde sólo Dios da cuenta de nuestros semejantes.

El párpado que vibraba con la autónoma presteza del que se sabe ya en manos de la muerte. El párpado del hombre que tuvo que matar, con asco y sin rencor, para conservar una hembra que ya le era insoportable.

Todas las esperas. Todo el vacío de ese tiempo sin nombre, usado en la necedad de gestiones, diligencias, viajes, días en blanco, itinerarios errados. Toda esa vida a la que le pide ahora, en la sombra lastimada por la que se desliza hacia la muerte, un poco de su no usada materia a la cual cree tener derecho.

»Días después, la lancha del resguardo encontró el planchón varado entre los manglares. La mujer, deformada por una hinchazón descomunal, despedía un hedor insoportable y tan extenso como la ciénaga sin límites. El Gaviero yacía encogido al pie del timón, el cuerpo enjuto, reseco como un montón de raíces castigadas por el sol. Sus ojos, muy abiertos, quedaron fijos en esa nada, inmediata y anónima, en donde hallan los muertos el sosiego que les fuera negado durante su errancia cuando vivos».

La última escala del
tramp steamer

A G. G. M., esta historia que hace tiempo quiero contarle pero el fragor de la vida no lo ha permitido

... y un olor y rumor de buque viejo,
de podridas maderas y hierros averiados,
y fatigadas máquinas que aúllan y lloran
empujando la proa, pateando los costados,
mascando lamentos, tragando y tragando distancias,
haciendo un ruido de agrias aguas sobre las agrias aguas,
moviendo el viejo buque sobre las viejas aguas.

Pablo Neruda,
«El fantasma del buque de carga»,
Residencia en la Tierra, I

Toujours avec l'espoir de recontrer la mer,
Ils voyageaient sans pain, sans bâtons et sans urnes,
Mordant au citron d'or de l'idéal amer.

Stéphane Mallarmé,
Le guignon

Hay muchas maneras de contar esta historia —como muchas son las que existen para relatar el más intrascendente episodio de la vida de cualquiera de nosotros. Podría comenzar por lo que, para mí, fue el final del asunto pero que, para otro participante de los hechos, pudo ser apenas el comienzo. Ni que decir que la tercera persona implicada en lo que voy a tratar de relatarles no podría distinguir ni el comienzo ni el fin de lo que ella vivió entonces. He optado, pues, por contar lo sucedido según mi personal experiencia y dentro de la cronología que en ella me tocó en suerte. Tal vez no sea la manera más interesante de enterarse de esta singular historia de amor. Desde cuando la escuché, tuve la resuelta intención de contársela a alguien que, en esto de narrar las cosas que le pasan a la gente, se ha manifestado como un maestro. Por eso he preferido, mejor, ahora que la escribo para él —ya que contársela no me ha sido posible—, hacerlo de la manera más sencilla y directa para no arriesgarme por caminos, atajos y meandros que ni domino ni, en este caso, sería aconsejable intentar. Ojalá, con mi ninguna destreza, no se pierda aquí el encanto, la dolorosa y peregrina fascinación de estos amores que, por transitorios e imposibles, algo tienen de las nunca agotadas leyendas que nos han hechizado durante tantos siglos, desde Príamo y Tisbe hasta Marcel y Albertine, pasando por Tristán e Isolda.

Como lo que voy a narrar es algo que supe por boca del protagonista, no tengo otra alternativa que lanzarme por propia cuenta y con mis escasos medios a la tarea de ponerlo por escrito. Hubiera querido que alguien mejor dotado lo hiciera, no fue posible: los atropellados y ruidosos días de nuestra vida no lo permitieron. Quise dejar esta salvedad, que no ha de librarme, de seguro, del severo juicio de mis improbables lectores. La crítica ya se encargará, como es su costumbre, de cumplir con el resto y regresar al olvido estas líneas tan distantes del gusto que prima en nuestros días.

Tuve que viajar a Helsinki para asistir a una reunión de expertos en publicaciones internas de las compañías petroleras. Iba, en verdad, con muy pocas ganas. Finalizaba noviembre y los pronósticos del tiempo para la capital de Finlandia eran más bien sombríos. Mi admiración y familiaridad con la música de Sibelius y con algunas páginas inolvidables del más olvidado de los premios Nobel, Frans Eemil Sillanpää, eran razones suficientes para alimentar mi curiosidad de conocer Finlandia. Me habían dicho también que, desde el extremo más avanzado de la península de Vironniemi, se alcanzaba a ver, en los días sin bruma, la mirífica aparición de San Petersburgo, con las doradas cúpulas de sus iglesias y la imponente maravilla de sus edificios. Éstos eran argumentos suficientes para enfrentar la terrible perspectiva de un invierno como jamás antes había yo padecido. Helsinki estaba, en efecto, como paralizada dentro de un traslúcido e inviolable cristal, a cuarenta grados bajo cero. Cada ladrillo de sus edificios, cada ángulo de las rejas de sus parques sepultados en una nieve marmórea, cada detalle de sus monumentos públicos se destacaban con nitidez incisiva, casi intolerable. Recorrer las calles de la ciudad era una hazaña con riesgos mortales pero con inquietantes compensaciones estéticas. Cuando insinué a mis compañeros de congreso que intentaba ir hasta el espolón ubicado más hacia el este del puerto, para divisar desde allí la capital de Pedro el Grande, todos me miraron como si fuera un insensato sin las menores posibilidades de sobrevivir. Durante una de las cenas de rigor, un colega finlandés, con cortesía no exenta de cierta cautela causada por la delirante desmesura de mi propósito, me previno de los peligros que tendría que enfrentar. «En ese sitio —me explicó— el viento corre dejando a su paso convertidos en bloques de hielo todos los obstáculos que se cruzan en su camino. Cualquier abrigo, por grueso y protegido que sea, de nada sirve en ese caso». Le pregunté si en un día de calma, de los muy raros en donde un efímero pero resplandeciente sol se hace presente, podría yo cumplir con mi sueño de ver, así fuera desde lejos, la Venecia del norte. Convino en que esto sería posible, siempre y cuando tuviese a mi disposición un vehículo listo a devolverme al hotel en el instante en que cambiara el tiempo. Cosa que en esa época podía suceder en breves minutos. Los representantes en Finlandia de mi compañía se encargaron de facilitarme el automóvil y de prevenirme con la anticipación necesaria de la inminencia de un día de sol.

La oportunidad se me ofreció mucho más pronto de lo que esperaba. Dos días después, recibí una llamada telefónica. Me anunciaban que al día siguiente pasarían por mí para llevarme al lugar en cuestión. Habría tres horas de sol sin una brizna de niebla, garantizadas por los meteorólogos de nuestra empresa. Con puntualidad ejemplar el auto me recogió al otro día en la puerta del hotel. Nos lanzamos por la avenida que rodea parte de la ciudad y conduce a las afueras hasta la zona de los muelles. El chofer no hablaba ningún idioma distinto del finés. Ni siquiera las cuatro palabras en un sueco de mi cosecha sirvieron para comunicarme con él. Tampoco tenía mucho que hablar con este auriga salido de las páginas del *Kalévala*. El trayecto, que había imaginado más largo, nos tomó escasos veinte minutos. Cuando descendí del auto el espectáculo me dejó sin habla. La transparencia del aire era absoluta. Cada grúa de los muelles, cada junco de la orilla, cada embarcación que cruzaba en un silencio irreal por las aguas inmóviles de la bahía, tenía una presencia tan neta que tuve la impresión de que el mundo acababa de ser inaugurado. Al fondo, con igual precisión, en una cercanía inconcebible, se alzaba la ciudad que construyó Pedro Romanoff para cumplir un delirio de autócrata genial y un sórdido propósito de astuto vástago de Iván el Terrible. Los blancos edificios y las relumbrantes cúpulas de las iglesias, los muelles de granito color sangre y los deliciosos puentes de estilo italiano que cruzan los canales estaban al alcance de mi mano. Una inmensa bandera roja, ondeando sobre la fachada del almirantazgo, me regresaba a un presente cuya desleída necedad resultaba impensable en ese instante y en ese escenario sobrecogedor por la perfección de sus proporciones y la traslúcida presencia de un aire de otro mundo. Me senté en el borde del parapeto de granito que protegía la cinta asfáltica y, con los pies colgando sobre el espejo de acero de las aguas, quedé embebido en la contemplación de un milagro que estaba seguro de que nunca más se repetiría en mi vida. Fue entonces cuando, por primera vez, se me apareció el *tramp steamer*, personaje de singular importancia en la historia que nos ocupa. Sabido es que con este término se nombra a los cargueros de pequeño tonelaje, no afiliados a ninguna de las grandes líneas de navegación, que viajan de puerto en puerto buscando carga ocasional para llevar no importa adónde. Así malviven, arrastrando su lastimada silueta por mucho más tiempo del que pudiera hacernos predecir su precaria condición.

Entró de repente en el campo de mi vista, con lentitud de saurio malherido. No podía dar crédito a mis ojos. Con la esplendente maravilla de San Petersburgo al fondo, el pobre carguero iba invadiendo el ámbito con sus costados llenos de pringosas huellas de óxido y basura que llegaban hasta la línea de flotación. El puente de mando y, en la cubierta, la hilera de camarotes destinados a los tripulantes y a ocasionales pasajeros habían sido pintados de blanco en una época muy lejana. Ahora, una capa de mugre, de aceite y de orín les daba un color indefinido, el color de la miseria, de la irreparable decadencia, de un uso desesperado e incesante. Se deslizaba, irreal, con el jadeo agónico de sus máquinas y el desacompasado ritmo de sus bielas que, de un momento a otro, amenazaban con callar para siempre. Ocupaba ya el primer plano en el irreal y sereno espectáculo que me tenía absorto y mi maravillada sorpresa se convirtió en algo muy difícil de precisar. Había, en este vagabundo despojo del mar, una especie de testimonio de nuestro destino sobre la Tierra. Un *pulvis eris* que resultaba más elocuente y cierto en estas aguas de pulido metal con la dorada y blanca anunciación de la capital de los últimos zares al fondo.

A mi lado se alzaba el esbelto contorno de los edificios y muelles de la orilla finlandesa. En ese instante, una solidaria y cálida simpatía por el *tramp steamer* empezó a nacer dentro de mí. Lo sentí como un hermano desdichado, como una víctima de la desidia y la avidez de los hombres, a las que él respondía con su terca voluntad de seguir trazando sobre todos los mares la deslucida estela de sus lacerias. Lo vi alejarse hacia el interior de la bahía en busca de algún muelle discreto en donde atracar sin muchas maniobras y, tal vez, al menor costo posible. En la popa pendía la bandera de Honduras. Un nombre borrado por la acción de las olas dejaba ver apenas sus últimas letras: ...*ción*. No era improbable que, por una ironía que más parecía befa, el nombre de este viejo carguero fuera el de *Alción*. Debajo del mutilado letrero se conseguía leer, no sin dificultad, el lugar de matrícula: Puerto Cortés. Mi limitada experiencia en las cosas del mar, en la inextricable y sórdida red de su comercio, me bastó, sin embargo, para no hacer necias consideraciones sobre los contrastes nacidos de esta aparición de un desastrado carguero del Caribe en medio de uno de los más olvidados y armoniosos panoramas de Europa septentrional. El carguero hondureño me había regresado a mi mundo, al centro de mis más esenciales recuerdos, nada tenía ya que hacer allí en el extremo de la península de Vironniemi. Por fortuna, el auriga parecido a Lemminkainen se me acercó para indicarme el cielo en el que se amontonaban, con vertiginosa premura, las nubes plomizas indicadoras de un inminente cambio de temperatura. De regreso al hotel, mis colegas me interrogaron sobre la experiencia de la que tanto había hablado y tanto esperaba. Salí del paso con unas pocas palabras tan convencionales como anodinas. El *tramp steamer* me había dejado en una realidad tan ajena a este presente escandinavo y báltico, que más valía callar. En verdad, había poco que decir. Allí al menos.

La vida hace, a menudo, ciertos ajustes de cuentas que no es aconsejable pasar por alto. Son como balances que nos ofrece para que no nos perdamos muy adentro en el mundo de los sueños y de la fantasía y sepamos volver a la cálida y cotidiana secuencia del tiempo en donde en verdad sucede nuestro destino. Esa lección la recibí poco más de un año después de mi visita a Finlandia y del encuentro que allí tuve, encuentro que vino a incorporarse a la recurrente e inexorable materia de mis pesadillas. Estaba en Costa Rica como asesor de prensa de una comisión de técnicos de Toronto que realizaba un estudio para la construcción de un oleoducto, no recuerdo ya desde qué puerto hacia el interior. Un par de amigos, que había hecho en una accidentada sesión itinerante de alcohol y cabarets de nota más que dudosa, me había invitado en San José a un paseo en yate por la bahía de Nicoya en Punta Arenas. Acepté, encantado de librarme de la insulsa conversación de mis compañeros de trabajo y de las interminables rememoraciones de sus hazañas en el golf, asunto que me suscita una náusea inmediata. Uno de los invitantes, de nombre Marco, con el que recordaba haber compartido la noche anterior no pocas teorías sobre el alcohol y sus consecuencias en varios campos de la conducta, pasó por mí en su automóvil. En poco más de una hora estaríamos en Punta Arenas. El dueño del yate nos esperaba allí con su esposa, que se había sumado al paseo. Algo en las palabras de Marco me indicó que había otros datos al respecto que se guardaba, tal vez para darme alguna sorpresa. Contuve mi curiosidad y en evocaciones de nuestro *non sancto* periplo de la noche anterior ocupamos el resto del camino. Al llegar a Punta Arenas volví a encontrarme con las aguas del Pacífico, siempre grises y siempre a punto de cambiar de humor; iguales desde Valparaíso hasta Vancouver. Hacía un calor intenso y húmedo que distendió mis nervios y me dispuso a disfrutar plenamente de la excursión marina sobre la que me había hecho bastantes y, luego pude constatarlo, muy justificadas ilusiones. La casa del dueño del yate tenía ese aspecto entre destartalado y acogedor tan común en las costas de nuestros países. El mobiliario heteróclito había sido reunido, evidentemente, acudiendo a sobrantes de casas de la familia en San José. El refrigerador estaba lleno de cervezas, varias latas de caviar y esos inevitables envoltijos en hoja de plátano que, con el nombre de tamales, cubren una variedad innumerable pero igualmente incomible de masa de maíz y, en el interior, nunca sabe uno qué peligroso elemento que puede ir desde la carne de armadillo hasta la de pavo salvaje. Fuimos llevando todo al yate, cuya imponente presencia alcanzaba a hacer sombra en los patios de la casa. A una señal del dueño subimos por la escalerilla, de la cual nos ayudaba a bajar a cubierta un negro gigantesco y sonriente cuyos breves comentarios indicaban una inteligencia muy despierta y un humor imbatible. Los motores se pusieron en marcha bajo el mando del dueño, asesorado por el negro. De repente, unos gritos de mujer —«¡Ya voy, ya voy! ¡Espérenme, carajo!»— nos hicieron mirar hacia el fondo de casa. Desde allí corría hacia nosotros una mujer vestida con uno de los más escuetos bikinis que recuerdo. Alta, de hombros ligeramente anchos y piernas largas, ágiles, que remataban en unos muslos ahusados y firmes. El rostro tenía esa hermosura convencional pero inobjetable lograda merced a un maquillaje bien aplicado y a unas facciones regulares que no necesitan tener una notoria belleza. A medida que se acercaba a la barca era más evidente la perfección de ese cuerpo de una juventud casi agresiva. Detrás de ella corría un niño de seis o siete años. Saltaron al yate con una elasticidad de gamos. Ella saludó entre sonriente y sofocada y obligó a su hijo a que hiciera lo propio. «Si me llegan a dejar se mueren de hambre, huevones. Sólo yo sé dónde está la comida y en qué orden se sirve». Reía, regocijada, mientras el marido, frunciendo ligeramente el ceño, simulaba ocuparse del tablero de instrumentos. En voz baja le ordenó algo al timonel y, sin hacer comentario alguno, salió a la cubierta de proa. Allí se sentó en el borde de estribor y comenzó a disparar con una cuarenta y cinco a los alcatraces que volaban encima de nosotros. La tensión en la pareja se iba acentuando con evidencia harto molesta al ritmo de los disparos, ninguno de los cuales daba en el blanco y sólo conseguía atronar nuestros oídos y hacer más difícil el diálogo. «No se preocupen —comentó ella sin dejar de sonreír—, cuando se le acabe el parque nos va a dejar en paz. Qué quieren tomar. ¿Una cervecita para el calor o algo más fuertecito?». Esos diminutivos en boca de las costarricenses han tenido siempre la facultad de inquietarme, dejándome en un estado de alerta sonambúlico propio del más desorientado adolescente. Optamos por ayudarle a preparar unos *gin-tonic*. Pasaba entre nosotros para alcanzar a cada uno su vaso y era como si la *urgente Atodita de oro*, que evoca Borges, se acercara para bendecirnos. A pesar de esa belleza al alcance de nuestros sentidos, circulando con una naturalidad olímpica, la conversación consiguió, al fin, tomar un curso natural y fluido. La madre prodigaba al niño, que comenzaba a marearse, unos cuidados que me parecieron algo excesivos. Era como si tratara de compensar con ellos la culpa que pudiera caberle en la evidente crisis de su matrimonio. Al llegar a la entrada de la bahía anclamos en una pequeña isla y allí fue servido el almuerzo: una langosta memorable, regada con un vino del Rhin de Napa Valley, un poco menos prestigioso. En varios apartes, Marco me contó que el matrimonio estaba a punto de disolverse. El dueño del yate, heredero de una inmensa fortuna, trabajaba como esclavo durante todo el día a órdenes de su padre, un asturiano implacable. En la noche, seguía haciendo vida de soltero como si jamás se hubiese casado. Su mujer lo había sorprendido varias veces recorriendo la calle principal de San José con el coche lleno de putas, mientras ella regresaba de la casa de sus padres, entrada ya la noche. Durante todo el paseo el joven heredero, una vez terminadas las balas de su pistola, se dedicó a hablar con el negro y a comentarle asuntos relacionados con el mantenimiento de la embarcación. De vez en cuando accedía a dirigirnos la palabra con una amabilidad más bien forzada que no daba para mucho diálogo. La mujer, entretanto, se repartía entre los cuidados a su hijo y las atenciones a cada uno de nosotros, prodigadas con cordialidad espontánea y gentil muy común en las compatriotas de su clase y aún más evidente y marcada en las de condición más humilde. «Me contaron que usted es escritor —se dirigió a mí con una curiosidad a flor de piel—. ¿Qué escribe? ¿Novelas o poesía? A mí me gusta mucho leer pero sólo cosas románticas. ¿Lo que usted escribe es muy romántico?». No supe muy bien qué contestarle. La tensión era grande. Opté por la verdad. Hubiera sido idiota pensar que el diálogo podía tener el más improbable futuro. «No —le respondí—, tanto los poemas como los relatos acaban saliéndome más bien tristones». «Me parece muy raro —comentó—, no se ve muy triste ni parece que la vida lo haya golpeado mucho. ¿Para qué escribir, entonces, cosas tristes?». «Así salen —le respondí tratando de poner fin a este interrogatorio en donde no era precisamente la inteligencia lo que más lucía—, no tiene remedio». Se quedó un momento pensativa y una sombra muy leve de desilusión le cruzó por la cara. Nunca pensé que estaba hablando en serio. A partir de ese momento, sin quedar excluido del grupo, no fueron, desde luego, para mí las mejores sonrisas.

Cuando empezaba a caer la tarde regresamos a Punta Arenas. Yo tenía que estar esa noche en San José para una reunión en el Ministerio de Economía. El sol, el vino de California artificialmente aromatizado y la presencia, la voz, los gestos de ese cuerpo de mujer moviéndose en el calor del atardecer me fueron adormilando hasta que entré en un sueño que no acababa de dominarme porque escuchaba las palabras del diálogo sin penetrar mucho en su sentido. De repente hubo un silencio inexplicable y sentí que una sombra fresca e inusitada invadía el ambiente. El ruido del motor empezó a rebotar en una superficie cercana y se escuchaba con una estridencia nueva e irritante. Desperté y, al abrir los ojos, vi que estábamos cruzando al lado de un buque que dejaba el puerto en un premioso esfuerzo de sus máquinas. Al primer instante no lo reconocí. Simplemente porque nunca lo había visto tan cerca. Era el *tramp steamer* de Helsinki. Los mismos costados llenos de churretones de óxido y basura, las cabinas y el puente de mando en idéntico abandono y el agónico estertor de sus motores aún más acentuado por la cercanía. En Helsinki me había llamado la atención la ausencia de tripulantes, la falta de movimiento de pasajeros. Sólo una vaga silueta en el puente de mando testimoniaba la presencia de seres humanos. Lo atribuí, entonces, al frío que reinaba en el exterior. Así debía ser, porque, ahora, algunos marineros nos observaban desde las escotillas y la barandilla de la cubierta de proa, con rostros impersonales que lucían una barba de varias semanas y ropas astrosas manchadas de aceite y sudor. Algunos hablaban inglés, otros turco y unos pocos portugués. Cada uno, en su idioma, se encargaba de hacer comentarios sobre la mujer que nos acompañaba y que les sonreía con una elaborada inocencia, saludando con un batir de los brazos que dejaba los pechos casi al descubierto. Los comentarios arreciaron y no pude menos de pensar en que esa visión increíble acompañaría a esos hombres durante vaya a saberse qué interminable trayecto de su accidentado viaje. Tornó el sol a calentarnos y pude leer de nuevo en la popa la enigmática sílaba, ...*ción* y, debajo, Puerto Cortés, en unas letras de un blanco a punto de esfumarse en una capa de aceite, tierra y manchas color minio que intentaban en vano ganarle la batalla al óxido que devoraba la estructura. «Esos pobres no llegan ni a Panamá», comentó en voz alta la mujer, con cierta tristeza entre maternal e infantil. «Hace dos años los vi en Helsinki», respondí sin saber muy bien por qué. «¿Dónde queda eso?», me preguntó ella con cierto asombro. «En Finlandia. En el Báltico, cerca del Polo Norte», tuve al final que aclararle al darme cuenta de que esos nombres poco o nada le decían. Los presentes me miraban intrigados, casi con desconfianza. Sentí una pereza invencible de contarles toda la historia. Además, no era para ellos. No les pertenecía. El episodio del carguero, mi silencio y la difícil digestión de todo lo que habíamos comido y bebido apagaron la conversación hasta cuando llegamos a tierra. Allí desembarcamos y fuimos directamente a nuestro auto. Nos despedimos de la pareja con las mejores palabras que se nos pudieron ocurrir y ella, mientras se pasaba una ligera bata de algodón por la cabeza, me dijo, no sin cierta sorna: «Cuando escriba algo romántico me lo manda, ¿no? Aunque sea por la langosta, pues». El viejo y consabido juego, pensé. El de Nausicaa y el de Madame Chauchat. Delicioso en ocasiones pero, a menudo, desarmante e infructuoso. En el camino a San

José me di cuenta de que ignoraba el nombre de nuestra bella compañera de paseo. No quise preguntárselo a Marco. Era mejor conservar en la memoria esas dos presencias anónimas que, a partir de entonces, permanecerían inseparables en mi mente: la boticelliana amable que no temía a las palabrotas y el derruido fantasma del *tramp steamer*. Una y otra se complementarían en mis sueños, transmitiéndose su voluntad de permanencia gracias a esos vasos comunicantes a través de los cuales también sucede la poesía.

El azar me depararía aún dos encuentros con el itinerante carguero hondureño. Pero ya con los dos primeros, su derrumbada presencia había entrado a formar parte de esa familia de visitaciones obsesivas, detrás de las cuales se esconden, palpitan y fluyen los resortes del impreciso juego cuyas reglas cambian a cada instante y que hemos dado en llamar destino. No puedo decir que las siguientes apariciones no agregaran nada a las anteriores. Desde luego, sirvieron para darle aún más permanencia a esa imagen cargada de las más secretas y activas esencias de aquello que lleva a toda humana suerte hacia su fin y acabamiento: la vocación de morir. Por esto quisiera narrar esos dos episodios que sólo difieren de los ya expuestos en el escenario que escogieron para presentarse.

Jamaica había sido uno de mis lugares preferidos en el Caribe. Durante mucho tiempo, Kingston fue escala en la ruta aérea que une a mi país con los Estados Unidos. Esa escala solía prolongarla, generalmente durante todo un fin de semana, para disfrutar del clima y del paisaje excepcionales, ya elogiados por el almirante Nelson cuando fuera gobernador de la isla, en cartas que escribía a su familia. Todo el Caribe me ha sido un ámbito incomparable, en donde las cosas suceden exactamente en el ritmo y con el aura que se ajustan con mayor fidelidad y provecho a los jamás realizados proyectos de mi existencia. Allí todos mis demonios suelen aplacarse y mis facultades se aguzan de tal forma que llego a sentirme otro muy diferente del que rueda por ciudades distantes del mar y por países de una hostil respetabilidad conformista. Pero algunas islas del Caribe tienen para mí la privilegiada condición de llevar hasta el máximo esta especie de baño en las aguas que buscaba Ponce de León. Jamaica era uno de esos sitios. Por razones en las que no vale la pena demorarnos, dejé de visitar Jamaica durante varios años. Cuando regresé, todo había cambiado. Una agresividad latente y siempre a punto de estallar había convertido a sus habitantes en seres con los que eran forzosas las mayores precauciones para no provocar un incidente. Esta tensión llegaba a notarse hasta en el clima que, sin haber mudado en su esencia, era recibido en forma distinta y con diferente humor por parte de los jamaiquinos. Un paraíso más que se cierra, pensé. Muchos otros habían sufrido el mismo proceso. Uno más no significaba ya mayor sacrificio para mí. Así como, a partir de cierta edad, sólo dos o tres ideas son las que rigen y alientan nuestro interés, también los variados sitios que la Tierra nos ofrece como ideales se pueden reducir a dos o tres y creo que aún resultan demasiados. En fin, el hecho es que me prometí no regresar a Jamaica y otros fueron mis caminos para disfrutar del Caribe renovador y generoso.

Varios meses después de mi paso por Costa Rica y de la excursión en las aguas de Nicoya, subí en Panamá a un avión con destino a Puerto Rico, adonde iba invitado por el colegio de profesores de Cayey para hablar sobre mi poesía. Partimos en la madrugada. Después de media hora de vuelo tuvimos que regresar a Panamá «para revisar una pequeña avería en el sistema de ventilación». En verdad se había parado una turbina y la otra debía estar sometida a un esfuerzo que el pobre y muy traqueteado 737 no daba indicios de soportar por mucho tiempo. En Panamá nos demoramos dos largas horas viendo a los mecánicos, que, como voraces hormigas, retiraban e instalaban piezas en la turbina de marras. Por el altoparlante nos anunciaron que la pequeña avería estaba ya regularizada —¿por qué, me pregunto siempre, tienen que forzar el idioma cuando les entra la duda en cosas de orden técnico?— y podíamos subir a bordo. El avión partió sin mayores tropiezos. Hora y media después, cuando el capitán anunciaba que en breves momentos sobrevolaríamos la isla de Cuba, sufrimos una sacudida que dejó al pasaje en un pálido silencio, sólo perturbado por las explicaciones un tanto inconsistentes de las cabineras que recorrían el pasillo tratando de disimular su propio pánico. «Debido a una falla mecánica en nuestra turbina izquierda, nos vemos obligados a aterrizar en Kingston, Jamaica. Por favor, abróchense los cinturones, enderecen los respaldos de sus asientos y coloquen las mesitas en posición vertical. Comenzamos nuestro descenso». Era la voz del capitán, cuya tranquilidad no todos los pasajeros tomaron como buena. Cerré el libro que venía leyendo y me dispuse a disfrutar del panorama de la bahía de Kingston, que recordaba como uno de esos rincones típicamente caribeños. En efecto, cuando el avión comenzó a volar en círculo sobre el puerto, volví a admirar la tupida vegetación que trepaba por las montañas que rodean la ciudad. Era de un verde intenso, a trechos casi negro y en otros de un tono casi amarillo por lo tierno de los brotes del bambú y los helechos enhiestos y ceremoniales. Mientras dos aviones se preparaban para salir del aeropuerto, tuvimos que seguir volando en círculo en espera de la señal para aterrizar. Con el régimen de los motores lo más bajo posible para no forzarlos, el capitán iba descendiendo hasta enfilar la cabecera de la pista. Admiré, absorto, las aguas de la bahía, con el eterno buque de guerra hundido en pleno centro de la misma y del cual nunca conseguí enterarme de su nacionalidad ni de la forma como había naufragado. Siempre lo olvidaba al tocar tierra. En una vuelta que dimos sobre los muelles divisé, inconfundible, al *tramp steamer*, ya integrado al orden de mis recuerdos más tercos. Allí estaba, recostado en un muelle, como un perro en el umbral de una puerta tras una noche de hambre y fatiga. Me di cuenta de cuál debía ser mi familiaridad con el barco, que desde arriba, sin tenerlo a la altura de mis ojos, como se presentó en ocasiones anteriores, lo había identificado sin lugar a dudas. Me pareció que estaba un poco escorado a estribor y en la vuelta siguiente vi que lo estaban cargando las grúas del muelle. La carga debía estar todavía acumulada en un costado de las bodegas y a esto se debía quizá su inclinación.

Tuvimos que pasar la noche en Kingston. Todos los vuelos a Miami habían partido en la mañana y no quedaba otro remedio que esperar a que la turbina de nuestro 737 fuera reparada. Nos alojaron en un hotel del centro de la ciudad, no particularmente lujoso, pero tranquilo y con un bar atendido aún con eficiencia por un negro bajito y canoso, que mostró ser un auténtico experto en *planters punch*. Ese coctel que todo el mundo cree que puede hacer a base de un jugo enlatado, ron, hielo y la consabida cereza. El barman de nuestro hotel se atenía a la clásica y consagrada fórmula de preparar él mismo el jugo de piña y usar las proporciones de ron y hielo que indican los cánones. Eran las doce del día. Al cuarto *planters punch* me di cuenta de que almorzar hubiera sido un error de graves consecuencias. Disminuyendo el ritmo de los cocteles, podría esperar tranquilamente hasta cuando bajara un poco el sol. Me había propuesto visitar el barco. Sentía que, de no hacerlo, faltaría gravemente a un principio de cortesía y de solidaridad. Era como si, sabiendo que en Kingston moraba un viejo y querido amigo, evitara entrar en contacto con él. Algunos compañeros de viaje hacían ya planes para una gira nocturna por los cabarets de la ciudad. Me abstuve de informarles sobre la sórdida experiencia que les esperaba. En lugar de ir a dormir siesta y estar fresco para la noche, preferí, al contrario, ir hasta el puerto, visitar a mi lastimado amigo y regresar luego al hotel para probar algunas otras posibilidades que había comenzado a estudiar con el barman. Éste me ofreció, sin consultarme siquiera, un ligero e impecable sándwich de atún que hizo las veces de comida, dejando espacio para las experiencias alcohólicas de la noche. Cuando el sol se hizo tolerable, pedí un taxi y fui a visitar el puerto. Desde el aire había ubicado el muelle donde descansaba el carguero. Llegamos allí sin dificultades pero encontramos cerradas las rejas de acceso. Un zambo malhumorado y altanero nos informó que no se podía pasar. Las bodegas estaban cerradas y no había ya ninguna actividad en el muelle. Le pregunté por el *tramp steamer* y me dijo que habían terminado de cargarlo y estaba a punto de zarpar. Otra vez sentí como si le hubiera faltado a una persona de mis afectos. Un billete de cinco libras y algunas enrevesadas explicaciones sobre la necesidad de dar un recado urgente al capitán del barco ablandaron la mala voluntad del guardia que me dejó pasar, advirtiéndome, eso sí, que en media hora más ya no habría quien me abriera. A esa hora dejaba su puesto y los muelles quedaban cerrados hasta el día siguiente. Me apresuré hacia donde colegí que debía estar el barco. Al llegar al sitio, el carguero empezaba a moverse, recogidas ya las amarras. Los mismos marineros que había visto en Punta Arenas, con la misma barba de varios días y las camisetas manchadas, los bermudas llenos de remiendos y un cigarrillo en la boca, miraban distraídos hacia esa lejanía, más interior que externa, en la que se abstraen los hombres de mar para combatir toda posible nostalgia de los engañosos y efímeros recuerdos que dejan en tierra. El buque no había cambiado de matrícula y la bandera de Honduras pendía, sin mayores muestras de entusiasmo, sobre la popa donde las letras ...*ción* seguían planteando su desvaído enigma. No debía ser mucha la carga recogida en Jamaica, porque el casco sobresalía notoriamente por encima de la línea de flotación. Eso me permitió advertir una parte de las hélices que batían con notable dificultad las oscuras aguas del puerto. Con mucha mayor elocuencia que las veces anteriores, se me hizo patente la ruinosa condición de este viejo servidor de los mares que, por enésima vez, emprendía su amarga aventura con una resignación de un buey del Latio sacado de las *Geórgicas* de Virgilio. A tal punto me pareció vetusto, golpeado y sumiso. Obediente a las empresas del hombre, cuya mezquina desaprensión concedía aún mayor nobleza a ese esfuerzo sin otro premio que el desgaste y el olvido. Me quedé contemplando cómo se perdía en el horizonte y sentí que una parte de mí mismo se internaba en un viaje sin regreso. Una sirena me anunció que había llegado la hora de abandonar el muelle. En efecto, en las rejas me esperaba el guardia golpeándose el muslo con un manojo de llaves para hacerme sentir la molestia que le estaba ocasionando. Las cinco libras hacía mucho tiempo que habían gastado su efecto.

Regresé al bar, donde la cordial acogida de mi experto guía por el camino de las posibles combinaciones con ron de las islas me hizo más tolerable la penosa impresión de haberle fallado a mi cómplice y compañero en el oscuro laberinto de mis sueños: los que depara la noche y los que suceden en el fragor de la vigilia. Me fui a dormir cuando regresaban las primeras parejas, desencantadas de su experiencia del Kingston nocturno. Inútil decirles lo que había sido el puerto en otros tiempos de calipso y ron caliente. No habrían entendido y, desde luego, tampoco valía la pena tal esfuerzo. Dice el Dante que no hay mayor dolor que recordar en la miseria los tiempos felices. Pero hasta eso debemos hoy hacerlo solos y está bien que así sea.

Me queda, ahora, relatar mi último encuentro con el *tramp steamer*. No tuve el menor indicio de que lo veía por última vez. De saberlo, las cosas hubieran sucedido de otra manera. Ahora que lo recuerdo, lo que sí fue evidente para mí era que, de continuar los encuentros, la cosa hubiera adquirido los síntomas de una persecución mítica, de una diabólica espiral cuyo final podía ser el de las soberbias maldiciones con las que los dioses de la Hélade castigaban a los trasgresores de sus designios inmutables. No es ése ya nuestro mundo. Los hombres sólo conseguimos ahora cumplir con la mezquina cuota de venganza que nos imponen otros hombres. Poca cosa. Nuestro modesto infierno en vida no da ya para ser materia de la más alta poesía. Quiero decir que, sin tener la certeza de que era la última vez que nos veíamos, algo me indicaba que el juego no podría seguir adelante. No estaba dentro de la parca zona a que hemos circunscrito lo imaginable.

Había estado, diez o más años atrás, en las bocas del río Orinoco. Fue durante un curso de entrenamiento sobre manejo de gas propano que hice en Trinidad. Me enteré, en esa ocasión, de todos los peligros del traicionero combustible y de las maravillas de la música antillana lograda a partir de recipientes de petróleo de todos los tamaños. Se podía pasar una noche y buena parte del día hipnotizado por el ritmo que, en oleadas crecientes y decrecientes, nos iba sumiendo en un duermevela al que contribuía el manso calor de horno que reina en la isla buena parte del año. En un remolcador de la empresa, fuimos, durante un fin de semana inolvidable, a conocer el intrincado delta por donde el Orinoco desparrama sus aguas en un Atlántico traicionero, mansurrón y cargado de siniestras sorpresas. Recuerdo aún el canto ininterrumpido de las aves cuya variedad de color y tamaño nos mantenía el día entero de asombro en asombro. En la noche no cesaba el vocerío ensordecedor y el continuo desplazarse de las bandadas, en medio de la densa tiniebla de un trópico desaforado.

Ahora había tenido que volver, pero esta vez en cumplimiento de una misión conjunta de los países con intereses en la rica cuenca del Orinoco. Éramos en total seis delegados y yo ejercía, con escasa eficacia, el papel de secretario. Acepté tomar parte en esta burocrática aventura sólo para volver al delta cuyo recuerdo aún me producía una admiración intacta, teñida de nostalgia, por la imponente maravilla de su naturaleza. Nos instalamos en San José de Amacuro, en los *bungalows* de un puesto militar. Contábamos con todas las comodidades, incluido el aire acondicionado que se encargaba de mantenernos al margen de un clima que a mí, particularmente, me proporciona un bienestar y una sensación de disponibilidad y presteza mental, fáciles de confundir con el efecto de algún desconocido alucinógeno. Pocos placeres comparables al de desconectar el aire, tenderse en la cama, protegida contra los mosquitos por un pabellón de tul que tenía algo de ceremonial y mayestático, y dejar que entre la noche con sus aromas que viajan entre oleadas de un calor húmedo, acariciante, casi genésico. Durante varios días nos dedicamos a explorar el intrincado delta de Amacuro. Eran incursiones superficiales y poco minuciosas. El familiarizarse con tan espléndido laberinto puede tomar varios años. Llegamos hasta Curiapo y San Félix. Allí comenzaban a aparecer los signos nefandos de nuestra civilización de plástico, *junk food*, contrabando y música estridente. Regresamos a San José de Amacuro y en los trabajos preparatorios de un primer borrador del informe que se nos había encomendado, ocupamos más de una semana. Para mí significó un salutífero sumergirme en el nirvana del delta. Teníamos que remontar el río hasta Ciudad Bolívar, donde se entregaría un primer original de las enjundiosas conclusiones de estos expertos de escritorio, que tienen el dudoso talento de no decir cosa memorable, en un torrente de palabras que van a dormir en los archivos de las cancillerías hasta cuando los desentierran otros expertos, de iguales dotes, que ponen de nuevo en marcha la necedad cíclica que les permite devengar tranquilamente sus sueldos y realizar esa gris hazaña que se conoce como hacer carrera. Pretexté un comienzo de fiebre y la necesidad de someterme a un tratamiento de urgencia en la enfermería del puesto y no participé en el viaje a la capital. Una breve charla con el médico de turno dejó todo en orden y pude dedicarme a recorrer Amacuro en una canoa con motor fuera de borda manejada por un indígena de ojos incisivos y pocas palabras que conocía el delta a la perfección. Algún día me propongo narrar lo que fueron aquellos paseos, si bien es cierto que, en buena parte de la poesía que he ido dejando por ahí regada en revistas efímeras y en ediciones no menos olvidables, están las huellas de esos días, obsequio de los dioses. Regresaron mis colegas y no hicieron comentario alguno sobre mi sospechoso restablecimiento. Estaban muy embebidos en seguir discutiendo incisos de los tratados de Río de Janeiro y herméticas conclusiones de la conferencia de Montevideo. Está visto que la necedad puede llegar a interferir los sentidos hasta ocultar milagros de la vista, el olfato y el oído como es el espectáculo del delta de Amacuro.

Íbamos a regresar a Trinidad en un barco de la Armada de Venezuela. De allí tomaría cada uno el avión hasta su respectivo país. Una madrugada nos despertó la sirena del guardacostas de la Armada que venía por nosotros. Medio dormidos, con el café caliente aún hirviendo en el esófago, subimos a bordo. Llovía a cántaros. Recogidas las amarras, volvió a tocar la sirena para anunciar la partida. En ese momento escuchamos un sordo quejido, casi animal, que le respondía. «Es un barco que viene entrando. Cuando termine de pasar vamos nosotros. El paso es muy estrecho, porque el río ha dejado muchos bancos de tierra y de troncos que trae la creciente», nos explicó un oficial con displicencia castrense, natural al hablar con civiles. Algo me había anunciado ya, días atrás, la cercanía del *tramp steamer*. Una vaga inquietud, una sorda tristeza de dejar esos lugares, una anticipada nostalgia por las maravillas que allí había disfrutado. En efecto era él. El *Alción*, como me acostumbré a llamarlo en mis lucubraciones sobre su atribulado peregrinar. Por cierto que me di cuenta de que sus condiciones ya no debían ser bastantes para permitirle salir del perímetro del Caribe y aledaños. Iba a Ciudad Bolívar. «Va a cargar madera», comentó el mismo oficial con una sonrisa de condescendencia hacia ese ruinoso esperpento de una edad olvidada, que pasaba frente a nosotros con el mismo desigual martilleo de sus bielas y el lastimero pujar de su única chimenea. La marinería no se mostraba en la cubierta y una borrosa silueta manipulaba las palancas en el puente de mando en movimientos cortos y hábiles. La mugre, acumulada en los vidrios durante quién sabe cuántos años, poco dejaba ver del interior, aparte de la opaca luz de una lámpara eléctrica en el techo y el brillo fugaz de un instrumento. Me impresionó escuchar de nuevo el mismo comentario que hiciera la bella semidesnuda del paseo por Nicoya, hecho esta vez por el oficial que nos acompañaba: «No sé cómo puede arriesgarse en esas condiciones. Con esta lluvia la creciente está bajando con una fuerza terrible y los bancos se forman en un instante. Da la impresión de que a la primera sacudida va a desbaratarse. Jamás había visto una ruina semejante». Esas palabras me dolieron en lo más hondo de mis sentimientos de anónimo partidario del carguero que conocí entrando al puerto de Helsinki, con la serena e imponente dignidad de los grandes vencidos. ¿Qué sabría este oficial barbilindo, enfundado en su impecable uniforme recién almidonado, de las vanas y secretas proezas del venerable *tramp steamer*, de mi querido *Alción*, patriarca de todos los mares, vencedor de tifones y tormentas, cuyas amarras habían sido solicitadas en todos los idiomas de la Tierra en perdidos puertos de aventura? Pasaba frente a nosotros, lento, un tanto escorado —por lo visto el problema no era de la carga sino de la estructura que cedía a presiones superiores a su resistencia— y, ahora, con un ligero temblor que recorría todo el barco, como una secreta fiebre o una suprema debilidad ya inocultable. «A media marcha, las máquinas ya no controlan el ritmo de las hélices», explicó el marino como respondiendo a una pregunta que en ese momento me estaba haciendo. Otra vez la proa mostraba sus vergüenzas, con la misma bandera colgando como un trapo de náufrago. Habían, al fin, pintado el nombre completo. En efecto se llamaba *Alción*. En verdad no había sido tan difícil adivinarlo porque, por la posición de las letras que permanecieron legibles, sólo cabía antes una sílaba.

A toda máquina, el guardacostas entró por el canal y puso proa hacia Trinidad con la marcha ágil y eficiente de sus hélices. Había algo de insolente, de casi intolerable altanería en tanta ligereza y tanta agilidad de maniobra. No hice comentario alguno, como es obvio. ¿Qué va a saber la gente de estas cosas? Y menos los pulidos funcionarios de las cancillerías, desgastados en la monotonía de las recepciones, en la bobería de los almuerzos de embajada y en el tejemaneje de un protocolo tan inepto como vano. Bajé a mi camarote y preferí dormir un rato antes de que llamaran para almorzar. Sentía una opresión en el pecho, una ansiedad sin nombre ni causa evidente, una especie de premonición aciaga tampoco posible de concretar. La imagen del *Alción* entrando en los meandros del delta me acompañó en el sueño con una fidelidad que quería decir algo. Preferí no descifrarla. La campana para el almuerzo me despertó de repente. No sabía dónde estaba ni la hora que era. Bajo la ducha, de la que caía un agua tibia y levemente lodosa, logré atar los pocos cabos que necesitaba para departir con mis compañeros de viaje.

Y así terminaron mis encuentros con el *tramp steamer*. Su recuerdo pasó a formar parte de la escueta colección de imágenes obsesivas que se confunden con las esencias más minerales y tercas de mi ser. Aparece en los sueños con frecuencia cada vez más espaciada, pero sé muy bien que nunca desaparecerá del todo. En la vigilia lo recuerdo cuando ciertas circunstancias, cierto insólito orden de la realidad, se presentan con semejanza a sus visitaciones. A medida que pasa el tiempo, más hondo, secreto y poco visitado es el rincón donde van a ocultarse esas imágenes. Es así como trabaja el olvido: nuestros asuntos, de tan nuestros, pasan a ser extraños por obra del poder mimético, engañoso y constante del precario presente. Cuando una de esas imágenes regresa con toda su voraz intención de persistir, sucede lo que los doctos llaman una epifanía. Experiencia que puede ser arrasadora o simplemente confirmarnos en ciertas certezas harto útiles para seguir viviendo. Dije que nunca más vi el *tramp steamer*, pero, en cambio, cuando volví a tener noticias suyas fue para conocer la desoladora plenitud de su historia. Pocas veces los dioses nos conceden que se corran los velos que disimulan ciertas zonas del pasado: tal vez se deba a que no siempre estamos preparados para ello. Ignoro qué tan felices puedan ser aquellos *que consultan oráculos más altos que su duelo*.

Meses después de mi visita a las bocas del Orinoco, tuve que permanecer por largas temporadas en la refinería que se levanta a orillas del gran río navegable que cruza buena parte de mi país. Un largo y enconado conflicto sindical me obligaba a demorarme allí por espacio de varios meses, en labores que iban desde la burda diplomacia gremial, hasta la discreta intervención en radiodifusoras y diarios de la región para llevar al público ciertos puntos de vista de la empresa. En los períodos de calma, en lugar de tomar un avión para la capital, prefería bajar hasta el gran puerto marítimo por el río. Lo hacía en los pequeños pero confortables remolcadores de la compañía, que descendían empujando largas caravanas de planchones cargados de combustible o de asfalto. Cada remolcador tenía dos cabinas para pasajeros, quienes compartían con el capitán la comida preparada por dos cocineras jamaiquinas cuyos talentos no nos cansábamos de celebrar. La carne de cerdo con salsa de ciruelas pasas, el arroz con coco y plátano frito, las suculentas sopas de pescado del río y, lo que era complemento indispensable y siempre bienvenido, el jugo de pera con vodka que, a tiempo que refrescaba milagrosamente, nos dejaba en una espléndida disposición para disfrutar el siempre cambiante panorama del río y sus orillas en donde, gracias a la magia de esa bebida imponderable, sucedía todo en una lejanía aterciopelada y feliz que nunca intentábamos descifrar. (Valga la aclaración que siempre que los pasajeros más adictos al viaje en el remolcador intentamos repetir en tierra la mezcla de vodka y jugo de pera sufríamos una desilusión irremisible. Sencillamente nos topábamos con una bebida imposible de tomar). Durante la noche, después de una larga sesión de charla en la pequeña cubierta en donde permanecíamos en busca de una ilusoria brisa que nos refrescara, caíamos en la litera arrullados por las risas de las negras y el encanto de su incomprensible pero fluido dialecto en donde el inglés hacía de cañamazo lingüístico.

La huelga no acababa de estallar y las negociaciones con el sindicato entraron en un camino de retorcidos bizantinismos que iba a tomar mucho tiempo en recorrerse. Decidí viajar al puerto y fui a las oficinas de nuestra naviera para reservar sitio en el próximo remolcador. El empleado que siempre me atendía estaba en ese momento hablando con un hombre alto, delgado, pelo entrecano y abundante, que hablaba con un ligero acento entre francés y español del norte que me dejó intrigado. «El capitán viajará con usted», me dijo el encargado a manera de presentación. El hombre volvió a mirarme y con una sonrisa amable pero teñida de cierta adustez apacible, me dio un firme apretón de manos: «Jon Iturri. Mucho gusto». Los ojos grises, casi ocultos por las pobladas cejas, tenían esa mirada característica del que ha pasado buena parte de su vida en el mar. Miran fijamente al interlocutor, pero dan siempre la impresión de no perder de vista una lejanía, un supuesto horizonte, indeterminado pero siempre presente. Me entregaron el memorándum para subir a bordo y el marino se quedó esperándome para salir conmigo. Fuimos hacia los *bungalows* donde estaba instalado el comedor. Ya habían llamado para el almuerzo. El hombre caminaba con paso firme, un tanto militar, pero tenía ese levísimo giro de cintura de quien sigue en tierra caminando como en cubierta. No resistí la curiosidad y le pregunté de sopetón: «Usted perdone, capitán, pero me tiene intrigado su acento. No haga caso, es una deformación mía ya difícil de evitar». El hombre sonrió más abiertamente. Tenía una dentadura perfecta que se destacaba en la piel tostada del rostro y el negro y denso bigote. «Lo entiendo. No se preocupe. Estoy, además, acostumbrado. Nací en Ainhoa, en el País Vasco francés. Mis padres eran de Bayona. Pero por diversas circunstancias familiares, hice mis estudios en San Sebastián y luego comencé en Bilbao la carrera de marino. Soy totalmente bilingüe, pero en cada idioma arrastro con el acento del otro. Otro motivo de curiosidad es mi nombre. Aquí los americanos me dicen John y les parece de lo más natural». «Pues yo —le contesté— desde cuando le oí el nombre sospeché su origen vasco. Tengo un amigo de Bilbao que se llama también Jon. Muy buen poeta por cierto». Seguimos conversando y almorzamos juntos. Era un vasco típico. Tenía la dignidad distante pero sin reservas que siempre me atrajo en esa raza. Pero, además de esa virtud nacional, se le notaba una zona que preservaba con celo instantáneo de las incursiones extrañas. Daba la impresión de que hubiera estado en algún sitio semejante a los círculos del infierno de Dante, pero en donde los suplicios, en lugar de físicos, hubieran sido de un orden mental particularmente doloroso. En ese primer encuentro hallamos suficientes intereses y recuerdos en común como para prever grato el viaje que nos esperaba. «En Ainhoa —le conté— se me descompuso una vez un automóvil de alquiler en el que iba de Fuenterrabía a Burdeos. Tuve que dormir allí una noche en un hotel cuyo nombre se me quedó grabado sin saber por qué: Hotel Ohantzea». «Fue de unos primos de mi padre, hace muchos años», me aclaró. A veces un detalle así nos instala en plena cordialidad sin que sepamos muy bien las causas. No es extraño. El compartir, así sea fugazmente, un paisaje o un lugar de nuestra infancia nos hace sentir en familia. Y esto es, claro, más acentuado en quienes andan por el mundo sin asidero ni residencia establecida. Era nuestro caso: él, por su condición de marino, yo, por haber cambiado tantas veces de país, siempre por circunstancias ajenas a mi propia voluntad.

Tres días después llegó el remolcador. Subí a bordo en la noche. La caravana de lanchones que tenían que bajar hasta el puerto marítimo ya estaba lista. No vi a Iturri en el momento en que tomé posesión de mi camarote. Puse en orden mis cosas y salí a cubierta para tenderme en una de las sillas de lona que siempre hay allí a disposición de los pasajeros. Cuando digo cubierta, hago uso de una figura retórica. El reducido rectángulo de cuatro metros por tres, sobre el techo de la cabina de mando, no merecía tan generosa apelación. Se subía por una escalerilla y el lugar estaba rodeado de una baranda de metal pintado con los colores de la compañía: rojo, blanco y azul. El chiste sobre la bandera francesa era obligada ocurrencia y ya nadie le prestaba atención. No hay vista comparable a la que se tiene del río y sus orillas desde la altura de ese mirador privilegiado. Me tendí en una silla y me dispuse a disfrutar de los detalles de la salida. La destreza y la coordinación que se necesitan para empujar una ristra de lanchones cargados de combustible, a través de las curvas, recovecos y meandros del gran río, me ha parecido siempre una proeza difícilmente superable. En ésas estaba cuando sentí que alguien subía por la escalerilla. Era Iturri. Debo admitir que casi lo había olvidado; tal es el hechizo que tienen para mí las maniobras de navegación en el río. Sin saludar y con la naturalidad de quien sigue una conversación iniciada en otra parte, el capitán comentó: «Nunca he averiguado por qué me irritan un poco estas maniobras fluviales. Tienen algo de ferrocarril en el agua. En un agua que viaja con uno o que sube en contra de nuestra dirección. Es poco serio. ¿No le parece a usted?». Tuve que confesarle que, por el contrario, era algo que despertaba mi curiosidad y hasta mi respeto. Llevar con bien diez planchones cargados hasta los topes de líquido inflamable lo consideraba una hazaña. «No me haga caso —repuso el vasco—, los hombres de mar nos volvemos algo maniáticos. En tierra siempre nos sentimos un poco de paso y no sabemos apreciar muy bien las cosas que allí suceden. Yo, por ejemplo, detesto el tren. Me da la impresión de que son demasiados fierros y mucho ruido para un esfuerzo tan... tan necio, diría yo». Me produjo risa esa honestidad básica, un tanto brusca pero inobjetable, de este marino padeciendo la lenta torpeza de la vida en tierra firme. Seguimos hablando, con largos intermedios de silencio. Era la primera vez que él viajaba en un remolcador de la compañía. No trabajaba, además, para la empresa. Había venido para dar un peritaje sobre dos accidentes consecutivos sufridos por uno de nuestros buques cisterna al atracar en Aruba. La compañía de seguros lo había designado para representar sus intereses en la investigación que se seguía. Tuvo que viajar a la refinería porque sólo allí pudieron proporcionarle ciertos datos sobre el transporte de combustibles en compartimentos estancos. Ahora regresaba para embarcarse en un carguero belga que lo llevaría al golfo de Adén. Allí lo esperaba un puesto de reemplazo como capitán de un pequeño barco que hacía servicio de cabotaje por los países del golfo, transportando alimentos congelados. El capitán titular había sufrido un choque diabético y estaría fuera de servicio por largo tiempo.

Nuestro viaje hasta el puerto marítimo iba a tomar más de diez días. El remolcador debía detenerse en varios lugares para dejar unos planchones, recoger otros vacíos y llevarlos hasta los muelles de la compañía, en la planta de abastecimiento del gran puerto. Ninguno de los dos tenía prisa en llegar. «Hubiera podido viajar en avión —me explicó Iturri— pero me pareció más interesante y reposado bajar por el río. Siempre tuve deseos de hacer un viaje así. De los ríos sólo conozco algunos deltas. El Escalda, por ejemplo, el del Támesis y el del Sena en El Havre. No todos son tan sorteables y seguros. No todos». Algo sentí en las palabras con las que remató la frase. Era como una dificultad al pronunciarlas, como una sequedad en la garganta, casi diría que un sordo gruñido se le había atorado en forma inesperada. Se quedó un buen rato en silencio y, luego, hablamos de otra cosa.

La rutina del viaje se hacía placentera con ayuda del vodka con pera que resolvimos bautizar en catalán como *vodka amb pera* en homenaje a nuestra compartida fidelidad por los bares de Barcelona, especialmente el Boadas y el del Savoy, en donde la sabiduría espirituosa llega a perfecciones difícilmente superables. Muchas de nuestras respectivas experiencias en la ciudad condal iban resultando como calcadas. Los mismos sitios, idénticos encuentros, igual debilidad por ciertos rincones de la ciudad, una común devoción por el puerto griego de Ampurias y el rape que sirven en el club náutico de la Escala. No era de sorprenderse a pesar de la reserva de su carácter vasco y mi afán por respetarla que, a medida que fueron avanzando los días, los temas de nuestras charlas tomaran un carácter más personal e íntimo. Las confidencias iban aflorando naturalmente y, cada noche, después del tercer *vodka amb pera*, nos internábamos por terrenos de una cautelosa confidencia sentimental, manejada con todas las precauciones propias de quienes, en ese terreno, evitan rigurosamente la vanidosa exhibición o el lugar común que nada aporta al verdadero conocimiento de esas secretas catástrofes del corazón, que sólo pueden compartirse en ocasiones tan contadas que acaban teniéndose por inimaginables.

Una noche en que el calor llegó a ser casi insoportable, nos quedamos en nuestras sillas contemplando el pausado transcurrir de la luna llena por un cielo escaso de nubes, cosa rara en esas regiones. El efecto de la luz en el agua y sobre los claros del monte, en las orillas, tenía algo de escenografía maeterlinckiana. Naturalmente, derivamos al tema de Flandes, sus ciudades, su gente, su cocina. Era inevitable terminar hablando de Amberes. Esa ciudad, por tantas razones muy cara para mí, es, a mi juicio, el puerto con más encanto y con movimiento más armonioso, por ser el tráfico en el Escalda una operación delicada y llena de lentitudes y maniobras que convierten la entrada y salida de los barcos en una suerte de ballet. Como ya dije, habíamos roto la barrera de las confidencias y en esta ocasión fue Iturri quien hizo una que me despertó de inmediato un particular interés.

«En Amberes —me dijo— me encontré por primera vez con las personas que habrían de cambiar por completo mi vida. Eran un libanés, medio armador y medio comerciante, hábil y gentil como buena parte de sus compatriotas, y su socio y amigo, un hombre de nacionalidad indefinida, merodeador por entonces en el Mediterráneo en negocios de la más diversa índole, no siempre ajustados a la ética convencional. Nos topamos en un restaurante indonesio del puerto en donde comía con desgana uno de esos platos orientales más hechos para quitar el apetito que para otra cosa. Protestamos al tiempo, ellos y yo, por alguna irregularidad en el servicio y terminamos saliendo juntos a comer en un humilde *bistrot* la más normal y abundante comida belga. Allí tomó mi vida un giro que jamás hubiera sospechado».

«Pero ¿cómo fue eso? No percibo que en alguien de su carácter puedan suceder esos giros de noventa grados. No está en el esquema del modo de ser de sus compatriotas. Son rebeldes, es cierto, y nada conformistas, pero suelen morir en su ley, en el pueblo donde nacieron y ejerciendo el oficio que aprendieron desde jóvenes», comenté un tanto extrañado en efecto ante mudanza tan radical en alguien como Iturri.

«No se crea. Uno tiene que estar siempre preparado para esas sorpresas que suelen madurar y saltar a la superficie sin que hayamos percibido su proceso. Son cosas que han comenzado tiempo atrás. Lo cierto es que alguien como yo, que se había hecho una inflexible regla de trabajar siempre con líneas navieras más o menos conocidas y evitar toda suerte de experimentos y aventuras por cuenta propia, acabé siendo socio y capitán de un *tramp steamer* que daba la impresión de irse a pique de un momento a otro. No he visto esperpento semejante».

Algo se removió de inmediato en mi memoria y me llevó a preguntarle a mi amigo, con curiosidad que no dejó de intrigarle: «¿El barco estaba surto en Amberes y allí zarpó con él? Ya conoce las reglas del puerto respecto a esos cargueros de aventura y las condiciones de mantenimiento que allí exigen para que puedan atracar en sus muelles».

«No, claro. No estaba en Amberes —me repuso sonriendo ante mis conocimientos náuticos que, por cierto, no iban mucho más adelante—. Me lo entregaron en el Adriático, en Pola, por más señas. Tendría que haberlo visto. Su estado de ruina llegaba a constituir un espectáculo. Se llamaba en forma no menos fantasiosa y desorbitada. Tenía el nombre del ave mítica que hace su nido en mitad del mar. O, si usted prefiere, el de los esposos que pretendieron ser más felices que Zeus y Hera».

Un ligero escalofrío me recorrió la espalda. Hay coincidencias que, al violar toda previsión posible, pueden llegar a ser intolerables porque proponen un mundo donde rigen leyes que ni conocemos ni pertenecen a nuestro orden habitual. Con voz que traicionaba el desconcierto en que había quedado, sólo pude preguntar: «¿*Alción*?».

«Sí», dijo Iturri mientras me miraba intrigado.

«Me temo —le dije— que aquí se cierra para mí un enigma circular que llegó a preocuparme más de la cuenta y a invadir no sólo muchas horas de vigilia sino buena parte de mis sueños».

«¿Cómo es eso? No acabo de entenderlo». Las cejas de Iturri se juntaban sobre sus ojos grises con una actitud felina, no amenazante pero sí alerta y ansiosa.

En un resumen un tanto apresurado le conté mis encuentros con el *Alción* y lo que significaron para mí, como también la solidaridad ferviente que acabó despertándome y nuestro último encuentro en las bocas del Orinoco. Iturri permaneció largo rato en silencio. Tampoco yo tenía deseos de hacer ningún comentario. Cada uno, por su lado, tenía que reordenar los elementos de nuestra reciente relación y el vertiginoso tráfico de fantasmas despertados por obra de un azar casi inconcebible. Cuando supuse que, por esa noche, el diálogo no proseguiría, le escuché decir en voz baja: «*Anzoátegui*, el guardacostas se llamaba *Anzoátegui*. ¡Dios mío!, qué caminos escoge la vida. Y uno que piensa tenerlos a su arbitrio. Qué inocentes somos. Vamos siempre tanteando en la oscuridad. En fin. Es igual». La resignación le salía a flote con nobleza quevediana. En un tono de voz más natural y como tratando de encauzar todo el asunto por el camino de una normalidad cotidiana que lo hiciera más tolerable, comentó:

«Así que el pobre *tramp steamer*, que durante varios años ni siquiera nombre completo llevaba en la popa, acabó siendo para usted casi tan cercano y obsesivo como lo fue para mí. Sólo que, en mi caso, por esa rendija se me escapó la vida. La vida que quise vivir, es claro. Ésta de ahora es una tarea en donde sólo pongo el cuerpo. No es que lo hubiera perdido todo. Es que perdí lo único por lo que valía la pena seguir apostando contra la muerte».

Había tal desolación, tan despojada lejanía en sus palabras, que quise acudir —ingenuo de mí— en su ayuda con un comentario inocuo: «Yo creo que así terminamos casi todos los que escogemos la vida andariega y sin rumbo». Volvió a mirarme como se mira a un niño que ha hecho en la mesa una observación disculpable sólo por su edad. «No —me rectificó—, no es eso. Yo le hablo de una cierta categoría de naufragio en que todo se va al fondo irremediablemente. Nada queda. Pero la memoria sigue hilando, incansable, para recordarnos el reino perdido. Estoy pensando en que si usted estuvo tan cerca y vinculado en forma tan profunda con la suerte del *Alción*, es apenas natural y hasta justo que conozca la otra parte de la historia. Una noche de éstas se la contaré completa. Hoy no podría hacerlo. Tengo que asimilar un poco esta obra del azar que nos une de repente por encima del circunstancial encuentro en este remolcador. Venimos juntos desde mucho tiempo atrás, de mucho más lejos». Asentí con la cabeza. No tenía a mano las palabras que hubieran podido complementar las suyas. Sencillamente, estaba diciendo lo que yo mismo pensaba. Mucho después de que diera la medianoche el reloj de la cabina del piloto, en cuyo techo descansábamos, nos fuimos a dormir dándonos un «buenas noches» en donde se advertía otro acento. El acento de una cierta complicidad, de una reciente y fraterna complicidad en la que comenzaba un tramo distinto y nuevo de nuestra errancia.

Durante la noche volví a soñar con el *tramp steamer*. Eran episodios vertiginosos y sin orden, en donde el vetusto navío explicaba su presencia con signos indescifrables que me iban acumulando un vago malestar, una sorda culpa de no sé qué. Ya en la madrugada, con las primeras luces dándome en la cara a través de las delgadas cortinas de la claraboya, se me presentó el *Alción* recién pintado con refulgentes y netos colores: el casco de un color minio tirando a sangre seca, las cubiertas de un crema delicado con una raya celeste que recorría toda el área de los camarotes y de la cubierta de oficiales y el puente de mando. También la chimenea era crema y con idéntica raya. «A quién se le puede ocurrir pintar un barco así. Qué ridiculez», pensé en un fulgor de entresueño antes de despertar completamente. En ese momento el remolcador empezó a derivar hacia la orilla. Estaba atracando en un pequeño poblado con casas de techo de paja y algunas pocas con láminas de zinc. El lugar era particularmente desapacible y miserable. En lo que debía ser el cuartel ondeaba la bandera tricolor con una pereza que hacía aún más evidente el bochorno aplastante del clima. Dos aviones Catalina de la Infantería de Marina, pintados de gris, estaban amarrados a la punta de un endeble muelle de madera. «Es La Plata», me explicó el práctico que pasaba en ese momento frente a mi cuarto. «Hace rato traen aquí bronca con la gente del páramo. Dejamos un lanchón de diesel y nos vamos de inmediato». Ni el lugar ni la explicación del práctico me decían mayor cosa. Regresé para darme una ducha y luego desayunar en compañía del marino vasco. Éste se bañaba en el camarote contiguo con estruendo de agua, como si estuviera haciendo gimnasia bajo la ducha. El detalle me conmovió particularmente. Había algo cercano, casi familiar, en ese chapoteo, inusitado por lo entusiasta, que me recordó las mañanas de baño en el internado de Bruselas. ¡Los cabos que acaba uno atando cuando interviene el azar abusivo e indescifrable!

Durante el desayuno, tan breve como frugal, ya que los dos preferíamos el té con pan tostado y mantequilla, hablamos de cosas insubstanciales: el puerto, los aviones, la perpetua situación de violencia que se iba extendiendo por el río; nada, en fin, que tuviera que ver en verdad con nuestras vidas que sentíamos, cada uno a su manera, proyectadas hacia otros horizontes, otros climas, otra gente. ¿Cuáles?, ninguno de los dos hubiera logrado responder a ciencia cierta.

Pocos días después entramos en el trayecto final del río. Allí sus aguas se extienden por vastos pantanos, manglares y tierras que permanecen inundadas casi todo el año. Es difícil establecer cuál es el cauce original de la corriente y los pilotos de embarcaciones que descienden hasta el mar, a pesar de los largos años de práctica —la mayoría de las veces heredada de sus padres que también ejercieron el oficio—, suelen navegar con suma prudencia y prefieren, en ocasiones, detenerse por la noche. El extraviarse en los manglares y lagunas significa la casi segura pérdida del barco y un riesgo muy grande para los pasajeros y tripulantes. El sol implacable relumbra sobre la superficie sin límites del agua, enceguece a los prácticos y muchos han sido los casos de embarcaciones cuyos ocupantes han muerto de hambre y sed, tostados por el sol y devorados por los insectos. Si, además, hay que llevar con bien a puerto diez planchones con productos de la refinería y algunos más vacíos, las dificultades aumentan considerablemente. Detenerse durante la noche, anclando en la incierta orilla del cauce principal, es una regla inviolable para los capitanes de remolcador al servicio de las compañías petroleras.

El calor iba en aumento a medida que nos acercábamos al delta. Sobre el techo de la cabina donde estaban nuestras sillas, los tripulantes extendieron un enorme mosquitero que lucía como una tienda del desierto. Ellos sabían que, con el aire acondicionado sin poderse usar, porque los motores del barco se detenían en la noche, era impensable dormir en los camarotes. Así que, sin darnos cuenta siquiera, cambiamos el orden de nuestra vida a bordo: dormíamos de día, mientras avanzaba el remolcador, y, de noche, nos instalábamos en la pequeña cubierta en espera del alba y al abrigo de los mosquitos.

Durante esas noches interminables, Iturri me contó su historia. El ser testigo de algunos de los momentos cruciales en la vida del *Alción* y, por lo mismo, de su capitán, me concedía el derecho indiscutible de participar en su conmovedora confidencia. «Es la primera y la última vez que hablo de esto. Usted puede, luego, repetirlo a quien quiera. Eso carece de importancia, no me atañe. Jon Iturri en verdad dejó de existir. A la sombra que anda por el mundo con su nombre nada puede afectarle ya». Esto lo dijo sin tristeza, casi ni siquiera con la conformidad de los vencidos. Lo decía con acento impersonal, como quien explica en una cátedra un proceso químico. Habló durante varias noches seguidas y mis interrupciones fueron las pocas destinadas a ubicar un sitio, a reforzar un mutuo recuerdo para hacerlo más preciso. No se perdía en consideraciones laterales ni en descripciones minuciosas, pero, a menudo, caía en largos silencios que yo me cuidaba mucho de interrumpir. En tales momentos me daba la impresión de alguien que sale a la superficie del agua y toma aire antes de volver a zambullirse en las profundidades. El relato vale la pena contarlo desde su auténtico principio, así ésta sea una anécdota comercial más de las que está salpicada la vida de cualquier capitán de navío. Los hados comenzaron a tejer sus hilos desde el inicio mismo del asunto y es interesante percibir sus manipulaciones.

La pareja formada por el libanés y su socio, con la que Iturri había cenado en Amberes, volvió a buscarlo al hotel tres días después. El armador de Beirut, de modales pausados y palabras gentiles, sin jamás caer en lo melifluo, le explicó que deseaba proponerle un negocio. Le había hecho la mejor impresión y se había permitido algunas averiguaciones sobre su actividad profesional como capitán de navío, con óptimos resultados para su buen nombre. Su amigo y socio, allí presente, no estaba involucrado en lo que el libanés iba a proponerle, pero se le consideraba como miembro de la familia y podría aportar datos valiosos sobre la operación que deseaban plantearle. ¿Podrían comer los tres ese mismo día? Aceptó, no sin cierta inquietud. Aquí el vasco volvió a insistir sobre el carácter de los dos personajes. El libanés se llamaba Abdul Bashur y gozaba de una buena reputación en los medios comerciales, aduaneros y bancarios, no sólo de Amberes sino de otros puertos de Europa. Tenía, eso sí, una particular variedad de intereses y actividades, no todos tan claros ni, al parecer, tan bien establecidos como su básica profesión de armador. Esto era normal en los levantinos, así fueran libaneses, sirios o tunecinos. Iturri estaba acostumbrado a tales rasgos de carácter y para nada le sorprendían ni mortificaban. El otro, cuyo nombre nunca pudo entender claramente, pero que también respondía al de Gaviero, era tratado por Bashur con una familiaridad sin reservas y escuchado con la mayor atención cuando se trataba de asuntos relacionados con el comercio marítimo y la operación de los cargueros en los más apartados rincones del mundo. No consiguió el vasco enterarse si esto de Gaviero era apodo, apellido o simplemente un apelativo sobreviviente de una actividad de su juventud. Era un hombre de pocas palabras, con sentido del humor un tanto peculiar y corrosivo, muy cuidadoso y sensible en sus relaciones de amistad, conocedor de las más inesperadas profesiones y, sin ser mujeriego, muy consciente, casi se podría decir que dependiente, de la presencia femenina. Sobre esto hacía, a menudo, alusiones fugaces y en clave a Bashur, que se limitaba a registrarlas con una vaga sonrisa.

Aquí debo hacer un breve aparte antes de seguir con la historia del capitán. Desde el momento en que éste mencionó los nombres de Bashur y el Gaviero, me sentí en la obligación de contarle que al primero lo conocía mucho de nombre, por boca precisamente del segundo, que era viejo amigo mío y cuyas confidencias y relatos he venido reuniendo, desde hace muchos años, por considerarlos de cierto interés para quienes gustan de conocer las vidas impares y encontradas de seres de excepción, de gente fuera de los comunes cauces de la gris rutina de nuestros tiempos de resignada necedad. Pero también pensé que, al hacerle saber al relator mis vinculaciones con esa persona, podría éste o suspender su confidencia, o suprimir en ella episodios que afectaran a Bashur o al Gaviero. Preferí callar. Cuando el marino vasco terminó su historia, me di cuenta de que había hecho bien y que nada agregaría el hacerle saber algo que, para él, pertenecía a un ayer sepultado para siempre, si no en el olvido, sí, desde luego, en la tiniebla irrevocable de lo que nunca ha de volver. Otra razón que me llevó a ocultar mi relación con sus socios era que venía a constituir ya una segunda casualidad que podía despertar en los arduos rincones del espíritu del éuscaro una explicable desconfianza o, al menos, una reserva ante tan repetida como infrecuente coincidencia. El azar es siempre sospechoso, son muchas las máscaras que lo imitan. Y, ahora, volvamos al capitán del *Alción*.

La propuesta que le hicieron era muy simple pero, como ya me lo había dicho, de aceptarla, rompía con su principio de sólo ofrecer sus servicios a las grandes líneas de navegación y evitar siempre la tortuosa e imprevisible aventura de los *tramp steamers*. Se trataba, ahora, de operar, en sociedad por partes iguales con otro socio, un carguero que se hallaba en reparación en los astilleros de Pola. Era un barco de seis mil toneladas, con espaciosas bodegas y dos grúas. La maquinaria se conservaba en buen estado, aunque venía trabajando hacía treinta años sin reparaciones mayores. El barco pertenecía a una hermana de Bashur. Lo había recibido como herencia de un tío suyo. Warda, tal era el nombre de la mujer, deseaba emanciparse de los intereses llevados en común por la familia. La operación de ese barco podía dejarle una renta que le permitiría cumplir su propósito. Abdul no entró en muchos detalles sobre este particular, pero era fácil deducir que Warda estaba más europeizada que sus otras dos hermanas y, desde luego, que sus numerosos hermanos. Abdul no veía con malos ojos ese deseo de independencia de su hermana, pero deseaba, como es obvio, que se pudiera cumplir sin perjudicar los negocios que el resto de los Bashur manejaban en grupo. Iturri dispondría de la mitad de las ganancias, deducidos los gastos y el pago de impuestos. La propuesta era interesante, pero, desde luego, había dos condiciones básicas previas a cualquier determinación: conocer el barco y hablar con la propietaria. Al mencionar esta última, el capitán percibió una sombra en la mirada del Gaviero. Más que una sombra, era como una anticipada y turbia curiosidad ante lo que ese encuentro podría depararle a alguien como ese extraño venido de los ocultos caseríos de una tierra de montañas que protegen a una raza singular e imprevisible. Que todo eso estuviera en la mirada del Gaviero podía ser, y de seguro era, una conclusión a posteriori de mi compañero de viaje. Es más prudente pensar que lo que asomó a los ojos del socio de Bashur fue un «ya verás» cargado de inciertas promesas.

Bashur estuvo de acuerdo en las condiciones. Los gastos del viaje a Pola correrían por cuenta de la propietaria del *tramp steamer*. Iturri tenía que dar fin a varios asuntos pendientes en Amberes y convinieron en partir a Italia una semana después. Durante ese tiempo, Jon se dedicó a reunir datos sobre Bashur y sus asociados. Ya dije cuáles habían sido los resultados de esta pesquisa. El gerente de un banco hispanofrancés, con el cual Jon Iturri llevaba buena amistad y solía jugar algunas partidas de billar de vez en cuando, le resumió su opinión en palabras que definían muy justamente a la pareja: «Mire —le dijo—, son gente que cumple con su palabra y trata de estar al día con sus compromisos. Andan juntos en muchas cosas. No todas ellas podrían ajustarse fielmente a los marcos de la ley. El tal Gaviero anduvo por ejemplo con una triestina que también fue amante de Bashur, sin que por eso se afectara la amistad de los dos compatriotas. La imaginación de esta dama para las más sorprendentes y arriesgadas combinaciones financieras llegó a extremos delirantes. Salían con el bien de todo y los tres terminaban muertos de la risa. Los hermanos de Bashur no creo que los hayan acompañado en tales extremos. Son más asentados, más serios, pero no por eso menos implacables cuando hay una ganancia de por medio. De la hermana no sé mayor cosa. Me parece que, hasta ahora, la tenían oculta. Ya sabe cómo es eso entre musulmanes. Si ahora quiere emanciparse, es que debe tener un carácter tremendo. Es cosa de ir, ver y hablar».

Así lo hizo. Aquí me voy a ver en la obligación de hacer uso de la memoria con la mayor fidelidad posible, para transcribir las palabras de Iturri. El encuentro con Warda en el *Alción*, de no relatarse con ciertos elementos que él subrayó muy particularmente, tiene el riesgo de caer en la manida intrascendencia de las historias del género rosa. Nada podría falsear tanto el relato, despojándolo de su condición fatal e insostenible, como teñirlo de un matiz semejante. Trataré, pues, de ceñirme con la mayor fidelidad a las palabras de mi amigo.

Llegaron a Pola en la noche, después de un viaje de casi dos días lleno de cambios de trenes y largas esperas en estaciones semiparalizadas por las endémicas huelgas italianas. Bashur y el Gaviero se fueron al muelle porque querían dormir en el barco. El capitán prefirió hacerlo en un hotel del puerto. Tenía, además, la impresión de que deseaban hablar primero, sin testigos, con la propietaria del *Alción*. Jon cayó en la cama como un tronco y durmió hasta las nueve de la mañana siguiente. Cuando abrió la ventana de su habitación, se dio cuenta de que estaba frente a los muelles. Bastaba atravesar la calle para internarse en ellos. De todos los buques que cargaban y descargaban en el puerto, ninguno le pareció que tuviera las características propias del barco que, en breve, podía ser suyo, así fuera en parte. Recordó que le habían dicho que estaba en los astilleros, sometido a reparaciones sin importancia. Cuando bajó, Bashur y su amigo lo estaban esperando en la calle. Paseaban frente a la puerta del hotel, abstraídos en una conversación que nada tenía que ver con el motivo del viaje. «Este par de pájaros —pensó— deben traer entre manos cosas bastante más complicadas y turbias que la historia del carguero. No quisiera tenerlos jamás como enemigos». Lo saludaron muy cordialmente y empezaron a caminar hacia el muelle. Iturri les comentó que no había visto el barco desde la ventana de su cuarto. «Está detrás de ese buque sueco que hace turismo hasta Tiflis», le explicó el Gaviero con lo que le pareció al vasco un dejo de ironía. Siguieron andando y, en efecto, detrás del gran trasatlántico de una impoluta blancura, estaba el *Alción* recostado en el muelle en actitud cansina. Le habían dado una ligera remozada que no alcanzaba a esconder las huellas de un largo navegar por los climas y latitudes más inclementes del globo. El vasco había conocido, desde luego, toda suerte de barcos con largos historiales y notables cicatrices. Éste los superaba a todos en su destronada andadura. Sintió que se le encogía el corazón. ¿En qué iba a meterse, navegando en ese desecho de puerto en puerto en busca de una hipotética carga? Su raza ha hecho del silencio un arma acerada e insondable. Sin decir palabra subió detrás de los dos hombres que continuaban, con modales un tanto discutibles, su diálogo de la calle. Entraron a la que debía ser la cabina del capitán. Estaba recién pintada y los bronces pulidos con una aceptable minucia. Pero la litera, la mesita —uno de cuyos extremos estaba fijado a la pared con dos bisagras que permitían levantarla y asegurarla al muro para ganar más espacio— y un par de sillas de pesada caoba mostraban un implacable uso imposible de maquillar, un desgaste irremediable casi digno de un museo. Eran, evidentemente, anteriores a la Gran Guerra. Bashur sacó unos planos amarillentos de una pequeña cómoda fijada sobre la litera y los extendió sobre la mesa. Eran los del barco. Sobre ellos comenzó a explicar al probable socio de su hermana las características de la nave. «Ya recorreremos la sala de máquinas, las bodegas y todo lo que quiera ver. Por ningún motivo quisiéramos que tome una determinación apresurada. Sé que el barco no constituye, precisamente, un modelo que despierte el optimismo. Pero es engañoso en esto, resiste mucho más de lo que su aspecto autoriza a suponer». «Charla de levantino y verdad por partes iguales», pensó Iturri y se concentró en el estudio de los planos. En ésas estaban cuando sintió que la luz que entraba por la puerta daba paso a una semitiniebla repentina. Alguien en el umbral lo estaba mirando. Levantó la cabeza y no pudo decir nada. Lo que vio es prácticamente imposible de poner en palabras. Un brillo de malicia en los ojos del Gaviero le transmitía un mudo «se lo dije», entre insolente y benévolo.

Warda, la hermana de Bashur, los observaba de uno en uno. Había comenzado con el capitán y ahora se detenía en Abdul. «Era una aparición de una belleza absoluta —trato de reconstruir las palabras del marino en la noche del gran río—, alta, de rostro armonioso con rasgos de mediterránea oriental afinados hasta casi ser helénicos. Los grandes ojos negros tenían una mirada lenta, inteligente, en donde la prisa o la demasiada evidencia de una emoción se hubieran visto como un desorden inconcebible. El pelo negro, azulado, de una densidad de miel, caía sobre los hombros rectos semejantes a los de un *kuros* del museo de Atenas. Las caderas estrechas y cuya suave curva remataba en unas piernas largas, levemente llenas, también semejantes a las de algunas Venus del Museo Vaticano, le daban al cuerpo erguido un toque definitivamente femenino que disipaba de inmediato cierto aire de efebo. Los pechos amplios y firmes acababan de completar el efecto de las caderas. Llevaba una chaqueta de alpaca azul sobre los hombros y una falda tableada color tabaco claro. Una blusa de seda de corte clásico y una bufanda de seda con rombos verdes, rojos y marrones que traía al cuello colgada simplemente alrededor de éste contribuían a dar al conjunto un barniz europeo, occidental diría yo más bien, que se veía buscado a propósito. Los labios un tanto salientes, pero de un diseño perfecto, insinuaron una sonrisa y las cejas negras, densas sin llegar a romper la armonía del rostro, se distendieron al mismo tiempo. "Buenos días, señores", saludó en francés sin pretender ocultar el acento árabe que me pareció particularmente gracioso. Tenía una voz firme, cuyos tonos bajos alcanzaban a veces una levísima ronquera involuntaria pero de una sensualidad que llegaba, en ocasiones, a desconcertar. Besó a su hermano en la mejilla con aire mundano que le quitaba al gesto cualquier aspecto familiar y a nosotros nos tendió la mano en un apretón firme pero con el brazo un tanto estirado como queriendo establecer una distancia despersonalizada pero evidente». Creo que no sobra advertir a mis lectores que ciertas alusiones museográficas hechas en esta descripción han corrido por mi cuenta. Iturri mencionó algo como «esas estatuas de mujer que hay en Roma» o «los *kuroi* que hay en Atenas». Relató, luego, cómo visitaron hasta el más apartado rincón del barco y cómo Warda mostró conocer con suficiente autoridad detalles relacionados con las máquinas, la capacidad de las bodegas y el funcionamiento de las grúas. Caminaba al paso con los hombres que le acompañaban, con un andar firme, decidido, pero al que nunca se le hubiera podido aplicar el carácter de deportivo. «Era una levantina cien por ciento —aclaró Iturri— y su voluntad de asumir las modas y la vida occidental para nada alteraba esos signos inequívocos, esenciales, propios de su raza. Es más, a medida que se la conocía mejor uno se daba cuenta de que estaba no sólo satisfecha sino orgullosa de su sangre árabe».

Volvieron a la cabina para seguir conversando y Warda propuso ir al vestíbulo del hotel donde se hospedaba. «Allá estaremos más cómodos y podremos tomar algo. ¿O tal vez el capitán desea ver aquí alguna otra cosa?». Por la cabeza de Jon alcanzó a pasar la idea de soltar un piropo digno de colegial, algo como: «Aquí no hay nada más que ver que usted». Fue, apenas, una tentación inmediatamente reprimida pero era curioso que aún la recordara. «No, es suficiente. Por mí, podemos irnos ya», fue lo que respondió, protegiéndose en sus escuetos pero impecables modales de vasco de buena cepa. En ese momento se dio cuenta de que Warda lo miraba de vez en cuando con interés no exento de curiosidad. Trataba, seguramente, de medir las capacidades profesionales del hombre del que iba a depender en buena parte la solución práctica de su futuro. Cuando él le cedió paso para que bajara la escalerilla, Warda lo miró con una sonrisa que descubrió sus dientes grandes y regulares, de un blanco levemente marfileño. También la piel tenía ese tenue tono oliváceo resaltado por los colores de la ropa con evidente intención. «La sonrisa fue de aprobación —me explicaba Jon con una seriedad un tanto conmovedora—, de conformidad, no solamente con mis dotes de marino, sino con algo más personal. Pero tampoco más allá de un mostrarse satisfecha con algunas particularidades exteriores de mi aspecto y de mis maneras. En lo que a mí toca, estaba por completo subyugado con esa mezcla de hermosura inconcebible, una inteligencia firme y un carácter reciamente definido, que mostraba su propósito de romper toda amarra que la atara al tótem familiar y secular de su gente. En el vestíbulo del pequeño pero elegante hotel de Pola donde se hospedaba Warda, seguimos hablando del negocio. Los hermanos pidieron un jugo de fruta; aunque no profesaban la religión islámica, parecían respetar ocasionalmente ciertas reglas coránicas. Me dio la impresión de que Abdul nos hubiera acompañado con alguna bebida alcohólica, pero que se había abstenido de hacerlo por estar su hermana menor presente. El Gaviero pidió un Campari con ginebra y hielo y yo pedí lo mismo, olvidando mi principio de jamás tomar alcohol antes del mediodía. Éste y otros síntomas bien evidentes comenzaban a indicarme que algo estaba cambiando en mí para siempre y que esa mudanza tenía su origen en la presencia de Warda. Otra señal fue mi aceptación, indiscriminada y sin mayores preámbulos, de las condiciones del convenio con los Bashur. Aún hoy día sigo sin poder recordar a ciencia cierta todas las cláusulas del mismo. Lo único que conservo claro en la memoria son las pocas pero terminantes intervenciones de la hermana de Abdul, relacionadas con la forma como debía operarse el barco desde el punto de vista comercial: "No quiero que se comprometa a transportar carga que signifique riesgo de ninguna clase. Hay que evitar el menor roce con las compañías de seguros y con las autoridades aduanales", declaró mientras miraba con cierta intención más que evidente al Gaviero y a su hermano. Éstos debían ser expertos en tal clase de tráficos, porque se miraron sonriendo pero sin hacer ningún comentario. Otra condición que exigió

Warda en forma igualmente perentoria no podré olvidarla jamás, ya verá más tarde por qué: "Deseo supervisar en forma personal y periódica el manejo comercial del barco. Para esto, usted, capitán, hará el favor de mantenerme enterada de sus itinerarios y yo le dejaré saber en qué puerto nos debemos encontrar. Es claro que, en todo lo que tenga que ver con mantenimiento, contrato de personal y viajes del *Alción*, tiene completa libertad y absoluta autonomía"».

Iturri asintió de inmediato, sin parar mientes en lo que podían significar estos sucesivos encuentros y la responsabilidad que suponían de rendir cuentas de su trabajo. Se convino en que la regularización notarial del convenio y el registro correspondiente en las oficinas portuarias se harían en Pola a la mayor brevedad. Warda fue la primera en ponerse de pie y despedirse. Deseaba descansar un poco, dijo, porque había viajado toda la noche en un tren detestable que la trajo desde Viena. Cuando le estrechó la mano a Iturri, le dijo entre seria y sonriente: «Estoy segura de que el *Alción* tendrá un excelente capitán y usted una socia que no le dará problemas. Dígame, ¿su padre o su madre eran ingleses?». «No —le contestó él divertido, porque ya sabía el porqué de la pregunta—, todos mis antepasados son vascos y han vivido por siglos en la misma región. Si me lo pregunta por el nombre, se trata de una simple casualidad. Jon es un nombre tan vasco como Iñaki. Se escribe sin la hache del nombre inglés». «Muy bien —dijo ella—, lo tendré en cuenta. Yo le hubiera puesto la hache y habría metido la pata». Jon se limitó a mover la cabeza en señal de que no tenía importancia. Los tres hombres se quedaron un rato afinando algunos detalles del contrato. Luego fueron a comer a una taberna del puerto. La conversación estuvo dedicada a historias de mar que corrieron casi en su mayoría por cuenta del Gaviero, cuya experiencia en ese campo daba la impresión de ser inagotable. «Cambió totalmente mi primera impresión sobre el socio de Bashur —aclaró el vasco—. Me di cuenta de que mis prejuicios provincianos y nacionales no me habían dejado percibir a primera vista la enorme riqueza de experiencia y la humanidad densa y calurosa de este hombre cuya nacionalidad no acabé de conocer como tampoco la pronunciación de su nombre, que tenía un lejano parecido con algo escocés pero que también podía ser turco o iraní. Supe, luego, que andaba con pasaporte chipriota. Pero eso nada quiere decir porque él mismo me insinuó que no me fiara de la autenticidad del documento».

Bashur y su amigo tornaron al día siguiente a Amberes. Warda dijo que también regresaría a Viena tan pronto estuvieran listos los papeles que debía firmar junto con Jon. Esto se hizo un día después de la partida de Bashur. Iturri llevó sus pertenencias al barco y arregló su camarote con minuciosidad de escolar. Allí iba a transcurrir un tiempo indeterminado, pero que no sería menor de dos años según rezaba el contrato. Tuvo luego una reunión con cuatro mecánicos y un contramaestre que le habían recomendado en la oficina del puerto y se dedicó a buscar al resto de la tripulación en algunas listas de personal disponible pegadas en las grandes puertas de entrada a los muelles. Estaba examinando una de ellas cuando le sorprendió la voz de Warda Bashur, que le hablaba casi al oído, a espaldas suyas: «Yo no confiaría mucho en esas listas. Allá usted. Es posible que me pase de desconfiada». Volvió a mirarla y el hecho de que estuviera con ropa diferente lo desconcertó un poco en el sentido de que la belleza de la muchacha tornó a dejarlo sin palabras. Llevaba un sencillo traje de algodón con grandes flores en diversos tonos pastel. Otra vez sobre los hombros llevaba una chaqueta larga de lana cruda. «Yo la hacía ya en Viena», le comentó él por decir algo. «Pero cómo pensó que me iba a ir sin despedirme de mi socio. Además, todavía hay asuntos que hablar. ¿Tiene algún compromiso para cenar esta noche?», le preguntó Warda. «No, estoy libre. Dónde quiere que cenemos», repuso él entre ilusionado y curioso ante la posibilidad de cenar con ella a solas. «No sé si usted sea muy entusiasta de los *frutti di mare*. A mí me cansan un poco. Hay una taberna yugoeslava en la calle que está detrás del hotel donde usted se hospedaba. ¿Qué le parece si nos vemos allá a las ocho?». No pudo contenerse y le propuso que pasaría por ella al hotel. «Es usted muy amable, pero sé muy bien cuidarme sola y me gusta ir mirando las pocas vitrinas de la calle principal. Eso irrita mucho a los hombres». Siempre había en las palabras de Warda como una escondida invitación a que él le contestara con una galantería. Al menos así se lo parecía a Iturri, quien estuvo a punto de decirle que, muy al contrario de aburrirle, el proyecto le parecía encantador. Pero no lo hizo. Un instinto perspicaz le apartaba de tales tentaciones. Había en ella un aplomo, un leve acento de autoridad en su manera de hablar con él y también con Abdul y su compañero que no admitían esos galanteos fáciles con los que gustan jugar muchas mujeres. Jon se limitó, pues, a confirmar que estaría a la hora indicada y ella se despidió con el apretón de manos de siempre. Jon había perdido las ganas de seguir revisando las tales listas y se fue al barco para ordenar al contramaestre —un argelino de mirada torva pero carácter manso y maneras lentas que le inspiraban plena confianza— que se hiciera cargo de enrolar a los hombres que hacían falta. Al menos los necesarios para el primer viaje. Quería ir primero a Hamburgo, en donde varios amigos suyos comerciantes de café podrían darle carga para los países escandinavos y algunos puertos del Báltico.

Cuando llegó al restaurante, ella lo estaba esperando. Él le comentó con sorna que, al parecer, no había vitrinas muy interesantes en el trayecto desde el hotel. «Ni interesantes ni de ninguna clase. No hay nada. Ésta es una ciudad muerta, buena para veraneantes despistados. Esta clase de sitios me deprimen fácilmente». Iturri pensó que la educación de la hermana menor de los Bashur debió costarle a la familia más de un dolor de cabeza. La comida era excelente y, mejor aún, el vino: un blanco de la Bosnia ligeramente picante, con leve aroma frutal de naturalidad indiscutible. Hablaron de Hamburgo, de los proyectos para el futuro y de cómo harían para estar en comunicación. Ella daría al capitán un número de apartado en Marsella y de allí le harían llegar las cartas a donde estuviera. Él le preguntó si pensaba viajar mucho. «Por lo del correo —le explicó—, no por otra cosa». «¿Qué otra cosa podría ser?», le preguntó ella con tono de cordial desafío. «Curiosidad, pura y simple curiosidad. Los hombres solemos ser mucho más curiosos que las mujeres. Lo que pasa es que sabemos disfrazarlo mejor», repuso él en el mismo tono. Ella le comentó que precisamente quería hablarle sobre algo relacionado con eso: «Hasta ahora he vivido bajo el control de mis hermanas mayores y de mis hermanos. Pero éstos no han sido tan estrictos como pudiera pensarse en una familia musulmana. Son mis hermanas las que se han encargado de la tarea y lo han hecho a conciencia. Eso tenía cierto sentido cuando era menor de edad. Pero ahora tengo veinticuatro años y la cosa, además de insoportable, es ridícula. Mis hermanas, con esposo las dos, son las típicas mujeres resignadas que siguen con fingido interés los negocios de sus maridos, se encargan de sus hijos y mantienen la casa en orden. Siempre han querido que haga lo mismo. Lo curioso es que no he sido ni soy rebelde. Tal vez quiera un destino algo semejante al de mis hermanas, pero escogido por mí y dentro del marco de ciertos gustos y preferencias personales que no tengo aún muy firmes pero que espero consolidar viviendo un poco en París, otro poco en Londres y algo en Nueva York. Soy una lectora devorante y me apasiona la pintura. La pintura colgada en las paredes. Soy incapaz de trazar una línea que se parezca a algo. Por todo eso he querido pedirle que por ningún motivo se dirija a mi familia para entrar en contacto conmigo, ni comente con ellos, si algún día se encuentra con alguno, nada sobre mis desplazamientos. No tengo nada que ocultar, pero si les dejo la menor rendija por ahí se cuelan y no van a dejarme hacer las cosas como quiero. No deseo darle la impresión de una joven en plena crisis de rebeldía. Le repito que soy persona bastante tranquila, me irritan los excesos, las exageraciones y las grandes frases. Tampoco suelo aferrarme a nada que crea definitivo. Nada lo es. Lo poco vivido me basta para constatarlo. Tal vez le parezca raro que me detenga en algo tan personal, pero como conozco muy bien a mi gente, deseo estar al abrigo de cualquier intervención de ellos en mi vida, al menos por ahora, en este período de prueba y formación, como lo llamo yo un tanto pomposamente». Desde luego, Iturri le dio todas las seguridades de que preservaría su independencia y hasta se arriesgó a comentarle que le parecía un plan que indicaba una sensatez inobjetable. Estaba seguro de que el resultado de esa experiencia europea, en alguien como ella, podía anticiparse muy sólido, muy positivo y seguramente significaría un cambio radical en muchas de sus ideas y costumbres. Ella se apresuró a decirle que ni lo esperaba tan radical, ni quería cambiar muchas de las cosas que ahora constituían su vida. «Digamos que soy conservadora pero que quiero decidir qué es lo que voy a conservar, sin consultarlo con los demás ni esperar su aprobación».

Jon estaba sorprendido por la forma como Warda hablaba de sí misma con una inteligencia y una objetividad no sólo poco femeninas —al menos así se lo parecían a él—, sino por completo inesperadas a su edad y dentro de la limitada experiencia que debía tener de la vida. Había algo en ella que comenzaba a fascinar al vasco en forma muy particular. Era esa mezcla de serenidad, de certeza natural, esa sosegada manera de verse y de mirar su futuro, todo ello teñido con algo que, sin alcanzar a llamarse ternura, obraba sobre su interlocutor con un efecto balsámico. No había allí aristas, ni sorpresivos atajos, ni ocultos mecanismos a punto de dispararse. Todo ello expresado a través de esas facciones de una perfección intemporal y de un cuerpo no menos armonioso y firme. Iturri pensaba que durante ese diálogo y otros que habían sostenido en los días anteriores debió ella divertirse con la cara de atónita admiración, de incredulidad deslumbrada que él debía poner a cada instante y que, al recordarla, lo hacía sonrojarse. Estas condiciones de hermosura y balance de Warda ejercieron en él, desde el principio, una influencia cuya profundidad y ramificaciones se fueron haciendo cada vez más evidentes y decisivas. Aunque podía sonar enfático y exagerado, el mundo había cambiado para Jon. Si el mundo albergaba a alguien así, entonces no era lo que hasta entonces había creído. Iba a cumplir cincuenta años dentro de pocos días y, de repente, todo lo que lo rodeaba tenía un aspecto por completo nuevo y desconcertante. Era muy difícil de explicar. El adjudicarle el término de amor a un fenómeno tan total era caer en una simpleza, en una inaudita superficialidad. Con esa palabra se jugaba casi siempre con cartas marcadas. Aquí algo había despertado que, por ahora, no era posible encerrar en palabras.

Abandonaron el restaurante y él, sin ofrecerlo ni imponerlo, la acompañó hasta el hotel. Al despedirse, ella le dijo con una sonrisa acogedora y levemente irónica: «Bueno, mi capitán, ya tendré noticias suyas. Recuerde que en sus manos descansa mi futuro». Él se quedó un momento absorto frente a la puerta giratoria por la que había desaparecido Warda. Regresó al barco y, sin desvestirse, se tiró en la litera a tratar de reconstruir cada rasgo de este rostro, cada tono de esa voz, que lo sumían en un hipnotismo de filtros que iban a perderse en el pasado de su raza de magos y santones, de guerreros y navegantes sin estrella. Las noches en la ciénaga, bajo el cielo constelado, de una fosforescencia tibia y palpitante, eran propicias a la larga confidencia de Jon Iturri. Tal como aquí la resumo u ordeno, no permite, desafortunadamente, dar los acentos de retenida emoción que iban creciendo en el relato. La manera como el capitán de navío insistía sobre la belleza de Warda Bashur tenía algo de reiterativo, algo de salmodia o cantinela. Era conmovedor escucharlo luchar con las palabras, siempre tan pobres y tan lejos de un fenómeno como es la belleza en un ser humano cuando ésta alcanza la condición de lo esencialmente inefable. Había, por ejemplo, un afán de describir la forma como, en cada ocasión, aparecía vestida la muchacha. Tal vez Jon pensaba llegar así desde otro ángulo, cuando sentía que la pura descripción del rostro y el cuerpo dejaba flotando, apenas, una imagen inasible y harto confusa. Por otras razones, esta vez atribuibles al natural pudor y reserva de su raza, también tropezaba continuamente en la descripción de las relaciones con Warda y la forma como fueron entrando al *hortus clausus* de una intimidad para él imposible de precisar por los motivos expuestos y por su propio carácter de hombre de mar, poco ducho en moverse entre las representaciones y artimañas propias de estas historias de la gente de tierra. Trataré de seguir una línea más recta y escueta que la seguida por Jon en las noches de la ciénaga, donde me relató su conmovedora experiencia.

Después de recoger en Hamburgo una carga de café y de repuestos de maquinaria pesada con destino a Gdynia y a Riga, regresó a Kiel, donde volvió a tomar carga para Marsella. Este itinerario se lo comunicó a la copropietaria del *Alción* en la forma convenida. Con el *tramp steamer* le sucedía un fenómeno muy curioso: se iba acostumbrando al ingrato aspecto del barco que era, como Bashur se lo advirtió en Amberes, bastante engañoso. La maquinaria, si bien databa de los primeros años de este siglo, había sido mantenida con tal esmero y con tan concienzuda prolijidad que funcionaba mucho mejor de lo que sus arritmias y quejosas intermitencias hacían suponer. La falta de pintura, el óxido que ganaba terreno poco a poco hasta los más escondidos rincones del buque y su desafortunada silueta eran defectos en parte reparables y él se proponía corregirlos en la primera ocasión propicia. Las grúas aún operaban sin mayores tropiezos. Sus lentitudes y vacilaciones hacían rabiar a los descargadores de los muelles, pero nunca llegaban a fallar por completo. Jon terminó sintiendo por su barco una solidaria simpatía y escuchaba de muy mala gana las observaciones, humorísticas unas y otras francamente destempladas, que le hacían sus colegas o la gente de los muelles. Cada vez que esto sucedía, no dejaba de pensar, muy para sus adentros: «Si conocieran a la dueña, qué cara pondrían y cómo verían, de seguro, al *Alción* en forma bien distinta».

Cuando llegó a Marsella, lo esperaba un corto recado de Warda anunciándole su llegada al día siguiente. No daba señales de hotel, ni tampoco qué medio de transporte había escogido. Al mediodía siguiente, en plena labor de descargue, con un sol de junio que ardía en un cielo sin nubes, Jon la vio aparecer al pie de la escalerilla. Había llegado en un taxi que partió en seguida. Lo saludó con un movimiento de la mano, inesperadamente familiar, y comenzó a subir rápidamente los bamboleantes escalones. Él estaba en camisa, sin su gorra de marino que rara vez se quitaba, y con parte de la atención puesta en una grúa que se trababa a cada instante. Ella estaba espléndida y de nuevo le sorprendió cómo a cada cambio de atuendo volvía su belleza a lucir como una aparición jamás vista antes. «Hubiera pulverizado esa maldita grúa —me comentó— por distraerme la atención que quería dar por entero a mi bella visitante. Es en tales ocasiones cuando las máquinas se comportan con los caprichos torpes e irritantes de los hombres. El contramaestre vino en mi auxilio y le dejé la responsabilidad de seguir vigilando la operación». Warda propuso que fueran a un restaurante de la *Canebière* cuyos propietarios, paisanos suyos, conocían a sus hermanos: «Dos cosas le puedo garantizar allí: un vino honesto y una *bouillabaise* como se la servían al mariscal Masséna cuando pasaba por aquí. Al menos eso dicen los dueños. Ellos piensan que Masséna es un mariscal de la Gran Guerra. No los vaya a sacar del error porque sería fatal para la *bouillabaise*». Esperó en cubierta mientras Jon se daba una ducha rápida y se cambiaba de ropa.

El sitio resultó realmente excepcional. El vino blanco bajaba con una frescura inteligente, dejando a los aromas del plato en plena libertad de expandirse en el paladar, apenas protegidos por el aura frutal y terrosa del Clairette de Die del año anterior. Jon pasó revista somera a sus actividades e informó a Warda del resultado financiero de las operaciones que, sin ser brillante, se ajustaba más o menos a los cálculos que había hecho Warda para independizarse. El tono de la conversación tenía un calor y una espontaneidad que antes no habían existido. Ahora, era como si cada uno hubiera trabajado en la memoria la imagen del otro y esto había establecido un territorio común, no mencionado pero siempre presente en este segundo encuentro. Jon le preguntó cómo iba su experiencia europea y cuáles eran las conclusiones a las que había llegado en esos meses. «Se lo pregunto —le aclaró— porque la sentí muy ilusionada con la experiencia y me abstuve de hacerle comentarios que hubieran podido interferir en forma negativa. Usted es demasiado inteligente para pasar por alto ciertos obstáculos que el contacto con el occidente europeo ofrece a quienes no tienen aún embotada la sensibilidad y no ven con ojos de turista. Claro que, para ustedes, Europa acaba siendo un continente más o menos reciente, una especie de América un poco más asentada. ¿O, tal vez, me equivoco?». «Sí —contestó ella sonriente—, se equivoca por completo. No sé por qué me adjudica una cuota de inteligencia mayor que la normal. Pero, en fin, nosotros llegamos a Europa con ojos muy ingenuos. Nuestra vejez se volvió hace muchos años una especie de cansancio, de uso y desgaste a través de costumbres e ideas que ni siquiera nos sirven ya para vivir en nuestra propia tierra. Pero si quiere que le cuente lo que voy sintiendo en Europa, le diría que es una lenta pero creciente decepción. Siento que estoy hecha para otros ámbitos, otros climas. ¿Cuáles? No sé, no lo puedo explicar todavía. Pero no es, desde luego, nostalgia inmediata de mi país y de mi cultura. Es como si todo esto que ahora trato de ver y de absorber en Europa ya me fuera conocido y ya me hubiera aburrido antes. Tal vez a usted, que lleva vida de marino, sin asidero en ninguna parte, le parezca obvio que así sea. No sé. Me gustaría que me lo dijera». Una mirada húmeda, densa, se fijó en Iturri en espera de sus palabras. «Yo sabía muy bien qué era lo que debía responder —me comentaba el vasco—, pero al mismo tiempo me daba cuenta de que estábamos hablando ya no sólo como viejos conocidos, sino como cómplices de un sentimiento naciente no explícito aún, pero evidente en el sesgo que iba tomando nuestro diálogo. El vino blanco contribuía no poco a relajar nuestras mutuas defensas y temores. Ya estábamos en otra cosa, en otro orden de relación. Al evocar nuestro primer encuentro nos recordábamos a nosotros mismos como extraños. No lo dijimos. Las palabras no eran necesarias en este caso. Al menos las que pudieran aludir directa y brutalmente a esa mudanza. Nosotros la percibíamos y eso era lo importante. En esas circunstancias, seguir encadenando ideas más o menos generales y sabidas sobre la "experiencia europea" de Warda era bastante inútil y, además, no era eso lo que ella quería oír. Le dije que yo creía que lo importante era conservar esa disponibilidad, esa apertura de espíritu suyas. Las respuestas, las experiencias y las mutaciones vendrían irremediablemente. El *Alción* prometía seguir produciendo para continuar esa "educación sentimental", término que le hizo fruncir un instante las cejas negras que permanecían casi siempre en una tranquila inmovilidad. Le expliqué que el término abarcaba una zona mucho más vasta que el simple territorio amoroso. De repente me hizo una confidencia que significó la entrada definitiva a una historia en común. "Sé a lo que se refiere —me dijo—. En lo que respecta a lo que usted llama 'el territorio amoroso', ya lo tengo recorrido y aún más de lo que pueda suponer por mi edad. No crea mucho en eso de la vigilancia musulmana. He tenido varios hombres en mi vida. *No regrets*. Pero tampoco ningún recuerdo que valga la pena conservar. Dicho esto, sigamos con mi 'educación sentimental'. Cuento con su ayuda". Le dije que ya la tenía desde antes. "Pero no sé —añadí— lo que un cincuentón como yo pueda aportar de válido, de positivo". "Ya lo aportó y ya está contabilizado", me respondió con una mirada, la primera de franca y gozosa coquetería, que me dejó como esos gatos que caen del tejado y, por un momento, no saben bien lo que ha sucedido ni dónde están. Era ya pasada la medianoche cuando abandonamos la taberna libanesa. Ella detuvo de repente un taxi y despidiéndose de mí con cierta precipitación, me dijo: "Voy al hotel a recobrar un poco de sueño. No dormí un instante en el viaje. Supongo que el muelle está a pocos pasos, ¿verdad?". No, el muelle estaba mucho más lejos que su hotel, pero no quise aclarárselo. Era evidente que no quería seguir nuestra charla, se defendía de algo, de un impulso suyo, tal vez de la prolongación de nuestro diálogo en ese tono de intimidad. Ya en el taxi, bajó el vidrio de la ventanilla para preguntarme adónde planeaba viajar después de Marsella. "Voy a Dakar a recoger una carga para las Azoresy de allí, también con carga, voy a Lisboa". "Nos veremos en Lisboa", me dijo con los ojos muy abiertos como ponderando algún secreto encanto de la ciudad».

Iturri le hizo una señal de aceptación con la cabeza y esperó otro taxi que lo llevó hasta los muelles. Cuando pagaba al conductor y mientras contaba el dinero de la propina, se dio cuenta de que estaba definitiva y profundamente enamorado. «Como un colegial —comentó—, como un pobre colegial indefenso, desconcertado y temeroso. Hacía muchos años que no me sentía así». No durmió en toda la noche y, al día siguiente, con un dolor de cabeza feroz, puso rumbo a Dakar en medio de uno de esos aguaceros de verano que convierten el Mediterráneo en un baño de vapor. Pensó que había llegado el momento de pintar el *Alción*. La frivolidad de la idea lo hizo ruborizarse. No habría cuándo hacerlo. Todo el año lo tenía comprometido con encargos de viejos conocidos que confiaban en su seriedad y deseaban ayudarle. En Dakar se demoró la operación de carga mucho más de lo previsto. Cuando llegó a las Azores ya estaba entrando el otoño. Recordó que Warda le había comentado que tenía el proyecto de visitar los grandes santuarios de la ortodoxia rusa —Zagorsk, Novgorod, etcétera— al finalizar el otoño. La idea de no verla ya en Lisboa comenzó a torturarlo. Era, otra vez, una sensación que hacía mucho tiempo no sentía. La espera de una dicha que sentimos como inaplazable y que al paso de los días se nos va haciendo menos cierta. Un pequeño infierno que le quitaba el sueño y le impedía trabajar con la mente despejada. En la boca del estómago, un peso muerto, una opresión, le quitaban el apetito. El trayecto de las Azores hasta la capital portuguesa se le convirtió en una verdadera tortura. A veces llegó a pensar que tenía fiebre. Se hacía la vana reflexión de que, a los cincuenta años, cuando pensaba que desde mucho tiempo atrás había cancelado esta clase de experiencias, era un tanto preocupante el caer de lleno en un callejón sin salida en donde sólo conseguiría cosechar, si se arriesgaba a seguir adelante, la ducha helada de un bien merecido rechazo. Al entrar a la desembocadura del Tajo, el corazón le palpitaba como a cualquier adolescente en la banca de un parque público.

No encontró mensaje alguno. Fue a visitar unos clientes con los que tenía que convenir un transporte de aceite de oliva y vinos generosos para Helsinki. El otoño se iba por momentos y Lisboa mostraba su rostro de opacidad y tristeza, tan acorde con los fados que los turistas fingen disfrutar en las tabernas. Regresó al barco con un agobio que le trabajaba por dentro como el comienzo de una enfermedad de los trópicos. Había perdido todo interés en el *Alción* y cuando lo vio, a lo lejos, surto en medio de la bahía, esperando turno para entrar en los muelles, la desgarbada figura del *tramp steamer* le despertó una irritación mezclada de fastidio. Cuando iba a bajar a la lancha que lo llevaba de regreso, escuchó una voz de mujer que lo llamaba a lo lejos: «¡Jon! ¡Jon!, espéreme». Warda venía corriendo por la calle que bajaba al puerto. Traía un pantalón crema y una blusa roja. Con un suéter beige claro le hacía señas para que la viera. Se quedó parado en el muelle mientras, allá adentro, en pleno pecho, se le desencadenaba una dicha incontrolable.

Cuando Warda llegó a su lado, le dio un beso en la mejilla que él apenas alcanzó a devolver con leve roce en la piel ligeramente húmeda de ese rostro que hacía mucho venía obsesionándolo. Sin decir palabra, la muchacha pasó su brazo por el del capitán y fue llevando a éste hacia el centro de la ciudad. Cruzaron la avenida Cuatro de Julio y tomaron por la Rua do Alecrim. Ella le comentó que seguramente habría algún bar abierto en las callejuelas del Barrio Alto. «Pensé que ya no venía. La imaginé camino a los santos lugares de la ortodoxia eslava». «Por ahora hay otra ortodoxia con la que es preciso ponerse en orden», contestó ella mirándolo con toda intención, y divertida con la cara que Jon debía estar poniendo. Iturri tenía esa intrínseca incapacidad de los vascos para disimular sus sentimientos. «Encontramos un bar y allí nos sentamos a descubrir lenta pero implacablemente nuestros sentimientos. Le confesé que si no hubiera aparecido estaba resuelto a partir para Australia y dedicarme allí al cabotaje», me explicaba Jon mientras su voz, tantos años después, aún asomaba una desesperación inusitada, por entero ajena a su carácter reservado y recio. De lo que hablaron recordaba bien poco. Warda, sin perder esa serenidad y balance que daban tanto encanto a su juventud, le confesó que la pretendida educación europea se había ido al cuerno y que, por ahora, sólo le interesaba estar a su lado. Algo había en él que la llenaba de una plenitud hasta entonces desconocida para ella. Eso era todo lo que quería. No creía que el futuro les deparara la menor oportunidad de construir algo juntos. Eso tampoco le importaba. Por lo pronto necesitaba vivir esa experiencia. Instalarse en un presente que precisaba como el aire para respirar. Jon balbuceó algunas reservas sobre la diferencia de edad, de nación y de costumbres. Warda se alzó de hombros y le contestó, con certeza de vidente, que ni él creía en lo que estaba diciendo ni nada de eso contaba para nada. Eran las seis de la tarde y habían consumido varias botellas de Vinho Verde acompañando unos platos de pescado frito de calidad y sabor perfectamente olvidables. Cuando llegaron al hotel, en la Avenida da Libertade, trataban de fingir un paso firme y natural. Jon se registró como esposo de Warda y subieron al cuarto en un abrazo que hizo volver varias veces la cara al ascensorista para ver si aún respiraban. En el trayecto de la puerta hasta la cama dejaron toda la ropa. «Hicimos el amor una y otra vez, con la lenta y minuciosa intensidad de quienes no saben lo que va a suceder mañana. La obsesión de Warda por llenar el presente de sentido descansaba en un juicio inteligente y cierto de las escasas posibilidades y de los obstáculos insalvables que ofrecía nuestra relación. Tampoco yo, como se lo había dicho en el bar, veía hacia dónde podía desembocar aquello. Esto nos llevó a refugiarnos, con una entrega que limitaba con la desesperación, en el disfrute de nuestros cuerpos. Warda, desnuda, adquiría como un aura que emanaba de la perfección de su cuerpo, de la estructura de su piel elástica y levemente húmeda y de ese rostro que, visto desde arriba, en el lecho cobraba aún más su carácter de aparición délfica. No es fácil explicarlo, describirlo. A veces pienso que no lo viví nunca. Lo único que me ha detenido muchas veces ante la voluntad de morir es pensar que esa imagen muera también conmigo». Iturri, cuando llegaba a estas barreras para transmitir su experiencia, caía en largos silencios en los que una oscura desesperanza revolvía sus más amargos sedimentos. «Durante tres días —continuó— estuvimos en el hotel de Lisboa sin salir de la habitación. Habíamos convertido ésta en una especie de universo propio en pausada rotación de episodios de un erotismo celebrado con pocas palabras y de mutuas confidencias de nuestra juventud y de nuestro descubrimiento del mundo. A Warda le obsesionaba una muy peculiar idea de lo que debía ser la vida del marino. De mi propia experiencia en el mar poco podía contarle. Nada excepcional me había sucedido en una profesión ejercida dentro de una rutina gris, cuya monotonía sólo era interrumpida por las variaciones de clima y de paisaje impuestas por el continuo viajar. Ahora no consigo reconstruir la materia de nuestros diálogos. Recuerdo, sí, que éstos tenían, por virtud del carácter de mi amiga, un tono sosegado y pleno en donde la anécdota y la sorpresa cedían el paso al examen y asimilación de nuestra personal imagen del mundo y de la gente. Warda tenía, repito, algo de pitonisa. Avanzaba en la semivigilia de sus sensaciones con la firmeza de un sonámbulo. En esto era tan plenamente oriental como cualquier genio de *Las mil y una noches*».

Jon tuvo, al fin, que regresar al barco para ocuparse de las gestiones aduanales previas a la partida. Había cerrado por teléfono desde el hotel el contrato de carga para Helsinki y allí tenía que recoger un importante cargamento de papel destinado a Veracruz. Warda lo acompañó durante el tiempo que le tomaron esas gestiones. Seguía con discreta pero intensa curiosidad los trámites a los que atribuía un misterio que provocaba la risa de Iturri. Ninguno de los dos quiso mencionar el momento de la despedida y, cuando éste llegó, ella se limitó a decirle, con voz que trataba de ser natural sin lograrlo del todo: «Te espero en Helsinki. Estaré en el puerto para recibirte». Jon le explicó que tendría forzosamente que pasar por Hamburgo para cambiar algunas piezas de los motores y eso le tomaba al menos un mes, porque había mucho turno en los astilleros.

Cuando llegaran a Helsinki la temperatura estaría a varios grados bajo cero. «Indícame, cuando lo sepas, la fecha exacta de tu llegada. Estaré en el puerto». Esa especie de certeza, de firmeza sin vacilaciones, era uno de los rasgos del carácter de Warda que mayor atracción ejercían sobre Jon. Tenía, para usar sus palabras, «la sabiduría de las matronas de mi casa de Ainhoa en un cuerpo de Afrodita. Demasiado para la pobre vida de un hombre». Cuando llegamos a esta parte de la historia, entró en uno de sus silencios, el más largo, tal vez, de todos los que separaron su confidencia de varias noches.

«Ahora —comenzó a decirme cuando yo creía que no iba a hablar más y se disponía a retirarse a su camarote— mi relato se encadena con el suyo. Debo confesarle que lo que me sorprendió en él no fue su encuentro con el *Alción*, eso no deja de ser una coincidencia harto explicable. Lo que me intrigó sobremanera y, en verdad, me movió a contarle mi historia, es otra casualidad, ésta sí en extremo inquietante y que recibí como si usted me estuviera transmitiendo alguna oculta señal de una secreta hermandad: cada uno de sus encuentros con el *Alción* coincide con hitos decisivos y graves de mis amores con Warda. Hubo otras etapas recordables y gratas, pero en Helsinki, en Punta Arenas, en Kingston y en el delta del Orinoco se conjuraron las circunstancias para hacer de cada una de esas escalas el sitio donde iba a definirse nuestro destino o a esfumarse para siempre. Sólo me resta, pues, contarle lo que sucedía en el *Alción* y los sentimientos de sus dueños, cada vez que el viejo y derrumbado navío se le apareció cuando menos lo esperaba. Usted es el único testigo que merece y debe conocer los hechos. En cierta forma, que no podremos nunca esclarecer, usted es también un protagonista de primera importancia».

Iturri pasó luego a explicarme algunos detalles de las reparaciones hechas en Hamburgo y el registro del barco en el consulado de Honduras de ese puerto. La licencia italiana había llegado a su término y no podía renovarse. Cuando el *tramp steamer* llegó a Helsinki, el invierno se había instalado con la severidad ya mencionada por mí al relatar mi primer encuentro con el barco. Warda cumplió estrictamente con lo prometido. Al atracar el barco, subió por la escalera acompañando a las autoridades portuarias. Saludó con un apretón de manos al capitán y se refugió en el camarote de éste mientras los funcionarios verificaban los documentos del navío en el puente de mando. Ya libre de intrusos, Jon regresó a su camarote. Warda estaba tendida en la litera mirando al techo en actitud hierática. Una sonrisa vagaba por sus labios cuando vio el rostro del vasco. El camarote tenía la calefacción puesta al máximo y olía a esa mezcla de pasta de dientes, colonia para después de afeitar y artículos forrados en piel, característica de ciertos ambientes estrictamente masculinos donde reina un orden castrense. «Ven, dame un beso y no pongas esa cara. Me voy a quedar aquí todo el tiempo que permanezca el buque en Helsinki. Supongo que no tienes objeción, ¿verdad? Las supersticiones esas de las mujeres en los barcos y demás tonterías». Iturri le explicó que no había ninguna objeción de ese orden y que era común en los *tramp steamer* que el capitán viajase con su esposa o con una amiga que figuraba como tal. Lo que le preocupaba era la evidente incomodidad del lugar, la falta de espacio y de ciertos elementos indispensables para alojar a una mujer. Pero, más que eso, le intrigaba sobremanera la preferencia por el *Alción* en lugar de cualquiera de los lujosos hoteles de Helsinki, que tenían fama de ser los más confortables del norte de Europa. Igual podrían estar los dos en uno de ellos y no en ese camarote tristón y pobremente equipado. Warda le explicó que tenía varias razones para tomar esa determinación: «En primer término —le dijo—, no soporto estos nórdicos. Tienen algo de muñecos de trapo con gestos humanos que me produce pánico. Beben mal, comen mal y, por lo poco que recuerdo de una fugaz relación que tuve, aman con toda la culpa protestante adentro. Imagina lo que todo eso significa para alguien nacido en Beirut». Además, se le había metido en la cabeza el capricho de convivir con él en el barco, verlo trabajar allí en las maniobras de descarga y carga. Era un Jon que ella no conocía. «Traigo la ropa adecuada, no te preocupes. Da lo mismo», se adelantó a contestar a una posible objeción de su amigo. Por último, le ilusionaba mucho visitar juntos los bares y pequeños restaurantes del puerto, que debían tener un ambiente bastante más acogedor y relajado que el de los hoteles, que le recordaban las funerarias californianas trasladadas al Ártico. Iturri hacía rato que estaba encantado con la idea y así se lo hizo saber a Warda. Irían a la estación del terminal aéreo, donde ella había dejado su equipaje, y se instalarían en el barco.

Los días en Helsinki estuvieron animados por una marea de optimismo y de confirmación de la experiencia de Lisboa, que había tenido esa plenitud que hace pensar que se trata de algo que nunca podrá repetirse. El hacer el amor en la litera y el dormir juntos en el estrecho espacio de la misma daba lugar a toda suerte de acrobacias que les producían una risa incontenible. La relación se consolidaba en el firme y muy claro convenio de no gravarla con ulteriores consecuencias, ni tratar de encaminarla hacia un compromiso duradero. «Mientras esto dure, así será, como es ahora. No podrá ser de otra forma y los dos lo sabemos muy bien. Lo importante es no tratar de modificar la situación, ni dejar que otros intervengan para intentarlo. Depende de nosotros y no hablemos más de eso porque, además de aburrido, es inútil». Así lo definió ella mientras trataban de ingerir, con algunas reservas, un filete de reno cocinado con hierbas de la tundra y rociado con vodka finlandesa helada, aromatizada con pimienta y jengibre. Se habían aficionado a esa pequeña taberna del puerto que tenía una gran chimenea de azulejos en el centro del minúsculo salón con seis mesas servidas por dos mujeres de edad madura, muy sonrientes, que no hablaban sino finés. Por lo tanto tenían un poder absoluto en la disposición del menú. Cuando Jon la vio tomar, uno tras otro, los pequeños vasos de vodka, convertido por la congelación en un aceite indolente, le recordó cómo, en el bar del hotel, el día que se conocieron, se abstuvo de tomar nada alcohólico, al igual que su hermano Abdul. «Allí está —le explicó ella, con seriedad casi doctoral— toda la clave de mi problema y, en general, el de muchos musulmanes: una sumisión superficial a preceptos con los que nos acostumbramos a negociar y el olvido de ciertas verdades esenciales». Él le comentó que ahora la veía tomar alcohol sin ninguna reserva. Ella repuso algo que Jon recordaría luego como un primer anuncio que pasó por alto: «Sí, ahora tomo vodka y hago el amor con un rumí, pero cada día me siento más ajena y desinteresada de Europa y entiendo mejor a mis hermanos que viajan a La Meca sin saber leer ni escribir, sin conocer el vino y resignados al castigo del desierto».

Después de Helsinki siguieron otros encuentros. En El Havre, en Madeira, en Veracruz y en Vancouver. Warda se había acostumbrado a convivir con Jon en su camarote, durante las etapas en los puertos. Casi nunca visitaban las ciudades y solían hacer su vida, al igual que en la capital de Finlandia, en restaurantes y bares del puerto. La entrada de Warda en estos sitios era un espectáculo que se cumplía con idéntica secuencia. Cuando la muchacha aparecía en la puerta, todos los parroquianos se volvían a contemplarla en un silencio casi religioso. Luego venía una ola de cuchicheos que se iba apagando a medida que la pareja se concentraba en su conversación, sin parar mientes en los circunstantes. Sólo quedaba entonces un periódico y discreto volver la vista hacia Warda de algunos que no podían resistir la atracción de una belleza semejante. Lo que divertía a Jon era la manera, siempre la misma, como ella reaccionaba a esta atención de la gente. Con un leve rubor se ensimismaba aún más en el diálogo con su amigo, como tratando de escapar a la curiosidad ajena. Jamás le vio la más leve mirada o gesto que indicase la menor conciencia o manejo del elocuente deslumbramiento que causaba. Era como si esto sucediera en otra dimensión del mundo a la que ella se sentía por completo extraña.

La relación de los dos amantes continuaba dentro de las pautas establecidas por ellos desde el primer día que se fueron a la cama en Lisboa. Habían encontrado ciertos recursos de humor, ciertas claves verbales y de caricias que compartían con simultaneidad invariable y que les servían para ahuyentar la menor alusión a un compromiso en el futuro. A lo más lejos que llegaban en ese terreno era a fijar el puerto del próximo encuentro. Así pasaron un año largo, hasta cuando Iturri llegó a Punta Arenas.

Había convenido encontrarse allí con Warda, que quería acompañarlo en un itinerario por el Caribe que le había resultado gracias a ciertas viejas amistades que tenía en las islas. Eran trayectos cortos, muy bien pagados y con carga de muy fácil manejo. Cuando atracó en los muelles del puerto costarricense se encontró, en lugar de Warda, con Abdul Bashur, que lo esperaba recostado en un poste de amarra. «En verdad —me comentaba Jon— no me sorprendió mucho la presencia del hermano de Warda, por inesperada que pudiera parecer en ese lugar tan alejado de sus negocios habituales. Conocía lo suficiente a los levantinos para saber que, tarde o temprano, desearían indagar sobre la vida que estaba haciendo su hermana menor. Esto era como un principio tribal al que no escapan ni los más europeizados. La actitud de Abdul fue reservada pero cordial. Subió al barco, recorrió conmigo las bodegas y la sala de máquinas y, en general, se mostró satisfecho del *Alción*. Cuando hizo algún comentario sobre el estado realmente lastimoso de la pintura del navío, le expliqué que si lo llevaba para pintarlo a no importa qué astillero, esto paralizaría el aprovechamiento comercial del barco por lo menos durante un mes, y si destinaba a la tripulación para que se dedicara a pintarlo durante las travesías, forzosamente estaba obligado a contratar más gente. En ambos casos el rendimiento económico bajaría sensiblemente y no se podía, en tales circunstancias, cubrir la participación fijada como tope por el otro propietario del barco. Así se lo había explicado a Warda y ella no había hecho ningún comentario. Bashur me miró con una mezcla de curiosidad y de humor. Luego me invitó a que, mientras cargaban el barco, subiéramos a San José. Tenía que hacer un par de gestiones con dos clientes suyos, tostadores de café. Almorzaríamos en la ciudad y en la tarde yo regresaría a Punta Arenas. Él volaba esa noche a Madrid desde San José. Di algunas instrucciones al contramaestre y partí con Bashur a la capital. Era evidente que quería hablarme sobre la relación con su hermana y había buscado el pretexto de ese viaje en coche para hacerlo. En efecto, mientras conducía un auto alquilado en el aeropuerto, fue llevando la conversación, con suma prudencia y hasta con delicadeza que supe agradecerle, al asunto que le interesaba. Antes de que siguiera, le hice saber, con franqueza un tanto brutal pero que me pareció necesaria, que ni Warda ni yo pensábamos en nada distinto de mantener nuestras relaciones en el nivel y dentro de los términos en que ahora se encontraban. Era algo que habíamos establecido con toda claridad. Cada uno era libre de tomar la decisión que quisiera y no había lugar al menor reclamo ni a reticencia de ninguna especie. Esto pareció agradar a Bashur, quien hizo luego algunos comentarios sobre la manera de ver su gente estos problemas y el intento de emancipación femenina en el Medio Oriente. Nada que yo no supiera, pero le escuché atento porque lo sentí como casi un deseo de disculparse por su intrusión en nuestros asuntos. Luego aludió al carácter muy especial de Warda. Hasta poco tiempo atrás se había mostrado como la más sumisa de las hermanas; la que menos interés mostraba en enterarse de lo que podía ofrecer el mundo occidental. Pero como, al mismo tiempo, era la más reservada, imaginativa y sensible de las tres, Abdul entendió como natural y sensato su deseo de hacer la experiencia europea. Él pensaba, me dijo en tono de confidencia y como indicio de la confianza que me demostraba, que Warda volvería al Líbano y terminaría siendo la más musulmana de la familia. Fue entonces cuando pronunció la frase que iba a repercutir profundamente en nuestro destino, el de Warda y el mío: "Lo de ustedes durará lo que dure el *Alción*". Nada contesté a esto, pero un ligero pánico me recorrió el cuerpo. Sabía que Bashur tenía razón, lo sabía desde el primer instante en que noté que su hermana dejó de mirarme como socio. Esta sentencia inapelable hacía mucho que pendía sobre nuestras cabezas. Después de un largo silencio, sólo se me ocurrió comentar: "Sí, tal vez tenga razón. Pero también es cierto que eso, en el presente absoluto que nos hemos impuesto para mantener nuestra relación, no quiere decir mayor cosa". Bashur se alzó ligeramente de hombros y cambiamos de tema.

»Lo acompañé a las gestiones que tenía que hacer en San José y comimos en Rías Bajas, un restaurante con ambiente amable y una vista muy bella del valle en donde descansa la ciudad. La carta intentaba, no siempre con éxito, recrear la inimitable magia de los platos gallegos. Fui con Bashur hasta el aeropuerto y allí nos despedimos. Mientras me estrechaba la mano, me puso otra en el hombro y dijo con calurosa sinceridad: "Cuide el barco como si fuera su ángel de la guarda. Suerte, capitán"».

Cuando Iturri regresó a Punta Arenas encontró a Warda instalada en el camarote. Había llegado poco después que Abdul. Los vio de lejos en el puente de mando y esperó a que partieran para subir al barco. «Sospeché a qué venía. Por eso preferí dejarlos solos. Abdul tiene mucho de caballero andante. Nos hemos querido mucho. Puede ser implacable en los negocios pero como amigo es ejemplar. Tiene algo de santón. El Gaviero, que anda con él y la triestina desde hace algunos años, sostiene que si alguna vez Abdul va a La Meca lo secuestran allí para santificarlo en vida». Al día siguiente zarparon hacia Panamá para entrar al Caribe. Jon me recordó que Warda le había comentado, al salir de Punta Arenas, que desde un yate que cruzó con ellos a la salida del puerto, una mujer despampanante, con el bikini más breve que había visto en su vida, estaba diciéndoles algo en español. Jon se alegraba de que su amiga no entendiera muy bien el idioma. Lo primero que había hecho al regresar de San José fue repetirle la sentencia de Bashur sobre el destino de sus amores ligado al del *tramp steamer*. Si la mujer del bikini había expresado sus dudas sobre si el barco conseguiría llegar con bien a Panamá, Warda, que no era supersticiosa pero sí fatalista, habría relacionado esas palabras con las de su hermano y las habría tomado como una nefasta confirmación de éstas. «Felizmente —me dijo—, la fortuna no suele tejer redes tan apretadas y es más piadosa de lo que solemos reconocer».

El crucero por el Caribe fue para Warda la revelación de un mundo lleno de afinidades y sugestivas coincidencias que alentaban su sensibilidad oriental. «Por aquí debió andar Simbad», exclamaba embriagada por el clima de las islas, la vegetación exuberante y siempre floreciente y la mezcla de razas de los habitantes, tan similar a la que hierve en el Mediterráneo de levante. Más de seis meses anduvieron recorriendo las Antillas y los puertos de tierra firme. Simultáneamente con el entusiasmo de Warda, fueron haciéndose notorios dos fenómenos concomitantes: la estructura del *tramp steamer* comenzó a flaquear y a dar muestras, al fin, de un evidente cansancio y en el ánimo de Warda comenzó a trabajar una nostalgia de su país y de su gente que iba en aumento a medida que más se familiarizaba con los encantos del Caribe. Los dos fenómenos se fueron haciendo presentes en forma soterrada. No estaba en el carácter de Warda el ocultar sus sentimientos. Cuando, al fin, se dio cuenta de que algo estaba cambiando en ella y que las imágenes, recuerdos y añoranzas del Medio Oriente afloraban ya no sólo en sus sueños, sino también en la vigilia, lo comentó de inmediato con Jon. Éste había venido notando ciertos síntomas no muy precisos y recibió la confidencia de su amiga con fatalismo resignado. Al llegar a Kingston, donde tocaba a su fin el recorrido por el Caribe, tuvieron una larga conversación. Iturri me resumió así las palabras de Warda: «Creo que ha llegado el momento de regresar a mi país y de ver a mi gente. Voy sin ningún propósito definido, sin nada previsto. Es algo que me pide la piel, tan simple como eso. He llegado, por etapas sucesivas, a varias conclusiones: no quiero ser europea, es más, no podría serlo nunca; una vida itinerante, como la que hemos vivido en estos meses y también antes, con menor intensidad, la siento como algo que me va desgastando por dentro, que mina ciertas corrientes secretas que me sostienen y que tienen que ver con mi gente y con mi país; eres el hombre con el que siempre había pensado que pudiera vivir, tienes cualidades que son las que más admiro, pero llevas mucho andando en la vida y nada puede ya cambiarse». Jon no resistió la tentación de hacerle la pregunta que, desde que existen amantes, ocurre sin remedio: «¿Pero eso quiere decir que no nos veremos más?». Warda le contestó de inmediato con un sobresalto tan espontáneo y sincero que Iturri sintió un nudo en la garganta: «¡No, por Dios!, no se trata de eso. Ahora no podría soportar ni siquiera la idea de no vernos más. Tengo que poner los pies en la tierra, pero te llevo conmigo. Tú me entiendes, tú lo sabes tan bien como yo. No quiero hablar de eso». Éstas y otras reflexiones semejantes fueron tema de conversación cada vez más constante a medida que iban acercándose a Kingston.

Y aquí Jon cayó a uno de sus silencios interminables. Era evidente que le costaba trabajo volver sobre la despedida en Jamaica. Fue tan parco sobre este episodio que no es muy fácil ponerlo por escrito. Creo que una frase, dicha en medio de premiosas explicaciones y detalles evocados una y otra vez, refleja muy bien sus sentimientos: «Ese barco escorado y casi en ruinas que usted vio en el muelle de Kingston es el mejor retrato de cómo se sentía su capitán. Ninguno de los dos tenía remedio. El tiempo cobraba su factura. Los días de vino y rosas habían terminado para los dos». Warda se despidió de Jon en el aeropuerto de Kingston. Tomaba un vuelo a Londres y allí otro con destino a Beirut. Lo último que le dijo, mientras le rodeaba la cara con las manos y lo miraba con fijeza de sibila, fue: «En Recife tendrás noticias mías. Déjame ponerme en orden por dentro y te veré de nuevo». Jon regresó al carguero con el ánimo deshecho pero también con esa aceptación de su destino que tenía mucho de estoico y mucho más de ibérica conformidad con los decretos de los dioses.

Sus planes incluían un intento de reparación del barco, así fuera provisional, en los astilleros de New Orleans. Tocaría luego La Guaira para cargar maquinaria de exploración petrolera con destino a Ciudad Bolívar y de allí iría a Recife con madera. El diagnóstico de los talleres navales en New Orleans fue bastante pesimista. La reparación general de la armadura del casco y las bodegas resultaba incosteable y de ella no respondían plenamente los ingenieros, dadas las condiciones del resto del buque. La pintura de la superficie exterior del *Alción* era más cara que el valor del buque en libros. Los ajustes que recientemente se habían hecho a la maquinaria le daban un margen de vida al navío que los técnicos no quisieron precisar. Jon tuvo que conformarse con reducir la capacidad de carga a la mitad, para no forzar los costados del casco y las paredes de las bodegas. Cuando llegó a La Guaira sólo pudo, por tal razón, aceptar una parte de la carga que lo esperaba en los muelles.

El remolcador había dejado atrás la región de las ciénagas y entró al trayecto final del río, antes de llegar al puerto. Ese trozo estaba dragado y mantenido desde la colonia para facilitar un tráfico muy intenso entre varias ciudades aledañas a la costa del Caribe, unidas entre sí por un canal que, partiendo de un recodo del río, conducía a la Villa Colonial, de heroica tradición por su resistencia a las invasiones de los piratas en los siglos XVII y XVIII. El paso por las vastas extensiones pantanosas es de una monotonía abrumadora. Debo confesar que, en esa ocasión, ni siquiera la percibí. La historia del capitán Jon Iturri había acaparado toda mi atención y, como aprovechábamos las noches en cubierta para seguir nuestra charla, el día se nos iba, casi en su totalidad, en dormir en nuestros camarotes, con el aire acondicionado que nos traía esa frescura artificial y un poco de morgue, pero que en zonas como ésas resulta de un indudable alivio. El último trayecto del río estaba protegido por muros de piedra y calicanto a lo largo de las dos orillas y daba la impresión de entrar a un canal semejante a los que, en Bélgica y Holanda, cruzan el país en todas direcciones. Nos quedaban dos días de navegación, antes de llegar al puerto. La penúltima noche Iturri me propuso que continuáramos con nuestra costumbre de pasarla despiertos. Su historia llegaba al final, del que, sin saberlo, yo había sido parcial testigo. Desde las nueve de la noche nos instalamos en cubierta. Las jamaiquinas trajeron una gran jarra con la mezcla *vodka amb pera* en la que flotaban trozos de hielo para mantenerla fresca. Jon comenzó su relato con una voz impersonal y opaca que indicaba cierta reserva, cierta dificultad, por lo demás bastante explicable a medida que la historia llegaba a su fin: «Ya conoce usted las bocas del Orinoco. Un dédalo infernal en uno de los climas más agotadores que recuerdo. Además, la región, en esa época, estaba bastante abandonada y la falta de recursos llegaba allí a ser alarmante. Yo no había estado nunca. El contramaestre argelino y el piloto sí parecían familiarizados con el sitio. El piloto era de Aruba y había remontado varias veces el río hasta Ciudad Bolívar, que era adonde nos dirigíamos para descargar la maquinaria. No mostró mayor preocupación ante las dificultades que la carta de navegación anticipaba con detalle. "Sólo hay que temerle —explicó— a las crecidas súbitas del río en la temporada de lluvias. La corriente baja con grandes bancos de lodo, raíces y troncos que pueden obstruir el paso en pocos minutos. Pero desde Ciudad Bolívar la radio del puerto suele anunciar la llegada de esas avenidas. Iremos con cuidado. No se preocupe". Fue en ese momento cuando comencé a preocuparme. Sé muy bien lo que en estos países significa la frase "no se preocupe". Debe entenderse como: "Si algo nos pasa no hay nada que hacer, así que no vale la pena preocuparse". Llegamos de noche frente a San José de Amacuro y resolví anclar en la pequeña bahía para entrar a la madrugada siguiente al delta, con la luz del día. Llovió toda la noche. El piloto nos tranquilizó explicando que eso no quería decir que estuviera lloviendo también en el interior, que era donde el Orinoco recibía las aguas crecidas de sus afluentes. A las cinco de la mañana empezamos a entrar por el brazo del delta que indicaba la carta como el más practicable. Allí nos cruzamos con el *Anzoátegui*. Seguía lloviendo torrencialmente. Teníamos sintonizada nuestra radio con la estación del puerto, que, en efecto, transmitía periódicamente informes sobre el estado del tiempo en la región. A las ocho y media de la mañana anunció una primera riada sin peligro alguno para los navíos que estaban entrando: se había desviado por un brazo que alimentaba extensos manglares. Pocos minutos después la estación salió del aire. Allá en el horizonte, sobre el lugar donde calculábamos que estaba la ciudad, crecía un cúmulo nimbus con su acostumbrada silueta de yunque, del que partían relámpagos en forma casi continua. Avanzábamos con lentitud por el estrecho canal parcialmente marcado con boyas. De repente el barco comenzó a vibrar, primero en forma casi imperceptible y luego con mayor intensidad, haciendo golpear las planchas del casco hasta producir un estruendo ensordecedor. El piloto anunció que era una creciente pero que, por la forma como venían las aguas, no parecía traer bancos de lodo. El contramaestre no se mostraba tan confiado y ordenó a la tripulación tomar ciertas precauciones y tener listos los botes salvavidas. De pronto el barco chocó con algo en el fondo y giró bruscamente hasta quedar de través, soportando toda la fuerza de la corriente. Ordené forzar las máquinas para tratar de enderezar y, cuando estábamos a punto de lograrlo, un choque brutal nos dejó escorados de forma que nada podían hacer las hélices que giraban en el vacío. Detuve las máquinas y todo el mundo subió a cubierta. El barco hacía agua rápidamente. Se había partido por la mitad y estaba montado sobre un gran banco de lodo y vegetación que aumentaba a ojos vistas. Uno de los botes salvavidas se había aplastado bajo el barco. Nos acomodamos como pudimos en el único que quedaba y la corriente nos alejó en un vértigo de lodo y lluvia. Por fortuna, el mismo banco que había chocado contra el *Alción* represaba las aguas. Media milla más adelante logramos controlar el bote. El *tramp steamer*, batido por la corriente a fuertes sacudidas, se iba destrozando ante nosotros. Era como ver una bestia prehistórica acabar despedazada por un enemigo omnipresente y voraz. Por fin, los dos trozos en que se había partido se fueron alejando en opuestas direcciones, hacia las orillas, y, de pronto, desaparecieron en sendos canales que cerca de éstas suelen formarse por un fenómeno de compresión de las aguas sobre el maleable fondo del río. A las seis de la tarde arribamos a Curiapo. Las autoridades nos alojaron en el puesto militar y me permitieron comunicarme con Caracas para entrar en contacto con los aseguradores y tomar las primeras providencias destinadas a repatriar a la tripulación. Así terminó el *tramp steamer* que todavía sigue presente en sus sueños... y en los míos».

Me quedé un rato en silencio. Pensaba hasta dónde tenía razón Iturri cuando me dijo que fui testigo de los momentos decisivos de la historia del *Alción* y de su capitán. A tal punto, que lo había visto pocas horas antes de naufragar, cuando esperábamos en el guardacostas de la Armada de Venezuela a que nos diera paso para salir a alta mar. No quise preguntarle más esa noche. Nos quedaba aún la siguiente antes de arribar a nuestro destino. No era, por otra parte, difícil deducir cómo había terminado todo para él. No para satisfacer mi curiosidad, sino más bien para darle oportunidad de exorcizar los fantasmas que debían torturar su alma de vasco introvertido y sensible, le comprometí a que la noche siguiente me contara el final de su historia. «Las historias —me contestó— no tienen final, amigo. Esta que me ha sucedido terminará cuando yo termine y quién sabe si tal vez, entonces, continúe viviendo en otros seres. Mañana seguiremos conversando. Ha sido muy paciente en oírme. Yo sé que cada uno de nosotros arrastra su cuota de infierno en la Tierra, es por eso que su atención obliga mi gratitud, como decía un abuelo mío que era maestro en San Juan de Luz». Cuando pasó frente a mí para ir a su camarote, advertí en sus rasgos una sombra adusta que le hacía aparentar de mayor edad. La luna llena daba en sus cabellos creando un efecto de blancura que hacía aún más patética esa visión de un envejecimiento repentino.

Cuando, a la noche siguiente, nos reunimos en la pequeña cubierta, ya se veía en el horizonte el reflejo de las luces del puerto. Daba la impresión de un incendio estático que imprimía a la escena un dramatismo inesperado. Iturri entró de lleno en el asunto. Me pareció que quería acabar pronto su historia, pasando un poco sobre ascuas en la narración de su propia desventura. Evitó en esta oportunidad, al igual que en las anteriores, el menor giro que pudiera interpretarse como autocompasión. No había en esto, desde luego, la mínima dosis de orgullo. Lo hacía por simple pudor, por eso que los franceses del siglo XVIII llamaban bellamente *gentileza del corazón*.

«Los aseguradores me citaron en Caracas para estudiar la póliza del *Alción* e indemnizar a la marinería y a los oficiales. Desde allí envié a Warda y a Bashur sendos telegramas informándoles del naufragio. Esperé durante un tiempo prudencial la respuesta a estas comunicaciones. Ese hermetismo absoluto comenzó a preocuparme. Mientras tanto, la idea de viajar a Recife comenzó a convertírseme en una obsesión que no me abandonaba un instante. Ahora tenía un carácter más apremiante y necesario. Cualquiera que pudiera ser la determinación de Warda respecto al futuro, me resultaba insufrible pensar que no la volvería a ver. La despedida en Kingston no podía ser la definitiva. Se me acumulaban en la mente todas las cosas que no le había dicho durante nuestra vida en común. Entonces me parecían poco importantes y casi innecesarias; nuestros gestos, nuestra relación erótica, nuestras simpatías y fobias compartidas hacían que sobraran las palabras. Ahora, éstas tornaban a ejercer su dominio, su premiosa insistencia. Eran los eslabones que vendrían a crear un nuevo vínculo o a prolongar el anterior partiendo de otros elementos. El resultado fue que, terminadas las diligencias en Venezuela, tomé un avión para Recife. ¿Conoce usted Recife?». Le contesté que había estado allí dos veces y que guardaba un recuerdo inolvidable de esa ciudad entre portuguesa y africana que tenía para mí un encanto indefinible. «También a mí me atrajo muchísimo las primeras veces que toqué en ella con un barco cisterna que transportaba materias químicas desde Bremen. Pero en esta ocasión, la belleza misma de la ciudad, el atractivo de sus puentes, sus plazas y sus edificios, todo ligeramente erosionado y a punto de derrumbarse, contribuyeron a hacer aún más intolerables los días que pasé allí pendiente de noticias de Warda. Noticias que me empeñaba en esperar, más por impulso de mis deseos y ansiedades que por razones reales y tangibles. Ella me había dicho que nos veríamos allí, pero en sus palabras estaba implícita la reserva de lo que sucedería a su regreso al Líbano. Recordando, reconstruyendo punto por punto sus palabras y gestos, esta cita en Recife me parecía evidentemente una ilusión, un consuelo imaginado por ella para no darle a nuestra despedida en Kingston el dramatismo de un adiós irremediable. Ya no sabía muy bien qué pensar sobre todo esto. Cuánto era lo que mi imaginación construía, sin más bases que mis propios sueños, y cuánto lo que estaba sucediendo en realidad. Visitaba los hoteles en donde suponía que Warda pudiera alojarse. Me convertí en un personaje original y hasta sospechoso para los barman y la gente de la recepción. Me veían entrar y movían negativamente la cabeza con una sonrisa en donde la compasión comenzaba a hacerse más evidente, mezclada también con un leve fastidio, como el que producen los maniáticos o los dementes. Llegué a odiar la ciudad y a achacarle la culpa de todo. El calor se iba haciendo insoportable y no me ocupaba en buscar un nuevo trabajo, que requería con cierta urgencia porque mis fondos empezaban a agotarse. El seguro sólo sería liquidado en su totalidad hasta dentro de un año y previa una minuciosa investigación del naufragio del *tramp steamer*.

»Finalmente, en la oficina de correos me dijeron que había algo para mí. Era una larga carta de mi amiga. No voy a leérsela. No hay nada en ella que no hayamos hablado usted y yo. Simplemente es que leerla en voz alta, dada la fluida naturalidad de su escritura, sería un poco como escucharla de viva voz. No podría resistirlo. La puedo resumir muy fácilmente. Warda me describe su llegada al Líbano y su inmediato ajuste con el medio social y familiar. Sus sueños europeos y de otro orden se habían esfumado de inmediato y perdido toda razón y consistencia. Quedaban los sentimientos que la unían a mí. Éstos estaban intactos, pero, a partir de ellos, no había lugar para construir nada, para esperar nada que no fuera una descalabrada experiencia que haría de nuestra relación una madeja de reclamos silenciados, de culpas y frustraciones disfrazadas. Lo de siempre, en fin, cuando se parte de una distorsión de la realidad y tomamos nuestros deseos por verdades incontrovertibles. No iría a Recife ni pensaba verme de nuevo en parte alguna. Le dolía tremendamente que el naufragio del *tramp steamer* se hubiera interpuesto en su decisión de quedarse en tierra y someterse a las leyes y costumbres de su gente. Parecía que las palabras de Abdul se hubiesen cumplido. No había tal, ni yo debía pensar así. El barco, preciso era confesarlo, estaba en condiciones de sucumbir en cualquier momento. Era casi un milagro que hubiera perdurado, cumpliendo una tarea tan superior a sus fuerzas. Venían luego unas consideraciones sobre mi persona y las virtudes y cualidades que Warda le atribuía, evidentemente magnificadas por el recuerdo de los buenos días que pasamos juntos y por la nostalgia de saber que nunca más nos íbamos a encontrar. Nunca he sido hombre con mucho éxito entre las mujeres. Yo creo que las aburro un poco. Lo que ella vio en mí es, quizás, un cierto orden, una cierta distancia que interpongo para resguardarme de los hombres y sus necedades, y que a Warda le fueron de inmensa utilidad para disipar sus lucubraciones europeizantes. Conmigo aprendió que los seres son iguales en el mundo entero y los mueven iguales mezquinas pasiones y sórdidos intereses, tan efímeros como semejantes en todas las latitudes. Con esa convicción bien afirmada, el regreso a lo suyo era fácilmente predecible y demostraba una madurez muy rara en una mujer de nuestros días.

»En Recife acepté llevar un buque tanque para ser reparado en Belfast y así torné a mi vida de antes de mi encuentro en Amberes con Bashur y el Gaviero. Pero Warda había llenado a tal punto mi vida y las fibras más secretas de mi cuerpo, que su ausencia me dejó un vacío que ya nada podrá llenar. Ya se lo dije al comienzo: cumplo como un autómata con la función de ir viviendo. Dejo que las cosas sucedan a su antojo, sin buscar consuelo o alivio en el desorden que a menudo plantean para engañarnos. Me doy cuenta, también, de que esta historia que le he contado puede resultar, como al principio le advertí, bastante manida y simple. Si usted hubiera visto, así fuera por un instante, a Warda, si hubiera escuchado su voz, vería cómo todo tiene un sentido muy diferente. Había algo en ella de aparición inconcebible que no puede decirse con palabras y sólo conociéndola lograría explicarse la desmesurada fortuna que fue estar a su lado y la tortura inaudita que ha sido perderla».

Nos quedamos, como ya era usual, en silencio durante más de una hora. De pronto Iturri se incorporó de su silla y, tendiéndome la mano, me dijo, dándome un largo y caluroso apretón que intentaba reemplazar palabras que su reserva de vasco arquetípico le impedía pronunciar: «No sé si nos veremos mañana. Debo bajar muy temprano para presentarme en los muelles y embarcar en el carguero belga que me llevará hasta Adén. Fue un placer muy grande haberlo conocido y saber que su simpatía por el pobre *tramp steamer* que se le apareció en Helsinki nos unirá para siempre. Buenas noches». Le respondí con algunas frases deshilvanadas. La carga de emoción de su despedida, que me transmitió al instante, no me permitió decirle lo que había sido para mí el conocer la otra parte de la historia del *Alción* y de su capitán. Cuando me fui a acostar comenzaba a amanecer. Sólo hasta el mediodía vendría a recogerme el auto de la empresa. Antes de entrar en un sueño que necesitaba sobremanera, alcancé a meditar en la historia que había escuchado. Los hombres —pensé— cambian tan poco, siguen siendo tan ellos mismos, que sólo existe una historia de amor desde el principio de los tiempos, repetida al infinito sin perder su terrible sencillez, su irremediable desventura. Dormí profundamente y, contra mi costumbre, no soñé cosa alguna.

Este libro se terminó
de imprimir en
Móstoles, Madrid,
en el mes de
septiembre de 2023